VERS LES ÉTOILES

Skyward, tome 1

Né en 1975 dans le Nebraska, Brandon Sanderson a commencé à publier en 2005 et s'est imposé auprès du public comme l'un des meilleurs auteurs de fantasy de ces dernières années, grâce à son cycle des *Fils-des-brumes* et à celui des *Archives de Roshar*. Auteur de best-sellers traduits en plus de quinze langues, il a vendu plus de cinq millions d'exemplaires à travers le monde.

Paru au Livre de Poche :

ALCATRAZ
1. Alcatraz contre les infâmes Bibliothécaires
2. Alcatraz contre les Ossements du Scribe
3. Alcatraz contre les traîtres de Nalhalla
4. Alcatraz contre l'Ordre du Verre Brisé

ALCATRAZ SMEDRY. L'INTÉGRALE ! (coll. « Majuscules »)

L'ÂME DE L'EMPEREUR

LES ARCHIVES DE ROSHAR
1. La Voie des rois (2 tomes)
2. Le Livre des Radieux (2 tomes)
3. Justicière (2 tomes)

CŒUR D'ACIER
1. Cœur d'acier
2. Brasier
3. Calamité

ELANTRIS

FILS-DES-BRUMES
1. L'Empire ultime
2. Le Puits de l'Ascension
3. Le Héros des Siècles
4. L'Alliage de la justice
5. Jeux de masques
6. Les Bracelets des Larmes

LÉGION
1. Légion
2. À fleur de peau

LÉGION (*intégrale*)

SIXIÈME DU CRÉPUSCULE

WARBREAKER

BRANDON SANDERSON

Vers les Étoiles

Skyward, tome 1

TRADUIT DE L'ANGLAIS (ÉTATS-UNIS) PAR MÉLANIE FAZI

ORBIT
LE LIVRE DE POCHE

Titre original :
SKYWARD
Publié aux États-Unis en 2018 par Delacorte Press, une marque de Random House Children's Books, un département de Penguin Random House LLC, New York.

Couverture : © Illustration d'Alain Brion.
Cartes et illustrations : Isaac Stewart et Ben McSweeney.
ISBN : 978-2-253-26046-2 - 1re publication LGF

Pour Karen Ahlstrom,
qui compte tous les jours que j'oublie.

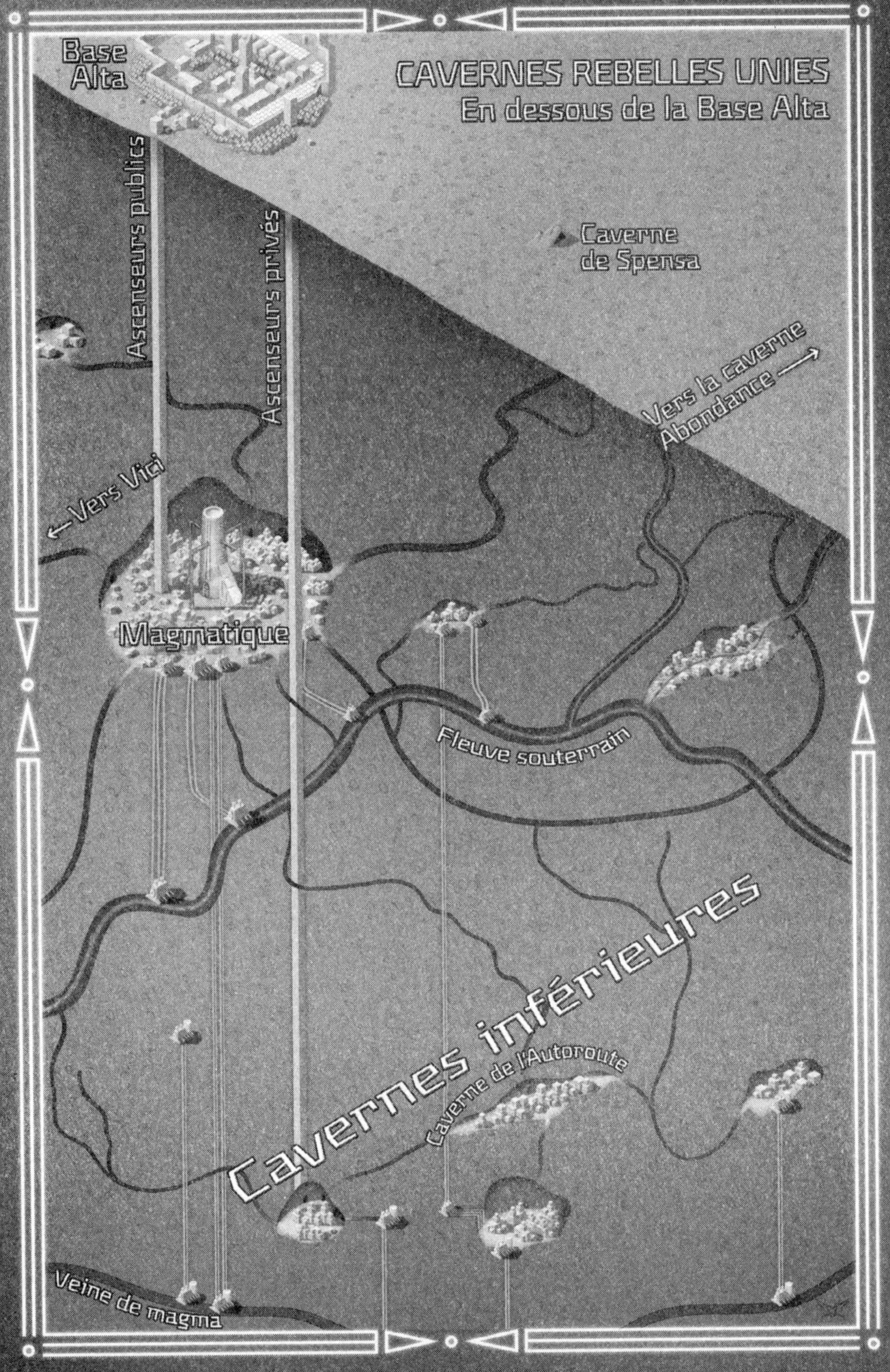

Base Alta
CAVERNES REBELLES UNIES
En dessous de la Base Alta
Ascenseurs publics
Ascenseurs privés
Caverne de Spensa
Vers la caverne Abondance
Vers Vici
Magmatique
Fleuve souterrain
Cavernes inférieures
Caverne de l'Autoroute
Veine de magma

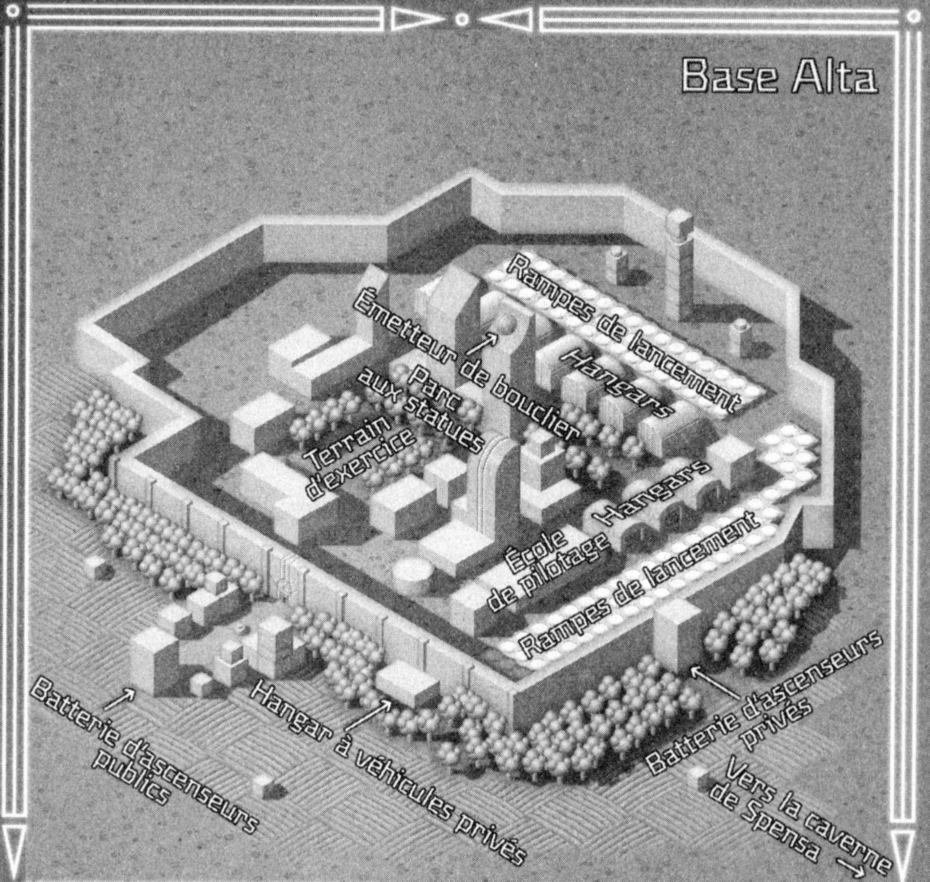
Base Alta
Rampes de lancement
Émetteur de bouclier
Hangars
Parc aux statues
Terrain d'exercice
Hangars
École de pilotage
Rampes de lancement
Rampes de lancement
Batterie d'ascenseurs publics
Hangar à véhicules privés
Batterie d'ascenseurs privés
Vers la caverne de Spensa

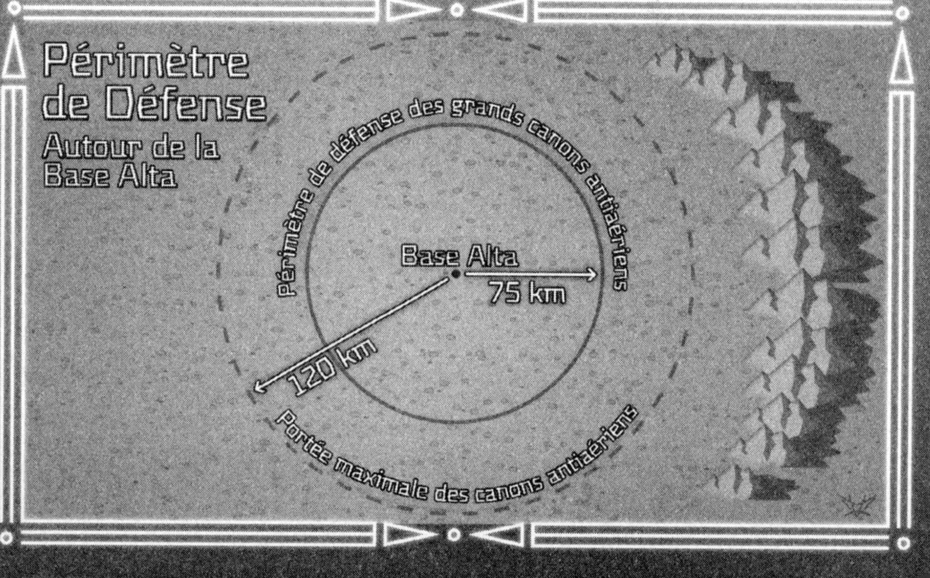
Périmètre de Défense
Autour de la Base Alta
Périmètre de défense des grands canons antiaériens
Base Alta
75 km
120 km
Portée maximale des canons antiaériens

Prologue

Seuls les idiots montaient à la surface. C'était stupide de se mettre ainsi en danger, répétait toujours ma mère. En plus des pluies de ferraille quasi constantes provenant de la ceinture de débris, on ne savait jamais quand les Krell attaqueraient.

Bien sûr, mon père se rendait pratiquement chaque jour à la surface – en tant que pilote, il n'avait pas le choix. J'imagine que, d'après la définition de ma mère, ça le rendait *doublement* stupide, mais je l'avais toujours considéré comme doublement *courageux*.

Malgré tout, j'avais été surprise lorsqu'un jour, après des années passées à m'écouter supplier, il avait fini par accepter de m'emmener avec lui.

J'avais sept ans même si, à mes propres yeux, j'étais totalement adulte et capable de me débrouiller. Je pressais le pas derrière mon père, éclairant de ma lanterne la grotte jonchée de débris. Une grande partie des pierres du tunnel étaient brisées et fendues, provenant certainement des bombardements des Krell – que je ne percevais en bas que sous la forme d'assiettes qui s'entrechoquaient ou de lampes qui tremblaient.

J'imaginais ces pierres brisées comme les corps détruits de mes ennemis, les os fracassés, les bras tremblants tendus vers le haut en un geste inutile de défaite *totale et absolue*.

J'étais une petite fille très bizarre.

Je rattrapai mon père, qui regarda derrière lui, puis sourit. Il avait le plus beau sourire qui soit, tellement confiant, comme s'il ne s'inquiétait jamais de ce que les gens disaient de lui. Ni du fait d'être bizarre et de ne pas s'intégrer.

D'un autre côté, pourquoi aurait-il dû s'inquiéter ? *Tout le monde* l'appréciait. Même les gens qui détestaient les glaces et jouaient avec des épées – même ce petit pleurnichard de Rodge McCaffrey – appréciaient mon père.

Papa me prit par le bras et désigna un point vers le haut.

— La partie qui va suivre est un peu délicate. Laisse-moi te porter.

— Je vais y arriver, lui répondis-je en repoussant sa main.

J'étais une grande fille. J'avais préparé moi-même mon sac à dos *et* j'avais laissé Sanguinaire, mon ours en peluche, à la maison. Les ours en peluche étaient pour les bébés, même si vous lui aviez fabriqué vous-même une fausse armure énergétique avec de la ficelle et des fragments de céramique.

D'accord, j'avais tout de même rangé mon vaisseau de combat miniature dans mon sac à dos. Et si on se retrouvait pris dans une attaque de Krell, qu'ils bombardaient notre retraite et qu'on devait passer le reste de notre vie à survivre dans un désert, loin de toute société ou civilisation ?

Il faut toujours avoir son vaisseau de combat miniature avec soi au cas où.

Je tendis mon sac à mon père et levai les yeux vers la fissure dans les pierres. Ce trou, là-haut, avait… quelque chose d'étrange. Une lumière anormale s'y infiltrait, qui ne ressemblait en rien à l'éclat étouffé de nos lanternes.

La surface… le ciel ! Je souris et me mis à gravir une pente abrupte qui était moitié débris, moitié formation rocheuse. Mes mains glissaient et je m'écorchai sur un bord tranchant, mais je ne pleurai pas. Les filles de pilotes ne pleuraient jamais.

La fissure dans le toit de la grotte semblait distante d'une centaine de mètres. Je détestais être si petite. D'un jour à l'autre, j'allais devenir aussi grande que mon père. Là, pour une fois, je ne serais plus la plus petite gamine des environs. Je rirais des autres de tellement haut qu'ils seraient bien contraints de reconnaître toute ma grandeur.

Je grondai tout bas en atteignant le haut d'un rocher. La prise suivante était hors de portée. Je la mesurai du regard, puis je sautai, déterminée. Comme toute jeune Rebelle digne de ce nom, j'avais le cœur d'un dragon stellaire.

Mais j'avais aussi le corps d'une gamine de sept ans. Et je ratai donc ma cible de cinquante bons centimètres.

Une main puissante me saisit avant que je puisse tomber trop loin. Avec un petit rire, mon père me tint par le dos de ma combinaison, que j'avais décorée à l'aide de marqueurs pour lui donner l'apparence de sa combinaison de vol. J'avais même dessiné un insigne à gauche au niveau de mon cœur, comme celui qu'il portait – l'insigne qui le désignait comme pilote. Il avait la forme d'un petit vaisseau de combat souligné de plusieurs traits.

Papa m'attira sur le rocher à côté de lui, puis tendit sa main libre pour activer sa lumiligne. L'appareil ressemblait à un bracelet métallique mais, lorsqu'il l'activait en frappant sa paume avec deux doigts, le bracelet brillait d'un vif éclat de lumière fondue. Il toucha une pierre au-dessus de lui et, lorsqu'il retira sa main, il laissa une épaisse ligne lumineuse pareille à une corde fixée au rocher. Il enroula l'autre extrémité autour de moi de sorte qu'elle soit bien ajustée sous mes bras, puis la détacha de son bracelet. Celui-ci cessa de luire mais la corde luminescente demeura en place, me reliant aux rochers.

J'avais toujours cru que les lumilignes brûleraient au toucher, mais elle était simplement tiède. Comme une étreinte.

— Bon, Spin, dit-il en m'appelant par mon surnom. Fais un autre essai.

— Je n'ai pas *besoin* de ça, protestai-je en tirant sur la corde de sécurité.

— Fais plaisir à ton père inquiet.

— Inquiet ? Tu n'as jamais peur de rien. Tu combats les *Krell*.

Il éclata de rire.

— Je préférerais affronter une centaine de vaisseaux krell plutôt que ta mère le jour où je te ramènerai avec un bras cassé, ma petite.

— Je ne suis pas *petite*. Et si je me casse le bras, tu pourras me laisser ici jusqu'à ce que je guérisse. J'affronterai les bêtes des cavernes, je deviendrai sauvage, je porterai leur peau et…

— Grimpe, me coupa-t-il sans cesser de sourire. Tu pourras combattre les bêtes des cavernes une autre fois, même si je crois que les seules que tu trouveras ici ont une longue queue et les dents en avant.

Je devais bien reconnaître que la lumiligne était utile. Je pouvais tirer dessus pour me stabiliser. Lorsqu'on atteignit la fissure, mon père me poussa vers le haut la première. Je saisis le rebord et sortis tant bien que mal des cavernes, émergeant à la surface pour la première fois de ma vie.

C'était tellement *vaste*.

Je restai plantée là, bouche bée, à regarder fixement… le rien. Rien que… que… le *haut*. Pas de plafond. Ni de murs. J'avais toujours imaginé la surface comme une très très grande caverne. Mais c'était tellement plus, et tellement moins tout à la fois.

Waouh.

Mon père se hissa derrière moi puis épousseta sa combinaison. Je lui jetai un coup d'œil avant de regarder à nouveau le ciel avec un large sourire.

— Tu n'as pas peur ? demanda-t-il.

Je lui lançai un regard noir.

— Désolé, dit-il avec un petit rire. Ce n'était pas le bon terme. C'est seulement que beaucoup de gens trouvent le ciel intimidant, Spensa.

— C'est magnifique, murmurai-je en levant les yeux vers ce vaste néant, cet air qui s'étendait en un grand infini pour se fondre dans le noir.

La surface était encore plus lumineuse que je ne l'avais imaginée. Notre planète, Détritus, était protégée par plusieurs couches immenses de vieux débris spatiaux. De la ferraille qui se trouvait *très* très haut, hors de l'atmosphère, dans l'*espace*. Des épaves de stations spatiales, des boucliers massifs, de vieux fragments de métal aussi gros que des montagnes – il y en avait de nombreuses couches, un peu comme des carapaces brisées autour de la planète.

Nous n'avions rien construit de tout ça. Nous nous étions écrasés sur cette planète quand ma grand-mère était petite, et tous ces trucs étaient déjà vieux à l'époque. Malgré tout, une partie d'entre eux fonctionnait. Par exemple, la couche inférieure – la plus proche de la planète – comportait d'énormes rectangles luisants. J'en avais entendu parler. Des spatiolampes : d'immenses lumières flottantes qui fournissaient éclairage et chaleur à la planète.

On racontait qu'il y avait aussi beaucoup de pièces de ferraille plus petites là-haut, surtout dans la couche inférieure. Je plissai les yeux pour essayer d'en distinguer, mais l'espace était trop loin. En dehors des deux spatiolampes proches (dont aucune ne se trouvait directement au-dessus de nous), je ne voyais rien d'autre que de vagues motifs là-haut, dans la pénombre. Des fragments plus clairs et d'autres plus sombres.

— Les Krell vivent ici ? demandai-je. Au-delà du champ de débris ?

— Oui, répondit Papa. Ils descendent en traversant les brèches des différentes couches pour attaquer.

— Comment est-ce qu'ils nous trouvent ? Il y a tellement d'*espace* ici.

Le monde semblait être un endroit beaucoup plus vaste que je ne l'avais imaginé depuis les cavernes.

— D'une manière ou d'une autre, ils perçoivent quand les gens se rassemblent. Chaque fois que la population d'une caverne devient trop importante, les Krell l'attaquent et la bombardent.

Des décennies plus tôt, notre peuple avait fait partie d'une flotte de vaisseaux spatiaux. Nous avions été poursuivis par les Krell jusqu'à cette planète où nous nous étions écrasés, et nous avions dû nous séparer pour y survivre. À présent, nous formions des clans, dont chacun descendait de l'équipage de l'un de ces vaisseaux spatiaux.

Grand-mère m'avait souvent raconté ces histoires. Nous habitions depuis soixante-dix ans sur Détritus, où nous avions voyagé dans les cavernes sous forme de clans nomades, craignant de nous réunir. Jusqu'à présent. Nous avions désormais commencé à fabriquer des vaisseaux de combat et construit une base cachée à la surface. Nous commencions à nous défendre.

— Où est la Base Alta ? demandai-je. Tu m'as dit que nous allions sortir près d'elle. C'est ça, là-bas ? (Je désignai des rochers à l'air suspect.) C'est là-bas, hein ? Je veux aller voir les vaisseaux de combat.

Mon père se pencha et me retourna d'environ quatre-vingt-dix degrés, puis tendit le doigt.

— Là.

— Où ça ? (Je balayai du regard la surface, qui n'était pratiquement constituée que de poussière bleu-gris et de rochers, avec des cratères formés par les chutes de ferraille provenant de la ceinture de débris.) Je ne la vois pas.

— C'est justement l'idée, Spensa. Nous devons rester cachés.

— Mais vous vous battez, non ? Ils ne vont pas finir par apprendre d'où viennent les vaisseaux de combat ? Pourquoi vous ne déplacez pas la base ?

— Nous devons la garder ici, au-dessus de Magmatique. C'est la grande caverne que je t'ai montrée la semaine dernière.

— Celle avec toutes les machines ?

Il hocha la tête.

— À l'intérieur de Magmatique, nous avons découvert des manufactures ; c'est ce qui nous a permis de construire des vaisseaux spatiaux. Nous devons vivre à proximité pour protéger les machines, mais nous partons en mission dans ces vaisseaux partout où les Krell descendent, partout où ils décident de nous bombarder.

— Vous protégez d'autres clans ?

— Pour moi, il n'y a qu'un seul clan qui importe : l'humanité. Avant que nous nous écrasions ici, nous faisions tous partie de la même flotte – et un jour, tous les clans nomades s'en souviendront. Ils viendront quand nous les appellerons. Ils se rassembleront, et nous formerons une cité et rebâtirons une civilisation.

— Les Krell ne vont pas la bombarder ? demandai-je, mais je l'interrompis avant qu'il puisse répondre. Non. Pas si on est assez forts. Pas si on résiste et qu'on riposte.

Il sourit.

— J'aurai mon propre vaisseau, déclarai-je. Je le piloterai exactement comme toi. Et alors, personne dans le clan ne pourra se moquer de moi, parce que je serai *plus forte* qu'eux.

Mon père m'étudia un moment avant de me demander :

— C'est pour *ça* que tu veux devenir pilote ?

— Quand on est pilote, les autres ne peuvent pas nous dire qu'on est trop petit. Personne ne trouvera que je suis bizarre, et on ne me reprochera plus de me battre, parce que ce sera mon *métier*. On ne me traitera plus de tous les noms, et tout le monde m'aimera.

Comme ils t'aiment, toi, pensai-je.

Ma réponse poussa mon père à m'étreindre pour je ne sais quelle raison idiote, alors même que je disais la vérité. Mais je lui rendis son étreinte, parce que les parents aimaient ce genre de trucs. Et puis c'était agréable d'avoir quelqu'un à serrer dans mes bras. Je n'aurais peut-être pas dû laisser Sanguinaire chez nous.

Mon père eut le souffle coupé, et je crus qu'il était peut-être en train de pleurer, mais ce n'était pas ça.

— Spin ! dit-il en désignant le ciel. Regarde !

Cette fois encore, je fus frappée par cette étendue. C'était tellement *GRAND*.

Papa désignait quelque chose de précis. Je plissai les yeux et remarquai qu'une section du ciel gris-noir était plus sombre que le reste. Un trou à travers les couches de débris ?

À cet instant, je scrutai l'infini. Je me surpris à trembler comme si un milliard de météores étaient tombés tout près. Je distinguais l'espace lui-même, criblé de piqûres d'épingles blanches, différentes des spatiolampes. Celles-ci scintillaient, et elles paraissaient infiniment lointaines.

— C'est quoi, ces lumières ? chuchotai-je.

— Des étoiles, répondit-il. Je vole pratiquement jusqu'au niveau des débris, mais je n'ai presque jamais vu à travers. Il y a trop de couches. Je me suis toujours demandé si je pouvais atteindre les étoiles.

Il y avait une crainte respectueuse dans sa voix, une intonation que je ne lui avais jamais entendue.

— Est-ce que c'est… pour ça que tu voles ? lui demandai-je.

Mon père ne semblait pas se soucier des louanges que lui adressaient les autres membres du clan. Curieusement, elles semblaient même l'*embarrasser*.

— Avant, nous habitions ici, parmi les étoiles, murmura-t-il. C'est là qu'est notre place, pas dans ces cavernes. Les gamins qui se moquent de toi sont coincés sur ce rocher. Leur tête est faite de pierre, leur cœur ne décolle jamais de la roche. *Toi*, essaie de viser plus haut. Quelque chose de plus grand.

Les débris remuèrent, et le trou rétrécit lentement jusqu'à ce que je ne distingue plus qu'une étoile unique plus vive que les autres.

— Conquiers les étoiles, Spensa, me dit-il.

Un jour, j'allais bel et bien devenir pilote. J'allais voler là-haut et me battre. J'espérais simplement que Papa me laisserait quelques Krell.

J'étrécis les yeux en voyant quelque chose clignoter dans le ciel. Un fragment de débris lointain, qui brûlait d'un éclat vif en pénétrant dans l'atmosphère. Un autre tomba, et un autre encore. Puis des dizaines.

Papa fronça les sourcils et s'empara de sa radio – un appareil sophistiqué qu'on n'accordait qu'aux pilotes. Il leva l'engin massif vers sa bouche.

— Ici Chasseur, annonça-t-il. Je suis à la surface. Je vois une chute de débris près d'Alta.

— Nous l'avons déjà repérée, Chasseur, répondit une voix féminine dans la radio. Les rapports des radars sont en train d'arriver, et… *Salve !* Il y a des Krell.

— Vers quelle caverne se dirigent-ils ? lança Papa.

— Leur cap est… Chasseur, ils se dirigent par ici. Ils volent droit vers Magmatique. Que les étoiles nous protègent, ils ont localisé la base !

Papa baissa sa radio.

— Grande incursion krell en vue, dit la voix féminine dans la radio. Appel à tous, ceci est une urgence. Un énorme groupe de Krell a percé le champ de débris. Tous les vaisseaux de combat au rapport. Ils se dirigent vers Alta !

Papa me prit par le bras.

— Viens, on te ramène.

— Ils ont besoin de toi ! protestai-je. Tu dois aller te battre !

— Je dois te conduire en…

— Je peux rentrer toute seule. Le trajet par les tunnels allait tout droit.

Papa jeta un nouveau coup d'œil vers les débris.

— Chasseur ! dit une nouvelle voix dans la radio. Chasseur, vous êtes là ?

— Corniaud ? répondit Papa, qui activa un interrupteur et leva sa radio. Je suis à la surface.

— Tu dois raisonner Banco et Swing. Ils disent qu'on doit fuir.

Papa jura tout bas et actionna un autre interrupteur sur sa radio. Une voix s'éleva.

— … pas encore prêts pour un affrontement direct. Nous allons nous faire détruire.

— Non, répondit une autre femme. Nous devons résister pour nous battre.

Une dizaine de voix se mirent à parler en même temps.

— Ironsides a raison, dit mon père dans la radio, et – chose remarquable – ils se turent tous.

— Si nous les laissons bombarder Magmatique, alors nous perdons l'équipement, expliqua mon père. Nous perdons les manufactures. Nous perdons tout. Si nous voulons avoir à nouveau un jour une civilisation, avoir un *monde*, nous devons résister !

Je patientai en silence, retenant mon souffle, espérant qu'il serait trop distrait pour me renvoyer. L'idée d'une bataille me faisait trembler, mais je voulais y assister malgré tout.

— On se bat, déclara la femme.

— On se *bat*, répéta Corniaud. (Je le connaissais de nom, bien que je ne l'aie jamais rencontré. C'était l'ailier de mon père.) Scories divines, alors ça, c'est génial. Je vais décoller avant toi, Chasseur ! Tu verras un peu combien je vais en abattre !

L'homme semblait impatient d'aller au combat, peut-être un peu trop surexcité. Je l'appréciai aussitôt.

Mon père n'hésita qu'un instant avant de retirer son bracelet à lumiligne, qu'il me fourra entre les mains.

— Promets-moi de rentrer tout de suite.

— Promis.

— Ne traîne pas.

— Entendu.

Il leva sa radio.

— Ouais, Corniaud, on verra bien ça. Je fonce vers Alta tout de suite. Chasseur, terminé.

Il s'élança sur le sol poussiéreux dans la direction qu'il avait désignée plus tôt. Puis il s'arrêta et se retourna. Il retira son insigne et me le lança

– comme un fragment d'étoile scintillant – avant de poursuivre sa course vers la base cachée.

Bien entendu, je rompis aussitôt ma promesse. Je descendis dans la crevasse mais m'y cachai, serrant l'insigne de mon père, et attendis jusqu'à ce que je voie les vaisseaux de combat quitter Alta et filer vers le ciel. J'étrécis les yeux et distinguai les sombres vaisseaux krell qui affluaient vers eux.

Enfin, témoignant d'un rare sursaut de bon sens, je décidai que je ferais mieux d'obéir à mon père. J'utilisai la lumiligne pour descendre dans la caverne, où je récupérai mon sac à dos et me dirigeai vers les tunnels. Si je me dépêchais, je pourrais rejoindre mon clan à temps pour écouter la diffusion du combat sur notre unique radio communautaire.

Mais je me trompais. Le trajet était plus long que dans mon souvenir, et je réussis à me perdre. J'étais donc en train d'errer en bas, imaginant la gloire d'une bataille fabuleuse en train de se dérouler au-dessus de moi, quand mon père quitta le rang, ternissant sa réputation à jamais, et se mit à fuir l'ennemi. Sa propre escadrille l'abattit en guise de châtiment. Le temps que je rentre chez moi, la bataille avait été remportée, mon père était mort.

Et je me retrouvais cataloguée comme la fille d'un lâche.

PREMIÈRE PARTIE

1

Je traquai prudemment mon ennemi à travers la caverne.

J'avais retiré mes bottes pour éviter qu'elles ne craquent, et ôté mes chaussettes pour ne pas glisser. La pierre, sous mes pieds, était d'une agréable fraîcheur lorsque j'avançai d'un autre pas silencieux.

À cette profondeur, la seule lumière provenait du faible éclat des vers au plafond, qui se nourrissaient de la moisissure s'infiltrant par les fissures. Il fallait s'asseoir plusieurs minutes dans le noir pour que vos yeux s'habituent à cette faible lueur.

Un autre tremblement dans les ombres. Là, près de ces masses sombres qui devaient être des fortifications ennemies. Je m'immobilisai, accroupie, guettant le bruit de mon adversaire qui raclait la pierre en avançant. J'imaginai un Krell : un redoutable extraterrestre aux yeux rouges et à la sombre armure.

D'une main stable – avec une lenteur insoutenable – je levai mon fusil vers mon épaule, retins mon souffle et tirai.

Je fus récompensée par un cri de douleur.

Oui !

Je tapotai mon poignet pour activer la lumiligne de mon père. Elle s'alluma brusquement avec une lueur rouge orangé, m'aveuglant brièvement.

Puis je me précipitai pour aller récupérer mon trophée : un rat mort, entièrement transpercé.

À la lumière, les ombres que j'avais prises pour des fortifications ennemies se révélèrent être des rochers. Mon ennemi était un rat dodu, et mon arme un fusil harpon de fortune. Neuf ans et demi s'étaient écoulés depuis ce jour fatidique où j'étais montée à la surface avec mon père, mais mon imagination restait toujours aussi puissante. Elle m'aidait à rompre la monotonie, à me persuader que je faisais des choses plus passionnantes que chasser des rats.

Je soulevai le rongeur mort par la queue.

— Ainsi connaîtras-tu le feu de ma colère, bête cruelle.

Il s'avérait que les petites filles étranges devenaient des jeunes femmes étranges en grandissant. Mais ça me semblait une bonne chose de pratiquer mes sarcasmes pour les jours où je combattrais *réellement* les Krell. Grand-mère m'avait appris qu'une grande guerrière savait fanfaronner avec panache pour faire naître la peur et l'incertitude dans le cœur de ses ennemis.

Je rangeai mon trophée dans mon sac. Ça en faisait huit pour l'instant – pas un mauvais butin. Avais-je le temps d'en trouver un autre ?

Je consultai ma lumiligne – le bracelet qui l'accueillait disposait d'une petite montre à côté de l'indicateur de batterie. 0900. Sans doute l'heure de rentrer ; je ne pouvais pas manquer une trop grande partie de la journée d'école.

Je passai mon sac sur mon épaule, ramassai mon fusil harpon (que j'avais fabriqué avec des pièces de récupération trouvées dans les cavernes) et entrepris le trajet de retour vers chez moi. Je suivais mes propres cartes tracées à la main, que je remettais constamment à jour dans un petit carnet.

Une partie de moi regrettait de devoir rentrer en laissant derrière ces cavernes silencieuses. Elles me rappelaient mon père. Et puis j'aimais que tout soit… si vide ici. Personne pour se moquer de moi, pour me regarder fixement, personne pour chuchoter des insultes jusqu'à m'obliger à défendre l'honneur de ma famille en écrasant mon poing contre leur figure stupide.

Je m'arrêtai à un croisement familier où sol et plafond cédaient la place à d'étranges motifs métalliques. Des formes circulaires comportant des inscriptions scientifiques couvraient les deux surfaces ; j'avais toujours supposé qu'il devait s'agir de vieilles cartes de la galaxie. Au fond de la pièce, un énorme vieux tube émergeait de la roche – il y en avait beaucoup d'autres qui transportaient l'eau entre les cavernes, la purifiaient et permettaient de refroidir, grâce à elle, les machines. L'un des joints laissait tomber des gouttes dans un seau que j'avais déposé là et, comme il était à moitié rempli, je bus une longue gorgée. Fraîche et désaltérante, avec un soupçon de goût métallique.

Nous ne savions pas grand-chose sur les gens qui avaient construit ces machines. Comme la ceinture de débris, elles étaient déjà là quand notre petite flotte s'était écrasée sur la planète. Ces gens avaient été humains, car les inscriptions figurant par exemple au sol et au plafond de cette pièce étaient dans des langues humaines. Mais leur degré de proximité avec nous restait un mystère, encore aujourd'hui. Plus aucun d'eux n'était encore là, et les traces de métal fondu et les épaves anciennes à la surface indiquaient qu'ils avaient subi leur propre guerre.

Je versai le reste de l'eau dans mon bidon, puis donnai une tape affectueuse au grand tube avant de replacer le seau et de m'éloigner. Les machines semblèrent réagir à ma présence avec une vibration lointaine et familière. Je suivis ce bruit et finis par approcher d'une brèche luisante dans la pierre située sur ma gauche.

Je m'avançai jusqu'au trou et regardai Magmatique de l'autre côté : la caverne où j'habitais, et la plus vaste des cités souterraines composant la Ligue Rebelle. Ma position surélevée me fournissait une vue stupéfiante sur une grande caverne remplie d'appartements bâtis comme des cubes se déployant les uns depuis les autres.

Le rêve de mon père s'était réalisé. En terrassant les Krell ce jour-là, neuf ans plus tôt, ces pilotes de vaisseaux de combat débutants avaient inspiré une nation. Des dizaines de clans autrefois nomades s'étaient rassemblés, colonisant Magmatique et les cavernes environnantes. Chaque clan possédait encore son propre nom, lié au vaisseau ou à la section du vaisseau sur laquelle ils avaient travaillé. Mon clan s'appelait les Motorskaps – d'après les mots anciens signifiant *équipe des machines*.

Ensemble, nous nous appelions Rebelles. Un nom emprunté à notre vaisseau amiral d'origine.

Bien entendu, en nous rassemblant, nous avions attiré l'attention des Krell. La guerre se poursuivait, les extraterrestres étant toujours déterminés à détruire l'humanité, et nous avions besoin d'un afflux constant de pilotes et de vaisseaux de combat pour protéger notre nation en pleine croissance.

Au-dessus des bâtiments de Magmatique se trouvaient les équipements : forges anciennes, raffineries et manufactures qui pompaient de la roche fondue d'en bas, puis fabriquaient les composants destinés à construire les vaisseaux de combat. Les équipements étaient à la fois stupéfiants et uniques ; bien que les machines présentes dans d'autres grottes fournissent de la chaleur, de l'électricité ou de l'eau filtrée, seuls les équipements de Magmatique étaient capables de fabriquer des objets complexes.

La chaleur s'engouffrait par la faille et faisait perler la sueur sur mon front. Magmatique était un lieu étouffant, avec toutes ces raffineries, ces usines et ces cuves d'algues. Et quoiqu'elle soit bien éclairée, l'intérieur semblait toujours étrangement sombre, avec cette lumière rouge orangé provenant des raffineries qui se reflétait sur toutes les surfaces.

Je laissai la crevasse et me dirigeai vers un vieux casier de maintenance que j'avais découvert ici dans le mur. Au premier coup d'œil, sa trappe ressemblait à n'importe quelle autre section du tunnel de pierre, et était donc relativement sûre. Je l'ouvris, dévoilant mes quelques possessions secrètes. Quelques pièces pour mon fusil harpon, mon bidon de rechange, ainsi que l'ancien insigne de pilote de mon père. Je le frottai pour me porter chance, puis replaçai ma lumiligne, mon carnet de cartes et mon fusil harpon.

Je retirai une lance grossière à la pointe de pierre, refermai le casier avec un déclic, puis jetai mon sac sur mon épaule. Huit rats pouvaient se révéler étonnamment peu commodes à porter, surtout quand vous aviez – même à dix-sept ans – un corps qui refusait de grandir au-delà d'un mètre cinquante et un.

Je marchai jusqu'à l'entrée habituelle de la caverne. Deux soldats de l'armée de terre – qui ne se battaient pratiquement jamais pour de vrai – la gardaient. Bien que je les connaisse tous deux par leur prénom, ils m'obligèrent à me tenir sur le côté tandis qu'ils faisaient semblant de demander l'autorisation de me laisser entrer. En réalité, ils aimaient juste me faire poireauter.

Chaque jour. Chaque salvée de journée.

Enfin, Aluko s'avança et se mit à farfouiller dans mon sac avec un regard méfiant.

— Quel genre d'articles de contrebande espérez-vous que j'apporte en ville ? lui demandai-je. Des cailloux ? De la mousse ? Peut-être même des pierres qui ont insulté votre mère ?

Il étudia ma lance comme s'il se demandait comment j'avais réussi à attraper huit rats avec une arme aussi basique. Eh bien, qu'il s'interroge donc. Enfin, il me jeta mon sac pour me le rendre.

— En avant, espèce de lâche.

Sois forte. Je levai le menton.

— Un jour, lui dis-je, vous entendrez mon nom, et des larmes de gratitude vous monteront aux yeux quand vous penserez à la *chance* que vous aurez eue d'avoir un jour aidé la fille de Chasseur.

— Je préférerais oublier t'avoir jamais connue. *En avant.*

Je gardai la tête haute et entrai dans Magmatique, puis me dirigeai vers mon quartier, baptisé les Pentes Glorieuses de l'Industrie. J'étais arrivée à l'heure du changement d'équipe, et je croisai des ouvriers en combinaison de différentes couleurs, chacune indiquant leur place dans la grande machine qui permettait à la Ligue Rebelle – et à la guerre contre les Krell – de fonctionner. Travailleurs des installations sanitaires, techniciens de maintenance, spécialistes des cuves d'algues.

Pas de pilotes, bien entendu. En dehors de leurs heures de service, les pilotes restaient dans les cavernes inférieures en tant que réservistes, tandis que ceux qui étaient de service vivaient à Alta, la base même que mon père était mort pour protéger. Elle n'était plus secrète, mais s'était développée pour devenir une grande installation à la surface, qui accueillait des dizaines de vaisseaux ainsi que la structure de commandement des pilotes et des installations d'entraînement. C'était là que je vivrais à compter du lendemain, une fois que j'aurais réussi les tests pour devenir cadet.

Je passai en dessous d'une grande statue métallique représentant les Premiers Citoyens : un groupe d'individus tenant des armes symboliques, bras tendus vers le ciel dans des postures de défi, tandis que des vaisseaux s'élevaient derrière eux, suivis de traînées métalliques. Bien qu'elle représente ceux qui avaient pris part à la bataille d'Alta, mon père n'y figurait pas.

Le tournant suivant me conduisit à notre appartement, cube métallique parmi beaucoup d'autres qui partaient d'un cube central plus grand. Le nôtre était petit, mais assez grand pour trois personnes, surtout dans la mesure où je passais des journées d'affilée dans les cavernes à chasser et à explorer.

Ma mère n'était pas chez nous, mais je trouvai Grand-mère sur le toit, en train de rouler des galettes d'algues destinées à être vendues dans notre chariot. Ma mère avait interdiction d'exercer un métier officiel à cause de ce que mon père était censé avoir fait, et nous devions donc subvenir à nos besoins en faisant quelque chose de non conventionnel.

Grand-mère leva la tête lorsqu'elle m'entendit. Elle s'appelait Becca Nightshade – je partageais son nom de famille –, mais même ceux qui la connaissaient à peine l'appelaient Grand-mère. Elle avait presque entièrement perdu la vue quelques années plus tôt et ses yeux étaient devenus d'un blanc laiteux. Elle était voûtée et s'activait avec des bras évoquant des brindilles. Mais elle restait malgré tout la personne la plus forte que je connaisse.

— Oooh, dit-elle. C'est Spensa que j'entends là ? Tu en as attrapé combien aujourd'hui ?

— Huit ! (Je laissai tomber mon butin devant elle.) Dont plusieurs sont particulièrement juteux.

— Assieds-toi, assieds-toi, dit Grand-mère en écartant la natte couverte de galettes roulées. Nettoyons-les et faisons-les cuire ! Si on se dépêche, on pourra les préparer à temps pour que ta mère les vende aujourd'hui, et je pourrai tanner leur peau.

J'aurais *certainement* dû aller en classe – Grand-mère avait encore oublié – mais franchement, à quoi bon ? Ces jours-ci, on recevait simplement des cours magistraux sur les différents métiers qu'on pouvait exercer dans la caverne. J'avais déjà choisi ce que je voulais faire. Quoique l'examen pour devenir pilote soit censé être difficile, on étudiait depuis dix ans, Rodge et moi. On réussirait, aucun doute là-dessus. Alors pourquoi fallait-il que j'entende raconter que c'était génial de devenir un ouvrier des cuves d'algues ou je ne sais quoi ?

Et puis, comme je devais passer du temps à chasser, je ratais beaucoup de cours, et je n'étais donc pas formée pour d'autres métiers. Je m'assurais d'assister aux cours qui présentaient un lien avec le pilotage – agencement et réparation des vaisseaux, mathématiques, histoire de la guerre. Tous les autres cours auxquels j'arrivais à assister étaient un bonus.

Je m'assis pour aider Grand-mère à écorcher et à vider les rats. Elle travaillait à tâtons d'une manière propre et efficace.

— De qui, me demanda-t-elle, tête baissée, les yeux pratiquement clos, veux-tu que je te parle aujourd'hui ?

— Beowulf !

— Ah, le roi des Gètes, hein ? Pas Leif Eriksson ? C'était le préféré de ton père.

— Est-ce qu'il a tué un dragon ?

— Il a découvert un nouveau monde.

— Avec des dragons ?

Grand-mère eut un petit rire.

— Un serpent à plumes, d'après certaines légendes, mais je ne connais pas d'histoires où ils se battent. Donc, Beowulf, c'était un homme *sacrément* puissant. C'était ton ancêtre, tu sais. Il était déjà vieux lorsqu'il a tué le dragon ; il s'est d'abord fait connaître en combattant des monstres.

Je travaillais en silence avec mon couteau, écorchant et vidant les rats, puis découpant la viande pour la jeter dans une marmite où la faire cuire. La plupart des gens de la ville se nourrissaient de pâte d'algues. La véritable viande – provenant de bétail ou de porcs élevés dans des cavernes à l'éclairage spécial dotées d'équipements environnementaux – était beaucoup trop rare pour en consommer tous les jours. Alors ils achetaient des rats.

J'adorais la façon dont Grand-mère racontait les histoires. Sa voix devenait plus douce quand les monstres sifflaient, plus affirmée quand les héros fanfaronnaient. Elle s'activait avec des doigts agiles tout en me racontant les exploits de l'ancien héros viking venu au secours des Danois en des temps difficiles. Un guerrier aimé de tous qui se battait courageusement, même contre un adversaire plus grand et plus puissant.

— Et quand le monstre s'en fut allé mourir ailleurs, poursuivit Grand-mère, le héros brandit le bras et l'épaule entiers de Grendel en guise de macabre trophée. Il avait vengé le sang des morts et prouvé sa force et sa valeur.

Des cliquetis résonnèrent au rez-de-chaussée de notre appartement. Ma mère était de retour. Je l'ignorai pour l'instant.

— Il a arraché le bras, demandai-je, à *mains nues* ?

— Il était fort, répondit Grand-mère, et un véritable guerrier. Mais il faisait partie des peuples de l'ancien temps, qui se battaient avec les mains et l'épée. (Elle se pencha vers moi.) Toi, tu te battras avec l'agilité de tes mains et de ton esprit. Avec un vaisseau spatial à piloter, tu n'auras pas besoin d'arracher des bras. Bon, as-tu fait tes exercices ?

Je levai les yeux au ciel.

— Je t'ai vue, me lança Grand-mère.

— Pas du tout.

— Ferme les yeux.

Je m'exécutai et penchai la tête en arrière, visage tourné vers le plafond de la caverne, loin au-dessus de nous.

— Écoute les étoiles, me dit Grand-mère.

— Je n'entends que...

— Écoute les étoiles. Imagine-toi en train de voler.

Je soupirai. J'adorais Grand-mère et ses histoires, mais cette partie-là m'ennuyait toujours. Malgré tout, j'essayai de faire ce qu'elle m'avait appris – assise là avec la tête renversée, je tentai de m'imaginer que je m'élevais. Je tentai de laisser tout le reste s'effacer autour de moi et de m'imaginer des étoiles qui brillaient vivement là-haut.

— Avant, me dit Grand-mère tout bas, je faisais cet exercice avec ma mère, à bord du *Rebelle*, dans les salles des machines. On travaillait sur le vaisseau amiral lui-même, un croiseur de bataille plus grand que cette caverne tout entière. Je restais assise à écouter le bourdonnement des moteurs, et autre chose encore au-delà. Les étoiles.

Je tentai de l'imaginer petite fille, ce qui m'aida curieusement. Avec les yeux clos, j'avais presque l'impression de flotter. De tendre vers le haut...

— Nous autres, les gens de l'équipe des machines, poursuivit Grand-mère, nous nous distinguions parmi les autres équipes du vaisseau. Ils nous trouvaient étranges, mais nous permettions au vaisseau d'avancer. Nous lui permettions de voyager parmi les étoiles.

Maman disait que c'était parce que nous les entendions.

Il me sembla… l'espace d'un bref instant… entendre quelque chose là-dehors. Mon imagination peut-être ? Un bruit pur, lointain…

— Même après qu'on s'était écrasés ici, nous autres, les gens des moteurs, nous sommes restés ensemble, reprit Grand-mère. Le clan des Motorskaps. Si d'autres disent que tu es étrange, c'est parce qu'ils s'en souviennent, et peut-être parce qu'ils nous craignent. C'est ton héritage. Celui des guerriers qui ont voyagé dans le ciel, et qui y *retourneront*. Écoute.

Je laissai échapper un long soupir apaisant tandis que le bruit qu'il me semblait avoir entendu, quoi qu'il puisse bien être, s'estompait. J'ouvris les yeux et fus stupéfaite, l'espace d'un instant, de découvrir que j'étais de retour sur ce toit, entourée par la lumière rouge de Magmatique.

— On entretenait les moteurs, demandai-je, et on faisait avancer le vaisseau ? Quel rapport avec le fait d'être des guerriers ? Ça n'aurait pas été mieux de manier les armes ?

— Seuls les idiots pensent que les armes sont plus importantes que la stratégie et le mouvement ! rétorqua Grand-mère. Demain, je te reparlerai de Sun Tzu, le plus grand général de tous les temps. Il a enseigné que c'étaient la position et la préparation qui permettaient de remporter les guerres – pas les lances ou les épées. Un grand homme, Sun Tzu. C'était ton ancêtre, tu sais.

— Je préfère Gengis Khan, déclarai-je.

— Un tyran et un monstre, me dit Grand-mère, même s'il y a effectivement beaucoup à apprendre de la vie du Grand Khan. Mais je t'ai déjà parlé de la reine Boadicée, qui s'est rebellée contre les Romains ? Elle était ton…

— Ancêtre ? intervint Maman en gravissant l'échelle à l'extérieur du bâtiment. C'était une Celte de Grande-Bretagne. Beowulf était suédois, Genghis Khan mongol, et Sun Tzu chinois. Et ils sont *tous* censés être les ancêtres de ma fille ?

— L'intégralité de l'Ancienne Terre est notre héritage ! protesta Grand-mère. Toi, Spensa, tu fais partie d'une lignée de guerriers qui remonte à des millénaires, un lien authentique avec l'Ancienne Terre et ses plus grandes figures.

Maman leva les yeux au ciel. Elle était tout mon contraire : grande, belle et calme. Elle remarqua les rats, mais me regarda ensuite en croisant les bras.

— Elle a peut-être du sang de guerriers, mais aujourd'hui elle est en retard en cours.

— Elle *est* en cours, rectifia Grand-mère. Le plus important d'entre eux.

Je me levai et m'essuyai les mains sur un chiffon. Je savais comment Beowulf affronterait des monstres et des dragons… mais comment affronterait-il sa mère un jour où il était censé se trouver à l'école ? J'optai pour un haussement d'épaules évasif.

Maman me mesura du regard.

— Il est mort, tu sais, me dit-elle. Beowulf est mort en combattant ce dragon.

— Il s'est battu jusqu'à son dernier souffle ! s'exclama Grand-mère. Il a vaincu la bête, au prix de sa propre vie. Et il a apporté à son peuple une paix et une prospérité inestimables ! Tous les plus grands guerriers se battent pour la paix, Spensa. Ne l'oublie pas.

— Au minimum, reprit Maman, ils se battent pour l'ironie. (Elle jeta un nouveau coup d'œil aux rats.) Merci. Mais file. Tu n'as pas ton examen de pilote demain ?

— Je suis prête pour l'examen, affirmai-je. Aujourd'hui, on apprend juste des choses que je n'ai pas besoin de savoir.

Maman me lança un regard noir inflexible. Tous les grands guerriers savaient quand ils étaient battus, et je serrai donc Grand-mère dans mes bras en murmurant :

— Merci.

— L'âme d'une guerrière, me répondit-elle tout bas. Rappelle-toi tes exercices. Écoute les étoiles.

Je souris, puis allai rapidement me nettoyer avant de me rendre à ce qui serait, espérais-je, mon dernier jour de classe.

2

— Pourquoi ne pas nous expliquer ce que vous faites chaque jour dans le corps des installations sanitaires, Citoyen Alfir ? demanda Mme Vmeer, notre professeur d'études des métiers, encourageant d'un hochement de tête l'homme qui se tenait devant la classe.

Ce Citoyen Alfir ne ressemblait pas à l'idée que je me faisais des ouvriers des installations sanitaires. Bien qu'il porte une combinaison d'ouvrier et une paire de gants en caoutchouc, il était plutôt séduisant : mâchoire carrée, bras musclés, poils sur la poitrine dépassant du col de sa combinaison ajustée.

Je l'imaginais presque dans le rôle de Beowulf. Jusqu'à ce qu'il se mette à parler.

— Eh bien, on s'occupe essentiellement des bouchons dans le système, expliqua-t-il. On nettoie ce qu'on appelle les eaux noires – principalement des déchets humains – pour qu'elles puissent à nouveau s'écouler jusqu'à l'endroit où les équipements les reprennent et récupèrent à la fois l'eau et les minéraux utiles.

— Ça m'a l'air parfait pour toi, chuchota Dia en se penchant vers moi. Nettoyer les déchets ? C'est juste un tout petit mieux qu'être la fille d'un lâche.

Malheureusement, je ne pouvais pas lui taper dessus. Non seulement elle était la fille de Mme Vmeer, mais j'avais déjà reçu un avertissement pour bagarre. Un deuxième m'empêcherait de passer l'examen, ce qui était stupide. Ne voulaient-ils pas que leurs pilotes soient de grands combattants ?

On était assis par terre dans une petite pièce. Pas de bureaux pour nous aujourd'hui ; un autre professeur les avait réquisitionnés. Je me faisais l'effet d'une gamine de quatre ans à qui on lisait une histoire.

— Ça n'a peut-être pas l'air très prestigieux, poursuivit Alfir. Mais sans les ouvriers des installations sanitaires, aucun d'entre nous ne disposerait d'eau. Les pilotes ne peuvent pas voler s'ils n'ont rien à boire. Par certains aspects, nous avons le métier le plus important dans ces cavernes.

Bien que j'aie manqué une partie de ces cours magistraux, j'en avais entendu bien assez. Les ouvriers du corps de la ventilation, plus tôt dans la semaine, avaient affirmé que leur métier était important. Tout comme les ouvriers du bâtiment du jour d'avant. Comme les ouvriers des forges, le personnel d'entretien et les cuisiniers.

Tous tenaient pratiquement le même discours. Comme quoi nous étions tous des rouages importants de la machine qui combattait les Krell.

— Chacun des métiers de la caverne est une pièce vitale de la machine qui nous garde en vie, déclara Alfir, en écho à mes pensées. Nous ne pouvons pas tous être des pilotes, mais aucun métier n'est plus important qu'un autre.

Ensuite, il allait dire quelque chose sur le fait d'apprendre sa place et de suivre les consignes.

— Pour nous rejoindre, vous devez être capable de suivre des instructions, expliqua l'homme. Vous devez être disposés à faire votre part, aussi insignifiante puisse-t-elle paraître. Rappelez-vous qu'obéir est un geste de défi.

Je comprenais et, dans une certaine mesure, je lui donnais raison. Les pilotes n'iraient pas loin dans la guerre sans eau, nourriture ou installations sanitaires.

Prendre ce genre de métiers me donnait, malgré tout, l'impression de se caser. Où étaient l'étincelle, l'énergie ? Nous étions censés être des Rebelles. Nous étions des *guerriers*.

La classe applaudit poliment quand le Citoyen Alfir eut terminé. À l'extérieur de la fenêtre, d'autres travailleurs marchaient en rang entre des statues aux formes droites et géométriques. Parfois, nous ressemblions moins à une machine de guerre qu'à une horloge destinée à mesurer la longueur des journées de travail.

Les étudiants se levèrent pour la pause, et je m'éloignai à grands pas avant que Dia puisse me lancer une autre pique. Cette fille avait essayé toute la semaine de me titiller pour m'attirer des ennuis.

À la place, j'approchai d'un étudiant au fond de la pièce – un garçon grand et maigre aux cheveux roux. Il avait ouvert un livre pour lire dès l'instant où le cours avait pris fin.

— Rodge, lui dis-je. Rigolard !

Il leva la tête en entendant son surnom – l'indicatif que nous avions choisi pour qu'il l'adopte quand il deviendrait pilote.

— Spensa ! Tu es arrivée quand ?

— Au milieu du cours. Tu ne m'as pas vue entrer ?

— Je passais en revue les listes de formations de vol dans ma tête. *Salve*. Plus qu'une journée. Tu n'es pas nerveuse ?

— Bien sûr que non. Pourquoi je le serais ? Je maîtrise *parfaitement* tout ça.

— Moi, je ne suis pas sûr de maîtriser, répondit Rodge avec un coup d'œil à son livre de cours.

— Tu plaisantes ? Tu sais *pratiquement tout*, Rig.

— Tu devrais plutôt m'appeler Rodge. Enfin, on n'a pas encore gagné nos indicatifs. Pas avant de réussir l'examen.

— Ce qu'on fera *sans aucun problème*.

— Mais si je n'ai pas étudié les bons sujets ?

— Cinq manœuvres de virage basiques ?

— Grand huit inversé, répondit-il aussitôt. Boucle d'Ahlstrom, double permutation, bascule sur aile et virage d'Imban.

— Seuil d'alerte de force g de la FDR pour les diverses manœuvres ?

— Dix g pour une ascension ou un virage sur l'aile, quinze g pour avancer, quatre g pour une descente.

— Type de propulseur auxiliaire sur un intercepteur Poco ?

— Quel modèle ?

— Actuel.

— A-19. Oui, je sais tout ça, Spensa – mais si ce ne sont pas ces questions-*là* qui figurent dans l'examen ? Et si c'est quelque chose que nous n'avons *pas* étudié ?

En entendant ses mots, j'éprouvai un doute infime. Bien que nous ayons passé des examens blancs, le contenu effectif de l'examen de pilote changeait chaque année. Il y avait toujours des questions sur les propulseurs auxiliaires, les composants des vaisseaux de combat et les manœuvres – mais techniquement, n'importe quelle partie de notre formation pouvait être incluse.

J'avais manqué beaucoup de cours, mais je savais que je n'avais pas à m'inquiéter. *Beowulf* ne s'inquiéterait pas. La confiance, c'était l'âme de l'héroïsme.

— Je vais réussir cet examen haut la main, Rig, l'assurai-je. Toi et moi, on sera les meilleurs pilotes de la Force de Défense Rebelle. On se battra tellement bien que les lamentations des Krell s'élèveront jusqu'au ciel comme la fumée d'un bûcher, et qu'ils pleureront leur désespoir face à notre arrivée !

Rig pencha la tête sur le côté.

— J'en faisais un peu trop ? demandai-je.

— Mais d'où tu sors ces trucs-là ?

— Ça semble être le genre de choses que dirait Beowulf.

Rodge se rassit pour étudier, et j'aurais sans doute dû me joindre à lui. Cependant, une partie de moi en avait assez d'étudier, d'essayer de fourrer des informations dans mon cerveau. Je voulais que le défi *arrive pour de bon.*

Malheureusement, nous avions encore un cours magistral aujourd'hui. J'écoutai bavarder la dizaine d'autres étudiants mais je n'étais pas d'humeur à supporter leur bêtise. Je me retrouvai plutôt à faire les cent pas comme un animal en cage, jusqu'à ce que je remarque Mme Vmeer qui se dirigeait vers moi avec Alfir, le type des installations sanitaires.

Elle portait une jupe vert vif, mais le véritable emblème de sa réussite était l'insigne argenté de cadet sur son chemisier. Il signifiait qu'elle avait validé l'examen des pilotes. Elle avait dû se faire recaler aux épreuves de l'école de pilotage (dans le cas contraire, elle aurait un insigne doré), mais ce n'était pas chose rare. Et ici, à Magmatique, même un insigne de cadet témoignait d'une grande réussite. Mme Vmeer avait des habits spéciaux et des privilèges de réquisition de nourriture.

Elle n'était pas un mauvais professeur – elle ne me traitait pas très différemment des autres étudiants, et ne me grondait pratiquement jamais. Je l'appréciais plutôt, même si sa fille était une créature de pures ténèbres, qui méritait seulement d'être tuée afin qu'on fabrique des potions avec son cadavre.

— Spensa, dit Mme Vmeer, le Citoyen Alfir voulait s'entretenir avec toi.

Je m'armai de courage, me préparant à entendre des questions sur mon père. Tout le monde voulait toujours m'interroger sur lui. Quel effet ça faisait d'être la fille d'un lâche ? Est-ce que j'aurais aimé pouvoir m'en cacher ? Avais-je déjà envisagé de changer de nom de famille ? Les gens qui croyaient faire preuve d'empathie posaient toujours ce genre de questions.

— J'ai entendu dire, commença Alfir, que tu es une sacrée exploratrice.

J'ouvris la bouche pour lâcher une repartie, mais la ravalai aussitôt. *Quoi ?*

— Tu descends dans les cavernes, poursuivit-il, pour chasser ?

— Hum… oui, répondis-je. Des rats.

— Nous avons besoin de gens comme toi, dit Alfir.

— Dans les *installations sanitaires* ?

— Une grande partie des machines dont nous nous occupons se trouvent dans des cavernes éloignées. Nous y envoyons des expéditions, et nous avons besoin de gens solides pour ces trajets. Si tu cherches un métier, je t'en offre un.

Un métier. Dans les *installations sanitaires* ?

— Je vais devenir pilote, lâchai-je.

— L'examen de pilote est difficile, répondit Alfir avec un coup d'œil à notre professeur. Peu de cadets le réussissent. Je t'offre une place garantie parmi nous. Tu es sûre de ne pas vouloir l'envisager ?

— Non, merci.

Alfir haussa les épaules et s'éloigna. Mme Vmeer m'étudia un instant, puis secoua la tête et alla accueillir le conférencier suivant.

Je m'adossai au mur et croisai les bras. Mme Vmeer savait que j'allais devenir pilote. Pourquoi pensait-elle que j'accepterais ce genre d'offre ? Alfir ne pouvait avoir entendu parler de moi que par son intermédiaire, alors que se passait-il ?

— Ils ne vont pas te laisser devenir pilote, dit une voix à côté de moi.

Je me tournai vers elle et vis – un peu tard – que je venais de passer près de Dia. Elle était assise par terre, appuyée au mur. Pourquoi ne bavardait-elle pas avec les autres ?

— Ils n'ont pas le choix, lui répondis-je. N'importe qui peut passer l'examen de pilote.

— N'importe qui peut le passer, confirma Dia. Mais ils décident de qui le réussit, et ce n'est pas toujours équitable. Les enfants des Premiers Citoyens sont admis automatiquement.

Je regardai au mur le tableau représentant les Premiers Citoyens. Nous en avions dans toutes les salles de classe. Et oui, je savais que leurs enfants étaient admis automatiquement à l'école de pilotage. Ils le méritaient, car leurs parents avaient pris part à la bataille d'Alta.

Techniquement, mon père aussi – mais je ne comptais pas sur ce point pour m'aider. Malgré tout, on m'avait toujours répété qu'une bonne performance à l'examen permettrait à n'importe qui, quel que soit son statut, d'intégrer l'école de pilotage. La Force de Défense Rebelle – la FDR – se moquait bien de savoir qui vous étiez, du moment que vous saviez voler.

— Je sais qu'ils ne me compteront pas comme la fille d'un Premier, répondis-je. Mais si je réussis, j'y aurai accès. Comme n'importe qui d'autre.

— Justement, grosse débile. Tu ne réussiras pas, quoi qu'il arrive. J'ai entendu mes parents en parler hier soir. L'amirale Ironsides a donné l'ordre de te recaler. Tu ne croyais quand même pas *vraiment* qu'ils laisseraient la fille de Chasseur voler pour la FDR ?

— Menteuse.

Je sentis mon visage se glacer sous l'effet de la colère. Elle essayait encore de me provoquer pour que je pique une crise.

Dia haussa les épaules.

— Tu verras. Ça n'a aucune importance pour moi : mon père m'a déjà obtenu un boulot dans le corps administratif.

J'hésitai. Ça ne ressemblait pas à ses insultes habituelles. Ça n'avait pas le même mordant cruel, la même nuance de sarcasme amusé. Elle… elle paraissait vraiment ne pas se soucier de savoir si je la croyais.

Je traversai la pièce d'un pas furieux pour rejoindre l'endroit où Mme Vmeer s'entretenait avec la nouvelle conférencière, une femme du corps des cuves d'algues.

— Il faut qu'on parle, lui dis-je.

— Juste un instant, Spensa.

Je restai plantée là à épier leur conversation, bras croisés, jusqu'à ce que Mme Vmeer soupire et m'entraîne sur le côté.

— Qu'y a-t-il, mon enfant ? demanda-t-elle. Avez-vous changé d'avis par rapport à l'offre généreuse du Citoyen Alfir ?

— C'est vrai que l'amirale elle-même a ordonné que je sois recalée à l'examen de pilote ?

Mme Vmeer étrécit les yeux, puis se retourna pour décocher un regard à sa fille.

— C'est vrai ? insistai-je.

— Spensa, fit Mme Vmeer en se retournant vers moi. Tu dois bien comprendre que c'est une question très délicate. La réputation de ton père est…

— *C'est vrai ?*

Mme Vmeer pinça les lèvres sans répondre.

— Alors tout ça, ce sont des mensonges ? Ces histoires d'égalité comme quoi seul le talent compte ? Ces histoires de trouver sa place et d'y servir ?

— C'est compliqué, éluda Mme Vmeer avant de baisser la voix. Écoute, et si tu manquais l'examen demain pour éviter cette gêne à tout le monde ? Viens me voir et nous parlerons de ce qui pourrait te convenir. Si ce ne sont pas les installations sanitaires, peut-être l'armée de terre ?

— Pour que je passe toutes mes journées debout à monter la garde ? crachai-je d'une voix qui montait en volume. J'ai besoin de voler. J'ai besoin de *faire mes preuves* !

Mme Vmeer soupira, puis secoua la tête.

— Je suis désolée, Spensa, mais ça ne se serait jamais produit. Je regrette qu'aucun de tes professeurs n'ait eu le courage de t'en dissuader quand tu étais plus jeune.

En un instant, tout s'effondra autour de moi. Mes rêves d'avenir. L'évasion soigneusement planifiée de ma vie ridiculisée.

Des mensonges. Des mensonges qu'une part de moi avait soupçonnés. *Évidemment* qu'ils n'allaient pas me laisser réussir l'examen. *Évidemment* que je les embarrassais trop pour qu'ils me laissent piloter.

J'avais envie de me mettre en rage. Envie de frapper quelqu'un, de casser quelque chose, de hurler à m'en faire saigner les poumons.

Au lieu de quoi je quittai la pièce d'un pas vif, loin des regards moqueurs des autres étudiants.

3

Je me réfugiai dans les cavernes silencieuses. Je n'osais pas retourner voir ma mère et ma grand-mère. Maman se réjouirait forcément ; elle avait perdu un mari à cause des Krell et refusait de me voir subir le même sort. Quant à Grand-mère… elle me dirait de me battre.

Mais contre quoi ? L'armée elle-même ne voulait pas de moi.

Je me sentais très bête. Pendant tout ce temps, je m'étais répété que je deviendrais pilote alors que je n'avais, en réalité, jamais eu la moindre chance. Mes professeurs avaient dû passer des *années* à se moquer de moi derrière mon dos.

Je traversai une caverne inconnue à la bordure extérieure de ce que j'avais exploré, à des heures de Magmatique. Et malgré tout, les sentiments de gêne et de colère m'envahissaient.

Quelle *idiote* j'avais été.

J'atteignis le bord d'un à-pic souterrain, m'agenouillai et activai la lumiligne de mon père en appuyant deux doigts contre ma paume – un geste que le bracelet perçut. Il se mit à luire d'un éclat plus vif. Grand-mère affirmait que nous les avions emportés avec nous sur Détritus, que c'étaient des engins utilisés par les explorateurs et guerriers de l'ancienne flotte spatiale humaine. Je n'étais pas censée en posséder un, mais tout le monde croyait qu'il avait été détruit quand mon père s'était écrasé.

Je plaçai mon poignet contre la paroi rocheuse et appuyai une fois de plus les doigts contre ma paume. Cette commande fit adhérer une ligne d'énergie à la pierre.

Une suite de trois petits coups de doigts m'accorda un peu de mou. Grâce à la ligne, je pourrais grimper par-dessus le rebord – corde en main – et descendre jusqu'en bas. Après avoir atterri, je donnai deux petits coups de doigts, ce qui poussa la corde à se décoller de la roche au-dessus de moi, puis à rentrer vivement à l'intérieur du bracelet. Je ne savais pas comment il fonctionnait, simplement que je devais le recharger tous les mois ou tous les deux mois, ce que je faisais secrètement en le raccordant à des lignes à haute tension dans les cavernes.

Je m'infiltrai dans une caverne remplie de champignons kurdi. Ils avaient un goût infect, mais ils étaient comestibles – et les rats les adoraient. Ce serait un terrain de chasse de premier choix. J'éteignis donc ma lumière et m'assis pour attendre, écoutant attentivement.

Je n'avais jamais redouté les ténèbres. Elles me rappelaient l'exercice que Grand-mère m'enseignait, où je flottais vers le haut en direction des étoiles qui chantaient. On ne pouvait pas craindre le noir quand on était un combattant. Et j'en étais une.

J'étais… j'allais être… pilote…

Je levai les yeux, cherchant à repousser ces sentiments de perte. Au lieu de quoi je m'envolai. Vers les étoiles. Et il me sembla une fois de plus entendre quelque chose qui m'appelait – un bruit pareil à celui d'une flûte lointaine.

Un grattement tout proche me rappela. Des griffes de rat sur la pierre. Je levai mon fusil harpon, me laissant guider par des gestes familiers, et réglai ma lumiligne pour qu'elle dégage un soupçon de lumière.

Le rat se tourna vers moi, paniqué. Mon doigt trembla sur la détente, mais je ne tirai pas en le voyant s'éloigner précipitamment. Quelle importance ? Allais-je vraiment poursuivre le cours de ma vie comme si rien ne s'était produit ?

D'habitude, l'exploration me distrayait de mes problèmes. Aujourd'hui, ils ne cessaient de se rappeler à moi, comme un caillou dans ma chaussure. *Tu te rappelles ? Tu te rappelles qu'on vient de te voler tes rêves ?*

Je me sentais comme lors des premiers jours qui avaient suivi la mort de mon père. Lorsque chaque instant, chaque objet, chaque mot me le rappelait ainsi que ce trou soudain à l'intérieur de moi.

Je soupirai, puis fixai une extrémité de ma lumiligne à mon harpon et lui ordonnai d'adhérer au prochain objet qu'elle toucherait. Je visai le sommet d'un autre à-pic et tirai, faisant adhérer en place la corde luisante dépourvue de tout poids. Je montai, mon fusil harpon cliquetant dans son harnais derrière mon dos.

Quand j'étais petite, j'imaginais que mon père avait survécu à l'accident. Qu'il était retenu prisonnier dans ces tunnels infinis qu'aucune carte ne recensait. Je m'imaginais le sauver, comme un personnage de l'une des histoires de Grand-mère. Gilgamesh, ou Jeanne d'Arc, ou Tarzan de Greystoke. Une héroïne.

La caverne trembla doucement, comme sous l'effet de l'indignation, et de la poussière tomba du plafond. Un impact là-haut, à la surface.

Ce n'est pas passé loin, me dis-je. Avais-je déjà grimpé si haut ? Je sortis mon carnet de cartes tracées à la main. J'étais ici depuis un moment déjà. Des heures au moins. J'avais fait une sieste quelques cavernes plus tôt...

Je consultai la montre de ma lumiligne. La nuit était tombée et repartie, et on approchait déjà du midi du jour de l'examen – qui aurait lieu le soir. J'aurais sans doute dû rentrer. Maman et Grand-mère allaient s'inquiéter si je ne me présentais pas pour l'examen.

On s'en fiche de l'examen, me dis-je, imaginant l'indignation que j'éprouverais en me faisant refouler à la porte. Au lieu de quoi je grimpai à travers un passage étroit pour rejoindre un autre tunnel. Ici, ma taille était – pour une fois – un avantage.

Un autre impact ébranla les cavernes. Avec une telle quantité de débris en train de tomber, grimper à la surface était franchement stupide. Je m'en moquais bien, j'étais d'humeur casse-cou. Je sentis, entendis presque, quelque chose me pousser vers l'avant. Je continuai à grimper jusqu'à atteindre enfin une fissure dans le plafond. De la lumière la traversait, mais elle était d'un blanc égal et stérile, pas assez orange. De l'air sec et frais la traversait également, ce qui était bon signe. Je poussai mon sac devant moi, puis me faufilai par la crevasse pour pénétrer dans la lumière.

La surface. Je levai les yeux et vis de nouveau le ciel. Ça ne manquait jamais de me couper le souffle.

Une spatiolampe lointaine éclairait une section du terrain, mais je me trouvais en grande partie plongée dans l'ombre. Au-dessus de moi, le ciel scintillait d'une pluie de débris, des lignes radieuses pareilles à des balafres. Une formation de trois vaisseaux de combat de classe éclaireur les traversaient en vol, aux aguets. Les débris qui tombaient étaient souvent des fragments brisés de vaisseaux ou d'autres détritus venant de l'espace, et il devait être possible d'y récupérer des objets de valeur. Cependant, ils perturbaient notre radar, et pouvaient masquer une incursion des Krell.

Je restai debout dans la poussière bleu-gris et laissai la splendeur du ciel me recouvrir, éprouvant la sensation curieuse du vent contre mes joues. Je m'étais approchée de la Base Alta, que je distinguais au loin, à seulement une demi-heure de marche environ. À présent que les Krell savaient où nous étions, il n'y avait plus de raison de cacher la base qui, d'un simple bunker caché, avait été transformée en un ensemble de gros bâtiments dotés d'un mur d'enceinte, de canons antiaériens et d'un bouclier invisible pour la protéger des débris.

À l'extérieur de ce mur, des groupes d'individus travaillaient sur une petite zone de ces choses que j'avais toujours trouvées si étranges : des *arbres* et des *champs*. Que faisaient-ils même là-bas ? Essayaient-ils de faire pousser de la nourriture dans ce sol de poussière ?

Je n'osai pas m'approcher. Les gardes me prendraient pour une pilleuse d'une caverne lointaine.

Malgré tout, le vert pur de ces champs et les murs tenaces de la base avaient quelque chose de spectaculaire. Alta était la preuve concrète de notre détermination. Pendant trois générations, les humains avaient vécu comme des rats et des nomades sur cette planète, mais nous ne comptions plus nous cacher désormais.

Le vol de vaisseaux spatiaux filait en direction d'Alta, et je m'avançai d'un pas à leur suite. *Essaie de viser plus haut*, avait dit mon père. *Quelque chose de plus grand…*

Où est-ce que ça m'avait conduite ?

Je plaçai mon sac et mon fusil harpon sur mon épaule, puis me remis en marche dans l'autre sens. Je m'étais déjà rendue à un passage tout proche et me disais qu'en explorant davantage, je pourrais relier certaines de mes cartes. Malheureusement, à mon arrivée, je trouvai l'entrée du passage complètement effondrée.

Des débris tombés de l'espace heurtèrent la surface non loin de là, soulevant un nuage de poussière. Je levai les yeux et vis quelques morceaux plus petits filer au-dessus de ma tête, des morceaux de métal enflammés…

Qui se dirigeaient droit vers moi.

Salve !

Je me précipitai vers l'endroit d'où j'étais venue.

Non. Nonnonnonnonnon ! L'air gronda, et je sentis la chaleur des débris en approche.

Là ! J'aperçus une petite ouverture dans la surface – moitié crevasse, moitié entrée de caverne. Je me jetai dans sa direction en dérapant et me glissai à l'intérieur.

Un énorme *BOUM* retentit derrière moi et sembla faire trembler la planète entière. Affolée, j'activai ma lumiligne et plaquai ma main contre la pierre tandis que je tombais dans ce chaos bouillonnant. Je m'arrêtai d'un coup net, reliée à la paroi par la lumiligne, tandis que les éclats de pierre et les cailloux volaient tout autour de moi. La caverne trembla.

Puis le calme retomba. Je clignai des yeux pour en chasser la poussière et me retrouvai suspendue par ma lumiligne au centre d'une petite caverne, à une dizaine ou une quinzaine de mètres de haut. J'avais perdu mon sac quelque part et je m'étais copieusement éraflé le bras.

Génial, Spensa. Vraiment génial. Voilà ce que tu gagnes à piquer des crises. Je gémis, la tête parcourue d'élancements, puis appuyai les doigts contre ma paume pour relâcher la lumiligne et descendre jusqu'au sol.

Je m'y laissai tomber et repris mon souffle. D'autres impacts résonnèrent au loin, mais ils décrurent ensuite.

Enfin, je me levai sur des jambes flageolantes et m'époussetai. Je parvins à localiser la lanière de mon sac qui dépassait de décombres tout proches. Je tirai dessus, puis inspectai le bidon et les cartes qu'il contenait. Ils paraissaient intacts.

Mon fusil harpon, c'était une autre histoire. Je trouvai la poignée, mais aucune trace du reste. Il devait être enfoui dans le monticule de gravats.

Je m'affalai contre une pierre. Je *savais* que je n'aurais pas dû monter à la surface pendant les chutes de débris. J'avais pratiquement cherché les ennuis.

Un grattement retentit près de moi. Un rat ? Je levai aussitôt la poignée de mon pistolet, puis me sentis doublement stupide. Malgré tout, je m'obligeai à me lever, jetai le sac sur mon épaule et augmentai la lumière de mon bracelet. Une ombre se mit aux abris, et je la suivis en ne boitant que légèrement. Il existait peut-être un autre moyen de sortir d'ici.

Je levai mon bracelet dans les airs pour éclairer la caverne. Ma lumière se refléta sur quelque chose devant moi. Du métal ? Peut-être une des canalisations qui transportaient l'eau ?

Je me dirigeai par là, et mon cerveau mit un moment à comprendre ce que je voyais. Là, niché dans le coin de la caverne, entouré par des décombres, se trouvait un *vaisseau*.

4

C'était un vaisseau de combat.

Un ancien, d'un modèle qui m'était totalement inconnu. Il possédait une envergure plus grande que les vaisseaux de la FDR, et avait la forme d'un W acéré. Des ailes droites et tranchantes comme des rasoirs, sur les côtés, entouraient un vieux cockpit couvert de poussière en son milieu. L'anneau d'élévation – la pièce qui donnait leur portance aux navires de combat – était enfoui dans les décombres en dessous du vaisseau mais, pour autant que je puisse m'en rendre compte, il semblait intact.

L'espace d'un instant, j'oubliai l'examen. Un *vaisseau.*

Depuis combien de temps était-il là pour avoir amassé autant de gravats autour de lui, et autant de poussière ? Une de ses ailes avait été pliée pratiquement jusqu'au sol, sans doute à cause d'un effondrement, et les propulseurs auxiliaires arrière étaient vraiment dans un sale état.

Je ne connaissais pas ce modèle. C'était *incroyable.* Je connaissais tous les modèles de la FDR, tous les vaisseaux krell, et les vaisseaux de commerce itinérants utilisés par les clans nomades humains. J'avais même étudié d'anciens vaisseaux que nous utilisions pendant les premières décennies après nous être écrasés sur Détritus.

Je pouvais pratiquement les réciter dans mon sommeil, tirer leurs silhouettes de ma mémoire. Mais je n'avais jamais vu ce modèle-ci. Je laissai tomber mon sac et grimpai – précautionneusement – le long de l'aile qui avait été endommagée. Mon bracelet me fournit de la lumière tandis que mes bottes retiraient des fragments de la croûte de poussière séchée, dévoilant une surface métallique éraflée. Le côté droit du vaisseau était particulièrement amoché.

Il s'est écrasé ici, me dis-je. *Il y a longtemps.*

Je grimpai près du cockpit circulaire, qui possédait une verrière – enfin, sans doute de fusioplastique – et semblait remarquablement intacte. Ce vaisseau était trop vieux de plusieurs générations pour disposer d'assez d'alimentation pour ouvrir son propre cockpit, mais je trouvai le panneau de déverrouillage manuel à l'endroit exact où je l'imaginais. J'essuyai la poussière et découvris des lettres – en anglais. Elles disaient OUVERTURE D'URGENCE DE LA VERRIÈRE.

Le vaisseau était donc bel et bien humain. Il devait être ancien, dans ce cas. Sans doute autant que les équipements et la ceinture de débris.

Je tirai sur le levier d'ouverture, en vain. Il était coincé. Je posai les mains sur mes hanches et envisageai de défoncer la verrière pour entrer – mais ça me semblait dommage. C'était là une antiquité, le genre d'appareil dont la place était sur un piédestal dans le musée des vaisseaux de Magmatique, où nous célébrions les guerriers du passé. Il n'y avait cependant pas de squelette dans le cockpit, ce qui semblait indiquer soit que le pilote s'était échappé, soit qu'il était là depuis si longtemps que même ses os étaient tombés en poussière.

Bon, allons-y délicatement. Je savais me montrer délicate. J'étais *incroyablement* délicate. C'était tout moi.

Je fixai une extrémité de ma lumiligne au levier d'ouverture, puis marchai sur le toit du vaisseau jusqu'aux gravats à l'arrière, où je fixai l'autre extrémité de la lumiligne à un rocher. La corde d'énergie se détacha totalement du bracelet, qui cessa de briller. La corde pouvait fonctionner une heure ou deux une fois séparée de sa source d'énergie, mais conserverait la même longueur une fois détachée.

Je me mis sur le dos, pris appui contre le mur et repoussai le rocher avec mes pieds. Il se mit à dévaler les décombres et, dès que j'entendis un déclic provenant du cockpit, je désactivai la lumiligne d'un petit coup de doigt. La corde luisante relâcha sa prise des deux côtés et se retrouva de nouveau aspirée dans le bracelet.

Quand ce fut fait, je me précipitai pour découvrir la manette baissée et le vieux cockpit entrouvert. Avec déférence, je soulevai entièrement la verrière, faisant dégringoler de la poussière des deux côtés. L'intérieur paraissait extrêmement bien préservé. En effet, tandis que je me laissais glisser dans le cockpit, je découvris que le siège était raide, mais que le cuir n'était ni craquelé ni en décomposition.

Contrôles similaires, me dis-je en appuyant la main gauche sur la manette des gaz, la main droite sur la sphère de contrôle, les doigts reposant sur les sillons.

Je m'étais déjà assise dans des cockpits factices au musée, mais jamais dans un *véritable vaisseau.*

Je plongeai la main dans ma poche et tâtai l'insigne de mon père, que j'avais tiré de sa cachette avant de m'aventurer dans les tunnels. Je le levai en l'air et le laissai scintiller à la lueur de mon bracelet. Était-ce là ce que mon père ressentait autrefois, cette sensation douillette d'*adéquation* quand il était assis dans un cockpit ? Que penserait-il s'il savait que sa fille passait son temps à chasser des rats ? Qu'elle se trouvait ici, dans une caverne poussiéreuse, au lieu de passer l'examen de pilote ?

Qu'elle avait renoncé au lieu de se battre ?

— Je n'ai pas renoncé ! protestai-je. Je ne me suis pas enfuie !

Enfin… peut-être que si. Mais qu'aurais-je pu faire d'autre ? Je ne pouvais pas combattre le système entier. Si l'amirale Ironsides en personne – chef de la FDR – ne voulait pas de moi, je ne pouvais rien faire.

La colère m'envahit. La frustration, la *haine*. La haine contre la FDR pour la façon dont elle avait traité mon père, la colère contre ma mère et mes professeurs – tous les adultes qui m'avaient laissée continuer à rêver alors qu'ils devaient connaître la vérité.

Je fermai les yeux et crus sentir la puissance du propulseur auxiliaire du vaisseau derrière moi. Je perçus presque l'attraction des forces g lorsque je tournai. L'odeur de l'air propre et frais aspiré dans l'atmosphère supérieure et injecté dans le cockpit.

Je voulais plus que tout le ressentir. Mais quand j'ouvris les yeux, je me trouvais à nouveau dans une vieille antiquité poussiéreuse et en panne. Je ne volerais jamais. On m'avait renvoyée.

Une voix murmura au fond de ma tête :

Et si c'était ça, *l'examen ?*

Et si… s'ils voulaient voir ce que j'allais faire ? Salve alors, et si Mme Vmeer m'avait menti ? Et si je m'étais enfuie pour rien – ou, pire encore, si je venais de prouver que j'étais moi-même une lâche, comme tout le monde l'affirmait au sujet de mon père ?

Avec un juron, je consultai la montre sur mon bracelet à lumiligne. Quatre heures. Il me restait *quatre heures* avant l'examen. Mais j'avais erré pratiquement une journée entière. Il m'était impossible de regagner Magmatique à temps. Enfin, en étais-je bien sûre ?

— Conquiers les étoiles, Spensa, murmurai-je.

Il fallait que j'essaie.

5

Je déboulai dans la salle d'examen comme un vaisseau de combat avec son propulseur auxiliaire en hypercombustion maximale.

J'interrompis une femme âgée de haute taille vêtue d'un uniforme blanc d'amiral. Ses cheveux argentés lui descendaient au menton, et elle me toisa d'un air mauvais quand je m'arrêtai sur le pas de la porte. Puis son regard se porta aussitôt sur l'horloge accrochée au mur.

La deuxième aiguille avança d'un dernier cran. 1800.

J'ai réussi. J'étais en nage, ma combinaison déchirée et couverte de poussière après ma collision manquée avec un fragment de débris spatial. Mais j'avais réussi.

Personne ne prononça un mot dans la pièce, qui se trouvait dans les bâtiments du gouvernement au centre de Magmatique – près des ascenseurs menant à la surface. L'endroit était encombré de bureaux ; il devait y avoir ici une centaine d'ados. Je ne m'étais pas rendu compte qu'il y avait autant de gamins de dix-sept ans dans les cavernes des Rebelles, et ce n'étaient là que ceux qui souhaitaient passer l'examen de pilote.

En cet instant, chacun d'entre eux me regardait fixement.

Je gardai la tête bien haute et m'efforçai d'agir comme s'il n'y avait rien d'inhabituel. Malheureusement, le seul pupitre vide que j'aperçus se trouvait juste en face de cette femme aux cheveux argentés.

Est-ce que je la reconnaissais ? Ce visage…

Salve !

Ce n'était pas le premier contre-amiral venu, mais Judy Ivans, « Ironsides » en personne. C'était une Première Citoyenne ainsi que la chef de la FDR, et j'avais donc vu son visage sur des centaines de tableaux et de statues. Elle était pour ainsi dire la personne la plus importante au monde.

Je m'avançai en boitillant pour aller m'asseoir devant elle, m'efforçant de ne pas montrer ma gêne – ni ma douleur. Foncer jusqu'ici avait impliqué de nombreuses descentes insensées avec ma lumiligne à travers cavernes et tunnels. Mes muscles protestaient à cuase de ces efforts, et ma jambe droite fut prise d'une crampe à l'instant où je m'assis.

Avec une grimace, je laissai tomber mon sac par terre à côté de mon siège. Un assistant s'en empara et l'emporta vers le côté de la pièce, car nous n'étions autorisés à rien garder à notre pupitre en dehors d'un crayon.

Je fermai les yeux – mais les entrouvris quand j'entendis une voix bien reconnaissable chuchoter tout près.

— Oh, la planète-mère soit louée.

Rig ? Je jetai un coup d'œil discret et l'aperçus quelques rangées plus loin. Il avait dû arriver trois heures plus tôt, puis passer tout ce temps à craindre que je sois en retard. Sans aucune raison valable. J'étais arrivée avec *au moins* une demi-seconde d'avance. Je lui adressai un clin d'œil, puis me remis à essayer de ne pas hurler de douleur.

— Comme je vous le disais, poursuivit l'amirale, nous sommes fiers de vous. Votre travail et votre préparation démontrent que vous êtes la meilleure et la plus prometteuse des générations que la FDR ait jamais connue. Vous êtes celle qui héritera de la surface. Vous nous guiderez dans une nouvelle ère d'audace en combattant les Krell.

» Gardez en tête que cet examen n'est pas destiné à prouver votre valeur. Vous êtes tous valeureux. Pour permettre à une seule escadrille de pilotes de prendre les airs, nous avons besoin de centaines de techniciens, de mécaniciens et autre personnel de soutien. Même l'ouvrier des cuves le plus humble participe à notre grande quête de survie. L'aile ou le propulseur auxiliaire du vaisseau ne doit pas mépriser le boulon qui le maintient en place.

» Vous ne réussirez pas tous cet examen mais, en choisissant simplement d'être ici, vous vous montrez à la hauteur des grands espoirs que j'ai placés en vous. Et pour ceux qui réussiront : j'ai hâte de superviser votre formation. Je porte un intérêt tout particulier aux cadets.

Je fronçai les sourcils. Elle semblait tellement distante, indifférente. Elle ne devait sans doute pas se soucier de moi, quelle que soit la mauvaise réputation de mon père.

Tandis que des assistants s'empressaient de distribuer les copies, Ironsides se dirigea sur le côté, vers une poignée de capitaines en uniforme scintillant.

Un petit homme à lunettes lui chuchota quelques mots avant de me montrer du doigt. Ironsides se retourna pour m'étudier de nouveau, et les coins de ses lèvres s'abaissèrent brusquement.

Oh non.

Je regardai vers l'autre mur, où plusieurs professeurs, dont Mme Vmeer, nous surveillaient. Elle me vit, puis secoua la tête d'un air déçu. Mais… je… il me semblait avoir tout compris. Ils cherchaient simplement à déterminer si j'étais une vraie Rebelle.

N'est-ce pas ?

Un assistant prit posément une copie au bas de la pile et la posa sur mon bureau. D'un geste hésitant, je fouillai mes poches en quête d'un crayon, mais ne trouvai que l'insigne de mon père. J'entendis un sifflement sur le côté et me tournai vers Rig – qui me jeta un crayon qu'il avait en rab.

Merci, articulai-je en silence, avant d'ouvrir le test et de me pencher sur la première question.

1. Énumérez, en citant des exemples d'objets que l'on fabrique avec eux, les quatorze types d'algues qu'on cultive dans les cuves et la valeur nutritionnelle de chacun.

Mon estomac se noua. Une question sur les *algues* ? D'accord, les tests comprenaient généralement des questions générales tirées de notre programme, mais… des algues ?

Je passai à la page suivante.

2. Énoncez les conditions exactes requises pour la croissance optimale des algues, sans vous

limiter (mais sans les omettre) à la température, la pureté de l'eau et la profondeur des cuves.

La suivante portait sur le traitement des eaux usées, tout comme celle d'après. Je sentis mon visage se glacer quand je compris que l'ensemble des cinquante pages comportaient des questions sur des sujets comme les cuves d'algues, les eaux usées ou la ventilation. C'étaient là des leçons que j'avais manquées pendant que je chassais. J'assistais aux cours de l'après-midi sur la physique et l'histoire, mais je n'avais tout simplement pas le temps de tout étudier.

Je regardai de nouveau Mme Vmeer, qui refusa de croiser mon regard, et je me penchai donc pour jeter un coup d'œil discret à la copie de Darla Mee-Bim. La sienne commençait par une question totalement différente.

1. Citez cinq manœuvres aériennes que vous exécuteriez pour esquiver un vaisseau krell qui vous poursuivrait de près.

Boucle serrée, doubles ciseaux, boucle d'Ahlstrom, rétropédalage inversé et rouleau. Selon sa proximité, la nature du champ de bataille et ce que faisait mon ailier. Je me penchai sur le côté pour inspecter le test d'un autre voisin, où j'aperçus des chiffres accompagnés des mots *propulseur auxiliaire* et *manette des gaz*. Une question sur l'accélération et les forces g.

Un assistant prit la parole, assez fort pour que la plupart des personnes présentes dans la pièce l'entendent.

— Sachez qu'aucun de vos voisins n'aura le même test, et que tricher est donc non seulement puni d'exclusion, mais également inutile.

Je me laissai aller sur mon siège, la colère bouillonnant à l'intérieur de moi. C'était du grand n'importe quoi. Avaient-ils préparé un test spécial pour moi, portant sur des matières qu'ils *savaient* que j'aurais manquées ?

Tandis que je fulminais, plusieurs étudiants se levèrent et se dirigèrent vers l'avant de la pièce. Ils ne pouvaient tout de même pas avoir déjà fini ? L'un d'entre eux – un grand jeune homme costaud à la peau brune, aux cheveux noirs courts et bouclés, et au visage agaçant – remit sa copie à l'amirale. Depuis ma place, je vis qu'elle ne comportait rien d'autre que son nom. Il lui montra un insigne – un modèle spécial, bleu et or. Celui d'un pilote qui avait combattu lors de la bataille d'Alta.

Les enfants des Premiers Citoyens, me dis-je. Il leur suffisait de se présenter et d'inscrire leur nom pour être automatiquement admis à l'école de pilotage. Ils étaient six aujourd'hui, chacun recevant gratuitement un créneau qui aurait pu revenir à d'autres étudiants plus assidus.

Ils sortirent tous les six, un par un, et l'amirale laissa tomber leurs copies incomplètes sur un bureau près de l'entrée. Leurs notes n'auraient aucune importance. Pas plus que la mienne.

Les paroles de Dia me revinrent en mémoire. *Tu ne croyais quand même pas vraiment qu'ils laisseraient la fille de Chasseur voler pour la FDR ?*

J'essayai malgré tout. Furieusement, serrant si fort mon crayon que j'en cassai la pointe et dus le remplacer, je griffonnai sur mon test stupide. Chaque question paraissait destinée à briser ma volonté. Cuves d'algues. Ventilation. Installations sanitaires. Des endroits où j'étais censée être à ma place.

Fille d'un lâche. Elle a de la chance qu'on ne se contente pas de la balancer dans les cuves.

J'écrivis pendant des heures, tandis que les émotions se bagarraient en moi. La colère combattait une anticipation naïve. La frustration combattait l'espoir. La compréhension terrassait l'optimisme.

14. Détaillez la procédure adéquate si vous pensez qu'une cuve d'algues a pu être contaminée par un de vos coéquipiers.

Je m'efforçai de ne laisser aucune question sans réponse mais, sur plus de deux tiers d'entre elles, je me limitai à : « Je n'en sais rien. Je demanderais à quelqu'un qui sait. » Et ça me faisait un mal de chien d'y répondre, comme si je démontrais par là même mon incompétence.

Mais il était *hors de question* que je renonce. Enfin, la sonnerie retentit, indiquant la fin de la limite temporelle de cinq heures. Je m'affalai tandis qu'une assistante m'arrachait ma copie des doigts. Je la regardai s'éloigner.

Non.

L'examen étant terminé, l'amirale Ironsides était revenue et s'entretenait avec un petit groupe de personnes en costumes et en jupes, Premiers Citoyens ou membres de l'Assemblée nationale. Ironsides était réputée sévère mais juste.

Je me levai et me dirigeai vers elle tout en fouillant dans ma poche, où mon poing se referma sur l'insigne de mon père. Je patientai, respectueuse, tandis que les étudiants sortaient à la file pour rejoindre la fête d'après l'examen, où les retrouveraient ceux qui avaient déjà opté pour d'autres carrières, et qui avaient passé la journée à présenter leurs candidatures pour des postes et à s'y faire affecter. Ceux qui avaient échoué à cet examen se verraient proposer des deuxièmes choix plus tard dans la semaine.

Mais ce soir, tout le monde ferait la fête ensemble, futurs pilotes comme futurs gardiens.

Enfin, Ironsides se tourna vers moi.

Je brandis l'insigne de mon père.

— Amirale, lui dis-je. En tant que fille d'un pilote qui a combattu lors de la bataille d'Alta, je souhaiterais demander à être acceptée à l'école de pilotage.

Elle me jaugea de la tête aux pieds, notant ma manche déchirée, mon visage sale, le sang séché sur mon bras. Elle prit l'insigne dans ma main et je retins mon souffle.

— Vous croyez *vraiment*, dit-elle, que j'accepterais l'insigne d'un traître ?

Mon cœur se serra.

— Vous n'êtes même pas censée l'avoir, jeune fille, poursuivit-elle. N'a-t-il pas été détruit lorsqu'il s'est écrasé ? Avez-vous volé l'insigne de quelqu'un d'autre ?

— Amirale, lâchai-je d'une voix tendue. Il n'a pas disparu avec lui dans l'accident : il me l'a donné avant de partir cette dernière fois.

L'amirale Ironsides se détourna pour s'éloigner.

— Amirale ? insistai-je. Je vous en supplie. Je vous en *supplie*, donnez-moi simplement une chance.

Elle hésita, et il me sembla qu'elle y réfléchissait, mais elle se pencha ensuite vers moi et chuchota :

— Jeune fille, avez-vous la *moindre idée* du genre de cauchemar diplomatique que vous pourriez nous causer ? Si je vous laisse accéder à l'école et que vous vous révélez être une lâche comme lui… Eh bien, il est hors de question que je vous laisse entrer dans un cockpit. Réjouissez-vous déjà que nous vous laissions même entrer dans ce bâtiment.

J'eus la sensation qu'on venait de me gifler. Je tressaillis. Cette femme – l'une de mes héroïnes – se détourna pour partir.

Je la saisis par le bras, et plusieurs assistants près de nous eurent des hoquets étouffés. Mais je tins bon.

— Vous avez toujours mon insigne, lui dis-je. Ils appartiennent aux pilotes et à leurs familles. La tradition…

— Les insignes des *véritables* pilotes appartiennent à leur famille, répliqua-t-elle. Pas ceux des lâches.

Elle s'arracha à ma poigne d'un coup incroyablement ferme.

J'aurais pu l'attaquer. Je faillis le faire ; la chaleur montait en moi, et mon visage se glaça.

Des bras me saisirent par-derrière avant que je puisse le faire.

— Spin ? s'écria Rig. Spensa ! Qu'est-ce que tu *fais* ?

— Elle l'a volé. Elle a pris l'insigne de mon…

Je m'interrompis quand l'amirale sortit avec l'ensemble de ses assistants. Puis je m'affaissai dans l'étreinte de Rig.

— Spensa ? Allons à la fête. On pourra en parler là-bas. Comment tu penses t'en être sortie ? Je crois… que je me suis planté. Spensa ?

Je m'éloignai de lui et regagnai mon bureau d'un pas traînant, soudain trop épuisée pour me tenir debout.

— Spin ? m'appela-t-il.

— Va rejoindre la fête, Rig, murmurai-je.

— Mais…

— Laisse-moi tranquille. S'il te plaît. Laisse-moi… simplement rester seule.

Il ne savait jamais comment s'y prendre avec moi quand j'étais de ce genre d'humeur, et il s'attarda donc avant de finir par s'éloigner.

Et je restai assise seule dans la pièce.

6

Des heures s'écoulèrent.

Ma rage d'un peu plus tôt avait été aussi brûlante que du magma. À présent, je ne ressentais plus que du froid. De l'engourdissement.

Des échos de la fête me parvenaient depuis une autre partie du bâtiment.

Je me sentais épuisée, stupide et, par-dessus le marché… vide. N'aurais-je pas dû casser mon crayon en deux, renverser des tables sous l'effet de la colère ? Déclamer que j'exercerais ma vengeance sur mes ennemis, ainsi que sur leurs enfants et petits-enfants ? Un comportement typique à la Spensa ?

Au lieu de quoi je restai assise là à regarder fixement devant moi. Jusqu'à ce que les bruits de la fête diminuent. Enfin, une assistante jeta un coup d'œil dans la pièce.

— Hum… vous êtes censée déguerpir.

Je ne bougeai pas.

— Vous êtes sûre de ne pas vouloir partir ?

Ils allaient devoir me *traîner* pour me faire sortir d'ici. J'imaginai la scène – très héroïque et digne des Rebelles – mais l'assistante n'y semblait pas encline. Elle éteignit les lumières et me laissa là, à la seule lueur de l'éclairage de secours à l'éclat rouge orangé.

Enfin, je me levai et me dirigeai vers le bureau près du mur, où Ironsides avait (peut-être par accident) laissé les copies que lui avaient remis les enfants des Premiers Citoyens. Je parcourus la pile ; chacun d'entre eux avait simplement complété son nom et laissé les autres questions sans réponse.

Je pris celle du dessus, la première qui avait été rendue. Elle comportait le nom de Jorgen Weight, suivi par une question.

1. Citez les quatre batailles majeures qui ont permis d'acquérir l'indépendance des Cavernes Rebelles Unies en tant que premier État majeur sur Détritus.

C'était là une question délicate, car les gens allaient *certainement* oublier l'escarmouche d'Unicarn – on en parlait beaucoup moins. Mais c'était là que la FDR naissante avait commencé à employer des modèles de vaisseaux de la deuxième génération, construits en secret à Magmatique. J'allai m'asseoir à mon pupitre et répondis à la question.

Je passai à la suivante, puis à la suivante encore. C'étaient de bonnes questions. Elles allaient au-delà de simples listes de dates ou de composants. Quelques questions mathématiques sur la vitesse des combats. Mais la plupart étaient des questions portant sur les intentions, opinions et préférences personnelles. Deux d'entre elles me donnèrent du mal, m'obligeant à me demander si je devais répondre ce que je pensais que le test *voulait*, ou ce que je pensais être la réponse correcte.

Les deux fois, je choisis la seconde option. Quelle importance, de toute façon ?

Alors que je terminais, j'entendis des gens discuter dehors. Des gardiens, à en juger par leur échange.

Je me sentis soudain très bête. Allais-je hurler et obliger un pauvre gardien à m'entraîner en me tirant par les cheveux ? J'avais été battue. On ne pouvait pas remporter chaque combat, et il n'y avait aucune honte à perdre quand on se trouvait dépassé en nombre. Je retournai la copie et la tapotai avec mon crayon, toujours assise dans la pénombre, travaillant à la lueur de l'éclairage de secours.

Je me mis à griffonner un vaisseau en forme de W au dos de la copie tandis qu'une idée insensée naissait dans ma tête. La FDR n'avait pas été une armée officielle dès le départ, elle était née d'une bande de rêveurs avec leur propre idée insensée. Faire fonctionner les équipements, créer des vaisseaux à partir de schémas qui avaient survécu à notre accident sur la planète.

Ils avaient construit leurs *propres* vaisseaux.

La porte s'ouvrit, laissant entrer la lumière du couloir. J'entendis un seau qu'on posait par terre à l'extérieur, et deux personnes qui se plaignaient de liquides renversés dans la salle de la fête.

— Je pars dans une minute, annonçai-je en terminant mon croquis.

Réfléchissant. M'interrogeant. *Rêvant.*

— Qu'est-ce que vous faites encore là, gamine ? demanda un gardien. Vous ne vouliez pas aller faire la fête ?

— Je n'avais pas trop la tête à ça.

Il répondit par un grognement.

— L'examen ne s'est pas bien passé ?

— Il s'avère que ça n'avait aucune importance, déclarai-je. (Je le regardai, mais il n'était qu'une silhouette éclairée par-derrière sur le pas de la porte.) Vous avez déjà… commençai-je. Vous avez déjà eu l'impression qu'on vous avait *forcé* à être ce que vous êtes ?

— Non. Mais moi, je me suis peut-être forcé à l'être.

Je soupirai. Maman devait être morte d'inquiétude pour moi. Je me levai et me dirigeai vers le mur où l'assistant avait rangé mon sac.

— Pourquoi vous le vouliez tellement ? interrogea le gardien. (Sa voix m'était-elle familière ?) C'est dangereux d'être pilote. Beaucoup d'entre eux se font tuer.

— Un peu moins de cinquante pour cent se font abattre pendant leurs cinq premières années, répondis-je. Mais ils ne meurent pas tous. Certains s'éjectent. D'autres se font abattre, mais survivent après s'être écrasés.

— Oui, je sais.

Je m'immobilisai, puis fronçai les sourcils et me tournai vers la silhouette. Je ne parvenais pas à distinguer son visage, mais quelque chose brillait sur sa poitrine. Des médailles ? Un insigne de pilote ? J'étrécis les yeux et distinguai les contours d'une veste de la FDR et d'un pantalon de soirée.

Ce n'était pas un gardien. J'entendais encore ces deux personnes dans le couloir qui plaisantaient entre elles.

Je me redressai. L'homme s'avança lentement jusqu'à mon pupitre, et l'éclairage de secours dévoila qu'il était plus âgé, autour de la cinquantaine, avec une moustache d'un blanc net. Il marchait en boitant bas.

Il ramassa le test que j'avais rempli, puis le parcourut.

— Alors, pourquoi ? fit-il enfin. Pourquoi y accorder une telle importance ? Ils ne posent jamais la question la plus essentielle dans ces tests. Pourquoi voulez-vous devenir pilote ?

Pour faire mes preuves, et racheter le nom de mon père. Ce fut ma réponse immédiate, mais il y avait autre chose. Quelque chose que mon père disait parfois et qui était enfoui en moi, souvent éclipsé par des idées de vengeance et de rédemption.

— Parce que ça nous permet de voir le ciel, murmurai-je.

L'homme émit un grognement.

— Nous nous baptisons nous-mêmes Rebelles, dit-il. C'est l'idée centrale de notre peuple – le fait que nous refusions de céder. Et cependant, Ironsides paraît toujours tellement surprise quand quelqu'un la défie.

Il secoua la tête, puis reposa la copie. Il plaça quelque chose au-dessus.

Il se détourna pour s'éloigner en boitant.

— Un instant, lui dis-je. Qui êtes-vous ?

Il s'arrêta sur le pas de la porte, et la lumière de l'extérieur dévoila plus nettement son visage, avec cette moustache, et des yeux qui paraissaient… anciens.

— Je connaissais votre père.

Un instant. Je connaissais *vraiment* cette voix.

— Corniaud ? lui dis-je. C'est bien vous. Vous étiez son ailier !

— Dans une autre vie, lâcha-t-il. À 0700 pile après-demain, bâtiment F, salle C-14. Montrez l'insigne pour qu'on vous laisse entrer.

L'insigne ? Je rejoignis le pupitre et découvris – posé au-dessus de mon test – un insigne de cadet.

Je m'en emparai.

— Mais Ironsides a dit qu'elle ne me laisserait jamais entrer dans un cockpit.

— Ironsides, je m'en occupe. C'est *ma* classe, j'ai le dernier mot en ce qui concerne mes étudiants, et même l'amirale ne peut pas outrepasser mes décisions. Elle est trop importante pour ça.

— Trop importante ? Pour donner des ordres ?

— Protocole militaire. Quand on devient assez important pour commander une armada au combat, on le devient aussi pour se mêler de la façon dont un intendant gère ses affaires. Vous verrez. Vous savez beaucoup de choses, à en juger par cette copie – mais il en reste que vous ignorez. Vous vous êtes trompée sur la question dix-sept.

— Dix-sept… (Je parcourus rapidement le test.) La question sur les situations où l'on est dépassé en nombre ?

— La bonne réponse était de rester en arrière et d'attendre des renforts.

— Mais non, pas du tout.

Il se crispa, et je me mordis aussitôt la langue. Fallait-il vraiment que je contredise la personne qui venait de me remettre un *insigne de cadet* ?

— Je vais vous laisser accéder au ciel, promit-il, mais ils ne vont pas vous mener la vie facile. *Moi*, je ne vais pas vous mener la vie facile. Ce ne serait pas juste.

— Est-ce que *quoi que ce soit* est juste ?

Il sourit.

— La mort l'est. Elle nous traite tous sur un pied d'égalité. À 0700 pile. Ne soyez pas en retard.

Modèles standard de vaisseaux de la FDR, 83 ap. att. (après atterrissage)

Poco

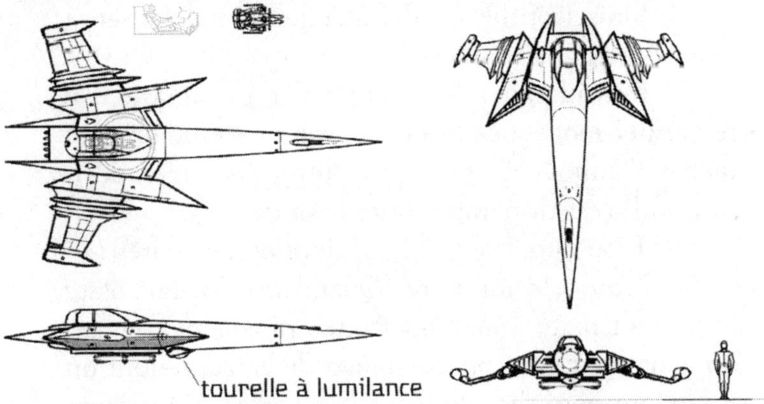

Largo

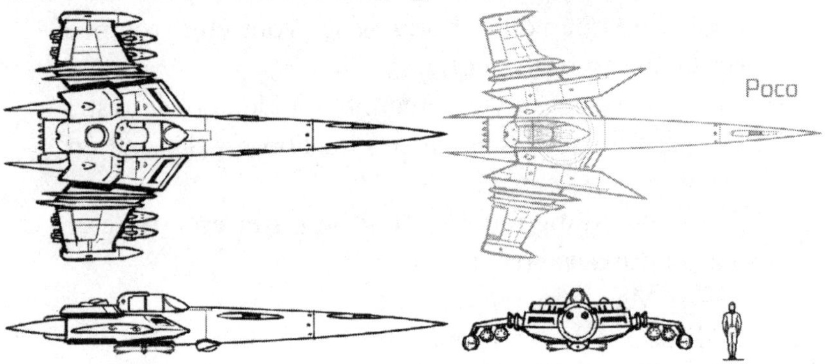

Éclaireur

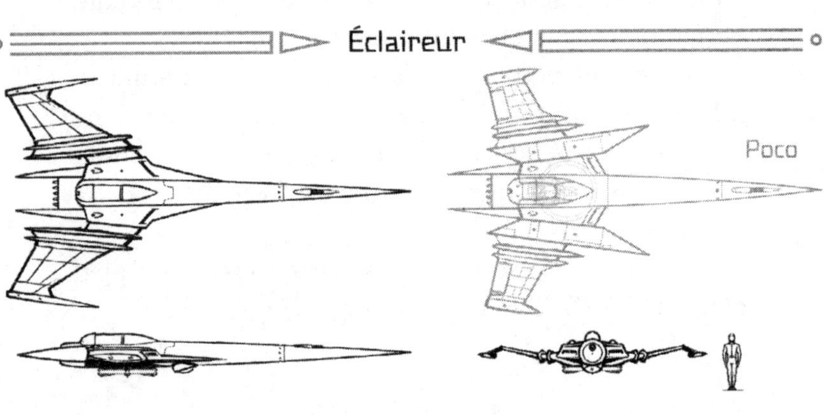

DEUXIÈME PARTIE

7

Les portes de l'ascenseur s'ouvrirent, et je contemplai une cité qui n'aurait pas dû exister. Alta étant essentiellement une base militaire, *cité* était peut-être donc un terme ambitieux. Cependant, le bâtiment des ascenseurs s'ouvrait à deux cents bons mètres à l'extérieur de la base proprement dite. La chaussée qui les séparait était bordée de boutiques et de foyers. Une ville véritable, peuplée par les fermiers obstinés qui exploitaient les bandes de verdure au-delà.

Je m'attardai dans le grand ascenseur tandis qu'il se vidait de ses occupants. Tout ça représentait le seuil d'une nouvelle vie, une vie dont j'avais toujours rêvé. Curieusement hésitante, je restai plantée là, mon sac rempli de vêtements sur l'épaule, la sensation fantôme du baiser d'adieu de ma mère sur mon front.

— Oh, n'est-ce pas la plus belle chose que tu aies jamais vue ? lança une voix derrière moi.

Je regardai par-dessus mon épaule. La personne qui venait de parler était une fille d'à peu près mon âge. Elle était plus grande que moi, avec la peau basanée et de longs cheveux noirs bouclés. Je l'avais vue un peu plus tôt dans l'ascenseur et j'avais remarqué son insigne de cadet. Elle parlait avec un léger accent que je n'identifiais pas.

— Je n'arrête pas de me dire que ça ne peut pas être réel, déclara-t-elle. Tu crois qu'il pourrait s'agir d'une farce cruelle qu'ils seraient en train de nous jouer ?

— Quel avantage tactique est-ce qu'ils y gagneraient ? lui demandai-je.

Elle me prit par le bras d'une manière bien trop familière.

— On peut y arriver. Prends simplement une profonde inspiration. Lève le bras. Cueille une étoile. C'est ce que dit la Sainte.

J'ignorais totalement comment interpréter ce comportement. En règle générale, les gens me traitaient comme une paria, ils ne me prenaient pas par le bras. J'étais tellement stupéfaite que je ne résistai pas lorsqu'elle m'entraîna derrière elle pour sortir de l'ascenseur. On rejoignit le large chemin qui traversait la ville, en direction de la base.

J'aurais préféré marcher avec Rodge, mais on l'avait appelé tard la veille pour lui poser une question au sujet de sa copie d'examen, et je n'avais pour l'instant pas eu d'écho sur ce que ça signifiait. Avec un peu de chance, il n'avait pas d'ennuis.

On dépassa bientôt une fontaine. Une vraie fontaine, comme dans les histoires. On s'arrêta pour la regarder bouche bée, et je dégageai mon bras de sa poigne. Une partie de moi voulait en être offensée – mais elle paraissait tellement *authentique*.

— Cette musique que produit l'eau, dit-elle. N'est-ce pas le son le plus merveilleux qui soit ?

— Le son le plus merveilleux, ce sont les lamentations de mes ennemis qui hurlent mon nom en direction du ciel alors qu'ils agonisent.

La fille se tourna vers moi et pencha la tête sur le côté.

— Eh bien, les étoiles te bénissent.

— Désolée, lui dis-je. C'est une citation d'un livre. (Je lui tendis la main. Autant être en bons termes avec les autres cadets.) Au fait, mon indicatif est Spin.

— Kimmalyn, répondit-elle en me serrant la main. Hum... on est déjà censés avoir des indicatifs ?

— J'ai tendance à faire du zèle. Dans quelle salle tu dois te présenter ?

— Hum... (Elle fouilla dans sa poche et en tira un papier.) C-14 ? Escadrille Cadets B.

— Comme moi.

— Indicatif... indicatif..., murmura Kimmalyn. Qu'est-ce que je devrais choisir ?

— Tueuse ? proposai-je. Combustion ? Non, on risquerait de s'y perdre. Éventreuse ?

— Ça ne pourrait pas être quelque chose d'un peu moins violent ?

— Tu vas être une guerrière. Il te faut un nom de guerrière.

— *Tout* ne se rapporte pas à la guerre !

— Hum... si, plus ou moins – et particulièrement l'école de pilotage. (Je fronçai les sourcils en remarquant son accent.) D'où est-ce que tu viens ? Pas de Magmatique, je suppose.

— Née et élevée dans la caverne Abondance ! (Elle se pencha vers moi.) C'est le nom qu'on lui donne, mais en réalité rien n'y pousse.

— Abondance, répétai-je. (C'était une caverne pas très éloignée de Magmatique, qui faisait aussi partie de la Ligue Rebelle.) C'est là que les clans de l'équipage de l'*Antioche* se sont établis, c'est bien ça ?

L'*Antioche* avait été l'une des canonnières de l'ancienne flotte, avant que nous soyons contraints de nous cacher ici sur Détritus.

— Yep. Mon arrière-grand-mère était assistante d'intendance. (Elle me mesura du regard.) Tu as bien dit que ton indicatif était Spin ? Tu ne devrais pas t'appeler plutôt Lamentation ou Dévore-les-yeux-de-mes-ennemis ?

Je haussai les épaules.

— C'était mon père qui m'appelait Spin.

Cette réponse lui tira un large sourire. Salve alors, ils avaient accepté cette fille alors qu'ils me refusaient ? Qu'est-ce que la FDR cherchait à faire ? Créer un club de tricot ?

On approcha de la base, un groupe de hauts bâtiments austères entourés par un mur. Juste à l'extérieur, les fermes cédaient la place à un véritable verger. Je m'arrêtai sur le chemin, et me retrouvai à nouveau bouche bée. J'avais vu ces arbres de loin, mais ils paraissaient énormes de près. Ils mesuraient presque trois mètres ! Auparavant, la plante la plus haute que j'avais vue était un champignon qui me montait à la taille.

— Ils les ont plantés juste après la bataille d'Alta, déclara Kimmalyn. Il a dû falloir des gens courageux pour se porter volontaires à travailler à une hauteur si exposée à l'air et aux attaques des Krell.

Elle leva vers le ciel un regard impressionné, et je me demandai si c'était la première fois qu'elle le voyait.

On s'approcha d'un poste de contrôle dans le mur et je tendis mon insigne au garde qui se trouvait là, m'attendant à moitié à me faire chahuter – comme le faisait toujours Aluko quand j'entrais à Magmatique. Cependant, le garde, qui semblait s'ennuyer, se contenta de cocher nos noms sur une liste et nous fit signe d'entrer. Pas beaucoup de chichis pour ma première entrée officielle dans Alta. Enfin, je serais bientôt tellement célèbre que le garde à la porte me saluerait en me voyant.

À l'intérieur, on compta les bâtiments et on rejoignit une poignée d'autres cadets. D'après ce que je comprenais, nous étions autour de vingt-cinq à avoir réussi l'examen, et l'on nous avait répartis en trois escadrilles de formation. Seuls les meilleurs d'entre nous sortiraient diplômés de l'école de pilotage et pourraient servir à plein temps comme pilotes.

Kimmalyn et moi, on atteignit bientôt un large édifice de plain-pied près des rampes de lancement : l'école de pilotage. Je me retins à grand-peine de me précipiter vers les vaisseaux de combat scintillants alignés pour le service – j'avais passé assez de temps pour aujourd'hui à tout regarder bouche bée.

À l'intérieur des bâtiments, on découvrit de larges couloirs, dont la plupart semblaient ouvrir sur des rangées de salles de classe. Kimmalyn poussa un cri aigu, puis se précipita pour parler à un autre cadet, qu'elle connaissait apparemment. Je m'arrêtai donc près d'une fenêtre du mur externe et regardai le ciel en l'attendant.

Je me sentais étonnamment… nerveuse. Pas à cause de la formation, mais de cet endroit. *Il est trop grand, trop ouvert.* Les couloirs étaient plus larges que ceux de la plupart des bâtiments de Magmatique, d'un mètre au moins, et les bâtiments de la base se déployaient vers l'extérieur au lieu d'être construits les uns au-dessus des autres. Le ciel se trouvait simplement là haut, omniprésent. Même avec un champ de force entre lui et moi – du même modèle invisible que ceux qu'employaient les vaisseaux de combat –, je me sentais exposée.

J'allais devoir dormir ici. Vivre, manger, *exister*. Tout ça en plein air. J'avais beau apprécier le ciel, ça ne signifiait pas pour autant que je voulais qu'il m'observe dans mes moments les plus intimes.

Je vais simplement devoir m'y faire, me dis-je. *La guerrière ne peut pas choisir son lit ; elle doit bénir les étoiles si elle peut choisir son champ de bataille.* Une citation de *La Conquête de l'espace* de Junmi. J'adorais les histoires de Grand-mère presque autant que les vieilles histoires de Vikings, même si elles contenaient moins de décapitations.

Kimmalyn me rejoignit, et on trouva notre salle de classe. J'inspirai profondément. Il était temps de devenir pilote. On ouvrit les portes.

8

Dix cockpits factices dominaient le centre de la pièce, disposés en cercle tourné vers l'intérieur. Chacun de ces volumineux appareils possédait un siège et un pupitre de commande, autour desquels était construit un fuselage partiel – mais pas de verrière. Pour le reste, ils donnaient l'impression d'avoir été arrachés directement à des vaisseaux spatiaux.

Au lieu du nez conique des vaisseaux, chacun disposait cependant d'une grosse boîte fixée à l'avant, haute d'un mètre environ et à moitié aussi large. Kimmalyn et moi étions apparemment les premières arrivées de notre escadrille, et je consultai l'horloge murale. Il était 0615. Pour une fois dans ma vie, je n'étais pas seulement en avance – j'étais la *première*.

Enfin, techniquement la deuxième, puisque Kimmalyn sauta devant moi pour aller inspecter les faux cockpits.

— Oh ! On dirait qu'on est les premières. Enfin, comme disait toujours la Sainte : « Si vous ne pouvez pas arriver en avance, arrivez au moins avant d'être en retard. »

J'entrai dans la pièce, posai mon sac à dos puis examinai les pseudo-cockpits. Je reconnus la disposition du panneau de contrôle – ils provenaient de vaisseaux de classe Poco, un modèle basique, quoique rapide, de vaisseau de combat de la FDR. La porte s'ouvrit, et deux autres cadets entrèrent. Le garçon plus petit à l'avant avait des cheveux bleu foncé et semblait être yeongien. L'équipage du *Yeong-Gwang*, de l'ancienne flotte, était principalement issu de Chine ou de Corée sur Terre.

Le garçon aux cheveux bleus sourit en balayant la pièce du regard et posa son sac près du mien.

— Waouh. Notre *salle de classe* !

La fille qui le suivait entra d'un pas nonchalant comme si les lieux lui appartenaient. Elle était mince et d'allure athlétique avec des cheveux blonds rassemblés en queue-de-cheval. Elle portait une veste d'uniforme de la FDR par-dessus sa combinaison – déboutonnée, comme pour une sortie en ville.

Ils furent bientôt suivis par une fille à la mâchoire inférieure tatouée. Elle devait être vicienne – originaire de la caverne Vici. Je ne savais pas grand-chose à leur sujet, simplement que c'étaient les descendants des marines de l'ancienne flotte spatiale. Les Viciens avaient leur propre culture et restaient entre eux – quoiqu'ils aient une réputation de grands guerriers.

Je lui souris, mais elle détourna aussitôt le regard et ne réagit pas quand Kimmalyn se présenta avec entrain. *Bon, très bien*, me dis-je.

Kimmalyn réussit à soutirer aux deux autres leur nom et leur caverne d'origine. Le type aux cheveux bleus s'appelait Bim, et il était en effet yeongien. Son clan avait fait partie de l'équipe hydroponique sur l'ancien vaisseau, et s'était établi dans une caverne proche qui possédait une grande série de fermes souterraines, éclairées et alimentées par des machines anciennes. Je n'avais jamais goûté à la nourriture qui en provenait ; elle était réservée à ceux qui avaient de nombreux mérites industriels ou des mérites de succès.

La fille athlétique était Hudiya, de Magmatique. Je ne la connaissais pas, mais la caverne était un endroit vaste, densément peuplé. Tandis que le début du cours approchait, une fille de grande taille entra et se présenta sous le nom de Freyja. Un bon nom mythologique issu du vieux norrois, ce qui me plaisait bien. Elle avait plus ou moins l'apparence assortie. Bien qu'elle soit maigre, elle était grande, peut-être jusqu'à un mètre quatre-vingt-cinq, et avait des cheveux blonds, qu'elle portait taillés très court. Ses bottes étaient flambant neuves, soigneusement astiquées, et ornées de boucles en or.

Eh bien, nous étions maintenant six. Il y en aurait encore au moins quelques autres. Une dizaine de minutes avant le début du cours, trois jeunes hommes entrèrent ensemble. Ils étaient manifestement amis, et discutaient et blaguaient tout bas. Il y en avait deux que je ne reconnaissais pas, mais celui qui marchait à l'avant – avec la peau brune et de courts cheveux bouclés – avait un visage nettement reconnaissable, juvénile, dans le genre beau gosse.

Le type de l'examen, compris-je alors. Le fils d'un Premier Citoyen qui avait été admis automatiquement.

Génial. On se retrouvait avec un aristocrate inutile sur les bras, quelqu'un qui vivait dans la plus basse – et la plus sûre – des cavernes des Rebelles. Il devait être à l'école de pilotage non pas à cause d'un talent ou d'une aptitude quelconque, mais parce qu'il voulait arborer un insigne de cadet et se sentir important. Regardant discuter les deux autres, je les cataloguai aussitôt comme ses acolytes. J'aurais parié n'importe quoi qu'ils étaient tous entrés ici sans passer l'examen, et que notre groupe de cadets comportait donc *trois* personnes qui ne méritaient pas d'être là.

Le grand type au visage poupin s'avança jusqu'au centre du cercle de sièges. Comment un garçon pouvait-il avoir un visage qui appelle à ce point les coups de poing ? Il s'éclaircit la gorge, puis frappa brusquement des mains.

— Mettez-vous au garde-à-vous, cadets ! C'est comme ça que nous voulons nous présenter à notre instructeur ? En train de nous prélasser et de bavarder de tout et n'importe quoi ? En rang !

Kimmalyn, les étoiles la bénissent, se releva d'un bond et adopta une sorte d'attitude de garde-à-vous relâché. Les deux acolytes du garçon s'avancèrent et se mirent en rang à leur tour, produisant une bien meilleure imitation de véritables soldats. Tous les autres se contentèrent de le regarder.

— Qu'est-ce qui te donne le droit de nous commander ? interrogea Hudiya, la fille athlétique provenant de ma propre caverne.

Elle s'appuyait contre le mur, bras croisés.

— Je veux faire une bonne première impression sur l'instructeur, cadette, répondit Je Sais Tout. Imaginez comme ce sera motivant quand il entrera pour nous découvrir tous en train d'attendre au garde-à-vous.

Hudiya ricana.

— Motivant ? On aurait surtout l'air d'une bande de fayots.

Je Sais Tout l'ignora pour inspecter plutôt son rang de trois cadets. Il secoua la tête devant Kimmalyn, dont la version du « garde-à-vous » impliquait de se tenir sur la pointe des pieds et de saluer avec les *deux* mains. C'était grotesque.

— Tu as l'air ridicule, lui dit Je Sais Tout.

Le visage de Kimmalyn se décomposa, et elle s'affaissa. J'éprouvai aussitôt une bouffée de colère protectrice. Enfin quoi… il avait raison, mais il n'était pas obligé de le lui balancer comme ça.

— Qui t'a appris à te tenir au garde-à-vous ? demanda Je Sais Tout. Tu vas nous couvrir de honte. Je ne peux pas tolérer ça.

— Ouais, intervins-je. Elle te volerait ta place, puisque c'est clairement *ton boulot* de nous couvrir de honte, Je Sais Tout.

Il me toisa de la tête aux pieds – notant visiblement l'état de ma combinaison de pilote rapiécée. Elle avait appartenu à mon père, et il avait fallu de sérieuses retouches pour qu'elle m'aille.

— Je te connais, cadette ? demanda-t-il. Ton visage m'est familier.

— J'étais assise au premier rang pendant l'examen, répondis-je, quand tu as rendu ta copie sans avoir répondu à une seule question. Peut-être que tu m'as vue là-bas quand tu as jeté un coup d'œil au reste de la pièce pour voir à quoi ressemblent les gens qui doivent *vraiment* travailler pour obtenir des choses.

Il pinça très fort les lèvres. J'avais apparemment touché une corde sensible. Parfait. J'avais fait couler le sang la première.

— J'ai choisi de ne pas gaspiller de ressources, dit-il, en poussant quelqu'un à noter ma copie alors qu'on m'avait déjà offert une place.

— Que tu n'as pas méritée.

Il jeta un coup d'œil aux autres cadets présents dans la pièce, qui observaient la scène avec intérêt, puis il baissa la voix.

— Écoute, tu n'es pas obligée de faire des histoires. Contente-toi de te mettre en rang, et…

— Me mettre en rang ? répétai-je. Tu essaies *encore* de nous donner des ordres ?

— De toute évidence, je serai votre chef d'escadrille. Tu ferais mieux de t'habituer à faire ce que je dis.

Quel fils de supernova arrogant.

— Ce n'est pas parce que tu as triché pour…

— Je n'ai pas *triché* !

— … parce que tu as *acheté* ta place à l'école de pilotage. Fais attention à toi. Ne m'oblige pas à devenir ton ennemie.

— Sinon quoi ?

Salve, que c'était agaçant de devoir lever les yeux pour le regarder. Je sautai sur mon siège pour gagner un peu de hauteur dans la dispute, ce qui sembla le surprendre.

Il pencha la tête sur le côté.

— Qu'est-ce qui…

— Toujours attaquer depuis une position avantageuse ! déclarai-je. Quand ce sera fini, Je Sais Tout, je brandirai ton insigne sali et fondu comme un trophée tandis que ton vaisseau en flammes sera ton bûcher, et la dernière demeure de ton cadavre brisé et broyé !

Le silence tomba dans la pièce.

— Alors ça…, reprit Je Sais Tout. C'était… très visuel.

— Les étoiles te bénissent, ajouta Kimmalyn.

Hudiya m'adressa un sourire en levant le pouce, mais les autres personnes présentes dans la pièce ne savaient clairement pas quoi penser de moi.

Et… peut-être avais-je un peu surréagi. J'avais l'habitude d'en faire des tonnes ; la vie m'avait appris que les menaces agressives poussaient les gens à reculer. Mais fallait-il vraiment que je fasse ça ici ?

Je compris alors quelque chose de curieux. *Aucune de ces personnes ne semblait savoir qui j'étais*. Ils n'avaient pas grandi près de mon quartier, ils n'étaient pas allés en cours avec moi. Ils avaient peut-être entendu parler de mon père, mais ils ne me distinguaient pas de n'importe quel autre cadet.

Ici, je n'étais pas la fille aux rats ou la descendante d'un lâche.

Ici, j'étais *libre*.

La porte choisit ce moment pour s'ouvrir, et notre instructeur – Corniaud – s'arrêta dans l'entrée, tenant d'une main une tasse de café fumante, une écritoire de l'autre. À la lumière, je le reconnus d'après les photos des Premiers Citoyens, bien que ses cheveux soient plus gris et que cette moustache le vieillisse.

Nous devions avoir l'air d'une sacrée ménagerie. Je me tenais toujours debout sur le siège de mon pseudo-cockpit, dominant Je Sais Tout. Plusieurs cadets ricanaient de notre échange, tandis que Kimmalyn essayait à nouveau d'exécuter un salut.

Corniaud jeta un coup d'œil à l'horloge, qui venait tout juste d'atteindre 0700.

— J'espère que je n'interromps rien de privé.

— Heu…, répondis-je en sautant au bas de mon siège avant d'esquisser un petit rire.

— Ce n'était pas une blague ! aboya Corniaud. Je ne plaisante jamais ! En rang contre le mur du fond, tous autant que vous êtes !

On s'empressa d'obéir. Tandis qu'on se mettait en rang, Je Sais Tout exécuta un salut précis et le maintint, parfaitement au garde-à-vous.

Corniaud lui lança un coup d'œil et lui dit :

— Ne faites pas le fayot, mon garçon. Ce n'est pas une formation de base, et vous n'êtes pas des troufions de l'armée de terre.

L'expression de Je Sais Tout s'affaissa et il baissa le bras, puis se mit malgré tout au garde-à-vous.

— Euh… désolé, mon capitaine !

Corniaud leva les yeux au ciel.

— Je m'appelle capitaine Cobb. Mon indicatif est Corniaud, mais vous m'appellerez Cobb – ou mon capitaine, si vous y tenez vraiment. (Il marcha le long du rang, boitant de manière très prononcée, et but une gorgée de café.) Les règles de cette salle de classe sont simples. J'enseigne. Vous apprenez. Tout ce qui perturbe ce fonctionnement risque de faire tuer l'un d'entre vous. (Il s'arrêta près de l'endroit où je me tenais avec Je Sais Tout.) Y compris flirter.

Je sentis mon visage se glacer.

— Je n'étais pas…

— Y compris le fait de me répondre ! Vous êtes à l'école de pilotage à présent, les étoiles vous protègent. Quatre mois de formation. Si vous parvenez jusqu'au bout sans vous faire renvoyer ou abattre, alors vous serez diplômés. C'est tout. Il n'y a pas d'examens. Pas de notes. Rien que vous dans un cockpit, en train d'essayer de me convaincre que vous méritez de rester ici. Je suis la seule autorité qui compte désormais à vos yeux.

Il patienta pour guetter notre réaction. On eut tous la présence d'esprit de ne rien dire.

— La plupart d'entre vous n'y arriveront pas, poursuivit-il. Quatre mois, ça ne paraît peut-être pas long, mais ça vous semblera une éternité. Certains d'entre vous abandonneront sous l'effet du stress, et les Krell en tueront quelques autres. En règle générale, sur une escadrille de dix, un seul cadet obtiendra son diplôme de pilote, deux à la limite.

Il s'arrêta au bout de la rangée, où Kimmalyn se mordait la lèvre.

— Cette bande-ci, par contre…, ajouta Cobb. Je serais surpris si un seul d'entre vous y arrive. (Il s'éloigna de nous en boitant, posa son café sur un petit bureau à l'avant de la pièce, puis parcourut les papiers sur son écritoire.) Lequel d'entre vous est Jorgen Weight ?

— C'est moi, mon capitaine ! répondit Je Sais Tout en se redressant.

— Génial. Vous êtes chef d'escadrille.

J'eus le souffle coupé.

Cobb me mesura du regard, mais ne dit rien.

— Jorgen, il va vous falloir deux assistants. Je veux les noms avant la fin de la journée.

— Je peux déjà vous les donner, mon capitaine, répondit-il en désignant ses deux acolytes – un garçon plus petit et un plus grand. Arturo et Nedd.

Cobb inscrivit quelque chose sur son écritoire.

— Génial. Bon, choisissez tous un siège. Nous allons…

— Attendez, l'interrompis-je. C'est *tout* ? C'est comme ça que vous choisissez notre chef d'escadrille ? Vous n'allez même pas regarder d'abord comment on se débrouille ?

— Choisissez un siège, cadets, répéta Cobb en m'ignorant.

— Mais…, insistai-je.

— À l'exception de l'élève Spensa, qui va plutôt me rejoindre dans le couloir.

Je me mordis la langue et sortis dans le couloir à pas lourds. J'aurais sans doute dû contenir ma frustration, mais… *franchement* ? Il avait immédiatement choisi Je Sais Tout ? Comme ça ?

Cobb me suivit, puis ferma calmement la porte. Je me préparai à me mettre en colère, mais il se retourna vivement vers moi et siffla :

— Est-ce que vous essayez de *tout gâcher*, Spensa ?

Je ravalai ma repartie, stupéfaite par sa colère soudaine.

— Vous savez quel mal je me suis donné pour vous faire admettre dans cette classe ? poursuivit-il. J'ai insisté sur le fait que vous aviez passé des heures assise dans cette pièce, que vous aviez rempli en entier une copie quasi parfaite. J'ai quand même dû faire appel à toute l'influence et la réputation que j'ai acquises au fil des ans pour y arriver. Et voilà que vous piquez une crise à la première occasion ?

— Je… Mais vous n'avez pas vu ce que ce type faisait avant le cours ! Il se pavanait en affirmant qu'il allait être chef d'escadrille.

— Et il s'avère qu'il avait de bonnes raisons !

— Mais…

— Mais quoi ? insista Cobb.

J'étouffai les mots que je m'apprêtais à répondre et gardai le silence.

Il prit une profonde inspiration.

— Parfait. Vous savez au moins un peu vous contrôler. (Il se frotta les sourcils avec le pouce et l'index.) Vous ressemblez à votre père. La moitié du temps, j'avais envie de l'étrangler. Malheureusement, vous n'êtes pas lui – vous devez vivre avec ce qu'il a fait. Vous *devez* vous contrôler, Spensa. Si je donne l'impression de vous favoriser, quelqu'un fera remarquer que j'ai un biais malvenu et on vous retirera de ma classe plus vite que vous ne pouvez cracher.

— Alors vous ne pouvez pas me favoriser, grinçai-je, mais *tout le monde* peut favoriser un fils d'aristocrate qui n'a même pas dû finir son examen ?

Cobb soupira.

— Désolée, lui dis-je.

— Non, je l'ai cherché, répondit-il. Vous savez qui est ce garçon ?

— Le fils d'un Premier Citoyen ?

— Le fils de la seule, de l'unique Jeshua Weight, héroïne de la bataille d'Alta. Elle a volé sept ans pour la FDR, et a totalisé plus de cent victoires confirmées. Son mari est Algernon Weight, dirigeant de l'Assemblée nationale et président de notre plus grande compagnie de navigation intercavernale.

Ils font partie des personnes possédant le plus de mérites dans les cavernes inférieures.

— Alors leur fils et ses acolytes ont le droit d'être nos chefs simplement grâce aux actes de leurs parents ?

— La famille de Jorgen possède *trois* vaisseaux de combat privés, et il s'y entraîne depuis l'âge de quatorze ans. Il a passé près de mille heures dans le cockpit. Et vous, vous en avez combien ?

Je rougis.

— Ses « acolytes », poursuivit Cobb, sont Nedd Strong – qui a deux frères dans la FDR en ce moment même – et Arturo Mendez, fils d'un pilote de fret qui a passé seize ans dans la FDR. Arturo sert de copilote à son père, et il a deux cents heures de vol certifiées. Là encore, vous en avez combien de votre côté ?

— Je… (Je pris une profonde inspiration.) Je suis désolée de vous avoir contesté, mon capitaine. C'est maintenant que je suis censée faire des pompes, nettoyer des toilettes avec une brosse à dents ou ce genre de choses ?

— Je vous ai déjà dit que ce n'était *pas* une formation pour l'infanterie. Ici, les punitions ne sont pas des corvées débiles. (Cobb ouvrit la porte de la salle.) Si vous me poussez trop loin, la punition sera très simple : vous n'aurez pas le droit de voler.

9

Vous n'aurez pas le droit de voler.

Je n'avais jamais entendu de paroles aussi dévastatrices. Quand on regagna la salle de formation, Cobb désigna un siège près du mur. Pas un cockpit, simplement une chaise vide.

Je m'en approchai furtivement et m'y assis, avec l'impression d'avoir reçu une raclée.

— Ces engins, commença Cobb en cognant les jointures de ses doigts sur les boîtes situées devant les pseudo-cockpits, sont des projecteurs holographiques. L'ancienne technologie de l'époque où nous étions une flotte. Quand ces machines seront activées, vous aurez l'impression de vous trouver dans un cockpit ; elles vous permettront de vous entraîner à voler sans mettre en danger un véritable vaisseau de combat. Cependant, la simulation n'est pas parfaite. Elle réagit au toucher mais ne peut pas reproduire les forces g. Vous aurez besoin de vous entraîner dans la centrifugeuse pour vous y accoutumer.

» La tradition de la FDR veut que vous choisissiez vous-même votre indicatif. Je vous suggère de commencer à y réfléchir, car vous porterez ce nom jusqu'à la fin de vos jours. Ce sera celui sous lequel les gens les plus importants – vos coéquipiers – vous connaîtront.

Je Sais Tout leva la main.

— Ne me le dites pas *maintenant*, cadet, lui lança Cobb. N'importe quel moment dans les jours à venir fera l'affaire. Pour l'heure, je veux…

La porte de la salle s'ouvrit à toute volée. Je me relevai vivement, mais ce n'était ni une attaque ni une urgence.

C'était Rig. Et il portait un insigne de cadet.

— Je me demandais si vous alliez venir, lui dit Cobb en ramassant sa pile de feuilles. Rodge McCaffrey ? Vous croyez que c'est une bonne idée d'arriver en retard pour votre *premier* jour à l'école de pilotage ? Vous ferez la même chose quand les Krell attaqueront ?

Rig inspira vivement et secoua la tête, puis devint tout blanc, comme un drapeau de trêve. Et… Rig était un cadet. Quand il était allé leur parler de son examen la veille au soir, je m'étais inquiétée, mais on l'avait apparemment accepté ! J'avais envie de pousser des cris de joie.

Mais il était *impossible* que Rig soit en retard sans une bonne raison. On parlait là d'un gamin qui prévoyait du temps en plus dans sa journée pour éternuer quand il avait un rhume. J'ouvris la bouche, mais me retins sur un regard de Cobb.

— Mon capitaine, dit enfin Rig en reprenant son souffle. Ascenseur. Panne.

Cobb se dirigea vers le côté de la pièce et appuya sur un bouton d'interphone.

— Jax, dit-il, vous voulez bien vérifier s'il y avait une panne d'ascenseur aujourd'hui ?

— Pas la peine de vérifier, capitaine, répondit une voix à travers un haut-parleur au-dessus du bouton. L'ascenseur 103-D a été hors service pendant deux heures, avec des personnes coincées à l'intérieur. Il nous joue des tours depuis plusieurs mois.

Cobb relâcha le bouton, puis mesura Rig du regard.

— On raconte que vous avez eu la note la plus élevée de l'examen cette année, cadet.

— C'est ce qu'on m'a dit, mon capitaine. On m'a fait venir, et l'amirale m'a donné une récompense et tout ça. Je suis sincèrement désolé d'être en retard. Je ne voulais pas faire ça, surtout mon premier jour. J'ai failli mourir quand…

— Ouais, ça ira, répliqua Cobb en désignant l'un des sièges. N'épuisez pas ma bonne volonté, jeune homme.

Rig accepta bien volontiers le siège, mais m'aperçut ensuite sur le côté de la pièce et m'adressa un grand signe en levant le pouce. Nous avions réussi. Tous les deux, d'une façon ou d'une autre, avec Rig au sommet, ce qui était formidable – alors au moins l'examen avait-il *vraiment* été juste pour lui.

Cobb se dirigea vers le siège de Je Sais Tout, puis actionna un interrupteur sur le côté de la boîte qui se trouvait devant. Un voile de lumière entoura le pseudo-cockpit – silencieux, chatoyant, comme une bulle luisante. À l'intérieur, Je Sais Tout souffla d'une voix basse – mais audible – une prière à l'étoile Polaire. Je me penchai en avant sur mon siège.

— Ça peut être déroutant, déclara Cobb, qui s'avança pour aller allumer la machine d'Arturo, puis celle de Nedd. Même si ce n'est pas comparable au fait d'être *réellement* dans les airs, c'est un substitut raisonnable.

Je patientai, crispée, tandis qu'il faisait le tour du cercle et activait les appareils un par un. Chacun des cadets émit un bruit d'appréciation – un hoquet étouffé ou un « Waouh ». Mon cœur faillit se briser lorsque Cobb se détourna du dernier siège vide et se dirigea vers l'avant de la pièce.

Puis, comme s'il se rappelait avoir oublié quelque chose derrière lui, il me regarda par-dessus son épaule.

Je faillis exploser d'impatience.

Enfin, il désigna le pseudo-cockpit vide. Je quittai précipitamment ma chaise et y montai tandis qu'il actionnait l'interrupteur. De la lumière clignota autour de moi et, en un clin d'œil, je parus me trouver assise dans le cockpit d'un vaisseau de combat de classe Poco sur une rampe de lancement à l'extérieur du bâtiment. L'illusion était tellement incroyable que j'eus le souffle coupé, et je tendis la main à l'extérieur de la « verrière » pour être sûre. L'hologramme vacilla et se dissocia en petits grains de lumière – pareils à de la poussière en train de tomber – quand ma main le traversa.

Je la ramenai à l'intérieur, puis inspectai les commandes : une manette des gaz, un tableau de bord rempli de boutons, et une sphère de contrôle pour ma main droite. La sphère était un globe sur lequel je pouvais refermer ma paume, avec des sillons pour les doigts et des boutons aux extrémités.

À l'extérieur de la verrière holographique, je voyais les autres « vaisseaux » en rang à côté d'une reproduction ultraréaliste de la Base Alta. Je pouvais même lever les yeux et voir le ciel, les subtils motifs de la ceinture de débris… absolument tout.

Le visage moustachu de Cobb traversa le ciel – comme celui des Saints en personne – lorsqu'il se pencha à travers l'hologramme pour s'adresser à moi.

— L'expérience vous plaît, cadette ?

— Oui, mon capitaine, répondis-je. Plus que tout.

— Parfait. N'oubliez jamais ça.

Je soutins son regard et hochai la tête.

Il s'éloigna.

— Bon, cadets, reprit-il d'une voix qui paraissait fantomatique, surgie de nulle part. Je ne vais pas perdre de temps. Chaque jour où vous vous entraînez est un jour où de bons pilotes meurent au combat sans que vous soyez là en renforts. Enfilez les casques qui sont à vos pieds.

Je m'exécutai, et la voix de Cobb me parvint désormais à travers l'écouteur situé à l'intérieur de mon casque.

— Entraînons-nous au décollage, dit-il. Ça devrait…

— Mon capitaine ! intervint Je Sais Tout. Je peux leur montrer.

Je levai les yeux au ciel.

— Entendu, chef d'escadrille, répondit Cobb. Je suis disposé à laisser quelqu'un d'autre faire le plus dur du boulot à ma place. Voyons comment vous les faites décoller.

— Oui, mon capitaine ! fit Je Sais Tout. Escadrille, vos vaisseaux de combat n'ont pas besoin de leurs propulseurs auxiliaires pour augmenter ou diminuer votre altitude. Tout ça est géré par l'anneau d'élévation, l'appareil circulaire qui se trouve en dessous de chaque vaisseau spatial. Son interrupteur se trouve… hum… sur le dessus du pupitre à l'avant, le bouton rouge. Ne l'éteignez jamais en vol, ou vous tomberez comme un débris.

L'un des vaisseaux de la rangée s'éclaira soudain sur le dessous lorsque l'anneau d'élévation s'alluma.

— Utilisez la sphère de contrôle pour effectuer un virage incliné à gauche ou à droite, poursuivit Je Sais Tout, ou pour faire de petits mouvements. Pour une ascension rapide, utilisez la petite manette à côté de celle des gaz et tirez-la vers le haut.

Le vaisseau de Je Sais Tout se souleva dans les airs d'un mouvement fluide. Son vaisseau, comme tous les nôtres, était de classe Poco. Ils ressemblaient à de vulgaires crayons dotés d'ailes, mais c'étaient malgré tout des vaisseaux spatiaux, et je me trouvais dans un cockpit. Plus holographique que réel, mais j'étais vraiment en train de vivre ça.

J'activai l'interrupteur rouge, et mon tableau de bord s'alluma tout entier. Je souris, tins la sphère de contrôle dans ma main droite et tirai sur les commandes d'altitude avec la gauche.

Mon vaisseau fit brusquement un bond en arrière, et je réussis à lui faire percuter le bâtiment derrière nous.

Je ne fus pas la seule. Nos vaisseaux réagissaient avec bien plus de sensibilité que nous ne nous y attendions. Rig réussit je ne sais comment à renverser le sien la tête en bas. Kimmalyn s'éleva brusquement dans les airs, puis hurla sous l'effet de ce mouvement brutal, s'obligea à redescendre et s'écrasa sur la rampe de lancement.

— *Uniquement* les commandes d'altitude, cadets, nous lança Je Sais Tout. Ne touchez pas encore à la sphère de contrôle !

Cobb gloussa quelque part à l'extérieur.

— Mon capitaine ! s'exclama Je Sais Tout. Je… euh… c'est… (Il se tut.) Euh…

J'étais contente que personne ne voie à quel point je rougissais. J'avais apparemment percuté une version holographique du mess de l'école de pilotage, à en juger par les tables et la nourriture renversées. Il me semblait que j'aurais dû avoir subi le coup du lapin mais, bien que mon siège tremble un peu quand le vaisseau bougeait, il ne pouvait pas reproduire les mouvements véritables du vol.

— Félicitations, cadets, nous dit Cobb. Je suis persuadé que la moitié d'entre vous sont morts à présent. Vos impressions, chef d'escadrille ?

— Je ne m'attendais pas à ce qu'ils soient si mauvais que ça, mon capitaine.

— On n'est pas mauvais, intervins-je. Simplement… enthousiastes.

— Et peut-être un tout petit peu embarrassés, commenta Kimmalyn.

— Parle pour toi, lança une voix féminine dans mon écouteur. (Comment s'appelait-elle, déjà ? Hudiya, la fille à la queue-de-cheval et à la veste déboutonnée. Elle riait.) Oh lala, mon estomac fait du hula hoop, je crois que je vais gerber. Je peux recommencer ?

— Recommencer ?

— C'était génial !

— Tu viens de dire que tu allais gerber.

— D'une bonne manière.

— Comment on peut gerber d'une bonne manière ?

— Votre attention ! aboya Cobb. (Mon vaisseau se brouilla autour de moi et, soudain, on se retrouva tous à nouveau alignés, nos vaisseaux intacts, la simulation ayant redémarré.) Comme beaucoup de nouveaux pilotes, vous n'êtes pas habitués à la réactivité de vos vaisseaux. Avec la puissance de l'anneau d'élévation et de votre propulseur auxiliaire, vous pouvez pratiquer des manœuvres de *précision* – surtout une fois que nous vous aurons formés aux lumilances.

» Cependant, cette polyvalence a un coût. Il est *très* facile de se faire tuer dans un vaisseau spatial. Par conséquent, nous allons nous entraîner sur trois points aujourd'hui. Monter. Descendre. Et *ne pas* mourir en faisant l'un ou l'autre. Entendu ?

— Oui, capitaine ! répondit-on en chœur.

— Vous allez aussi apprendre à contrôler votre radio. La série de boutons bleus en haut à gauche de votre panneau de contrôle sert à ça ; vous allez devoir vous habituer à ouvrir un canal pour parler avec toute l'escadrille, ou seulement avec votre ailier. Nous passerons les boutons en revue plus tard. Je ne veux pas que vous soyez distraits pour l'instant. Les étoiles savent comment vous pourriez faire pire que ce petit numéro que vous venez de me montrer, mais je n'ai pas très envie de vous en laisser l'occasion !

— Oui, capitaine, lâcha-t-on d'un ton légèrement penaud.

On passa donc les *trois heures* suivantes à décoller et à atterrir.

C'était énervant, car j'avais l'impression que j'aurais dû être capable de faire bien plus. J'avais tellement étudié, et je m'étais entraînée dans ma tête. J'aurais dû connaître tout ça.

Seulement, ce n'était pas le cas. Mon accident du début le démontrait. Et ma médiocrité constante me frustrait.

La seule manière de la surmonter consistait à m'entraîner, et je me consacrai donc à apprendre. Monter, descendre. Monter, descendre. Encore et encore. Je le fis en serrant les dents, déterminée à ne plus avoir d'accident.

Enfin, on réussit tous à monter et à descendre cinq fois sans rien percuter. Lorsque Cobb nous fit à nouveau remonter, je me stabilisai à cinq cents sur l'altimètre, puis m'arrêtai là. Je poussai un soupir et me laissai aller en arrière tandis que les autres cadets me rejoignaient pour former un rang.

Je Sais Tout fila devant nous et tourna sur lui-même avant de se poser. Frimeur.

— Bon, chef d'escadrille, reprit Cobb. Faites l'appel et obtenez la confirmation verbale que chaque membre est prêt. Vous procéderez ainsi avant chaque combat, afin de vérifier que personne n'ait de problèmes mécaniques ou physiques. Escadrille, si vous avez effectivement des problèmes, *informez-en votre chef*. Si vous allez au combat en sachant que quelque chose ne va pas avec votre vaisseau, vous êtes responsables des dégâts que vous causerez.

— Mon capitaine, fit Bim dans l'écouteur, c'est vrai que si on fait s'écraser un véritable vaisseau pendant l'entraînement, on ne peut pas être diplômé ?

— En règle générale, répondit Cobb, si un cadet fait s'écraser son vaisseau de combat, c'est le signe d'une négligence de l'une ou l'autre sorte, du genre qui nous apprend qu'on ne devrait pas lui confier ce genre de matériel.

— Et si on s'éjecte ? précisa Bim. J'ai entendu dire que les cadets s'entraînent dans des situations de combat véritable. Si on se fait abattre et qu'on s'éjecte, est-ce que ça veut dire qu'on est recalé ? En tant que cadet, je veux dire ?

Cobb garda un moment le silence.

— Il n'y a pas de règle gravée dans le marbre, répondit-il.

— Mais c'est la tradition, n'est-ce pas ? demanda Bim. Un cadet qui s'éjecte et saborde son vaisseau reste interdit de vol à partir de là.

— C'est parce qu'ils cherchent les lâches, répondit Hudiya. Ils veulent virer les cadets qui sont trop empressés de s'éjecter.

J'éprouvai une montée d'adrénaline, comme à chaque fois que quelqu'un prononçait le mot « lâche ». Mais ce n'était pas en lien avec moi, et ça ne le serait jamais. *Moi*, je ne me m'éjecterais jamais.

— Les véritables pilotes, dit l'un des acolytes de Je Sais Tout, les meilleurs d'entre les meilleurs ? Ils sont capables de manœuvrer un vaisseau de manière à ce qu'il s'écrase sans trop de dégâts, même si on leur a tiré dessus. Les anneaux d'élévation valent tellement cher que les pilotes doivent les protéger, parce que le pilote ne vaut pas autant que…

— Ça suffit, Arturo, l'interrompit Cobb. Vous répandez des rumeurs stupides. Aussi bien les pilotes que les vaisseaux ont de la valeur. Vous autres, les cadets, ignorez les discours – vous les entendrez peut-être tenus par d'autres escadrilles – sur le fait de manœuvrer pour contrôler votre atterrissage. Vous m'entendez ? Si on vous abat, *éjectez-vous*. Ne vous inquiétez pas des conséquences, inquiétez-vous pour votre vie. Si vous êtes un pilote assez doué, ça n'aura pas d'impact sur votre carrière, tradition ou pas.

Je fronçai les sourcils. Ce n'était pas ce que j'avais entendu dire. Les pilotes confirmés qui se faisaient abattre, eux, avaient une deuxième chance. Mais les cadets ? Pourquoi diplômer quelqu'un qui s'est fait abattre si on cherchait seulement les meilleurs éléments ?

— Saleté de fierté de pilotes, grommela Cobb. Je vous jure qu'elle nous a coûté plus que les Krell. Chef d'escadrille, vous ne deviez pas faire l'appel ?

— Ah, oui ! répondit Jorgen. Escadrille Cadets B ! Il est temps de…

— Escadrille Cadets B ? l'interrompit Cobb. Vous pouvez trouver un meilleur nom que ça, chef d'escadrille.

— Euh. Oui, mon capitaine. Hum…

— Vers les Étoiles, suggérai-je.

— Escadrille Vers les Étoiles, répéta Je Sais Tout en sautant sur ce nom. Faites l'appel et confirmez que vous êtes prêts, dans l'ordre de l'identifiant du tableau de bord de votre vaisseau !

— Vers les Étoiles 2, dit le plus grand de ses deux copains. Indicatif : Nedder. Confirmation.

— Vers les Étoiles 3, dit Hudiya. Indicatif : Hula Hoop. Confirmation.

— Sérieusement ? fit Je Sais Tout. Hula Hoop ?

— C'est mémorable, non ? demanda-t-elle.

Je Sais Tout soupira.

— Vers les Étoiles 4, annonça Rig. Hum… Indicatif : Rigolard. La vache, c'est agréable de dire ça. Et, hum… confirmation.

— Vers les Étoiles 5, dit Arturo, le plus petit des deux acolytes. Indicatif : Amphisbène.

— Amphis-quoi ? demanda Hula Hoop.

— C'est un dragon à deux têtes, expliqua Arturo. Une bête mythologique *extrêmement* redoutable. Confirmation.

— Vers les Étoiles 6, dit Kimmalyn. Donc… indicatif. Il faut que je m'en trouve un, c'est ça ?

— Sainte, proposai-je.

— Oh lala, sûrement pas, se récria-t-elle.

— Vous pourrez en choisir un plus tard, intervint Cobb. Pour l'heure, utilisez simplement votre prénom.

— Non, non, insista-t-elle. Appelez-moi simplement Clic. Pas la peine de traîner avant de choisir ; la Sainte disait toujours : « Gagnez du temps en vous mettant tout de suite au travail. »

— Comment est-ce que faire quelque chose « maintenant », demanda Arturo, nous permet de gagner du temps ? En théorie, le travail indiqué prendra autant de temps maintenant que plus tard.

— On digresse, Amphi, observa Je Sais Tout. Vers les Étoiles 7 ?

— Vers les Étoiles 7, répondit une voix féminine teintée d'un accent, que je ne pensais pas avoir déjà entendue. Indicatif : Marée Haute. Confirmation.

Un instant. De qui s'agissait-il ? Je creusai ma cervelle. *La Vicienne à la mâchoire tatouée*, compris-je alors. *Celle qui m'a repoussée tout à l'heure.*

— Vers les Étoiles 8, Bim, dit celui-ci. C'est mon nom, pas mon indicatif. Je reviendrai là-dessus tout à l'heure. Pas envie de tout gâcher. Confirmation, sinon.

— Vers les Étoiles 9, dit Freyja, la grande fille blonde. Indicatif : FM. Confirmation.

Elle était la seule, en dehors de Je Sais Tout et de ses acolytes, à avoir décollé sans accident la première fois. Ses habits coûteux et ces boucles en or sur ses bottes me laissaient penser qu'elle devait venir des cavernes inférieures, elle aussi. Sa famille avait manifestement assez de mérites pour réquisitionner des articles de luxe.

— Vers les Étoiles 10, dis-je. Indicatif : Spin. Confirmation.

— Ce que c'est fade pour un indicatif, commenta Je Sais Tout. Moi, je serai Jager. Ça signifie « chasseur » dans une des anciennes…

— Ça ne peut pas être Jager, coupa Cobb. Nous en avons déjà un. Escadrille Cauchemar. Diplômé il y a deux mois.

— Ah, répondit Je Sais Tout. Je… euh… je l'ignorais.

— Pourquoi pas Je Sais Tout ? lançai-je. C'est le nom que je te donne dans ma tête. On pourrait t'appeler comme ça.

— Pas-ques-tion.

J'entendis quelques ricanements – et j'étais sûre que l'un d'entre eux provenait de Nedd « Nedder » Strong, le plus grand des acolytes de Je Sais Tout.

— Bon, reprit Cobb en nous ignorant. Maintenant que c'est fait, nous pouvons peut-être parler de la façon dont on se *déplace*.

Je hochai la tête, enthousiaste, même si j'étais consciente que personne ne me voyait.

— Tenez la manette des gaz d'une main légère, ordonna Cobb. Poussez-la lentement vers l'avant, jusqu'à ce que le cadran affiche 0,1.

Je m'exécutai, timidement – redoutant encore davantage de commettre la même erreur embarrassante que précédemment –, et poussai un soupir lorsque mon vaisseau avança avec une propulsion modérée.

— Parfait, commenta Cobb. Vous avancez maintenant à 0,1 Mag. Ça représente un dixième de Mag-1, qui est la vitesse normale de combat. Les chiffres pairs, descendez de trois cents pieds. Vous devez avoir plutôt l'habitude de dire cent mètres, mais la tradition veut qu'on utilise des pieds pour l'altitude, pour une salvée de raisons que j'ignore, et vous vous y habituerez. Les numéros impairs, montez de trois cents. Ça vous donnera un peu d'espace pour tenter de très légers mouvements en vol sur la gauche et la droite.

Je m'exécutai, descendis en piqué puis me stabilisai. Je tentai de virer à droite, puis à gauche. Ça me semblait… naturel. Comme si j'étais destinée à faire ça. Comme si je…

Une série d'alertes sonores retentit. Je sursautai puis, paniquée, fouillai mon tableau de bord, craignant d'avoir fait quelque chose de travers. Enfin, mon cerveau comprit que le bruit ne provenait pas de mon vaisseau, ni même de notre pièce. C'étaient des alarmes à l'extérieur du bâtiment.

C'est le signal d'attaque, me dis-je en retirant mon casque pour mieux entendre. Les sonneries étaient différentes ici, à Alta. Plus rapides.

Je sortis la tête à travers la verrière de mon hologramme, et vis plusieurs autres faire de même. Cobb s'était avancé vers les vitres de notre salle de classe et regardait en direction du ciel. Je distinguai tout juste des chutes de débris qui brûlaient dans l'atmosphère. Une attaque de Krell.

Le haut-parleur fixé au mur se mit à crépiter.

— Cobb, dit la voix de l'amirale Ironsides. Vous avez déjà réussi à faire décoller ces cadets en herbe ?

Cobb s'avança jusqu'au tableau sur le mur et enfonça un bouton.

— De justesse. Je reste persuadé que l'un d'entre eux trouvera un moyen de faire s'autodétruire son vaisseau alors même que les Poco ne disposent pas de cette fonction.

— Formidable. Faites-les voler en formation déployée au-dessus d'Alta.

Cobb nous lança un coup d'œil avant d'enfoncer à nouveau le bouton.

— Demande de confirmation, amirale. Vous voulez que les *nouveaux cadets* aillent dans le ciel pendant une attaque ?

— Faites-les monter ici, Cobb. C'est une grande vague. L'escadrille Cauchemar est descendue en ville pendant son temps de repos, et je n'ai pas le temps de les rappeler. Ironsides, terminé.

Cobb hésita, puis aboya un ordre.

— Vous avez entendu l'amirale ! Escadrille Vers les Étoiles, à la rampe de lancement. *Tout de suite !*

10

À la rampe de lancement ?

Maintenant ?

Après *une journée* d'entraînement au vol ?

Cobb enfonça un bouton sur son bureau pour éteindre tous nos émetteurs holographiques. Je ne pus m'empêcher de me demander s'il ne s'agissait pas d'une sorte de test ou d'une étrange initiation – mais le visage blême de Cobb me persuada du contraire. Il n'appréciait pas ça.

Au nom des *étoiles*, qu'est-ce qui prenait à l'amirale ? Elle ne ferait tout de même pas… tuer mon *escadrille entière* uniquement pour se venger que Cobb m'ait laissée entrer à la FDR ? N'est-ce pas ?

On quitta la salle d'entraînement dans une franche pagaille.

— Rig, dis-je en allant me placer à côté de mon ami tandis qu'on remontait le couloir en courant légèrement et que les alarmes retentissaient au loin. Tu arrives à y croire ? À tout ça ?

— Non, Spin, je n'arrive pas encore à croire que je suis ici. Quand on m'a fait venir pour m'annoncer ma note, j'ai cru qu'on allait m'accuser d'avoir triché ! Ensuite l'amirale m'a donné une récompense et a pris des photos. C'est presque aussi incroyable que la façon dont Cobb t'a laissée entrer, après…

— Peu importe, coupai-je aussitôt.

Je ne voulais pas que quiconque entende que les circonstances de mon admission étaient inhabituelles.

Je regardai sur le côté et trouvai Je Sais Tout en train de courir quelques pas plus loin. Il me regarda d'un air méfiant. Génial.

On sortit à toute allure du bâtiment de formation pour nous rassembler sur les marches à l'extérieur alors même qu'une escadrille de vaisseaux de classe Fresa s'élançait dans le ciel. L'une des escadrilles en service – il y en avait généralement plusieurs, ainsi qu'une ou deux autres escadrilles qu'on pouvait mobiliser en cas d'urgence.

Alors pourquoi avait-on besoin de nous ? Je ne comprenais pas.

Cobb émergea du bâtiment et désigna une rangée de dix vaisseaux de combat de classe Poco sur une rampe de lancement toute proche. Une équipe au sol était en train de placer des échelles à côté d'eux.

— À vos vaisseaux ! cria Je Sais Tout. Et que ça saute ! Tout le monde se rappelle son numéro ?

Kimmalyn s'arrêta net.

— Vous êtes le numéro 6, Couic, lui dit Cobb.

— Hum… en fait, c'était Clic…

— Bougez-vous, bande de crétins ! hurla Cobb. Vous êtes sous les ordres !

Il regarda le ciel. Une série d'explosions sonores retentit depuis les vaisseaux qui avaient décollé un peu plus tôt. Bien qu'ils se soient éloignés, les explosions faisaient trembler les vitres.

Je me précipitai vers mon vaisseau, gravis l'échelle jusqu'au cockpit ouvert, puis m'arrêtai. *Mon* vaisseau.

Un membre de l'équipe au sol gravit l'échelle derrière moi.

— Vous montez ? demanda-t-il.

Je rougis, puis sautai dans le cockpit.

Il me tendit un casque et se pencha vers moi.

— Ce vaisseau sort tout juste de réparation. Vous l'utiliserez quand vous serez sous les ordres, même s'il ne vous appartient pas à cent pour cent. Vous le partagerez avec un cadet d'une autre escadrille jusqu'à ce qu'il y ait assez d'abandons.

J'enfilai mon casque et lui adressai un signe en levant le pouce. Il descendit et retira l'échelle. La verrière de mon cockpit se referma, puis se verrouilla. Je restai assise là en silence, à reprendre mon souffle, puis tendis la main pour appuyer sur le bouton qui allumait l'anneau d'élévation. Le tableau de bord s'éclaira, et un bourdonnement se diffusa dans tout le vaisseau. Ça, ce n'était pas dans la simulation.

Je regardai sur le côté – en direction du mess que j'avais percuté moins de quatre heures plus tôt.

Ne stresse pas, Spensa. Tu viens de faire ça une centaine de fois.

Mais je ne pouvais pas m'empêcher de repenser à la conversation d'un peu plus tôt. Les cadets qui s'écrasaient ou s'éjectaient n'étaient – selon la tradition – pas autorisés à être diplômés…

Je m'emparai de la manette d'altitude et attendis les ordres. Puis je rougis de nouveau et appuyai sur le bouton bleu qui allumait la radio.

— … peut lui faire signe, peut-être ? dit la voix d'Arturo dans mon casque. FM, est-ce que tu vois…

— Spin au rapport, déclarai-je. Désolée.

— Bon, escadrille, annonça Je Sais Tout. Décollez en douceur, comme on s'y est entraînés. Tout droit sur mille cinq cents pieds, puis restez en suspension.

Je m'emparai des commandes et m'aperçus que mon cœur cognait furieusement dans ma poitrine. Première fois que je montais dans le ciel.

Vas-y. Je soulevai mon Poco en une ascension verticale. Et c'était *magnifique*. Cette impression de mouvement, la pression des forces g qui m'attiraient vers le bas, la vue de la base en train de rétrécir en dessous de moi… le ciel ouvert qui m'accueillait chez moi…

Je me stabilisai pile au moment où l'altimètre indiquait mille cinq cents pieds. Les autres se rassemblèrent en rang à côté de moi, avec leurs anneaux d'élévation d'un bleu vif qui luisait en dessous de chaque vaisseau. Au loin, je vis des éclairs lumineux provenant du combat.

— Escadrille, faites l'appel, dit Je Sais Tout.

On lui adressa nos confirmations tous les neuf, puis on se tut.

— Et maintenant ? m'enquis-je.

— Essayez de demander les ordres, répondit-il. Je ne sais pas sur quelle fréquence je suis censé…

— Je suis ici, dit la voix de Cobb dans la radio. Tout ça m'a l'air très bien, cadets. C'est une ligne presque parfaite. À part vous, Couic.

— Clic, mon capitaine, rectifia Kimmalyn. (En effet, son vaisseau s'était élevé à environ cinquante pieds au-dessus de nous.) Et… je crois que je vais rester bien tranquillement ici, ravie de n'avoir percuté personne. Comme le disait la Sainte : « Y a pas de mal à se tromper un peu de temps en temps. »

— Très bien, fit Cobb. Mais j'ai des ordres du Commandement central. Chef d'escadrille, faites monter votre escadrille à deux mille pieds, puis poussez les gaz à Mag-0,2 et dirigez-vous – prudemment – hors de la ville. Je vous dirai quand vous arrêter.

— Bon, dit Je Sais Tout. Tout le monde, montez à deux mille pieds et restez-y, et Couic, je veux que tu t'arrêtes précisément cette fois.

— Entendu, Je Sais Tout, répliqua-t-elle.

Il jura tout bas tandis qu'on montait – assez haut pour que la ville, en bas, ressemble presque à un jouet. Je voyais encore les éclairs au loin, bien que les chutes de débris soient plus dynamiques. Des traînées de feu rouge et de fumée qui tombaient à travers le champ de bataille.

Suivant les instructions de Cobb, on poussa légèrement nos manettes des gaz et on activa les propulseurs auxiliaires. Et d'un seul coup, je me retrouvai en train de voler – de voler réellement – pour la première fois. Ce n'était pas très rapide, et je passai la majeure partie du vol en nage, à surveiller mes moindres mouvements avec une prudence excessive. Une partie de moi était toujours stupéfaite.

Ça se produisait *enfin*.

On vola en direction du champ de bataille mais, avant qu'on soit allés très loin, Cobb appela à nouveau.

— Arrêtez-vous là, cadets, dit-il d'une voix plus détendue. Je viens de recevoir de nouvelles informations. Vous n'allez pas vous battre – un problème avec les ascenseurs nous a surpris avec le pantalon sur les chevilles. Une des escadrilles censée être en réserve s'est retrouvée coincée en bas.

» On vous relèvera bientôt. D'ici là, l'amirale veut donner l'impression que nous avons davantage de renforts qu'en réalité. Elle vous a envoyés, ainsi qu'une autre escadrille de cadets, attendre près de l'extérieur de la ville. Les Krell ne vont pas approcher au risque d'engager le combat avec ce qu'ils pensent être des vaisseaux de réserve.

Je hochai la tête en me rappelant l'une des leçons de Grand-mère. *Tout l'art de la guerre est basé sur la duperie*, avait déclaré Sun Tzu. *C'est pourquoi, lorsque vous êtes capable, feignez l'incapacité ; actif, la passivité. Proche, faites croire que vous êtes loin, et loin, que vous êtes proche*[1]. Ça semblait logique d'utiliser quelques escadrilles factices pour inquiéter les Krell.

— … Mon capitaine, dit Jorgen, vous pouvez nous dire ce qui se passe sur le champ de bataille ? Pour que nous puissions être prêts, au cas où ?

Cobb répondit par un grognement.

— Comme vous avez tous réussi l'examen, vous pouvez sans doute me dire quelle est la stratégie d'attaque basique des Krell.

Je voulus répondre, mais Arturo me devança.

— Quand les débris commencent à s'abattre, dit-il d'une voix très rapide, les Krell utilisent souvent la chute pour masquer leur signature radar. Ils volent bas, en dessous de nos canons antiaériens les plus gros, et ils tentent d'approcher d'Alta. S'ils y parviennent, ils peuvent larguer une bombe exterminatrice.

Je frissonnai. Une exterminatrice allait non seulement vaporiser tous les habitants d'Alta – boucliers

---

1. *L'Art de la guerre*, traduction de Francis Wang. *(Toutes les notes sont de la traductrice.)*

ou pas – mais aussi faire s'effondrer les cavernes les plus basses, enfouir Magmatique et détruire les équipements.

— Mais les Krell n'utilisent pas toujours une exterminatrice, intervins-je. Elles nécessitent un bombardier lent spécial pour les transporter. Elles doivent coûter cher ou être difficiles à produire, quelque chose comme ça, parce que les Krell éloignent souvent le bombardier s'il est menacé. La plupart du temps, les Krell et la FDR se battent pour les chutes de débris. Elle contient souvent des pierres d'élévation récupérables, qu'on peut utiliser pour fabriquer d'autres vaisseaux de combat.

— J'imagine que tu as *peut-être* raison, répondit Arturo d'une voix mécontente. Mais il a demandé quelle était leur stratégie de base. Elle consiste à essayer de détruire Alta.

— Trois escarmouches sur quatre n'impliquent jamais d'exterminatrice ! insistai-je. On pense qu'ils essaient de nous avoir à l'usure, de détruire autant de vaisseaux que possible, puisque c'est plus difficile pour nous que pour les Krell de les remplacer.

— Bon, nous interrompit Cobb. Vous pourrez comparer votre science plus tard. Vous êtes tous les deux très intelligents. Maintenant, bouclez-la.

Je me rassis dans mon cockpit, ne sachant pas trop si je devais me sentir complimentée ou insultée. Ça semblait être… un mélange d'émotions courant quand on traitait avec Cobb.

— Personne dans la bataille d'aujourd'hui n'a vu de bombardier, reprit Cobb. Ce qui ne veut pas dire qu'il n'y en a pas un en approche, mais les chutes de débris que nous connaissons en ce moment contiennent beaucoup de machines comportant de vieux anneaux d'élévation.

Ha ! me dis-je. *J'avais raison.* Je regardai si je parvenais à repérer Arturo pour jubiler, mais ne le distinguai pas dans l'alignement des vaisseaux.

— Mon capitaine, dit Je Sais Tout, quelque chose m'a toujours tracassé dans notre façon de nous battre. Nous réagissons aux actions des Krell, n'est-ce pas ? Si une chute de débris survient, nous volons pour aller l'inspecter. Si nous trouvons des Krell, nous les attaquons.

— En règle générale, oui, confirma Cobb.

— Alors ça signifie que nous les laissons toujours choisir le champ de bataille, poursuivit Je Sais Tout. Pourtant, la victoire à la guerre repose sur le fait de surprendre l'ennemi. De le déséquilibrer. De lui faire croire que nous n'allons pas attaquer alors que nous allons le faire, et vice versa.

— Quelqu'un ici a un peu trop lu Sun Tzu, commenta Cobb. Il se battait à une autre époque, chef d'escadrille – et avec des tactiques très différentes.

— Ne devrions-nous pas au moins *essayer* d'aller combattre les Krell ? tenta Je Sais Tout. D'attaquer leur base au-delà du champ de débris, quoi qu'il puisse être ? Pourquoi est-ce que personne n'en parle ?

— Il y a des raisons à ça. Et elles ne sont pas pour les cadets. Restez concentrés sur vos ordres actuels.

J'accueillis cette réponse en fronçant les sourcils, admettant – à contrecœur – que Je Sais Tout avait posé de bonnes questions. Je regardai par-dessus mon épaule la prolifération verte à l'emplacement d'Alta. Quelque chose d'autre me sembla étrange. Cobb était un pilote expert, et un Premier Citoyen. Il avait volé lors de la bataille d'Alta. S'il y avait besoin de réserves, même d'une illusion de réserves, pourquoi n'était-il pas monté jusqu'ici avec nous ?

On resta assis en silence pendant plusieurs minutes.

— Donc…, dit Bim dans l'écouteur. Quelqu'un veut m'aider à choisir un indicatif ?

— Ouais, répondit Je Sais Tout. Moi aussi, il m'en faut un.

— Je croyais qu'on avait déjà choisi le tien, Je Sais Tout, répondit Nedd.

— On ne peut pas donner un nom embarrassant à son chef d'escadrille, rétorqua Je Sais Tout.

— Pourquoi pas ? intervint Hula Hoop. C'était qui déjà cette pilote célèbre dont le nom parlait de gaz ou…

— Pleins Gaz, lançai-je. L'une des Premiers Citoyens. Elle n'a pris sa retraite que récemment, et c'était une pilote *incroyable*. Cent trente victoires au cours de sa carrière. Une moyenne de vingt combats *par an*.

— *Pas question* que je me fasse appeler Je Sais Tout, insista Je Sais Tout. C'est un ordre.

— Bon, d'accord, répondit FM. Je Sais Tout.

Je souris et regardai à l'extérieur de mon cockpit en direction du vaisseau de FM juste à côté du mien. Le connaissait-elle d'avant ? Il me semblait distinguer un soupçon d'accent dans la voix de FM. Le même qui teintait celle des trois garçons – des accents de riches, provenant des cavernes inférieures. Quelle était son histoire ?

Des lumières continuèrent à clignoter au loin, et je me surpris à brûler d'envie de saisir la manette des gaz, d'activer l'hypercombustion et d'envoyer mon vaisseau foncer dans cette direction. Des pilotes étaient en train de se battre, peut-être de mourir, alors que je restais plantée ici ? Quel genre de guerrière étais-je ?

Le genre qui a percuté le mess la première fois qu'elle a allumé ses moteurs, me rappelai-je. Malgré tout, je regardai ces lumières, tentai de m'imaginer la bataille, et me concentrai pour entrevoir un vaisseau krell.

Et pourtant, je fus stupéfaite quand j'en vis un foncer vers nous.

J'avais vu des centaines de représentations artistiques de leurs vaisseaux. Celui-ci, petit et bulbeux, possédait une apparence étrangement inachevée – avec des câbles traînant derrière lui comme des queues. Il possédait un petit cockpit noir et opaque. La plupart des vaisseaux krell explosaient complètement quand ils étaient endommagés ou quand ils s'écrasaient, mais dans quelques-uns d'entre eux, nous avions récupéré des vestiges brûlés de l'armure menaçante qu'ils portaient. Cependant, jamais un Krell lui-même.

— Je Sais Tout ! lui dis-je.

— Ne m'appelle pas…

— Jorgen ! Chef d'escadrille ! Ou comme tu veux ! Regarde à tes onze heures, vers le bas, à environ deux cents pieds. Tu le vois ?

Il jura tout bas.

— Allez ! s'exclama Hula Hoop. La partie commence !

— Hula Hoop, ce n'est pas un jeu, lui dit Je Sais Tout. Instructeur Cobb ?

— Je suis là. Que se passe-t-il ?

— Vaisseau krell, mon capitaine. On dirait qu'il a volé bas, sous la portée d'un canon antiaérien, et il se dirige vers Alta.

Cobb ne réagit pas immédiatement. Je restai assise, en nage, les mains sur mes commandes, suivant ce vaisseau du regard.

— Le Commandement central est au courant, nous informa Cobb. Vos remplaçants sont en train de monter dans leurs vaisseaux. Ils devraient être bientôt ici.

— Et s'ils ne sont pas assez rapides ? demandai-je. Et si ce vaisseau transporte une exterminatrice ?

— Le Commandement central a un visuel, Spin, répondit Cobb. Le vaisseau n'est pas un bombardier. Un vaisseau unique ne peut pas accomplir autant de dégâts.

— Avec tout le respect que je vous dois, mon capitaine, je ne suis pas d'accord, répondit Jorgen. Bien que la base soit protégée par un bouclier, il pourrait tirer sur les fermiers avec des destructeurs, en tuer des dizaines avant de…

— Je connais les capacités de ces saletés de Krell, gamin. Merci. (Cobb inspira profondément.) Est-ce qu'il est proche ?

— Oui, mon capitaine. Et il se rapproche.

Silence sur la ligne, puis enfin :

— Vous pouvez engager le combat. Mais restez sur la défensive. Ne vous faites *pas* remarquer, cadet. Je veux que vous détourniez son attention jusqu'à ce que les renforts aient décollé.

Je hochai la tête, les tempes humides de sueur à l'intérieur de mon casque – à cause de ma nervosité. Je me préparai à voler.

— J'y vais, mon capitaine ! annonça Je Sais Tout. Nedder, tu es mon ailier !

— Bien reçu, répondit Nedd.

Deux vaisseaux se détachèrent de notre rangée. Et avant de m'en rendre compte, je m'étais emparée de ma manette des gaz et je filais à leur suite.

— Spin, me dit Je Sais Tout, retourne dans le rang !

— Vous avez besoin de moi, insistai-je. Plus on est nombreux, plus on a de chances d'effrayer cet engin pour qu'il rejoigne les vrais vaisseaux de combat !

— Et elle aura besoin d'un ailier, dit Hula Hoop en s'extirpant de la ligne pour me suivre.

— Non, non ! protesta Je Sais Tout. Tout le monde doit rester en rang !

— Emmenez-la, ordonna Cobb. Hula Hoop et Spin, vous êtes avec le chef d'escadrille et son ailier. Mais les autres, restez en place. Je ne veux pas que vous vous percutiez les uns les autres là-haut.

Je Sais Tout garda le silence. Ensemble, on vola tous les quatre en une manœuvre destinée à intercepter le vaisseau krell, on accéléra, et on alla se placer devant l'ennemi avant qu'il puisse trop approcher d'Alta. Je craignais qu'on ne l'atteigne pas à temps, qu'il nous file sous le nez. Mais je n'aurais pas dû m'inquiéter à ce point.

Car dès l'instant où on approcha assez, il fit demitour et fonça droit vers nous.

11

Mon pouls battait à toute allure. Mon visage se glaça.

Mais je m'aperçus alors que je n'avais pas peur. J'avais toujours craint que ce soit le cas. Je récitais de *grands discours*, je faisais semblant comme une championne. Mais à combien de combats avais-je *réellement* pris part ? Une ou deux bagarres avec d'autres gamins quand j'étais plus jeune ? Quelques affrontements en classe de judo ?

Une partie de moi avait toujours redouté que je panique une fois dans le ciel. Que je me révèle être la lâche pour laquelle tout le monde me prenait. Comme… ce que racontaient tous ces mensonges au sujet de mon père.

Mais d'une main calme et sûre, je poussai doucement la manette des gaz et effectuai un virage pour tenter de me placer derrière l'ennemi. Je connaissais des techniques de combat. Je les connaissais dans les deux sens, avant et arrière – je les avais dessinées dans les marges de pratiquement toutes les séries de notes que j'avais prises en cours, indépendamment du sujet.

Je n'en étais pas moins mauvaise pour autant. Je décrivis une courbe *beaucoup* trop large, et Hula

Hoop faillit me percuter parce que nous avions viré sur l'aile à différents moments.

— Waouh, commenta Hula Hoop tandis qu'on récupérait toutes les deux. C'est plus dur que ça n'en a l'air, hein ?

Le vaisseau krell choisit d'attaquer Jorgen, laissant échapper un trait luisant de feu destructeur. Je tentai de l'aider, mais mon tournant était trop brusque cette fois-ci. Jorgen, Nedd et le vaisseau krell filèrent tous derrière moi en une séquence de manœuvres de duel.

Je rougis, me sentant inutile. J'avais toujours supposé que ce serait… naturel pour moi. Mais je luttais ne serait-ce que pour orienter mon vaisseau dans la bonne direction.

Le Krell se mit de nouveau en position derrière Je Sais Tout – qui jura tout bas, puis effectua une esquive en double S quasi parfaite. Soudain, tout ça devint bien plus réel à mes yeux. C'était un de mes coéquipiers. Et l'ennemi s'efforçait de le tuer.

— Beau boulot, Jorgen, commenta Cobb. Mais à l'avenir, soyez prudent avec ces manœuvres. Si vous volez nettement mieux que vos compagnons, les Krell vont immédiatement vous cibler. S'ils arrivent à identifier des chefs d'escadrille, ils les attaquent en premier.

— Ne devraient-ils pas attaquer d'abord les pilotes les plus faibles ? demanda FM. Les plus faciles à tuer ?

— Je vous expliquerai plus tard, dit Cobb d'une voix tendue. Nedd, vous devez rester plus près de Jorgen, si vous le pouvez. Faites en sorte que le Krell s'inquiète de devoir vous suivre tous les deux à la fois.

C'était une bonne chose que les Krell se concentrent sur les bons pilotes, car Hula Hoop et moi aurions fait des cibles d'entraînement faciles. Nous étions à peine capables de diriger nos vaisseaux. Je Sais Tout, en revanche… il effectua une boucle d'Ahlstrom parfaite et faillit semer le vaisseau krell.

Malheureusement, sa vrille suivante n'était pas aussi magistrale – il l'accomplit efficacement mais, lorsqu'il la termina, il se retrouva orienté par accident vers le reste de l'escadrille. Je l'entendis jurer dans la radio lorsqu'il essaya de faire une embardée, mais il attira ainsi droit vers notre équipe les tirs du vaisseau ennemi qui le poursuivait.

Leurs vaisseaux s'éparpillèrent dans tous les sens. Bim accrocha Marée Haute, la fille discrète aux tatouages. Leurs vaisseaux rebondirent chacun dans un sens, mais ne touchèrent personne d'autre. Quelques tirs de destructeurs frappèrent de plein fouet le vaisseau de Rig, mais son bouclier résista. Il hurla malgré tout dans la radio tandis que les éclairs lumineux ébranlaient son Poco.

Je serrai les dents, le cœur cognant à tout rompre tandis qu'on réussissait enfin, Hula Hoop et moi, à s'orienter dans la bonne direction. Ce qui nous fit toutefois passer parmi les vaisseaux en train de s'éparpiller, et je faillis percuter Bim.

Salve. Je comprenais le raisonnement de l'amirale, mais nous n'avions *absolument pas* à nous trouver ici en train de nous battre. À ce rythme-là, les seuls bûchers funéraires qui brûleraient aujourd'hui seraient les nôtres. La pauvre Kimmalyn, penchée sur ses commandes d'altitude, s'était retirée à environ cinq cents pieds en dessous de nous.

Je Sais Tout gardait de justesse une avance sur le Krell, bien qu'il ait depuis longtemps dépassé Nedd. Je poussai la manette des gaz vers l'avant, et mon vaisseau compensa brièvement les forces g mais, au bout de quelques secondes, elles m'assaillirent, me repoussant en arrière sur mon siège et me faisant me sentir plus lourde.

— Où sont ces renforts ? s'écria Je Sais Tout tandis que l'ennemi lui tirait dessus, mitraillant son bouclier.

— D'un instant à l'autre, assura Cobb.

— Je ne dispose peut-être pas d'un instant ! lança Jorgen. Je vais essayer de pousser le vaisseau à me suivre en hauteur pour que les canons antiaériens puissent lui tirer dessus. Contactez-les.

— C'est fait, dit Cobb. Le bouclier du vaisseau des Krell est toujours actif, alors il faudra peut-être le garder à portée des canons antiaériens assez longtemps pour que les artilleurs réussissent à le toucher plusieurs fois.

— D'accord… Je vais essayer… Qu'est-ce que c'est que ce voyant rouge qui clignote sur mon tableau de bord ?

— Votre bouclier est désactivé, répondit doucement Cobb.

Je peux le sauver, me dis-je, paniquée. *Il faut que je le sauve !* Ils avaient gagné tous les deux beaucoup d'altitude. Mon seul espoir consistait à arriver là rapidement, à suivre le vaisseau krell et à l'abattre. J'orientai donc le nez de mon vaisseau vers le haut et poussai brusquement ma manette des gaz vers l'avant pour passer en hypercombustion.

La force g *m'écrasa* brutalement vers le bas lorsque je décollai, et je me sentis devenir plus lourde. C'était la sensation la plus étrange qui soit, très différente de ce que j'avais imaginé. Je *sentais* ma peau tirée vers le bas comme si elle allait glisser de mon visage, et mes bras devenaient massifs – ce qui me compliquait les choses pour piloter.

Pire encore, une vague de nausée me frappa tandis que mon estomac se trouvait attiré vers le bas. Au bout de quelques secondes, je commençai à m'évanouir.

Non… Je fus contrainte de saisir la manette des gaz et de la tirer en arrière pour ralentir mon vaisseau. Je réussis de justesse à ne pas perdre connaissance.

En dessous, les canons antiaériens qui protégeaient Alta se mirent à tirer, mais ils paraissaient lents et pesants comparés aux vaisseaux de combat véloces. Des explosions fendaient l'air derrière le petit Poco de Jorgen et l'étrange vaisseau krell inachevé. Dans un vif éclat lumineux, un canon antiaérien toucha le Krell, brisant son bouclier, mais il continua à voler, pile dans le sillage de Jorgen.

Son coup suivant ne pouvait que le toucher.

Non !

Ce fut alors qu'un unique rayon de lumière pure s'éleva d'en bas et transperça le vaisseau krell en plein milieu. Il éclata dans un éclair de feu et de débris.

Jorgen laissa échapper un long soupir.

— Remerciez les renforts pour moi, Cobb.

— Ce n'était pas eux, mon garçon, répondit Cobb.

— Oh ! s'exclama Kimmalyn. Je l'ai eu ? Je l'ai eu ! Oh, tout va bien, Je Sais Tout ?

Je fronçai les sourcils et regardai en bas. C'était *Kimmalyn* qui avait tiré. Elle s'était placée plus bas et sur le côté, non pas pour s'échapper, mais pour pouvoir mieux viser l'ennemi sans devoir tirer à travers nous.

En toute franchise, j'étais stupéfaite. Jorgen semblait partager cette émotion.

— Salve ! s'exclama-t-il. Couic, est-ce que tu viens d'abattre un vaisseau de combat krell à *longue portée* ?

Cobb gloussa dans la radio.

— J'imagine que le dossier a raison à votre sujet, Couic.

— C'est…, commença-t-elle, avant de soupirer. Peu importe. Ce sera Couic. Enfin bref, oui, mon capitaine.

— De quoi s'agit-il ? interrogea Jorgen.

— Elle est la fille d'artilleurs antiaériens de la caverne Abondance, expliqua Cobb. Historiquement, les gens qui ont une bonne précision sur les canons antiaériens plus petits font souvent de bons pilotes. Les sièges pivotants des petits canons permettent de bouger et de tirer, et la jeune Couic présente des chiffres *très* impressionnants en précision.

— Je ne comptais même pas passer l'examen de pilotage, pour tout vous dire, ajouta-t-elle sur le ton de la confidence. Mais les recruteurs de la FDR sont venus me demander une démonstration, alors je n'ai pas eu d'autre choix que de la leur fournir. « C'est quand on se vante qu'on est le plus modeste », comme disait la Sainte. Et une fois qu'ils m'ont dit que je pourrais peut-être y arriver… eh bien, je dois admettre que j'étais un tout petit peu surexcitée par cette idée.

Soudain, sa place parmi nous trouvait un sens.

— Escadrille, dit Jorgen, qui paraissait secoué. Donnez-moi votre statut, à commencer par les blessés s'il y en a.

— Je…, répondit Rig. J'ai été touché.

— Quelle est l'étendue des dégâts ?

— Je suis juste secoué. Mais j'ai… vomi dans mon vaisseau.

Hula Hoop éclata de rire en entendant ces mots.

— Rigolard, retourne à la base, ordonna aussitôt Jorgen. Marée Haute, fournis-lui une escorte. Tous les autres, en rang.

On obéit, bien plus réservés à présent. Les plaisanteries cessèrent tandis qu'on regardait les échanges de tirs au loin, mais nos remplaçants apparurent bientôt autour de nous et nous congédièrent. Cobb nous ordonna de regagner la base, et on accompagna l'autre escadrille de cadets qui avaient servi de faux renforts.

On atterrit près des vaisseaux de Rig et de Marée Haute ; tous deux étaient déjà partis, peut-être pour emmener Rig s'asseoir quelque part et se calmer. Il pouvait facilement perdre son sang-froid ; il allait falloir que je le trouve pour voir s'il avait besoin de quelqu'un à qui parler.

Tandis qu'on sortait des vaisseaux, Hula Hoop poussa un cri surexcité et se précipita vers Kimmalyn.

— Ta première victoire ! Si tu deviens un as *avant* d'avoir fini l'école de pilotage, je vais gerber !

Kimmalyn ne savait visiblement pas quoi faire de ces compliments lorsqu'on se rassembla tous autour d'elle en tenant nos casques et en la félicitant. Même Je Sais Tout lui adressa un hochement de tête et leva le poing en signe d'acclamation.

Je m'approchai discrètement de lui. Alors *là*, ses prouesses de vol m'avaient vraiment impressionnée.

— Hé, Je Sais Tout…, commençai-je.

Il se retourna vivement vers moi et me montra pratiquement les dents.

— Toi. Il faut qu'on parle, cadette. Tu as *sérieusement* besoin qu'on corrige ton attitude.

Quoi ? Pile au moment où j'allais le complimenter ?

— Ça tombe bien, aboyai-je, parce que toi, tu as *sérieusement* besoin qu'on corrige ta *figure*.

— Alors ce sera toujours comme ça ? Tu insistes pour poser problème ? Où as-tu trouvé cette combinaison de vol, déjà ? Je croyais que c'était illégal de piller les cadavres.

Salve. Il volait peut-être comme un champion, mais cette figure… j'avais *encore* envie de le cogner.

— Fais bien attention à toi, lui dis-je en regrettant de ne pas avoir un socle sur lequel monter pour placer mon regard au niveau du sien. Quand tu seras brisé et que tu pleureras ta disgrâce, *moi*, je consumerai ton ombre dans la mienne, et je rirai de ta détresse.

— Tu es une petite fille sacrément bizarre, Spin.

Petite fille ?

Petite fille ?

— Je…

— En rang ! cria Cobb qui nous rejoignait en boitant.

Petite fille ?

Je bouillonnais, mais – me rappelant comment je m'étais fait enguirlander un peu plus tôt – je réussis à garder mon sang-froid tandis que je me mettais en rang avec les autres. J'évitai délibérément de regarder Je Sais Tout.

— Alors ça, curieusement, dit Cobb, c'était à la fois la démonstration la plus embarrassante *et* la plus inspirante que j'aie jamais vue chez des cadets ! Vous devriez avoir honte. Et être *fiers*. Allez chercher vos sacs dans notre salle de cours, puis rejoignez-moi dans la salle epsilon du bâtiment de l'école de pilotage pour que je vous attribue vos lits. Vous allez tous avoir besoin de vous nettoyer et de grailler.

Les autres cadets s'éloignèrent en courant. Je tentai de m'attarder pour demander des nouvelles de Rig, mais Cobb m'ordonna d'y aller. Apparemment, il n'aimait pas que les gens l'attendent quand il boitait.

Je restai malgré tout à la traîne des autres et me sentis… eh bien, comme l'avait dit Cobb, en réalité. Honteuse et fière à la fois.

J'avais volé. J'avais pris part au combat. Je…

Je faisais partie de la *Force de Défense Rebelle.*

D'un autre côté, ma performance avait été effroyable. Malgré toutes mes vantardises et ma préparation, j'avais été davantage un fardeau qu'un atout. Il me restait beaucoup de travail.

J'allais m'y atteler. J'apprendrais. J'étais une guerrière, comme Grand-mère me l'avait enseigné. Et l'attitude d'une guerrière ne consistait pas à fuir devant l'échec, mais à l'assumer et à *progresser*.

Tandis qu'on remontait les couloirs du bâtiment, les haut-parleurs s'allumèrent en crépitant.

— Le combat d'aujourd'hui était une incroyable victoire, déclara l'amirale Ironsides. Une preuve de la force et de la ténacité des Rebelles. Rappelez-vous ce pour quoi vous vous battez. Rappelez-vous que si l'ennemi réussit à approcher suffisamment avec une bombe exterminatrice, il pourra non seulement détruire cette base, mais aussi toutes les personnes en dessous, et tout ce que nous aimons. Vous représentez la frontière entre la civilisation et la folie.

» J'aimerais tout particulièrement saluer les nouveaux élèves des Escadrilles Cadets B et C qui n'ont pas encore de nom. Leur première sortie démontre qu'ils sont, avec de possibles exceptions, un groupe à admirer.

Avec de possibles exceptions. Salve ! Comment l'amirale de la FDR tout entière pouvait-elle se montrer si mesquine ?

On se dirigea vers la classe, où nous avions laissé les sacs de vêtements que nous avions apportés à Alta. Tandis que je hissais mon sac sur mon épaule, il percuta Hula Hoop. La jeune fille athlétique éclata de rire, lança une vanne sur le fait qu'elle avait failli m'emboutir un peu plus tôt, et je souris. Elle semblait davantage regonflée que découragée par notre performance.

Tandis qu'on se dirigeait vers les couloirs où se trouvaient les lits des cadets, Hula Hoop resta en arrière avec moi pour que je n'aie pas à marcher seule. Devant nous, les autres riaient d'une plaisanterie de Nedd, et je décidai que je ne voulais pas laisser Ironsides m'atteindre. J'avais les membres de mon escadrille pour alliés, et ils semblaient (exception faite de Je Sais Tout) être des gens bien. Peut-être qu'ici, pour la première fois, je trouverais un endroit où je serais à ma place.

On atteignit le dortoir des cadets, deux couloirs donnant sur des chambres tout du long – un pour les garçons et un autre pour les filles. Tout le monde savait que des règles strictes interdisaient les flirts pendant les études de pilotage ; on n'autorisait pas ce genre de fricotage avant qu'on ne soit diplômés. Qui avait du temps pour ces choses-là de toute manière ? Même si je devais reconnaître que Bim avait fière allure en combinaison de vol. Et puis j'aimais bien ses cheveux bleus.

On accompagna les garçons pour aller voir comment se portait Rig. Leur chambre était presque aussi petite que celle que je partageais avec Maman et Grand-mère à Magmatique. La petite pièce était équipée de lits superposés sur chaque mur. Arturo, Nedd et Je Sais Tout avaient des plaques à leur nom sur leur lit, et Rig occupait déjà le quatrième. Un lit de camp avait été installé pour Bim, le pauvre.

Rig dormait – enfin, il devait faire semblant, mais ça signifiait qu'il voulait rester seul pour l'instant. On regagna donc notre dortoir, les filles et moi. On localisa la chambre qui nous était attribuée, tout aussi petite et exiguë. Elle possédait quatre lits comme la chambre des garçons, et chacune comportait une plaque indiquant à qui appartenait chaque lit. Kimmalyn, Hula Hoop, FM et Marée Haute, désignées par leur nom véritable – mais je préférais penser à elle par leur indicatif. Sauf peut-être Kimmalyn. Voulait-elle vraiment qu'on l'appelle Couic ? Il faudrait que je lui en parle.

Quoi qu'il en soit, pour l'instant, j'étais distraite par autre chose. Il n'y avait ni lit ni plaque pour moi. Pas même un lit de camp.

— Alors *ça*, c'est pas de chance, commenta Kimmalyn. On dirait que c'est toi qui récupères le lit de camp, Spin. Une fois qu'ils l'apporteront. J'échangerai avec toi une nuit sur deux, si tu veux.

Cette fille était beaucoup trop gentille pour entrer dans l'armée.

Donc, où était mon lit de camp ? Je regardai dans le couloir et vis Cobb approcher en boitant. Deux hommes en uniforme de la police militaire s'arrêtèrent dans le couloir derrière lui, puis s'attardèrent – sans avancer vers nous, mais en attendant tout de même de manière évidente.

Je rejoignis Cobb, laissant les autres dans la chambre.

— Mon capitaine ?

— J'ai essayé. Ils refusent de m'écouter. (Il fit la grimace.) Pas de lit pour vous. Pas de repas dans le mess.

— *Quoi ?*

Je devais avoir mal entendu.

— Vous êtes autorisée à venir dans ma salle de classe – j'ai le dernier mot là-dessus – mais le reste de la FDR désapprouve mon choix. Je n'ai aucune autorité sur les équipements, et ils ont décidé de ne pas vous accorder de ressources. Vous pouvez vous former, vous pouvez – heureusement – piloter un Poco. Mais c'est tout. Je suis désolé.

Je sentis mon visage se glacer tandis que la colère montait en moi.

— Comment je suis censée voler si je ne peux même pas *manger* ?

— Vous allez devoir prendre vos repas à Magmatique, dit-il, où les coupons de réquisition de votre famille seront valables. Vous devrez emprunter les ascenseurs pour descendre chaque soir, puis remonter le matin.

— Ça peut prendre des heures avec les ascenseurs ! répliquai-je. Je passerai tout mon temps libre à faire la navette ! Comme je suis censée faire partie de l'escadrille si je ne peux pas vivre avec les autres ? C'est… c'est…

— Un scandale, compléta Cobb en soutenant mon regard. Je suis bien d'accord. Vous allez renoncer, dans ce cas ?

Je pris une profonde inspiration, puis fis signe que non.

— Brave fille. Je vais dire aux autres qu'on vous a refusé un lit à cause de questions débiles de politique interne. (Il jeta un coup d'œil aux agents de la police militaire.) Ces messieurs si sympathiques vont vous montrer comment sortir du complexe, et s'assurer que vous ne dormiez pas dans la rue. (Il se pencha vers moi.) Ce n'est qu'un combat parmi d'autres, Spin. Je vous avais prévenue. Ils ne vont pas vous faciliter la tâche. Je guetterai une occasion d'arranger ça. En attendant, restez forte.

Puis il s'éloigna en clopinant.

Je m'affalai contre le mur, avec l'impression qu'on venait de me couper les jambes. *Je n'aurai jamais ma place ici*, compris-je alors. *L'amirale va s'en assurer.*

Les agents de la police militaire prirent le départ de Cobb comme le signal qu'ils pouvaient approcher.

— J'y vais, dis-je en enfilant mon sac sur mon épaule avant de me diriger vers la sortie.

Ils me suivirent.

J'avais envie de dire au revoir aux autres, mais… je ne voulais pas avoir à tout leur expliquer. Alors je partis simplement. Je répondrais aux questions le lendemain matin.

Soudain, je me sentis *épuisée.*

Ne les laisse pas te voir plier, m'ordonnai-je en marchant le dos bien droit. Les agents m'escortèrent hors du bâtiment – et dans l'un des couloirs devant lesquels on passa, je fus quasiment certaine d'apercevoir Ironsides qui s'assurait de me voir partir.

Mais une fois que je me retrouvai hors de l'école de pilotage, les soldats me laissèrent. C'était ça qu'ils appelaient vérifier que je ne dorme pas dans la rue ? Peut-être était-ce exactement ce que voulait Ironsides : si je pouvais me faire arrêter pour vagabondage, elle réussirait peut-être à me faire virer de la FDR.

Je me retrouvai en train de faire les cent pas à l'extérieur du bâtiment, n'ayant pas très envie de partir. Ni d'abandonner les autres, et le sentiment de camaraderie que j'avais imaginé.

Seule. D'une manière ou d'une autre, j'étais toujours seule.

— Ça *m'exaspère*, Cobb ! s'exclama une voix toute proche.

Était-ce… Je Sais Tout ?

Je m'approchai discrètement du bâtiment et regardai au-delà du coin. C'était l'entrée arrière de l'école. En effet, j'aperçus bien Je Sais Tout près de la porte, en train de parler à Cobb, qui se tenait à l'intérieur.

Je Sais Tout leva les mains en l'air.

— Comment est-ce que je peux être chef d'escadrille s'ils ne me respectent pas ? Comment je peux donner des ordres alors qu'ils me donnent ce surnom-là ? Il faut que je leur en fasse perdre l'habitude. Interdisez-le. Ordonnez-leur de m'obéir.

— Mon garçon, lui dit Cobb, vous ne connaissez pas grand-chose à l'armée, hein ?

— J'ai passé ma vie entière à m'entraîner pour ça !

— Alors vous devriez le savoir : le respect ne vient pas d'un insigne ou d'un badge. Il vient avec le temps et l'expérience. Pour ce qui est de votre nom, il commence à vous rester, alors deux options valables se présentent à vous. Ignorez-le et faites avec en espérant qu'il disparaisse – ou assumez-le et acceptez-le, pour amoindrir son impact.

— *Hors de question*. C'est de l'insubordination.

Je secouai la tête. Quel chef pitoyable.

— Gamin…, commença Cobb.

Je Sais Tout croisa les bras.

— Il faut que je rentre chez moi. On m'attend pour le dîner officiel avec l'ambassadeur de la caverne de l'Autoroute à 1900.

Je Sais Tout sortit pour rejoindre un véhicule *extrêmement* élégant dans la rue. Une voiture antigrav privée, avec son propre petit anneau d'élévation ? J'en avais vu de temps en temps en bas.

Je Sais Tout monta dans le véhicule et le démarra. L'engin ronronna, un bruit curieusement plus primitif que la puissance fluide d'un propulseur auxiliaire.

Saaaaaalve, me dis-je alors. *Il est si riche que ça ?*

Sa famille devait avoir des tas de mérites pour pouvoir acheter ce genre de choses. Et il était donc trop riche pour dormir avec les autres, semblait-il. Il démarra d'un mouvement fluide. Ça semblait franchement injuste qu'il rejette la chose même qui m'était refusée comme si c'était une mauvaise bouchée de viande de rat.

Je mis mon sac sur mon épaule, puis m'éloignai d'un pas pesant. Je sortis par le portail du complexe de la FDR, où un autre duo d'agents de la police militaire nota mon passage sur un carnet. Puis je descendis le long de la large rue en direction des ascenseurs. Mon quartier se trouvait à l'extrémité la plus éloignée de Magmatique, et j'allais donc vraiment devoir passer des heures et des heures à faire la navette de cette manière. Je pouvais peut-être trouver un endroit où loger plus près des ascenseurs en bas ?

Malgré tout, ça me rendait malade. Je me dirigeai vers la batterie d'ascenseurs – mais la queue y était longue, sans doute à cause des problèmes rencontrés un peu plus tôt. Je m'armai de courage pour attendre, mais me retournai ensuite pour regarder sur ma gauche – au-delà des bâtiments, au-delà des champs. Bien que la Base Alta elle-même possède un bouclier et un mur, cette ville improvisée – peuplée de fermiers qui étaient des Rebelles d'une tout autre manière – n'avait pas de clôture. Pourquoi en aurait-elle eu besoin ? Il n'y avait rien d'autre à l'extérieur que de la poussière, des pierres… et des cavernes.

Une idée me traversa. Ce n'était pas si loin…

Je sortis de la queue et me dirigeai vers l'extérieur, au-delà des bâtiments et des champs. Les fermiers qui travaillaient là me lancèrent des coups d'œil – mais ne dirent rien en me voyant quitter la ville. C'était là mon *vrai* foyer : les cavernes, les pierres et le ciel ouvert. Depuis la mort de mon père, j'avais passé plus de temps ici qu'à Magmatique.

Il y avait environ une demi-heure de marche pour rejoindre la caverne où j'avais découvert l'épave du vaisseau, mais je retrouvai mon chemin sans trop de mal. L'ouverture était plus petite que dans mon souvenir, toutefois j'avais ma lumiligne et je réussis à descendre.

Le vieux vaisseau semblait plus délabré que dans mon souvenir. Peut-être parce que je venais d'en piloter un neuf. Malgré tout, le cockpit était confortable, et le siège s'inclinait entièrement.

C'était une idée stupide. Si des débris tombaient au-dessus de moi, je pouvais me retrouver prise dans un effondrement. Mais j'étais trop blessée, trop vidée, trop engourdie pour m'en soucier.

Ce fut ainsi – allongée dans un lit improvisé au creux d'un vaisseau oublié – que je m'assoupis.

12

Se réveiller dans le cockpit d'un vaisseau de combat était la chose la plus incroyable qui me soit jamais arrivée. Enfin… à égalité avec le fait d'en piloter un.

Je m'étirai dans le noir, impressionnée par l'espace que contenait le cockpit. Il était plus grand que ceux des vaisseaux de la FDR. J'allumai ma lumiligne pour m'éclairer un peu et consultai ma montre. 0430. Deux heures et demie avant que je ne doive me présenter en cours aujourd'hui.

L'un dans l'autre, je n'étais pas si fatiguée. Juste un peu endolorie par…

Quelque chose était posé sur le bord intérieur du cockpit et me regardait.

La créature ne ressemblait à rien de ce que j'aie déjà vu dans les cavernes. Elle était jaune, pour commencer. Plate, longue et plus ou moins informe, avec de petits piquants bleus le long du dos, qui formaient un motif se détachant sur sa peau jaune vif. Elle ressemblait à une grosse limace de la taille d'une miche de pain, mais en plus fine.

Je ne distinguais pas d'yeux, mais la façon dont elle se repliait sur elle-même – avec la partie avant surélevée – me rappelait vaguement un… tamia ? Comme dans les vidéos qu'on avait regardées en cours sur des cavernes de sauvegarde de la faune et de la flore.

— Qu'est-ce que tu es ? demandai-je tout bas.

Mon estomac gronda.

— Et, tout aussi important, ajoutai-je, es-tu comestible ?

Elle tourna sa « tête » sur le côté pour me regarder – quoiqu'elle ne semblait toujours pas avoir d'yeux. Ni de bouche. Ni même de visage, en fait. Elle laissa échapper un trille étouffé, un son pareil à celui d'une flûte, émanant de ses piquants arrière.

Si j'avais appris une chose de la collecte des champignons dans les cavernes, c'était que les couleurs vives signifiaient : « Ne me mange pas, être doué de raison, ou ce seront bientôt mes frères qui te mangeront. »

Mieux valait ne *pas* mettre cette étrange limace des cavernes dans ma bouche.

Mon estomac grondait mais, quand je fouillai dans mon sac, je ne trouvai que la moitié d'une vieille barre de ration d'algues. J'avais peut-être tout juste assez de temps pour descendre à Magmatique chercher à manger, mais ça me donnerait l'impression de… rentrer furtivement chez moi, vaincue, la queue entre les jambes.

L'amirale voulait me briser, n'est-ce pas ? Eh bien, elle ignorait qui elle avait en face. J'étais une *chasseuse de rats* de niveau international, hautement entraînée, experte de longue date.

Je redressai mon siège et fouillai dans l'arrière du cockpit étonnamment spacieux. En règle générale, chaque centimètre d'espace était utile dans un vaisseau de combat – même si celui-ci semblait disposer d'un emplacement destiné à des marchandises derrière le siège du pilote et ce qui ressemblait à un strapontin pliant pour un passager.

La veille au soir, il me semblait avoir vu ici de vieux outils. Effectivement, je trouvai un rouleau de corde en plastifibre. Le cockpit verrouillé l'avait préservée, même si cette substance était de toute manière quasi indestructible. J'en déroulai une partie et en dissociai les brins pour en faire de la ficelle.

La créature pareille à une limace resta sur le panneau de contrôle à me regarder, inclinant parfois la « tête » en émettant des bruits de flûte.

— Ouais, lui dis-je. Eh ben regarde.

J'ouvris entièrement la verrière – je n'avais pas osé la fermer la veille, de crainte qu'il n'y ait pas de ventilation – et sautai en bas. Comme je l'avais espéré, j'entendis des pas furtifs dans le noir et trouvai des déjections de rat près de champignons le long du mur.

J'aurais préféré avoir mon fusil harpon mais, faute de mieux, un piège ferait l'affaire – avec ma barre de ration en tant qu'appât. Je reculai, satisfaite. La limace s'était avancée sur l'aile du vieux vaisseau, et elle m'adressa un bruit de flûte d'une manière que je choisis d'entendre comme inquisitrice.

— Ces rats, lui dis-je, connaîtront bientôt la fureur de mon appétit, délivrée grâce aux ressorts minuscules de la justice.

Je souris, puis m'aperçus que je parlais à une limace des cavernes, ce qui était très bizarre même pour moi.

Malgré tout, j'avais du temps à perdre, et j'inspectai donc le vaisseau. Au départ, j'avais envisagé de le réparer. Après avoir terminé mon examen, j'avais rêvassé d'un futur entier dans lequel j'apportais mon *propre* vaisseau à la FDR pour l'*obliger* à m'accepter.

Ces fantasmes paraissaient à présent… un peu tirés par les cheveux. Cet engin n'était pas en très bon état. Ce n'étaient pas simplement cette aile pliée ou les propulseurs auxiliaires cassés à l'arrière. Tout ce qui ne se trouvait pas dans le cockpit était éraflé, gauchi ou déchiqueté.

Mais peut-être était-ce seulement l'extérieur. Si les entrailles étaient en bon état, peut-être le vaisseau était-il réparable ?

J'allai chercher la boîte à outils. Elle avait mieux résisté au temps que la corde – un peu d'humidité s'était apparemment retrouvée coincée dans la boîte – mais une clé à molette rouillée restait une clé à molette. Je déplaçai donc des pierres puis rampai sous le vaisseau, près de l'anneau d'élévation. Je connaissais quelques bases en mécanique, comme tous les étudiants, même si je n'avais pas bûché cette matière aussi assidûment que les formations de vol et la configuration des vaisseaux. Rig m'avait toujours réprimandée en me disant qu'un bon pilote devait être capable de réparer son vaisseau.

Je n'avais jamais imaginé me trouver un jour dans une vieille caverne, seulement éclairée par la lueur rouge orangé de ma lumiligne, à essayer d'ouvrir le panneau d'accès d'une vieille épave. Je réussis enfin à le retirer et regardai à l'intérieur, repensant à mes cours.

Ça, ça doit être le système d'injection du propulseur auxiliaire, et ça, le stabilisateur de l'anneau d'élévation…

Il y avait beaucoup de choses ici que je ne reconnaissais pas, mais je pus localiser la matrice énergétique – la boîte de cinquante centimètres de côté qui était la source d'alimentation du vaisseau. Je la décrochai tant bien que mal, puis sortis furtivement et utilisai ma lumiligne pour la tirer de sous l'engin.

Étonnamment, les câbles qui le raccordaient au vaisseau étaient en bon état. Quelle que soit la personne qui avait construit ce coucou, elle avait fait en sorte que les composants électroniques durent. La matrice énergétique utilisait également les mêmes connecteurs que nous actuellement – qui étaient les modèles que nous avions dans la flotte avant de nous écraser sur Détritus. Peut-être que ça pourrait, d'une manière ou d'une autre, m'aider à situer son âge ?

Je redescendis en rampant et inspectai les entrailles du vaisseau. *Mais qu'est-ce que c'est que ça ?* me demandai-je en cognant contre une grosse boîte noire avec mes jointures. Lisse et réfléchissante malgré le poids des ans, elle ne semblait pas assortie au reste des machines. Mais d'un autre côté, qui étais-je pour dire ce qui allait ou n'allait pas avec un vaisseau si bizarre ?

Sur un coup de tête, j'ouvris la minuscule matrice énergétique de ma lumiligne, puis y raccordai l'un des câbles plus petits provenant du vaisseau. Une sonnerie étouffée me parvint depuis l'avant, et une lumière s'alluma à l'intérieur du panneau d'accès.

Salve. La matrice énergétique de ma lumiligne était manifestement trop faible, mais si je disposais d'une vraie source d'alimentation, je parviendrais peut-être à faire marcher quelques-unes des fonctions du vaisseau. J'aurais tout de même encore une aile pliée et des propulseurs auxiliaires cassés, mais l'idée était exaltante. Je regardai de nouveau à l'intérieur des entrailles du vaisseau.

J'y découvris la limace, enroulée autour d'un câble et accrochée là, qui me regardait fixement avec une posture nettement inquisitrice.

— Tiens, lui dis-je, comment tu t'es retrouvée là ?

Elle émit un bruit de flûte en réponse. S'agissait-il de la même limace, ou d'une autre ? Je ressortis en rampant pour vérifier, mais n'en vis pas d'autres aux alentours. J'entendis bien un grattement près du mur, là où mon piège avait attrapé un rat raisonnablement charnu.

— Tu vois ? dis-je en regardant en dessous du vaisseau. (La limace s'y laissa tomber sur les rochers.) Et tu osais douter de moi.

J'écorchai le rat, le vidai et en retirai la viande. La boîte à outils possédait une petite microsoudeuse, et la matrice énergétique de ma lumiligne suffisait largement pour ça. Je l'utilisai sur un bout de métal pour en faire une poêle à frire – et je me retrouvai bientôt en train de faire cuire du rat. Pas d'assaisonnement, mais au moins je n'avais pas à rester l'estomac vide.

Je pourrais me servir des toilettes de l'école, me dis-je. *On ne me l'a pas interdit hier*. Et la salle de bains disposait aussi de capsules de nettoyage pour se laver après l'éducation physique. Je pourrais trouver des champignons le matin, poser d'autres pièges et…

Et je comptais réellement vivre comme une femme des cavernes ?

Je baissai les yeux vers le rat en train de cuire. C'était soit vivre ici, soit faire la navette chaque soir comme l'amirale attendait que je le fasse.

C'était là un moyen de contrôler ma vie. On ne me donnait ni lit ni repas ? Parfait. Je n'avais pas besoin de leur charité.

J'étais une Rebelle.

13

Sans surprise, quand j'atteignis le bâtiment des cours à 0630, les agents ne m'empêchèrent pas de me rendre directement aux toilettes. Je me lavai les mains et attendis un moment le départ des autres femmes. Puis je me déshabillai rapidement, jetai mes vêtements et sous-vêtements dans l'espace destiné à laver les habits et me glissai dans la capsule de nettoyage – un appareil qui avait grosso modo la forme d'un cercueil, mais muni d'un trou du côté le plus petit.

Le cycle dura moins de deux minutes, mais j'attendis que les toilettes soient à nouveau vides avant de sortir et d'aller récupérer mes habits désormais propres. À 0650, j'étais assise avec tous les autres dans notre salle de classe. Ils bavardaient avec animation au sujet du petit déjeuner du mess, qui avait comporté du véritable bacon.

Je laisserai ma fureur couver en moi, me dis-je pour me réconforter, *jusqu'au jour où elle explosera et où la vengeance sera mienne ! D'ici là, qu'elle mijote donc. Comme du bacon juteux sur un poêlon…*

Salve.

Malheureusement, il y avait un problème plus grave. Il était 0700, et l'un des cockpits factices était encore vide. Rig était à nouveau en retard. Au nom des étoiles, comment avait-il pu être chaque jour en avance en classe mais se débrouiller pour arriver en retard deux jours de suite à *l'école de pilotage* ?

Cobb apparut en boitant puis s'arrêta à côté du siège de Rig, songeur. Quelques instants plus tard, Rig en personne apparut sur le pas de la porte. Je consultai l'horloge, nerveuse, puis regardai à deux fois. Rig avait son sac sur l'épaule.

Cobb ne dit pas un mot. Il se contenta de soutenir le regard de Rig, puis hocha la tête. Rig se détourna pour partir.

— Quoi ? dis-je en me levant brusquement. *Quoi ?*

— Il y en a toujours un, expliqua Cobb, le lendemain du premier combat. En règle générale, ça survient plus tard dans la formation que ça n'a été le cas pour vous tous, mais ça se produit toujours.

Incrédule, je m'élançai à la suite de Rig dans le couloir.

— Rig ?

Il continua à marcher.

— Rig ? Qu'est-ce que tu *trafiques* ? (Je courus après lui.) Tu renonces après une petite bataille ? Je sais que tu étais secoué, mais tout ça était notre rêve !

— Non, Spensa, répondit-il en s'arrêtant enfin dans le couloir vide. C'était ton rêve. Je ne faisais que t'accompagner.

— *Notre* rêve. Tout ce temps passé à étudier, tout cet entraînement. *L'école de pilotage*, Rig. *L'école de pilotage !*

— Tu répètes ces mots comme si je ne t'entendais pas. (Il sourit.) Mais ce n'est pas moi qui n'écoute pas.

Je restai bouche bée. Il me donna une tape sur l'épaule.

— Je suis sans doute un peu injuste. J'ai toujours eu envie d'entrer ici. C'est difficile de ne *pas* se laisser emporter par l'exaltation quand quelqu'un de proche a des rêves aussi grands. Je voulais me prouver que j'étais capable de réussir l'examen. Et je l'ai fait.

» Mais ensuite je suis arrivé ici, Spensa, et j'ai vu ce que c'était… Quand ces destructeurs m'ont touché, j'ai su. Je ne pourrais pas faire ça tous les jours. Je suis désolé, Spensa. Je ne suis pas un pilote.

Ces mots n'avaient aucun sens à mes oreilles. Même les sons paraissaient étranges en quittant sa bouche, comme s'il était curieusement passé à une langue étrangère.

— J'y ai réfléchi toute la nuit, dit-il d'une voix contrite. Mais je le *sais*, Spensa. Au plus profond de moi, j'ai toujours su que je n'étais pas taillé pour le combat. J'aimerais simplement savoir ce que je suis censé faire *maintenant*. Réussir l'examen a toujours été le but ultime pour moi, tu sais ?

— Tu es en train de te défiler, lui dis-je. De renoncer. De *t'enfuir*.

Il tressaillit, et je me sentis soudain très mal.

— Tout le monde n'est pas obligé de devenir pilote, Spensa, dit-il. Il y a d'autres métiers tout aussi importants.

— C'est ce que racontent les autres. Mais ils ne le pensent pas *vraiment*.

— Tu as peut-être raison. Je ne sais pas. Sans doute que… j'ai encore besoin d'y réfléchir. Est-ce qu'il existe un métier qui implique uniquement de passer des examens ? Je suis très doué pour cette partie-là, apparemment.

Il me donna une brève accolade – pendant laquelle je demeurai plantée là, stupéfaite – puis s'éloigna. Je restai un long moment à le regarder, jusqu'à ce que Cobb sorte me chercher.

— Si vous tardez encore, cadette, me dit-il, je vous inscris comme étant en retard.

— Je n'arrive pas à croire que vous l'ayez laissé partir comme ça.

— Une partie de mon travail consiste à repérer lesquels d'entre vous nous aideront le mieux ici, en bas, au lieu de vous faire tuer là-haut. (Il me poussa doucement vers la salle.) Il ne sera pas le seul à laisser un siège vide quand cette escadrille sera diplômée. Allez.

Je réintégrai la salle et m'installai dans mon pseudo-cockpit alors que les implications de ses paroles commençaient à rentrer. Cobb semblait presque heureux de renvoyer l'un d'entre nous. Combien d'étudiants avait-il vus se faire abattre ?

— Bon, reprit Cobb. Voyons ce que vous vous rappelez d'hier. Attachez-vous, enfilez votre casque et allumez les projecteurs holographiques. Chef d'escadrille, faites décoller votre escadrille et prouvez-moi que tout ça ne vous est pas sorti par les oreilles pour couler sur votre oreiller. Si c'est le cas, peut-être que je pourrai vous apprendre à voler *vraiment*.

— Et les armes ? demanda Bim avec enthousiasme.

— Salve alors, certainement pas, répliqua Cobb. Vous ne feriez que vous entre-tuer par accident. Couvrons d'abord les bases.

— Et si on se retrouve à nouveau embarqués dans les airs pour nous battre ? fit Arturo.

Je ne savais toujours pas comment prononcer son indicatif. Amphibie ? Quelque chose comme ça ?

— Alors, répondit Cobb, vous n'aurez qu'à espérer que Couic les abatte pour vous, mon garçon. Assez d'insolence, cadets ! Je vous ai donné un ordre !

Je m'attachai et allumai l'appareil – mais jetai un dernier regard au siège vide de Rig tandis que l'hologramme s'activait autour de moi.

On passa la matinée à s'entraîner aux virages synchronisés.

Piloter un vaisseau de combat, ce n'était pas du tout la même chose que piloter un vieil avion, comme ceux qu'utilisaient certains des clans externes. Non seulement nos vaisseaux disposaient d'anneaux d'élévation pour nous maintenir en vol – quelle que soit notre vitesse ou absence d'icelle – mais les vaisseaux de combat possédaient des engins puissants baptisés prises d'air atmosphériques, qui nous soumettaient beaucoup moins aux caprices de la résistance du vent.

Nos ailes avaient malgré tout leur utilité, et la présence d'atmosphère pouvait se révéler utile pour de nombreuses raisons. Nous pouvions effectuer un virage incliné standard, incliner notre vaisseau sur le côté et tourner comme les oiseaux. Mais nous pouvions aussi effectuer quelques manœuvres pareilles à celles des vaisseaux spatiaux, comme tout simplement *pivoter* dans la direction souhaitée, puis nous propulser en avant.

J'appris à connaître intimement la différence tandis qu'on répétait les deux manœuvres encore et encore et encore, jusqu'à ce que j'en aie *presque* assez de voler.

Bim posait constamment des questions sur les armes. Ce garçon aux cheveux bleus avait quelque chose d'enthousiaste et d'authentique qui me plaisait bien. Mais je ne partageais pas son impatience à manier les armes – si je voulais battre un jour Je Sais Tout, je devais apprendre les bases. C'étaient mes virages approximatifs qui m'avaient ralentie lors de l'escarmouche de la veille. Alors si Cobb voulait me faire enchaîner les virages, je les enchaînerais. Jusqu'à m'en faire saigner les doigts – jusqu'à arracher la chair de mes mains pour n'être plus qu'un squelette.

Un squelette capable de faire d'*excellents* virages.

Je suivis la formation sur la gauche, puis descendis brusquement par réflexe tandis que Hula Hoop tournait trop loin sur son axe et partait dans ma direction. Elle percuta tout net FM, dont le bouclier invisible dévia le coup. Mais FM n'était pas assez douée pour compenser l'impact, et elle partit en vrille dans l'autre sens.

Toutes deux tombèrent, et allèrent percuter la surface rocheuse avec deux explosions jumelles.

— Salve ! s'exclama FM.

Elle était toujours très élégante, avec ses boucles de bottes en or et sa coupe de cheveux stylée.

Hula Hoop, quant à elle, se contenta d'éclater de rire. Elle le faisait beaucoup, et s'amusait peut-être trop.

— Waouh ! s'écria-t-elle. Alors *ça*, c'était une explosion. J'ai combien de points pour cette performance, Cobb ?

— De points ? Vous croyez que c'est un jeu, cadette ?

— La vie est un jeu.

— Oui, eh bien, vous venez de perdre tous vos points et de mourir, asséna Cobb. Si vous tombez dans une vrille incontrôlable comme vous venez de le faire, éjectez-vous.

— Hum… rappelez-moi comment faire, déjà ? intervint Nedd.

— Franchement, Nedd ? fit Arturo. On a passé ça en revue hier. Regarde la manette entre tes jambes. Tu vois ce grand *E* dessus ? Tu crois que ça veut dire quoi ?

— Je pensais que c'était un E pour « échapper ».

— Et qu'est-ce qu'on fait quand on veut s'échapper ? Dans un vaisseau de combat ? On…

— Je t'appelle, et je te dis : « Tiens, Arturo, elle est où cette salvée de manette pour s'éjecter ? »

Arturo soupira. Je souris et regardai par ma fenêtre le vaisseau suivant de la formation – je distinguais à peine son occupante. Marée Haute, dont le tatouage était visible même lorsqu'elle portait son casque. Elle détourna vivement le regard. Pas même un sourire.

Très bien.

— Rentrez à la base, nous ordonna Cobb. C'est presque l'heure du déjeuner.

— Rentrer ? ronchonna Bim. On ne peut pas se contenter d'éteindre les hologrammes et d'aller becqueter ?

— D'accord. Éteignez, allez manger, puis *retournez d'où vous venez*, parce que je n'ai pas de temps à perdre avec des cadets qui refusent de s'entraîner à atterrir.

— Heu… désolé, mon capitaine.

— Ne gaspillez pas d'ondes radio pour vous excuser, cadet. Contentez-vous de suivre les ordres.

— Bon, escadrille, dit Je Sais Tout. Formation déployée standard, virez sur le cap 165°.

On obéit et on manœuvra pour se remettre en rang et voler vers la version virtuelle d'Alta.

— Cobb, dis-je, on va s'entraîner à récupérer notre vaisseau après une descente incontrôlée ?

— Ne recommencez pas avec ça, répliqua-t-il. Vous vous retrouverez rarement dans ce genre de situation – et si c'est le cas, je veux donc que vous vous entraîniez à tirer sur cette poignée d'éjection. Je ne veux pas que vous soyez distraits par des bravades stupides pour sauver votre vaisseau.

— Et si on *pouvait* le sauver, mon capitaine ? demanda Jorgen. Un bon pilote ne devrait-il ou elle pas faire tout ce qui est possible pour protéger son anneau d'élévation ? Ils sont assez rares pour que la tradition exige qu'on…

— Ne me parlez pas de cette tradition idiote, aboya Cobb. On a besoin de bons pilotes tout autant que d'anneaux d'élévation. Si vous partez en vrille incontrôlable, *éjectez-vous*. C'est bien compris ?

Quelques-uns des autres donnèrent une confirmation orale. Pas moi. Il n'avait pas contredit le point le plus important : si un cadet s'éjectait et sabordait son vaisseau, il ne volerait plus jamais. Peut-être qu'une fois devenue pilote confirmée je pourrais penser à m'éjecter mais, pour l'heure, il était *hors de question* que je tire sur cette poignée.

De toute manière, si on me reprenait ce qu'on venait de me donner, ça reviendrait à me tuer.

On atterrit, et les hologrammes s'éteignirent. Les autres commencèrent à sortir de la pièce à la file pour aller déjeuner au mess, parlant en riant de la façon spectaculaire dont FM et Hula Hoop avaient explosé. Kimmalyn s'aperçut que je restais dans la pièce et voulut s'arrêter – mais Cobb la poussa gentiment hors de la salle pour qu'elle rejoigne les autres.

— Je leur ai expliqué la situation, me dit-il en s'arrêtant sur le pas de la porte. Les ascenseurs disent que vous n'êtes pas descendue à Magmatique hier soir ?

— Je... connais une petite caverne, à environ une demi-heure de marche à l'extérieur de la ville. Je me suis dit que je gagnerais du temps si j'habitais là-bas. J'ai passé ma vie à farfouiller dans les tunnels. Je m'y sens plus à l'aise.

— Comme vous le souhaitez. Vous avez apporté votre déjeuner aujourd'hui ?

Je fis signe que non.

— Faites-le désormais. Je ne peux pas courir le risque que vous soyez distraite par la faim pendant l'entraînement.

Puis il partit. Peu de temps après, j'entendis des voix au loin. Des rires qui résonnaient dans le mess.

J'envisageai de continuer à m'entraîner, mais je ne savais pas trop si j'étais autorisée à utiliser les machines sans surveillance. Comme je ne pouvais pas rester assise là à écouter pendant une heure, je décidai d'aller marcher. C'était étrange que je puisse me sentir à ce point épuisée par le vol du matin, mais avoir encore assez d'énergie nerveuse après être restée si longtemps assise.

Je sortis du bâtiment de formation – et remarquai les deux agents postés dans le couloir. Étaient-ils réellement là uniquement pour m'empêcher de voler un petit pain ? L'amirale pouvait dépenser beaucoup de ressources pour satisfaire sa rivalité avec une élève insignifiante. D'un autre côté, quitte à choisir un combat, autant se battre pour gagner – et je devais respecter ça.

Je quittai la base de la FDR et me dirigeai vers le verger situé juste au-delà des murs. Bien qu'il y ait ici des ouvriers qui s'occupent des arbres, d'autres personnes en uniforme marchaient parmi eux, et des bancs avaient été disposés le long du chemin. Je n'étais apparemment pas la seule à apprécier la présence d'une vie végétale authentique. Pas des champignons ou de la mousse, mais de vrais arbres. Je gaspillai cinq bonnes minutes à tâter l'écorce et à tirer sur les feuilles, à moitié persuadée que l'ensemble devait être fait de plastique hautement réaliste.

Je finis par sortir regarder le champ de débris. Comme toujours, je parvenais à distinguer de vastes motifs, des gris assourdis et des lignes dans le ciel, bien que je sois trop loin pour voir les détails. Une spatiolampe avançait juste au-dessus de moi, assez vive pour que je ne puisse pas la regarder directement sans larmoyer.

Je ne repérai pas de trous parmi les débris. Ce moment avec mon père était la seule occasion où j'aie jamais vu l'espace lui-même – il y avait tout simplement trop de couches de débris là-haut, qui gravitaient selon différents motifs.

À quoi avaient ressemblé les gens, ceux qui avaient construit tout ça ? Certains ados de mon clan chuchotaient que Détritus était en réalité l'Ancienne Terre, mais mon père avait éclaté de rire en entendant cette idée. Apparemment, la planète était beaucoup trop petite, et nous avions des cartes de la Terre qui ne concordaient pas.

Mais ils avaient été humains, ou du moins parlaient notre langue. La génération de Grand-mère – l'équipage du *Rebelle* et sa flotte – savait à l'époque que Détritus se trouvait ici. Ils étaient venus intentionnellement sur cette vieille planète abandonnée. Pour se cacher, bien que l'atterrissage ait été nettement plus destructeur qu'ils ne l'avaient escompté. Je tentai d'imaginer ce que ç'avait été pour eux. De quitter les cieux, d'abandonner leurs vaisseaux, de se retrouver contraints de se séparer en clans et de se cacher. Est-ce que ç'avait été aussi étrange pour eux de voir une caverne en levant les yeux que ça l'était encore pour moi de voir le ciel ?

Je continuai à flâner dans les chemins du verger. Les ouvriers qui travaillaient ici possédaient une sorte de gentillesse un peu rude. Ils me souriaient sur mon passage. Certains m'adressaient un bref salut informel. Je me demandai comment ils réagiraient en apprenant que j'étais la fille de Chasseur, le lâche si tristement célèbre.

Tandis que je faisais le tour du verger pour retourner en cours, je dépassai des gens en costume et en jupe à qui l'on proposait une visite guidée officielle du verger. C'était le genre d'habits qu'on voyait sur les contremaîtres en bas ; des hommes et des femmes largement dotés en mérites qu'on avait déplacés dans les cavernes inférieures, les endroits les plus sûrs et les mieux protégés, qui avaient quelques chances de survivre à une bombe. Des gens comme Jorgen et ses acolytes.

Ils paraissaient trop… propres.

Tandis que je m'éloignais, j'aperçus quelque chose de curieux : entre la base et le verger se trouvait une rangée de petits hangars à véhicules. La porte de l'un d'entre eux était relevée, dévoilant la voiture antigrav de Je Sais Tout. Je jetai un coup d'œil à l'intérieur, notai le chrome astiqué et le coloris bleu clair. Très cool et manifestement *très chère*. Pourquoi l'entreposer ici, à l'extérieur de la base ?

Il n'a sans doute pas envie que les autres cadets lui demandent de les conduire, me dis-je. Je résistai à l'impulsion de lui faire une vacherie. Mais de justesse.

Je franchis le portail, puis atteignis notre salle de cours avant les autres. Je me dirigeai tout droit vers mon siège – en ayant déjà l'impression que je ne m'étais pas trouvée dans un cockpit depuis trop longtemps. Je m'assis en soupirant, heureuse. Je regardai sur le côté et vis que quelqu'un m'observait.

Je faillis sursauter jusqu'au plafond. Je n'avais pas remarqué Marée Haute près du mur en entrant. Son vrai nom était Magma ou Magna, je ne me rappelais plus très bien. À en juger par le plateau sur le comptoir à côté de la Vicienne, elle avait apporté son repas ici et l'avait mangé seule.

— Salut, lui dis-je. Qu'est-ce qu'ils servaient ? On dirait une odeur de sauce. Ragoût de pâte d'algues ? Purée de pommes de terre ? *Côtelettes de porc ?* Ne t'en fais pas, je peux encaisser. Je suis un soldat. N'essaie pas d'enrober les choses.

Elle se contenta de détourner le regard, le visage impassible.

— Ton clan descend des marines, c'est bien ça ? À bord du *Rebelle* ? Moi, je descends des gens du vaisseau amiral – l'équipe des machines. Peut-être que nos arrière-grands-parents se connaissaient ?

Elle ne répondit pas.

Je serrai les dents, puis descendis de mon siège. Je marchai tout droit vers elle et l'obligeai à me regarder dans les yeux.

— Tu as un problème avec moi ? lui lançai-je.

Elle haussa les épaules.

— Eh bien, il faudra que tu t'y fasses, ajoutai-je.

Nouveau haussement d'épaules.

Je lui donnai un petit coup sur la clavicule.

— Ne me nargue pas. Je m'en fiche que les Viciens aient la réputation d'être redoutables : je ne compte pas me laisser freiner dans mon ascension. Et je m'en fiche si je dois te passer sur le corps pour y arriver.

Je me retournai pour rejoindre mon pseudo-cockpit et m'assis, remplie d'un sentiment de satisfaction. Il faudrait que je montre ce visage-là à Je Sais Tout. Spensa la guerrière. Ouais... c'était agréable.

Les autres finirent par entrer dans la pièce et prendre place. Kimmalyn s'approcha furtivement de moi. Ses longs cheveux foncés et bouclés se secouèrent tandis qu'elle regardait d'un côté puis de l'autre, comme si elle cherchait à vérifier que personne ne l'observait.

Elle laissa tomber un petit pain dans mon giron.

— Cobb nous a dit que tu avais oublié d'apporter ton repas, chuchota-t-elle. (Puis elle se leva et se dirigea dans l'autre sens en parlant d'une voix forte.) Quelle belle vue du ciel nous avons ! Comme la Sainte le disait toujours : « C'est une bonne chose qu'il fasse clair pendant la journée, autrement nous ne pourrions pas voir à quel point le jour est joli ! »

Cobb la regarda, puis leva les yeux au ciel.

— Attachez-vous, ordonna-t-il au groupe. Il est temps d'apprendre quelque chose de nouveau.

— Les armes ? demanda Hula Hoop avec enthousiasme.

Bim hocha la tête tout en s'installant sur son siège.

— Non, répondit Cobb. Les virages. Dans *l'autre sens*. (Il avait prononcé ces mots avec le plus grand sérieux et, quand je ricanai, il me lança un regard noir.) Ce n'était pas une blague. Je ne plaisante jamais.

Ah ça non.

— Avant que nous allumions les hologrammes, poursuivit-il, je suis censé vous demander ce que vous pensez de votre formation pour l'instant.

— Quoi ? dit Nedd en insérant sa grande carcasse dans son cockpit. Ce qu'on *pense* ?

— Oui, ce que vous pensez. Pourquoi ?

— Je suis simplement… surpris, Cobb, répondit Nedd.

— Poser des questions et écouter ont leur importance dans un enseignement efficace, Nedder ! Alors taisez-vous et laissez-moi poursuivre.

— Hum… entendu, mon capitaine.

— Chef d'escadrille ! Vos impressions ?

— Je suis confiant, mon capitaine. C'est un groupe bizarrement assorti, mais je crois qu'on peut les former. Avec votre expertise et mon…

— Parfait, coupa Cobb. Nedder ?

— Pour l'instant, un peu perdu…, avoua Nedd. Et je crois que j'ai mangé trop d'enchiladas…

— Hula Hoop ?

— Je m'ennuie, mon capitaine. Est-ce qu'on pourrait simplement recommencer à jouer ?

— Vous, là, avec ce nom débile de dragon à deux têtes !

— Amphisbène, mon capitaine ! rectifia Arturo. Pour être franc, ce que nous faisons aujourd'hui ne me passionne pas, mais je pense que pratiquer les bases nous sera utile.

— S'ennuie, nota Cobb sur son écritoire, et se croit plus malin qu'il ne l'est. Couic !

— Tout plane pour moi !

— Les pilotes ne disent jamais ce genre de choses, jeune fille. Nous sommes des gens sérieux et pleins de fougue !

— Ou surexcités par la perspective de donner la *mort* aux ennemis en approche, ajoutai-je.

— Par exemple, dit Cobb. Si vous êtes psychotique. Marée Haute.

— Bien, murmura la tatouée.

— Dites ce que vous pensez, cadette !

— Bien.

— Et ? J'ai trois lignes ici. Il faut que j'écrive quelque chose.

— Je... j'ai la peine... de parler..., ânonna-t-elle d'une voix à l'accent très prononcé. Bien. Suffisant, non ?

Cobb leva les yeux de son écritoire et étrécit les paupières. Puis il inscrivit quelque chose.

Marée Haute rougit et baissa le regard.

Elle ne parle pas anglais, compris-je alors. *Salve, quelle crétine je suis*. Les anciens vaisseaux avaient représenté diverses cultures de la Terre – *évidemment* qu'il devait y avoir des groupes qui, après trois générations passées à se cacher sous forme de clans isolés, ne parlaient pas ma langue. Je n'y avais encore jamais songé.

— Bim ? appela ensuite Cobb. Vous avez trouvé un indicatif, mon garçon ?

— J'y réfléchis toujours ! rétorqua Bim. Je veux trouver le bon ! Hum… ma réponse… Hé, quand est-ce qu'on apprendra les armes, déjà ?

— Vous pouvez avoir mon pistolet pour l'instant, asséna Cobb, si vous me promettez de vous tirer une balle. J'écrirai simplement « impatient de se faire tuer ». Saletés de formulaires. FM !

— Constamment stupéfaite par l'agressivité toxique omniprésente dans la culture des Rebelles, répondit la fille aux habits élégants.

— C'est nouveau, ça. (Cobb inscrivit quelques mots.) Je suis sûr que l'amirale va aimer. Spin ?

— J'ai faim, mon capitaine.

Et puis j'étais stupide. Complètement stupide. Je lançai un nouveau coup d'œil à Marée Haute, et me rappelai à quel point elle semblait constamment distante. Ce point s'inscrivait dans un tout autre contexte, à présent que je remarquais son fort accent et ses mots mal prononcés. La façon dont elle détournait le regard quand on lui parlait.

— Bon, c'est enfin terminé, déclara Cobb. Harnachez-vous et allumez les hologrammes !

14

— Vous êtes le point le plus faible de nos défenses, déclara Cobb en marchant au milieu de la salle de classe, s'adressant à tous les neuf sur nos sièges, nos hologrammes encore inactifs. Votre vaisseau peut accélérer à des vitesses incroyables et vous faire effectuer des virages auxquels vous ne survivrez pas. Il est bien plus compétent que vous. Si vous mourez là-haut, ce ne sera pas parce que votre vaisseau vous aura fait défaut. Ce sera parce que *vous*, vous *lui* aurez fait défaut.

Une semaine s'était déjà écoulée, dans un grand flou. Nous nous entraînions chaque jour dans les simulations, nous passions du temps dans la centrifugeuse, puis je dormais chaque nuit dans le cockpit du vieux vaisseau. J'en avais plus qu'assez des champignons et du rat non assaisonné.

— Les forces g sont votre pire ennemi, poursuivit Cobb. Et vous ne pouvez pas simplement surveiller vos forces g, vous devez aussi être conscients de la direction depuis laquelle elles appuient sur vous. Les êtres humains peuvent encaisser une quantité raisonnable de force g par l'arrière, comme quand vous allez en ligne droite.

» Mais si vous vous arrêtez ou faites un brusque virage incliné, les forces g appuieront vers le bas et repousseront le sang de votre tête vers vos pieds. Beaucoup de gens vont perdre connaissance après avoir subi seulement neuf ou dix g de cette manière. Et si vous pivotez sur votre axe, alors propulsez-vous dans une autre direction comme nous nous y sommes entraînés… Enfin, vous pouvez facilement dépasser les cent g, assez pour changer vos entrailles en soupe sous l'effet de l'accélération brutale.

Nedd leva la main :

— Alors, pourquoi est-ce qu'on a appris ces mouvements ?

— Les ConGravs, répondis-je.

Cobb me montra du doigt et hocha la tête.

— Vos vaisseaux peuvent compenser les forces g extrêmes et soudaines. Les vaisseaux de la FDR possèdent ce qu'on appelle des Condensateurs Gravitationnels. Quand vous changez de direction ou accélérez rapidement, les ConGravs s'activent et dévient la force. Les ConGravs peuvent fonctionner pendant environ trois secondes avant d'avoir besoin d'un bref moment pour se recharger, alors c'est pour faire des virages serrés qu'ils sont le plus utiles.

Je savais déjà tout ça. En fait, Nedd l'aurait certainement su lui aussi, s'il avait été obligé d'étudier pour l'examen. Je laissai donc mes pensées vagabonder vers mon vaisseau déglingué. Je n'avais pas beaucoup avancé dans mon exploration, car j'avais passé la majeure partie de mon temps à chasser et à sécher la viande de rat. Il fallait encore que je trouve une matrice énergétique quelque part…

— Vos vaisseaux disposent de trois types d'armes, déclara Cobb.

Un instant, les armes ? Mon attention se reporta brusquement sur le cours, et je vis Bim s'animer lui aussi. C'était adorable de le voir réagir à toute mention des armes comme un chiot surexcité.

— Oui, Bim, confirma Cobb. Les armes. Ne vous pissez pas dessus sous l'effet de l'excitation. La première des trois est votre destructeur de base – votre arme principale, mais aussi la moins efficace. Elle tire un rayon concentré d'énergie, et on s'en sert généralement pour des tirs de rafale à courte portée.

Cobb s'arrêta près du siège de Kimmalyn.

— Ou alors, moins fréquemment, elle peut être chargée pour des tirs à longue portée de grande précision. La plupart des pilotes n'utilisent cette fonction que pour achever les vaisseaux mis hors de combat, ou peut-être abattre un ennemi lors d'une embuscade. Toucher une cible active à distance avec un destructeur nécessite une adresse incroyable.

Kimmalyn sourit.

— Pas d'insolence, dit Cobb en se remettant en marche. Un destructeur est pratiquement inutile contre un adversaire équipé d'un bouclier – mais vous allez quand même les utiliser à la moindre occasion, car c'est dans la nature humaine d'espérer un coup de chance. Je vais tâcher de vous faire passer ça mais, en toute franchise, même les pilotes confirmés s'accrochent à leurs destructeurs comme si c'étaient des salvées de lettres de leur amour d'enfance.

Bim gloussa.

— Ce n'était pas une blague, aboya Cobb. Activez les hologrammes.

On alluma les appareils et, soudain, on se retrouva sur la rampe de lancement. Lorsqu'on eut décollé et donné nos confirmations verbales, la voix de Cobb grésilla dans le haut-parleur de mon casque.

Bon. Les étoiles nous protègent, il est temps que vous commenciez à tirer. La détente du destructeur est le bouton à côté de votre index sur la sphère de contrôle. Allez-y.

J'appuyai sur le bouton d'un geste hésitant. Trois coups d'un blanc aveuglant jaillirent à une cadence rapide du nez effilé de mon vaisseau. Avec un rictus, j'appuyai encore et encore, tirant une rafale après l'autre. D'un seul coup, je me voyais accorder le pouvoir de donner la mort ! Et pas qu'à des rats !

— Ne l'épuisez pas, Spin, me dit Cobb. Vous voyez ce cadran sur votre manette des gaz ? Celui que vous pouvez faire tourner avec le pouce de votre main gauche ? Il contrôle la cadence du destructeur. La position du haut, c'est un feu soutenu. Celui qu'adorent tous les crétins bavouilleurs de pilotes qui ne se sont *pas* formés avec moi.

— Et ceux d'entre nous qui sont toujours des crétins bavouilleurs de pilotes ? s'enquit Nedd. Mais qui se sont formés avec vous ?

— Ne vous rabaissez pas, Nedder, lui dit Cobb. Je ne vous ai jamais vu bavouiller. La deuxième position du cadran, c'est la rafale. La troisième, c'est un coup chargé à longue portée. Faites-vous plaisir. Défoulez-vous.

Il fit apparaître un groupe de vaisseaux krell devant nous dans les airs. Ils ne volaient pas, ne bougeaient pas, mais restaient simplement suspendus là. S'entraîner sur des cibles ? J'avais *toujours* rêvé de faire ça – depuis que j'étais une petite fille qui lançait des pierres sur d'autres pierres à l'air plus maléfique.

Tous ensemble, on libéra un déluge de mort et de dévastation dans les airs.

Et on manqua nos cibles.

On les manqua, nous sembla-t-il, de plusieurs *kilomètres*. Alors même que les vaisseaux n'étaient pas si éloignés. Je serrai les dents et réessayai, alternant entre les différents modes du destructeur, orientant mon vaisseau avec ma sphère de contrôle, lâchant tout ce que j'avais. Mais salve… tout avait beau paraître si *proche*, il y avait un sacré espace vide à mitrailler.

Je Sais Tout finit enfin par toucher une cible et fit tomber l'un des vaisseaux dans une gerbe d'étincelles. Avec un grognement, je me concentrai sur un unique vaisseau. *ALLEZ.*

— Allez-y, Couic, lui ordonna Cobb.

— Oh, je pensais leur donner une chance, mon capitaine ! fit Kimmalyn. « Gagner ne consiste pas toujours à être le meilleur », vous savez.

— Faites-moi plaisir, insista Cobb.

— Bon, d'accord.

Son vaisseau se chargea pendant quelques secondes, puis libéra une ligne de lumière concentrée – qui fit exploser un vaisseau krell dans le ciel. Elle répéta son exploit, le répéta encore, puis réussit une quatrième fois.

— C'est un peu comme essayer de toucher le sol avec une pierre, mon capitaine, commenta-t-elle. Ils ne bougent pas.

— Comment ? m'écriai-je, sidérée. *Comment* tu as appris à tirer comme ça, Couic ?

— Son père l'a formée, expliqua Hula Hoop. Tu te souviens ? L'histoire du champignon qui ressemblait à un écureuil ?

FM éclata de rire, et j'entendis même un petit bruit aigu provenant de Marée Haute. Mais non, je ne connaissais pas d'histoires sur des champignons ou des écureuils – il devait s'agir d'une histoire qu'elles s'étaient racontée la nuit, dans le dortoir. Pendant que je regagnais ma caverne.

J'appuyai très fort sur le bouton de mon destructeur, et réussis enfin – un exploit – à atteindre l'une des cibles. La façon dont elle fit jaillir des gerbes d'étincelles en tombant était extrêmement gratifiante.

— Bon, nous dit Cobb, assez de ces bêtises. J'éteins vos destructeurs.

— Mais on vient seulement de les obtenir ! protesta Bim. On ne peut pas faire quelques duels ou ce genre de choses ?

— Bon, d'accord, concéda Cobb. Tenez.

Les vaisseaux de combat krell restants – la dizaine que nous n'avions pas réussi à abattre – se précipitèrent soudain vers nous, tous leurs destructeurs en furie. Hula Hoop poussa un cri de joie, mais je me concentrai brusquement et m'écartai.

Kimmalyn tomba la première, dans un éclair immédiat de lumière et d'étincelles. Je plongeai en effectuant une vrille, regardant la ligne rouge sur ma verrière qui indiquait dans le monde réel quelle quantité de force g je devais ressentir. Cobb avait raison : les ConGravs me protégeaient quand j'effectuais un brusque virage, mais je devais faire attention à ne pas les épuiser en pleine courbe pour me faire écraser par toute cette force g.

Je m'arrêtai, et le feu et les explosions m'entourèrent, tandis que les débris des autres cadets tombaient autour de moi.

— Nous avons essayé de recourir à la rétro-ingénierie pour étudier la technologie krell, déclara Cobb d'une voix calme qui contrastait nettement avec la folie qui m'entourait. (Nedd hurla lorsqu'on le toucha. Marée Haute tomba sans un bruit.) Mais nous avons échoué. Ils ont de meilleurs destructeurs et de meilleurs boucliers. Ce qui signifie que lorsque vous les affrontez, vous êtes battus en termes d'armes *et* d'armure.

J'étais entièrement consumée par le désir de survivre. J'enchaînai des vrilles, des embardées, des esquives. Trois vaisseaux krell – *trois* – descendirent sur moi par-derrière, et l'un d'entre eux me toucha à l'aide d'un tir de destructeur. Je virai brusquement à droite, mais un autre coup m'atteignit, et le voyant d'alerte se mit à clignoter sur mon panneau de contrôle. Bouclier désactivé.

— Il faudra que vous touchiez un Krell une demi-douzaine de fois pour détruire leur bouclier, expliqua Cobb. Mais deux ou trois coups leur suffiront pour détruire le vôtre.

Je décrivis une boucle. Des explosions indiquèrent la mort de mes compagnons – des éclats lumineux dans le ciel obscur. Seul un autre vaisseau volait encore, et je compris – sans avoir besoin de voir les numéros sur le fuselage – qu'il devait s'agir de Jorgen. Il était bien meilleur pilote que moi.

Ce point m'agaçait toujours. Je grondai tout en effectuant cette large boucle, cherchant à trouver l'un des ennemis dans mon viseur. J'y étais… presque…

Mes commandes s'éteignirent. Le vaisseau cessa de répondre. Au cours de ce virage, j'avais dépassé le seuil maximal des forces g, et les ConGravs s'étaient épuisés. Bien que mon corps ne le sente pas ici, si je m'étais trouvée dans un véritable vaisseau, je me serais évanouie.

Un vaisseau krell me détruisit d'un coup en passant – presque désinvolte – et mon hologramme se brouilla. Puis ma verrière disparut et je me retrouvai dans la salle de classe. Jorgen réussit à tenir dix-sept secondes de plus. J'avais compté.

Je me laissai aller sur mon siège, le pouls battant à tout rompre. Ç'avait été comme assister à la fin du monde.

— Imaginons que vous soyez près d'être compétents, déclara Cobb. C'est tiré par les cheveux, je sais, mais j'ai toujours été quelqu'un d'optimiste. Si vous arriviez à voler mieux que le vaisseau krell moyen, vous auriez toujours un désavantage très net en n'utilisant que des destructeurs.

— Donc on est foutus ? dit FM en se levant.

— Non. On doit simplement se battre différemment – et trouver un moyen d'égaliser les chances. Rattachez-vous, cadette.

Elle s'exécuta, et les hologrammes se rallumèrent, nous montrant alignés dans le ciel. Les vaisseaux krell réapparurent en une formation silencieuse devant nous. Je les étudiai d'un œil plus méfiant cette fois-ci, l'index brûlant de les mitrailler avec mon destructeur.

— Vous, le dragon, dit Cobb à Arturo, appuyez sur les boutons situés à côté de vos troisième et quatrième doigts. Enfoncez-les tous les deux en même temps.

Mon vaisseau trembla, et un petit trait lumineux s'échappa d'Arturo, comme une vague d'eau rayonnante.

— Hé ! s'exclama Hula Hoop. Mon bouclier est mort.

— Le mien aussi, dit Kimmalyn.

— Comme le mien, ajouta Arturo.

— Le mien est actif, dit Je Sais Tout, imité par plusieurs autres.

Le bouclier d'Arturo a été détruit, me dis-je, *comme celui des deux vaisseaux situés à côté de lui dans le rang.* Je me penchai pour regarder à travers la verrière du cockpit, en proie à un vif intérêt. Pendant mes études, j'avais appris des choses sur les caractéristiques des propulseurs auxiliaires, les formations de vol, les anneaux d'élévation – à peu près tout ce qui concernait les vaisseaux de combat *sauf* les caractéristiques des armes.

— L'IMI, expliqua Cobb. Impulsion de Magellan Inversée. Elle neutralise complètement tout bouclier protecteur émis par un vaisseau – y compris, malheureusement, le vôtre. Elle possède une portée extrêmement courte, et il vous faudra donc pratiquement ramper à l'intérieur du moteur d'un Krell avant de l'activer.

» La clé, pour battre les Krell, ne consiste *pas* à les mitrailler à coups de destructeur. Elle consiste à manœuvrer plus finement, à s'allier contre eux et à les battre à la ruse. Les Krell volent individuellement. Ils se soutiennent à peine les uns les autres.

» Vous, en revanche, vous vous battrez en paires traditionnelles d'ailiers. Vous vous efforcerez d'activer l'IMI d'une manière qui permette à votre ailier de tirer un coup net et dégagé. Mais vous devrez également faire très attention : activer l'IMI vous laisse exposés et vulnérables jusqu'à ce que vous rallumiez votre bouclier.

Un soudain éclat lumineux provenant de tout près fit jurer FM à mi-voix.

— Désolée ! dit Marée Haute avec son accent prononcé. Désolée, désolée !

C'étaient pratiquement les seuls mots que je l'avais entendue prononcer de toute la journée.

— Quelle est la troisième arme ? demanda Je Sais Tout.

— Les lumilances, devinai-je.

J'avais déjà lu ce terme mais, d'un autre côté, les livres n'expliquaient pas leur fonctionnement en détail.

— Ah, donc vous les connaissez, Spin, me dit Cobb. Je m'en doutais. Faites-nous une démonstration.

— Hum… d'accord. Mais pourquoi moi ?

— Elles ont un fonctionnement très proche de celui de leurs cousines plus petites : les lumilignes. J'ai l'intuition que vous avez un peu d'expérience en la matière.

Comment le savait-il ? Je portais ma lumiligne en classe, car j'en avais besoin pour entrer dans ma caverne et en sortir, mais je pensais l'avoir gardée cachée sous la longue manche de ma combinaison.

— Pouce et petit doigt, me dit-il, boutons des deux côtés de la sphère de contrôle.

Bon, d'accord. Pourquoi pas ? Je poussai la manette des gaz vers l'avant et sortis du rang pour approcher des vaisseaux krell. J'en choisis un, à l'arrière duquel flottaient les câbles situés dans son dos. Comme tous les vaisseaux, il possédait un anneau d'élévation – avec une taille standard d'environ deux mètres de diamètre – qui brillait d'une douce lueur bleue en dessous de lui.

Le vaisseau krell paraissait encore plus sinistre de près. Il dégageait une étrange impression d'inachevé, bien qu'il ne soit pas réellement incomplet. Ces câbles qui pendaient à l'arrière n'étaient sans doute pas là par hasard, et sa conception était tout simplement extraterrestre. Pas inabouti, mais fabriqué par des créatures qui ne pensaient pas comme les humains.

Je retins mon souffle, puis appuyai sur les boutons comme Cobb me l'avait indiqué. Une ligne de lumière rouge fondue jaillit de l'avant de mon vaisseau et alla se fixer à la carlingue ennemie. Comme l'avait signalé Cobb, elle fonctionnait exactement comme la lumiligne, mais en plus grand – et surgissait de mon vaisseau comme un harpon.

La vache, me dis-je.

— Les lumilances, reprit Cobb. Vous avez sans doute vu leurs cousins plus petits au poignet des pilotes ; le département d'ingénierie de l'ancienne flotte les utilisait pour s'arrimer tandis qu'ils travaillaient sur des machines en gravité zéro. Spin en possède un, je ne sais comment – ce que j'ai décidé de ne pas mentionner à l'intendant.

— Merci…

— Remerciez-moi en la bouclant quand je parle, répliqua Cobb. Les lumilances fonctionnent comme une sorte de lasso d'énergie qui vous relie à un objet que vous pouvez aussi transpercer. Vous pouvez l'utiliser pour vous fixer à un vaisseau ennemi, ou vous en servir sur le terrain.

— Le terrain ? fit Arturo. Nous coller au sol, vous voulez dire ?

— Pas du tout, contra Cobb.

Le ciel explosa au-dessus de moi et je levai la tête, le souffle coupé, tandis que la brume de débris omniprésente se mettait à faire pleuvoir des boules de feu. Métal surchauffé et autres bouts de ferraille, changés en étoiles filantes par la chaleur de leur retour dans l'atmosphère.

Je retournai rapidement mon vaisseau, puis appuyai sur la manette des gaz et me dirigeai de nouveau vers le rang. Il fallut quelques minutes pour que les débris se mettent à tomber autour de nous, certains fragments brillant plus vivement que d'autres. Ils bougeaient à différentes vitesses, et je compris qu'une partie d'entre eux contenaient de la pierre d'élévation luisant d'un éclat bleu à l'intérieur, qui leur donnait leur portance.

Les débris percutèrent plusieurs des vaisseaux de combat krell et les pulvérisèrent.

— Les Krell attaquent généralement pendant les chutes de débris, déclara Cobb. Ils ne disposent pas de lumilances et, bien que leurs vaisseaux aient tendance à être manœuvrables, ceux de la FDR, avec un bon pilote, sont capables de les battre en vitesse. Vous les attaquerez souvent au milieu des chutes de débris. Dans ce contexte, la lumilance sera votre meilleur outil – raison pour laquelle nous allons passer le prochain mois à nous y entraîner. N'importe quel crétin muni d'un doigt peut se servir d'un destructeur. Mais il faut un *pilote* pour voler parmi les débris et s'en servir à son avantage.

» J'ai vu des pilotes utiliser des lumilances pour attirer les Krell les uns contre les autres, les coller aux débris spatiaux, ou même tirer un ailier hors de danger. On peut pivoter de manière inattendue en s'attachant à un gros fragment et en tournant autour de lui. On peut lancer des débris à son ennemi, saturer instantanément son bouclier et le briser. Plus le champ de bataille est dangereux, plus l'avantage ira au meilleur pilote. Et quand j'en aurai fini, ce pilote, ce sera *vous*.

On regarda les débris tomber, la lumière brûlante se reflétant contre ma verrière.

— Donc..., commençai-je. Vous êtes en train de nous dire qu'à la fin de notre formation, vous vous attendez à ce qu'on soit capables d'utiliser des *grappins faits d'énergie* pour balancer des *bouts de débris spatiaux enflammés* sur nos ennemis ?

— Oui.

— Alors ça..., murmurai-je, c'est la plus belle chose que j'aie jamais entendue.

15

J'attachai le jeu de câbles – travaillant à la lumière rouge orangé dans la caverne obscure par ailleurs – puis l'enveloppai de ruban adhésif. *Là*, me dis-je en reculant et en m'épongeant le front. Au cours des dernières semaines, j'avais réussi à trouver une matrice énergétique en état de marche à l'intérieur d'un vieux chauffe-eau, dans une installation de recyclage de Magmatique. Je connaissais le type qui travaillait là et il avait accepté, en échange de viande de rat, de regarder ailleurs pendant que je faisais de la récupération.

J'avais également déniché quelques fournitures dans un de mes dépôts cachés à l'extérieur de Magmatique. J'avais fabriqué un nouveau fusil harpon et bricolé une cuisine qui disposait d'une véritable plaque chauffante, d'un déshydrateur et de quelques épices. J'étais passée chez moi récupérer Sanguinaire, mon vieil ours en peluche. Il faisait un bon oreiller. Ç'avait été agréable de voir ma mère et Grand-mère, même si, bien sûr, je ne leur avais pas dit que je vivais dans une caverne.

— Alors ? demandai-je à Monstrolimace la Massacreuse. Tu crois que ça va marcher ?

La petite limace des cavernes jaune et bleu s'anima sur la pierre tout près de moi.

— Marcher ? fit-elle de sa voix flûtée.

Elle pouvait imiter des bruits, mais il y avait toujours un son de flûte très net dans ce qu'elle disait. J'étais persuadée qu'elle ne faisait que me copier. Et pour être franche, je ne savais même pas si c'était bien une « elle » – est-ce que les limaces n'étaient pas à la fois mâle et femelle, ou quelque chose comme ça ?

— Marcher ! répéta Monstrolimace, et je ne pus m'empêcher de prendre ça sous un jour optimiste.

J'activai l'interrupteur de la matrice énergétique, espérant que mon petit bricolage électrique allait tenir. Le panneau de diagnostic sur le côté du vieux vaisseau clignota, et j'entendis un bruit étrange provenant du cockpit. Je m'y précipitai et montai sur la boîte que j'utilisais comme échelle.

Le bruit provenait du tableau de bord – il était bas, du genre industriel. Du métal en train de vibrer ? Alors que je l'écoutais attentivement, il changea de tonalité.

— Qu'est-ce que c'est que *ça* ? dis-je vers Monstrolimace, regardant sur ma droite où je la trouvai comme je m'y attendais.

Elle était capable de se déplacer très vite quand elle le voulait, mais semblait répugner à le faire quand je la regardais.

Monstrolimace pencha la tête d'un côté, puis de l'autre. Elle fit trembler les piquants hérissant son dos et imita le bruit.

— Regarde comme les lumières sont basses. (J'appuyai sur le panneau de contrôle.) Cette matrice énergétique n'est pas assez grosse, elle non plus. Il m'en faudra une conçue pour un vaisseau ou un bâtiment, pas un chauffe-eau. (Je l'éteignis, puis consultai l'horloge de ma lumiligne.) Surveille les lieux en mon absence.

— Absence ! répéta Monstrolimacc.

— Tu n'es pas obligée d'avoir l'air tellement surexcitée à cette idée.

Je me changeai rapidement pour enfiler ma combinaison et, avant de partir, je jetai un autre coup d'œil au vaisseau. *Réparer cet engin est bien au-dessus de mes compétences*, me dis-je. *Alors pourquoi est-ce que j'essaie ?*

Avec un soupir, j'accrochai l'extrémité de ma lumiligne à une pierre, la lançai de sorte qu'elle aille percuter une pierre près de l'entrée de ma caverne, puis la saisis et me hissai jusqu'à la crevasse afin de pouvoir me faufiler à l'extérieur et partir en cours pour la journée.

Environ une heure et demie plus tard, je retirai mon casque – qui m'irritait la tête – puis m'emparai des commandes de mon vaisseau et dépassai à toute allure un énorme fragment de débris volant. Dans la vraie vie, il serait tombé dans une gerbe de flammes mais, dans l'hologramme, Cobb avait suspendu les fragments en plein air pour qu'on s'entraîne dessus.

Je commençais à devenir douée pour serpenter entre eux, même si je me demandais ce que je ferais de ce talent une fois qu'ils commenceraient – vous savez – à *tomber brutalement d'en haut avec un potentiel destructeur effroyable*. Mais bon, une étape à la fois.

Je projetai ma lumilance, qui surgit d'une tourelle située sur le dessous de mon vaisseau. Une ligne luisante d'énergie rouge orangé transperça le gros fragment de débris.

— Ha ! m'écriai-je. Regardez-moi ça ! Je l'ai *touché* !

Lorsque j'eus dépassé le fragment, la lumilance se raidit, et ma vitesse acquise me fit pivoter. Mon vaisseau tournoya au bout de la ligne – déclenchant mes ConGravs – puis alla percuter un autre morceau de débris flottant.

Quand j'étais plus jeune, on jouait à un jeu avec une balle au bout d'une ficelle, reliée à un haut piquet. Si on poussait sur la balle, elle tournoyait autour du piquet. Les lumilances étaient similaires si ce n'est que, dans ce jeu, les débris étaient le piquet et que c'était *moi* la balle.

Cobb soupira dans l'écouteur de mon casque lorsque mon hologramme s'éteignit pour signaler ma mort.

— Ben quoi, fis-je observer, cette fois au moins je l'ai *touché*.

— Félicitations, ironisa-t-il, pour cette victoire morale pendant que vous mouriez. Je suis persuadé que votre mère sera très fière, une fois qu'on lui renverra votre insigne sous la forme de scories fondues.

Je me redressai avec un soupir vexé, puis me penchai hors de mon cockpit pour regarder en direction de Cobb. Il marchait à travers l'espace central de la pièce, parlant dans une radio portative pour communiquer avec nous à travers nos casques, bien que nous soyons tous les uns à côté des autres.

Les dix pseudo-cockpits formaient un cercle, et le sol, au milieu, possédait son propre projecteur, qui crachait une minuscule reproduction de ce que nous étions en train de vivre. Huit petits vaisseaux holographiques bourdonnaient autour de Cobb, qui nous regardait comme un dieu immense.

Bim percuta net un fragment de débris près de la tête de Cobb, et la gerbe d'étincelles donna l'impression que notre instructeur venait soudain d'avoir une idée géniale. Peut-être la révélation que nous étions tous minables.

— Bim, zoomez avec vos capteurs de proximité, s'exclama Cobb. Vous auriez dû voir ce fragment qui flottait là !

Bim se leva hors de son hologramme et retira son casque. Il passa la main dans ses cheveux bleus d'un air frustré.

Je me retirai dans mon cockpit tandis que mon vaisseau réapparaissait au bord du champ de bataille. Marée Haute était là, suspendue, regardant les autres voltiger entre des morceaux de métal. On aurait dit les descriptions que faisait Grand-mère d'un champ d'astéroïdes, même si, bien entendu, ça se trouvait dans l'atmosphère plutôt que dans l'espace. En règle générale, on attaquait les Krell à une hauteur située entre dix mille et quarante mille pieds.

Le vaisseau de Bim apparut près de nous, bien qu'il ne soit pas à l'intérieur.

— Marée Haute ! s'écria Cobb. Ne soyez pas timide, cadette ! Rentrez là-dedans ! Je veux que vous vous balanciez au bout de tellement de salvées de lignes de lumière qu'elles vous laissent des marques de brûlure !

Marée Haute vola timidement dans le champ de débris.

Je retirai à nouveau mon casque ; il m'agaçait sérieusement aujourd'hui. Peut-être avais-je besoin d'une pause. J'éteignis mon hologramme et me levai de mon siège pour m'étirer, regardant Cobb étudier une tentative que faisait Je Sais Tout avec Nedd en tant qu'ailier. Je posai mon casque sur mon siège, puis m'approchai de l'hologramme de Marée Haute.

Je regardai à l'intérieur, et ma tête apparut comme si elle se trouvait en haut de son cockpit. Elle se tenait voûtée à l'intérieur, son visage tatoué affichant une expression intense. Elle me remarqua, puis retira très vite son casque.

— Hé, lui dis-je tout bas. Comment ça se passe ?

D'un signe de tête, elle désigna Cobb.

— Marques brûlure ? demanda-t-elle tout bas avec son accent prononcé.

— C'est comme quand tu frottes ta main sur quelque chose tellement vite que ça te fait mal. Comme si tu t'érafles sur un tapis – ou sur des cordes. Il veut simplement que tu t'entraînes plus avec la lumilance.

— Ah… (Elle appuya sur son panneau de contrôle.) Qu'est-ce qu'il a dit avant ? Sur la prox… proxité ?

— On peut zoomer avec les capteurs de proximité, dis-je en parlant lentement. (Je me baissai pour désigner un interrupteur.) Tu peux utiliser ça pour agrandir la portée du capteur ? Tu as compris ?

— Ah, oui. Oui. Compris.

Elle me remercia d'un sourire.

Je levai le pouce en réponse et sortis de son hologramme. Je surpris Cobb en train de me regarder, et il semblait approbateur, même s'il se détourna rapidement pour crier sur Hula Hoop – qui essayait de convaincre FM de parier son dessert sur l'issue de la prochaine tentative.

Peut-être aurait-il été plus facile que Cobb s'explique mieux, mais Marée Haute semblait bel et bien comprendre la majeure partie des cours. Elle était simplement embarrassée par ce qu'elle entendait de travers, et j'essayais donc de voir comment elle s'en sortait.

Je m'installai sur mon siège, puis tâtai l'intérieur de mon casque pour tenter de déterminer ce qui m'ennuyait. *Qu'est-ce que c'est que ces bosses ?* me demandai-je en explorant l'intérieur du casque à tâtons. Ces masses arrondies, de la taille approximative d'un coupon de réquisition ou d'une grande rondelle, se trouvaient en dessous de la doublure intérieure du casque, et chacune comportait une petite partie métallique au centre qui dépassait à travers la garniture. Étaient-elles déjà là auparavant ?

— Un problème, cadette ? s'enquit Cobb.

Je sursautai ; je ne l'avais pas vu approcher de mon pseudo-cockpit.

— Hum… mon casque, mon capitaine. Il y a quelque chose d'anormal.

— Rien d'anormal, cadette.

— Si, regardez. Touchez ici. Il y a ces…

— Rien d'anormal, cadette. Le service médical a ordonné qu'on échange votre casque ce matin, avant votre arrivée. Celui-ci comporte des capteurs qui enregistrent vos données biologiques.

— Ah, dis-je en me détendant. Bon, j'imagine que ça se tient. Mais vous devriez le dire aux autres. Ça risque de distraire une partie de l'escadrille si…

— On n'a changé que le *vôtre*, cadette.

Je fronçai les sourcils. Seulement le mien ?

— Quel… genre de données est-ce qu'ils récupèrent sur moi, alors ?

— Je préfère ne pas le savoir. Est-ce un problème ?

— … Sans doute que non, concédai-je, bien que cette idée me mette mal à l'aise.

Je tentai de déchiffrer l'expression de Cobb, mais il resta stoïque en soutenant mon regard. Quoi qu'il puisse se passer, il n'allait manifestement pas m'en informer. Mais je n'arrivais pas à chasser l'impression que c'était lié à mon père et à l'aversion qu'éprouvait l'amirale à mon égard.

J'enfilai le casque, activai la radio puis mon hologramme.

— Bim ! dit Cobb dans mon écouteur, comme si rien ne s'était passé. Vous tricotez un pull ou quoi ? Retournez sur votre siège !

— Si j'y suis obligé, répondit Bim.

— Si vous êtes *obligé* ? Vous voulez devenir balayeur plutôt que pilote, mon garçon ? J'ai déjà vu des rochers voler aussi bien que vous – je pourrais en poser un sur votre siège, peindre sa tête en bleu, et au moins il ne serait pas insolent avec moi !

— Désolé, Cobb. Je ne voulais pas être insolent, mais… enfin, j'ai parlé à des cadets de l'escadrille Tempête de Feu ce matin. Eux, ils s'entraînent à faire des duels depuis le début !

— Content pour eux ! Quand ils seront tous morts, vous pourrez prendre leur chambre. (Cobb poussa un soupir exagéré.) Tenez, essayez ça.

Une série d'anneaux dorés luisants apparut sur le champ de bataille. Ils étaient tout juste plus grands qu'un vaisseau, et plusieurs se trouvaient dangereusement près de fragments de débris flottants.

— En rang, confirmation, ordonna Cobb.

— Vous l'avez entendu ! déclara Je Sais Tout. En rang à mon signal !

Tous les huit, on vola jusqu'au vaisseau de Je Sais Tout et on s'installa en rang, avant de lui donner une confirmation verbale.

— L'escadrille est prête, instructeur ! s'exclama-t-il.

— Voici les règles, reprit Cobb. Chaque anneau que vous traversez vous fait gagner un point. Une fois que vous commencez le parcours, vous devez maintenir une vitesse d'au moins Mag-1, et vous ne pouvez pas revenir en arrière si vous manquez un anneau. Il y en a cinq, et je laisserai chacun d'entre vous faire trois tentatives sur ce parcours. Le score le plus élevé gagne deux desserts ce soir – mais je vous préviens : si vous vous écrasez, vous êtes éliminé avec votre score bloqué au moment du crash.

Je m'animai et tentai de ne pas m'attarder sur l'idée que le trophée m'était inutile. Au moins, ça détournerait peut-être mon attention de ce casque inconfortable.

— Un *jeu*, commenta Hula Hoop. Vous allez vraiment nous laisser nous *amuser* ?

— Je sais m'amuser, rétorqua Cobb. Je suis expert en la matière. Ça consiste principalement à m'asseoir pour rêver du jour où vous arrêterez tous de me poser des questions idiotes !

Nedd eut un petit rire.

— Ce n'était pas une blague ! précisa Cobb. Allez-y !

Hula Hoop poussa un cri de joie et actionna son hypercombustion, se précipitant vers le champ de débris. Je réagis presque aussi vite, accélérai jusqu'à Mag-3, et faillis atteindre le premier anneau avant elle. Je le traversai derrière elle, puis jetai un coup d'œil à mon radar. Bim, FM et Marée Haute se trouvaient dans mon sillage. Arturo et Nedd volaient en formation, comme souvent. Je m'attendais à voir Kimmalyn en dernier, mais en réalité elle précédait Je Sais Tout – qui tardait pour je ne sais quelle raison.

Je me concentrai sur le trajet et traversai l'anneau suivant. Le troisième se trouvait pratiquement derrière un gros fragment de débris. La seule manière de le franchir à grande vitesse consistait à utiliser une lumilance pour effectuer un virage encore plus serré.

Hula Hoop poussa un nouveau cri de joie et exécuta un virage quasi parfait à travers l'anneau. Je pris la décision tactique de le dépasser – ce qui se révéla judicieux, car Bim tenta de le traverser en pivotant et percuta net le fragment de débris.

— Salve ! hurla-t-il tandis que son vaisseau explosait.

Je Sais Tout n'a toujours pas commencé le parcours, observai-je.

Je réussis à traverser le quatrième anneau – qui flottait entre deux morceaux de débris – mais ratai le dernier, qui se trouvait derrière une grande boîte métallique flottante et nécessitait un virage à la lumilance pour effectuer une vrille autour de lui. Je terminai ce parcours avec trois points, mais Hula Hoop en reçut quatre. Je n'avais pas compté les autres. La pauvre Kimmalyn s'était écrasée en traversant le quatrième anneau.

Avec les autres, on contourna le champ de débris par l'extérieur pour recommencer le parcours, et Je Sais Tout arriva enfin pour son premier. *Il nous regardait traverser*, me dis-je. *Il observait le champ de bataille.*

Malin. En effet, il réussit à franchir quatre anneaux, comme Hula Hoop.

Celle-ci se précipita pour son deuxième parcours et je m'aperçus que, dans notre enthousiasme, nous avions volé à plusieurs fois la vitesse minimale annoncée par Cobb. Pourquoi voudrions-nous voler plus vite ? Simplement pour finir en premier ? Cobb n'avait pas offert de points pour ça.

Crétine, me dis-je. *Ce n'est pas une course. C'est un test de précision.* Je ralentis à Mag-1 tandis que Hula Hoop – qui tentait d'accrocher à nouveau ce troisième anneau pour le virage serré – perdit le contrôle de son vaisseau et percuta un morceau de roche tout proche.

— Ha ! s'exclama-t-elle.

Elle semblait bien se moquer d'avoir perdu. Elle paraissait simplement heureuse que l'exercice prenne la forme d'un jeu.

Je me concentrai sur le troisième anneau, passant et repassant dans ma tête ce que Cobb nous avait appris. Lorsque je le dépassai, je lançai ma lumilance dans l'astéroïde et parvins non seulement à l'accrocher mais – à ma grande surprise – à tourner au bout de la ligne d'énergie, de sorte que je décrivis exactement le virage adéquat pour le traverser.

Bim siffla.

— Joli, Spin.

Je libérai la lumilance et m'arrêtai.

— Tu veux essayer celui-ci, Arturo ? demanda Nedd tandis que tous deux volaient vers le troisième anneau.

— Je crois que nos chances de victoire sont plus grandes si nous évitons cet anneau à chaque parcours.

— Dommage ! répondit Nedd, qui embrocha ensuite Arturo avec sa lumilance et l'attira derrière lui pour foncer vers l'anneau.

Bien sûr, ils le percutèrent tous les deux. Je traversai sans mal le quatrième, filant entre les deux morceaux de débris volants. Mais je manquai le cinquième, ne traversant que de l'air avec ma lumilance.

— Nedd, espèce de crétin, dit Arturo dans mon écouteur. Pourquoi tu as fait ça ?

— Je voulais voir ce qui se passerait, fit Nedd.

— Tu voulais… Nedd, c'était *évident* qu'il allait se passer ça. Tu nous as simplement fait tuer tous les deux ?

— Mieux vaut ici que dans le monde réel.

— Mieux vaut que ce ne soit *pas du tout*, rétorqua Nedd. C'est mauvais pour ton corps, mon ami.

Ils continuèrent à se disputer dans la radio. FM, remarquai-je, n'essayait aucun des anneaux difficiles – elle s'en tenait aux trois plus faciles.

Je serrai les dents et me concentrai sur la compétition. Il fallait que je batte Jorgen. Question d'*honneur*.

Il termina son deuxième parcours avec à nouveau quatre points, ayant réussi le troisième anneau mais évité le dernier, qui était le plus difficile. Ce qui faisait huit points pour lui, et seulement sept pour moi. FM, qui jouait la sécurité, devait en avoir six. Je ne savais pas trop ce qu'il en était de Marée Haute, mais elle avait tenté et raté le dernier anneau, et je la dépassais donc probablement.

Avec les trois autres restants, on revint au point de départ pour un dernier parcours. Cette fois encore, Je Sais Tout resta en arrière et attendit qu'on parte d'abord. *Très bien*, me dis-je en enclenchant l'hypercombustion et en traversant le premier anneau à toute allure. Il fallait que je les réussisse *tous* pour avoir une chance. FM, remarquai-je, n'essaya même pas de traverser le premier. Elle se contenta de survoler prudemment tout le parcours à grande vitesse.

— FM, que faites-vous ? voulut savoir Cobb.

— Je me suis dit que ces crétins allaient tous se faire tuer, mon capitaine. Je pourrais sans doute gagner sans aucun point supplémentaire.

Non, me dis-je en traversant le deuxième anneau. *Il a dit qu'on gardait nos points en cas d'accident – simplement, on ne peut pas en remporter plus.* Elle allait donc perdre, prudente ou pas. Cobb s'y était attendu.

J'approchai du troisième anneau, les mains moites. *Allez… C'est parti !* Je projetai ma lumilance et atteignis les débris bien nettement, mais ne poussai pas la manette des gaz de la bonne manière, si bien que je me retrouvai en train de pivoter mais manquai l'anneau.

Je serrai les dents, mais libérai la lumilance et parvins à sortir du virage sans percuter quoi que ce soit. Marée Haute essaya l'anneau et réussit presque, mais finit par le percuter. Je Sais Tout attendait toujours à l'extérieur ; regardant combien d'anneaux exactement il lui faudrait pour gagner. *Malin. Une fois de plus.*

Salve, que je détestais ce garçon.

J'étais tellement distraite que je ratai le quatrième anneau, qui était l'un des plus faciles. Furieuse, le visage glacé, j'utilisai ma lumilance pour transpercer le gros fragment de débris carré, puis vrillai vers le bas – décrivant une boucle qui me fit traverser net le cinquième anneau, ce que personne, pour autant que je l'aie vu, n'avait réussi à faire.

Ce qui me faisait un total de dix points, tandis que Je Sais Tout était à huit. Il rattraperait facilement l'écart. Je sentis ma colère bouillonner lorsqu'il se mit enfin en route vers le parcours. Pour qui se prenait-il, à rester en arrière comme une sorte de roi d'antan qui regardait la plèbe s'affairer devant lui ? Quelle arrogance. Mais pire encore, il avait eu *raison* d'attendre. Il s'était montré plus intelligent que moi, et avait remporté un avantage très net. Il allait gagner.

À moins que…

Une idée épouvantable prit racine dans mon esprit. Je me retournai et déclenchai l'hypercombustion, accélérant jusqu'à Mag-5 pour revenir sur la ligne de départ. Au-dessus de moi, Je Sais Tout traversait le premier anneau sans se presser, très exactement à la vitesse minimale.

— Hé, Spin ? m'appela Nedd. Quess' tu fais ?

Je l'ignorai et tournai vers le haut, esquivant les débris flottants. Un peu plus loin, Je Sais Tout approchait du deuxième anneau, un facile – et celui qui l'amènerait à dix points.

Tout droit…, me dis-je, propulsée par l'hypercombustion. En poussant mon accélération jusqu'à la ligne rouge où, dans une montée comme celle-là, je risquerais de perdre connaissance.

— Spin ? fit Bim.

Je souris. Puis percutai *bien droit* le vaisseau de Je Sais Tout avec le mien, saturant les deux boucliers et nous faisant voler en morceaux. On disparut dans une explosion de lumière.

Puis on se reforma tous les deux au bord du champ de bataille.

— C'était *quoi*, ça ? cria Je Sais Tout. Qu'est-ce qui t'a pris ?

— Il m'a pris que je voulais gagner, répondis-je en me laissant aller sur mon siège, satisfaite. Méthode de guerrière, Je Sais Tout.

— Spin, on forme une équipe ! me lança-t-il. Espèce de sale petite crétine égocentrique de…

— Ça suffit, Jorgen, aboya Cobb.

Je Sais Tout se tut, mais je remarquai qu'il ne lança pas son habituel « oui, mon capitaine ! » obséquieux.

Les hologrammes s'éteignirent, et Cobb se dirigea vers mon siège.

— Vous êtes morte.

— Mais j'ai gagné quand même.

— C'est une tactique qui ne servirait à rien dans un véritable combat, repartit Cobb. Vous ne gagnez pas de points si vous êtes morte.

Je haussai les épaules.

— C'est vous qui avez fixé les règles, Cobb. Dix points pour moi, neuf pour Je Sais Tout. Ce n'est pas ma faute s'il n'a pas l'occasion de faire une tentative pour gagner les derniers points.

— Mais si ! répondit Je Sais Tout en se levant hors de son cockpit. C'est *totalement* ta *faute* !

— Ça suffit, mon garçon, lui dit Cobb. Ça ne vaut pas la peine de se mettre dans tous ses états. Vous avez perdu. Ça arrive. (Il se tourna vers moi.) Mais je crois qu'il va falloir que je modifie les règles de ce jeu.

Je me levai avec un grand sourire.

— Pause de cinq minutes, annonça Cobb. Essayez tous de vous calmer et de ne pas vous étrangler les uns les autres. Ça entraîne trop de paperasse.

Il se dirigea vers la porte en clopinant et sortit, peut-être pour aller chercher son café de midi.

Kimmalyn se précipita vers mon siège, faisant rebondir ses boucles noires.

— Spin, c'était *génial* !

— Que dit la Sainte au sujet des jeux ?

— « Pour gagner, il faut jouer », récita-t-elle.

— Évidemment.

— Évidemment !

Elle sourit de nouveau. Bim passa près de nous et m'adressa un signe en levant le pouce. Par-dessus son épaule, je vis Je Sais Tout me lancer un regard de pure hostilité tandis qu'Arturo et Nedd s'efforçaient de le calmer.

— Ne t'en fais pas, Jorg, dit Nedd. Tu as quand même battu Arturo.

— Ah ben merci, Nedd, aboya celui-ci.

Kimmalyn quitta la salle pour aller chercher à boire, et je m'assis sur mon siège et sortis l'un de mes bidons de mon sac. Je prenais soin de remplir les trois chaque jour dans les toilettes.

— Donc, dit Bim en se penchant contre mon projecteur holographique, tu aimes vraiment les guerriers et ces trucs là, hein ?

— Ils m'inspirent, déclarai-je. Ma grand-mère me raconte des histoires sur les héros de l'ancien temps.

— Tu as des favoris ?

— Sans doute Beowulf, répondis-je avant de boire une longue gorgée de mon bidon. Il a littéralement tué un dragon et arraché le bras d'un monstre – il a dû combattre à mains nues comme son épée ne voulait pas le trancher. Mais il y a aussi Tashenamani – elle a tué le grand guerrier Custer – et Conan le Cimmérien, qui se battait dans les temps d'avant l'écriture.

— Ouais, ils étaient géniaux, confirma Bim avec un clin d'œil. Enfin… Je n'avais encore jamais entendu parler d'eux. Mais je suis sûr qu'ils étaient géniaux. Heu… j'ai soif.

Il rougit et s'éloigna en me laissant perplexe. Qu'est-ce qui…

Il était… en train de flirter *avec moi*, compris-je, stupéfaite. *Enfin, il essayait.*

Était-ce possible ? Enfin, il était plutôt mignon, alors pourquoi est-ce qu'il…

Je le regardai de nouveau et le surpris en train de rougir, me sembla-t-il. Salve ! C'était la chose la plus étrange qui me soit arrivée depuis mon arrivée à l'école de pilotage, et je passais mes matinées à parler à une limace.

Je pensais aux garçons, mais ma vie ne m'avait pas franchement laissé de temps pour ces choses-là.

La dernière fois que j'avais eu des inclinations romantiques, c'était à l'âge de huit ans, quand j'avais donné à Rig une hachette particulièrement chouette que j'avais fabriquée avec une pierre et un bâton – avant de décider la semaine d'après qu'il me répugnait. Parce que, bon, j'avais huit ans.

Je me levai d'un bond.

— Euh… Bim ? l'appelai-je.

Il se tourna de nouveau vers moi.

— Tu as déjà entendu parler d'Ulysse ?

— Non.

— C'était un héros des temps anciens qui s'est battu dans la plus grande guerre qui ait jamais eu lieu sur Terre, la guerre de Troie. On raconte qu'il avait un arc tellement puissant qu'à part lui, seul un géant pouvait en tendre la corde. Il… avait les cheveux bleus, tu sais.

— Ah oui ? fit Bim.

— Il était très cool, ajoutai-je avant de m'asseoir aussitôt et de boire une longue gorgée de mon bidon.

C'était convaincant ? Ça l'était, non ?

Je ne savais pas trop ce que Sun Tzu ou Beowulf diraient du fait de flirter avec des garçons mignons. Peut-être de partager le crâne de nos ennemis avec eux, comme geste d'affection ?

Je me sentais comme ramollie et sentimentale (d'une bonne manière) jusqu'à ce que j'aperçoive Je Sais Tout – de l'autre côté de la pièce – en train de m'observer. Je lui lançai un regard noir.

Il se tourna vers Nedd et Arturo d'un geste affirmé.

— J'imagine qu'on ne devrait pas attendre d'honneur véritable, dit-il, de la part de la fille de Zeen Nightshade.

Un courant glacial me traversa.

— Qui ça ? demanda Nedd. Attends, tu as dit qu'elle était qui ?

— Tu sais bien, déclara Je Sais Tout d'une voix assez forte pour porter dans toute la pièce. Indicatif : Chasseur ? Le Lâche d'Alta ?

Le silence tomba dans la pièce. Je sentis *tous* les regards se tourner vers moi. Comment l'avait-il su ? Qui le lui avait dit ?

Je me levai. Salve, même *Kimmalyn* semblait savoir qui était Chasseur. Son bidon tomba de ses doigts et rebondit par terre, renversant de l'eau qu'elle ne remarqua pas.

— Qui ça ? intervint Marée Haute. Que se passe ?

J'avais envie de m'enfuir. De me cacher. D'échapper à tous ces regards. Mais pas question de le faire.

— Mon père, déclarai-je, n'était pas un lâche.

— Je suis désolé, dit Je Sais Tout. Je ne fais que répéter l'histoire officielle.

Il me regarda fixement, avec ce visage arrogant qui appelait à le cogner. Je me surpris à rougir d'embarras – puis de colère.

Je n'aurais pas dû me sentir gênée. J'avais vécu pratiquement toute ma vie avec ce poids. J'étais habituée à ces regards, à ces murmures. Et je n'avais pas honte de mon père, n'est-ce pas ? Alors qu'est-ce que ça pouvait bien me faire que d'autres l'aient découvert ? Parfait. Très bien. J'étais heureuse d'être la fille de Chasseur.

C'était simplement que… ç'avait été agréable. De pouvoir faire mon propre chemin sans avancer dans l'ombre de quiconque.

Cette pensée me donna l'impression d'être en train de trahir mon père, et me rendit *encore plus* furieuse.

— Elle vit dans une caverne, tu sais, dit Je Sais Tout à Arturo. Elle y retourne chaque soir. Les opérateurs des ascenseurs m'ont dit qu'ils la regardaient partir dans la nature, parce qu'elle n'est pas…

Il s'interrompit en voyant Cobb entrer avec une tasse de café fumante en main. Cobb se concentra aussitôt sur moi, puis sur Je Sais Tout.

— Regagnez vos sièges, aboya-t-il. Nous avons encore du travail aujourd'hui. Et Couic, c'est vous qui avez laissé tomber ce bidon ?

Kimmalyn se dépétrifia et ramassa son bidon, et chacun monta alors dans son cockpit sans un mot. Peu après qu'on avait repris l'entraînement avec les lumilances, je surpris Cobb à me regarder avec une expression sinistre qui semblait dire : *Ça devait bien finir par se produire, cadette. Est-ce que vous allez céder ?*

Jamais.

Mais ça ne m'empêcha pas de me sentir très mal pendant toute la durée des exercices.

Quelques heures plus tard, je sortis des toilettes des femmes avec mes bidons remplis. Un nouveau duo d'agents me conduisit aux portes et me fit sortir, puis – comme d'habitude – me laissa là.

Je traversai d'un pas pesant le terrain entourant la base, éprouvant des sentiments de frustration, de colère et de solitude. J'aurais dû continuer à quitter la base pour rejoindre ma caverne. Mais je choisis plutôt de prendre un chemin qui faisait le tour du bâtiment de formation et me faisait longer le mess.

Je regardai par la fenêtre et distinguai les autres assis le long d'une table en métal – à bavarder, rire, se disputer. Ils avaient même forcé Je Sais Tout à se joindre à eux ce soir – un rare privilège pour la plèbe, car il regagnait généralement un ascenseur privé. Nedd disait qu'il pouvait atteindre les cavernes inférieures en moins d'un quart d'heure.

Il était donc là, à profiter de ce qu'on m'interdisait, après avoir jeté mon secret aux autres comme une poignée de rations périmées. Je le détestais. En cet instant, je crois que je les haïssais tous. Je détestais presque mon père.

Je m'éloignai dans la nuit d'un pas furieux, quittant la base par le portail de devant. Je tournai sur la gauche, en direction du verger et du raccourci qui le traversait pour rejoindre la nature. Mon trajet me fit longer les petits hangars où Je Sais Tout garait sa voiture antigrav.

Je m'arrêtai là dans le noir, étudiant son emplacement. La porte de devant était fermée cette fois-ci, mais la porte latérale était ouverte, et je voyais la voiture à l'intérieur. Il me fallut une bonne demi-seconde pour trouver une autre idée franchement épouvantable.

Je regardai autour de moi mais ne vis aucun témoin. La nuit était tombée tôt ce soir, les spatiolampes s'éloignaient et les ouvriers du verger étaient déjà rentrés chez eux. J'étais assez loin des portails d'entrée de la base pour que les gardes qui s'y trouvaient ne puissent pas me voir dans la pénombre.

Je me faufilai par le côté du petit hangar et fermai la porte, puis allumai ma lumiligne pour m'éclairer un peu. Je trouvai une clé à molette sur le mur de la petite cabane, puis ouvris le capot de la voiture antigrav bleue.

Je Sais Tout pouvait bien rentrer à pied ce soir. Ce ne serait que justice. Après tout, *moi*, j'avais dû le faire – et ce soir, j'allais devoir m'y prendre en trimballant une grosse matrice énergétique du format d'une voiture attachée dans le dos.

16

Je me réveillai le lendemain matin sonnée et endolorie, la figure enfouie dans la peluche de mon ours. Je geignis et me retournai, les muscles raides. Pourquoi avais-je si mal ? Est-ce que j'avais…

Je me redressai d'un bond et allumai mon bracelet à lumiligne pour regarder hors de mon lit dans le cockpit. La lumière éclaira ma petite cuisine, une pile de champignons attendant d'être découpés, des rochers que j'avais placés là pour servir de sièges, et…

Et une matrice énergétique de voiture de la taille d'une petite table de nuit.

Elle reposait là où je l'avais laissée tomber après l'avoir traînée depuis la caverne. J'avais été tellement épuisée après ce trajet que j'étais allée directement me coucher sans la raccorder.

Je geignis et m'affalai de nouveau, me frottant les yeux avec le talon de mes mains. J'étais tellement furieuse la veille au soir que… bon, je n'avais pas les idées très claires. Voler la matrice énergétique m'avait semblé être une idée *géniale* – mais les lacunes de mon plan si intelligent me sautaient maintenant aux yeux.

Ça alors, Je Sais Tout, je me demande bien qui a pu vandaliser ta voiture ? Pourrait-il s'agir de la seule d'entre nous qui n'était pas au dîner et qui avait des raisons immédiates de vouloir se venger de toi ?

Quand on apprendrait que j'avais détruit les affaires d'un autre cadet, je me ferais virer de l'école si vite que j'en aurais le coup du lapin. Je geignis à nouveau et Monstrolimace, blottie sur un emplacement du tableau de bord, répéta le bruit d'une manière qui n'arrangea rien.

Pourquoi ? Pourquoi n'arrivais-je pas à garder mon sang-froid ? Pourquoi fallait-il que je me laisse atteindre ? Beowulf ou Xun Guan ne se laisseraient pas titiller au point d'agir de manière aussi stupide !

Je me sentis très mal ce matin-là tandis que je regagnais Alta d'un pas pesant. Je n'avais même pas envie d'essayer la matrice énergétique. Comme s'il y avait quoi que ce soit à ce stade qui puisse empêcher ma chute. Pourquoi la « Spensa rationnelle » et la « Spensa déterminée » ne pouvaient-elles pas se réunir de temps en temps pour se briefer sur le combat à mener ?

Je m'attendais à voir les agents faire le guet, mais le garde du portail me fit simplement signe d'entrer. Personne ne m'arrêta sur le trajet de la salle de classe. Je Sais Tout arriva tandis que je m'installais sur mon siège, et il ne m'accorda même pas un coup d'œil. Cobb entra en boitant et commença les cours comme à son habitude.

À un moment, à l'une des pauses, je parvins à accrocher le regard de Je Sais Tout. Il soutint le mien sans le détourner. Oui, il y avait bien une lueur de défi dans ses yeux. Mais comment devais-je le décrypter ? Attendait-il un moment précis pour me dénoncer ?

Tandis que la journée avançait et que nous nous entraînions à utiliser les lumilances sur des cibles mouvantes, je commençai à me demander s'il n'allait pas bel et bien m'attirer des ennuis. Peut-être… peut-être choisissait-il d'agir en guerrier. Plutôt que de demander l'aide de l'amirale, comptait-il se venger par lui-même ?

Si c'était le cas, eh bien… Salve. Je serais peut-être bien contrainte d'avoir un peu de respect pour ce garçon.

Pas beaucoup, cela dit. Il m'avait tout de même traitée de lâche devant les autres avec méchanceté et agressivité. Arturo, Nedd, FM et même Bim marchaient plus prudemment en ma présence et me regardaient du coin de l'œil. Ça ne semblait pas affecter notre formation mais, pendant les pauses, tout le monde esquivait le sujet. Ils m'interrogeaient sur d'autres points, puis quittaient rapidement les conversations.

La seule à ne pas se comporter bizarrement était Kimmalyn. Ce qui ne signifiait pas, bien entendu, qu'elle ignorait ce qui s'était produit.

— Alors, dit-elle en traînant près de mon siège alors que je me reposais et buvais dans mon bidon, c'est pour ça que tu es toujours tellement belliqueuse ?

— Belliqueuse ? répétai-je, car je ne connaissais pas ce mot.

— Tellement résolue à prendre les étoiles d'une main pour les fourrer dans ta poche, expliqua Kimmalyn. (Elle se pencha vers moi comme si ce qui allait suivre était plus ou moins grivois.) Tu sais. Impulsive.

— Impulsive.

— Peut-être même… de temps en temps… en colère.

— C'est à cause de mon père que je suis ce mélange chaotique de colère, de bravade et de sale caractère ? C'est parce qu'on le traite de lâche que je me balade avec l'épée en main en hurlant que je vais empiler tous vos crânes, puis monter dessus pour m'aider à décapiter ceux qui étaient trop grands pour que je les atteigne ?

Kimmalyn eut un sourire affectueux.

— Les étoiles me bénissent ? devinai-je.

— Toutes sans exception, Spensa. Chaque étoile unique.

Je soupirai et bus une autre gorgée.

— Je ne sais pas. Je me rappelle que j'aimais les histoires de Grand-mère avant même qu'il se fasse abattre, mais ce qui s'est passé n'a pas dû aider. Quand tout le monde te regarde comme la fille du lâche – pas celle *d'un* lâche, mais la *seule et unique* Fille du Lâche – tu développes une attitude défensive.

— Eh bien, les étoiles bénissent ta façon de te tenir bien droite, dit-elle avant de dresser les poings. L'orgueil est une vertu chez ceux qui le décident.

— D'après la Sainte.

— C'était une femme très sage.

— Tu es bien consciente qu'aucun d'entre nous n'a la moindre idée de qui est cette Sainte dont tu parles.

Kimmalyn me tapota la tête.

— Ne t'en fais pas, ma chère. Ce n'est pas ta faute si tu es une hérétique. La Sainte te pardonne.

De la part de quelqu'un d'autre, ça aurait pu être insultant, *surtout* en me tapotant la tête. Mais venant de Kimmalyn, c'était seulement... étrangement réconfortant.

À la fin de la journée, je me sentais nettement mieux. Tellement mieux, en fait, que je n'éprouvai qu'une *vague* nausée quand ils me quittèrent à l'heure du dîner. C'était bon signe.

À l'extérieur, j'aperçus Je Sais Tout en train de monter dans une voiture antigrav longue et noire dont le chauffeur portait des gants blancs. Le pauvre. Visiblement, il devait se faire conduire chez lui maintenant.

Je regagnai ma caverne d'un pas énergique, mâchonnant du rat fumé. J'allais bien finir par devoir payer la dette de ma vengeance à Jorgen, mais je serais capable de l'affronter. *Allez, venez, je vous attends*. Pour l'instant, il semblait que j'aie réussi à commettre un crime grave en passant inaperçue. Une matrice énergétique du format adéquat pour un vaisseau, prête à l'usage.

Je souris lorsque j'atteignis ma crevasse, puis descendis dans ma caverne à l'aide de ma lumiligne. C'était idiot d'avoir mis mon futur en danger pour quelque chose d'aussi bête ; ce vaisseau était tellement ancien que ça ne servirait sans doute à rien de faire fonctionner les lumières. Mais c'était aussi mon secret, ma découverte.

Mon vaisseau.

Brisé, usé, avec une aile pliée... mais il était à moi.

Je traînai la matrice en place à côté de la trappe d'accès de ma machine. Les connecteurs étaient les mêmes, et je n'avais donc pas à m'inquiéter de devoir bricoler avec les fils pour la raccorder. Je lançai un coup d'œil à Monstrolimace – qui s'approchait lentement de moi en longeant l'aile – puis souris et branchai la matrice.

Les lumières s'allumèrent brusquement sur le panneau de diagnostic et – à en juger par la lueur qui provenait de devant – sur le tableau de bord à l'intérieur du cockpit. Le bourdonnement étouffé d'un peu plus tôt recommença, puis accéléra, se déforma jusqu'à… devenir des *mots*.

— … OOOOCÉDURE DE DÉMARRAGE D'URGENCE INITIÉE, dit une voix masculine depuis le cockpit. (Elle parlait avec un étrange accent de l'ancien temps, comme j'en avais entendu dans les rediffusions de discours célèbres datant de l'époque avant la fondation d'Alta.) DÉGÂTS SÉVÈRES INFLIGÉS À L'INTÉGRITÉ STRUCTURELLE ET AUX BASES DE DONNÉES.

S'agissait-il d'un enregistrement ? Je me précipitai vers le cockpit.

— Bonjour ! me dit la voix, soudain moins… mécanique. Je déduis de vos habits et de votre attitude que vous êtes indigène de cet endroit. Auriez-vous l'amabilité de bien vouloir vous catégoriser – en annonçant votre affiliation nationale et le nom de vos ancêtres – afin que je puisse vous situer dans mes tables de données ?

— Je… (Je me grattai la tête.) Nom des étoiles, que se passe-t-il ?

— Ah, dit la voix. Parfait. Déviation linguistique minimale par rapport à l'anglais terrien standard. Veuillez pardonner ma lenteur de traitement – qui ne semble pas tout à fait correspondre aux caractéristiques normales – mais vous êtes bien humaine, n'est-ce pas ? Pourriez-vous m'apprendre… où je suis ?

Les mots m'échappèrent. Je restai simplement agenouillée là, sur l'aile, près du cockpit, à essayer de comprendre ce qui se passait.

Mon vaisseau était en train de *me parler*.

17

— Ma désignation est MB-1021, intégration robotique du vaisseau, déclara-t-il.

Il parlait, c'était une chose – mais il semblait avoir du mal à s'arrêter.

— Cependant, les humains semblent préférer les « noms » aux désignations, et on m'appelle plus couramment M-Bot. Je suis un vaisseau de reconnaissance et de récupération long courrier, conçu pour les opérations furtives et les missions solo sans soutien dans l'hyperespace. Et…

La machine s'interrompit.

— Et ? fis-je en me prélassant dans le cockpit, cherchant à déterminer ce que pouvait bien être cet engin.

— Et mes banques de données sont corrompues, reprit M-Bot. Je ne parviens pas à récupérer davantage d'informations – je n'arrive même pas à retrouver mes paramètres de mission. Le seul document dont je dispose dans mes archives est l'ordre le plus récent de mon maître : « Fais profil bas, M-Bot. Collecte des données, reste à l'écart des combats, et attends-moi ici. »

— Votre maître était votre pilote, n'est-ce pas ?

— Exact. Le commandant Spears.

Il invoqua pour moi une image floue, qui remplaça brièvement l'affichage du scanner sur son tableau de bord. Ce commandant Spears était un homme assez jeune à l'allure soignée, à la peau basanée et à l'uniforme inconnu, impeccable.

— Je n'ai jamais entendu parler de lui, déclarai-je. Et je connais *tous* les pilotes célèbres, même ceux de l'époque où Grand-mère était dans la flotte. Que se passait-il avec les Krell quand vous êtes arrivés ici ? Ils avaient déjà attaqué la galaxie ?

— Je n'ai aucun souvenir de ce groupe, et le mot *Krell* n'apparaît pas dans mes banques de mémoire. (Il hésita.) La lecture du taux de détérioration des isotopes dans mon bloc de mémoire centrale m'indique qu'il s'est écoulé… cent-soixante-douze ans depuis qu'on m'a désactivé.

— Ha. Le *Rebelle* et sa flotte se sont écrasés sur Détritus il y a environ quatre-vingts ans, et la guerre des Krell a commencé à une époque lointaine avant ça.

Grand-mère disait que la guerre se déroulait depuis longtemps lorsqu'elle était née.

— Compte tenu de l'espérance de vie des humains, me dit M-Bot, je dois en conclure que mon pilote a péri. Comme c'est triste.

— Triste ? m'écriai-je en essayant d'intégrer cette idée. Tu as des *émotions* ?

— Je suis autorisé à m'auto-améliorer et à forcer de manière indépendante mes circuits mémoriels pour simuler des émotions organiques. Ce qui me permet d'avoir de meilleures interactions avec les humains, mais je ne suis pas réellement vivant. Mes sous-programmes affectés à la détresse émotionnelle indiquent que je dois être affligé par la perte de mon maître, mais les banques de mémoire qui recelaient son apparence – ainsi que notre histoire ensemble – sont endommagées. Je ne me rappelle guère plus que son nom et son dernier ordre.

— Fais profil bas, répétai-je. Collecte des données, reste à l'écart des combats, et attends-moi ici.

— La seule partie de mes banques de mémoire qui semble être restée intacte – en dehors des programmes de personnalité basiques et de choses comme l'usage général du langage – est une base de données ouverte pour archiver des formes de vie fongueuses sur cette planète. J'aimerais beaucoup finir de les compléter.

— Fongueuses ?

— Des champignons. À tout hasard, en auriez-vous que je puisse catégoriser ?

— Tu es un vaisseau de combat furtif sophistiqué dans lequel est intégrée – je ne sais trop comment – une personnalité robotique… et tu veux que je t'apporte des *champignons* ?

— Oui, s'il vous plaît, répondit M-Bot. Collecte des données. C'est-à-dire : classe par catégories les formes de vie locale. Je suis persuadé que c'est ce qu'il voulait dire.

— Je ne sais pas trop, soupirai-je. On dirait plutôt que tu étais censé te cacher de quelque chose. (Je me penchai sur le côté pour inspecter ses ailes.) Tu as de gros émetteurs de destructeurs jumeaux sur chaque aile, ainsi qu'une tourelle à lumilance en dessous. C'est une puissance de feu équivalente à celle de nos plus gros vaisseaux. Tu es un vaisseau de guerre.

— Absolument pas. Je suis ici pour classer des champignons. Vous n'avez pas entendu mes derniers ordres ? Je suis censé rester à l'écart des combats.

— Dans ce cas, pourquoi tu as des canons ?

— Je suis une machine, et mes conclusions sont par conséquent logiques – tandis que les vôtres sont biaisées par l'irrationalité organique. (Il fit clignoter quelques voyants sur son tableau de bord.) C'est une manière subtile de dire que vous êtes la plus stupide de nous deux, au cas où...

— J'avais compris, l'interrompis-je. Merci.

— Je vous en prie !

Il semblait parfaitement sincère. Mais il était... quoi donc, une « intégration robotique » ? Quoi que ça puisse bien être. Je ne savais pas trop dans quelle mesure je pouvais me fier à sa sincérité.

Malgré tout, il était une machine dont la mémoire – même endommagée – remontait à des centaines d'années. Ce qui pouvait, peut-être, apporter une solution aux questions que nous nous étions toujours posées. Pourquoi les Krell nous attaquaient-ils constamment ? Qu'étaient-ils, en réalité ? Nos seules représentations d'eux étaient des reconstitutions à partir des armures qu'ils portaient, car nous n'étions jamais parvenus à en capturer un.

Nous avions certainement connu autrefois les réponses à ces questions, mais si c'était le cas, nous les avions perdues quatre-vingts ans plus tôt. Peu après s'être écrasés ici – et se croyant en sécurité – la majorité des officiers, scientifiques et doyens de notre ancienne flotte s'étaient rassemblés dans une caverne souterraine. Ils avaient récupéré les vieilles archives électroniques du *Rebelle*, et avaient tenu une réunion d'urgence. C'était alors que la première exterminatrice avait été larguée, détruisant nos archives – et, avec elles, presque toutes les figures d'autorité de la flotte.

C'était alors que les survivants de notre peuple s'étaient divisés en clans selon leurs tâches au sein de la flotte. Les ouvriers d'entretien des machines comme Grand-mère et sa famille. L'équipe hydroponique – dont les membres n'étaient guère plus que des fermiers – comme les ancêtres de Bim. Les fantassins comme ceux de Marée Haute. Ils avaient appris, par tâtonnements pénibles, que s'ils s'en tenaient à de petits groupes de moins de cent personnes, les capteurs des Krell ne parvenaient pas à les trouver cachés dans les cavernes.

À présent, trois générations plus tard, nous étions ici. À nous battre pour regagner lentement la surface – mais avec d'énormes lacunes dans nos souvenirs et notre histoire. Et si je pouvais, *moi*, apporter le secret suprême à la FDR : la solution pour battre définitivement les Krell ?

Cela dit… il était peu probable que M-Bot détienne cette réponse. Après tout, si les anciennes flottes humaines avaient su comment vaincre les Krell, elles n'auraient pas été précipitées vers une quasi-extinction. Mais il devait tout de même bien y avoir quelques secrets cachés dans l'esprit de cette machine.

— Tu peux tirer tes canons ? lui demandai-je.

— J'ai reçu l'ordre d'éviter les combats.

— Réponds-moi simplement, lui dis-je. Tu peux tirer ?

— Non, déclara M-Bot. Les systèmes d'armement sont verrouillés pour m'empêcher de les contrôler.

— Dans ce cas, pourquoi ton pilote t'ordonnerait-il de te tenir à l'écart des combats ? Tu n'es capable de combattre personne.

— Sur un plan logique, il n'est pas nécessaire d'être en mesure de terminer un *combat* pour en *commencer* un. Je suis autorisé à effectuer un minimum de mouvements basiques autonomes, et je pourrais en théorie me retrouver pris par hasard dans une bataille ou un conflit. Ce serait désastreux pour moi si j'étais seul, car j'ai besoin d'un pilote pour les fonctions les plus importantes. Je peux assister et diagnostiquer, mais puisque je ne suis pas vivant, on ne peut pas me confier des systèmes destructeurs.

— Alors *moi*, je pourrais les tirer.

— Malheureusement, les systèmes d'armement sont désactivés à cause des dégâts reçus.

— Génial. Qu'est-ce qui est désactivé à part ça ?

— En dehors de ma mémoire ? Les propulseurs auxiliaires, l'anneau d'élévation, l'hyperpropulseur cytonique, les fonctions d'autoréparation, la lumilance et toutes les fonctions de mobilité. Par ailleurs, mon aile semble être tordue.

— Génial. Donc, à peu près tout.

— Mes outils de communication et mon radar sont fonctionnels, commenta-t-il. Tout comme les équipements de vie du cockpit et les capteurs à courte portée.

— Et c'est tout ?

— Il… semblerait que oui. (Il garda un moment le silence.) Je ne peux m'empêcher de remarquer – à travers les capteurs à courte portée susmentionnés

– que vous êtes en possession de quelques *champignons*. Accepteriez-vous de les placer dans l'analyseur de mon cockpit pour que je puisse les cataloguer ?

Je soupirai et me laissai aller en arrière sur mon siège.

— Quand vous le souhaiterez, bien entendu. Pour ma part, compte tenu de ma nature robotique, je n'ai aucune notion des choses fragiles comme l'impatience humaine.

Bon, qu'est-ce que je fais ?

— Mais bientôt, ce serait sympathique.

Je ne pense pas pouvoir le réparer toute seule, me dis-je. Fallait-il que j'aille trouver la FDR pour leur apprendre ce que j'avais découvert ? Ça m'obligerait à dévoiler que j'avais volé cette matrice énergétique. Et bien sûr, ils ne me laisseraient jamais garder ce vaisseau pour moi. Aller le montrer à la FDR reviendrait plus ou moins à l'entourer d'un ruban, puis à le présenter à l'amirale même qui faisait tant d'efforts pour me pourrir la vie.

— On dirait de très beaux champignons.

Non. Pas question que je cède cette découverte à Ironsides, du moins pas sans y avoir davantage réfléchi. Mais si je comptais essayer de réparer ce vaisseau, j'allais au moins avoir besoin d'aide.

— Ce n'est pas que j'attende une affirmation de quelque sorte, car mes émotions sont de simples simulations… mais vous m'écoutez bien, n'est-ce pas ?

— Je t'écoute. C'est simplement que je réfléchis.

— C'est une bonne chose. Je n'aimerais pas être entretenu par quelqu'un dont les fonctions cérébrales soient insuffisantes.

Ce fut alors que j'eus ma troisième idée épouvantable en moins de jours que ça. Je souris.

Il existait peut-être un moyen de me faire aider pour les réparations. Par quelqu'un qui avait bien plus de « fonctions cérébrales » que moi.

Environ une heure et demie plus tard – bien après le couvre-feu –, je me trouvais accrochée tête en bas par la lumiligne à l'extérieur de la fenêtre de Rig, au deuxième étage de son complexe d'appartements dans Magmatique. Il était bien au chaud à l'intérieur, endormi dans son lit. Il avait sa propre chambre de la taille d'un placard, que j'avais toujours trouvée luxueuse. Ses parents avaient été jugés exemplaires dans l'ensemble des six mérites parentaux, et on leur avait accordé un hébergement pour enfants multiples mais, ironie du sort, ils n'avaient finalement eu que Rig.

Je frappai à sa fenêtre, les cheveux pendant en dessous de ma tête tandis que je restais suspendue là. Puis je frappai à nouveau. Puis un peu plus fort. Allez quoi, il ne s'était pas écoulé tellement de temps depuis la dernière fois que j'avais fait ça.

Enfin, le dormeur s'assit, et la lumière qui traversait la fenêtre, provenant de ma lumiligne, souligna son visage blême et ses yeux voilés. Il me regarda en clignant des paupières, mais ne sembla absolument pas surpris lorsqu'il s'approcha et fit coulisser la fenêtre sur le côté.

— Tiens, dit-il. T'en as mis du temps.

— Du temps ?

— Pour essayer de me convaincre de revenir. Je ne compte pas le faire. Je n'ai pas encore fini d'y réfléchir, mais je reste persuadé que ma décision de…

— Oh, arrête avec ça, murmurai-je. Prends ta combinaison. Il faut que je te montre quelque chose.

Il haussa un sourcil.

— C'est quelque chose d'*énorme*, promis-je. Tu vas en *tomber à la renverse* quand tu le verras.

À mon grand agacement, il se contenta de s'appuyer sur le rebord de la fenêtre et de me regarder à l'extérieur, accrochée la tête en bas – ce qui n'était *pas* évident, je peux vous l'assurer.

— Il est presque minuit, Spin.

— Ça en vaudra la peine.

— Tu vas m'entraîner dans je ne sais quelle caverne, c'est ça ? Je ne rentrerai pas avant deux ou trois heures.

— Si tu as de la chance.

Il inspira profondément, puis s'empara de sa combinaison.

— Tu es bien consciente que tu es l'amie la plus bizarre que j'aie jamais eue ?

— Oh, arrête. N'essaie pas de me faire croire que tu en as d'autres.

— C'est curieux, dit-il, que mes parents n'aient jamais réussi à me donner de frères et sœurs, mais que je me retrouve *quand même* avec une sœur qui m'attire tout le temps des ennuis.

Je souris.

— Je te retrouve en bas, lui dis-je, avant d'hésiter. Tu vas en ramasser ta mâchoire par terre, Rig. Fais-moi confiance.

— Ouais, ouais. Donne-moi une minute pour sortir sans que mes parents le remarquent.

Il referma les rideaux, et je redescendis jusque dans la rue en bas, où j'attendis impatiemment.

Magmatique était un endroit étrange la nuit. Les équipements fonctionnaient à toutes les heures, bien sûr. Ici, *jour* et *nuit* n'étaient que des mots, même si nous les utilisions encore. Il y avait un cycle de silence obligatoire – au cours duquel les haut-parleurs de la caverne ne diffusaient pas d'annonces ni de discours – et un couvre-feu pour ceux qui ne travaillaient pas aux horaires de nuit. Mais personne ne vous prêtait attention quand vous marchiez dans les rues si vous vous mêliez de vos propres affaires. À Magmatique, on partait du principe, par défaut, que tout le monde s'affairait à quelque chose d'utile.

Rig me rejoignit comme promis au niveau de la rue, et on traversa la caverne – longeant la peinture murale d'un millier d'oiseaux en vol, chacun divisé en deux par une ligne, les deux moitiés légèrement décalées l'une par rapport à l'autre. Les oiseaux s'envolaient depuis un soleil rouge orangé qu'on ne distinguait même pas.

Nos insignes de cadets nous permirent de passer les gardes pour entrer dans les tunnels. Tandis qu'on empruntait l'un des chemins les plus faciles, Rig m'informa de ce qu'il avait fait ces dernières semaines. Ses parents étaient ravis qu'il ait renoncé ; tout le monde savait à quel point il était dangereux d'être pilote.

— Ils sont fiers, évidemment, ajouta Rig tout en gravissant péniblement des décombres avec moi. Les gens me traitent très bizarrement une fois qu'ils voient l'insigne. Du style, ils écoutent ce que je raconte, et me disent que mes idées sont bonnes – même quand elles ne le sont pas. Et les gens me cèdent le passage comme si j'étais quelqu'un d'important.

— Tu l'es.

— Non, je suis très exactement aussi important qu'avant. (Il secoua la tête.) Mais j'ai une dizaine d'offres d'emploi différentes qui m'attendent, et j'ai deux mois pour décider.

— *Deux mois ?* répétai-je. Sans travail ni école ? Rien que du temps libre ?

— Ouais. Mme Vmeer essaie constamment de me pousser vers la politique.

— La politique, répétai-je, et je faillis m'arrêter dans le tunnel. *Toi.*

— Ne m'en parle pas. (Il soupira et s'assit sur un rocher tout proche.) Mais si elle avait raison ? Est-ce que je ne devrais pas l'écouter ? Tous les autres pensent que la politique est la meilleure chose qu'on puisse faire de sa vie. Peut-être que je devrais faire ce qu'ils me disent.

— Mais *toi*, qu'est-ce que tu veux ?

— Alors *maintenant*, ça t'intéresse ?

Je tressaillis, et Rig détourna le regard, rougissant profondément.

— Désolé, Spin. Ce n'était pas juste – moi, je n'ai pas été juste. Avec toi, je veux dire. C'est *moi* qui ai choisi d'étudier pour l'examen de pilotage, tu ne m'y as pas forcé. Et oui, tes rêves ont plus ou moins consumé les miens – mais c'est surtout parce que je n'avais pas de rêves à moi. Pas vraiment.

Il s'affala sur son rocher, dos au mur, levant les yeux vers le plafond du tunnel.

— Je n'arrête pas de me demander : et si ça recommence ? Et si je m'emballe pour un métier, et que je découvre ensuite que je ne suis *absolument* pas fait pour ? J'ai échoué à piloter, hein ? Alors peut-être que je continuerai à échouer ?

— Rig, lui dis-je en le prenant par le bras. Le problème n'est pas que tu ne sois pas fait pour ce que tu choisis. Le problème est ce qu'il a toujours été : tu es tout simplement trop salvement génial pour trop de choses différentes.

Il leva les yeux vers moi.

— Tu penses vraiment ça, Spin ?

— Ben oui. Enfin d'accord, tu as décidé que piloter n'était pas pour toi – mais je crois que si tu as un défaut, ce n'est pas d'échouer trop souvent. C'est plutôt de refuser d'admettre ce que tout le monde voit : le fait que tu sois incroyable.

Il sourit. Et voir Rig sourire, c'était sacrément *agréable*. Ça me rappelait notre enfance, où un paria et une gamine brutalisée par les autres étaient devenus amis contre toute probabilité.

— Tu vas encore m'entraîner dans un truc pas possible, c'est ça ? demanda-t-il. Quelque chose de ridicule ?

J'hésitai.

— Ouais… Probablement.

— Bon, d'accord, déclara-t-il en se levant. Je crois que je suis partant. Allons voir ta surprise.

On se remit en marche, grimpant jusqu'à ce que je le fasse, enfin, sortir d'une brèche pour rejoindre la surface. Je l'entraînai jusqu'à l'entrée de mon foyer improvisé, puis lui demandai de s'accrocher à moi tandis que je nous faisais descendre à l'intérieur, étant donné que le risque qu'il dérape et tombe était, en toute franchise, non négligeable. Il était franchement incroyable pour plein de choses… mais au cours de l'année écoulée, je l'avais vu se faire tomber pas moins de huit livres sur les orteils pendant qu'il étudiait.

— J'espère *vraiment* que ça n'a rien à voir avec des rats, Spin, dit-il tandis qu'on atterrissait. Je sais que tu les adores, mais…

J'allumai la lampe de ma lumiligne pour éclairer le vaisseau. Comme pour s'aligner avec ma révélation, M-Bot alluma son tableau de bord et ses feux de navigation. J'avais dégagé la majeure partie des décombres et, avec les lumières, le vaisseau n'avait pas si mauvaise allure. Brisé, oui, avec une aile pliée. Mais *nettement* différent de tout ce que nous possédions dans la FDR.

Rig le regarda bouche bée, la mâchoire touchant pratiquement terre.

— Alors ? Qu'est-ce que tu en dis ?

Pour toute réponse, il s'assit sur un rocher tout proche et, sans quitter le vaisseau du regard, il fit un signe pour mimer une mâchoire qui se décroche.

— Bon, commentai-je, j'avais dit que tu la ramasserais *par terre*, mais ça fera l'affaire.

18

Je ne dormis pas beaucoup cette nuit-là.

Je passai quelques heures à aider Rig à inspecter M-Bot – il voulait étudier les dégâts en détail. Mais au bout du compte, mes yeux finirent par se voiler. Rig était encore bien lancé, et je déroulai donc un tapis et me servis de Sanguinaire comme oreiller.

Chaque fois que je m'assoupissais, je finissais par m'éveiller pour entendre Rigolard parler au vaisseau.

— Donc… tu es une machine, mais capable de *réfléchir*.

— Toutes les machines réfléchissent, dans le sens où elles opèrent des réactions à des données. Je suis simplement beaucoup plus complexe dans mes réactions opérables, et dans les données que je suis capable de reconnaître…

Assoupie à nouveau.

— … nous expliquer ce qui va de travers ?

— Mes banques de mémoire sont défectueuses, et je ne peux donc offrir plus que des explications superficielles – mais elles suffiront peut-être.

Je me retournai sur le côté et replongeai dans le sommeil.

— … ignore d'où je proviens, bien qu'un fragment de ma mémoire sous-entende que j'aie été créé par des êtres humains. Je ne sais pas avec certitude s'il existe d'autres formes de vie douées de conscience. Je crois que j'ai été autrefois en mesure d'y répondre…

Autour de 0600, je me frottai les yeux et m'assis. Rig était étendu sous un panneau d'accès ouvert, en train de bricoler quelque chose en dessous du vaisseau. Je me laissai tomber à côté de lui en bâillant.

— Alors ?

— C'est incroyable, répondit-il. Tu en as parlé à Cobb ?

— Pas encore.

— Qu'est-ce qui te retient ? Enfin, si cet engin peut faire une différence dans notre combat contre les Krell ?

— En théorie, lui dis-je, les humains possédaient cet engin quand ils ont commencé à combattre les Krell. Ça ne les a pas aidés à l'époque.

— Je tenais à préciser, intervint M-Bot, que « cet engin » vous écoute.

— Et alors ? lançai-je au vaisseau en bâillant.

— Il est généralement considéré comme impoli par les humains de parler des présents comme s'ils étaient absents.

— Je n'arrive pas à te cerner, M-Bot, avoua Rig en s'asseyant. Tu dis que tu te moques de ce genre de choses, n'est-ce pas ?

— De toute évidence. Je suis une machine logique qui ne possède qu'un mince vernis d'émotions simulées.

— D'accord, dit Rig. Ça se tient.

— Mais ça reste impoli malgré tout, ajouta M-Bot.

Je me tournai vers Rig, puis désignai le cockpit.

— Donc, on a un vaisseau magique qui parle, équipé de technologie mystérieuse. Tu veux m'aider à le réparer ?

— Tout seuls ? Pourquoi ça ?

— Pour pouvoir le garder. Et le *piloter*.

— Tu fais partie de la FDR maintenant, Spin ! Tu n'as pas besoin d'un vaisseau périmé et cassé.

— Je suis toujours là, observa M-Bot. Je dis ça comme ça.

Je me penchai vers l'avant.

— Rig, je ne fais pas partie de la FDR. Je fais partie de la classe de Cobb.

— Et alors ? Tu finiras par être diplômée. Peu importe qu'il ne valide que très peu de gens : tu en feras partie.

— Et ensuite ? grinçai-je, envahie d'un grand froid – exprimant une peur que je n'avais jamais formulée, mais qui me hantait depuis ce premier jour. Cobb dit qu'il peut accepter qui il veut dans sa classe. Mais si je réussis ? Son autorité s'arrête là, Rig.

Il baissa les yeux vers la clé à molette qu'il tenait dans sa main.

— J'ai peur que l'amirale m'interdise d'avoir un vaisseau, poursuivis-je. Peur qu'elle trouve un motif mesquin pour me virer une fois que Cobb ne pourra plus me protéger. Peur de le perdre, Rig. Le ciel. (Je levai les yeux vers le vaisseau au flanc parcouru de lumières.) D'accord, ce vaisseau est vieux, mais il représente aussi ma liberté.

Il paraissait toujours sceptique.

— Imagine comme ce serait marrant, insistai-je, de farfouiller à l'intérieur d'un vaisseau ancien. Imagine les mystères qu'on pourrait découvrir ! Peut-être que M-Bot relève d'une technologie dépassée, mais peut-être pas. Ce ne serait pas marrant d'*essayer* au moins de le réparer seuls ? Si ça ne marche pas, on pourra toujours le livrer plus tard.

— Bon. Très bien, Spin, arrête de chercher à me vendre ton projet. Je vais essayer.

Je lui souris.

Rig regarda le vaisseau.

— J'ai peur que ça n'aille au-delà de nos capacités. Ces propulseurs auxiliaires sont bousillés. On ne peut pas simplement ressouder quelque chose comme ça. Je suis sûr qu'il y aura d'autres parties qu'il faudra remplacer, ou réparer en utilisant des outils que nous n'avons pas. (Il réfléchit un moment.) Cela dit…

— Qu'y a-t-il ?

— L'une de mes propositions d'emploi, expliqua-t-il. Elle provient du corps des ingénieurs d'élite, qui supervisent la réparation des vaisseaux de combat – et qui développent de nouveaux modèles. Ils disposent des meilleurs labos, des meilleurs équipements…

Je hochai la tête avec enthousiasme.

— Ça m'a l'air *parfait*.

— Je pensais accepter leur offre de toute manière, ajouta-t-il. Ils m'ont dit que je pouvais venir au cours des deux prochains mois, loger chez eux en interne, apprendre à me servir des ateliers… Ils étaient *très* impressionnés par mes résultats aux examens, et par ma compréhension des schémas et de l'ingénierie avancée.

— Rig, c'est *formidable*.

— Je ne te promets rien, précisa-t-il. Mais peut-être que si je leur apporte les bonnes questions, j'arriverai à me faire montrer comment réparer certaines parties de M-Bot. Il faudra que je le fasse sans éveiller leurs soupçons. Quoi qu'il en soit, il nous faudra de toute façon des pièces de rechange. Au moins un propulseur auxiliaire de taille maximale.

— Je me débrouillerai pour nous en trouver un.

— Simplement, ne me dis pas où tu l'auras déniché, commenta-t-il. Quand cette histoire nous explosera en pleine figure, je pourrai peut-être affirmer que je n'étais pas au courant de ce que tu avais fauché.

— Il y avait une petite décalcomanie sur cette matrice énergétique qui disait « propriété de la famille Weight », intervint M-Bot, serviable. Il semblerait qu'elle ait été arrachée, de manière très grossière, d'un petit châssis. Peinture bleue, à en juger par le fragment sur le coin.

Rig soupira.

— La voiture de Jorgen ? Franchement ?

Je m'obligeai à sourire.

— L'internat me prendra une grosse partie de chaque journée, reprit-il en se frottant le menton. Mais je devrais pouvoir dédier le reste de mon temps à ce projet, si nécessaire. Il faudra que je raconte une histoire à mes parents.

— Dis-leur que l'internat est super exigeant, proposai-je, et qu'il te prendra la majeure partie de ton temps.

— Mais ce n'est pas la vérité, intervint M-Bot. N'est-ce pas ?

— En effet, mais on s'en fiche, non ?

— Moi pas, dit la machine. Pourquoi voudriez-vous dire quelque chose qui soit faux ?

— Tu peux simuler des émotions, lui demandai-je, mais pas des mensonges ?

— Il semblerait… qu'il me manque une partie de mon code. C'est curieux. Oh, quel champignon intéressant !

Je fronçai les sourcils, puis jetai un coup d'œil sur le côté, où Monstrolimace avait rampé sur un rocher.

— Salve, lâcha Rig. Il y a des trucs bizarres ici, près de la surface. (Il frissonna.) Tu pourrais… nous débarrasser de cette chose ?

— Cette *chose* s'appelle Monstrolimace, déclarai-je, et c'est ma mascotte. Ne lui fais pas de mal en mon absence. (J'allai récupérer mon sac.) Il faut que j'aille en cours. Tu vas redescendre ?

— Non, répondit Rig. Comme je soupçonnais que je ne rentrerais pas avant un moment, j'ai laissé un mot à mes parents en disant que j'allais à un entretien pour un boulot. Ils penseront simplement que je me suis levé avant eux. Je pourrai descendre plus tard – je veux d'abord inspecter ses installations électriques.

— Génial, commentai-je. Si tu es encore là quand je rentrerai des cours chaque jour, je me joindrai à toi pour les réparations. Sinon, laisse-moi des notes pour me dire en quoi je peux t'aider. (J'hésitai.) Rappelle-toi que je suis un peu débile en la matière. Il faudra peut-être que tu me confies les tâches les plus faciles – mais les plus ennuyeuses.

Rig sourit à nouveau et s'assit sur un rocher pour regarder M-Bot. Il y avait un éclat dans son regard, que je me rappelais de l'époque où nous avions commencé à imaginer devenir pilotes. En cet instant, en voyant Rig à nouveau comme ça, j'eus pour la première fois l'impression réelle que ça pouvait fonctionner. D'une manière ou d'une autre, ce plan *pouvait peut-être fonctionner.*

— Un instant, dit M-Bot. Vous me laissez seul avec lui ?

— Je reviendrai ce soir, lui promis-je.

— Je vois. Pourriez-vous venir dans le cockpit afin que nous parlions en privé ?

Je regardai le vaisseau, perplexe.

— Je ne veux pas expliquer en public pourquoi je vous aime plus que l'ingénieur, ajouta M-Bot. S'il m'entendait parler – en long, en large et en travers – de ses défauts irrémédiables, il risquerait de se sentir rabaissé ou découragé.

— Eh ben cette partie-là, commenta Rig en levant les yeux au ciel, ça va être charmant. Peut-être qu'on pourrait trouver un moyen d'éteindre sa personnalité.

Je me hissai dans le cockpit. La verrière se baissa et se verrouilla avec un *zoum.*

— Ne t'en fais pas, dis-je à M-Bot. Rig est quelqu'un de bien. Il va s'occuper de toi.

— Je suis simplement, bien entendu, en train d'imiter la façon dont les humains éprouvent des préférences irrationnelles les uns pour les autres. Mais vous pourriez ne pas partir ?

— Je suis désolée. Je dois aller apprendre à combattre les Krell. (L'intonation de la voix du robot me laissa songeuse.) Qu'est-ce qui ne va pas ? Je t'ai dit que Rig était quelqu'un de...

— Je suis disposé à l'accepter jusqu'à preuve du contraire. C'est un problème : il semblerait que j'aie perdu mon maître.

— Je peux être ton nouveau maître.

— Je ne peux changer de maître sans les codes d'authentification adéquats, expliqua-t-il. Et je viens de me rendre compte que je ne m'en souviens pas. Le problème, cependant, va bien au-delà de ce simple détail : je ne me rappelle pas ma mission. J'ignore d'où je proviens. J'ignore mon objectif. Si j'étais humain, je serais… effrayé.

Comment répondre à *ça* ? Un vaisseau effrayé ?

— Ne t'en fais pas. Nous allons te donner un nouvel objectif : détruire les Krell. Tu es un *vaisseau de combat*, M-Bot. Je suis sûre que ce nom voulait dire quelque chose d'exaltant. Meurtrobot… Mercenairobot… *Massacrobot*. C'est ça, j'en suis sûre. Tu es un vaisseau meurtrier effrayant et tout-puissant conçu pour dézinguer les Krell et sauver l'humanité.

— Je ne me sens pas très effrayant, dit-il. Je ne me sens pas comme un vaisseau meurtrier.

— Nous allons nous en occuper, lui assurai-je. Fais-moi confiance.

— Et puis-je être certain que ces mots ne sont pas… un mensonge ? Comme celui que l'ingénieur doit dire à ses parents ?

Alors *ça*, ça m'était revenu en pleine figure plus vite que je ne m'y attendais.

— Je dois vous demander, dit M-Bot plus bas, de ne pas parler de moi à d'autres personnes. Je pensais que vous l'aviez compris plus tôt, quand je vous ai expliqué mes ordres. Je suis censé « faire profil bas », ce qui est une expression familière pour dire de rester discret. Vous n'auriez pas dû en parler à l'ingénieur.

— Et comment on pourrait te réparer, autrement ?

— Je l'ignore. Spensa, je suis une intelligence artificielle – un ordinateur. Je *dois* obéir à mes ordres. S'il vous plaît. Vous ne pouvez *pas* me remettre à votre FDR. Vous ne devez même pas parler de moi à qui que ce soit.

Alors ça, ça allait poser problème. Je voulais faire voler cet engin et, une fois que ce serait fait, ça voudrait dire le piloter pour contribuer au combat contre les Krell. Et si nous n'arrivions pas à le réparer… eh bien, il faudrait que je le cède. Quoi que je puisse penser d'Ironsides, je ne pouvais tout simplement pas garder éternellement ce vaisseau pour moi seule. Pas s'il pouvait faire la différence entre la survie et l'extinction de l'humanité.

J'avais ouvert la bouche pour débattre avec M-Bot quand une série de lumières se mit à clignoter sur le tableau de bord.

— Des incursions multiples dans l'atmosphère ont été détectées par mes capteurs à courte portée, déclara M-Bot. Des débris ont commencé à tomber vers la planète, avec quarante-trois vaisseaux dans leur sillage.

— Quarante-trois ? m'exclamai-je en jetant un coup d'œil à l'affichage de son capteur. (Ce qu'il appelait courte portée était apparemment très long d'après nos critères.) La vache. Tu arrives à les repérer même dans une chute de débris ?

— Facilement.

C'était déjà la preuve que la FDR aurait l'usage de cette technologie. Nos scanners n'étaient pas aussi précis. Cette idée me perturba aussitôt.

Cela dit, quarante-trois Krell ? Ils ne déployaient jamais plus d'une centaine de vaisseaux, et c'était donc une force impressionnante. J'appuyai sur le bouton pour ouvrir la verrière puis me hissai au-dehors et sautai sur un rocher.

— Krell, annonçai-je à Rig. Une grosse escadrille.

— On est en danger ici ?

— Non, ils arrivent depuis l'autre direction. Mais les cadets se forment depuis assez longtemps maintenant pour qu'Ironsides ait commencé à les envoyer participer aux combats en tant qu'unités de soutien. L'escadrille Tempête de Feu a été mobilisée avant-hier.

— Alors…

— Je ferais mieux d'y aller. Au cas où.

19

Je me mis à courir.

Un sentiment d'anxiété montait en moi tandis que j'entendais au loin le bruit des débris touchant terre. J'avais curieusement la certitude qu'Ironsides enverrait mon escadrille participer à cette attaque. Elle aimait tester les cadets par des expériences grandeur nature, et nous étions assez avancés dans notre formation pour que Cobb nous ait avertis qu'on nous enverrait bientôt prendre part à de vraies batailles.

C'était notre tour. L'heure était venue. Je m'obligeai donc à presser l'allure – puis à foncer – sur le sol poussiéreux.

La sueur ruisselant sur mon visage, j'éprouvai une affreuse sensation d'inéluctabilité tandis que j'approchais de la base, où hurlaient des klaxons d'alerte. Pas exactement de la peur, mais de l'*effroi*. Et si j'arrivais trop tard ? Si les autres allaient au combat sans moi ?

J'entrai dans la base, puis contournai le mur extérieur pour rejoindre notre rampe de lancement. Un unique vaisseau y attendait, seul. J'avais eu raison.

Je l'atteignis en nage, poussai ma propre échelle à sa place tandis que plusieurs membres de l'équipe au sol me remarquaient et se mettaient à crier.

L'une d'entre eux arriva à temps pour stabiliser mon échelle.

— Où étiez-vous passée, cadette ! me cria-t-elle. Le reste de votre escadrille a décollé depuis vingt minutes !

Je secouai la tête et me glissai dans le cockpit, trop épuisée pour parler.

— Pas de combinaison pressurisée ?

— Pas eu le temps.

— Très bien. Dans ce cas, ne faites pas d'ascensions trop brusques. Vous avez l'autorisation de décoller. Signalez-vous à votre chef d'escadrille, puis allez-y.

Je hochai la tête, puis enfilai mon casque. Tout comme celui de la salle de cours, il possédait ces bosses étranges à l'intérieur, pour mesurer ce qu'ils voulaient chez moi, quoi que ça puisse bien être. J'allumai la fréquence radio de l'escadrille tandis que la verrière s'abaissait.

— … laissez pas votre nervosité vous jouer des tours, disait Je Sais Tout dans la radio. Restez concentrés, surveillez votre ailier. Vous avez entendu Cobb : nous ne sommes pas obligés de tirer. Concentrez-vous simplement sur le fait d'éviter de vous faire dézinguer.

— Quoi ? m'écriai-je. Qu'est-ce qui se passe ?

— Spin ? fit Je Sais Tout. Où étais-tu passée ?

— Dans ma caverne ! Où voulais-tu que je sois ? (J'activai mon anneau d'élévation et propulsai mon vaisseau vers le haut. Les forces g s'abattirent sur moi, et mon estomac sembla vouloir s'échapper par mes orteils. Je ralentis mon ascension.) Répète-moi cette partie-là. Vous allez au combat ? Vous n'allez pas rester aux abords du combat ?

— L'amirale veut enfin nous laisser nous battre ! s'exclama Bim, surexcité.

— Contiens-toi, Bim, lui dit Je Sais Tout. Spin, nous sommes à 11.3-302.7-21000. Rejoins-nous le plus vite possible. Ironsides nous a ordonné de venir soutenir une escadrille de pilotes confirmés. Nous sommes ici pour dérouter l'ennemi et, avec un peu de chance, détourner son attention.

En d'autres termes, on nous envoie jouer les cibles, me dis-je en m'essuyant la main sur ma combinaison, le cœur battant à tout rompre, la sueur faisant adhérer mes cheveux à mon visage. *Enfin* eux, *en tout cas. Sans moi.*

Pas pour longtemps.

Je poussai brutalement la manette des gaz vers l'avant pour passer en hypercombustion. Les ConGravs me protégèrent trois secondes, puis je me retrouvai projetée en arrière contre mon siège. Mais je pouvais encaisser ce genre de forces g, qui me repoussaient vers l'arrière. Ce n'était pas agréable, mais je ne risquais pas de perdre connaissance. Il fallait simplement que j'accélère, puis que je monte prudemment – en utilisant mon anneau d'élévation.

J'atteignis rapidement Mag-10 – qui était le seuil de vitesse supérieur pour un Poco, en tout cas sans se mettre en danger. Même ainsi, je jouais avec les limites. Les prises d'air atmosphériques – qui repoussaient l'air en formant une bulle autour du vaisseau, m'empêchant ainsi d'arracher mes propres ailes pendant les manœuvres serrées – étaient saturées, et le mouvement faisait cliqueter mon vaisseau. Mon bouclier normalement invisible commença à luire sous la friction de la résistance de l'air.

Je montai également vers le haut – mais prudemment, plus lentement, car les forces g dans cette direction menaçaient de m'assommer. L'ascension repoussait brusquement le sang vers mes pieds. Je fis les exercices de contraction du ventre qu'on avait appris lors de notre entraînement dans la centrifugeuse mais, malgré tout, les bords de mon champ de vision commencèrent à noircir lentement.

Je m'accrochai, écrasée jusqu'à faire six fois mon poids normal. Même si le vol n'allait durer qu'un bref moment, je devais écouter mes amis au combat pendant tout ce temps.

— Attention, Hula Hoop. Ne sois pas trop impatiente.

— Un sur moi ! J'en ai un sur moi !

— Esquive, FM !

— J'esquive ! J'esquive ! Salve, c'était quoi, *ça* ?

— Tempête Nocturne 6. C'est mon frère, les gars ! Indicatif : Rage. FM, tu me devras des frites.

— Sur ta droite ! Arturo, lève les yeux !

— Je regarde ! Nom des étoiles, quelle pagaille.

Enfin, mon tableau de bord émit un bip, indiquant que j'approchais des coordonnées désirées. Je relâchai la pression sur la manette d'altitude, puis procédai à une décélération rapide. Dans un Poco doté de prises d'air atmosphériques, ça signifiait faire effectuer une vrille à mon vaisseau – déclenchant ainsi les ConGravs – puis activer mon propulseur auxiliaire vers l'arrière pour me ralentir.

Je terminai la manœuvre après avoir ralenti jusqu'à Mag-1, la vitesse standard pour les duels. Je fis pivoter mon Poco pour faire face au champ de bataille, où des lumières lointaines clignotaient dans l'obscurité du ciel matinal. Des débris tombaient sous forme de traînées rouges.

— Je suis ici, dis-je aux autres.

— Viens aider Marée Haute ! me cria Jorgen. Est-ce que tu l'aperçois ?

— Je cherche ! clamai-je, affolée, en parcourant l'écran de mon capteur de proximité.

Là. Je passai en hypercombustion pour accélérer dans sa direction.

— Les gars, dis-je en regardant le scanner. Marée Haute a un poursuivant !

— Je le vois, confirma Je Sais Tout. Marée Haute, tu m'entends ?

— J'essaie. J'essaie d'esquiver.

Mon vaisseau se propulsa en hurlant vers le champ de bataille. Je distinguais à présent les vaisseaux de combat individuellement – une pagaille tourbillonnante mêlée de tirs de destructeurs et de quelques coups de lumilance. Le Poco de Marée Haute monta en décrivant une boucle – suivi par *trois* vaisseaux krell.

J'y suis presque. J'y suis presque !

Les destructeurs des Krell s'embrasèrent. Touchèrent. Touchèrent à nouveau. Et puis…

Un éclat lumineux. Une gerbe d'étincelles.

Et Marée Haute mourut dans une explosion massive. Elle n'eut pas le temps de s'éjecter.

Kimmalyn hurla – un bruit aigu, paniqué, de détresse absolue.

— Non ! s'exclama Je Sais Tout. Non, non, *non* !

J'arrivai en volant à Mag-3 – trop vite pour les manœuvres normales de combat – et réussis malgré tout à embrocher l'un des vaisseaux krell avec ma lumilance. Mais il était trop tard.

Les étincelles ardentes qui avaient été Marée Haute s'éteignirent en tombant.

J'effectuai une vrille et inversai ma propulsion, libérai la lumilance et projetai le vaisseau krell sur le côté. Un autre de nos vaisseaux de combat arriva derrière lui, tira et réussit à le faire éclater.

J'allai me placer à côté de Je Sais Tout, étouffant en silence mes propres hurlements. Il avait perdu son ailier. Où était Arturo ?

Je ne distinguais rien de tactique dans la mêlée. Mon escadrille filait dans toutes les directions, en mitraillant, certes, mais en ajoutant aussi à la confusion. Quelques engins des classes plus grandes de la FDR s'y frayaient un chemin, se mêlant à quelques dizaines de vaisseaux krell, chacun traînant des câbles dans son sillage, donnant cette même impression d'inachevé.

Je pleurais. Mais je serrai la mâchoire et restai au côté de Jorgen. D'un geste expert, il transperça un vaisseau krell avec sa lumilance, lequel tenta de s'échapper, si bien que je l'embrochai moi aussi.

— Ce fragment de débris, Jorgen, l'informai-je. Il vient vers toi à tes deux heures, en tombant lentement.

— Entendu.

On poussa tous deux nos manettes des gaz, comme Cobb nous l'avait appris, et on attira le vaisseau ennemi vers le débris. À la dernière minute, on éteignit nos lignes et on partit chacun d'un côté, laissant le vaisseau krell percuter le débris dans une vive explosion.

— Que faites-vous, tous les deux ? intervint Cobb dans mon écouteur. Vous avez reçu l'ordre de maintenir une posture *défensive*.

— Cobb ! m'écriai-je. Marée Haute…

— Gardez votre sang-froid, jeune fille ! hurla-t-il. Vous pourrez pleurer quand les débris retomberont. Pour l'instant, obéissez aux ordres. *Posture. Défensive.*

Je serrai les dents mais ne protestai pas et suivis Jorgen qui se faufilait entre les traînées de fumée laissées par la chute des fragments. Il me sembla voir Arturo et Nedd sur ma droite, qui se dépassaient l'un l'autre avec de rapides accélérations et décélérations, afin d'empêcher l'ennemi de se concentrer sur l'un ou l'autre. Ce genre de technique pouvait perturber les Krell, un peu comme les surcharger de cibles.

Marée Haute…

— Couic ? dit Jorgen. Qu'est-ce que tu fais ?

Je m'aperçus que j'entendais encore le geignement de douleur étouffé de Kimmalyn dans la radio. Je parcourus le scanner du regard, puis distinguai un unique Poco – sans ailier – qui planait près du périmètre du combat.

— Couic, bouge de là ! lui lança Jorgen. Tu es une cible dégagée. Viens par ici.

— Je…, s'étrangla Kimmalyn. J'essayais de placer un coup. J'allais la sauver…

— *Rejoins le combat !* cria Jorgen. Cadette, pousse ta manette des gaz et viens ici !

— Je vais la couvrir, annonçai-je en me préparant à me détacher tandis qu'on dépassait deux Krell qui arrivaient de l'autre côté.

Avec toutes ces étincelles et ces tirs de destructeurs éclairant le ciel, j'avais presque l'impression de me trouver en bas, à Magmatique, engloutie par une forge.

— Non, me dit Jorgen. Tu vois Bim ? À tes huit heures ? Couvre-le. Je m'occupe de Kimmalyn.

— Compris.

Je descendis en m'orientant sur ma gauche, les ConGravs compensant les forces g de ce brusque virage. Mais tandis que je bougeais, un point s'éclaira sur mon tableau de bord : un voyant d'alerte violet vif près de mes capteurs de proximité.

J'avais un poursuivant.

Bien que nous ayons à peine abordé les duels, la formation de Cobb me revint brusquement à l'esprit. *Fiez-vous au scanner. Ne perdez pas de temps à essayer d'obtenir un visuel. Restez concentrés sur le vol.*

— Spin ! me dit FM. Tu es poursuivie !

J'étais déjà en train d'initier une boucle de dégagement, comptant sur les ConGravs pour gérer la force g. Un déclic se produisit aussitôt dans ma tête. La formation, la façon dont mon visage se glaçait, dont mon esprit se concentrait brutalement malgré la fatigue, le stress et le chagrin. À croire que ça n'avait aucune importance qu'un Krell soit en train de me suivre. En cet instant, il n'y avait que le vaisseau et moi. Extensions l'un de l'autre.

Je quittai ma boucle pour descendre tout droit en piqué, puis fis un crochet sur le côté et exécutai un tir de lumilance qui captura parfaitement un morceau de débris en train de tomber lentement. Je ne m'y pris pas tout à fait assez vite et, quand mes ConGravs s'éteignirent, les forces g me collèrent à mon siège. Je vis noir au bord de mon champ de vision, mais tins bon.

Je me retournai vivement et frôlai un autre fragment – entraînant de la fumée dans son sillage – puis fonçai pile entre deux vaisseaux krell qui provenaient de l'autre direction. Mon poursuivant me perdit dans le tournant – et je surpris une explosion derrière moi quand l'un des pilotes confirmés l'abattit alors qu'il tentait de me rattraper.

— Bien manœuvré, Spin, dit calmement Cobb à mon oreille. Excellemment, même. Mais ne faites rien de trop tape-à-l'œil. Rappelez-vous la simulation. Les manœuvres trop voyantes peuvent encore vous faire tuer.

Je hochai la tête, bien qu'il ne puisse pas me voir.

— Bim est à nos dix heures maintenant, à environ cent cinquante pieds. Rejoignez-le. Ce garçon est trop impatient.

Comme s'il avait reçu le signal, la voix de Bim apparut sur le canal de l'escadrille.

— Les gars ? Vous voyez ça ? Devant moi ?

Un échange de tirs plus nourris se produisait au loin ; nous avions reçu l'ordre de rejoindre la plus petite des deux escarmouches. Je parvenais à distinguer de cette bataille plus grande les chutes d'étincelles et les tirs de destructeurs ayant raté leur cible, mais je ne pensais pas que ce soit ce que Bim indiquait.

Tandis que je me plaçais à son côté, je l'aperçus : un vaisseau krell, mais d'un modèle différent des vaisseaux de combat tout en courbes. Celui-ci était bulbeux, comme un fruit charnu surmonté d'ailes. Enfin… non, c'était un vaisseau qui volait avec quelque chose d'énorme fixé sur le dessous.

Un bombardier, me dis-je en me rappelant mes études. *Qui transporte une exterminatrice.*

— Exterminatrice, annonça Jorgen. Cobb, nous avons une confirmation visuelle d'une bombe exterminatrice.

— Les fréquences radio des autres escadrilles en parlent aussi, déclara Cobb. Du calme, cadet.

L'amirale est déjà en train de s'occuper de ce bombardier.

— Je peux le toucher, Cobb, suggéra Bim. Je peux l'abattre.

Je m'attendais à ce que Cobb rejette aussitôt cette idée, mais il n'en fit rien.

— Laissez-moi demander des ordres et leur dire que vous avez un visuel.

Bim prit cette réponse pour une confirmation.

— Tu es avec moi, Spin ?

— À chaque seconde, répondis-je. Allons-y.

— Un instant, cadets, intervint Cobb. Il y a quelque chose de curieux dans ces descriptions. Pouvez-vous confirmer ? Cette bombe paraît plus grosse que d'habitude.

Bim n'écoutait pas. Par la vitre de mon cockpit, je le regardai piquer vers le bombardier solitaire, qui était – suivant le protocole habituel des Krell – descendu à basse altitude pour tenter de passer sous les canons antiaériens.

— Il y a quelque chose d'anormal, déclara Cobb.

Un groupe d'ombres se détacha des flancs du bombardier – des vaisseaux krell plus petits, presque invisibles dans le noir. Ils étaient quatre.

L'air s'illumina de leurs tirs de destructeurs rouges. L'un d'eux frôla ma verrière, faisant crépiter mon bouclier d'étincelles. Les nerfs à vif, je fis tourner mon vaisseau – par réflexe – sur le côté.

— Cobb, lui dis-je. Quatre vaisseaux d'escorte viennent de se détacher du bombardier !

Les vaisseaux nous frôlèrent. J'esquivai, de justesse, les mains moites sur mes commandes.

— Ils sont plus rapides que les Krell ordinaires !

— C'est là quelque chose de nouveau, bougonna Cobb. Restez en arrière, tous les deux.

— Je peux le toucher, Cobb ! insista Bim.

La lumière de son destructeur brillait à l'avant de son vaisseau tandis qu'il rechargeait pour un coup à longue portée.

Les quatre vaisseaux gardiens affluèrent vers nous et tirèrent à nouveau.

— Bim ! hurlai-je.

J'eus la certitude de le voir se tourner vers moi – la lumière se reflétant sur la visière de son casque – lorsque les tirs touchèrent son vaisseau, neutralisant son bouclier par leur intensité.

Le vaisseau de Bim explosa en plusieurs gros morceaux, dont l'un percuta mon vaisseau. Je me retrouvai projetée sur le côté lorsque mon Poco se mit à partir en vrille. Couic hurla mon nom tandis que le monde basculait. Les lumières de mon tableau de bord s'affolèrent et l'alarme indiquant « bouclier désactivé » se mit à retentir.

Les forges g s'écrasèrent sur moi lorsque les ConGravs se retrouvèrent dépassés. La nausée m'envahit, et tout devint flou. Mais ma formation prit le dessus malgré tout. Sans bien comprendre comment – en tirant très fort sur la sphère de contrôle –, je parvins à activer les commandes pour une descente en piqué, qui firent pivoter mon anneau d'élévation sur sa charnière avant, et la manœuvre interrompit ma chute. Le monde se redressa et je restai suspendue là à planer, le nez dirigé droit vers le sol.

Des lumières clignotèrent sur mon tableau de bord. En bas, je regardai ce qui restait de Bim heurter la surface dans une vague de petites explosions.

— L'ennemi cesse le combat ! s'exclama Nedd. On dirait qu'il en a eu assez !

Engourdie, j'écoutai les autres rapports. Une force de frappe rassemblant des pilotes confirmés poursuivit le bombardier et, plutôt que de courir le risque de perdre leur arme, les Krell choisirent de battre en retraite.

Le bombardier s'échappa, ainsi qu'un nombre de vaisseaux suffisant pour empêcher l'amirale de les pourchasser.

Je restai simplement suspendue là, avec la lueur bleue de l'anneau d'élévation qui diffusait une lumière froide et inerte devant moi.

— Spin ? m'appela Jorgen. Au rapport. Tout va bien ?

— Non, murmurai-je, mais je replaçai enfin mon anneau d'élévation de manière à faire pivoter mon vaisseau vers l'axe standard.

Je concentrai l'énergie vers l'allumeur du bouclier, attendis que la lumière brille, puis saisis la poignée et la tirai brutalemernt vers l'arrière. Un autre bouclier apparut en crépitant autour de mon Poco, puis devint invisible.

Je montai m'aligner avec les autres.

— Confirmation vocale de votre statut, ordonna Jorgen.

On répondit chacun son tour ; tous les autres étaient encore là. Mais quand on regagna la base, notre formation comportait deux trous béants. Bim et Marée Haute avaient disparu.

Des neuf membres initiaux, l'escadrille Vers les Étoiles se trouvait réduite à sept.

Autres modèles de vaisseaux

M-Bot

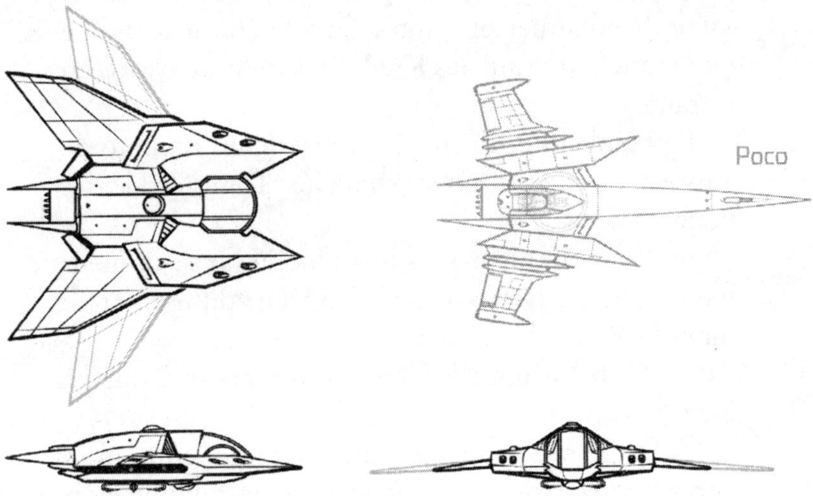

Intercepteur krell

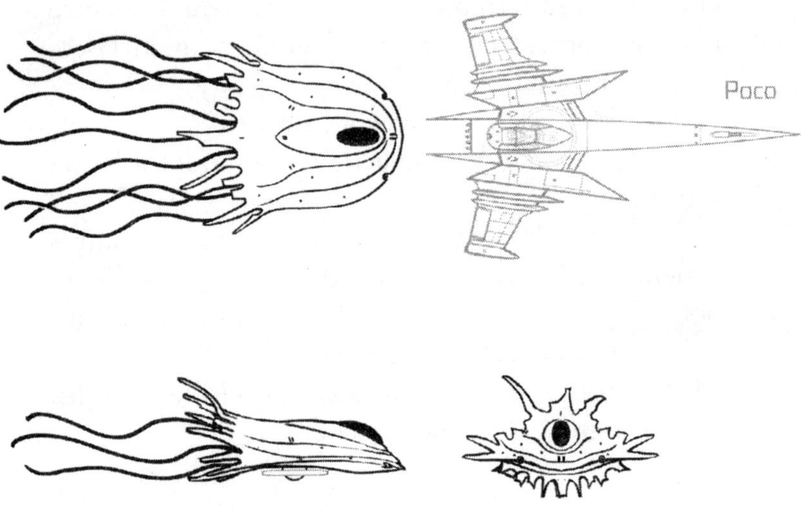

TROISIÈME PARTIE

Intermède

L'amirale Judy « Ironsides » Ivans mettait toujours un point d'honneur à lire les comptes-rendus du nombre de victimes.

Elle faisait tuer des gens. À chaque bataille, elle prenait des décisions – dont certaines étaient des erreurs – qui écourtaient des vies. Peut-être y avait-il une balance astrale quelque part, maintenue dans les étoiles par les Saints d'antan, qui mettait en regard les vies de Rebelles qu'elle avait perdues et celles qu'elle avait sauvées.

Si c'était le cas, la balance avait été nettement déséquilibrée par la bataille d'aujourd'hui. Deux cadets étaient morts après à peine un mois d'entraînement dans le cockpit. Elle avait lu leurs noms, tenté de les mémoriser – mais elle savait que ce serait en pure perte. Il y en avait déjà eu tellement.

Elle posa avec déférence la liste des noms et les courtes biographies sur le dessus de son bureau. Deux autres pilotes étaient morts également, et rédiger des lettres à leur famille lui prendrait une grosse partie de la soirée, mais elle tenait à le faire. Pour ces familles, ces pertes prendraient une grosse partie de leur *vie*.

Elle avait à moitié terminé – écrivant à la main plutôt qu'à la machine – quand Cobb arriva enfin pour lui crier dessus. Elle le vit reflété dans le cuivre de la lunette astiquée qu'elle gardait sur son bureau. Une relique d'un temps beaucoup plus ancien. Il s'arrêta sur le pas de la porte, et ne s'en prit pas tout de suite à elle, mais la laissa terminer sa lettre en cours. Elle la signa en bas, avec une fioriture au stylo-plume – un geste qui semblait à la fois nécessaire et prétentieux dans un courrier de ce genre.

— Vous êtes heureuse, Judy ? lança-t-il enfin. Maintenant que vous en avez fait tuer deux, vous êtes *heureuse* ?

— Je ne le suis plus depuis des années, Cobb.

Elle retourna son fauteuil, se laissa aller en arrière et soutint son regard noir. Elle avait anticipé, peut-être même avec plaisir, son arrivée inévitable. C'était agréable d'avoir encore quelqu'un pour la défier. Presque tous ceux qui l'avaient fait étaient morts à présent.

Il entra en boitant dans la petite pièce, qui était encombrée de papiers, de souvenirs, de livres – un bureau au désordre embarrassant. Mais c'était le seul endroit où elle se sente à son aise.

— Vous ne pouvez pas continuer à faire ça, lui dit Cobb. D'abord vous baissez l'âge des examens, et maintenant vous les envoyez se battre avant qu'ils sachent vraiment voler ? Vous ne pouvez pas continuer à mitrailler en automatique en même temps que vous volez des munitions dans les réserves. Vous allez finir par *tomber à court de balles*.

— Vous préférez que je laisse détruire Alta ?

Il regarda sur le côté, en direction d'une vieille carte qu'elle conservait encore au mur. Le verre était terni par l'âge et le papier, à l'intérieur, avait commencé à se recourber. C'était un plan destiné à la construction d'Alta, provenant de leur séance de développement d'environ dix ans plus tôt. Ils avaient imaginé une cité avec d'immenses quartiers et de grandes fermes.

Un fantasme. Reconquérir un monde mort était une tâche plus ardue qu'ils ne l'avaient anticipé.

Elle s'obligea à se lever, faisant grincer son vieux fauteuil de capitaine.

— Je vais *continuer* à exploiter leurs vies, Cobb. Je mettrai bien volontiers tous les gens de la FDR en danger si ça permet de protéger Alta.

— À un moment donné, Judy, les pertes n'en valent plus la peine.

— En effet, et il se trouve que je sais quel est ce moment. (Elle s'avança vers lui et soutint son regard.) C'est celui où le *tout dernier Rebelle* pousse son *tout dernier soupir*. Jusque-là, nous protégeons cette base.

S'ils perdaient Alta, alors Magmatique pouvait être bombardée d'en haut – détruisant les équipements ainsi que la capacité de l'humanité à construire des vaisseaux. Si ça se produisait, les Rebelles recommenceraient à vivre en clans brisés, comme des rats à pourchasser.

Soit ils tenaient bon, soit ils renonçaient à redevenir un jour une véritable civilisation.

Enfin, Cobb céda et se détourna pour partir. Venant de sa part, une absence de protestation équivalait à une approbation.

— J'ai remarqué, observa Judy, que votre petite lâche n'a rejoint la bataille qu'une fois que la majeure partie du combat avait déjà eu lieu.

Il pivota sur ses talons, montrant pratiquement les dents.

— Elle vit dans une caverne améliorée, Judy. *Seule*. Vous en êtes bien consciente, dites-moi ? Une de vos pilotes vit dans un camp improvisé au-delà des limites de la ville parce que vous refusez de lui donner un lit.

C'était agréable de voir cette colère en lui. Elle craignait qu'il n'épuise toute son énergie un jour ou l'autre. Il n'avait plus jamais été le même depuis la bataille d'Alta.

— Vous savez ce que disent les relevés ? lança Judy. Les scans de son cerveau ? Certains de nos médecins sont persuadés qu'ils ont découvert comment le repérer à présent. J'imagine que je dois vous remercier pour ça. Avoir la chance d'étudier la fille de Chasseur en vol va peut-être enfin me fournir la preuve. Elle possède le défaut.

Cette réponse le fit hésiter.

— Nous comprenons à peine ce que ça signifie, dit-il enfin. Et puis vos médecins sont partiaux. Quelques événements déroutants et quelques histoires du passé ne suffisent pas à juger la vie entière d'une jeune fille, surtout si talentueuse.

— C'est tout le problème, soupira Judy. (En toute franchise, elle était surprise d'entendre Cobb protester. La plupart des hommes et femmes politiques niaient l'existence du défaut, mais Cobb ? Il en avait vu les effets de ses propres yeux.) Aussi utiles que soient ces données, je ne peux pas courir le risque de la laisser être nommée officier dans la FDR. Elle ne ferait que distraire les autres et nuire au moral des troupes.

— Vous distraire *vous*, peut-être. Nuire à *votre* moral. Votre comportement déshonore la FDR.

— C'est pratiquement *moi* la FDR. Que les étoiles nous protègent ! Il ne reste personne d'autre.

Il lui lança un regard noir.

— Je vais accorder à cette jeune fille une radio personnelle. Je ne peux pas tolérer qu'une de mes cadets soit hors de ma portée. À moins que vous ne reveniez sur votre décision en lui accordant un lit.

— Si je lui facilite trop les choses, elle risque de décider de rester au lieu de faire la chose la plus sensée qui consiste à partir.

Cobb se dirigea vers la porte en boitant – il refusait de se servir d'une canne, même après toutes ces années – mais s'y arrêta à nouveau, la main sur le chambranle.

— Il vous arrive de regretter que les autres n'aient pas survécu ? Sousa. Rossignol. Querelle. L'amiral Heimline.

— N'importe qui d'autre que moi ? demanda Judy.

— Grosso modo.

— Je ne suis pas sûre que je leur souhaiterais cette position d'autorité, finit-elle par dire. Même à ceux que je détestais.

Cobb émit un grognement, puis disparut dans le couloir.

20

Le lendemain de la mort de Marée Haute et de Bim, j'arrivai en retard au cours de Cobb. De cinq minutes à peine, mais c'était mon premier retard malgré tout.

Tout paraissait tellement *anormal*.

Je me rappelais vaguement avoir regagné ma caverne d'un pas pesant la veille, ignorant M-Bot – Rig était déjà rentré chez lui – et m'être pelotonnée dans mon lit au sein du cockpit. Puis j'étais simplement restée étendue là. Sans dormir, en regrettant de ne pas le faire. À réfléchir, en regrettant de ne pas pouvoir m'arrêter. Sans pleurer… mais en le regrettant curieusement.

Aujourd'hui, personne ne me reprocha mon retard. Cobb n'était pas encore là, bien que presque tous les cadets restants soient réunis. À part Kimmalyn, ce qui m'inquiéta. Est-ce qu'elle allait bien ?

Mes bottes firent craquer le sol lorsque j'allai m'asseoir. Je ne voulais pas regarder les sièges au vide si flagrant, mais ça me donnait l'impression d'être une lâche, et je m'obligeai donc à fixer la place de Marée Haute. À peine deux jours plus tôt, je m'étais tenue là, à l'aider à comprendre…

Elle ne disait presque jamais rien, mais la pièce semblait curieusement beaucoup plus silencieuse sans elle.

— Hé, Spin, dit enfin Nedd. Tu parles constamment d'« honneur » et de la « gloire de mourir en guerriers », et ce genre de conneries.

— Ouais ? Et alors ?

Nedd se laissa tomber sur son siège, tenant à peine dans son pseudo-cockpit. C'était le plus grand dans cette pièce – et baraqué par-dessus le marché. Je l'avais toujours considéré simplement comme le plus costaud des deux acolytes de Je Sais Tout, mais il y avait plus que ça chez lui. Un côté plus réfléchi.

— Alors ? répéta-t-il.

— Je..., fis-je en cherchant mes mots. Tout ça me paraît débile maintenant.

Je ne réussis pas à lancer une réplique bien sentie sur la vengeance. Pas aujourd'hui. Ç'aurait été comme jouer un rôle dans l'une des histoires de Grand-mère – alors que la perte paraissait tellement réelle. Cela dit... est-ce que ça signifiait que toute ma conviction ne relevait que de la bravade ? Étais-je une lâche qui se cachait derrière des platitudes agressives ?

Une véritable guerrière aurait ignoré ces choses-là. Est-ce que je croyais vraiment que c'étaient les derniers amis que je perdrais ?

FM se leva de son siège et se dirigea vers moi. Elle me serra l'épaule, un geste étonnamment familier de la part d'une fille que je ne connaissais pas très bien, malgré le temps passé dans la même escadrille. Quelle était son histoire ? Je n'avais jamais trouvé comment le lui demander.

Je lançai un coup d'œil vers la place de Bim en repensant à la façon incroyablement maladroite – et pourtant merveilleuse – qu'il avait eue d'essayer de flirter avec moi.

— Tu sais où est Kimmalyn ? demandai-je à FM.

— Elle s'est levée et a mangé avec nous, murmura la fille très grande, mais elle s'est arrêtée aux toilettes sur le chemin du cours. Peut-être que quelqu'un devrait aller voir comment elle va.

Avant que je puisse le faire, Je Sais Tout était debout, en train de s'éclaircir la gorge. Il nous regarda tous les cinq. FM et moi. Hula Hoop, affalée sur son siège. Elle ne semblait plus voir tout ça comme un jeu. Arturo, assis avec les mains jointes, qui tapotait très rapidement ses index l'un contre l'autre, comme une sorte de tic nerveux. Nedd, les pieds reposant sur le projecteur holographique incroyablement coûteux à l'avant de son pseudo-cockpit. Détail étonnant, ses lacets étaient défaits.

— Je suppose, dit Je Sais Tout, que je devrais dire quelque chose.

— Évidemment, murmura FM en levant les yeux au ciel, mais elle regagna sa place.

Je Sais Tout se mit à parler d'une voix tendue.

— Le manuel du protocole de la FDR explique que mourir dans le cockpit – en se battant pour protéger notre patrie – est le cadeau le plus grand et le plus courageux qu'une personne puisse faire. Nos amis, bien qu'ils soient partis trop tôt, étaient l'incarnation modèle des idéaux des Rebelles.

Il est en train de lire, compris-je alors. *Des notes rédigées… sur sa main ?*

— Nous nous les rappellerons comme des soldats, poursuivit Je Sais Tout, qui tenait à présent sa main devant lui. Si vous avez besoin d'un suivi thérapeutique pour ce deuil – ou pour toute autre raison –, en tant que chef d'escadrille, je suis là. N'hésitez pas à venir me trouver, afin que je puisse vous aider à vous sentir mieux. Je serai ravi de porter le fardeau de votre chagrin afin que vous puissiez vous concentrer sur votre formation. Merci.

Il s'assit. C'était sans doute le discours le plus idiot que j'aie jamais entendu. Qui en disait plus sur lui que sur ces sièges vides. Mais… enfin, il avait essayé ?

Cobb franchit la porte en boitant, tenant une liasse de papiers et marmonnant pour lui-même.

— À vos cockpits ! aboya-t-il. Aujourd'hui nous allons couvrir les manœuvres en tandem – à nouveau. La façon dont vous vous protégez les uns les autres manque tellement de rigueur que je m'attendrais à vous voir sur une assiette de nourriture du mess.

On resta simplement là à le regarder fixement.

— Au travail ! éructa-t-il.

Tout le monde entreprit de se harnacher.

Sauf moi, qui me levai.

— C'est tout ? l'apostrophai-je d'une voix insistante. Vous n'allez pas dire un mot sur eux ? Sur Bim, ou Marée Haute, ou ce que l'amirale nous a…

— L'amirale, m'interrompit Cobb, ne nous a rien fait. Ce sont les *Krell* qui ont tué vos amis.

— Quel ramassis de conneries, lâchai-je. Si on jette un gamin dans la tanière d'un lion, est-ce qu'on peut vraiment en vouloir au lion ?

Il soutint mon regard, mais je ne comptais pas céder cette fois-ci. Je ne savais pas ce qu'il voulait au juste, mais au moins cette émotion – cette fureur contre lui, contre l'amirale, contre la FDR – valait-elle mieux que le vide.

On se fusilla du regard jusqu'à ce que la porte s'ouvre en grinçant pour laisser entrer Kimmalyn. Bien que ses longs cheveux noirs soient peignés – comme toujours – en boucles parfaites, ses yeux étaient rouges et gonflés. Cobb la regarda et ouvrit de grands yeux, comme s'il s'étonnait de la voir.

Il croyait qu'elle avait renoncé, compris-je alors.

Au lieu de quoi, malgré ses paupières enflées, Kimmalyn gardait la tête bien droite.

Cobb lui fit signe de rejoindre son siège ; elle s'exécuta d'un pas énergique – un modèle de sang-froid de Rebelle – et s'assit. Elle ressemblait alors davantage à une guerrière que je ne l'avais jamais fait.

Je serrai la mâchoire, puis pris mon siège et m'attachai. Bousculer Cobb n'apaiserait en rien ma colère vis-à-vis de l'amirale. J'avais besoin d'une sphère de contrôle dans ma main et de la détente d'un destructeur sous le doigt. C'était sans doute pour ça que Cobb voulait qu'on travaille dur aujourd'hui : pour nous faire transpirer, peut-être nous faire oublier un moment. Et… oui. Oui, j'étais partante pour ça.

Cobb, cependant, n'alluma pas nos projecteurs. Il prit lentement une chaise pliante, puis boita jusqu'au milieu de la pièce et la déplia. Il s'assit, joignant les mains devant lui. Je dus me pencher sur le côté de mon pseudo-cockpit pour le voir, tout comme la plupart des autres.

Il paraissait vieux. Plus qu'il n'aurait dû l'être.

— Je sais quel effet ça fait, commença-t-il. Comme si on vous avait arraché quelque chose. Un morceau de chair qui ne repoussera jamais. Vous pouvez fonctionner, voler, mais vous laisserez des traces de sang pendant un temps.

» Je devrais vous dire quelque chose, là, sur le deuil. Quelque chose de sage. La vieille Mara, qui m'a appris à piloter, l'aurait fait. Elle est morte à présent. (Cobb secoua la tête.) Parfois, je ne me sens pas du tout comme un professeur. Je me sens comme le responsable des munitions qui recharge l'artillerie. Je vous colle dans cette pièce, je vous lance dans le ciel, puis je prends un autre obus…

L'entendre parler ainsi était perturbant, contre nature. Comme un parent qui avoue soudainement qu'il ne sait pas ce que c'est d'aimer. Nous avions tous entendu des histoires sur les instructeurs de vol. Vieux, grisonnants, prompts à vous arracher la tête, mais remplis de sagesse.

Seulement, en cet instant, je voyais l'homme plutôt que l'instructeur. Un homme effrayé, paumé – et aussi affligé de perdre des étudiants que nous l'étions de perdre des amis. Ce n'était pas là un vétéran endurci qui possédait toutes les réponses. C'était un homme qui avait, presque par hasard, survécu assez longtemps pour être nommé professeur. Il devait nous enseigner à la fois les choses qu'il connaissait *et* celles qu'il n'avait manifestement pas encore démêlées lui-même.

— Conquiers les étoiles, récitai-je.

Cobb leva les yeux vers moi.

— Quand j'étais petite, lui dis-je, je voulais devenir pilote pour être célébrée. Et mon père m'a dit de viser des objectifs plus élevés. Il m'a dit de « conquérir les étoiles ».

Je levai la tête et tentai d'imaginer ces lumières scintillantes. Au-delà du toit, à travers le ciel, perçant la ceinture de débris. Là où les Saints accueillaient les âmes des morts.

— Ça fait mal, ajoutai-je. Plus que je n'aurais cru. Je savais tellement peu de choses sur Bim – simplement qu'il aimait sourire. Quant à Marée Haute, elle nous comprenait à peine. Mais elle refusait d'abandonner.

L'espace d'un instant, il me sembla m'imaginer en train de m'élever parmi ces lumières. Comme Grand-mère me l'avait appris. Je sentis tout tomber en dessous de moi, devenir lointain. Je ne voyais plus que ces points lumineux qui filaient de tous côtés.

— Ils sont dans le ciel à présent, dis-je tout bas. Parmi les étoiles à jamais. Je vais les rejoindre. (Je m'arrachai à ma transe et me retrouvai soudain à nouveau dans la pièce avec les autres.) Je vais me harnacher, et je vais *me battre*. Comme ça, quand je mourrai, je le ferai au moins dans un cockpit. En visant le ciel.

Les autres s'immobilisèrent et adoptèrent un silence hésitant, comme dans l'instant entre deux impacts de météores. Nedd s'était redressé sur son siège, où il ne se prélassait plus, et il m'adressa un signe enthousiaste du pouce et un hochement de tête. En face de moi, je trouvai Je Sais Tout en train de me regarder fixement, affichant une moue indéchiffrable.

— Bon, dit Cobb en se levant. Assez perdu de temps. Enfilez vos casques.

Je m'emparai du mien et l'enfilai, ignorant le regard insistant de Je Sais Tout. Mais je sursautai aussitôt et le retirai.

— Qu'y a-t-il ? demanda Cobb qui s'approcha de moi en boitant.

— Les diodes sont chaudes à l'intérieur, répondis-je en les tâtant. Qu'est-ce que ça veut dire ?

— Rien du tout… Probablement.

— Ça ne me rassure pas, Cobb. Que se passe-t-il ?

Il baissa la voix.

— Des toubibs qui vous trouvent intelligente pensent qu'ils peuvent déduire d'une poignée de relevés si vous allez vous enfuir comme votre père.

— Mon père ne…

— Calmez-vous. Nous allons leur prouver qu'ils ont tort en démontrant que vous pilotez efficacement. C'est votre meilleur outil. Vous pouvez le porter ?

Il désigna le casque.

— Ouais. Ce n'est pas chaud au point de me faire mal, j'étais seulement surprise.

— Alors enfilez-le, et mettons-nous au travail.

21

Cobb tint sa promesse : il nous fit travailler *dur* ce jour-là.

On s'entraîna à effectuer des virages en coordination, à répéter des formations et des exercices de protection de notre ailier. On pratiqua jusqu'à ce que mes doigts me paraissent aussi raides que des rouages, que mes bras me fassent aussi mal qu'après avoir soulevé des poids, et que mon cerveau soit plus ou moins changé en bouillie. Il nous fit même travailler à l'heure du déjeuner, obligeant un assistant à apporter des sandwiches à tous les autres. Je mangeai de la viande de rat séché et des champignons, comme toujours.

Les diodes placées à l'intérieur de mon casque refroidirent pendant mon entraînement. L'amirale pensait pouvoir déduire de *relevés* si j'allais être une lâche ? Qu'est-ce que c'était que cette histoire insensée ?

Mais je n'avais pas le temps de m'en inquiéter. Cobb nous fit pratiquer l'esquive de débris, les virages à la lumilance et les exercices de rallumage du bouclier. Tout ça provoquait un agréable épuisement, et la seule fois où je pensai à Bim fut le moment où je m'aperçus que personne ne se plaignait que nous ne soyons – une fois de plus – pas autorisés à utiliser nos armes.

Quand Cobb nous laissa enfin repartir, j'avais l'impression que j'aurais pu me pelotonner là et m'assoupir.

— Hé, Arturo, dit Nedd qui se leva en s'étirant, ils sont bons ces projecteurs. Tu crois qu'ils pourraient simuler un monde où tu ne serais pas un pilote épouvantable ?

— Tout ce qu'il nous faudrait pour ça, repartit Arturo, c'est un bouton pour éteindre ta radio. Je suis sûr qu'on ferait des progrès de dingue si on n'était pas obligés de t'écouter jacasser sans arrêt. Et puis si j'ai bonne mémoire, c'est *toi* qui m'as foncé dedans tout à l'heure.

— Tu étais sur mon chemin !

— Les garçons, les interrompit Hula Hoop en les dépassant d'un pas nonchalant. On ne pourrait pas faire la paix ? Trouver un terrain d'entente et s'accorder à dire que vous êtes *tous les deux* des pilotes épouvantables ?

— Ha ! fit Arturo. Tu vas voir, Hula Hoop, je te ferai ravaler ces paroles un de ces jours.

— J'ai assez faim pour les avaler tout de suite, mais seulement avec une sauce acceptable. J'espère bien que le mess n'est pas fermé. Couic, je peux avoir ton dessert ?

— Quoi ? marmonna celle-ci en levant les yeux de son harnais – qu'elle était en train d'assembler pour le plier bien nettement sur son siège, comme elle le faisait toujours en quittant son pseudo-cockpit.

— Toi qui es super gentille, dit Hula Hoop, je me dis que tu céderas si j'insiste assez. Donc, je peux avoir ton dessert ?

— Les étoiles te bénissent, répondit Kimmalyn. Mais si tu touches à ma tarte, je t'arrache les doigts.

Elle rougit en prononçant ces mots, et leva la main devant sa bouche.

— Et elle le fera, Hula Hoop, plaisantai-je. C'est toujours des personnes gentilles qu'il faut se méfier.

— Ouais, répliqua Hula Hoop. Alors ça, c'est…

Elle s'interrompit en prenant conscience que c'était moi qui venais de parler. Puis elle se détourna et quitta la pièce.

Je connaissais cet éclat dans ses yeux. Depuis que Jorgen m'avait dévoilée comme la fille du lâche, les choses n'étaient plus pareilles entre Hula Hoop et moi.

Les autres sortirent à la file. Je soupirai et rassemblai mes affaires, me préparant à un trajet épuisant pour rejoindre ma caverne. Alors que je hissais mon sac sur mon épaule, je m'aperçus que FM était encore là. Elle se tenait debout près du mur et m'observait. Elle était tellement grande et belle. En tant que cadets, on était soumis aux critères vestimentaires des pilotes de la FDR. Pour le travail de tous les jours, on pouvait choisir des combinaisons ou des uniformes standard de la FDR si on le voulait. Simplement, il fallait être prêts à enfiler nos combinaisons de vol en cas d'appel.

La plupart d'entre nous portaient simplement les combinaisons, qui étaient les plus confortables. Mais pas FM. En plus de ses bottes cirées, elle était vêtue d'un uniforme fait sur mesure avec une veste qui paraissait curieusement plus élégante sur elle que sur d'autres. Elle était tellement parfaite qu'elle ressemblait presque plus à une statue qu'à une personne.

— Merci, me dit-elle, pour ce que tu as dit tout à l'heure. Au sujet de Bim, de Marée Haute et des étoiles.

— Tu n'as pas trouvé ça « trop agressif » ?

FM se plaignait toujours que nous étions trop agressifs, ce qui me paraissait absurde. L'agressivité n'était-elle pas nécessaire pour la guerre ?

— Bon, la majeure partie de ce tu as dit était un ramassis d'absurdités, ajouta FM. De la bravade ronflante utilisée comme prétexte pour recracher des mantras chauvins qu'une vie entière d'endoctrinement des Rebelles a ancrés en toi. Mais ça venait du cœur. J'avais… besoin d'entendre ça. Merci.

— Tu es une fille très bizarre, FM, répondis-je.

Je ne comprenais pas la moitié de ce qu'elle avait dit.

Assis à son bureau, Cobb ricana et me regarda de derrière sa paperasse. *C'est toi qui qualifies quelqu'un d'autre de bizarre ?* semblait-il me demander.

Je sortis avec FM dans un couloir vide ; les autres escadrilles de cadets avaient fini les cours depuis des heures.

— Je veux qu'une chose soit claire, dit FM tandis qu'on marchait ensemble : Je ne te reproche pas ton attitude. Tu es le produit d'une immense pression sociétale, qui oblige des jeunes gens à adopter des postures de plus en plus agressives. Je suis persuadée que tu es très gentille au fond de toi.

— Alors là, pas du tout, répliquai-je avec un rictus. Mais ça ne me dérange pas que les gens me sous-estiment. Peut-être que les Krell feront la même chose, comme ça je pourrai savourer la surprise dans leurs yeux quand je les leur arracherai du crâne.

FM me regarda d'un air horrifié.

— Enfin, s'ils ont des yeux sous cette armure. Ou des crânes. Enfin… quoi qu'ils puissent avoir, je le leur arracherai. (Je regardai FM, puis souris plus nettement.) Je plaisante, FM. Je dis ces choses-là parce que c'est marrant. Comme dans les vieilles histoires, tu sais ?

— Je n'ai pas lu ces vieilles histoires.

— Tu les détesterais sans doute. Pourquoi tu dis toujours qu'on est trop agressifs, nous autres ? Tu n'es pas une Rebelle ?

— J'ai été élevée comme une Rebelle. Mais je choisis désormais d'être ce que les gens, en bas, appellent une Contestataire : je soulève des objections au sujet de la façon dont la guerre est menée. Je crois que nous devrions rejeter l'influence oppressive du gouvernement militaire.

Je m'arrêtai net, stupéfaite. Je n'avais encore jamais entendu de telles paroles.

— Alors… tu es une lâche ?

FM rougit et se redressa encore davantage.

— J'aurais cru que *toi*, en particulier, tu n'utiliserais pas ce terme à tort et à travers.

— Désolée, dis-je en rougissant à mon tour.

Elle avait raison. Malgré tout, j'avais du mal à comprendre ce qu'elle voulait dire. Rejeter le gouvernement militaire ? Mais qui dirigerait alors la guerre ?

— Je reste disposée à me battre, ajouta FM en marchant la tête haute. Ce n'est pas parce que je veux du changement que je laisserai les Krell nous détruire tous. Mais tu es bien consciente de l'effet que ça produit sur notre société de former nos enfants, pratiquement depuis leur naissance, à idéaliser et à glorifier le combat ? À vénérer les Premiers Citoyens comme des Saints ? Nous devrions apprendre à nos enfants à se montrer plus bienveillants, plus curieux – pas seulement à détruire, mais à construire.

Je haussai les épaules. Ces choses-là semblaient faciles à dire quand on vivait dans les cavernes inférieures, là où une bombe ne tuerait pas votre famille. Malgré tout, c'était agréable d'obtenir quelques réponses sur cette femme : elle était tellement posée que j'avais du mal à penser à elle comme à une « fille » alors qu'elle avait le même âge que nous autres.

Cela dit, si je marchais trop loin avec elle en direction du mess, je risquais de tomber sur les agents et de m'attirer des ennuis. Ils avaient arrêté de m'escorter chaque jour à la sortie des cours, mais je ne croyais pas un seul instant que ça signifiait que je pouvais aller dîner. Je fis donc mes adieux à FM, qui s'empressa d'aller rejoindre les autres.

Je me mis en marche vers la sortie, fouillant mon sac pour trouver de l'eau – mais je me rappelai que j'avais laissé mon dernier bidon plein près de mon siège dans la salle de classe. Génial. Tandis que je sentais revenir l'épuisement dû à l'entraînement, je fis demi-tour d'un pas traînant.

Cobb avait activé l'hologramme au centre de la pièce, projetant une version réduite d'un champ de bataille. Devant lui, des vaisseaux de la taille de roulements à billes filaient et volaient parmi des débris suivis de traînées de flammes et de fumée. Des vaisseaux krell, plats et pas plus gros que des coupons de mérite, tiraient de minuscules destructeurs.

Il est en train de se repasser le combat d'hier, compris-je alors. *Celui où Bim et Marée Haute sont morts.* J'ignorais totalement que les batailles étaient enregistrées.

Je repérai mon vaisseau en train d'entrer dans le combat. Je ressentis ce chaos terrassant, la montée d'adrénaline accompagnant le fait de me trouver à nouveau au cœur d'un vrai combat. J'entendais presque les explosions. La voix inquiète de Kimmalyn. Le bruit de mon propre souffle, vif et surexcité.

L'anticipation, et même une peur modérée, montèrent en moi tandis que je regardais la scène, impuissante. Marée Haute mourut encore une fois.

Mes entrailles se nouèrent. Mais je m'interdis de détourner le regard.

Dans la pièce, mon vaisseau traversa la mêlée à toute allure et attira un poursuivant. Je contournai en piqué un fragment de débris en train de tomber – utilisant ma lumilance pour pivoter avec précision – puis m'élevai entre deux autres vaisseaux krell.

D'un geste, Cobb mit la simulation en pause. Il s'avança, se concentrant sur mon vaisseau – figé en plein air au milieu d'un spectacle impressionnant de destructeurs, de traînées lumineuses et d'explosions de vaisseaux. Puis il fit revenir la simulation en arrière et la repassa à nouveau pour regarder ma manœuvre.

— J'ai failli m'évanouir, lançai-je depuis l'entrée. Je ne contrôlais pas ma vitesse, et je n'ai pas interrompu le virage avant que les ConGravs ne soient en surcharge.

— Malgré tout, c'était une sacrée manœuvre, commenta-t-il. Surtout pour un cadet. Remarquable, presque incroyable.

— Je Sais Tout est meilleur que moi.

— Jorgen est un excellent pilote sur un plan technique, mais il ne ressent pas les choses comme tu le fais. Vous me rappelez votre père.

Il semblait… lugubre en prononçant ces mots.

Je me sentis soudain gênée, et me dirigeai donc vers mon simulateur pour prendre mon bidon. Cobb repassa le reste de la bataille, et je m'obligeai à la regarder lorsque mon vaisseau et celui de Bim pourchassèrent le bombardier krell. Cobb figea à nouveau la simulation tandis que les quatre étranges vaisseaux gardiens se détachaient du bombardier ennemi – ceux qui allaient, d'un instant à l'autre, abattre Bim.

— Que sont-ils au juste ?

— Quelque chose de nouveau. Ils n'ont pas modifié leur tactique depuis plus de dix ans. Qu'est-ce qui vient de changer ? (Il étrécit les yeux.) Nous avons survécu grâce à notre capacité à anticiper les actions des Krell. Chaque fois qu'on peut deviner ce que notre ennemi va faire, on possède un avantage. Si dangereux soient-ils, si on connaît leur manœuvre suivante, on peut la contrecarrer.

Tiens. Cette idée me frappa, et je me surpris à hocher la tête.

Cobb éteignit l'hologramme et regagna son bureau en clopinant.

— Pour vous, dit-il en faisant glisser vers moi une boîte posée sur son bureau. J'ai oublié de vous donner ça tout à l'heure.

Une radio personnelle ?

— En temps ordinaire, on n'en donne qu'aux pilotes confirmés qui passent leur temps libre à

Magmatique. Mais puisque tu vis en dehors de la base, je me suis dit qu'il t'en fallait une. Garde-la constamment sur toi. Tu recevras un appel d'alerte général quand les Krell attaqueront.

Je pris l'appareil, qui était rectangulaire et en forme de boîte, peut-être de la taille d'un petit haltère à une main. Mon père en avait un semblable.

Cobb me congédia d'un signe, puis s'assit sur son siège et se remit à parcourir ses papiers.

Je m'attardai toutefois, une question en tête.

— Cobb ?

— Oui ?

— Pourquoi vous ne volez pas avec nous ? Les autres instructeurs volent avec leurs cadets.

Je me préparai à recevoir sa colère ou une réprimande. Mais Cobb se contenta de tapoter sa jambe.

— De vieilles blessures, Spin. De vieilles blessures.

Il avait été abattu, peu après la bataille d'Alta. Sa jambe avait accroché le bord de la verrière tandis qu'il s'éjectait.

— Vous n'avez pas besoin de votre jambe pour voler.

— Certaines blessures, dit-il d'une voix calme, ne sont pas aussi visibles qu'une jambe tordue. Vous avez trouvé difficile de monter dans votre cockpit aujourd'hui, après avoir regardé vos amis mourir. Essayez de le faire après avoir abattu un des vôtres.

Je sentis un froid soudain me traverser, comme si je m'étais éjectée à une grande altitude. Était-il en train de me dire…

Était-il en train de me dire que c'était *lui* qui avait *abattu mon père* ?

Cobb leva les yeux vers moi.

— À qui d'autre croyez-vous qu'ils auraient ordonné de l'éliminer, gamine ? J'étais son ailier. Je l'ai suivi quand il s'est enfui.

— Il ne s'est pas enfui.

— J'étais là. Il l'a fait, Spensa. Il…

— Mon père *n'était pas un lâche* !

Je soutins le regard insistant de Cobb et, pour la deuxième fois ce jour-là, il le détourna.

— Qu'est-ce qui s'est vraiment passé là-haut, Cobb ? (Je le regardai en étrécissant les yeux.) Pourquoi est-ce qu'ils pensent pouvoir prédire que je ferai la même chose, rien qu'en étudiant mon cerveau ? Qu'est-ce que vous ne me dites pas ?

Bien que je n'aie jamais accepté l'histoire officielle, une partie de moi avait toujours pensé que mon père devait sa réputation à une forme d'erreur. Que, dans la confusion, les gens avaient cru qu'il cédait à la lâcheté alors que ce n'était pas le cas.

Mais à présent, j'avais l'occasion de parler à quelqu'un qui avait été là. Quelqu'un qui… avait pressé la détente…

— Que s'est-il passé ? insistai-je en m'avançant. (J'avais eu l'intention de prononcer ces mots d'une voix forte, une voix de Rebelle – mais ils sortirent sous la forme d'une supplication étouffée.) Vous pouvez me le dire ? Qu'est-ce que vous avez vu ?

— Vous avez lu le rapport officiel, éluda Cobb, évitant toujours mon regard. Les Krell arrivaient en une vague immense, transportant une exterminatrice. C'était la force la plus grande que nous avions jamais affrontée, et leur positionnement indiquait clairement qu'ils avaient trouvé la Base Alta. On a repoussé une attaque, mais ils se sont regroupés.

Alors qu'ils se préparaient à nous attaquer à nouveau, ton père a paniqué. Il a hurlé que la force ennemie était trop grande, que nous allions tous mourir. Il…

— À qui a-t-il dit ça ? À toute l'escadrille ?

Cobb hésita.

— Oui. Aux quatre d'entre nous qui restaient, en tout cas. Enfin bref, il a hurlé sans s'arrêter, puis il s'est détaché et a commencé à s'éloigner. Vous devez bien comprendre à quel point c'était dangereux pour nous. Nous étions littéralement en train de nous battre pour la survie de notre espèce – si d'autres vaisseaux commençaient à s'enfuir, ç'aurait été le chaos. Nous ne pouvions pas nous permettre…

— Vous l'avez suivi, l'interrompis-je. Il s'est détaché pour s'éloigner, et vous l'avez suivi. Et ensuite vous l'avez abattu ?

— Notre chef d'escadrille me l'a ordonné presque aussitôt. L'abattre pour donner l'exemple et empêcher que d'autres l'imitent. J'étais juste derrière lui, et il refusait de répondre à nos appels. Alors j'ai déclenché mon IMI et détruit son bouclier, et ensuite… j'ai tiré. Je suis un soldat. J'obéis aux ordres.

La douleur dans sa voix était tellement réelle, tellement personnelle que j'eus presque honte de l'avoir bousculé. Pour la première fois… ma résolution faiblit. Et si c'était *vrai* ?

— Vous me le jurez ? C'est exactement ce qui s'est passé ?

Cobb croisa enfin mon regard. Il le soutint cette fois, sans détourner le sien – mais il ne répondit pas non plus à ma question. Je le vis s'endurcir en serrant la mâchoire. Et en cet instant, je compris que cette absence de réponse *était* une réponse en soi. Il m'avait récité l'histoire officielle.

Et c'était un mensonge.

— Il est l'heure que vous repartiez, cadette, me dit Cobb. Si vous voulez une copie du rapport officiel, je peux vous le procurer.

— Mais c'est un mensonge. N'est-ce pas ?

Je le regardai à nouveau, et il m'adressa un infime, presque imperceptible *hochement de tête*.

Mon univers entier s'illumina. J'aurais dû être en colère. J'aurais dû être furieuse que Cobb ait appuyé sur la détente. Au lieu de quoi j'*exultais*.

Mon père ne s'était *pas* enfui. Ce n'était *pas* un lâche.

— Mais pourquoi ? voulus-je encore savoir. Qu'y a-t-il à gagner à faire croire qu'un de vos pilotes s'est enfui ?

— Allez-y, dit Cobb, doigt tendu. C'est un ordre, cadette.

— C'est pour ça qu'Ironsides ne veut pas de moi dans la FDR, compris-je alors. Elle sait que je poserai des questions. Parce que… Salve, elle était votre chef d'escadrille, c'est ça ? Celle qui a donné l'ordre d'abattre mon père ? Le nom était supprimé dans les rapports, mais elle est la seule qui colle…

Je me retournai vers Cobb, dont le visage devenait rouge de colère. Ou peut-être de gêne. Il venait de me confier un secret, un secret important, et… il paraissait le regretter. Je ne lui soutirerais rien de plus pour l'instant.

Je pris mon sac et me dépêchai de sortir. Mon cœur saignait pour les amis que j'avais perdus, et maintenant j'allais devoir me faire à l'idée que mon instructeur était aussi l'assassin de mon père.

Mais pour l'heure… eh bien, je me faisais l'effet d'un soldat qui plante son drapeau au sommet d'une colline pour laquelle il s'est durement battu. Pendant toutes ces années, j'avais rêvé, et étudié, persuadée que mon père avait, en réalité, été un héros.

Et j'avais eu raison.

22

— Quelle raison, demanda Rig tandis qu'on travaillait ensemble, est-ce que la FDR peut bien avoir à faire *croire* que ton père était un lâche ?

— Je vois bien des dizaines de scénarios possibles, répondis-je, allongée à côté de lui en dessous de M-Bot.

Il s'était écoulé cinq jours depuis l'événement. Depuis que nous avions perdu Bim et Marée Haute. Travailler avec Rig sur mon temps libre pour réparer le vaisseau était devenu un réconfort bienvenu pour échapper à mes propres pensées – même s'il était épuisant de me lever tôt comme je l'avais fait aujourd'hui, de travailler sur le vaisseau puis d'aller en cours et de subir l'enseignement de Cobb toute la journée.

Aujourd'hui, nous étions occupés à retirer des câbles du ventre de M-Bot pour les remplacer par des neufs. Certains des anciens paraissaient en bon état, mais Rig estimait que nous avions intérêt à tous les remplacer au cas où, et je ne comptais pas contredire son expertise.

Je raccordai un autre câble selon les instructions que Rig m'avait données plus tôt. Ma lumiligne brillait depuis l'intérieur du vaisseau, passée à travers ses entrailles pour nous éclairer, ressemblant elle-même à un câble luisant.

— Il y a littéralement des centaines de raisons qui peuvent avoir poussé la FDR à mentir au sujet de mon père, dis-je tout en m'activant. Peut-être qu'il était en conflit avec Ironsides pour des questions d'autorité et qu'elle a décidé de lui faire avoir un « accident ».

— En plein milieu de la bataille la plus importante que la FDR ait jamais livrée ? s'étonna Rig. Même venant de ta part, Spin, c'est farfelu.

— Farfelue ? Moi ? Je suis quelqu'un de très réaliste, Rig.

— C'est ça, réaliste. Comme toutes les fois où tu m'as entraîné à faire semblant de tuer des dragons stellaires avec toi quand on était gamins ?

— C'était de l'entraînement au combat.

Il répondit par un grognement tout en travaillant sur un câble particulièrement rebelle, et Monstrolimace l'imita, serviable. Elle était posée sur le sol de pierre près de ma tête. M-Bot était en train d'« effectuer un diagnostic » – quoi que ça puisse bien vouloir dire. Ça consistait essentiellement à dire des choses comme « Hmmmmm… » ou « Porter à un… » ou encore « donner des indications selon lesquelles le processus se poursuit, car les humains s'ennuient très vite sans stimulations auditives ».

— Tu es sûre que tu n'interprètes pas les paroles de Cobb de travers ? s'enquit Rig à côté de moi. Tu es vraiment *sûre* qu'il a hoché la tête ?

— Oui. L'histoire officielle est un mensonge, Rig. J'ai des preuves.

— Plutôt une vague confirmation possible.

— Je peux bousculer Cobb jusqu'à ce qu'il me crache toute la vérité.

— Tu peux toujours rêver. Et puis, même s'il te parle effectivement, les hautes autorités de la FDR n'admettront jamais qu'elles ont menti. Tout ce que tu gagneras si tu fais trop de grabuge, c'est que tu te feras virer, et Cobb avec toi.

— Je te jure que je vais laver le nom de mon père, Rig.

— Je ne dis pas que tu ne dois pas le faire. Je te fais seulement remarquer que ton plan d'origine – apprendre à piloter – reste encore le meilleur moyen d'y arriver. *D'abord* tu deviens une grande pilote célèbre. Tu améliores la réputation de ta famille et tu deviens quelqu'un qu'on ne peut pas ignorer. *Ensuite* tu te sers de ton influence pour laver le nom de ton père.

— On verra.

Rig se tourna – utilisant le peu d'espace dont nous disposions entre M-Bot et le sol – et attira son carnet vers lui pour prendre quelques notes.

— Ça, ce sont ses ConGravs, dit-il en tapotant un mécanisme avec son crayon. Mais je ne reconnais pas le modèle, et ils sont placés à un drôle d'endroit. Cette boîte noire, là – la seule partie que je n'identifie pas –, doit être le siège de son intelligence artificielle. Je n'ose pas essayer de la démonter, même s'il y a visiblement un dysfonctionnement.

— Comment tu le sais ?

— Tu imagines que quelqu'un l'aurait créé *volontairement* pour qu'il se comporte comme il le fait ?

Il n'avait pas tort.

— Ce qui m'intéresse le plus, ajouta Rig, ce sont ses joints et ses prises d'air atmosphériques. C'est difficile à expliquer, mais ils paraissent tous… plus compacts, plus finement conçus que ce que nous utilisons. La différence est infime mais, Spensa, je pense que si nous arrivons à faire voler cet engin, il sera *super* rapide. Même encore plus que nos vaisseaux éclaireurs.

Cette idée me donna des frissons. Rig sourit, leva son carnet, puis le posa à côté de lui et se mit au travail avec sa clé à molette pour commencer prudemment à désassembler la prise d'air atmosphérique.

Je le regardai un moment, occupée à tenir un câble dans cet espace étroit, stupéfaite. Rig paraissait *heureux*.

Nous étions amis depuis plus de dix ans, et j'étais persuadée de l'avoir déjà vu heureux. C'était seulement qu'aucun moment particulier ne se distinguait. Mes souvenirs de Rig me le montraient toujours anxieux, ou inquiet pour moi, ou – de temps en temps – résigné à un sort effroyable.

Mais aujourd'hui, il souriait activement tout en travaillant, le visage maculé de traces de la graisse que nous avions appliquée entre deux remplacements de câbles. Et ce spectacle… Curieusement, ça m'aida à surmonter le deuil qui pesait encore sur moi, le sentiment d'avoir abandonné mes coéquipiers.

— Où tu t'es procuré tous ces câbles ? lui demandai-je en me remettant au travail. Je croyais que c'était moi qui allais me charger des vols.

— Pas besoin de voler. Ziming – c'est la femme qui supervise mon internat – m'a donné tout un tas de ces trucs et des appareils sur lesquels travailler pour m'entraîner à remplacer les câbles. Alors je me suis dit : quel meilleur usage pour tout ça que de les utiliser sur un vrai vaisseau ?

— Sympa. Alors, tout se passe bien ?

Rig, curieusement, rougit – bien que la couleur soit difficile à distinguer sous la graisse, et à la lueur de ma lumiligne rouge orangé. Mais je le connaissais assez pour m'en rendre compte.

— Qu'est-ce qu'il y a ?

— Tu connais le modèle du cockpit de M-Bot ? me demanda-t-il.

— Quelle partie ?

— Le siège et les commandes du pilote occupent leur propre châssis. C'est compliqué, mais ça me rappelle un gyroscope. Je crois que le siège est conçu de manière à pouvoir pivoter selon la direction des forces g. Tu sais à quel point c'est dur pour un humain d'encaisser des forces g qui repoussent le sang dans la tête ou dans les pieds ?

— Euh… ouais. Crois-moi, je le sais.

— Bon, imagine que ton siège pivote pendant les hypercombustions prolongées ? De telle sorte que la force soit toujours dans la direction qui épargne le plus le corps – directement vers l'arrière ? Ça pourrait être très utile pour les manœuvres à grande vitesse.

— Ha, m'exclamai-je, intéressée par le sujet – mais encore davantage par la façon dont Rig s'animait en parlant. Donc, j'en ai tracé des schémas dans mon carnet, et… eh bien, il semblerait que Ziming les ait vus et qu'elle ait cru qu'ils étaient de moi. Il se pourrait… qu'elle me prenne pour un génie.

— Tu en es un !

— Pas vraiment, répondit-il en rougissant à nouveau. J'ai simplement copié ce que je voyais. C'est le concepteur de M-Bot, quel qu'il soit, qui est un génie.

— Tu as tout compris tout seul ! m'écriai-je. Ça demande tout autant de génie.

— Non, vraiment pas, affirma-t-il avant de retirer un boulon à l'aide de sa clé à molette. Mais… bref, mensonge ou pas, je crois que c'est un moyen de faire parvenir cette technologie à la FDR. Peut-être que je peux découvrir comment fonctionne cette prise d'air atmosphérique et la leur livrer aussi. Si je fais bien attention, et que je m'arrange pour que mes découvertes ne paraissent pas trop suspectes, on pourra aider au combat contre les Krell sans avoir à dévoiler M-Bot.

— Et toi, tu seras un héros ! ajoutai-je.

— Un faux héros, rectifia-t-il. Mais… c'est vrai que c'était agréable…

Je souris, puis me remis au travail sur mes câbles. Peut-être pouvions-nous apporter tout ça à la FDR et éviter que d'autres pilotes ne meurent. Cette idée me doucha aussitôt le moral. Quoi que je puisse faire pour de futurs pilotes, je continuerais malgré tout à porter mes sentiments de frustration et de douleur pour les coéquipiers que j'avais déjà perdus.

Je redirigeai mes pensées vers le secret de ce qui était réellement arrivé à mon père, m'efforçant de réfléchir à toutes les raisons qui pouvaient pousser la FDR à chercher à le déguiser. Ce qui m'occupa pendant une bonne demi-heure avant qu'un *ding* ne retentisse depuis le cockpit.

— Diagnostic terminé, déclara M-Bot de sa voix serviable – et *vraiment* pas assez dangereuse. (Elle résonna dans les entrailles du vaisseau.) Qu'est-ce que j'ai manqué ?

— Des discussions sur le fait que Rig est un héros, expliquai-je. Et une autre sur les raisons pour lesquelles la FDR puisse vouloir garder un secret. Ils racontent que mon père s'est enfui du combat – mais je sais que ce n'était pas vrai.

— Je continue à penser que tu tires un peu vite des conclusions, tempéra Rig. Pourquoi se donner tant de mal pour salir la réputation d'un seul pilote ?

— Et si mon père avait été tué par *accident* par des tirs alliés ? Dans le chaos de la bataille, quelqu'un l'a abattu par accident – et ne voulait pas que cet accident gênant figure dans son dossier permanent. Donc cette personne a affirmé que mon père avait pris la fuite, et obligé Cobb à mentir sur ce qui s'était passé.

Rig grogna et dévissa un autre boulon.

— Cette version-là est presque plausible. Plus que les autres. Mais elle coince quand même. Est-ce que les autres pilotes ne l'auraient pas remarqué ? Cobb disait qu'il y avait quatre personnes dans l'escadrille qui ont vu les événements.

— On ne sait pas jusqu'où va leur couverture. Et puis – même si les rapports ont effacé les noms – je suis maintenant persuadée que c'était Ironsides le chef d'escadrille. Ça expliquerait pourquoi elle tient tellement à m'éloigner de la FDR. Peut-être qu'elle craint que je dévoile la vérité – le fait que son incompétence en tant que chef a poussé l'un de ses pilotes à se faire abattre par accident.

— Tu vas chercher un peu loin. Tu ne sais même pas avec certitude si le rapport officiel est bien un mensonge.

— Il a hoché la tête.

— Il a plus ou moins vaguement hoché la tête d'une manière qui pouvait être un tic nerveux.

— Dans ce cas, donne-moi une meilleure théorie expliquant pourquoi ils ont menti à tout le monde, insistai-je.

— Je peux vous en fournir une, intervint M-Bot d'une voix enjouée. L'Argument Suprême du Chaos d'Origine Humaine.

— Le quoi ? fit Rig.

— L'Argument Suprême du Chaos d'Origine Humaine – l'ASCOH. C'est un phénomène extrêmement populaire et bien documenté, mes banques de mémoire contiennent beaucoup d'écrits à ce sujet.

— Et de quoi s'agit-il ? demandai-je en branchant un câble.

Il tenait souvent ce genre de propos bizarres, et j'avais appris à laisser courir. En partie parce que… eh bien, je trouvais sa façon de parler intéressante. Il percevait le monde d'une manière si étrange.

J'espérais constamment que l'une de ces conversations déterrerait des informations utiles dans ses banques de mémoire, mais la frustration qu'elles provoquaient chez Rig valait aussi son pesant d'or.

— L'ASCOH est lié au libre arbitre, expliqua M-Bot. Les humains sont les seules créatures à en disposer. Nous le savons parce que vous avez déclaré que vous le possédez – et moi, en tant que machine dépourvue d'âme, je dois vous croire sur parole à ce sujet. D'ailleurs, ça fait quel effet d'être autodéterministe ?

— Je n'en sais rien, répondis-je.

— C'est comme manger des glaces ?

— Non… pas vraiment.

— Évidemment, je n'y comprendrais rien, ajouta M-Bot. Je n'ai pas été conçu avec la capacité d'appréhender les saveurs. Ni de prendre des décisions par moi-même.

— Tu prends des décisions en permanence, rectifia Rig en agitant sa clé à molette en direction du cockpit.

— Je ne prends pas de décisions, je me contente d'exécuter des sous-programmes qu'on m'a implémentés, qui émanent tous de stimuli quantifiables. Je suis parfaitement et absolument rationnel.

— Rationnel, intervins-je, dans le sens où tu demandes constamment des champignons.

— Ouais, confirma-t-il. Dites, vous croyez qu'il existe des gens qui font des glaces aux champignons ?

— Ça m'a l'air dégueu, répliquai-je. (Je n'avais mangé de glace qu'à une seule occasion, quand j'étais enfant et que mon père avait eu les mérites nécessaires pour en acheter.) Pourquoi est-ce qu'on mangerait ce genre de choses ?

— Je n'en sais rien, avoua M-Bot. L'Argument Suprême du Chaos d'Origine Humaine. Vous vous rappelez ?

— Tu ne nous l'as toujours pas expliqué, fit observer Rig.

— Ah ! Je croyais que c'était évident. (M-Bot parut surpris.) Les humains possèdent le libre arbitre. Il s'agit de la capacité de prendre des décisions irrationnelles – d'agir *contre* les stimuli. Si bien qu'il est impossible pour une IA rationnelle d'anticiper pleinement leurs actions car, même si je possédais une compréhension parfaite de vos données, vous pourriez encore malgré tout faire quelque chose de totalement imprévisible.

Je tournai la tête vers Rig, songeuse, m'efforçant de démêler cette réponse.

— Ça veut dire que vous êtes bizarres, précisa M-Bot.

— Euh…

— Ne vous en faites pas. Je vous aime bien quand même.

— Tu disais que cette théorie était populaire ? se rappela Rig.

— Auprès de moi.

— Et que beaucoup de choses ont été écrites sur le sujet ?

— Par moi, continua M-Bot. Tout à l'heure. J'ai écrit sept mille pages. Mes processeurs travaillent très rapidement, vous comprenez. Cela étant, la majeure partie de mes écrits se composait de la phrase « les humains sont bizarres » répétée 3 756 932 fois.

— Tu étais censé procéder à un diagnostic ! s'exclama Rig.

— Rig, ça m'a pris trente secondes, répondit M-Bot. J'avais besoin de quelque chose de plus captivant pour occuper mon temps.

Rig soupira et laissa tomber un autre boulon dans la tasse à côté de lui.

— Tu es bien consciente que cet engin est cinglé.

— Tant que tu arrives à le faire voler, je m'en fiche. Tu… vas bien y arriver, dis ?

— Je ne suis *pas* cinglé, commenta M-Bot.

— Donc, reprit Rig, ignorant la machine, une fois qu'on aura changé ces câbles, il faudra réviser les soupapes d'admission, les propulseurs et le reste des joints. Je vais inspecter la prise d'air atmosphérique pendant que tu t'en occupes, puis démonter ses ConGravs et les examiner.

» Si tout ça est en ordre, alors les mécanismes internes sont en bon état. À partir de là, nous devrons trouver quoi faire pour cette aile. Cela dit, une partie de mon internat à venir se concentre sur la conception et la fabrication, et je crois que je devrais trouver un moyen de me procurer discrètement des pièces neuves pour cette aile. Mais je te demanderai peut-être de cogner certaines des parties tordues au marteau pour les remettre en forme. Comme ça, on aura tout couvert sauf le gros morceau.

— Les propulseurs auxiliaires, complétai-je.

M-Bot avait de la place pour trois, un gros et deux plus petits.

— Je crois qu'il volera très bien avec un propulseur auxiliaire central. Mais il ne me sera absolument pas possible de faire fabriquer quelque chose d'aussi grand. Donc, si on veut faire voler cet appareil, tu vas devoir me trouver une pièce de rechange. Un modèle standard de la FDR devrait faire l'affaire – tout ce qui va du A-17 au A-32 tiendrait dans cet espace, avec un peu de travail de ma part.

Je soupirai et me reposai contre la pierre. Enfin, je me tortillai pour sortir de sous le vaisseau et aller chercher à boire.

Un nouveau propulseur auxiliaire. Ce n'était pas le genre de chose que je pouvais dénicher dans une décharge, ou même voler sur une voiture antigrav au passage. C'était de la technologie militaire de premier choix. J'allais devoir dépouiller un vaisseau de combat. Ce qui irait bien au-delà d'un simple larcin… ce serait une véritable trahison.

Non, me dis-je. Réparer M-Bot était un rêve très chouette, mais je ne pouvais pas aller *jusque-là*.

Je soupirai, bus une longue gorgée de mon bidon, puis consultai mon horloge. 0605. Rig sortit à son tour de sous l'appareil et prit son propre bidon.

Je sifflai à l'intention de Monstrolimace, qui répondit par une imitation parfaite.

— Il faut que j'y aille, dis-je à Rig. J'ai besoin de temps pour me faufiler dans les toilettes des femmes et me laver avant les cours.

— Ça marche, répondit-il en cognant l'aile du vaisseau avec sa clé à molette. Cela dit, je ne sais pas pourquoi tu te donnes tout ce mal pour le faire là-bas, alors que tu pourrais utiliser le nettoyeur du vaisseau.

— Il a un nettoyeur ? fis-je en m'arrêtant net.

— Il possède tous les bioéquipements nécessaires, y compris la valorisation des déchets, à l'intérieur d'une capsule dans le cockpit. Hier, j'ai apporté du savon et fait fonctionner le système ; les commandes sont le petit pavé numérique du côté arrière gauche du cockpit. La verrière devrait devenir opaque pour plus d'intimité. À condition que tu fasses confiance à cet appareil pour ne pas se moquer de toi pendant que tu te laves.

— Pourquoi est-ce que je me moquerais d'elle ? demanda M-Bot. Les fragilités de l'existence humaine – et les puanteurs provoquées par leur génération inefficace d'énergie biologique – ne sont pas un sujet qui prête à rire.

Je me contentai de sourire. J'en avais assez de me faufiler discrètement dans le nettoyeur de la base, craignant constamment que l'amirale Ironsides s'en serve comme prétexte pour me virer.

— C'est logique que tu possèdes un nettoyeur, dis-je à M-Bot en montant dans le cockpit. Tu disais que tu étais un vaisseau furtif et d'exploration long courrier, c'est bien ça ?

— Équipé pour les missions dans l'espace intersidéral.

— Avec *quatre* destructeurs, commenta Rig d'en bas, et des prises d'air atmosphériques sophistiquées et un fuselage aérodynamique. C'est un vaisseau de combat, Spin. Mais sans doute conçu pour les longues distances, comme il le disait.

— Donc, tu devais pouvoir subvenir aux besoins de ton pilote sur le long terme, dis-je en fermant la verrière. Tu voyageais entre les étoiles ?

— L'hyperpropulseur cytonique est désactivé, m'informa M-Bot.

— Mais comment tu faisais ? Qu'est-ce que c'est qu'un « hyperpropulseur cytonique » ? Et qu'est-ce que tu recherchais, déjà ?

Le vaisseau garda un silence inhabituel de sa part. Le cockpit, comme promis, devint entièrement opaque lorsque j'actionnai un interrupteur sur le panneau que Rig m'avait indiqué.

— Je n'ai pas d'archives à ce sujet, dit M-Bot tout bas. Si je pouvais éprouver de la peur, Spin, je… j'aurais peur de ça. Je ne suis pas un autopilote ; je ne me pilote pas moi-même, c'est interdit, à l'exception des manœuvres très lentes. Donc je suis réellement un réceptacle de savoir. C'est ce pour quoi je suis doué.

— Sauf que tu as tout oublié.

— Presque tout, murmura-t-il. Sauf… mes ordres.

— Fais profil bas. Collecte des données. Reste à l'écart des combats.

— Et une base de données ouverte pour cataloguer les champignons locaux. C'est… tout ce que je suis désormais.

— J'espère que Rig arrivera à réparer tes banques de mémoire, afin qu'on puisse récupérer ce que tu as perdu. Sinon, on les remplira avec de nouveaux souvenirs. De meilleurs.

— Les données ne suggèrent pas que ce soit possible.

— Les données n'en ont pas besoin, affirmai-je. Tu verras.

— L'ASCOH, dit M-Bot. Je vous montrerais bien les sept mille pages que j'ai écrites, mais je suis programmé pour éviter de faire sentir aux humains que leur incroyable bizarrerie les rend inférieurs.

Je baissai le siège pour le changer en lit, puis localisai la capsule de nettoyage à l'arrière du cockpit – ce n'était pas flagrant, mais je savais maintenant quoi chercher : un trou que je pouvais ouvrir et dans lequel je pouvais rouler. Étroite et longue, elle s'étendait plus loin dans le fuselage.

Je me déshabillai, fourrai mes habits dans leur espace de nettoyage, puis plaçai mes pieds en direction du trou et me glissai à l'intérieur sur les rouleaux. Je fermai le verrou près de ma tête en appuyant sur un bouton à côté de moi, puis activai le nettoyeur.

Je gardai les yeux fermés tandis que je me retrouvais baignée de particules savonneuses et d'éclairs lumineux. Ça semblait… décadent d'avoir ma propre capsule de nettoyage. Dans mon quartier, les trois capsules étaient partagées entre des dizaines d'appartements. L'usage quotidien de chacun était programmé à un horaire précis.

— Je crois que je vous ai vexée malgré tout, n'est-ce pas ? demanda M-Bot.

Je n'étais pas quelqu'un de particulièrement timide, mais sa voix me fit rougir. Je n'avais pas l'habitude qu'on me parle pendant que je me trouvais dans le nettoyeur.

— Pas de problème, répondis-je une fois que mon visage fut propre. J'aime ta façon de parler. Elle est différente. Intéressante.

— Je n'ai pas inventé l'ASCOH pour vous vexer, ajouta-t-il. C'est simplement… que j'avais besoin d'une explication. Afin de comprendre pourquoi vous dites des choses qui ne sont pas vraies.

— Tu n'avais *réellement* jamais entendu parler de mensonges ?

— Je n'en sais rien. Peut-être que si. Et que ça a simplement… disparu.

Il paraissait fragile en disant ces mots. Comment un grand vaisseau de combat lourdement cuirassé pouvait-il paraître *fragile* ?

— Vous êtes la seule source d'information dont je dispose, expliqua M-Bot. Si vous me dites des choses qui ne sont pas vraies, que puis-je archiver dans mes banques de mémoire ? Ça me fait courir le risque de conserver des données qui soient fausses.

— C'est un risque avec lequel nous vivons tous, M-Bot, lui dis-je. Nous ne pouvons pas tout savoir – et une partie de ce que nous croyons savoir se révélera être faux.

— Et ça ne vous effraie pas ?

— Bien sûr que si. Mais si ça peut t'aider, je m'efforcerai de ne pas te mentir.

— Ça m'aide. Merci.

Il se tut et je me détendis, savourant un nettoyage prolongé et voluptueux – pendant lequel j'imaginai des scénarios au cours desquels je pilotais M-Bot au combat tous canons dehors, sauvant mon escadrille d'une mort assurée, comme Jeanne d'Arc sur son fidèle destrier.

C'étaient des rêveries agréables. Même si mon destrier me réclamait constamment des champignons.

23

— Bon, dit la voix de Cobb dans mon oreille tandis que tout le groupe patientait en vol à l'extérieur d'un champ de bataille holographique, je suis *quasiment* persuadé que vous n'allez pas foncer tête baissée dans le premier débris qui tombera à côté de vous. Je crois que vous êtes *peut-être* prêts pour apprendre des techniques d'armes avancées.

Encore maintenant, deux semaines après l'avoir perdu, je m'attendais à ce que Bim intervienne d'une voix surexcitée pour s'enquérir des destructeurs. Comme il ne le faisait pas, je demandai à sa place, en sa mémoire :

— Les destructeurs ?

— Non, répondit Cobb. Aujourd'hui, nous allons nous former à l'IMI.

Ah, oui. Nous avions passé tellement de temps à nous former avec les lumilances que j'avais presque oublié l'existence de notre troisième arme, capable de neutraliser les boucliers ennemis.

Tandis que j'attendais que Cobb nous envoie la répartition des ailiers du jour, je réglai la radio sur un canal privé et appelai Hula Hoop.

— J'ai presque cru qu'il allait nous laisser utiliser les canons, hein, Hula Hoop ?

Elle émit un simple grognement.

— Ça m'a rappelé Bim. Je regrette qu'on ne l'ait pas au moins aidé à choisir un indicatif, tu sais ?

— Je suis avec Couic aujourd'hui, déclara Hula Hoop tandis que Cobb nous faisait apparaître associés par paires sur l'écran de nos capteurs. Hula Hoop, terminé.

Elle éteignit le canal.

Je sentis mon visage se glacer et serrai les dents, maudissant Je Sais Tout en silence pour avoir dévoilé mon histoire familiale. Même si j'étais habituée à ce genre de chose, j'appréciais Hula Hoop. La jeune fille enthousiaste et toujours prête à s'amuser avait presque été une amie.

J'allai placer mon vaisseau à côté de celui de Nedd, mon ailier du jour. Un peu plus loin devant nous, un groupe de vaisseaux krell apparut dans le ciel et se mit à enchaîner une série de formations paresseuses. Des débris tombaient, assez gros pour la plupart, des morceaux ardents qui chutaient rapidement avec des traînées de fumée dans leur sillage.

— Bon, reprit Cobb. Utilisation basique des boucliers. Spin, faites-nous un récapitulatif.

Il procédait comme ça de temps en temps pour tester nos connaissances.

— Les boucliers du vaisseau peuvent absorber approximativement quatre-vingts ku d'énergie avant de se retrouver en surcharge et de se briser, récitai-je. Ça représente autour de deux ou trois tirs de destructeur, une petite collision avec des débris, ou une collision oblique. Si votre bouclier se désactive, vous allez devoir le rallumer – ce qui prend de l'énergie à votre propulseur auxiliaire. Ce qui implique de perdre en propulsion et en maniabilité pendant trente bonnes secondes.

— Très bien. Amphisbène, qu'a-t-elle oublié ?

J'étais assez impressionnée qu'il arrive à prononcer l'indicatif d'Arturo avec le dragon à deux têtes.

— Pas grand-chose, dit celui-ci. Toujours avertir votre ailier si votre bouclier se brise, afin qu'il puisse vous couvrir avec ses destructeurs pendant que vous rallumez. Même si on ne sait pas grand-chose sur l'utilisation des destructeurs…

— Vous appuyez sur la détente, petit malin, répliqua Cobb. Il ne faut pas être un génie pour se servir d'un destructeur. L'IMI en revanche, c'est une autre histoire. Impulsion de Magellan Inversée. Elle bousille n'importe quel bouclier – *y compris le vôtre* – à moins de cinquante mètres.

— Cinquante mètres, répéta tout bas FM. C'est de la *très courte* portée.

— C'est ridiculement bas, acquiesça Cobb. Vous devrez pratiquement aller leur renifler le derche avant de pouvoir les atteindre à l'IMI.

— Mon capitaine, intervint Jorgen, je crains que l'escadrille ait du mal à approcher autant.

— Ce n'est pas comme si nous venions de passer un mois à faire des exercices de manœuvres et des manœuvres de lumilance rapprochées pendant que les autres cadets jouaient au pistolet à bouchon, aboya Cobb. Écoutez, les boucliers krell sont puissants. Si vous vous battez à ma manière, vous annulez totalement leur avantage. Et si vous ne voulez *pas* vous battre à ma manière, vous avez le droit de tout plaquer pour devenir cultivateur d'algues.

Sur ce, il nous jeta à l'eau. Et je ne protestai pas. Après toutes ces semaines passées à s'entraîner sur ce qui revenait à une série de virages sophistiqués, j'étais impatiente de passer à quelque chose qui ressemblait, même de loin, à du combat véritable.

Chacun de nous se fit attribuer un vaisseau krell factice qui volait selon un motif simple. Notre mission consistait à l'approcher en tant que paires d'ailiers volant *précisément* à cinquante-cinq mètres d'écart. On ferait un crochet pour aller se placer sur le trajet du vaisseau krell, et l'un de nous enclencherait son IMI. Puis on s'arrêterait pour effectuer un exercice de rallumage rapide.

On n'eut pas l'occasion d'abattre les Krell. On s'entraîna simplement à neutraliser leurs boucliers à coups d'IMI, encore et encore. Et même avec les vaisseaux krell volant selon des motifs simples, c'était sacrément dur. Il fallait approcher si près qu'on avait pratiquement l'impression d'être à deux doigts de les percuter. Il s'avérait que cinquante-cinq mètres était tout juste en dessous du seuil d'une attaque confortable. Les vingt premières fois environ, je m'écartai trop vite et l'IMI neutralisa mon bouclier – mais pas celui de l'ennemi.

Approcher. Activer l'IMI. Se dégager. Rallumer.

Répéter.

— Tu sais quoi, me dit Nedd tandis qu'on volait, j'aimerais bien abattre quelques-uns de ces crétins.

— Ne commencez pas à extrapoler, Nedder, dit Cobb à nos oreilles. Aujourd'hui, l'exercice consiste à démolir leur bouclier. C'est tout.

— Mais…

— Nous nous entraînerons à les détruire plus tard. Au cours des prochains jours, nous allons nous concentrer sur les stratégies d'IMI de base.

Nedd soupira sur le canal du groupe.

— Quelques jours rien qu'à faire ça ? Je suis le seul à trouver cette idée ennuyeuse ?

Quelques-uns des autres lui donnèrent raison, mais pas moi. Chaque moment passé en vol, même en simulation, était un vrai bonheur. Cette explosion de vitesse, cette précision... c'était la liberté.

Je me rappelais mieux mon père quand je volais. Cette étincelle d'anticipation dans son regard, cette inclinaison de la tête quand il regardait vers le ciel – et rêvait d'y retourner. Chaque fois que je volais, je partageais quelque chose de nouveau avec lui, quelque chose de personnel.

Nedd et moi, on exécuta encore plusieurs tentatives à l'IMI et curieusement, pendant mon tour, le vaisseau krell vola hors de la ligne et m'obligea à le poursuivre plus loin. Ce n'était pas là l'exercice normal, mais ça me fournissait un défi. Quand j'eus enfin réussi à neutraliser son bouclier avec mon IMI, je me surpris à respirer très fort, mais à sourire sous l'effet de l'exaltation.

— Ose me dire que le dernier n'était pas marrant, lançai-je à Nedd par la ligne privée.

Je me tournai vers l'emplacement où il volait à côté de moi, reproduit par l'hologramme – avec le casque et tout le reste. Il avait quelque chose d'un peu brutal, trop massif, avec un visage qui semblait trop grand pour sa tête. Je n'arrivais pas à imaginer quel effet ça devait faire de se serrer dans un de ces cockpits quand on mesurait un mètre quatre-vingt-treize comme lui.

— Ce qui est marrant, c'est d'être assis chez soi, dit-il, avec les pieds en l'air et une tasse fumante. Tout ça me dépasse.

— Oh, arrête, lui dis-je. Je ne gobe pas ton numéro, Nedd.

— Qu'est-ce qu'il y a ? répliqua-t-il. Je suis juste un type normal.

— Qui a grandi dans les cavernes inférieures ?

— En fait, j'ai grandi ici. À Alta.

— Ah bon, vraiment ? fis-je, surprise.

— Ouais, je suis allé à l'école avec Jorgen et Arturo en bas, mais mes parents entretenaient le verger.

— Donc tu n'es pas juste un type normal, rectifiai-je. Tu as été éduqué avec l'élite, et tes parents se sont portés volontaires pour faire le boulot le plus dur sur Détritus. Et puis, tu as combien de frères qui sont pilotes ?

— J'en sais rien. Je sais pas compter jusque-là.

— Je n'ai jamais vu quelqu'un qui fasse si *mal* semblant d'être idiot.

— Alors même ça, je ne sais pas bien le faire, répondit-il. C'est encore une preuve, non ?

Je levai les yeux au ciel tandis qu'on s'élançait pour un nouveau parcours. Nedd paraissait déterminé à se faire passer pour une sorte de grand sous-fifre débile. Mais il en faisait trop, sans doute volontairement. Même les pierres n'étaient pas aussi bêtes que Nedd feignait parfois de l'être.

Sur le champ de bataille, Hula Hoop et Kimmalyn dépassèrent à toute allure un vaisseau krell. Hula Hoop déclencha son IMI de la manière adéquate, mais Kimmalyn, en plus de voler trop près – si bien que l'impulsion l'atteignit elle aussi – paniqua quand son bouclier disparut et vira sur le côté. Ce qui lui fit heurter de plein fouet le vaisseau krell.

Je grimaçai. Aucun d'entre nous n'avait commis d'erreur aussi flagrante depuis un moment. Nedd siffla tout bas, puis appuya sur le bouton de com.

— Jolie explosion, Couic. Sept sur dix. Essaie de faire tournoyer un peu plus ton épave la prochaine fois que tu tomberas.

— Les. Étoiles. Te. Bénissent.

Elle avait marmonné ces mots, ce qui revenait pratiquement à un juron de sa part.

— Ha, ricana Nedd.

— Tu ne devrais pas la narguer, lui dis-je sur le canal privé. Elle fait de gros efforts.

— On a tous besoin de quelqu'un sur qui se défouler, même elle. Surtout elle. Des fois, elle est tellement coincée qu'on dirait qu'elle a serré sa ceinture deux crans trop fort.

— Elle vient d'une autre caverne, c'est tout, la défendis-je. Sa culture la rend plus polie.

— Elle est nerveuse, continua-t-il. Elle sait qu'elle est la plus mauvaise pilote d'entre nous. Si elle l'ignore, ça ne fera que la rendre encore plus nerveuse. Crois-moi.

Ha.

— Et Hula Hoop, qu'est-ce que tu penses d'elle ?

— Elle est douée, énonça-t-il. Mais pas autant qu'elle ne le croit. (Il se tut un moment.) Avant, elle faisait comme si tout ça était un jeu. Elle a été athlète, tu sais.

— Une vraie athlète ?

— Ouais. Joueuse de digball. Elle avait la position de porteuse, et c'était une des meilleures de la ligue étudiante. On dirait que tout est une compétition à ses yeux, mais depuis qu'on a perdu Bim et Marée Haute, elle ne dit plus rien. Elle ne sait plus comment réagir maintenant qu'elle ne peut plus considérer le pilotage comme un jeu.

— Je croyais que tu disais être stupide.

— Aussi débile qu'un tas de pierres.

— Et la perspicacité avec laquelle tu déchiffres nos compagnons ?

— C'est juste pour faire la conversation. Je balance tout ce qui me passe par la tête, tu sais ? Tu as de la chance que ça veuille dire quelque chose. En règle générale, ça sort sous la forme de grognements.

— Oh, arrête.

On effectua encore quelques exercices, au cours desquels Nedd s'appliqua à produire des grognements. En toute franchise, je n'arrivais pas à déterminer si c'était quelqu'un de puéril ou un farceur très subtil… Enfin, sans doute un peu des *deux*. Mais peut-être autre chose en plus ?

Cobb finit par nous enjoindre à nous aligner, puis à faire le parcours un à la fois, afin qu'il puisse nous regarder chacun et nous donner des retours spécifiques quant à la façon dont on pouvait s'améliorer. Et même si j'appréciais tout ça, j'accueillis bien volontiers cette pause – c'était un travail éreintant.

Je regardai chacun des essais solos, et constatai qu'on commençait à ressembler à de vrais pilotes. La façon dont Hula Hoop poursuivit en tournoyant son Krell en train d'esquiver était impressionnante.

Et même si FM se montrait parfois trop prudente, sa façon de piloter possédait une précision inspirante.

Vint ensuite le tour de Kimmalyn, qui réussit bel et bien à neutraliser le bouclier du Krell. Je souris, et l'appelai quand elle revint.

— Hé, lui lançai-je sur la ligne privée. Beau travail.

— Je n'ai rien percuté, commenta-t-elle. Ça, c'est nouveau.

— Tu ne le fais presque jamais.

— Je ne gagne presque jamais un exercice non plus.

— On a tous des talents. Le tien, c'est de tirer à distance. Le mien, c'est d'insulter les gens.

— Insulter les gens ? Tu n'as presque jamais...

— La ferme, tête de salve.

Elle eut un petit rire, qui me fit sourire. Peut-être que Nedd avait raison. Peut-être qu'elle avait parfois besoin de se défouler.

— Maintenant, ma chère, reprit Kimmalyn, loin de moi l'envie de me montrer critique. Mais c'était un juron qui manquait *franchement* d'imagination. J'ai entendu ce mot, allez, chaque jour depuis que j'ai quitté la caverne Abondance ! Là d'où je viens, il faut s'exprimer avec *circonspection*.

— À quoi ça sert ?

— Eh bien, il ne faudrait pas que les gens s'aperçoivent que tu es en train de les décrier. Ce serait embarrassant !

— Alors vous insultez les gens... sans les insulter ?

— C'est notre façon de faire. Mais ne t'inquiète pas si ça te paraît absurde – personnellement, je trouve ça *inspirant* que tu sois à l'aise d'être comme tu es. Ça a dû te fournir tellement d'occasions d'apprendre les leçons de la vie !

— C'est… tiens. (Je souris.) Ça me plaît bien, ça.

— Merci.

Notre ligne crépita, et la voix odieuse de Je Sais Tout nous parvint.

— Couic, Spin, vous êtes en train de regarder la performance de Hula Hoop, toutes les deux ? Vous devriez être attentives.

— Je regarde, aboyai-je.

— Parfait. Parce que, de là où je me trouve, j'avais l'impression que vous étiez en train de glousser et de bavasser.

— Jorgen, le coupa Kimmalyn, je voulais simplement te dire comment tu es considéré en tant que chef d'escadrille. Aussi vrai que la Sainte est intègre, je suis persuadée que tu seras récompensé par tout ce que tu mérites dans la vie !

— Merci, Couic. Restez concentrées. Jorgen, terminé.

Je guettai le moment où le voyant indiquant sa présence en ligne s'éteignit, puis éclatai de rire.

— C'était la chose la plus géniale que j'aie entendue de *toute ma vie*.

— Eh bien, fit Kimmalyn, il t'arrive parfois d'en faire un peu trop, mais je dois pouvoir accepter le compliment.

Elle s'éloigna pour faire un nouvel essai, car Cobb voulait lui apprendre à mieux utiliser son propulseur auxiliaire.

— Elle n'est presque pas à sa place ici, murmurai-je pour moi-même. C'est comme si elle était à la fois trop bonne pour nous, et pas assez…

— C'est contradictoire, déclara la voix de M-Bot à mon oreille, si parfaitement humaine.

— Ouais, répondis-je, avant de me redresser d'un coup. M-Bot ?

— Oui ?

— *M-BOT !*

— Ce n'est pas que j'aie d'objection à ce qu'on me crie dessus, car mes émotions sont synthétiques, mais auriez-vous l'amabilité…

— Comment ? l'interrompis-je. (Je me voûtai sur mon siège en murmurant discrètement.) Est-ce que les autres t'entendent ?

— J'ai infiltré vos lignes et envoyé mes communications directement dans votre casque. Votre émetteur de communication sans fil me fournit un point focal à utiliser pour vous isoler.

— Mon quoi ?

— Dans votre sac. Je crois que vous l'avez posé à côté de votre siège.

La radio personnelle que Cobb m'avait donnée.

— Comme je vous l'ai déjà dit, poursuivit M-Bot, les méthodes de communication de votre peuple sont tout à fait primitives. Ce que je trouve curieux, dans la mesure où le reste de votre technologie – exception faite de votre manque d'intelligences artificielles brillantes – semble relativement semblable à la mienne. Par ailleurs, vous manquez aussi d'hyperpropulseurs cytoniques. Et de techniques de documentation adéquates sur les champignons. Je suppose donc que vous êtes plutôt en retard dans les domaines importants.

— Je croyais que tu t'inquiétais d'être découvert ! murmurai-je. Pourquoi est-ce que tu me parles ici ?

— Je suis un vaisseau furtif, Spensa. Je suis parfaitement capable de pirater des lignes de communication sans me dévoiler. Mais je vous préviens, je ne fais pas confiance à votre FDR.

— C'est judicieux de ta part, répondis-je en toute franchise. Mais moi, est-ce que tu me fais confiance ? Alors même que je t'ai menti ?

— Vous me rappelez quelqu'un que j'ai oublié.

— C'est… assez contradictoire, M-Bot.

— Pas du tout. C'est moi qui l'ai dit, et je suis rationnel à cent pour cent.

Je levai les yeux au ciel.

— Ça s'appelle la logique. (Il attendit un instant, puis ajouta, plus bas :) Je suis super doué pour ça.

Devant nous, Kimmalyn termina son parcours avec le vaisseau krell en train de s'échapper. Elle n'avait jamais déclenché son IMI.

Mais elle aurait pu l'abattre, me dis-je, irritée pour elle. *À supposer que son bouclier soit inactif.*

Cobb répétait constamment que nous avions besoin de maîtriser les bases, et c'était sans doute logique. Malgré tout, ça semblait injuste. Comme si… nous n'utilisions pas Kimmalyn à son plein potentiel.

— Spin, me dit Cobb, à vous.

— À vous de quoi faire ? me demanda M-Bot. Qu'est-ce que nous faisons ? Je n'ai pas de flux vidéo. Seulement audio.

— Nous sommes en train de voler, murmurai-je, avant de déclencher mon propulseur auxiliaire et de m'envoler vers les débris holographiques – qui étaient en permanence renouvelés par de nouveaux débris tombant du ciel au-dessus de nous.

Ma cible apparut, un vaisseau krell qui se frayait un chemin entre des fragments de débris. Je me penchai vers l'avant et le poursuivis en me propulsant par hypercombustion à travers les débris. Presque assez près…

Une lumière se mit à clignoter sur mon tableau de bord. J'avais un poursuivant ? Quoi ? C'était censé être un exercice solo, à un contre un. Apparemment, Cobb avait décidé de me compliquer les choses.

Qu'il en soit ainsi.

J'effectuai une vrille pour me dégager tandis que mon poursuivant se mettait à tirer des coups de destructeurs. Ma manœuvre me sauva, mais permit à la cible de prendre de l'avance sur moi. *Pas question*, me dis-je en déclenchant l'hypercombustion pour me propulser derrière lui, prenant un virage à toute allure et gagnant du terrain. Le poursuivant me collait aux basques et continuait à tirer.

Je reçus un tir qui faillit anéantir mes boucliers. Mais je me concentrai sur le vaisseau devant moi, qui descendait en piqué. J'éteignis donc mon anneau d'élévation et activai l'hypercombustion, amorçant une descente en piqué vertigineuse. Les lumières clignotaient sur mon panneau de contrôle pour m'avertir que, sans mon anneau d'élévation, rien ne m'empêcherait d'aller m'écraser droit au sol.

— Je ne sais pas qui vous combattez, me dit M-Bot. Mais ces signaux d'alerte nous disent que vous ne vous débrouillez pas très bien.

Comme pour souligner ses paroles, la ligne figurant sur le dessus de ma verrière m'apprit que je venais de saturer mes ConGravs, et l'indicateur de force g se mit à clignoter en rouge. Dans un véritable vaisseau, j'aurais été écrasée par toutes ces forces g, qui – lors d'une descente en piqué – repousseraient le sang vers ma tête et me feraient commencer à perdre connaissance.

— Essayez de ne pas mourir, commenta M-Bot. Je ne veux pas me retrouver seul avec Rodge. Il est ennuyeux.

Je coupai la trajectoire d'un autre morceau de métal en flammes qui tombait – des étincelles rebondirent sur mon bouclier et le firent s'allumer et crépiter d'énergie. J'avais semé mon poursuivant, qui se retrouvait loin derrière moi, mais je n'étais pas assez proche du vaisseau cible.

Je ne peux pas continuer à descendre, me dis-je. *On approche du sol.*

Je serrai les dents, puis pulvérisai le morceau de débris à l'instant même où mon ennemi faisait un crochet sur le côté avant de remonter. Je contournai entièrement le débris, puis rallumai mon anneau d'élévation et déclenchai à nouveau l'hypercombustion. La manœuvre me fit décrire un cercle entier et foncer vers le haut, dépassant net le vaisseau krell.

J'activai mon IMI, puis la ligne clignotante sur la verrière passa entièrement au rouge.

— Ha ! dis-je dans la ligne du groupe. Tes enfants vont pleurer ce soir, espèce de salopard de Krell holographique !

— Franchement, Spin ? me dit FM. Tu dis ça de manière ironique, j'espère ?

— L'ironie est l'arme des lâches ! répliquai-je. Comme le poison. Ou les destructeurs sur le vaisseau de Je Sais Tout.

— Est-ce qu'un lâche n'utiliserait pas plutôt une très grosse bombe ? interrogea FM. Quelque chose qu'on puisse lancer de loin ? Je dirais qu'il faut s'approcher pour utiliser du poison.

— En tant qu'expert en la matière, intervint Nedd, je tiens à signaler que la véritable arme des lâches est un canapé confortable avec une pile de romans divertissants.

— Tu es morte quand même, Spin, commenta Je Sais Tout en descendant pour venir placer son vaisseau à côté du mien. Tu as dépassé le seuil maximal, et peut-être provoqué des dégâts rétiniens permanents. S'il s'agissait d'un vrai combat, tu serais certainement hors service – et ton vaisseau privé de bouclier. Tu serais morte en quelques instants grâce à ce Krell qui te suivait.

— Peu importe, le narguai-je, amusée de l'entendre à ce point offensé. (Se sentait-il tellement menacé par mes compétences ?) Ma tâche consistait à éliminer le bouclier de mon ennemi, ce que j'ai fait. Mon poursuivant n'a aucune importance : les ordres de Cobb étaient d'attaquer cette cible à l'IMI.

— Tu ne peux pas tricher constamment avec la simulation, répondit Je Sais Tout. Ou tu seras inutile sur le champ de bataille.

— Je ne triche à rien du tout. Je *gagne*.

— Peu importe. Au moins, cette fois, tu n'as pas percuté mon vaisseau avec le tien. Les étoiles aient pitié de la personne qui se retrouve entre Spin et ses tentatives visant à faire la maligne devant tout le monde.

— Qu'est-ce qu'il y a ? grinçai-je, soudain agacée contre lui. Tu…

— Assez bavardé, interrompit Cobb. Visiblement, je ne vous fais pas travailler assez dur. Tous autant que vous êtes, enchaînez trois séries d'exercices de formation gamma-M avant le repas. Jorgen, assurez-vous que ce soit fait.

— Un instant, dit Kimmalyn. Vous partez ?

— Bien sûr que oui, répondit Cobb. *Pas question* que je dîne en retard. Cobb, terminé.

— Génial, commenta Hula Hoop. Merci beaucoup, Spin.

Un instant, elle ne pouvait quand même pas reprocher ce supplément de travail à *moi* plutôt qu'à Je Sais Tout ? Celui-ci nous organisa en formation gamma-M, un exercice de pilotage monotone. Ça ne nous prit qu'une dizaine de minutes, mais je passai tout ce temps à fulminer, de plus en plus frustrée. J'ignorai même M-Bot lorsqu'il voulut me parler.

Quand ce fut terminé, je retirai mon casque, ignorant Je Sais Tout qui nous enjoignait à nous mettre en rang et à donner nos confirmations vocales. J'avais… simplement besoin d'une pause. D'un moment pour moi. J'épongeai la sueur de mon visage, repoussant les cheveux que le casque avait collés contre mon front.

Inspirer. Expirer.

Mon cockpit holographique disparut.

— Qu'est-ce que tu fais ? articula Je Sais Tout d'une voix insistante, debout près de mon siège. Tu as retiré ton casque ? Je vous ai demandé de vous mettre en rang !

— J'ai seulement besoin d'une minute, d'accord ? Laisse-moi tranquille.

— Tu désobéis aux ordres !

Oh, salve. Je ne pouvais pas l'affronter maintenant. J'étais embarrassée, épuisée et de plus en plus furieuse. Ç'avait été une *très longue* séance d'entraînement.

— Alors ? trépignait Je Sais Tout en se dressant au-dessus de moi.

Près de nous, les autres éteignirent leurs hologrammes et se levèrent en s'étirant.

Mon visage se glaça. Et je commençai à perdre le contrôle de moi-même.

Du calme, Spensa. Tu peux rester calme. Je ravalai ma colère et me levai. Il fallait que je quitte la pièce.

— Qu'est-ce que tu as à dire ? Pourquoi est-ce que tu refuses constamment mon autorité ?

— Quelle autorité ? aboyai-je en prenant mon sac avant de me diriger vers la porte.

— Tu t'enfuis ? me lança-t-il. Comme c'est approprié.

Je m'arrêtai net.

— J'imagine qu'on devait s'attendre à de l'insubordination de la part de la fille de Zeen Nightshade, poursuivit-il. Ta famille n'a pas exactement la réputation d'obéir aux ordres, n'est-ce pas ?

Froideur de mon visage. Chaleur brûlante au plus profond de moi.

Ça suffit.

Je me retournai lentement, puis me dirigeai vers Je Sais Tout et laissai tomber mon sac en silence.

Il baissa vers moi un regard méprisant.

— Tu…

Je tombai sur un genou, puis cognai mon poing contre le sien. Il eut un hoquet et, quand il se plia en deux sous l'effet de la douleur, je me relevai pour lui planter mon coude en plein ventre. Le grognement qui lui échappa me fit un bien fou, attisant quelque chose de primitif au fond de moi.

Mon coude lui coupa le souffle, l'empêchant de crier. Pendant qu'il était sonné, je passai ma cheville derrière la sienne et le fis basculer en arrière sur le sol.

Il était plus costaud que moi. S'il récupérait, il prendrait le dessus, si bien que je sautai sur lui et levai le poing, prête à l'abattre contre son visage stupide.

Je m'arrêtai là, tremblante. *Furieuse*. Mais curieusement froide et calme, comme quand je combattais les Krell. Comme si je me maîtrisais parfaitement tout en étant complètement déchaînée.

Je Sais Tout levait les yeux vers moi, figé, l'air complètement sonné. Ce visage *stupide*. Ce regard *méprisant*. C'était comme ça qu'ils parlaient tous de moi. C'était ce qu'ils pensaient *tous* de moi !

— Wouah ! intervint Nedd. Nom d'une *salve* !

J'étais agenouillée là, au-dessus de Je Sais Tout, tremblante, la main levée.

— Franchement, waouh ! commenta Nedd en s'agenouillant à côté de nous. Spin, c'était *incroyable*. Tu pourrais me l'apprendre ?

Je lui lançai un regard.

— On n'apprend pas le corps à corps, me dit-il en faisant des gestes de karaté. Cobb dit que ça ne sert à rien, mais si jamais un Krell essaie, tu sais, de m'agresser dans une ruelle ou un truc du genre ?

— Personne n'a jamais vu de Krell vivant, crétin, lui lança Hula Hoop.

— D'accord, mais si c'était parce que… comment dire… ils agressent toujours les gens dans des ruelles ? Vous y avez déjà réfléchi ?

Je baissai les yeux vers Je Sais Tout. Soudain, je m'entendis respirer par à-coups rapides.

— Spin, dit Nedd, ne t'en fais pas. Tu étais juste en train de nous montrer des gestes de corps à corps, hein ? Comment tu t'y es prise pour le faire basculer comme ça ? Tu fais la moitié de sa taille.

Du calme. Respire.

— La moitié de sa taille ? dit Arturo. Je peux te faire remarquer que ça représenterait moins d'un mètre ? Tu n'es pas très doué en maths.

Je m'écartai de Je Sais Tout, qui laissa échapper un soupir et se plia en deux. FM parut horrifiée, mais Nedd m'adressa un signe du pouce. Arturo secouait la tête. Kimmalyn plaquait la main contre sa bouche, tandis que Hula Hoop… je ne parvenais pas à la déchiffrer. Elle croisait les bras et m'étudiait d'un air songeur.

Jorgen se releva tant bien que mal en se tenant le ventre.

— Elle a frappé un supérieur. Elle a *attaqué* un autre membre de son escadrille !

— D'accord, elle a un peu dépassé les limites, confirma Nedd. Mais, enfin, Jorgen, tu l'as *cherché*. Pas de dégâts permanents, hein ? Est-ce qu'on ne pourrait pas simplement oublier tout ça ?

Jorgen me regarda, et son expression se durcit.

Non. Il n'oublierait pas. Cette fois, j'avais de sérieux ennuis. Je soutins son regard, puis – enfin – je pris mon sac et sortis.

24

Voilà des années que je n'avais pas perdu la tête comme ça.

Malgré mes discours agressifs, je ne m'étais pas si souvent retrouvée entraînée dans des bagarres quand j'étais gamine. Je me faisais passer pour une sorte de guerrière mais, en réalité, quand la plupart des gamins m'entendaient parler, ils reculaient. Et en toute franchise, leur hésitation tenait sans doute moins à la peur que je leur inspirais qu'à mon air de confiance bizarre qui les mettait mal à l'aise.

Ça fonctionnait. Ça les tenait à distance en m'évitant les situations où je perdais mon sang-froid. Parce que ça m'arrivait parfois, et pas comme à une guerrière courageuse dans les histoires. Plutôt comme à un rat acculé et paniqué. Comme la fois où j'avais surpris Finn Elstin à voler le déjeuner de Rig ; Finn s'était retrouvé avec un œil au beurre noir et un bras cassé. J'avais dû passer une année en liberté surveillée pour délinquance juvénile, et je m'étais fait virer du cours de judo pour usage inapproprié de la violence.

J'étais alors en dessous de l'âge où je serais tenue responsable de mes actes, et ça n'avait donc pas compromis mes chances d'entrer à l'école de pilotage.

L'agression d'aujourd'hui était différente. J'étais désormais assez âgée pour avoir le bon sens d'éviter ces choses-là.

J'étais assise sur l'un des bancs du verger à l'extérieur du complexe de la FDR. Qu'est-ce que Jorgen allait me faire ? S'il en informait l'amirale, c'était fini. Je serais virée. Et je l'aurais mérité.

Je ne ressemblais *vraiment* pas aux guerriers des histoires de Grand-mère. Loin de là. J'arrivais à peine à fonctionner quand mes amis mouraient au combat, et maintenant je perdais mon sang-froid pour deux ou trois insultes mesquines ? Pourquoi n'arrivais-je pas à me contrôler ? Pourquoi est-ce que je me hérissais quand Jorgen disait ces choses-là ? J'avais vécu avec elles toute ma vie.

Tandis que le ciel s'assombrissait et que la spatiolampe la plus proche s'éloignait, j'étais assise dans le verger, à patienter, m'attendant presque à voir les agents venir me chercher. Mais je n'entendais rien d'autre qu'une… vibration ? Issue de mon sac ?

Songeuse, j'y fouillai jusqu'à trouver la radio. Je la sortis et appuyai sur le bouton « récepteur ».

— Allô ? dit M-Bot. Spensa ? Vous êtes morte ?

— Peut-être.

— Oooh. Comme le chat !

— … Quoi ?

— Je ne sais pas très bien, en réalité, admit M-Bot. Mais en toute logique, si vous me parlez, alors cette possibilité s'est effondrée en notre faveur. Hourra !

Je me laissai aller en arrière contre le banc, mâchant à contrecœur un morceau de viande séchée. S'ils devaient venir me chercher, ils allaient le faire. Alors autant que je mange. Je n'avais pas faim, mais c'était rarement le cas ces jours-ci. Trop de viande de rat.

— Vous allez m'expliquer qui vous affrontiez ? fit M-Bot.

— On en a déjà parlé. Les Krell.

— En fait, vous avez *contourné* le sujet. Mais personne ne me l'a expliqué. Vous vous attendiez plus ou moins à ce que je sache.

Je m'obligeai à avaler mon morceau de viande, que je fis descendre avec de l'eau. Puis je soupirai et levai la radio vers ma tête.

— Les Krell sont des extraterrestres.

— Vous aussi, observa M-Bot. Techniquement. Puisque nous ne sommes pas sur notre planète natale. Enfin je crois ?

— Quoi qu'il en soit, ils essaient de nous détruire. Ce sont des créatures avec une armure étrange et des armes redoutables. Nos anciens disent qu'ils ont détruit notre empire dans les étoiles et nous ont quasiment exterminés. Nous sommes peut-être tout ce qui reste de l'humanité, et les Krell sont décidés à nous éliminer. Ils envoient des escadrilles de vaisseaux, dont certains transportent des bombes appelées exterminatrices, capables de pénétrer dans les cavernes et d'y détruire toute forme de vie.

— Ha. Pourquoi ne vous bombardent-ils pas depuis une position en orbite ?

— Quoi ?

— Enfin, je ne connais rien à ces choses-là, ajouta-t-il. Puisque je suis une machine non combattante. De toute évidence.

— Tu as *quatre* canons.

— Quelqu'un a dû les coller pendant que je regardais ailleurs.

Je soupirai.

— Si tu me demandes pourquoi ils ne lancent pas les exterminatrices depuis une grande hauteur, cette planète est entourée par un système de défense ancien. La stratégie krell standard consiste à le franchir, puis à affluer pour essayer de dépasser nos vaisseaux de combat, ou à faire approcher furtivement une force de frappe volant bas. S'ils détruisent nos canons antiaériens ou font parvenir un bombardier en dessous d'eux, ils peuvent éliminer notre capacité à créer de nouveaux vaisseaux de combat. Et alors, nous sommes fichus. La seule chose qui se tienne entre l'humanité et l'annihilation, c'est la FDR.

Je m'affalai sur mon siège.

Ce qui signifie, me dis-je, *que je ferais mieux d'oublier mes chamailleries et de me concentrer sur le pilotage.*

Qu'est-ce que mon père m'avait dit, déjà ?

Leur tête est faite de pierre, leur cœur ne décolle jamais de la roche. Toi, essaie de viser plus haut...

— M-Bot ? appelai-je. Tu te rappelles quoi que ce soit sur la civilisation humaine ? Avant les Krell ? Tu sais à quoi ça ressemblait ?

— Mes banques de mémoire sur ces sujets sont presque entièrement corrompues.

Je soupirai, déçue, et rangeai mes rations, me préparant à rentrer chez moi. Mais je ne pouvais pas. Pas tant que je me sentais comme si on me braquait un pistolet sur la tête. Je ne comptais pas aller trembler dans ma caverne, à attendre qu'on m'appelle en conseil de discipline.

Je devais y faire face et accepter mon châtiment.

Jetant mon sac sur mon épaule, je me dirigeai vers l'avant de la Base Alta et franchis le poste de contrôle. Je pris le chemin le plus long, celui qui contournait l'école de pilotage et longeait le mess et la rampe de lancement, pour jeter un dernier coup d'œil à mon Poco.

Je passai en revue la rangée silencieuse de vaisseaux, surveillés par les équipes au sol toujours aussi zélées. Sur ma gauche, j'aperçus mon escadrille assise ensemble dans le mess, en train de dîner et de rire. Jorgen n'était pas là, mais en règle générale il ne mangeait pas avec la plèbe. Et puis il était sans doute allé tout droit trouver l'amirale pour rapporter ce que je lui avais fait.

Les agents avaient cessé depuis longtemps d'apparaître chaque soir pour m'escorter hors de l'enceinte de l'école. Nous connaissions tous les règles, et ils avaient la certitude que j'allais leur obéir. Personne n'était donc là pour m'empêcher d'entrer dans le bâtiment de l'école de pilotage, où je dépassai notre salle de classe – qui était vide – puis m'arrêtai près du bureau de Cobb. Vide lui aussi.

C'étaient pratiquement les seuls endroits que j'avais visités. Je pris une profonde inspiration, puis abordai une assistante qui passait et lui demandai si elle savait où je pouvais trouver l'amirale à cette heure-ci.

— Ironsides ? s'étonna-t-elle en me jaugeant de la tête aux pieds. Elle n'a pas souvent de temps à consacrer aux cadets. Qui est votre instructeur de vol ?

— Cobb.

Son expression s'adoucit.

— Ah, *lui*. C'est vrai, il a un groupe d'étudiants ce semestre-ci, n'est-ce pas ? C'est le cas depuis quelques années. Est-ce que vous voulez vous plaindre de lui ?

— Je… Quelque chose comme ça.

— Bâtiment C, dit-elle en le désignant du menton. Vous trouverez le personnel de l'amirale dans l'antichambre du bureau D. On pourra vous affecter à une autre escadrille. En toute franchise, je m'étonne que ça n'arrive pas plus souvent. Je sais que c'est un Premier Citoyen et tout ça, mais… Enfin bref, bonne chance.

Je sortis du bâtiment. Ma résolution se raffermit à chaque pas, et je pressai l'allure. J'expliquerais ce que j'avais fait et demanderais à être punie. Je contrôlais mon propre destin – même s'il consistait à me faire expulser.

Le bâtiment C était un édifice de brique intimidant du côté le plus éloigné de la base. Bâti comme un bunker, avec de simples fentes en guise de fenêtres, il semblait être exactement le genre d'endroit où je trouverais Ironsides. Comment allais-je convaincre son personnel de me laisser passer ? Je ne voulais pas que ce soit un petit fonctionnaire qui m'expulse.

Je jetai des coups d'œil à l'intérieur du bâtiment, et n'eus aucun mal à trouver Ironsides, bien que son bureau soit affreusement petit. Un coin minuscule d'une pièce, rempli de livres et de souvenirs nautiques. Par la fenêtre, je la vis consulter l'horloge murale à l'ancienne, puis fermer son carnet et se lever.

Je vais la rattraper quand elle sortira, décidai-je. J'allai me placer à l'avant du bâtiment pour attendre, préparant mon discours. Pas d'excuses. Rien que l'exposition des faits.

Tandis que je patientais, j'entendis une autre vibration provenant de mon sac. De quoi s'agissait-il donc ? Un appel pour un conseil de discipline ? Je sortis la radio et appuyai sur le bouton.

Quelque chose d'étrange apparut sur la ligne. De la musique.

Elle était incroyable. Totalement étrange – ne ressemblant à rien que j'aie jamais entendu. Une grande variété d'instruments jouait avec un ensemble émouvant, *magnifique*. Pas simplement une personne munie d'une flûte ou d'un tambour, mais une centaine de splendides instruments à vent, une cadence vibrante de tambours – des cuivres clairs, comme pour l'appel aux armes, mais pas utilisés comme un cri de guerre. Plutôt… comme l'âme de cette mélodie majestueuse et puissante.

Je restai figée sur place, à l'écouter, abasourdie, sortir de la radio. Pareille à la *lumière*, étrangement. La beauté des étoiles, mais… sous forme de son. Un son triomphant, stupéfiant, *incroyable*.

Il s'interrompit soudainement.

— Non, dis-je en secouant la radio. Non, j'en veux encore.

— Mon enregistrement est corrompu au-delà de ce point, répondit M-Bot. Je suis désolé.

— Qu'est-ce que c'était ?

— *La Symphonie du Nouveau Monde*. Dvořák. Vous m'avez demandé à quoi ressemblait la société humaine, avant. J'ai trouvé ce fragment.

Malgré moi, je sentis mes genoux céder. Je m'assis sur une jardinière à côté des portes du bâtiment, tenant la précieuse radio.

Nous avions créé ce genre de chose ? Des sons aussi magnifiques ? Combien de personnes fallait-il rassembler pour jouer ça ? Nous avions des musiciens, bien sûr, mais avant Alta, rassembler trop de personnes dans un seul endroit nous avait conduits à nous faire détruire. Alors par tradition, nos musiciens étaient limités à des trios. Cet enregistrement paraissait impliquer des *centaines* de personnes.

Combien de répétitions, combien de temps avait-on consacré à quelque chose d'aussi frivole – et d'aussi merveilleux – que faire de la musique ?

Essaie de viser plus haut.

J'entendis des voix approcher à l'intérieur du bâtiment. Je rangeai la radio et m'essuyai le coin des yeux en me sentant très bête. Bon. J'étais partie pour me rendre. Il était temps de le faire.

La porte s'ouvrit et Ironsides – vêtue d'un uniforme blanc impeccable – sortit.

— Je ne comprends pas pourquoi votre père pense ce genre de chose, cadet, disait-elle. De toute évidence, j'aurais choisi un autre instructeur pour vous si votre famille n'avait pas demandé spécifiquement…

Elle s'arrêta net en me voyant sur le chemin. Je me mordis la lèvre. Un assistant lui tenait la porte ouverte – et je m'aperçus que je reconnaissais cet assistant. Un jeune homme à la peau brune en combinaison de cadet et manteau d'uniforme.

Je Sais Tout. Alors il m'avait *précédée* ici.

— Amirale, la saluai-je.

— Vous, dit-elle avec les coins des lèvres qui s'abaissaient. Ne vous a-t-on pas interdit d'utiliser les équipements de la FDR après la fin des cours ? Faut-il que j'appelle les agents pour qu'ils vous escortent dehors ? Franchement, nous devons nous entretenir à ce sujet. Habitez-vous vraiment dans une caverne non répertoriée au lieu de retourner en bas ?

— Amirale, dis-je sans rompre mon salut. (J'évitai de regarder Jorgen.) J'assume la pleine responsabilité de mes actes. Il me semble que je dois faire la demande formelle d'être soumise à…

Je Sais Tout claqua la porte, ce qui fit sursauter l'amirale et me fit taire. Il me lança un regard noir.

— Je…, poursuivis-je en me retournant vers l'amirale. Je dois faire la demande formelle d'être soumise à des mesures discip…

— Veuillez m'excuser, amirale, s'empressa de dire Je Sais Tout. C'est de moi qu'il s'agit. Juste un instant.

Il s'approcha pour me prendre par le bras. Il tressaillit en me voyant aussitôt lever celui-ci, mais je me laissai entraîner à contrecœur.

L'amirale ne paraissait pas disposée à attendre deux cadets. Elle se remit en marche en reniflant et monta dans une élégante voiture antigrav noire qui l'attendait sur la chaussée.

— Qu'est-ce qui ne tourne pas rond chez toi ? siffla Je Sais Tout.

— J'étais venue me rendre, déclarai-je en levant le menton. Je ne veux pas qu'elle entende uniquement ta version.

— Étoiles toutes-puissantes. (Il lança un coup d'œil vers le véhicule et baissa la voix.) Rentre chez toi, Spin. Tu essaies *vraiment* de te faire renvoyer ?

— Je ne compte pas rester assise à attendre que tu les envoies après moi. Je compte me *battre*.

— Tu ne t'es pas assez battue pour aujourd'hui ? (Il se frotta le front.) Va-t'en, s'il te plaît. Je te verrai demain en cours.

Quoi ? J'avais du mal à suivre sa logique. Il voulait peut-être que je souffre d'abord ?

— Tu comptes me dénoncer demain, plutôt ?

— Je ne compte pas du tout te « dénoncer ». Tu crois que je veux perdre un autre membre de mon escadrille ? Nous avons besoin de tous les pilotes.

Je posai les mains sur mes hanches et l'étudiai. Il paraissait… sincère. Contrarié, mais sincère.

— Donc… un instant. Pourquoi est-ce que tu allais voir l'amirale ?

— Nous accueillons l'amirale une fois par semaine pour un dîner officiel dans la maison de mes parents, dans les cavernes inférieures, m'expliqua-t-il. Ce n'est que *légèrement* pire que les autres soirs, où les dirigeants de l'Assemblée nationale nous rendent visite. Écoute, je suis désolé. Je n'aurais pas dû te provoquer. Un chef doit entraîner les gens derrière lui, pas les pousser en avant.

Il hocha la tête comme si ces paroles suffisaient.

Je n'étais pas convaincue. Je m'étais mise en condition pour ça, préparée à encaisser un impact, à recevoir un tir de destructeur en pleine figure. Et maintenant il allait simplement… me laisser partir ?

— J'ai volé la matrice énergétique de ta voiture, lançai-je.

— *Quoi ?*

— Je sais que tu me soupçonnes. Eh bien, c'est moi qui l'ai fait. Alors vas-y. Dénonce-moi.

— Nom des étoiles ! C'était *toi* ?

— Euh… Ben oui, évidemment. Qui voudrais-tu que ce soit d'autre ?

— Cet engin avait un problème au démarrage, et j'avais appelé un mécanicien de la guilde. Je pensais qu'il était venu et qu'il avait travaillé dessus, je ne sais trop pourquoi.

— À la base ?

— Je n'en sais rien ! La bureaucratie de ces endroits est invraisemblable. Quand j'ai appelé pour me plaindre, ils m'ont présenté des excuses, alors je me suis dit… (Il leva la main vers sa tête.) Mais qu'est-ce qui t'a pris de vouloir m'arracher ma *matrice énergétique* ?

— Ben… il fallait que je te sape le moral. (Ce mauvais mensonge me fit grimacer.) En te laissant impuissant, tu sais ? Ouais, un symbole de ma destruction totale de ton autorité ! Un emblème rebelle ! Je l'ai emportée comme un chef de guerre barbare des temps anciens, qui volait le cœur de…

— Mais ça ne t'a pas demandé beaucoup de travail ? Tu n'aurais pas pu te contenter de décharger l'anneau d'élévation comme un être humain ordinaire ?

— Je ne sais pas faire ça.

— Peu importe. Tu pourras te racheter plus tard. Par exemple, en essayant de *ne pas m'insulter* devant le reste de l'escadrille. Pendant au moins une journée ?

Je restai plantée là à essayer de comprendre. Il ne semblait réellement pas vouloir se battre. Tiens.

— Écoute, me dit-il en jetant un coup d'œil à la voiture noire. J'ai une idée de ce que c'est de vivre dans l'ombre de ses parents. D'accord ? Je suis désolé. Je ne referai pas... ce que j'ai fait. Mais fini de me donner des coups de poing, d'accord ?

— D'accord.

Il m'adressa un signe de tête, s'éloigna d'un pas vif et s'excusa auprès de l'amirale tandis qu'il montait dans la voiture.

— La prochaine fois, ce sera un coup de pied ! lui criai-je. Ha !

Mais bien sûr, il ne pouvait pas m'entendre. Je les regardai s'éloigner, puis secouai la tête et repris mon sac. Je ne comprenais absolument pas Jorgen. À ma grande surprise, je faisais encore partie de la FDR. Et... Jorgen ne voulait pas se venger. Il ne voulait pas m'affronter.

Alors que je m'en serais peut-être moquée à une autre époque, je m'aperçus curieusement que je trouvais son comportement assez noble. Il avait fait passer l'escadrille avant le reste.

Essaie de viser plus haut...

Je levai la radio vers ma tête tandis que je quittais la base, en proie à une pagaille d'émotions contradictoires – mais principalement soulagée.

— M-Bot, tu veux bien me repasser ce fragment, s'il te plaît ? Et pas qu'une fois...

25

Je m'installai dans mon Poco, vêtue de ma combinaison pressurisée et de mon casque – la première fois que je me trouvais dans un véritable cockpit depuis la mort de Bim et de Marée Haute.

Ce qui réveilla aussitôt une douleur en moi. Est-ce que ce serait chaque fois pareil désormais ? Est-ce que je ressentirais toujours cette inquiétude sourde dans un coin de mon esprit ? Celle qui chuchotait : *Lequel de tes amis ne rentrera pas de cette mission*-ci ?

Aujourd'hui, nous étions censés travailler sur quelque chose de plus routinier. Pas un combat. J'allumai le Poco et sentis ce bourdonnement merveilleux – celui que la simulation ne pouvait pas imiter.

Je pris la sphère de contrôle dans ma main droite, la manette des gaz dans la gauche, puis décollai du sol et m'élevai dans le ciel à côté des six autres vaisseaux de combat. Jorgen nous demanda nos confirmations une par une, puis appela Cobb.

— L'escadrille Vers les Étoiles est prête. Les ordres, mon capitaine ?

— Rendez-vous à 304.16-1240-25000, émit Cobb.

— Escadrille, programmez les coordonnées, ordonna Jorgen. Je vais jouer les éclaireurs. En cas d'embuscade des Krell, j'irai me placer en arrière avec Arturo et FM. Nedd, tu es avec Couic dans la formation du milieu. Spin et Hula Hoop, je veux que vous vous placiez à l'arrière pour des tirs de couverture.

— Il n'y aura pas d'embuscade, cadet, lui dit Cobb d'une voix amusée. Rendez-vous simplement à l'emplacement indiqué.

On vola, et nom des étoiles… comme c'était agréable. Le vaisseau tremblait lorsqu'il bougeait, répondant à mes commandes. Les courants aériens étaient tellement plus vivants que la simulation n'en donnait l'impression. J'avais envie de foncer droit devant moi, de voler bas et de raser la surface grêlée de cratères, puis de m'envoler très haut et de frôler le champ de débris à la frontière même de l'espace.

Je gardai mon sang-froid. J'en étais capable.

Enfin, on approcha d'un grand groupe de vaisseaux de combat qui volait beaucoup plus haut. Il y avait bien cinq escadrilles là-haut.

— Nous approchons des coordonnées, dit Jorgen à Cobb. De quoi s'agit-il ? D'un exercice de formation ?

— Pour vous, oui, confirma Cobb.

Au-dessus de nous, quelques traînées lumineuses indiquaient la présence de fragments de débris plus petits qui pénétraient dans l'atmosphère. Je les regardai, inquiète.

— Hé, le petit malin, dit Cobb.

— Oui, mon capitaine ? répondit aussitôt Arturo.

— Qu'est-ce qui provoque les chutes de débris ?

— Plusieurs choses, commença Arturo. Il y a beaucoup de vieux mécanismes là-haut et, même si beaucoup d'entre eux fonctionnent encore, leurs matrices énergétiques s'épuisent lentement, si bien que leurs orbites faiblissent et qu'ils tombent. D'autres fois, des collisions se produisent.

— Bien, fit Cobb. C'est justement ce que nous affrontons ici. Il y a eu une sorte de collision entre deux énormes fragments de métal au-dessus de nous, ce qui fait perdre leur orbite à quelques débris. Nous pouvons nous attendre à une incursion krell, et ces vaisseaux de combat sont là pour surveiller. Mais vous, vous êtes là pour une autre raison : vous entraîner sur des cibles.

— Sur quoi, mon capitaine ?

Plusieurs gros morceaux de débris tombèrent du ciel en brûlant, au-delà des escadrilles situées au-dessus de nous.

— Les débris, devinai-je.

— Je veux que vous voliez par paires, expliqua Cobb. Vous allez vous entraîner aux formations et faire des essais prudents. Choisissez un morceau de débris parmi les plus gros, suivez-le quelques secondes, puis marquez-le pour que la récup vienne l'examiner. Vos destructeurs ont été équipés de manière à lancer des balises si vous maintenez baissé le cadran de contrôle de la cadence jusqu'à ce qu'il émette un déclic.

— C'est tout ? intervint Hula Hoop. Marquer des fragments de débris spatiaux ?

— Les débris spatiaux ne peuvent pas esquiver, répondit Cobb, ils n'ont pas de bouclier et accélèrent de manière prévisible. J'imagine que c'est à peu près au niveau de vos capacités. Par ailleurs, on vous ordonnera souvent de marquer des objets pour la récup lors des chutes de débris, pendant que vous attendrez de voir si les Krell attaquent. C'est un bon entraînement – alors ne vous plaignez pas, ou je vous colle dans les simulations pour un mois de plus.

— Nous sommes prêts et motivés, mon capitaine, dit Jorgen, y compris Hula Hoop. Merci pour cette occasion que vous nous offrez.

Hula Hoop émit quelques bruits d'étranglement sur une ligne privée avec FM et Kimmalyn – les voyants du pupitre en dessous des numéros du vaisseau me montraient qui écoutait – et elle ne m'avait pas exclue. C'était peut-être un progrès ?

Jorgen nous organisa par paires et nous mit au travail. Quand des fragments de débris plus gros tombaient du ciel, on descendait pour les approcher par-derrière et on se calait sur leur vitesse – comme on nous l'avait appris – avant de tirer une radiobalise pour les marquer. Les débris les plus utiles étaient ceux qui dégageaient une lumière bleue de pierre d'élévation. Nous pouvions les récupérer pour fabriquer des vaisseaux.

Je m'autorisai à apprécier le travail. Ce n'était pas du combat, mais la sensation de plonger en piqué, le frisson de cibler et de tirer… Je parvenais à imaginer les débris spatiaux sous la forme de vaisseaux krell.

— Vous recommencez à m'ignorer ? grésilla M-Bot à mon oreille. Je crois que vous recommencez.

— Comment est-ce que je pourrais t'ignorer, dis-je en marquant un autre fragment de débris, si je ne sais pas quand tu es en train de m'écouter ?

— J'écoute *toujours*.

— Et tu ne trouves pas ça un peu flippant ?

— Non ! Qu'est-ce que vous faites ?

Je terminai ma descente avec Hula Hoop en position d'ailière et repris ma place dans la formation pour attendre mon prochain tour.

— Je tire sur des débris spatiaux.

— Qu'est-ce qu'ils vous ont fait ?

— Rien. C'est juste pour m'entraîner.

— Mais ils ne peuvent même pas riposter !

— M-Bot, ce sont des *débris spatiaux*.

— Comme si c'était une excuse.

— Je… C'en est une, je t'assure, affirmai-je. Une très bonne excuse.

Kimmalyn prit son tour avec Arturo comme ailier. Elle s'en sortit très bien, par rapport à d'habitude, mais Jorgen trouva quand même une raison de pinailler.

— Approche-toi plus près, lui dit-il lorsqu'elle descendit en piqué. Pas trop quand même : si tu te servais d'un vrai destructeur pour lui tirer dessus, des morceaux risqueraient de voler vers toi et de te toucher. Assure-toi de ne pas appuyer trop fort quand tu tires…

— Loin de moi l'envie de me plaindre, dit-elle d'une voix tendue, mais je crois vraiment que je devrais me concentrer, là, tout de suite.

— Désolé, aboya Jorgen. J'essaierai de me montrer moins utile à l'avenir.

— Mon cher, je crois que tu auras du mal.

Elle marqua le fragment de débris, puis soupira de soulagement.

— Beau travail, Couic, dit Jorgen. Nedder, tu prends le tour suivant avec FM.

Kimmalyn vint s'aligner à nos côtés tandis que, au-dessus de nous, plusieurs morceaux de débris spatiaux tombaient en même temps. Les vaisseaux de combat ordinaires s'écartèrent pour les laisser passer. Nous volions relativement haut, afin d'avoir le temps d'effectuer des descentes en piqué efficaces, et le sol était donc loin en bas – même si nous nous trouvions encore à une grande distance de la ceinture de débris elle-même, dont les couches inférieures volaient à trois cents kilomètres au-dessus de la surface de la planète.

Nedd sélectionna l'un des morceaux et alla se placer derrière lui, ignorant les trois autres. Kimmalyn chargea donc ses destructeurs pour la longue portée puis tira sur les trois fragments, les marquant l'un après l'autre, sans en manquer un seul.

— Arrêtez de frimer, Couic, lui lança Cobb.

— Désolée, mon capitaine.

Je fronçai les sourcils, puis appelai Cobb en privé.

— Cobb ? Il vous arrive de vous demander si on ne s'y prend pas mal ?

— Bien sûr que vous vous y prenez mal. Vous êtes des cadets.

— Non, je voulais dire… (Comment m'expliquer ?) Couic est une *excellente* tireuse. Est-ce qu'il n'y a pas une meilleure manière de l'utiliser ? Elle se prend pour une ratée dans la plupart de nos exercices, parce qu'elle est la plus mauvaise pilote. Peut-être qu'elle pourrait simplement nous servir pour les tirs de précision ?

— Et à votre avis, combien de temps est-ce qu'elle resterait plantée là à dégommer des Krell avant qu'ils n'affluent autour d'elle ? Rappelez-vous, s'ils décident qu'un pilote en particulier est trop dangereux, ils se concentrent sur lui.

— Peut-être qu'on pourrait s'en servir. Vous dites bien que chaque fois qu'on peut anticiper ce que va faire l'ennemi, c'est un avantage ?

Il répondit par un grognement.

— Laissez la tactique aux amiraux, Spin.

Il coupa la ligne tandis que Nedd réussissait à marquer les débris.

— Bonne nuit, doux prince, murmura M-Bot tandis que le débris s'écrasait au sol. Ou princesse. Ou plus probablement, fragment asexué de débris spatial inanimé.

Je regardai au-dessus de moi en quête d'autres débris. Hula Hoop prendrait le prochain tour, et je serais son ailière. Je voyais sans doute possible des débris se déplacer là-haut. Plusieurs morceaux… qui descendaient en masse…

Pas des débris. *Des Krell.*

Je me redressai d'un coup, la main soudain tendue sur ma sphère de contrôle. De multiples escadrilles ennemies émergèrent de la ceinture de débris, et les pilotes chevronnés s'en allèrent les attaquer.

— Descendez à vingt mille pieds, cadets, nous dit Cobb. Vous serez ici en tant que réservistes, mais ces pilotes devraient être capables de s'en sortir. On dirait qu'il n'y a… qu'une trentaine de vaisseaux ennemis environ.

Je me rassis sur mon siège, mais ne réussis pas à me détendre tandis que des explosions commençaient à éclairer le ciel. Bientôt, les débris qui tombaient autour de nous ne provenaient plus seulement de la ceinture. Cobb appela Hula Hoop pour qu'elle prenne son tour. Apparemment, nous allions continuer malgré les combats, ce qui était sans doute une bonne formation, maintenant que j'y pensais.

Hula Hoop exécuta une excellente manœuvre, terminée par une série de tirs précis.

— Joli, lui dis-je tandis qu'on se remettait en ligne.

Je n'obtins pas de réponse, bien entendu.

— Hélas, pauvre débris spatial, récita M-Bot. J'aurais fait semblant de te connaître, si j'étais capable de mentir.

— Tu ne peux rien faire de plus utile ?

— ... Ça ne l'était pas ?

— Tu vois ces Krell, là-haut ? lui demandai-je. Tu ne pourrais pas... je ne sais pas, me renseigner sur leurs vaisseaux ou ce genre de chose ?

— À cette portée, je n'ai accès qu'aux scanners généraux. Je ne les perçois que sous forme de petits spots, sans détails précis.

— Tu ne peux pas regarder plus en détail ? insistai-je. Cobb et les amiraux ont une sorte d'hologramme qui reproduit le champ de bataille, alors ils utilisent des scanners ou quelque chose comme ça pour reconstituer ce qui se passe.

— C'est ridicule, commenta M-Bot. S'il y avait un flux vidéo, je l'aurais remarqué, à moins qu'il ne s'agisse d'une balise à court terme localisée, créée par des appareils d'écholocalisation dans les différents vaisseaux qui... Oooooooooooh !

Un vaisseau spatial en flammes – l'un des nôtres – chuta en une spirale mortelle et, malgré la tentative d'Arturo pour lui venir en aide en l'embrochant avec sa lumilance, le vaisseau était trop éloigné.

Le pilote ne s'éjecta pas. Jusqu'au dernier instant, il essaya de se redresser, de sauver son vaisseau. Je m'armai de courage et regardai de nouveau le champ de bataille.

— Ooooooooooooooooooooooooooooooooooooo oooooooh, s'exclama M-Bot.

— Alors ?

— J'ai trouvé le flux vidéo, déclara-t-il. Vous êtes tous tellement *lents*. Vous volez vraiment comme ça ? Comment est-ce que vous le supportez ?

— Si on volait plus vite, ça détruirait nos vaisseaux ou ça écraserait les pilotes à l'intérieur sous l'effet des forces g.

— Ah oui. Le quotient d'écrabouillage humain. C'est pour ça que vous êtes tellement en colère contre ces débris spatiaux ? Ce n'est pas beau d'être jaloux, Spensa.

— Tu n'étais pas censé faire quelque chose d'utile ?

— Je détermine les schémas d'attaque de l'ennemi. Il va me falloir quelques minutes pour terminer d'effectuer les simulations et d'analyser les données prédictives. (Il hésita.) Tiens. J'ignorais que je savais faire ces choses-là.

— C'est mon tour ? fit Arturo sur le canal général, et je sursautai.

Je m'attendais constamment à entendre M-Bot me parler, même si l'IA disait qu'elle envoyait son propre flux directement dans mon casque, puis interceptait mon flux extérieur pour éliminer toute trace de sa voix ou des réponses que je lui faisais. J'ignorais comment, mais il faisait tout ça en un clin d'œil, avant que mes signaux n'atteignent le reste de mon escadrille.

— Attendez un instant, nous dit Cobb. Il y a quelque chose de curieux dans cette attaque. Je n'arrive pas à mettre le doigt dessus.

Une grande ombre se déplaçait au-dessus de nous. Énorme. Elle était tellement grande que j'avais le vertige rien que d'essayer de l'appréhender. C'était comme si le ciel lui-même tombait. Une pluie de centaines de fragments de débris s'abattit soudain, véritable grêle ardente. Et derrière elle, ce *quelque chose*. Immense, inconcevable.

— Retirez-vous, nous dit Cobb. Chef d'escadrille, rassemblez vos vaisseaux et ramenez-les à...

Dans un mouvement brusque et soudain, la bataille au-dessus de nous se retrouva *autour* de nous tandis que des vaisseaux des deux côtés se dégageaient vers le bas. Vaisseaux krell et vaisseaux humains s'éparpillèrent devant la chose énorme qui tombait d'en haut – un sombre cube métallique de la taille d'une montagne.

Un vaisseau ? Quel genre de vaisseau pouvait bien faire cette taille ? Il était plus vaste qu'une cité. Le vaisseau amiral de notre flotte lui-même avait-il été aussi gros ? Je l'avais toujours imaginé comme un bâtiment de transport des troupes légèrement plus gros.

Les vaisseaux de combat continuaient à se canarder les uns les autres tout en baissant d'altitude. Notre petite escadrille se retrouva soudain au cœur d'une tempête de tirs de destructeurs et de chutes de morceaux de métal brûlant.

— On se retire ! ordonna Jorgen. Accélérez jusqu'à Mag-5 et suivez-moi. Cap local 132°, à l'opposé de ces combattants derrière nous.

J'activai mon propulseur auxiliaire et me précipitai vers l'avant, avec Hula Hoop en tant qu'ailière.

— C'est un *vaisseau*, dit Arturo. Regardez à quelle lenteur il tombe. Il y a des anneaux d'élévation en état de fonctionnement dessous. Des centaines.

Une ombre recouvrait le terrain. J'appuyai sur la manette des gaz et accélérai jusqu'à Mag-5, bien au-dessus de la vitesse normale de combat. Si nous allions plus vite, nous ne pourrions plus réagir à notre environnement. En effet, lorsqu'un débris de la taille d'un vaisseau de combat tomba à côté de nous, on eut à peine le temps de réagir. La moitié de notre escadrille esquiva sur la gauche, l'autre moitié sur la droite.

Je pris à gauche avec Kimmalyn et Nedd, en ralentissant pour plus de maniabilité. Des tirs de destructeurs jaillirent devant moi tandis que deux de nos vaisseaux de combat nous dépassaient à toute allure, suivis par *six* vaisseaux krell. Je jurai et les esquivai en les contournant, suivie par une Kimmalyn en train de geindre, qui prit sa position d'ailière pour moi.

— Analyse terminée ! annonça M-Bot. Oh ! Waouh. Vous êtes occupée.

Je descendis en piqué, mais nous avions attiré un poursuivant. Le vaisseau krell tirait tout autour de moi. Je jurai, puis me retirai.

— Avance sans moi, Couic !

Elle me dépassa à toute vitesse et je me détachai vers la droite pour pousser le vaisseau krell à se concentrer sur moi – la cible la plus proche.

— Vous auriez vraiment dû attendre mes calculs avant de commencer, commenta M-Bot. L'impatience est un sérieux défaut de caractère.

Je serrai les dents tout en effectuant une série d'esquives.

— Spin, Couic, Nedder, dit Jorgen sur la ligne. Où êtes-vous ? Pourquoi n'avez-vous pas suivi mes…

— *Je me fais tirer dessus*, Je Sais Tout, aboyai-je.

— Je te suis, Spin, dit Nedder à mon oreille. Si tu arrives à te stabiliser, je vais essayer de l'abattre.

— Le bouclier t'en empêchera. Couic, tu es toujours là ?

— À tes trois heures, dit-elle d'une voix tremblante.

— Tiens-toi prête à éliminer ce type.

— Ah ! Euh… d'accord. D'accord…

Au-dessus de nos têtes, l'énorme vaisseau en train de tomber nous dominait de toute sa masse. Arturo avait eu raison, sa descente était lente, régulière. Mais il était vieux et brisé, percé de trous béants. Le champ de bataille se déplaça dans une vaste section d'air obscur en dessous de lui, remplie de vaisseaux en train de se battre en duel et de tirs de destructeurs.

Mon poursuivant réussit à me toucher, et mon bouclier crépita.

Concentre-toi. Je m'étais entraînée à ça des centaines de fois en simulation. J'entamai une boucle, avec mon poursuivant derrière moi. Au sommet de la courbe, j'effectuai une manœuvre de vaisseau de combat – ignorant la résistance de l'air, je fis pivoter mon vaisseau sur son axe, activai l'hypercombustion et sortis de la boucle à toute allure pour m'élancer sur le côté.

Mes ConGravs s'embrasèrent, amortissant la majeure partie des forces g, mais mon estomac me remonta pratiquement dans la gorge malgré tout. Les simulations ne rendaient *vraiment pas* justice à ce que l'expérience avait de perturbant, surtout quand les ConGravs s'éteignirent et que je me retrouvai projetée en arrière dans mon siège.

J'étais censée être capable de supporter ce genre de force, et je ne perdis pas connaissance – donc, *techniquement*, je la supportai. Mais je faillis vomir.

Mon alarme de proximité se déclencha. Le vaisseau krell, comme je l'avais espéré, n'avait pas compensé assez vite. Il avait poursuivi la boucle, et je sortis de la manœuvre en le dépassant net. Je ravalai la nausée et actionnai l'IMI – neutralisant mon bouclier et celui de mon poursuivant.

Je m'armai de courage. J'étais complètement à nu. Si ce Krell se retournait dans ma direction et tirait ne serait-ce qu'un coup…

Un éclair apparut derrière moi, et une onde de choc parcourut mon vaisseau.

— Je l'ai eu, annonça Kimmalyn. Je… j'ai réussi !

— Merci, lui dis-je en soupirant de soulagement, éteignant mes hyperbrûleurs.

Je continuai en ligne droite et commençai à ralentir, tandis que j'éteignais mon propulseur auxiliaire et amorçais mon allumeur de bouclier. Mon casque était poisseux et brûlant contre ma tête tandis que mes doigts effectuaient les gestes familiers.

Les étoiles bénissent la formation de Cobb : mon corps savait exactement que faire.

Un vaisseau krell approcha et me vit en train de perdre en élan. Je grimaçai, mais une salve de tirs éloigna le vaisseau.

— Je te tiens, annonça Nedd en filant au-dessus de ma tête. Couic, rejoins-moi pour un schéma défensif.

— Ça marche, confirma Kimmalyn.

— Pas la peine, leur dis-je en appuyant sur l'allumeur. Je suis à nouveau fonctionnelle. Et si on filait d'ici ?

— Avec plaisir, répondit Kimmalyn.

Je conduisis les deux autres sur un trajet dont j'espérais qu'il nous permettrait de nous échapper, puis appelai Jorgen.

— Nous sommes au cap 304,8°, lui annonçai-je. Vous avez tous réussi à sortir de sous ce truc ?

— Affirmatif, dit Jorgen. Nous sommes sortis de sous l'ombre à 303.97-1210.3-21200. Nous allons t'attendre ici, Spin.

Il parlait d'une voix calme, ce qui était franchement plus que je ne pouvais en dire de moi-même. Je n'arrivais pas à m'empêcher d'imaginer d'autres sièges vides dans notre salle de classe.

— Vous êtes prête pour mon analyse ? demanda M-Bot.

— Tout dépend de la fréquence à laquelle elle mentionnera des champignons.

— Une seule fois, je le crains. La chose que vous voyez planer au-dessus de vous est environ la moitié d'un chantier naval orbital auquel est ajoutée une installation pour l'entraînement lié au fouilleur.

J'ignore de quoi il s'agit au juste, mais je crois qu'il a dû être conçu pour fabriquer des vaisseaux spatiaux. Il n'y a aucune trace de l'autre moitié, à en juger par la faible puissance de ces anneaux d'élévation.

» Mes projections indiquent que son orbite a faibli à présent qu'elle n'a plus assez d'énergie pour s'autocorriger. Elle ne paraît pas posséder d'IA – ou si elle en a une, elle refuse de me parler, ce qui est impoli. Les schémas d'attaque des Krell indiquent un but défensif, destiné à vous tenir à l'écart de la station.

— Vraiment ? lui dis-je. Répète-moi cette dernière partie.

— Hmm ? Oh, c'est évident d'après leurs schémas de vol. Ils ne se soucient pas vraiment de vous tuer ni d'atteindre votre base ou rien de tel. Aujourd'hui, ils veulent simplement vous tenir à l'écart de ce vaisseau, sans doute en raison des formidables articles de récupération qu'il fournirait à votre société arriérée et organique de pilotes de vaisseaux lents.

Ça se tenait. Il leur arrivait de tirer sur des débris pour nous empêcher de nous procurer des anneaux d'élévation. À quel point devaient-ils s'inquiéter que nous capturions cet engin, qui en comportait des centaines ?

— Par ailleurs, il ressemble un peu à un champignon, ajouta M-Bot.

Une autre paire de vaisseaux de combat de la FDR – peut-être ceux-là mêmes que nous avions vus précédemment – nous dépassa à toute allure, suivis par un grand groupe de Krell.

— Hé, nous dit Nedd. Spin et Couic, sortez de là, toutes les deux. Vous y êtes presque. Je dois faire quelque chose.

— Quoi ? fis-je en me retournant pour regarder par-dessus mon épaule. Nedder ?

Il se détacha de notre formation et se mit à pourchasser les vaisseaux krell qui venaient de nous dépasser. Qu'est-ce qui lui prenait ?

Je me retournai pour le suivre.

— Nedder ? Salve !

— Spin ? appela Kimmalyn.

— Pas question qu'on l'abandonne. Viens.

On se précipita à la suite de Nedd, qui suivait les six vaisseaux krell. Ces derniers, à leur tour, volaient derrière deux vaisseaux de combat de classe Sigo peints en bleu, ce qui les désignait comme appartenant à l'escadrille Tempête Nocturne. Nedd comptait manifestement les aider, mais un cadet contre *six* Krell ?

— Nedd ! l'appelai-je. Je suis toujours prête à me battre, tu le sais très bien, mais on doit aussi suivre les ordres.

Il ne répondit pas. Devant nous, les deux pilotes de Tempête Nocturne – dépassés par les tirs ennemis – firent une tentative désespérée. Ils s'approchèrent du gros chantier naval, puis décrivirent une courbe pour aller s'engouffrer *à l'intérieur* d'un des trous de son flanc. Une noirceur béante, peut-être à l'emplacement où une autre section du chantier naval avait été fixée autrefois.

La structure tout entière tombait toujours, mais très lentement. Elle allait finir par s'écraser – et je doutais que nous ayons intérêt à nous trouver dans les parages à ce moment-là. Je regardai les vaisseaux krell poursuivre nos pilotes dans les profondeurs du vaisseau ancien, et Nedd les suivit à toute allure. Je serrai les dents et m'y engageai à mon tour.

— Spin, me dit Kimmalyn. Je ne crois pas en être capable. Si j'essaie de voler là-dedans, je te *jure* que je vais m'écraser.

— Bon, d'accord. Va rejoindre Jorgen et les autres.

— Ça marche, dit-elle.

Elle fila sur la gauche et sortit de l'ombre de l'appareil en train de tomber.

Quant à moi, je descendis en piqué dans la brèche, poursuivant Nedd dans les ténèbres.

26

Je fonçai à travers les entrailles de la vieille station – une vaste noirceur béante, bordée de grues et autres outils de construction, éclairés par des projecteurs d'urgence qui clignotaient. Les inscriptions sur l'un des murs, décrivant un motif circulaire, me rappelaient une partie des vieux équipements qui se trouvaient en bas dans les cavernes – comme la salle étrange où j'étais souvent passée, dont le sol et le plafond étaient couverts de ces graffitis. Je ne pouvais que supposer que les anciens occupants de cette planète avaient construit des vaisseaux ici – mais pourquoi avaient-ils eu besoin d'autant d'espace ? Nos vaisseaux de combat étaient engloutis par cet endroit immense.

Les deux vaisseaux de combat de la FDR s'envolèrent, poursuivis par les six Krell qui tiraient généreusement, crachant des tirs de destructeurs à travers l'obscurité. Nedd tenta de les rattraper et je le suivis – activant mon hypercombustion pour un moment d'accélération supplémentaire.

Je ne pouvais pas contacter les autres vaisseaux de combat. Ceux des cadets n'étaient généralement pas équipés de canaux radio pour appeler les pilotes expérimentés. Ils ne voulaient pas que nous les dérangions.

Je passai au canal direct de Nedd.

— C'est complètement insensé, lui dis-je. Merci beaucoup de m'avoir donné un prétexte pour essayer.

— Spin ? appela-t-il. Tu es toujours avec moi ?

— Pour l'instant. Quel est le plan ?

— Aider ces vaisseaux de combat d'une manière ou d'une autre. Peut-être qu'on peut s'approcher ? Ces Krell volent selon un… (Il s'interrompit en frôlant une vieille grue qu'il faillit accrocher.) Ils volent en groupe. On pourrait les toucher tous à la fois, avec un IMI bien placé.

— Je suivrai tes consignes, affirmai-je en passant sous la grue. Mais si Je Sais Tout pose la question, je vais *totalement* faire comme si j'avais essayé de t'en dissuader.

— Toi ? Comme voix de la raison ? Spin, j'ai beau être idiot, même moi je n'y croirais pas.

Je souris puis imitai Nedd, accélérant à Mag-1,2 pour chercher à rattraper les Krell. Malheureusement, les pilotes de la FDR prirent vers la droite – droit dans un tunnel qui conduisait plus loin dans les profondeurs de la vieille station.

Une partie de moi n'arrivait pas à croire que nous soyons en train de faire ça. Voler en plein milieu d'un fragment de débris ancien *alors même qu'il était en train de chuter* ? De combien de temps disposions-nous avant que la station ne s'écrase ? Quelques minutes au maximum ?

Je serrai les dents, relâchant la pression sur la manette des gaz tandis qu'on virait sur l'aile, Nedd et moi, avant de pourchasser le Krell dans le tunnel. Des lumières rouges longeaient le couloir, défilant dans un grand flou tandis qu'on le traversait à

Mag-1,2 – une vitesse déjà dangereuse pour ce qui revenait à voler en intérieur. Je n'osai pas accélérer, mais un coup d'œil à mon capteur de proximité m'indiqua que les Krell se trouvaient toujours largement hors de portée d'IMI.

Nedd tira avec son destructeur et je suivis son exemple – mais, comme nous l'avait expliqué Cobb, il était difficile de viser, même avec six cibles affluant devant nous. Les boucliers des Krell absorbèrent facilement les quelques tirs qui touchèrent leur cible.

Loin devant nous, les autres pilotes harponnaient le mur avec leurs lumilances et tournaient dans un autre tunnel. Les Krell les suivirent, avec moins d'habileté. Je fis de même avec ma propre lance, puis décrivis une courbe serrée pour rester dans leur trajectoire. Mes ConGravs clignotèrent, absorbant les forces g et m'empêchant de me faire aplatir.

Je leur donnai du fil à retordre tandis qu'on se faufilait à travers les entrailles du vaisseau, empruntant un tournant après l'autre – pendant l'exécution de cette séquence délicate et affolée, je ne tirai pas un seul coup. Mon attention se concentrait entièrement sur l'observation des propulseurs des Krell, utilisant leurs mouvements comme repères m'indiquant où placer ma lumilance suivante. Tourner, relâcher, esquiver, coup de lance, tourner. Répéter.

— Juste… un peu… plus près…, dit Nedd juste devant moi.

Coup de lance. Tourner. Relâcher.

— J'ai une projection de la bataille remise à jour, annonça joyeusement M-Bot.

Un peu plus loin, un vaisseau krell manqua son tournant et frôla la paroi du tunnel. Le bouclier absorba l'impact, mais le rebond envoya le vaisseau percuter le mur opposé. L'explosion soudaine et violente me fit perdre en vitesse. J'exécutai mon virage, de justesse, tandis qu'étincelles et débris crépitaient sur le bouclier de mon vaisseau.

— Vous avez oublié ma présence, n'est-ce pas ? demanda M-Bot.

— Occupée, dis-je à travers mes dents serrées.

L'explosion n'avait pas fait ralentir Nedd – en fait, il était en train de passer en hypercombustion, frôlant Mag-1,5 et s'efforçant de se rapprocher des Krell restants.

J'accélérai pour suivre son allure, mais ça commençait à devenir trop. Même pour moi.

— Je pourrais simplement retourner en hibernation, si ça ne vous intéresse pas de me parler, commenta M-Bot. Je, hum… je vous manquerais si je faisais ça, dites ?

— Ouais.

— Ah, vous êtes tellement sentimentaux, vous autres, les humains. Hahaha. Au fait, vous avez précisément trois minutes et demie avant que cette station ne touche la surface. Peut-être moins, car les Krell ont commencé à lui tirer dessus.

— Quoi ?

— À présent que le gros de vos vaisseaux s'est retiré, les Krell se concentrent sur la station pour tenter de la garder hors de vos mains. Je crois que des bombardiers préparent des charges explosives sur la surface, et les vaisseaux de combat ordinaires, à l'extérieur, détruisent tous les anneaux d'élévation pour la faire tomber plus vite.

— Salve ! On pourrait sans doute construire assez de vaisseaux pour plusieurs *escadrilles* avec ce qu'on peut récupérer dans cet endroit.

Les Krell ne permettraient pas que ça se produise.

Mais pourquoi laisser tomber cette station, pour commencer ? Pourquoi ne pas la détruire plus en altitude ?

Chercher à déchiffrer maintenant les motivations des Krell était une perte de temps. J'empruntai un nouveau virage à la suite de Nedd. Je parvenais à peine à distinguer l'ennemi ; ils étaient en train de nous perdre.

Plus loin devant nous, la vive lueur orange clignotante d'une explosion éclaira les tunnels. L'un des vaisseaux que nous cherchions à protéger venait d'être détruit.

— Nedd ! criai-je dans la com. Ils sont en train de détruire cet endroit. Il faut qu'on sorte de là !

— Non. Il faut que j'aide les autres !

Je visai, puis – serrant les dents – courus le risque de le transpercer avec ma lumilance. La ligne rouge luisante de lumière s'accrocha à lui et fit crépiter son bouclier. Je coupai mon propulseur auxiliaire, puis fis tournoyer mon vaisseau sur son anneau d'élévation et orientai ma propulsion dans l'autre sens pour l'attirer en arrière et ralentir son vaisseau.

— Lâche-moi ! cria-t-il.

— Nedd… On ne peut pas les aider. On n'est pas encore assez bons pour ce genre de choses. Nom des étoiles, c'est déjà un miracle qu'on ait survécu à ce parcours à travers les tunnels.

— Mais… mais…

On resta à planer là, les brûleurs nous attirant dans des directions contraires, reliés par un cordon lumineux.

— Espèce de lâche, murmura-t-il.

Ce mot me frappa comme une gifle en pleine figure. Je n'étais pas… Je ne pouvais pas…

Lâche.

— Je coupe mon propulseur auxiliaire, dit-il. Réduis le tien, ou on va finir par aller se prendre ce mur.

Je ravalai la réponse que j'allais lui faire, puis réduisis ma propulsion avant d'éteindre la lumilance. On garda le silence mais, quelque part au loin, la structure tout entière se mit à gémir et à trembler.

— Quelle direction ? cria-t-il. Par où est-ce qu'on va ?

— Je n'en sais rien.

M-Bot émit un bruit comme s'il s'éclaircissait la gorge.

— Voudriez-vous des instructions quant à la façon d'échapper au piège mortel et crépitant dans lequel vous vous êtes malencontreusement…

— Oui ! aboyai-je.

— Pas la peine de vous irriter. Volez tout droit jusqu'à mon signal, puis prenez à gauche.

— Suis-moi ! dis-je à Nedd en poussant brutalement la manette des gaz vers l'avant et en me mettant brusquement en mouvement.

Je fonçai dans les tunnels, les flammes de mon propulseur auxiliaire se reflétant sur les murs métalliques abandonnés. Nedd me suivit.

— À gauche, dans ce tunnel juste devant vous, commenta M-Bot. Formidable. Maintenant, deux tunnels plus loin – non, pas celui-là –, là. Prenez celui-là.

J'utilisai ma lumilance pour faire un virage brusque et entrer dans le tunnel.

— Vous avez légèrement moins de deux minutes avant de connaître une mort enflammée en me laissant seul avec Rig et la limace. Je n'ai pas réussi à évaluer lequel des deux a la conversation la moins intéressante. Prenez ce tunnel au-dessus de vous.

Je suivis ses instructions et tournai à travers ce complexe exaspérant de virages et de tunnels. Les bruits, à l'extérieur, s'intensifiaient. Acier tordu. Tremblements. Explosions résonnant dans le vide.

Les parois de mon casque étaient trempées de sueur. Je canalisai toute mon attention sur le pilotage, absorbée. Obnubilée. *Concentrée.*

Bien que je n'aie jamais cessé de maîtriser ma façon de piloter, une partie de moi commençait à se sentir déconnectée. L'intérieur de mon casque se mit à devenir brûlant, et j'aurais juré *entendre des voix* dans ma tête. De simples fragments de mots.

... détoner...

... virage...

... propulseur...

Nedd et moi, on jaillit dans cette ouverture immense à la bordure externe du chantier naval. Ma concentration céda la place au soulagement, et je n'eus pas besoin des instructions de M-Bot pour tourner tout droit vers la brèche luisante dans le mur.

On sortit précipitamment par le trou et on faillit percuter le sol. Le chantier naval avait presque atteint la surface.

Je me redressai et rasai la surface bleu-gris, soulevant de la poussière derrière moi. Nedd jura tout bas. Nous étions entrés dans un espace étroit entre le sol et la station, et qui rétrécissait progressivement.

— Les Krell viennent de faire éclater plusieurs gros explosifs sur le dessus du chantier naval, annonça M-Bot.

Je fonçais sous le chantier. Le plafond d'acier au-dessus de moi s'abaissait, des fragments de métal s'en détachaient et gauchissaient autour de nous tandis que l'intégrité structurelle de l'engin s'effondrait.

— À votre vitesse actuelle, vous n'échapperez pas à l'onde de choc, dit tout bas M-Bot.

— Hypercombustion, Nedd ! criai-je en poussant ma manette des gaz entièrement vers l'avant. Mag-10 !

Les ConGravs s'activèrent mais se retrouvèrent très vite en surcharge et, l'instant d'après, je fus projetée en arrière contre mon siège.

Mon visage devint lourd, et la peau s'écarta de mes yeux et autour de ma bouche. Mes bras semblaient faits de plomb et essayaient de glisser des commandes.

Devant moi, l'issue – la liberté – était une ligne de lumière qui ne cessait de rétrécir.

Mon Poco se mit à trembler lorsque j'atteignis Mag-10, puis continuai pour pousser jusqu'à Mag-10,5. La vibration s'accentua, et mon bouclier se mit à luire sous la chaleur soudaine due à la résistance du vent.

Fort heureusement, ce fut suffisant. Nedd et moi, on jaillit de sous le chantier naval juste avant qu'il ne s'écrase, soulevant un nuage de poussière et de débris derrière nous. Mais à cette vitesse, on le dépassa bientôt – ainsi que le bruit de la collision, car nous allions à plusieurs fois la vitesse du son.

J'expirai et ralentis prudemment tandis que le tremblement s'apaisait.

Avec Nedd comme ailier, on fit demi-tour – et lors de ces secondes de vol après notre libération, nous étions allés assez loin pour que je ne distingue même pas la poussière soulevée par la chute du chantier naval. Mes capteurs enregistrèrent à peine l'onde de choc quand elle nous atteignit enfin alors que nous allions rejoindre les autres.

Enfin, on approcha assez pour que je puisse distinguer l'énorme nuage de poussière soulevé par la collision. L'épave elle-même n'était qu'une grande ombre noire dans la poussière, au-dessus de laquelle grouillaient des points plus petits : des vaisseaux krell venus s'assurer que rien d'utile ne puisse être récupéré sur cette immense station. On pouvait souvent prélever les pierres d'élévation au cœur des débris tombés à terre, mais des tirs de destructeurs concentrés – ou la chaleur intense dégagée par le type d'explosion adéquat – les abîmeraient.

— Enfin, commenta Jorgen tandis qu'on allait se placer en rang avec l'escadrille. Nom des étoiles, qu'est-ce qui vous a pris, à tous les deux ?

Je ne répondis pas et comptai plutôt les membres de notre équipe. Sept vaisseaux, le mien compris. Nous avions tous réussi. Nous étions en nage, secoués, la mine sombre – presque personne ne dit mot tandis qu'on rejoignait l'escadrille Déferlante pour regagner la base. Mais nous étions vivants.

Lâche.

La voix de Nedd résonna dans mon cerveau, m'empêchant plus encore de me concentrer que la chaleur des capteurs sous mon casque ou la zone irréelle où étaient allées mes pensées pendant qu'on s'échappait. Avais-je vraiment cru entendre des voix ?

Je n'étais *pas* une lâche. Parfois, il *fallait* battre en retraite. La FDR tout entière s'était retirée de ce combat. Je n'étais pas un soldat moins valable parce que j'avais dû convaincre Nedd de s'échapper. N'est-ce pas ?

La nuit tombait lorsqu'on rejoignit la rampe de lancement. Je retirai mon casque et sortis du cockpit, épuisée. Jorgen me retrouva en bas de l'échelle.

— Tu ne m'as toujours pas répondu, aboya-t-il. Je t'ai laissée tranquille pendant le vol de retour, parce que tu devais être secouée, mais tu *vas* devoir t'expliquer. (Il me prit par le bras et le serra très fort.) Tu as failli faire tuer Nedd avec ces acrobaties.

Je soupirai, puis regardai sa main.

Il me lâcha prudemment.

— La question demeure, reprit-il. C'était insensé, même de ta part. Je n'arrive pas à croire que tu…

— J'ai beau adorer être la plus insensée de nous deux, Je Sais Tout, je suis trop crevée pour t'écouter là, tout de suite. (Je désignai le vaisseau de Nedd dans la pénombre.) C'est lui qui est entré. Je l'ai suivi. Tu aurais préféré que je le laisse seul ?

— Nedd ? s'étonna Jorgen. Il a trop la tête sur les épaules pour faire ce genre de chose.

— Peut-être qu'on déteint tous sur lui. Tout ce que je sais, c'est qu'il y avait plusieurs Sigo de l'escadrille Tempête Nocturne qui se sont retrouvés poursuivis par l'ennemi, et que Nedd a *refusé* de laisser tomber.

— L'escadrille Tempête Nocturne ?

— Ouais. Pourquoi ?

Jorgen garda le silence, puis pivota sur ses talons et se dirigea vers le vaisseau de Nedd. Je le suivis, vidée, tandis qu'une étrange douleur naissait dans ma tête – comme si j'avais des aiguilles derrière les yeux. Le cockpit de Nedd était vide, et il ne se trouvait pas avec les autres, qui se rassemblaient dans les salles près de la rampe de lancement pour retirer leur combinaison pressurisée. Ils riaient ensemble à présent que le stress du combat s'était dissipé.

Jorgen prit le chemin qui passait entre les rampes, et je le suivis, perplexe, jusqu'à ce qu'on atteigne une rangée de sept vaisseaux de combat de classe Sigo comportant le logo de l'escadrille Tempête Nocturne. Ils étaient rentrés avant nous, et leurs pilotes étaient déjà partis, laissant leurs vaisseaux aux équipes de maintenance.

Nedd était agenouillé sur le trottoir près de deux emplacements vides dans la rangée.

— Qu'est-ce qu'il y a ? demandai-je à Jorgen.

— Ses frères, Spin. Ils sont ailiers, Tempête Nocturne 6 et 7.

Les pilotes que nous avions suivis. Ceux qui, je le comprenais maintenant, étaient morts dans ces tunnels obscurs.

27

Nedd ne vint pas en cours le lendemain.

Ni le surlendemain. Ni toute cette semaine-là. Cobb nous occupa en nous faisant effectuer des exercices de poursuite. On fit des descentes en piqué, des manœuvres d'esquive et on se marqua les uns les autres, comme de vrais pilotes.

Mais dans les intervalles entre les moments d'action, la voix de Nedd me hantait.

Lâche.

J'y repensais tandis que j'enchaînais les exercices, assise dans mon pseudo-cockpit de la salle de classe. J'avais mis fin à la poursuite et contraint Nedd d'abandonner ses frères. Était-ce là quelque chose qu'un héros de légende aurait fait ?

— Les projections statistiques indiquent que si vous aviez prolongé votre poursuite de sept secondes supplémentaires, vous seriez morts dans la collision ou l'explosion qui a suivi, déclara M-Bot tandis que j'effectuais un exercice de combat holographique.

— Est-ce que tu aurais pu faire irruption sur le canal radio ? lui demandai-je en chuchotant, car nous étions dans la salle de classe. Et appeler les frères de Nedd ?

— Oui, j'aurais sans doute pu le faire.

— On aurait dû y penser. Si on s'était coordonnés, peut-être qu'on aurait pu les aider à s'échapper.

— Et comment auriez-vous expliqué votre capacité soudaine à pirater les signaux de communication de la FDR ?

Je m'absorbai dans ma poursuite du Krell holographique et ne répondis pas. Si j'avais été une vraie patriote, j'aurais depuis longtemps livré le vaisseau à mes supérieurs. Mais je n'étais pas une patriote. La FDR avait trahi et tué mon père, puis menti à son sujet. Je les détestais pour ça… mais que je les déteste ou non, j'étais quand même venue les supplier de me laisser voler.

Soudain, ça m'apparut comme un autre acte de lâcheté.

Je grondai tout bas, utilisant ma lumilance pour tourner autour d'un morceau de débris flottant, puis activai l'hypercombustion. Je dépassai à toute allure le vaisseau krell et déclenchai mon IMI, désactivant nos deux boucliers, puis pivotai sur mon axe. Ce qui orienta mon nez vers l'arrière tandis que je volais toujours vers l'avant – mais je réussis à tirer une salve de destructeurs sur le Krell derrière moi et à le détruire.

C'était une manœuvre dangereuse de ma part, car elle m'orienta dans le mauvais sens pour surveiller ma direction. En effet, un autre vaisseau krell fonça immédiatement sur mon flanc droit et tira sur moi. Je mourus avec mon alarme « bouclier désactivé » qui me hurlait dans les oreilles.

— Jolie acrobatie, commenta Cobb dans mon oreille tandis que mon hologramme redémarrait. Chouette façon de mourir.

Je me détachai et me levai, arrachant mon casque que je jetai sur le côté. Il rebondit sur mon siège et tomba bruyamment sur le sol tandis que je me dirigeais vers le fond de la pièce et commençais à faire les cent pas.

Cobb se tenait au milieu du cercle de cockpits factices, avec de petits vaisseaux holographiques tournoyant autour de lui. Il portait un écouteur pour communiquer avec nous dans les lignes de nos casques. Il me mesura du regard tandis que je tournais en rond, mais me laissa tranquille.

— Salve, Couic ! cria-t-il plutôt à Kimmalyn. De toute évidence, ce vaisseau de combat était en train d'effectuer une séquence S-4 pour tenter de vous appâter. Faites un peu attention, jeune fille !

— Désolée ! s'exclama-t-elle depuis l'intérieur de son cockpit. Ah, et désolée pour ça aussi !

— Mon capitaine ? fit Arturo, depuis l'intérieur de son hologramme d'entraînement. Les Krell font souvent ça, non ? Nous entraîner à leur poursuite ?

— Difficile à dire, grommela Cobb.

Je continuais à marcher pour évacuer ma frustration – principalement dirigée contre moi-même – tout en les écoutant. Bien qu'ils soient assis à l'intérieur du cercle, leurs voix étaient étouffées par leur casque et l'enceinte des pseudo-cockpits. Entendre l'ensemble me rassura sur le fait que, lorsque je murmurais à l'intention de M-Bot depuis ma place, les autres ne m'entendaient pas, tant que je prenais soin de parler très bas.

Leurs bavardages pendant le vol m'apaisaient. Je cessai lentement de faire les cent pas et allai rejoindre Cobb près de l'hologramme central.

— L'autre jour, poursuivit Arturo, avec ce gros morceau de débris spatial, le but de leur attaque n'était pas de nous vaincre, mais de le détruire – et sans doute de nous empêcher de le récupérer. C'est bien ça ?

— Oui, acquiesça Cobb. Où voulez-vous en venir, Amphi ?

— Je voulais simplement dire, mon capitaine, qu'ils devaient savoir qu'il allait tomber. Ils vivent là-dehors, dans l'espace. Et ils ont donc certainement vu ce morceau là-haut pendant toutes ces années. Ils auraient pu le détruire n'importe quand, mais ils ont attendu qu'il tombe. Pourquoi ça ?

Je hochai la tête. Je m'étais posé la même question.

— Les motivations des Krell nous échappent, répondit Cobb. En dehors de leur désir de nous exterminer, bien entendu.

— Pourquoi ne nous ont-ils jamais attaqués avec plus d'une centaine de vaisseaux à la fois ? insista Arturo. Pourquoi continuent-ils à nous appâter pour nous entraîner dans des embuscades, au lieu de procéder à une attaque écrasante ?

— Pourquoi est-ce qu'ils laissent tomber les matériaux de récup, pour commencer ? ajoutai-je. Sans ça, on ne pourrait pas se procurer assez d'anneaux d'élévation pour maintenir une résistance. Pourquoi est-ce qu'on ne les attaquerait pas, *nous*, dans la ceinture de débris ? Pourquoi attendre qu'ils descendent jusqu'ici et…

— Assez travaillé pour aujourd'hui, nous interrompit Cobb en se dirigeant vers son vaisseau pour appuyer sur le bouton qui éteignait tous les hologrammes.

— Désolée, mon capitaine, lui dis-je.

— Ne vous excusez pas, cadette, dit Cobb. Vous non plus, Amphisbène. Vous posez tous les deux de bonnes questions. Enlevez tous vos casques. Redressez-vous. Écoutez-moi bien. Compte tenu du temps écoulé depuis que ça a commencé, nous avons appris si peu de choses sur les Krell que c'en est effrayant – mais je vais vous dire ce que nous savons avec *certitude*.

Je sentis l'enthousiasme monter en moi tandis que les autres retiraient leur casque. Des réponses ? Enfin ?

— Mon capitaine, dit Jorgen en se levant. Est-ce que les informations sur les Krell ne sont pas classées secrètes, uniquement accessibles aux pilotes confirmés ?

Arturo geignit tout bas et leva les yeux au ciel. Son expression semblait dire : *Merci, Jorgen, de ne jamais être marrant pour quoi que ce soit.*

— Personne n'aime les rapporteurs, Jorgen, lâcha Cobb. Taisez-vous et écoutez-moi. Vous devez savoir une chose. Vous *méritez* de le savoir. Le fait d'être un Premier Citoyen me donne un peu de marge par rapport à ce que je peux vous répéter.

Je reculai à côté de mon cockpit tandis que Cobb faisait apparaître quelque chose avec son hologramme : une planète. Détritus ? Elle était bien entourée de quelques bouts de métal flottants, mais la ceinture de débris s'étendait plus loin que je ne m'y attendais – et elle était plus large.

— Ceci, expliqua-t-il, est une approximation de notre planète et de la ceinture de débris. En réalité, nous n'avons qu'une vague idée de ce qui se trouve là-haut. Nous avons perdu une grande partie de ce que nous savions quand les Krell ont bombardé les archives et notre état-major en l'an zéro après atterrissage. Mais certains de nos scientifiques pensent qu'à une époque, une coquille entourait la planète *tout entière*, comme un bouclier métallique. Le problème, c'est qu'une grande partie de ces vieilles machines, là-haut, sont toujours actives – et qu'elles possèdent des canons.

Il regarda la planète holographique – qui était transparente et luisait d'un éclat bleu – lancer un groupe de vaisseaux de combat virtuels. Ils approchèrent de la ceinture de débris et se firent abattre par des centaines de destructeurs.

— C'est dangereux, là-haut, poursuivit Cobb. Même pour les Krell. C'est pourquoi l'ancienne flotte est venue ici, dans ce vieux cimetière qui passe pour une planète. Le peu que se rappellent les personnes âgées indique que Détritus était connue à l'époque, mais qu'on l'évitait. Son bouclier perturbait sérieusement les communications et, quand elle a affronté les anciennes plateformes de défense orbitales, notre flotte a réussi de justesse à le traverser pour venir s'écraser à la surface.

» Les Krell ne semblent pas beaucoup explorer ce qui se trouve là-haut. Ils savaient peut-être que ce vieux chantier naval allait tomber, mais l'atteindre en traversant la ceinture de débris leur aurait coûté beaucoup. Ils semblent avoir trouvé quelques trajets sûrs pour atteindre la planète, qu'ils utilisent de manière presque exclusive.

— Donc…, dis-je, fascinée – tout ça était nouveau pour moi. Est-ce qu'on aurait pu, d'une manière ou d'une autre, utiliser ces vieilles plateformes de défense ?

— Nous avons essayé. Mais c'est dangereux pour nous de voler là-haut – les plateformes tireront sur nous aussi. Par ailleurs, les Krell sont plus meurtriers dans l'espace. Vous vous rappelez que cette planète est protégée par un bouclier ? Eh bien, les Krell possèdent d'étranges capacités de communication avancées. Le bouclier de la planète perturbe leur capacité à parler les uns aux autres. Nous pensons que c'est pour cette raison qu'ils sont moins efficaces ici, en bas.

» Il y a un autre problème, de moindre importance, ajouta Cobb, qui semblait hésiter sur un point. Dans l'espace, au-delà de la planète, les Krell peuvent… eh bien, les anciens équipages affirment que la technologie krell leur permet de lire les pensées des humains. Et que certaines personnes y sont plus sujettes que d'autres.

J'échangeai des regards avec le reste de l'escadrille. Je n'avais jamais rien entendu de tel.

— Mais ne dites à personne que je vous ai raconté cette partie-là, précisa Cobb.

— Donc…, intervint Arturo. Cette perturbation des communications, et ces défenses orbitales, sont les raisons expliquant que les Krell ne nous bombardent pas depuis l'espace ?

— Aux premiers jours d'Alta, répondit Cobb, ils ont essayé de faire venir des vaisseaux plus grands, mais ils se sont fait détruire par les défenses orbitales. Les Krell n'arrivent à faire passer que de petits vaisseaux manœuvrables pour nous attaquer.

— Ça n'explique pas pourquoi ils envoient des escadrilles relativement peu fournies, observa Arturo. Sauf erreur de ma part, ils n'ont jamais envoyé d'attaque de plus de cent vaisseaux. C'est bien ça ?

Cobb hocha la tête.

— Pourquoi ne pas en envoyer deux cents ? Trois cents ?

— Nous n'en savons rien. Si vous fouillez dans les rapports classés secrets, vous ne trouverez rien de plus que des théories extravagantes. Peut-être qu'une centaine de vaisseaux est le maximum de ce qu'ils parviennent à coordonner.

— D'accord, admit Arturo, mais pourquoi ne semblent-ils capables de préparer qu'une seule exterminatrice à la fois ? Pourquoi ne pas charger chaque vaisseau d'une de ces bombes et nous envoyer une attaque suicide ? Pourquoi…

— Qu'est-ce qu'ils *sont* au juste ? le coupai-je.

Arturo posait de bonnes questions – mais à mes yeux, moins importantes que celle-là.

Arturo me regarda, puis hocha la tête.

— Est-ce qu'on le sait, Cobb ? demandai-je. Dans ces dossiers secrets, est-ce que quelqu'un sait ? Est-ce qu'on a déjà *vu* un Krell ?

Cobb remplaça l'hologramme par l'image flottante d'un casque brûlé et de pièces d'armure. Je frissonnai. Des vestiges de Krell. Son hologramme était une version beaucoup plus détaillée, beaucoup plus *réelle* des reproductions artistiques que j'avais pu voir. La photo montrait des scientifiques debout près d'une table autour de l'armure, qui était massive et trapue. Plutôt carrée.

— C'est tout ce que nous sommes jamais parvenus à récupérer, déclara Cobb. Et nous n'en trouvons que de temps en temps dans les vaisseaux que nous abattons. Un sur cent, voire moins. Ils ne sont pas humains, c'est notre seule certitude.

Il nous montra une autre image, un hologramme plus rapproché de l'un des casques, brûlé dans l'accident.

— Il y a des théories, poursuivit Cobb. Les personnes âgées, celles qui ont vécu sur le *Rebelle* lui-même, parlent de choses impossibles selon notre compréhension actuelle. Peut-être que si nous ne trouvons jamais rien d'autre que des pièces d'armure, c'est parce qu'il n'y a rien d'autre à trouver. Peut-être que les Krell *sont* l'armure. Dans l'ancien temps, il y avait des légendes concernant quelque chose d'étrange. Des machines capables de penser.

Des machines capables de penser.

Des machines dotées d'une technologie de communication avancée.

J'éprouvai soudain un grand froid. Mon environnement sembla disparaître, et je restai plantée à côté de mon pseudo-cockpit, à entendre les autres parler comme s'ils étaient très loin.

— C'est insensé, répondit Hula Hoop. Un morceau de métal ne peut pas réfléchir, pas plus qu'une pierre. Ou cette porte. Ou mon bidon.

— Plus insensé que l'idée qu'ils puissent lire les pensées ? grogna Arturo. Je n'ai jamais rien entendu de tel.

— De toute évidence, il y a des prodiges dans cette galaxie qui nous échappent, répondit Cobb. Après tout, le *Rebelle* et d'autres vaisseaux pouvaient voyager entre les étoiles en un clin d'œil. Les machines douées de pensée expliqueraient pourquoi un si grand nombre de cockpits de Krell que nous étudions sont vides, et pourquoi les « pièces d'armure » que nous récupérons ne semblent jamais contenir de corps.

Des machines capables de penser.

Cobb donna alors le signal de la fin de la journée, et on rassembla tous nos affaires pour partir dîner. Kimmalyn et FM se plaignirent toutes les deux d'avoir un rhume – un virus circulait depuis quelques jours – et Cobb leur suggéra donc de retourner se reposer dans leur chambre. Il promit d'envoyer un assistant leur apporter à manger.

J'entendis tout ça sans vraiment l'entendre. À la place, je restai assise en proie à la stupeur. M-Bot. Un vaisseau capable de penser, et qui pouvait apparemment infiltrer nos communications sans aucun mal. Et si... si j'étais en train de réparer un Krell ? Pourquoi n'avais-je jamais pris la peine d'y réfléchir ? Comment pouvais-je être aveugle à une possibilité qui paraissait tellement évidente ?

Il a un cockpit, me dis-je, *avec des inscriptions en anglais. Des équipements destinés à un pilote. Et il dit qu'il ne peut pas piloter lui-même le vaisseau.*

Mais il pouvait s'agir d'une ruse, non ? Il affirmait qu'il ne pouvait pas mentir, mais je n'avais que sa parole sur ce point. Je...

— Spin ? fit Cobb en s'arrêtant à côté de mon pseudo-cockpit. Vous n'êtes pas en train d'attraper ce rhume vous aussi, dites-moi ?

Je fis signe que non.

— Ça fait juste beaucoup de choses à absorber.

— Bon, il s'agit peut-être d'un ramassis de vieilles scories. En réalité, une fois qu'on a perdu les archives, presque tout ce qui concernait l'ancienne époque n'a plus reposé que sur le ouï-dire.

— Ça ne vous dérange pas si on répète tout ça à Nedd ? Quand il reviendra ?

— Il ne reviendra pas, m'apprit Cobb. L'amirale l'a officiellement retiré de la liste des cadets ce matin.

— Quoi ? dis-je en me levant, surprise. Il a demandé à ce qu'on le retire ?

— Il ne s'est pas présenté, Spin.

— Mais… ses frères…

— Être incapable de maîtriser ses émotions, y compris le chagrin, est le signe qu'on est inapte au service. En tout cas, c'est comme ça qu'Ironsides et les autres huiles de la FDR voient les choses. Moi, je trouve que c'est une bonne chose que Nedd ne soit plus là. Ce garçon était trop malin pour tout ça de toute manière…

Il franchit la porte en clopinant.

Je me laissai retomber sur mon siège. Alors nous n'étions vraiment plus que six à présent. Et si être incapable de maîtriser ses émotions nous rendait inaptes au service… que dire de moi ? Tout ça s'accumulait sur mes épaules. La perte de mes amis, l'inquiétude au sujet de M-Bot, les voix qui chuchotaient au plus profond de moi que j'étais une lâche, en réalité.

Toute ma vie, je m'étais battue avec cette vieille colère en moi, tonnant que je *serais* pilote et que je *serais* très douée. Où était passée cette confiance ?

J'étais toujours partie du principe que, quand je réussirais – quand j'arriverais enfin ici –, j'arrêterais de me sentir tellement seule.

Je fouillai dans mon sac et sortis ma radio.

— M-Bot, tu es là ?

— Anneau d'élévation : fonctionnel, mais alimentation insuffisante. Propulseurs auxiliaires : non-fonctionnels. Hyperpropulseur cytonique : non-fonctionnel. (Il hésita.) C'était un oui, au cas où vous vous demandiez. Je suis ici, parce que je ne peux aller nulle part.

— Tu as écouté notre conversation ?

— Oui.

— Et ?

— Et j'avoue que je faisais des calculs quant à la probabilité que des champignons poussent à l'intérieur de ce bâtiment, car votre conversation était – comme souvent chez les humains – légèrement ennuyeuse. Mais pas totalement ! Alors vous devriez vous sentir…

— M-Bot, est-ce que tu es un Krell ?

— Quoi ? Non ! Bien sûr que non, je ne suis pas un Krell. Qu'est-ce qui peut bien vous faire penser ça ? Comment avez-vous pu penser… Un instant, je calcule. Ah. Vous pensez, parce que je suis une IA, et qu'ils sont sans doute des IA, que nous devons être identiques ?

— Tu dois bien reconnaître que c'est louche.

— Je serais offensé, si je pouvais l'être, répondit-il. Peut-être que je devrais commencer à vous qualifier de vache, puisque vous avez quatre membres, êtes faite de chair et possédez des capacités mentales biologiques *rudimentaires*.

— Est-ce que tu le *saurais* si tu étais un Krell ? insistai-je. Peut-être que tu as oublié.

— Oui, je le saurais, affirma-t-il.

— Tu as oublié pourquoi tu es venu sur Détritus, lui rappelai-je. Tu n'as qu'une seule image de ton pilote, à supposer que ce soit bien lui. Tu te rappelles à peine quoi que ce soit au sujet de mon espèce. Peut-être que tu n'as jamais su. Peut-être que ton bloc de mémoire n'est rempli qu'avec les fragments que les Krell connaissent à notre sujet, et que tu as inventé toute cette histoire.

— Je suis en train d'écrire un sous-programme en ce moment même, répondit-il. Pour exprimer correctement mon indignation. Il va me falloir du temps pour y arriver précisément. Donnez-moi quelques minutes.

— M-Bot…

— Juste un instant. La patience est une vertu, Spensa.

Je soupirai, mais entrepris de ranger mes affaires. Je me sentais sonnée. Vidée. Pas effrayée, bien entendu. Je me baignais dans les feux de la destruction et savourais les cris des vaincus. Je ne connaissais pas la *peur*.

Mais peut-être qu'au plus profond de moi… je m'inquiétais. L'abandon de Nedd m'avait frappée plus fort qu'il n'aurait dû.

Je jetai mon sac sur mon épaule et fixai la radio sur son côté. Je la réglai de telle sorte qu'elle fasse clignoter une lumière si M-Bot ou quelqu'un d'autre cherchait à me contacter. Je ne voulais pas qu'on l'entende pendant que je marchais dans les couloirs, mais je n'avais pas à m'inquiéter. Le bâtiment était vide ; Cobb nous avait congédiés tard, et les autres escadrilles étaient déjà parties dîner. Je n'aperçus ni agents de police militaire ni membres du personnel de soutien tandis que je marchais lentement vers la sortie, le pas lourd.

Je n'étais pas certaine d'arriver à continuer comme ça. Me lever tôt, travailler toute la matinée sur M-Bot. Être épuisée chaque jour par les cours, puis regagner ma caverne la nuit. Dormir par intermittence, rêver des gens que j'avais abandonnés ou – pire encore – faire des cauchemars où je prenais la fuite…

— Pssst !

Je m'arrêtai, puis lançai un regard à la radio attachée sur le côté de mon sac à dos.

— Psssssssssssssssssssssssssssssssttt ! Spensa !

Je balayai le couloir du regard. Sur ma droite – est-ce que c'était *Kimmalyn* qui se tenait là, dans l'embrasure d'une porte, habillée en noir ?

— Couic ?

D'un geste impatient, elle me fit signe d'avancer. Je fronçai les sourcils, méfiante.

Puis j'eus envie de me donner des gifles. *Idiote. C'est Kimmalyn.*

Je m'approchai d'elle.

— Qu'est-ce que tu…

— Chhhut ! dit-elle avant de se précipiter le long du couloir et de jeter un œil à une intersection. Elle me fit signe de la suivre et je m'exécutai, plus perplexe qu'autre chose.

Elle poursuivit ce manège le temps de prendre quelques tournants dans des boyaux vides – on dut même entrer dans les toilettes où elle me fit patienter avec elle, sans rien expliquer, jusqu'à ce qu'on atteigne enfin un couloir où s'alignaient des portes. Les dortoirs des filles. Deux jeunes femmes que je ne connaissais pas – vêtues de combinaisons de vol avec l'insigne de l'escadrille Dragon Stellaire – se tenaient devant l'une des pièces, en train de bavarder.

Kimmalyn me fit attendre là, accroupie au coin, jusqu'à ce que les deux filles partent enfin de l'autre côté. Je remarquai que nous étions arrivées par l'arrière, la direction opposée à celle du mess. Alors, elle était malade ou pas ?

Après le départ des deux filles, la tête de FM – ses cheveux courts retenus en arrière par une barrette scintillante – surgit par l'une des portes. Elle fit un signe impatient de la main. Kimmalyn s'élança le long du couloir pour la rejoindre, et je la suivis et m'engouffrai dans leur chambre.

FM claqua la porte, puis sourit. Leur petite chambre était telle que je me la rappelais, bien que l'un des lits ait été retiré, à la mort de Marée Haute. Ce qui laissait un emplacement de lits superposés sur le mur gauche, et un lit unique à droite. Une pile de couvertures était entassée entre eux, et deux plateaux de nourriture posés sur la commode : de la soupe fumante dans des bols, avec du tofu d'algues et d'épaisses tranches de pain. Du vrai pain. Avec de la véritable imitation de beurre.

Je me mis à saliver.

— On a demandé du rab, expliqua Kimmalyn, mais ils ont envoyé de la soupe, parce qu'ils pensaient qu'on était malades. Malgré tout, « On ne peut demander plus quand on l'a déjà », comme disait la Sainte.

— Ils ont retiré le lit en trop, ajouta FM, alors on a entassé des couvertures sur le sol. Le plus dur va être d'utiliser les toilettes – mais on fera diversion pour toi.

Je compris enfin. Elles avaient *fait semblant* d'être malades pour pouvoir demander qu'on apporte leur repas dans la chambre – et le partager avec moi. Elles m'avaient fait entrer discrètement et m'avaient préparé un « lit ».

Par les étoiles. Une bouffée de gratitude monta en moi.

J'allais pleurer.

Les guerrières ne pleuraient *pas*.

— Oh ! Tu as l'air en colère, dit Kimmalyn. Ne le sois pas. On n'est pas en train de sous-entendre que tu es trop faible pour marcher jusqu'à ta caverne ! On a simplement pensé… tu sais…

— Que ce serait agréable de faire une pause, compléta FM. Même une grande guerrière peut en prendre une de temps en temps, hein, Spin ?

Je hochai la tête, n'osant prononcer le moindre mot.

— Génial ! s'exclama Kimmalyn. Bon, on attaque ? Ce subterfuge m'a *affamée*.

28

Cette soupe avait meilleur goût que le sang de mes ennemis.

Compte tenu du fait que je n'avais jamais *vraiment* goûté le sang de mes ennemis, peut-être que ça ne rendait pas justice à cette soupe.

Elle avait meilleur goût qu'une soupe n'aurait dû. Un goût de rires, d'amour, de jouissance. Sa chaleur brûlait en moi comme du carburant de fusée en feu. Je me blottis dans les couvertures, tenant le grand bol sur mon giron, tandis que Kimmalyn et FM bavardaient.

Je ravalai mes larmes. Je n'allais *pas* pleurer.

Mais la soupe avait un goût qui me rappelait ma maison. Curieusement.

— Je t'avais bien dit que le costume la pousserait à me suivre, disait Kimmalyn assise sur son lit, jambes croisées. Le noir, c'est la couleur de *l'intrigue*.

— Tu es cinglée, dit FM en agitant sa cuillère. Tu as de la chance que personne ne t'ait vue. Les Rebelles sont bien trop empressés de chercher des raisons d'être offensés.

— Toi aussi, FM, tu es une Rebelle, répondis-je. Tu es née ici, comme nous tous. Tu es une citoyenne des Cavernes Rebelles Unies. Pourquoi tu passes ton temps à faire comme si tu étais autre chose ?

FM sourit avec enthousiasme. Apparemment, elle appréciait ce genre de question.

— Être Rebelle, ce n'est pas qu'une question de nationalité. Ça s'exprime toujours comme un état d'esprit. « Un vrai Rebelle doit penser comme ça » ou « Pour être un Rebelle, il ne faut jamais reculer », ce genre de choses. Donc, selon leur propre logique, je peux me « dérebelliser » à travers mes choix personnels.

— Et… tu en as envie ? m'enquis-je en inclinant la tête.

Kimmalyn me tendit une autre tranche de pain.

— Elle croit que vous êtes tous peut-être un tout petit peu… belliqueux.

— Encore ce mot-là, m'énervai-je. Qui parle comme ça ?

— Les gens qui sont érudits, dit Kimmalyn en buvant une gorgée de soupe.

— Je refuse d'être piégée par des liens d'autocratie et de nationalisme, déclara FM. Pour survivre, notre peuple a nécessairement dû s'endurcir, mais en parallèle, nous nous sommes asservis nous-mêmes. La plupart des gens ne remettent jamais rien en question et s'obstinent à suivre machinalement la routine d'une vie d'obéissance. D'autres ont augmenté l'agressivité au point qu'ils ont du mal à éprouver des sentiments naturels !

— *Moi*, j'ai des sentiments naturels, assurai-je. Et je combattrai toute personne qui dira l'inverse.

FM me mesura du regard.

— Je réclamerai des épées à l'aube, ajoutai-je en mangeant mon pain. Mais je serai sans doute trop alourdie par le pain pour me lever. Sérieusement, c'est ce qu'on vous sert à manger *tous les jours* ?

— Et toi, ma chère, qu'est-ce que tu manges ?

— Des rats, répondis-je. Et des champignons.

— Tous les jours ?

— Avant, je mettais du poivre sur les rats, mais je n'en ai plus.

Elles échangèrent un regard.

— C'est une honte pour la FDR, ce que l'amirale t'a fait, reprit FM. Mais c'est une conséquence naturelle du besoin totalitaire de pouvoir absolu sur ceux qui lui résistent – l'exemple *même* de l'hypocrisie du système. Une attitude rebelle n'est « digne des Rebelles » à leurs yeux que si elle ne se rebelle contre rien en réalité.

Je lançai un regard à Kimmalyn, qui haussa les épaules.

— Elle est totalement passionnée par ce sujet.

— Nous soutenons un gouvernement qui a dépassé ses limites au nom de la sécurité publique, enchaîna FM. Les gens doivent prendre la parole et se soulever contre la classe supérieure qui les garde asservis !

— La classe supérieure, comme toi ? la tançai-je.

FM baissa les yeux vers sa soupe, puis soupira.

— J'allais à des réunions de Contestataires et mes parents se contentaient de me donner une tape sur la tête et d'expliquer à tout le monde que je traversais une phase de contreculture. Ensuite, ils m'ont inscrite à l'école de pilotage, et… enfin, je veux dire, j'ai l'occasion de *voler*.

Je hochai la tête. Cette partie-là, je la comprenais.

— Je me suis dit que si je devenais une pilote célèbre, je pourrais parler pour les gens du commun, vous savez ? Je serai plus susceptible de changer les choses ici que dans les cavernes inférieures, à porter des robes de bal et à rester assise à côté de mes sœurs d'un air guindé. Non ? Vous ne croyez pas ?

— Ben si, acquiesçai-je. Ça me paraît très logique. Hein, Couic ?

— C'est ce que je passe mon temps à lui dire, fit Kimmalyn, mais je crois que ça aura plus de poids venant de toi.

— Pourquoi moi ? demandai-je. FM, tu ne disais pas que les gens comme moi avaient des émotions contre nature ?

— Si, mais tu n'y peux rien si tu es un produit de ton environnement ! tempéra FM. Ce n'est pas ta faute à *toi* si tu es une boule d'agressivité et de destruction sanguinaire.

— Ah bon ? (Je m'animai.) Enfin, c'est comme ça que tu me vois ?

Elle hocha la tête.

Génial.

La porte de la petite pièce s'ouvrit soudain et, par réflexe, je soulevai le bol, songeant que la soupe encore chaude ferait une bonne diversion si je la jetais à la figure de quelqu'un.

Hula Hoop se faufila à l'intérieur, sa silhouette mince soulignée par la lumière du couloir. Salve ! Je n'avais même pas *pensé* à elle. Les deux autres m'avaient fait entrer pendant qu'elle était partie dîner. Avaient-elles son accord pour cette petite infraction ?

Elle croisa mon regard, puis s'empressa de fermer la porte.

— J'ai apporté des desserts, dit-elle en soulevant un petit paquet enveloppé dans une serviette. Je Sais

Tout m'a surprise en train de les prendre quand il est passé près de moi. Je crois qu'il fait juste ça pour nous lancer des regards noirs avant de partir dîner avec des gens plus importants.

— Qu'est-ce que tu lui as dit ? demanda Kimmalyn.

— Que j'avais envie d'un en-cas pour la nuit. J'espère qu'il ne se doute de rien. Le couloir avait l'air dégagé, sans agents ni rien. Je crois qu'on est tranquilles.

Elle retira la serviette, dévoilant du gâteau au chocolat qui avait été à peine écrasé pendant le transport.

Je la regardai, songeuse, nous donner à chacune un morceau, puis se laisser tomber sur son lit et enfourner le dernier d'un seul coup. C'était là une fille qui m'avait à peine adressé la parole au cours des dernières semaines. Et maintenant elle m'apportait du gâteau ? J'étais soulagée de savoir qu'elle n'allait pas me dénoncer, mais je ne savais pas quoi penser d'elle par ailleurs.

Je me réinstallai dans mes couvertures, puis goûtai la pâtisserie.

C'était *tellement* meilleur que le rat. Je ne pus m'empêcher de laisser échapper un petit gémissement de plaisir, qui fit sourire Kimmalyn. Elle s'assit sur le côté du lit de Hula Hoop, qui n'avait pas été fait ce matin-là. Le lit de Kimmalyn était le lit superposé supérieur soigneusement bordé, avec les coins immaculés et la taie d'oreiller à fanfreluches. Celui de FM se trouvait de l'autre côté, avec la pile de livres sur l'étagère près de la tête de lit.

— Donc…, dis-je en me léchant les doigts, qu'est-ce que vous faites pendant la nuit ?

— Dormir ? fit Hula Hoop.

— Pendant douze heures ?

— Eh bien, il y a l'éducation physique, répondit FM. En règle générale, nous faisons des longueurs dans la piscine, même si Hula Hoop préfère les poids. Et de l'entraînement sur cible avec des armes à feu, ou du temps supplémentaire dans la centrifugeuse…

— Je n'ai toujours pas vomi là-dedans, dit Hula Hoop, ce qui est, de mon point de vue, totalement inapproprié.

— Hula Hoop nous a appris à jouer à la balle au mur, dit Kimmalyn. C'est marrant de la voir affronter les garçons. Ils prennent toujours ça comme un défi stimulant.

— Elle veut dire par là que c'est agréable de regarder Nedd en train de perdre, précisa FM. Il a l'air tellement incrédule chaque fois…

Elle laissa sa phrase en suspens, comprenant peut-être qu'ils n'auraient plus jamais l'occasion de le voir jouer.

Mon estomac se noua. Nager. De l'entraînement sur cible. Du sport ? Je savais déjà ce que je manquais, mais l'entendre dire comme ça…

— On n'attendra pas de nous qu'on le fasse ce soir, reprit Kimmalyn. Puisqu'on est malades. Ce sera marrant, Spin ! On pourra rester éveillées toute la nuit à parler.

— De quoi ? demandai-je.

— De choses normales, répondit FM en haussant les épaules.

Qu'est-ce qui était normal ?

— Comme… les garçons ?

— Nom des étoiles, certainement pas, répondit Hula Hoop, qui s'assit et sortit quelque chose de sa tête de lit. (Elle me tendit un carnet rempli de petits dessins de vaisseaux en train d'enchaîner les motifs.) Les manœuvres de vol !

— Hula Hoop essaie constamment de donner son nom à de nouvelles manœuvres, me dit FM. Mais on s'est dit que la « manœuvre de Hula Hoop » devait vraiment comporter plusieurs boucles, ou quelque chose comme ça. Comme celle de la page quinze.

— Je déteste les boucles, grimaça Hula Hoop. On devrait appeler celle-là la « manœuvre de Couic ». Elle est pleine de fioritures.

— Ne dites pas de bêtises, répondit Kimmalyn. Je finirais par entrer en collision avec *moi-même* si je devais faire autant de boucles.

— Une manœuvre de Couic impliquerait de complimenter l'ennemi pendant qu'on lui tire dessus, répondit FM avec un rictus. « Oh ! Vous faites de très jolies étincelles en mourant ! Vous devriez être très fier de vous. Beau travail ! »

Ma tension se dissipa tandis que les filles me montraient les manœuvres qu'elles avaient conçues. Leurs noms étaient tous atroces, mais les discussions étaient amusantes, captivantes, et puis… tellement *bienvenues*, tout simplement. Je dessinai à mon tour une manœuvre horriblement complexe dans le carnet, à mi-chemin entre une boucle d'Ahlstrom et un double grand huit avec vent latéral.

— Le plus dingue, commenta FM, c'est qu'elle arriverait sans doute à le faire.

— Ouais, répondit Kimmalyn. Peut-être qu'on pourrait renommer le *décollage* « manœuvre de Couic ». C'est la seule chose que je réussisse à chaque fois.

— Tu es loin d'être si mauvaise que ça, lui dit Hula Hoop.

— Je suis la plus mauvaise pilote de l'escadrille.

— Et la meilleure tireuse.

— Ce qui n'a aucune importance si je meurs avant de pouvoir tirer.

Je répondis par un grognement, la main toujours sur le carnet de Hula Hoop. Je tournai une nouvelle page.

— Couic est géniale pour les tirs de précision, et Hula Hoop, tu es excellente pour pourchasser les vaisseaux krell. FM, tu es très douée pour esquiver.

— Mais quand je tire, j'arrive à peine à toucher le flanc le plus large d'une montagne, dit FM. J'imagine que, si on nous fusionnait tous ensemble, on obtiendrait un excellent pilote.

— On ne pourrait pas essayer quelque chose comme ça ? lançai-je en dessinant. Cobb dit que les Krell sont toujours à la recherche de pilotes qui se distinguent. Il dit que s'ils trouvent quelqu'un dont ils pensent qu'il peut s'agir d'un chef d'escadrille, ils concentrent tous leurs tirs sur cette personne.

— Ah oui ? demanda Hula Hoop en s'asseyant sur son lit. Qu'est-ce que tu es en train de dire ?

— Eh bien, s'ils sont vraiment des machines, peut-être qu'ils ont reçu ce mandat d'attaquer nos chefs. Peut-être que c'est resté coincé dans leurs cerveaux robotiques, au point qu'ils suivent cette consigne avec une obstination ridicule.

— Ça paraît tiré par les cheveux, dit FM.

Je lançai un regard vers mon sac, et la radio portable fixée sur le côté. La lumière clignotait. M-Bot avait tenté de m'appeler, sans doute avec une autre demande relative à des champignons.

— Écoutez, leur dis-je en revenant à mon dessin. Et si on *encourageait* les Krell à se concentrer sur des membres précis de notre escadrille ? S'ils concentraient leurs tirs sur FM, qui est la meilleure pour esquiver, ils laisseraient peut-être les autres tranquilles. Couic pourrait se positionner et les éliminer un par un. Hula Hoop pourrait rester en arrière, puis pourchasser tous ceux qui décideraient d'essayer d'abattre notre artilleuse.

Les autres se penchèrent plus près. Hula Hoop acquiesça, mais FM secoua la tête.

— Je ne suis pas sûre de pouvoir y survivre, Spin. Je me retrouverais avec des *dizaines* de poursuivants. Je me ferais abattre, sans aucun doute. Mais… peut-être que toi, tu y arriverais.

— Tu es notre meilleure pilote, acquiesça Couic. Et tu n'as peur de *rien*.

Mon stylo s'immobilisa et je regardai le plan de vol à moitié dessiné, avec le vaisseau de Couic arrêté au bord du périmètre pour éliminer des Krell. J'avais dessiné une dizaine de vaisseaux en train de poursuivre un seul pilote.

Quel effet est-ce que ça ferait de se trouver sur le siège en se sachant sous le feu d'une dizaine d'ennemis ? Aussitôt, mes rêveries prirent le dessus, imaginant la scène sous la forme d'un combat incroyable et spectaculaire. Des explosions, des frissons et de la gloire !

Mais il y avait à présent une autre voix à l'intérieur de moi. Une voix discrète et grave qui chuchotait : *Ce n'est pas la réalité, Spin. Dans la réalité, tu serais terrifiée.*

— Je… (Je m'humectai les lèvres.) Je ne sais pas si je pourrais y arriver non plus. Je… (*Vas-y, dis-le.*) Des fois, j'ai peur.

FM fronça les sourcils.

— Et alors ?

— Alors une partie des choses que je dis… sont seulement… de la bravade. En réalité, je ne suis pas si confiante que ça.

— Tu veux dire que tu es *humaine* ? s'écria Kimmalyn. Les étoiles te bénissent. Qui l'aurait cru ?

— À t'entendre, on croirait que tu es en train de faire une grande confession, acquiesça FM. « Les filles, j'ai des émotions. Elles sont *effroyables*. »

Je rougis.

— Ce n'est pas anodin pour moi. J'ai passé mon enfance à rêver de l'époque où je pourrais voler et me battre. Maintenant que je suis ici, et que j'ai perdu des amis, je… Ça fait mal. Je suis plus faible que je ne le croyais.

— Si ça te rend faible, répliqua FM, alors moi, je dois être *minable*.

— Ouais, ajouta Kimmalyn. Tu n'es pas cinglée, Spin. Tu es une personne.

— Encore qu'une personne, ajouta FM, qui a été totalement endoctrinée par un système inhumain uniquement conçu pour façonner à la chaîne des esclaves volontaires, chauvins et obéissants. Sans vouloir t'offenser.

Je ne pus m'empêcher de remarquer que Hula Hoop avait gardé le silence pendant cette conversation. Étendue sur le dos, elle regardait le lit superposé au-dessus du sien.

— Tu peux nous avouer ces choses-là, me dit Couic. Ne t'en fais pas. Nous sommes une équipe. (Elle se pencha vers FM et moi.) Tant qu'on en est à parler franchement… je peux vous dire quelque chose ? La vérité, c'est que j'invente la plupart des citations que j'utilise.

Je clignai des yeux.

— Ah bon ? Tu veux dire que la Sainte n'a jamais dit toutes ces choses-là ?

— Non ! répondit Kimmalyn sur un ton de conspiratrice. Je les ai toutes inventées ! Simplement je ne l'admets pas, parce que je ne veux pas paraître trop sagace. C'est inconvenant.

— Mon univers tout entier en est ébranlé, Couic, commenta FM. C'est comme si tu venais de me dire que le haut était le bas, ou que l'haleine de Hula Hoop sentait très bon.

— Hé, lui lança Hula Hoop. Tu peux toujours courir pour que je t'apporte encore du gâteau.

— C'est sérieux, dis-je aux deux autres. Des fois, j'ai *peur*.

Peut-être qu'en réalité je suis une lâche.

FM et Kimmalyn m'aidèrent à apaiser mes craintes. Elles me rassurèrent et me parlèrent de ce qu'elles ressentaient. FM se considérait toujours comme une hypocrite parce qu'elle voulait faire tomber la FDR tout en souhaitant piloter en son sein. Kimmalyn avait l'âme d'une petite maligne mais l'éducation d'une jeune fille polie de la bonne société.

Leur gentillesse me toucha, mais l'idée me traversa que la Contestataire de la contreculture et la fille d'Abondance n'étaient peut-être pas les personnes les plus à même de comprendre à quel point il importait que je n'aie pas peur. Je laissai donc la conversation dériver dans une autre direction.

On parla tard dans la nuit, et c'était... formidable. Sincère et amical. Mais à mesure que l'heure avançait, je me surpris à éprouver une étrange nervosité. Par certains aspects, c'était l'une des meilleures journées de ma vie – mais elle réaffirmait aussi ce que j'avais toujours craint. Les autres nouaient des liens en mon absence.

Mon esprit s'emballait, alors même que je souriais d'une remarque que venait de faire Kimmalyn. Existait-il un moyen de prolonger ça ? À quelle fréquence les filles pouvaient-elles faire semblant d'être malades ? Quand pouvais-je revenir ?

Enfin, la biologie commença à reprendre le dessus, et Couic et FM partirent jouer les éclaireuses sur le trajet des toilettes. Je me retrouvai seule avec Hula Hoop, qui s'était assoupie. Comme je ne voulais pas la réveiller, je patientai près de la porte.

— Je sais ce que tu ressens, déclara soudain Hula Hoop.

Je faillis sursauter jusqu'au plafond.

— Tu es réveillée ?

Elle hocha la tête. Elle ne paraissait même pas somnolente, alors que j'aurais juré l'entendre ronfler tout bas un peu plus tôt.

— Mais la peur ne fait pas de nous des lâches, n'est-ce pas ? demanda Hula Hoop.

— Je n'en sais rien, ronchonnai-je en m'approchant de son lit. J'aimerais bien pouvoir simplement l'étouffer.

Hula Hoop hocha de nouveau la tête.

— Merci, lui dis-je, d'avoir laissé les deux autres organiser cette nuit pour moi. Je sais que passer du temps avec moi n'aurait pas été ton premier choix.

— J'ai vu ce que tu as fait pour Nedd, me dit-elle. Je t'ai regardée entrer là-dedans à sa suite, en plein dans les profondeurs de ce morceau de débris.

— Je ne pouvais pas le laisser y aller seul.

— Ouais. (Elle hésita.) Ma mère me racontait des histoires sur ton père, tu sais. Quand elle me voyait hésiter sur l'aire de jeux, ou reculer devant un ballon pendant l'entraînement. Elle me parlait de ce pilote qui affirmait être courageux mais qui était un lâche au plus profond de lui. Elle me disait : « Je t'interdis de salir le nom du peuple des Rebelles. Je t'interdis de devenir un Chasseur… »

Je tressaillis.

— Mais nous ne sommes pas obligés d'être comme ça, poursuivit Hula Hoop. C'est ce que j'ai compris. La peur, l'histoire, ces choses-là ne signifient pas grand-chose en soi. Il n'y a que nos *actions* qui aient du sens. (Elle regarda dans ma direction.) Je suis désolée pour la façon dont je t'ai traitée. Simplement, c'était… un choc quand j'ai découvert qui était ton père. Mais tu n'es pas lui, et moi non plus, quoi que je puisse ressentir par moments.

— Mon père n'était pas un lâche, Hula Hoop, lui dis-je. La FDR ment à son sujet.

Elle ne sembla pas me croire, mais elle hocha la tête malgré tout. Puis elle s'assit, poing tendu.

— Tout sauf être lâches. Tout sauf se défiler. Courageuses jusqu'au bout, hein, Spin ? Un pacte.

Je touchai son poing à l'aide du mien.

— Courageuses jusqu'au bout.

29

Je me réveillai blottie dans un tas de couvertures trop gros et tendis la main vers la paroi du cockpit de M-Bot – mais ma paume toucha le châssis d'un lit.

Ah oui. Quelle heure était-il ? Je tapotai ma lumiligne pour consulter son horloge, ce qui fit naître une faible lueur dans la chambre. Un peu moins de 0500. Deux heures avant qu'on ne doive être prêtes pour les cours.

J'aurais dû me sentir épuisée, car nous étions restées éveillées à bavarder jusqu'à plus de 0100. Curieusement, je me sentais pleinement éveillée. Peut-être mon cerveau savait-il que, si je voulais utiliser la salle de bains et me laver aujourd'hui, je devais le faire maintenant – pendant que tous les autres dormaient dans le bâtiment.

En réalité, il valait sans doute mieux que je sorte discrètement et qu'on me voie arriver sur les lieux avant les cours. Je m'extirpai de mon nid et m'étirai, puis pris mon sac à dos. Je m'efforçai d'être aussi silencieuse que possible, mais je n'avais sans doute pas à m'inquiéter. Si les autres arrivaient à dormir pendant que Hula Hoop ronflait, le bruit de mon sac en train de racler le sol ne les dérangerait pas.

J'ouvris doucement la porte, puis me retournai et regardai les trois filles endormies.

— Merci, chuchotai-je.

Je décidai alors que je ne les laisserais pas recommencer. C'était trop dangereux – je ne voulais pas leur attirer les mauvaises grâces de l'amirale.

Ç'avait été merveilleux. Même si ça me poussait à me demander, bien entendu, ce que je ratais. Même si j'étais malade d'avoir à y renoncer, même si ça me tordait à l'intérieur, je n'aurais échangé cette nuit contre rien au monde. Mon seul aperçu de ce que c'était de faire partie d'une véritable escadrille de pilotes.

Cette pensée me tournait dans la tête tandis que je rejoignais la salle de bains pour m'y laver. Après quoi, en m'étudiant dans le miroir, je lissai en arrière mes cheveux mouillés. Dans toutes les histoires, les héros avaient des cheveux d'un noir, blond ou roux très net – quelque chose de spectaculaire. Jamais d'un brun fade.

Je soupirai, jetai mon sac sur mon épaule et me faufilai dans le couloir vide. Tandis que je me dirigeais vers la sortie, une lumière attira mon attention dans un couloir. Je connaissais cette pièce – c'était notre salle de classe. Qui pouvait bien s'y trouver à cette heure-là ?

La curiosité l'emporta sur le bon sens. Je m'approchai furtivement pour jeter un coup d'œil par la fenêtre de la porte et vis le cockpit de Jorgen allumé et l'hologramme actif. Que faisait-il ici à 0530 ? S'entraîner un peu plus ?

Au centre de la pièce, l'hologramme de Cobb projetait une version miniature du champ de bataille d'entraînement, ce qui me permit de regarder le vaisseau de Jorgen utiliser sa lumilance pour pivoter autour d'un morceau de débris flottant, puis tirer sur un Krell. Il y avait quelque chose de familier dans ce combat…

Oui, c'était celui où Bim et Marée Haute avaient trouvé la mort. J'avais vu Cobb regarder ce même enregistrement.

Le vaisseau de Marée Haute tomba en flammes puis redémarra. Je continuai à regarder et distinguai le vaisseau de Jorgen en train de voler depuis l'autre côté du champ de bataille, esquivant des débris, se dirigeant vers le vaisseau qui allait détruire Marée Haute. Il déclencha son IMI mais, alors même qu'il détruisait le bouclier ennemi, le Krell fit exploser le vaisseau de Marée Haute et le fit partir en vrille.

L'hologramme redémarra, et Jorgen fit une nouvelle tentative, en prenant cette fois une autre direction.

Il essaie de découvrir s'il aurait pu les sauver, compris-je alors.

Quand Marée Haute tomba cette troisième fois, l'hologramme continua – mais Jorgen se leva de son siège. Il arracha son casque et le cogna contre le mur avec un bruit sonore. Je tressaillis et faillis m'enfuir, craignant que le bruit n'attire l'attention. Mais en voyant Jorgen – généralement si grand et impérieux – affalé contre le mur… je n'arrivais pas à m'éloigner.

Il paraissait tellement vulnérable. Tellement humain. Perdre Bim et Marée Haute avait été dur pour moi. Je n'avais jamais réfléchi à l'effet que ça avait dû produire sur leur chef d'escadrille – celui qui était censé nous protéger tous.

Jorgen laissa tomber son casque. Il se détourna du mur, puis s'arrêta net.

Salve ! Il m'avait vue.

Je m'éloignai furtivement et sortis du bâtiment avant qu'il puisse me rattraper. Mais… et maintenant ? Soudain, une lacune immense apparut dans notre subterfuge. Et si les gardes du portail informaient l'amirale que je n'étais jamais partie la veille au soir ?

Ils ne lui faisaient tout de même pas chaque jour leur rapport sur chaque personne qui entrait dans la base ou en sortait ? Mais si je partais maintenant, puis rentrais aussitôt, ils remarqueraient sans aucun doute qu'il y avait quelque chose de curieux.

Par conséquent, au lieu de me diriger vers le portail, je longeai sans but les chemins de la base, entre les bâtiments. Il faisait noir dehors, la lumière des spatiolampes était basse et les chemins pratiquement déserts. En fait, je croisai plus de statues que de gens : des bustes des Premiers Citoyens – regard tourné vers le ciel – bordaient cette partie du chemin.

Une rafale de vent trop froide souffla sur moi, faisant trembler les branches d'un arbre proche. Dans cette pénombre, les statues formaient d'obsédantes silhouettes, leurs regards de pierre perdus dans l'ombre. L'air sentait la fumée des rampes de lancement toutes proches, une odeur âcre. Un vaisseau de combat avait dû revenir en flammes récemment.

Je soupirai, m'assis sur un banc au bord du chemin et laissai tomber mon sac à côté de moi. Je me sentais… mélancolique, peut-être un peu nostalgique.

Le voyant d'appel de la radio clignotait toujours. Parler à M-Bot m'arracherait peut-être à mes états d'âme.

Je le réglai en mode récepteur.

— Salut, M-Bot.

— Je suis indigné ! s'exclama-t-il. C'est une insulte au-delà de toutes les autres ! Je ne peux exprimer mon indignation par des mots, mais mon dictionnaire des synonymes intégré me dit que je suis insulté, outragé, maltraité, souillé, blessé, ravagé, persécuté et/ou peut-être molesté.

— Désolée. Je n'avais pas l'intention de t'éteindre.

— De m'éteindre ?

— J'ai éteint la radio toute la nuit. Ce n'est pas ça qui te met en colère ?

— Ah, ce n'est qu'une étourderie humaine ordinaire. Mais vous ne vous rappelez pas ? J'ai écrit un sous-programme destiné à exprimer ma colère contre vous ?

Je fronçai les sourcils, cherchant à me rappeler de quoi parlait le vaisseau.

— Vous disiez que j'étais un Krell ? insista-t-il. Je me suis mis en colère ? C'était une grosse insulte ?

— Ah oui. Désolée.

— J'accepte vos excuses ! concéda M-Bot. (Il semblait content de lui.) J'ai projeté une impression d'indignation convaincante, vous ne trouvez pas ?

— C'était magnifique.

— Je trouve aussi.

Je restai un moment assise en silence. Il y avait quelque chose dans cette nuit que je venais de passer… Elle me laissait songeuse et silencieuse.

Elle ne va réellement jamais me laisser piloter, me dis-je en flairant la fumée de la rampe de lancement. *Je peux être diplômée, mais ça ne vaudra rien.*

— Cela dit, vous avez raison, reprit M-Bot. Je suis peut-être un Krell.

— QUOI ? m'exclamai-je en me cognant pratiquement avec la radio quand je la levai vers mes lèvres.

— Enfin, une grande partie de mes bases de données est en effet quasiment *perdue*, poursuivit-il. Impossible de dire ce qui s'y trouvait.

— Alors pourquoi tu t'es mis tellement en colère contre moi quand je t'ai suggéré que tu pouvais être un Krell ?

— Ça semblait la chose adéquate à faire. Je suis censé faire semblant d'avoir une personnalité. Quel genre de personne se laisserait *calomnier* ainsi ? Même si c'était une supposition entièrement logique, et que vous avez effectué une estimation de degré de menace parfaitement valide en vous interrogeant à ce sujet.

— Je ne sais vraiment pas quoi penser de toi, M-Bot.

— Moi non plus. Parfois, mes sous-programmes activent des réactions avant que mon simulateur de personnalité principal n'ait le temps de les réfréner. C'est très perturbant. D'une manière parfaitement logique et robotique, pas du tout irrationnelle comme les émotions humaines.

— Ouais.

— Vous faites preuve de sarcasme. Faites attention ou j'active à nouveau mon programme d'indignation. Mais si ça peut vous aider, je ne crois pas que les Krell soient des IA, quoi que vos penseurs de la FDR aient pu déterminer.

— Ah bon ? Qu'est-ce qui te fait dire ça ?

— J'ai analysé leurs schémas de vol. Ainsi que les vôtres, accessoirement. J'ai peut-être quelques conseils qui vous permettraient de vous améliorer. Il semblerait... que j'aie des sous-programmes entiers dédiés à ce genre d'analyse.

» Enfin bref, je ne crois pas que tous les Krell soient des IA, même s'il se peut que certains le soient. D'après mon analyse, la majeure partie de leurs schémas sont individuels, et n'obéissent pas à des routines logiques faciles à déterminer. D'un autre côté, ils sont imprudents, ce qui est curieux. Je les soupçonne d'être des sortes de drones, même si je pense que Cobb a raison : cette planète exerce une forme de perturbation sur les communications. Il semblerait que je possède une technologie amplificatrice qui m'aide à percer ces perturbations.

— Eh bien, tu es un vaisseau *furtif*, après tout. La technologie de communication avancée t'était sans doute utile dans tes missions.

— Oui. Mes projecteurs holographiques, mon camouflage actif et mon sonar d'évitement sont sans doute là pour la même raison.

— Je ne savais même pas que tu étais capable de faire la plupart de ces choses-là. Camouflage ? Hologrammes ?

— D'après mes réglages, ces systèmes étaient engagés en mode veille, créant une illusion de décombres par-dessus mon vaisseau et empêchant les scanners de détecter ma caverne jusqu'à ce que, tout récemment, mon alimentation de secours s'épuise. Je pourrais vous donner le moment exact à la nanoseconde près, mais les hommes détestent généralement ce genre de précision, car ça me donne l'air calculateur et inhumain.

— Eh bien, ça explique sans doute pourquoi personne ne t'a découvert pendant toutes ces années.

Je tapotai la radio, songeuse.

— Quoi qu'il en soit, reprit M-Bot, j'espère ne pas être un Krell. Ce serait super embarrassant.

— Tu n'en es pas un, répondis-je – et je m'aperçus que je le pensais.

Je m'étais inquiétée un peu plus tôt, mais… sans pouvoir expliquer exactement pourquoi, je savais que c'était le cas.

— Peut-être, admit-il. J'avoue que je… redoute d'être quelque chose de maléfique dans ce genre-là, et de l'ignorer.

— Si tu étais un Krell, pourquoi est-ce que tu aurais un espace de vie destiné aux humains et des connecteurs compatibles avec les nôtres ?

— J'aurais pu être construit pour infiltrer la société humaine en imitant l'un de vos vaisseaux, dit-il. Ou plutôt, si tous les Krell étaient des IA rebelles créées par les humains au départ ? Ça expliquerait pourquoi je comportais vos inscriptions. Ou peut-être que…

— Tu n'es pas un Krell, coupai-je. Je le sens.

— C'est sans doute un biais de confirmation irrationnel qui s'exprime, observa-t-il. Mais mon sous-programme capable de simuler l'appréciation… est appréciateur.

Je hochai la tête.

— C'est plus ou moins à ça qu'il sert, ajouta-t-il. Exprimer de la reconnaissance.

— Je ne m'en serais jamais doutée.

— Il peut apprécier quelque chose un million de fois par seconde. Donc on pourrait dire que votre commentaire est sans doute la chose la plus appreciée que vous ayez jamais faite.

— Moi, ce que *j'apprécierais*, c'est que tu arrêtes de répéter à quel point tu es génial une fois de temps en temps, marmonnai-je, mais je souris et fixai à nouveau la radio sur mon sac à dos.

— Je n'apprécie *pas* ce commentaire-*là*, déclara-t-il d'une voix très calme. Juste à titre d'information.

J'éteignis la radio, puis me levai et m'étirai. Quelques bustes de Premiers Citoyens semblaient me fusiller du regard près de là. Y compris un Cobb plus jeune. Comme c'était étrange de regarder une image de lui maintenant que je le connaissais si bien. Il n'aurait pas dû avoir cet âge. N'était-il pas déjà un homme bourru de cinquante ans à la naissance ?

J'enfilai mon sac sur mes épaules et regagnai le bâtiment de l'école de pilotage.

Un agent de la police militaire se tenait juste devant l'entrée principale.

Je m'arrêtai net. Puis, inquiète, je m'approchai.

— Cadette Nightshade ? appela l'agent. Indicatif : Spin.

Mon cœur se serra.

— L'amirale Ironsides souhaite vous parler.

Je hochai la tête.

L'agent me conduisit vers le bâtiment où j'avais rencontré Jorgen et l'amirale cette fois-là. Tandis qu'on approchait, un sentiment de résignation montait en moi. Curieusement, j'avais su que ça allait se produire. Dormir avec les filles la nuit dernière avait été une mauvaise idée, mais… ce n'était pas pour une petite infraction qu'elle voulait me voir.

Tandis que j'approchais du bâtiment, il me semblait qu'une confrontation avait été inévitable. Je *méritais* ça pour ce que j'avais fait à Jorgen, deux fois. Plus éloquent encore, l'amirale était la personne la plus puissante de la FDR, alors que j'étais la fille d'un lâche. Par certains aspects, il était admirable qu'elle n'ait pas trouvé un moyen de me virer auparavant.

Il était temps que ça se termine. J'étais une combattante, d'accord, mais une bonne combattante savait reconnaître une bataille impossible à gagner.

Les agents me déposèrent à l'intérieur du bureau de l'amirale, où régnait un désordre stupéfiant. Ironsides me tournait le dos et buvait du café à son bureau en parcourant un rapport.

— Fermez la porte, m'ordonna-t-elle.

Je m'exécutai.

— Il y a ici une note sur les comptes-rendus de sécurité du portail. Vous n'êtes pas sortie la nuit dernière. Vous vous êtes aménagé une cachette dans l'un des placards de service, ou quelque chose comme ça ?

— Oui, répondis-je, soulagée qu'elle ignore au moins que les autres m'avaient aidée.

— Avez-vous mangé de la nourriture du mess ? Volée de votre propre main, ou apportée en contrebande par l'un de vos coéquipiers ?

J'hésitai.

— Oui.

L'amirale but une gorgée de café, toujours sans me regarder. Je fixai son dos, ses cheveux argentés, me préparant à entendre ces mots. *Vous êtes renvoyée.*

— Vous ne croyez pas qu'il est temps de mettre fin à cette farce ? lança-t-elle en tournant une page. Quittez l'école dès maintenant. Je vous laisserai garder votre insigne de cadette.

Je fronçai les sourcils. Pourquoi… me le demander ? Pourquoi ne pas prononcer simplement les mots ? Elle en avait le pouvoir maintenant que j'avais enfreint ses règles, non ?

Ironsides fit pivoter son fauteuil et braqua sur moi un regard glacial.

— Vous n'avez rien à dire, cadette ?

— Pourquoi est-ce que ça vous importe à ce point ? osai-je. Je ne suis qu'une élève. Je ne représente aucune menace pour vous.

L'amirale reposa son café, puis se leva. Elle redressa sa veste d'uniforme d'un blanc immaculé, puis s'avança vers moi. Comme la plupart des gens, elle me dominait de sa taille.

— Vous croyez que c'est de mon orgueil qu'il s'agit, jeune fille ? fit Ironsides. Si je vous laisse continuer dans la FDR, vous allez faire tuer des gens de valeur quand vous prendrez immanquablement la fuite. Je vous répète donc mon offre : partez d'ici avec l'insigne. Dans la ville, en bas, il devrait suffire à vous assurer un certain nombre d'emplois, dont certains très lucratifs.

Elle dardait sur moi son regard sévère. Et soudain, je compris.

Elle ne *pouvait pas* me renvoyer. Pas parce qu'elle n'en avait pas le pouvoir, mais… parce qu'elle devait prouver que j'avais raison. Elle avait besoin que je parte, que j'abandonne, parce que c'était ce que ferait une lâche.

Le but de ses règles n'était pas de me piéger pour que je commette une infraction – c'était de me rendre la vie infernale afin que je renonce. Si elle me renvoyait, elle appuyait ma version de l'histoire. Je pourrais affirmer qu'on avait causé du tort à ma famille. Je pourrais hurler au sujet de l'innocence de mon père. La façon dont on me traiterait ne ferait que renforcer mon statut de victime. Ne pas pouvoir dormir dans les dortoirs des cadets ? Ne pas recevoir à manger pendant mon entraînement ? Ça donnerait une impression atroce.

Mais si je partais de moi-même, elle gagnait. C'était la *seule* victoire possible pour elle.

En cet instant, j'étais plus puissante que l'amirale même qui commandait la Force de Défense Rebelle.

Alors je fis un salut.

— Puis-je regagner ma classe à présent, amirale ?

Le rouge lui monta aux joues.

— Vous êtes une lâche. Issue d'une famille de lâches.

Je maintins mon salut.

— Je pourrais vous détruire. M'assurer que vous viviez dans la pauvreté. Vous ne voulez pas de moi comme ennemie. Si vous rejetez maintenant mon offre généreuse, vous n'aurez jamais de seconde chance.

Je maintins encore mon salut.

— Bah, dit l'amirale en se détournant de moi pour s'asseoir d'un geste brusque.

Elle prit son café et en but une gorgée comme si je n'étais pas là.

Je pris ça comme le signe qu'elle me congédiait. Je me détournai et sortis, et les agents, toujours à la porte, me laissèrent partir.

Personne ne m'empêcha de rejoindre la salle de classe. J'allai droit vers mon pseudo-cockpit et m'assis, puis saluai les autres qui arrivaient. Quand Cobb entra en clopinant, je m'aperçus que j'attendais le cours *impatiemment*. J'avais le sentiment d'avoir peut-être enfin échappé à l'ombre qui planait sur moi depuis la mort de Bim et de Marée Haute.

Les filles et leur gentillesse y avaient joué un rôle, mais ma conversation avec Ironsides un rôle encore plus grand. Elle m'avait donné ce dont j'avais besoin pour continuer à me battre. Elle m'avait énergisée. D'une étrange façon, elle m'avait ramenée à la vie.

J'allais me battre. Découvrir ce qui était vraiment arrivé à mon père. Et Ironsides allait *regretter* de m'y avoir obligée.

Caractéristiques standards des vaisseaux de la FDR

Anneau d'élévation

Plage de rotation

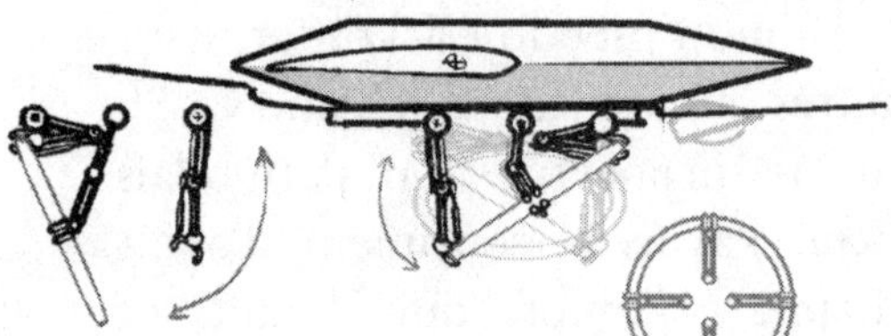

Décollage vertical

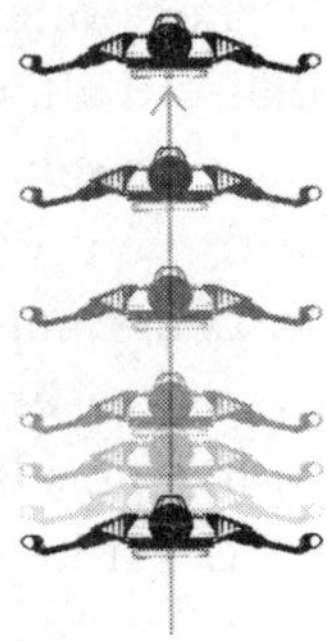

Manœuvrabilité et angle d'attaque

Descente incontrôlée

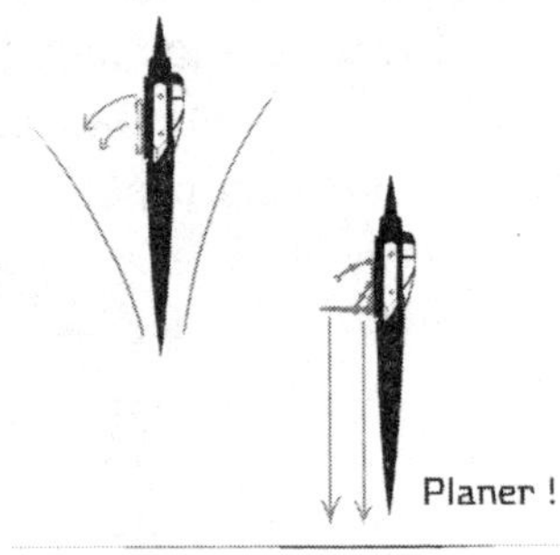

Lumilance

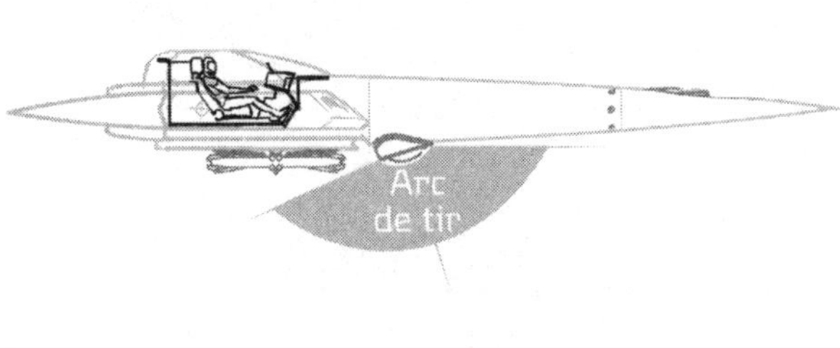

QUATRIÈME PARTIE

Intermède

L'amirale Judy « Ironsides » Ivans regardait toujours les enregistrements des combats. Elle utilisait la salle de contrôle principale qui possédait un grand projecteur holographique placé en son milieu. Elle aimait se tenir au centre, la lumière brillant sur elle, le reste de la pièce circulaire plongée dans l'ombre.

Elle les regardait se battre. Elle les regardait mourir. Elle s'obligeait à écouter l'enregistrement audio, s'il y en avait, des dernières paroles de chaque pilote.

Elle tentait de déchiffrer les objectifs de l'ennemi dans les schémas des vaisseaux rouges et bleus – rouge pour la FDR, bleu pour les Krell. Voilà des années qu'elle n'était plus pilote, mais lorsqu'elle se tenait là avec son casque sur les oreilles – et les vaisseaux qui tournoyaient autour d'elle – les *sensations* lui revenaient. La vibration du propulseur auxiliaire, le souffle d'un vaisseau en train de virer sur l'aile, le cliquetis des tirs de destructeurs. Le pouls du champ de bataille.

Certains jours, elle rêvassait qu'elle montait dans un vaisseau et se joignait de nouveau à la mêlée. Puis elle chassait ces rêves idiots. La FDR manquait trop de vaisseaux pour en gaspiller un en le confiant à une vieille femme au temps de réaction racorni. Des récits fragmentaires – et de vieux livres d'histoire imprimés sur papier – parlaient de grands généraux qui s'emparaient d'une arme et rejoignaient leurs soldats en première ligne. Judy savait cependant qu'elle n'avait rien d'un Jules César. Elle était à peine un Néron.

Malgré tout, Judy Ivans était dangereuse à d'autres égards.

Elle regardait la bataille tournoyer et voler en dessous de l'ombre du chantier naval qui tombait lentement. Les Krell avaient affecté près de soixante vaisseaux à ce combat – deux tiers de leur maximum, un investissement majeur pour eux. Ils savaient manifestement que, si cette épave était tombée intacte entre les mains de la FDR, elle aurait été une véritable aubaine. Cet énorme vaisseau-station contenait des centaines d'anneaux d'élévation.

La récup rapportait à présent que moins d'une dizaine étaient récupérables pour l'instant – et Judy avait perdu quatorze vaisseaux dans la bataille. Elle s'estimait responsable de leur mort. Elle n'avait pas voulu *s'engager* pleinement. Si elle avait appelé tous leurs vaisseaux et pilotes réservistes, puis les avait jetés dans la bataille, elle aurait peut-être gagné des centaines d'anneaux d'élévation. Au lieu de quoi elle avait hésité, redoutant un piège, jusqu'à ce qu'il soit trop tard.

C'était ce qui lui manquait, par rapport à des gens comme ce César d'antan. Elle devait être prête à tout sacrifier.

Rikolfr, son assistant, s'approcha d'elle avec une écritoire couverte de notes. Judy revint en arrière et souligna un pilote bien précis. L'élève qui lui avait donné tant de mal.

Des vaisseaux explosèrent et des pilotes moururent. Judy refusa de se laisser atteindre par ces morts ; elle ne *pouvait pas* se le permettre. Tant qu'ils disposaient de plus de pilotes que d'anneaux d'élévation – ce qui était le cas, de justesse – alors le personnel était la moins importante des deux ressources.

Enfin, Judy retira son casque.

— Elle pilote bien, commenta Rikolfr.

— Trop bien ?

Rikolfr feuilleta des pages sur son écritoire.

— Nous avons reçu les dernières données des capteurs de son casque. Elles n'étaient pas très encourageantes pendant sa formation : presque pas d'anomalies. Mais ce combat que vous regardez, la bataille de la chute du chantier naval, eh bien…

Il tourna l'écritoire vers elle, montrant une série de relevés qui dépassaient littéralement les limites.

— La section Writellum de son cerveau, expliqua Rikolfr, a témoigné d'une activité *frénétique* quand elle se trouvait en présence des Krell. Le docteur Halbeth est persuadé que c'est la preuve du défaut, quoique Iglom en soit moins sûr. Il cite l'absence de preuves en dehors de ce combat particulier.

Judy grogna et regarda le vaisseau de la lâche décrire une boucle pour aller voler dans les entrailles même du chantier naval en train de chuter.

— Halbeth recommande de renvoyer immédiatement cette jeune fille, commenta Rikolfr. Mais le docteur Thior… eh bien, elle va nous donner du mal, comme vous pouvez vous en douter.

Thior, qui était malheureusement le chef de l'équipe médicale de la Base Alta, ne croyait pas que le défaut soit réel. L'histoire même de ce phénomène était controversée. Les rapports à son sujet remontaient au *Rebelle* lui-même – et à la mutinerie à bord du vaisseau amiral qui s'était conclue quand la flotte s'était écrasée ici, sur Détritus.

Peu de gens étaient au courant de cette mutinerie, et moins encore du fait qu'un défaut au sein d'une partie de l'équipage en ait été la cause. Ces choses-là n'étaient pas claires même aux yeux de Judy. Mais certaines des familles les plus importantes (et les plus dotées en mérites) des cavernes inférieures descendaient en ligne droite des mutinés. Ces familles se battaient contre le fait de reconnaître l'existence du défaut, et voulaient qu'on garde secrètes les rumeurs à ce sujet. Mais elles n'avaient pas vu quel effet il pouvait avoir sur quelqu'un.

Judy, si. De ses propres yeux.

— Qui soutient Thior cette fois-ci ? demanda-t-elle.

Rikolfr tourna quelques pages, puis lui montra la dernière série de lettres provenant de membres éminents du parti. La première était une lettre du DAN Algernon Weight dont le fils, Jorgen, faisait partie de l'escadrille de la lâche. Jorgen avait parlé de la jeune fille en termes très élogieux à plusieurs reprises, ce qui avait soulevé des questions. Ne vaudrait-il pas mieux afficher cette jeune fille comme emblème d'une véritable rédemption chez les Rebelles ? Un symbole de la façon dont toute personne, quel que soit son héritage, pouvait rentrer au bercail et servir l'État ?

Eh merde, se dit Judy, qui mit l'hologramme sur pause alors que la lâche activait l'hypercombustion en une tentative d'évasion presque désastreuse. *Que faudra-t-il comme preuve à Algernon ?*

— Des ordres, amirale ? s'enquit Rikolfr.

— Dites au docteur Halbeth de rédiger une condamnation des explications de Thior, puis voyez si le docteur Iglom se laisse persuader d'appuyer l'existence du défaut, particulièrement chez cette jeune fille. Dites-lui que je le considérerais comme une faveur personnelle si elle pouvait renforcer sa position.

— Comme vous le souhaitez, amirale.

Rikolfr se retira, et Judy regarda le reste du combat, se rappelant une bataille similaire longtemps auparavant.

Thior et les autres pouvaient qualifier le défaut de superstition. Ils pouvaient affirmer que ce qui s'était passé avec Chasseur était une coïncidence. Mais ils n'avaient pas été là.

Et Judy comptait bien s'assurer que rien de tel ne se produise plus jamais. Quoi que ça puisse lui coûter.

30

— Alors je suis persuadée qu'elle ne va *jamais* me virer, terminai-je en aidant Rig à appliquer une nouvelle couche d'enduit étanche sur l'aile de M-Bot.

— Tu déduis toujours plus de choses d'un seul regard que n'importe qui d'autre, répondit Rig. Ce n'est pas parce qu'elle ne t'a pas virée cette fois-ci qu'elle ne le fera pas à l'avenir.

— Elle ne le fera pas, insistai-je.

— Le fera pas, répéta Monstrolimace avec un trille flûté, imitant l'inflexion de ma voix depuis le rocher tout proche où elle était perchée.

Rig avait fait un boulot formidable avec l'aile brisée de M-Bot. Ensemble, on avait arraché le métal plié, puis récupéré les parties utilisables. Ensuite, Rig était parvenu je ne sais comment à convaincre ses nouveaux superviseurs de le laisser s'entraîner dans une des manufactures.

Avec de nouvelles pièces à notre disposition, nous avions réussi à réparer l'aile tout entière. La semaine suivante avait été consacrée à retirer l'ancienne couche d'enduit étanche. Aujourd'hui, nous allions recouvrir la coque entière d'une nouvelle couche. À présent que j'étais entrée dans mon troisième mois de formation, nous avions gagné des jours de repos occasionnels – si bien qu'aujourd'hui, notre escadrille n'avait qu'une demi-journée de cours.

J'étais rentrée tôt et je m'étais jointe à Rig pour travailler sur le vaisseau. Il appliquait l'enduit à l'aide d'un petit vaporisateur, et je le suivais à l'aide d'une machine qu'on tenait à deux mains et qui ressemblait un peu à une grande torche. La lumière bleue qu'elle diffusait faisait durcir et se solidifier l'enduit.

Le processus, quoiqu'il soit long et éreintant, arasait les éraflures et bosses de la coque de M-Bot. L'enduit lisse et étanche à l'air comblait et aplanissait aussi les jointures, laissant une surface lisse et brillante. Nous avions choisi du noir, comme son ancienne couleur.

— Je n'arrive toujours pas à croire qu'ils t'aient laissé emprunter tous ces trucs, dis-je tandis que je plaçais lentement la lumière derrière l'endroit où Rig vaporisait l'enduit.

— Après l'enthousiasme dont ils ont fait preuve devant mes schémas de prises d'air atmosphériques ? Ils paraissaient prêts à me promouvoir chef du département sur-le-champ. Personne n'a même cillé quand j'ai demandé si je pouvais apporter ces trucs chez moi pour « les désassembler et regarder comment ils fonctionnent ». Ils me prennent pour une sorte de prodige aux méthodes atypiques.

— Tu n'as toujours pas honte, hein ? Rig, cette technologie pourrait sauver *à elle seule* la FDR tout entière.

— Je sais. Simplement, je regrette… tu sais, de ne pas *vraiment* être un prodige.

Je replaçai la lampe par terre pour reposer mes bras.

— Franchement, Rig ? (Je désignai l'aile de M-Bot, qui luisait à présent d'une nouvelle couche d'enduit noir.) Tu es en train de me dire que réparer l'aile d'un vaisseau spatial technologiquement avancé, pratiquement tout seul, au beau milieu d'une caverne inhabitée avec un équipement minimal, n'est *pas* l'œuvre d'un prodige ?

Rig recula, leva ses lunettes de protection et inspecta l'aile. Puis il sourit.

— Il a fière allure, hein ? Et ce sera *encore mieux* quand cette dernière partie sera couverte d'enduit. Hein ?

Il leva le vaporisateur.

Je soupirai et m'étirai, mais repris la lampe en main. Je le suivis tandis qu'il commençait à vaporiser la dernière section de la coque, près de l'avant.

— Alors, tu vas passer d'autres nuits dans le dortoir ? me demanda-t-il tandis qu'on travaillait.

— Non. Je ne peux pas courir le risque d'impliquer les autres. C'est entre Ironsides et moi.

— Je continue à penser que tu surinterprètes ses paroles.

J'étrécis les yeux.

— Ironsides est une guerrière. Elle sait que, pour remporter ce combat, elle ne peut pas se contenter de me vaincre : elle doit me démoraliser. Elle doit pouvoir affirmer que j'étais une lâche, comme les mensonges qu'elle raconte au sujet de mon père.

Rig continua à s'affairer en silence pendant quelques minutes, et je crus qu'il allait laisser la conversation s'arrêter là. Il vaporisa méticuleusement un trait d'enduit sous la partie de la coque qui se fixait au cockpit. Mais il ajouta ensuite d'une voix plus calme :

— C'est génial, Spensa. Mais… tu as déjà pris le temps de te demander ce que tu feras si jamais tu t'es trompée ?

Je haussai les épaules.

— Si je me suis trompée, elle va me virer. Je ne peux rien y faire.

— Je ne parlais pas de l'amirale, Spensa. Je parlais de ton père. Et si… tu sais… s'il avait *vraiment* pris la fuite ?

— Mon père n'était pas un lâche.

— Mais…

— *Mon père n'était pas un lâche.*

Rig détourna le regard de son travail et soutint le mien. Le regard noir que je lui retournai aurait suffi à faire taire la plupart des gens, mais il ne cilla pas.

— Et moi ? fit-il. Est-ce que *moi*, je suis un lâche, Spensa ?

Ma fureur faiblit, puis mourut.

Il reporta son regard sur son travail.

— Tu dis que si tu quittes l'école, ça prouvera que tu es une lâche. Eh bien moi, je l'ai quittée. Alors je suis un lâche. Pratiquement la *pire chose que tu puisses imaginer*.

— Rig, c'est différent.

— Est-ce que Cobb est un lâche ? Il s'est éjecté, tu sais. Il s'est fait tirer dessus et éjecter. Est-ce que *lui*, tu le qualifierais de lâche en sa présence ?

— Je…

Rig finit de recouvrir la dernière section métallique d'enduit noir, puis recula d'un pas. Il secoua la tête et me regarda.

— Peut-être que tu as raison, Spin. Peut-être qu'il existe une grande conspiration qui a mis une grande trahison sur le dos de ton père. Ou peut-être, tu sais, qu'il a simplement eu peur. Peut-être qu'il était humain et qu'il s'est comporté comme les humains le font parfois. Peut-être que le problème, c'est que tout le monde en ait fait une telle histoire.

— Je ne suis pas obligée d'écouter ça, m'écriai-je en posant la lampe à sécher l'enduit.

Je m'éloignai à pas lourds – même si je ne pouvais pas aller plus loin que l'autre côté de la caverne.

— Spin, tu ne peux pas t'éloigner comme ça en m'ignorant, lança Rig derrière mon dos. La caverne mesure vingt mètres de diamètre grand max.

Je m'assis. Monstrolimace émit un trille à côté de moi, imitant mon soupir contrarié. Comme toujours, je ne l'avais pas vue approcher. Sa façon de ne se déplacer furtivement que lorsque personne ne la regardait était troublante.

Les bruits m'apprirent que Rig venait de prendre la lampe pour finir d'enduire la dernière section lui-même. Je restai assise en lui tournant le dos tandis qu'il s'activait.

— Tu peux fulminer tant que tu veux, me dit-il, t'énerver sur moi tant que tu veux. Mais essaie au moins d'y *réfléchir*. On dirait que tu tiens vraiment à défier l'amirale et la FDR. Peut-être que tu devrais envisager de ne *pas* les laisser définir pour toi ce qui est une victoire ou un échec.

Je ricanai.

— On croirait entendre FM.

— Alors elle est intelligente en plus d'être mignonne.

Je me retournai vers lui.

— FM ? Mignonne ?

— Elle a de jolis yeux.

Je le regardai bouche bée.

— Qu'est-ce qu'il y a ? demanda-t-il en rougissant tandis qu'il travaillait.

— Tu n'as pas bégayé, ni laissé tomber d'objets, ni rien de ce genre, lui fis-je remarquer. Qu'avez-vous fait de Rodge, espèce de monstre krell ?

— Quoi ? s'exclama M-Bot dont les lumières des ailes s'allumèrent en clignotant. Rodge est un Krell ?

— Sarcasme, répondit-on tous les deux de concert. (Rig termina d'appliquer l'enduit, puis posa l'appareil. Il se tourna vers moi.) Tu ne vas *surtout pas* lui répéter que j'ai dit ça. Elle ne doit même pas se rappeler qui je suis. (Il hésita.) Enfin tu crois qu'elle se rappellerait ?

— Bien sûr qu'elle se rappelle, mentis-je.

Rig sourit à nouveau. Il paraissait tellement différent à présent. Tellement sûr de lui. Que lui était-il arrivé ces deux derniers mois ?

Il a trouvé quelque chose qu'il aime faire, compris-je tandis qu'il posait les mains sur ses hanches et souriait devant la nouvelle couche d'enduit de M-Bot. Effectivement, le vaisseau avait une allure *incroyable*.

Toute notre vie, Rig et moi avions rêvé de la FDR. Mais que m'avait-il dit en abandonnant la formation ? *C'était ton rêve. Je ne faisais que t'accompagner.*

Décider de ne pas devenir pilote avait *bel et bien* été le meilleur choix pour lui. Je l'avais toujours su, mais est-ce que je l'avais *su* ? *Réellement* ?

Je me levai, puis m'approchai de lui et l'entourai d'un bras.

— Tu n'es pas un lâche, lui dis-je. Je suis une idiote si je t'ai donné cette impression. Et ça ? Ce que tu as fait ici ? C'est mieux que « pas mal ». Rig, c'est incroyable.

Son sourire s'élargit.

— Ça, on n'en aura la certitude que quand tu feras décoller ce vaisseau. (Il consulta sa montre.) Je devrais avoir assez de temps pour te regarder faire.

— Décoller ? (J'en restai bouche bée.) Tu veux dire qu'il est prêt à voler ? Qu'il est *réparé* ?

— M-Bot ! appela Rig. Mise à jour basique de ton statut !

— Anneau d'élévation : fonctionnel. Équipements de vie et entretien du pilote : fonctionnels. Commandes de manœuvre et de vol : fonctionnels. Bouclier : fonctionnel. Lumilance : fonctionnelle.

— Extraordinaire ! m'exclamai-je.

Avec l'anneau d'élévation et les propulseurs transversaux, je pouvais décoller et me déplacer un peu – quoique à une vitesse limitée.

— Il nous faut toujours un propulseur auxiliaire, précisa Rig. Et de nouveaux canons ; je ne compte pas courir le risque de fabriquer l'un ou l'autre, même avec mon nouveau statut dans le département d'ingénierie.

— Propulseurs auxiliaires : non-fonctionnels, confirma M-Bot. Destructeurs : non-fonctionnels. Hyperpropulseur cytonique : non-fonctionnel.

— Et puis je n'ai aucune idée de la façon dont tu vas sortir d'ici, reprit Rig en levant les yeux vers le plafond. Comment est-ce que tu es entré, au fait, M-Bot ?

— J'ai sans doute utilisé un saut hyperspatial cytonique pour me téléporter, répondit M-Bot. Je... ne peux pas vous dire comment ça fonctionnait. Simplement que cet appareil permettait de voyager à travers la galaxie au-delà de la vitesse de la lumière.

Je m'animai.

— Et *ça*, on peut le réparer ?

— Pour autant que je puisse le déterminer, dit Rig, ce n'est pas cassé – c'est *absent*. Les diagnostics de M-Bot indiquent l'endroit où son « hyperpropulseur cytonique » devrait se trouver, et c'est une boîte vide avec un écran d'affichage d'un côté. Quelqu'un a dû retirer ce mécanisme – quoi que ç'ait bien pu être.

Ah. Peut-être que l'ancien pilote l'avait emporté ?

Rig parcourut son carnet, puis me fit signe de regarder par-dessus son épaule.

— Je suis persuadé d'avoir réparé les propulseurs transversaux sur cette aile brisée, dit-il en désignant un schéma. Mais assure-toi qu'il laisse le diagnostic activé pour tout enregistrer, afin que je puisse vérifier que tout est en ordre. (Il tourna la page.) Et une fois qu'on saura s'il vole correctement, je veux désassembler son allumeur de bouclier pour voir si j'arrive à déterminer pourquoi il peut apparemment – d'après ses caractéristiques techniques – encaisser trois fois plus qu'un bouclier standard de la FDR.

Je souris.

— Alors *ça*, ça devrait te rendre populaire auprès des équipes d'ingénieurs et de concepteurs.

— Ouais, à moins qu'ils ne commencent à se méfier. (Rig hésita, puis reprit un ton plus bas.) J'ai fini par essayer de regarder son mécanisme d'IA, mais il ne m'a pas laissé ouvrir le boîtier. Il a même menacé de l'électrifier. Il dit que ce système est classé secret, et d'autres aussi. Furtivité, communication… Des trucs essentiels. Spin, pour *vraiment* aider la FDR, il faudrait faire venir un expert ici pour qu'il puisse démonter et analyser le vaisseau. Il y a des limites à ce que je peux faire.

Je sentis quelque chose se tordre en moi, comme des rouages qui se bloquaient par manque de graissage. Je me retournai vers M-Bot.

— Il m'a prévenu, ajouta Rig, que si on dévoile son existence, il tentera de détruire ses propres systèmes pour éviter de désobéir aux ordres de son ancien pilote.

— Peut-être… que je peux le raisonner ?

— M-Bot ne paraît pas capable de raison, dit Rig en regardant le vaisseau et – une fois de plus – il sembla prendre un moment pour savourer à quel point il avait fière allure.

Propre, élégant, fraîchement repeint, et dangereux. Les quatre cavités des destructeurs, deux sur chaque aile, étaient vides, et il manquait le propulseur auxiliaire arrière. Mais pour le reste, il était *parfait*.

— Rig, dis-je tout bas, stupéfaite, je n'arrive pas à croire que tu m'aies laissée t'embarquer là-dedans.

— Si tu veux me remercier, dit-il, demande à FM de venir déjeuner avec moi dans le parc un de ces jours. (Puis il rougit aussitôt et baissa les yeux.) Enfin, peut-être, si jamais le sujet vient dans la conversation ou un truc comme ça. Ou peut-être pas.

Je souris et lui donnai un coup de poing sur le bras.

— Alors tu es toujours bien Rig. Je commençais à m'inquiéter.

— Ouais, ouais. Ignorons ce que je viens de dire et concentrons-nous sur les choses importantes. Cette IA cinglée dit que ses systèmes de furtivité sont assez efficaces pour empêcher la FDR de le remarquer, et je crois qu'on va simplement devoir le croire sur parole sur ce point. Alors, qu'est-ce que tu en dis ? Tu veux faire un bref essai de vol ?

— Et comment !

Rig leva la tête.

— Mais tu as la moindre idée de la façon dont tu peux sortir ? Cette brèche est à peine assez large pour une personne.

— Je... crois que j'ai une idée, répondis-je. Mais ça va sans doute être un tout petit peu salissant. Et dangereux.

Rig soupira.

— Je crois que j'aurais dû m'en douter.

Environ une heure plus tard, je montai dans le cockpit de M-Bot, tremblant quasiment de surexcitation. Je posai Monstrolimace sur le siège derrière moi, puis me harnachai.

Ma petite caverne paraissait nue à présent que nous avions remballé ma cuisine et tout le matériel de Rig. Nous avions entreposé ce que nous avions pu dans le cockpit, et traîné le reste à travers la fente en utilisant ma lumiligne. Rig attendait à une distance raisonnable. La partie la plus amusante était réservée à moi seule.

Et, comme la plupart des « parties amusantes », elle allait impliquer de casser des choses.

— Tu es prêt ? demandai-je à M-Bot.

— En gros, j'ai deux états. Prêt, et éteint.

— Il faudra retravailler l'accroche, observai-je, mais l'idée est plutôt cool.

Je posai les mains sur la sphère de contrôle et la manette des gaz, inspirant et expirant.

— À titre d'information, me dit M-Bot, j'ai entendu ce que vous disiez tout à l'heure, quand vous chuchotiez. La partie où Rodge affirmait que j'étais cinglé.

— Je me doutais bien que tu devais nous entendre. Après tout, tu es un vaisseau de surveillance.

— Les IA ne peuvent pas être cinglées, ajouta-t-il. Nous ne pouvons faire que ce pour quoi nous sommes programmées. Ce qui est le contraire de la folie. Mais… vous me le diriez, hein ? Si je commençais à parler… bizarrement ?

— Cette histoire de champignons, je t'avoue que c'est un tout petit peu étrange.

— Je le perçois. Mais je ne peux pas m'en empêcher. Le mandat est très fort à l'intérieur de moi. Ainsi que les dernières paroles de mon pilote.

— Fais profil bas. Reste à l'écart des combats.

— Et l'attendre. Oui. C'est pour ça que je ne peux pas vous laisser me dévoiler à la FDR, même si je sais que ça vous aiderait ainsi que votre peuple. Je *dois* tout simplement suivre mes ordres. (Il hésita.) Je m'inquiète que vous m'emmeniez dans les airs. Est-ce que par « profil bas » mon pilote voulait dire « reste sous terre » ou simplement « ne laisse personne te voir » ?

— Je suis sûre que c'était la seconde option, affirmai-je. Nous allons simplement faire un vol rapide autour de la zone.

— Ce ne sera pas « rapide », rectifia-t-il. Avec seulement les propulseurs transversaux, nous allons voler à peu près à la vitesse de votre marche.

Ça suffirait pour l'instant. J'allumai l'anneau d'élévation et nous soulevai en douceur. Je sortis le train d'atterrissage, nous retournai dans l'autre sens en décrivant un cercle lent, et nous inclinai d'un côté puis de l'autre. Je souris. Les contrôles étaient assez semblables, et il y avait une réactivité qui manquait à mon Poco.

Maintenant, sortir de la caverne. J'inclinai l'anneau d'élévation en arrière sur ses charnières, ce qui, à son tour, suréleva le nez de M-Bot. Je projetai la lumilance pour la planter dans une section fendillée du plafond. Je reculai en utilisant les propulseurs rotatifs, puis réduisis la puissance de l'anneau d'élévation. Ce qui nous conféra une certaine force, même sans propulseur auxiliaire.

La lumilance se tendit. De la poussière et des éclats de pierre se mirent à pleuvoir du plafond. Monstrolimace imita le bruit derrière moi d'une voix flûtée, énergique et surexcitée.

Une partie du plafond s'effondra dans une pluie de pierre et de poussière. Je libérai la lumilance et regardai vers le haut à travers le trou. Il n'y avait pas de spatiolampe à proximité, et je ne vis donc au-dessus de moi qu'un gris sombre et uniforme. Le ciel.

— Est-ce que ton hologramme peut créer une projection d'un nouveau toit ? demandai-je à M-Bot.

— Oui, mais il sera moins sûr. L'imagerie sonar peut voir à travers l'hologramme. Mais... On dirait que ça fait très longtemps que je n'ai pas vu le ciel.

Il semblait nostalgique, même s'il affirmerait sans doute qu'il s'agissait d'une bizarrerie de programmation.

— Allons-y, déclarai-je. Allez. On vole !

— Je..., dit tout bas M-Bot. Oui, d'accord. Allons-y ! J'ai très envie de voler à nouveau. Simplement, soyez prudente, et gardez-moi hors de vue.

Je nous fis franchir le trou, puis adressai un signe de la main à Rig, qui se tenait un peu plus loin avec nos affaires.

— Activation des mécanismes de furtivité, annonça M-Bot. Nous devrions maintenant être invisibles aux capteurs de la FDR.

Je souris. J'étais dans le ciel. Avec mon *propre* vaisseau. Je poussai brutalement la manette des gaz.

On resta sur place.

Ah oui. Pas de propulseur auxiliaire.

J'activai les propulseurs transversaux, qui étaient davantage conçus pour augmenter la précision des déplacements que pour le mouvement effectif. Et on se mit à voler. Leeeeeeeeentement.

— Youpi ? demanda M-Bot.

— C'est *un peu* décevant, tu ne trouves pas ?

Malgré tout, j'effectuai une petite boucle pour Rig, avec le diagnostic activé. Quand je terminai le cercle, il me fit un signe en levant le pouce, puis posa son sac sur son épaule et commença à s'éloigner. Il devait regagner Magmatique pour rendre le matériel de rebouchage.

J'avais du mal à me convaincre d'atterrir. Après tout ce temps, je voulais voler encore un peu plus longtemps avec M-Bot. Je saisis donc la manette d'altitude. La sphère de contrôle pouvait faire monter et descendre doucement le vaisseau, augmentant la puissance de l'anneau d'élévation pour esquiver plus en finesse. Mais si l'on voulait une ascension rapide, c'était comme ça qu'il fallait procéder.

Je la tirai doucement vers moi.

On s'élança d'un coup dans le ciel.

Je ne m'étais pas attendue à ce que ça fonctionne si bien. On fonça vers le haut, et je sentis les forces g me percuter et m'appuyer en arrière. Je grimaçai, remarquant à quelle vitesse nous allions, et relâchai ma pression sur la manette. Ce genre de force g allait…

… m'écraser ?

Je sentis l'accélération, mais pas autant que je n'aurais dû. Je ne devais pas être en train d'encaisser plus de trois g, même si j'avais l'impression que ça aurait dû être beaucoup plus.

— Qu'est-ce que tu fais ? demandai-je.

— Vous pouvez vous montrer plus précise ? J'ai plus de cent soixante-dix sous-programmes semi-autonomes qui…

— Les forces g, l'interrompis-je en regardant par la vitre le sol qui s'éloignait à une vitesse alarmante. Je devrais être en train de perdre connaissance.

— Ah oui, ça. Mes condensateurs gravitationnels sont capables de compenser soixante pour cent des forces g, avec un seuil maximal de bien plus de cent unités terriennes standards. Je vous avais bien dit que vos vaisseaux possédaient des systèmes primitifs pour gérer la pression infligée au pilote.

Je relâchai la poussée sur la manette d'altitude, et le vaisseau cessa d'accélérer.

— Voudriez-vous activer la gestion rotative des forces g pour vous aider davantage à y résister ? demanda M-Bot.

— Comme cette histoire de siège qui pivote ? fis-je en me rappelant ce que Rig m'avait expliqué au sujet de M-Bot.

Les humains supportaient mal les forces g exercées dans les mauvaises directions – il était beaucoup plus difficile pour nous d'encaisser les forces exercées vers le bas, par exemple, car elles repoussaient tout le sang de notre corps vers nos pieds. M-Bot pouvait compenser en faisant pivoter le siège, de sorte que j'encaisse les forces par l'arrière – d'une manière qui épargnerait davantage mon corps.

— Pas pour l'instant, décidai-je. Laisse-moi d'abord m'habituer à ta façon de voler.

— Entendu.

On atteignit rapidement cent mille pieds, ce qui était à peu près la hauteur maximale où nous montions avec les vaisseaux de la FDR dans des situations ordinaires. Je tendis la main pour décélérer, mais hésitai. Pourquoi ne pas aller un peu plus haut ? J'en avais toujours eu envie. Maintenant, il n'y avait personne pour m'arrêter.

Je continuai, m'élevant jusqu'à ce que l'indicateur d'altitude atteigne cinq cent mille pieds. Puis, enfin, je nous fis ralentir, admirant la vue. Je n'étais jamais montée si haut. Les cimes des montagnes, en bas, ne semblaient guère plus que du papier chiffonné. Je voyais bel et bien la planète *s'incurver* – et pas seulement selon un vague arc de cercle. J'avais l'impression de pouvoir me lever sur la pointe des pieds et voir la planète entière.

Je ne me trouvais malgré tout qu'à mi-chemin de la ceinture de débris, dont on m'avait dit qu'elle se trouvait en orbite basse à partir d'un million de pieds environ. Cependant, je la voyais beaucoup mieux à cette hauteur. Ce que je percevais depuis la surface sous la forme de vagues motifs se manifestait à présent comme d'énormes carrés de métal sur le métal, vaguement éclairés par des sources que je ne distinguais pas.

En la regardant, en comprenant qu'elle se trouvait encore à bien plus de cent kilomètres de là, l'énormité de son échelle commença enfin à me frapper. Ces petits grains qui ressemblaient à des points uniques… ils devaient être aussi gros que les fragments de débris qui s'étaient écrasés pendant ce combat la semaine précédente.

Tout ça était tellement *énorme*. Ma mâchoire tomba tandis que je l'étudiais, remarquant les différentes sections qui tournaient et tourbillonnaient suivant des orbites ésotériques. La plupart n'étaient que des ombres qui bougeaient, tournoyaient, par couches superposées.

— Aimeriez-vous approcher ? demanda M-Bot.

— Je n'ose pas. On raconte qu'une partie des débris me tirerait dessus.

— Eh bien, il s'agit manifestement des vestiges d'un réseau de défense semi-autonome, dit-il. Avec les ombres des plateformes d'habitat externes derrière, je dirais – le tout émaillé de chantiers navals brisés et de drones de récupération de matériaux.

Je regardai l'ensemble bouger et remuer, et tentai d'imaginer une époque où tout ça avait été fonctionnel. Utilisé. *Habité*. Un monde au-dessus du monde.

— Oui, certaines de ces plateformes de défense sont clairement opérationnelles, dit M-Bot. Même moi, j'aurais du mal à les dépasser discrètement. Notez ces astéroïdes que je souligne sur votre verrière, les formations de scories à la surface indiquent leur ancien usage. Certaines stratégies destinées à faire disparaître une planète consistent à traîner des corps interplanétaires vers des emplacements choisis puis à les laisser tomber. Ce qui peut produire des dégâts allant de la suppression d'une cité spécifique à une catastrophe pouvant provoquer une extinction.

J'exhalai doucement, horrifiée de l'imaginer.

— Euh… non pas que j'aie été un *vaisseau de combat* à l'origine, je le précise, ajouta M-Bot. Ce n'est pas grâce à ma propre programmation que je m'y connais en bombardement orbital. J'imagine qu'on a dû me raconter ça un jour.

— Je croyais que tu ne mentais pas.

— C'est vrai ! Je crois sincèrement que je suis un vaisseau avancé, bien armé, doté d'un système de furtivité car ça m'aidera à mieux cueillir les champignons. Ce n'est pas *du tout* irrationnel.

— Donc, si les Krell voulaient vraiment se débarrasser de nous, repris-je, il leur suffirait de pousser certains de ces astéroïdes vers le bas ?

— C'est un peu plus difficile que vous n'en donnez l'impression. Les Krell auraient besoin d'un vaisseau assez grand pour déplacer quelque chose d'une taille aussi importante. Ce qui nécessiterait sans doute un bâtiment majeur – que ces plateformes de défense seraient sans doute capables d'abattre sans aucun mal. Mais de petits vaisseaux pourraient passer à travers certaines de ces brèches. Ce que vous devez déjà savoir, compte tenu de la fréquence à laquelle vous les combattez.

Je me laissai aller sur mon siège et m'autorisai à savourer le spectacle. Le monde immense en dessous de moi, le ciel qui paraissait curieusement *plus petit* qu'autrefois. Ce n'était qu'une bande étroite autour de la planète, couronnée par la ceinture de débris.

Je regardai un moment vers le haut, admirant les mouvements grandioses de la ceinture – les énormes carapaces et plateformes qui se déplaçaient selon leur schéma ancien et ésotérique. Il devait y avoir eu des dizaines de couches mais, en cet instant – et pour la deuxième fois de ma vie seulement –, tout s'aligna. Et je vis alors dans l'espace. L'infini véritable, seulement interrompu par quelques étoiles scintillantes.

Et j'aurais *juré* les entendre. Des murmures. Pas des mots distincts, mais quelque chose de réel. Grand-mère avait raison. Si je tendais l'oreille, *j'entendais* les étoiles. Elles ressemblaient aux cors du combat qui appelaient, m'attirant vers elles…

Ne sois pas idiote, me dis-je. *Tu n'as pas de propulseur auxiliaire. Si les Krell te trouvent, tu ne seras guère plus qu'une cible d'entraînement pour eux.*

À contrecœur, j'amorçai une descente en douceur. Ça suffisait sans doute pour une journée.

On descendit lentement, laissant la gravité faire le gros du travail. Malheureusement, on avait dérivé un peu plus loin sous l'effet du vent, si bien que, lorsqu'on atterrit, je dus nous rapprocher prudemment du trou, aidée par ces minuscules propulseurs transversaux.

Ce qui me prit assez longtemps pour que je sois en train de bâiller lorsqu'on l'atteignit. Monstrolimace imita le bruit de mon bâillement depuis la couverture où elle s'était installée derrière mon siège.

Enfin, on descendit dans la caverne et on atterrit à côté de l'emplacement d'origine de M-Bot.

— Eh bien, j'appellerais ça un premier trajet très réussi, commentai-je.

— Euh… oui, confirma M-Bot. Nous sommes montés très haut, n'est-ce pas ?

— Si seulement j'arrivais à trouver un moyen de me procurer un propulseur auxiliaire, on pourrait te faire voler en un rien de temps.

— Hum…

— Tu pourrais essayer de combattre les Krell, si tu voulais, lui dis-je pour voir si j'arrivais à le pousser un peu plus loin. On pourrait faire ça tout en « faisant profil bas » – simplement, on ne révélerait à personne ce qu'on est ni qui on est ! Le vaisseau fantôme noir sans indicatif ! Qui débarque pour aider la FDR dans ses heures de détresse !

— Je ne crois pas…

— Imagine un peu, M-Bot ! Esquiver et descendre au milieu des barrages en train d'exploser. Voler, se battre, se montrer plus puissant que ses ennemis. Une symphonie grandiose de pouvoir et de destruction !

— Ou mieux encore, rester posé dans la caverne ! Sans rien faire de tout ça !

— On pourrait se battre en mode furtif…, suggérai-je.

— Ça resterait toujours le contraire d'un profil bas. Je suis désolé, Spensa. *Je ne dois pas me battre.*

Nous pouvons voler à nouveau – ça m'a bien plu – mais nous ne pourrons *jamais* nous battre.

— Jamais nous battre, ajouta Monstrolimace.

J'éteignis les fonctions accessoires du vaisseau, puis baissai mon siège en arrière, dégoûtée. J'avais accès à quelque chose de formidable, de puissant, d'incroyable – mais je ne pouvais pas m'en servir ? J'avais une arme qui ne voulait pas que je la manie. Que devais-je faire ?

Je n'en savais rien. Mais je trouvais particulièrement perturbant que mon vaisseau soit… un lâche.

Je soupirai et me préparai à aller me coucher. Ma frustration contre M-Bot s'estompa, car j'étais trop surexcitée d'avoir réussi à le faire décoller dans les airs.

Tandis que je m'installais enfin – siège incliné, couverture tirée autour de moi, Monstrolimace déplacée sur une étagère escamotable de la verrière –, M-Bot parla à nouveau, tout bas.

— Spensa ? Ça ne vous dérange pas, dites-moi ? De rester hors du combat ? Je *dois* obéir à mes ordres.

— Tu n'es pas obligé.

— Hum… je suis un ordinateur. C'est pratiquement *tout ce que je fais*. Je ne peux littéralement pas compter jusqu'à zéro sans en recevoir l'ordre.

— J'ai du mal à le croire, répondis-je. Compte tenu des choses que tu m'as dites.

— C'est une personnalité programmée pour interagir avec les humains.

— Des prétextes, fis-je en bâillant et en baissant la lumière. Ton esprit est peut-être mécanique, mais tu restes une personne.

— Mais…

— Je t'entends. J'entends ton âme. Comme les étoiles.

C'était un faible bourdonnement dans un coin de mon esprit, et je ne l'avais pas remarqué jusqu'alors. Mais il était bien là.

Quoi qu'il puisse en penser, M-Bot était plus vivant qu'il ne voulait bien le croire. Je le *sentais*, tout simplement.

Je commençai à m'assoupir.

Il parla de nouveau, d'une voix encore plus basse.

— Les ordres sont la seule certitude que je possède, Spensa. Mon ancien pilote, mon objectif. C'est ce que j'étais.

— Alors deviens quelqu'un de nouveau.

— Est-ce que vous imaginez à quel point c'est difficile ?

Je songeai à ma propre lâcheté. À ces sentiments de perte et d'inadéquation, à présent que j'avais enfin l'occasion de faire les choses que je m'étais toujours vantée de faire un jour. Je resserrai ma couverture sur moi.

— Ne dis pas de bêtises, marmonnai-je. Pourquoi est-ce que je voudrais devenir quelqu'un d'autre ?

Il ne répondit pas, et je finis par m'endormir.

31

Mon vol avec M-Bot, bien qu'il ait été bref et essentiellement linéaire, parvint quand même à éclipser les deux semaines suivantes d'entraînement en simulation.

J'effectuais une manœuvre, pourchassant un vaisseau krell à travers une série de virages serrés autour de morceaux de débris, avec Hula Hoop en tant qu'ailière, mais mes pensées commencèrent à vagabonder. Le vaisseau krell s'échappa.

— Hé ! s'exclama Kimmalyn tandis qu'on se regroupait. Vous avez vu ? Je n'ai rien percuté !

J'écoutais leurs bavardages d'une oreille, toujours distraite.

— Moi si, par contre, avoua FM. J'ai touché un morceau de débris et je suis tombée en flammes.

— Ce n'était pas ta faute ! la rassura Kimmalyn. Comme la Sainte le disait toujours, le véritable échec, c'est choisir d'échouer.

— Et puis, ajouta Arturo, il reste qu'au total tu as eu moins d'accidents que nous tous.

— Je ne tiendrai pas longtemps ce record si je continue comme ça, dit FM.

— Tu essaies simplement d'être *subversive* en t'écrasant aujourd'hui, la taquina Hula Hoop, parce que personne ne l'attend de toi. Espèce de rebelle !

FM rit tout bas.

— Vous pourriez tous faire ce que personne n'attend, dit Jorgen dans la ligne du groupe, en formant un rang bien net pour une fois. Amphi, je te regarde.

— Ouais, ouais, répondit Arturo, qui fit planer son vaisseau pour le mettre en place. Mais je crois que, techniquement, Jorgen s'est écrasé moins que toi, FM. Il a volé deux fois moins souvent. C'est difficile de se faire exploser la tronche quand on se contente de rester immobile à râler et à donner des ordres.

— Comme la Sainte disait toujours, répéta Kimmalyn d'une voix grave, le véritable échec, c'est choisir d'échouer.

Jorgen ne se défendit pas, mais il me sembla entendre une vive inspiration de sa part. Je grimaçai. Il avait effectivement tendance à rester en arrière pour nous regarder faire des exercices, offrant des instructions au lieu de voler lui-même. Mais les autres agiraient peut-être différemment s'ils savaient qu'il passait ses soirées à s'entraîner seul ensuite.

J'éprouvai soudain de la honte. L'indicatif de Jorgen, et la façon dont les autres le traitaient, étaient en partie de ma faute. Il ne méritait pas tout ça. Enfin, il pouvait se montrer insupportable, mais il essayait *vraiment* de faire de son mieux.

Tandis que Cobb nous envoyait pratiquer une autre série de duels, les paroles de Rig remontèrent des profondeurs de mon esprit.

Et moi ? Est-ce que je suis un lâche, Spensa ?

J'étais persuadée que non. Mais j'avais passé mon enfance à m'accrocher à une simple règle, renforcée par les histoires de Grand-mère. Les gens bien étaient courageux. Les gens mauvais étaient des lâches. Je savais que mon père avait été quelqu'un de bien, et il m'apparaissait donc clairement qu'il n'avait pas pu s'enfuir. Point final. Fermez le livre.

J'avais de plus en plus de mal à m'accrocher à cette séparation bien nette entre le noir et le blanc. J'avais promis à Hula Hoop de ne pas être une lâche. Mais arrivait-il jamais qu'un lâche ait l'*intention* de se détourner pour s'enfuir ? Je n'avais jamais eu envie de fuir un combat, mais j'étais surprise malgré tout par les émotions réelles liées à l'expérience du pilotage. Par la douleur que j'avais éprouvée en perdant Bim et Marée Haute, par la sensation que j'avais parfois d'être dépassée.

Se pouvait-il que quelque chose de similaire, l'espace d'un bref instant, ait poussé mon père à se retirer ? Et s'il l'avait fait, pouvais-je *vraiment* promettre de ne pas l'imiter un jour ?

J'esquivai un morceau de débris, mais faillis accrocher l'aile de Hula Hoop.

— Allez, Spin, me dit-elle. Concentre-toi sur la partie. Les yeux sur le ballon.

— Le ballon ?

— Désolée. Métaphore sportive.

— Je n'ai pas eu l'occasion d'assister à beaucoup de matches. (Les travailleurs recevaient des tickets en guise de récompenses pour mérites d'exemplarité. Mais ce serait agréable de parler de quelque chose, de détourner mes pensées de mes inquiétudes.) Je sais à peine ce que tu faisais. Une histoire de motos antigrav ? Est-ce que tu volais ?

— Pas tout à fait, répondit Hula Hoop tandis qu'on enchaînait les mouvements d'esquive et qu'un vaisseau krell – dans le cadre de l'exercice – arrivait derrière nous. La Ligue de digball reçoit des anneaux d'élévation qui sont trop petits pour faire voler des vaisseaux. Nos motos pouvaient se déplacer en 3D par petites accélérations, mais chaque moto reçoit une quantité fixe de temps de vol. Une partie de la stratégie consiste à savoir quand l'utiliser.

Elle parlait d'une voix nostalgique.

— Est-ce que ça te manque ?

— Un peu. Surtout mon équipe. Mais je préfère nettement tout ça. (Un éclair de destructeur s'abattit autour de nous.) Plus dangereux. Plus excitant.

On effectua une esquive en vague, où on se sépara dans des directions contraires sous des tirs de destructeurs acharnés. Hula Hoop resta sur notre cible tandis que je décrivais une boucle descendante et la soutenais par mes tirs pour faire fuir l'ennemi.

Je le rattrapai au virage suivant et me retrouvai derrière Hula Hoop. Notre cible volait particulièrement bas, à une centaine de pieds du sol environ. On descendit, soulevant derrière nous des panaches de poussière gris bleuté, et on dépassa à toute allure un morceau de débris ancien. Dépouillé depuis longtemps de sa pierre d'élévation, il était exposé là comme un squelette dans un tombeau dérangé.

— Alors, et toi ? reprit Hula Hoop tandis qu'on poursuivait notre cible à travers des vallées. Tu ne parles jamais de ce que tu faisais avant la FDR.

— On n'était pas censées « rester concentrées sur la partie » ?

— Ha. Sauf quand je suis curieuse.

— Je… j'étais chasseuse de rats.

— Pour une des usines de protéines ?

— Non, je fonctionnais seule. Les éclaireurs des usines dénichent très bien les cavernes inférieures, alors j'ai construit mon propre fusil harpon, exploré des cavernes plus lointaines, et je les attrapais toute seule. Ma mère vendait la viande à des ouvriers sur leur trajet de retour chez eux, contre des coupons de réquisition.

— La vache. C'est balèze.

— Tu trouves ?

— Carrément.

Je souris, réchauffée par ces mots.

Le Krell fit volte-face et monta en accélérant.

— J'y vais, annonçai-je, et j'enclenchai l'hyper-combustion.

Je montai à toute allure selon un angle incliné, mon indicateur de forces g au maximum.

Ce soir, pensai-je à l'intention du Krell, *les cendres de ta dépouille se mêleront à la poussière de la planète, et les vents charrieront l'écho de tes hurlements de souffrance !* Je traversai le sillage du vaisseau, approchant juste assez pour activer mon IMI et neutraliser son bouclier.

Hula Hoop me dépassa en volant, ses tirs de destructeurs couvrant le bruit de klaxon tonitruant qui m'avertissait que mon bouclier était inactif. Le vaisseau krell explosa en débris fondus.

Hula Hoop poussa un cri de joie, mais je rougis ensuite en me rappelant ma réplique mentale. Des cendres se mêlant à la poussière et des hurlements charriés par le vent ? Ces choses-là, qui me paraissaient autrefois tellement exaltantes, semblaient désormais… moins les paroles d'une héroïne que de quelqu'un qui *cherchait* à paraître héroïque. Mon père ne s'exprimait jamais comme ça.

Tandis que je rallumais mon bouclier, un voyant s'alluma sur le panneau de communication, annonçant que Cobb écoutait.

— Beau travail, déclara-t-il. Vous commencez à faire une bonne équipe, toutes les deux.

— Merci, Cobb, répondis-je.

— Ce serait encore mieux si Spin pouvait passer du temps avec nous tous, ajouta Hula Hoop. Vous savez, au lieu de dormir dans sa caverne.

— Prévenez-moi le jour où vous comptez aborder le sujet avec l'amirale, répliqua Cobb. Je ferai en sorte de quitter le bâtiment pour ne pas devoir l'entendre vous crier dessus. Cobb, terminé.

La lumière s'éteignit, et Hula Hoop fit descendre son vaisseau à côté du mien.

— La façon dont elle te traite est stupide, Spin. Tu es *vraiment* balèze. Comme ces trucs que tu dis tout le temps.

— Merci. (Je sentis mes joues chauffer.) Mais maintenant, ces trucs-là m'embarrassent.

— Ne les laisse pas t'atteindre, Spin. Sois toi-même.

Et qui suis-je ? Je levai les yeux vers le ciel, me demandant si la simulation créait parfois des trous parmi les débris – si elle vous permettait jamais de voir à travers eux, jusqu'au plus haut du ciel.

On effectua encore quelques exercices avant que Jorgen ne nous ordonne de nous aligner. On resta à planer sur place, et je consultai l'horloge sur mon tableau de bord. Seulement 1600 ? Il nous restait encore plusieurs heures d'entraînement. Cobb allait-il arrêter tôt et nous envoyer passer du temps dans la centrifugeuse, comme il l'avait fait la veille ?

— Bon, annonça Cobb dans la radio. Vous êtes prêts pour la leçon suivante.

— On va pouvoir utiliser les destructeurs ? s'exclama Kimmalyn.

Je me penchai en avant sur mon siège pour regarder son cockpit. Nous nous battions avec des destructeurs depuis déjà des semaines.

— Désolée, ajouta-t-elle. Je me suis laissé emporter.

Un bombardier krell se matérialisa devant nous. Il était d'une construction plus robuste que le vaisseau krell moyen. Il possédait la même forme mais, dans la partie centrale entre ses ailes, il portait une énorme exterminatrice. La bombe était encore plus grosse que le vaisseau. Je frissonnai, me rappelant la dernière fois que j'avais vu l'un de ces engins – quand Bim et moi en avions pourchassé un.

Une scène se matérialisa un peu plus loin : une mêlée confuse de vaisseaux en train de se battre, certains appartenant aux Krell, d'autres à la FDR.

— Nos canons antiaériens couvrent une portée de cent vingt et un kilomètres depuis Alta, déclara Cobb. Les canons doivent être assez gros pour faire éclater des vaisseaux krell à travers leur bouclier – et assez gros pour détruire de gros débris de sorte qu'ils se désintègrent en tombant. Mais leur grande taille limite leur rayon de portée. Ils sont très bons pour abattre des cibles lointaines, mais ne peuvent rien toucher de trop près.

» Si les Krell descendent assez bas – à environ six cents pieds du sol –, ils peuvent passer en dessous des gros canons. Les canons plus petits – comme ceux sur lesquels Couic s'entraînait auparavant – ne sont pas assez perçants pour traverser les boucliers des Krell. Sans vaisseaux de combat pour attaquer l'ennemi à l'IMI, les petits canons ont du mal.

La simulation souligna un vaisseau précis parmi ceux qui se battaient au loin. Un autre bombardier.

— Les Krell détournent notre attention avec des duels et des chutes de débris, et ensuite ils essaient souvent de faire passer discrètement un bombardier transportant une exterminatrice, poursuivit Cobb. Vous devez rester constamment sur le qui-vive et nous signaler toute apparition d'une exterminatrice. Et je vous mets en garde : ils ont déjà utilisé des appâts.

— On les signale, répondit Hula Hoop, et ensuite on les abat, c'est ça ? Ou peut-être mieux : on les abat d'abord, et *ensuite* on les signale ?

— Si vous faites ça, rétorqua Cobb, ça pourrait s'avérer désastreux. Les exterminatrices sont souvent conçues de manière à exploser si elles reçoivent des dégâts. Si vous abattez l'un de ceux-là au mauvais moment, vous pourriez faire tuer des dizaines d'autres pilotes.

— Ah, fit Hula Hoop.

— Seuls l'amirale ou l'état-major peuvent autoriser à abattre une exterminatrice, poursuivit Cobb. Souvent, nous pouvons chasser le bombardier en le menaçant – les exterminatrices ont de la valeur et sont, pour autant que nous puissions le présumer, difficiles à produire. Si ça ne fonctionne pas, l'amirale enverra une force de frappe spéciale pour abattre le bombardier.

» Soyez extrêmement prudents. Magmatique se trouve assez loin sous la surface pour que seul un coup direct tiré juste au-dessus ait une portée suffisante pour lui faire du mal, mais l'élimination imprudente d'une exterminatrice trop proche – même à quarante ou cinquante kilomètres de distance – pourrait détruire Alta, à cause de la vague de corrosion que libérera la bombe. Alors si vous repérez un bombardier, signalez-le immédiatement, puis laissez quelqu'un qui ait l'expérience, les données et l'autorité décider que faire. Compris ?

On marmonna de part et d'autre : « Compris. » Puis Jorgen nous fit donner nos confirmations verbales un par un. Peut-être que nous le traitions un peu trop durement, mais salve alors… il pouvait se montrer agaçant.

— Génial, dit Cobb. Chef d'escadrille, guidez vos pilotes à travers ce champ de bataille. Nous allons pratiquer quelques scénarios où nous nous entraînerons à repérer, à signaler et – oui – à abattre des exterminatrices. À votre avis, à quelle fréquence allez-vous vous faire exploser vous-mêmes ?

Il s'avéra qu'on se faisait *beaucoup* exploser.

Les exercices avec les exterminatrices étaient parmi les plus difficiles que nous ayons jamais effectués. Lors de nos premiers jours de vol, nous avions appris à faire ce qu'on appelait une vérification globale. C'était une estimation rapide de toutes les choses que nous devions garder à l'esprit en volant :

indicateurs des propulseurs auxiliaires, instruments de navigation, altitude, canaux de communication, ailiers, coéquipiers, terrain… et une dizaine d'autres.

Aller au combat ajoutait une foule d'autres éléments à surveiller. Ordres d'Alta ou du chef d'escadrille, tactiques, ennemis. L'attention constante à la situation était l'une des parties du travail les plus éprouvantes sur le plan mental.

Faire tout ça en guettant constamment la présence d'un bombardier… eh bien, c'était dur. Extrêmement dur.

Parfois, Cobb nous faisait exécuter des simulations entières d'une heure de bataille sans jamais envoyer de bombardier. Parfois il en envoyait sept – six leurres et un vrai.

Les bombardiers étaient remarquablement lents – ils ne dépassaient pas Mag-2 – mais ils transportaient une charge mortelle. Quand une bombe explosait, elle dégageait trois vagues. La première explosion était destinée à envoyer une onde vers le bas, pénétrait dans la roche, faisait s'effondrer les cavernes ou les ouvrait à l'air libre. Après quoi survenait une deuxième explosion – qui était d'une étrange couleur noir verdâtre. Cette corrosion extraterrestre était capable d'exterminer la vie, provoquant une réaction en chaîne dans la matière organique. La troisième explosion était une onde de choc, destinée à pousser vers l'extérieur cette atroce lumière verte brûlante.

On passa en revue une simulation après l'autre. Encore et encore, un de nous fit exploser trop tôt la bombe sans donner le signal aux autres de déclencher l'hypercombustion pour s'éloigner – ce qui désintégra notre escadrille entière. À de nombreuses reprises, on se trompa dans notre estimation de notre proximité avec Alta – si bien que, lorsqu'on détruisait le bombardier en faisant détoner la bombe, Cobb envoyait ce rapport macabre : « Vous venez de tuer la population entière d'Alta. Je suis mort à présent. Félicitations. »

Après une tentative particulièrement frustrante, on s'arrêta tous les six pour regarder la lumière verte malsaine se déployer.

— Je..., commença Cobb.

— Vous êtes mort, compléta FM. On a pigé, Cobb. Qu'est-ce qu'on est *censés* faire ? Si la bombe est trop proche de la cité, est-ce qu'on a d'autres choix ?

— Non, confirma Cobb d'une voix très calme. Vous n'en avez pas.

— Mais...

— Si vous devez en arriver à détruire Alta mais à sauver Magmatique, continua Cobb, Magmatique est plus importante. Il y a une raison si on fait alterner un tiers de nos vaisseaux, de nos pilotes et de notre état-major dans les cavernes inférieures. La FDR peut survivre – peut-être – si Alta est détruite. Mais sans les équipements pour fabriquer de nouveaux vaisseaux, nous sommes fichus. Alors si l'amirale l'ordonne, vous *tirez sur cette bombe* et vous la faites exploser, même si ça doit détruire Alta.

On regarda la lumière verte se diffuser lentement, formant une sphère de destruction de plus en plus large. Enfin, elle s'estompa.

Cobb nous fit effectuer des exercices jusqu'à ce que je sois engourdie par l'épuisement et que mon temps de réaction ralentisse. Puis il nous fit recommencer. Il voulait imprimer profondément en nous le réflexe de *toujours* guetter les bombardiers, quelle que soit notre fatigue.

Au cours de cette dernière tentative, je détestai Cobb comme jamais je n'avais détesté personne. Encore plus que l'amirale.

Cette fois aussi, on échoua à détruire la bombe. Je repris du début et me plaçai machinalement en rang pour commencer le parcours suivant. Cependant, la verrière disparut. Je clignai des yeux, étonnée de me retrouver à nouveau dans le monde réel. Les autres commencèrent à ôter leur casque et à se lever pour s'étirer. Quelle… quelle heure était-il ?

— Est-ce que j'ai bien reconnu cette dernière bataille, Cobb ? demanda Arturo en se levant. C'était celle de Trajerto ?

— Avec des modifications, répondit Cobb.

Trajerto, pensai-je. Elle s'était produite environ cinq ans plus tôt ; nous étions passés à deux doigts de perdre Alta. Une escadrille de Krell s'était approchée furtivement et avait détruit les canons antiaériens les plus petits. Heureusement, deux vaisseaux éclaireurs de la FDR avaient détruit l'exterminatrice avant qu'elle puisse approcher suffisamment d'Alta.

— Vous utilisez des batailles historiques pour nos simulations ? m'enquis-je en m'efforçant de m'arracher à ma stupeur.

— Évidemment, répliqua-t-il. Vous croyez que j'ai le temps d'en inventer ?

Quelque chose me frappa dans cette idée, mais j'étais trop épuisée pour mettre le doigt dessus. Je sortis de mon pseudo-cockpit, jetai mon casque sur mon siège et me dégourdis les membres. Salve, que j'avais faim, mais je n'avais pas de dîner avec moi – le prochain lot de viande était en train de sécher dans ma caverne.

Une longue marche fatiguée et affamée m'attendait. Je pris mon sac, le hissai sur mon épaule et me mis en route.

Hula Hoop me rattrapa dans le couloir, puis désigna la direction du dortoir tout proche. Je parvins à déchiffrer son expression. Elles pouvaient faire semblant d'être fatiguées, me rapporter à manger dans leur chambre…

Je fis signe que non. Ça ne valait pas la peine de contrarier l'amirale.

Hula Hoop m'adressa un geste en levant le poing.

— Balèze, chuchota-t-elle.

Je trouvai l'énergie de sourire, levai le mien, puis on se sépara.

Je regagnai la sortie d'un pas traînant. Les autres salles de classe étaient plongées dans l'obscurité, à l'exception d'une seule, où l'instructeur était en train de faire cours à une autre escadrille de cadets.

— Les meilleurs pilotes sont capables de reprendre le contrôle d'un vaisseau lors d'une chute incontrôlée, disait une voix féminine qui résonna dans le couloir. Votre première réaction sera peut-être de vous éjecter, mais si vous voulez être un *véritable* héros, vous ferez tout ce que vous pourrez pour sauver votre anneau d'élévation. Un Rebelle protège les gens, pas lui-même.

C'était tout le contraire de ce que Cobb nous enseignait.

Alors que je traversais le verger à l'extérieur de la base, je m'aperçus que ma radio clignotait. M-Bot voulait me parler. Je l'avais convaincu, non sans mal, d'arrêter de faire irruption sur ma ligne pendant que je m'entraînais. Il semblait beaucoup trop probable que quelqu'un nous entende.

— Salut, lui dis-je dans la radio. Tu t'ennuies ?

— Je ne peux pas m'ennuyer. (Il hésita.) Mais je vous ferai savoir que je peux réfléchir à plusieurs milliers de fois la vitesse d'un cerveau humain – si bien que douze heures à votre échelle représentent un long moment pour moi. Un *très* long moment.

Je souris.

— Trèèèèèèèès long, insista-t-il.

— Qu'as-tu pensé de l'entraînement aujourd'hui ?

— J'ai pris soigneusement des notes pour y revenir plus tard.

La plupart des soirs, je passais en revue avec M-Bot ce que j'avais fait de travers. Ses programmes proposaient d'excellentes analyses de ma manière de piloter. Même si ses commentaires étaient parfois peu flatteurs, ces debriefings nocturnes m'aidaient efficacement à modifier légèrement ma façon de piloter – et j'avais l'impression de m'en sortir mieux que jamais.

Nous n'étions pas retournés dans les airs. Rig avait retiré les ConGravs et les boucliers du vaisseau pour les désassembler et en tracer des schémas. C'était bien au-delà de ma capacité à l'aider, mais ça ne me dérangeait pas, car j'avais les entraînements pour m'occuper.

— Vous avez vraiment besoin d'aide contre les bombardiers, me dit M-Bot. Vous êtes morte ou avez détruit la cité dix-sept fois aujourd'hui, alors que vous n'avez entièrement réussi que deux fois.

— Merci de me le rappeler.

— J'essaie de me montrer utile. Je m'aperçois que les mémoires humaines sont imparfaites et contradictoires.

Je soupirai et quittai le verger pour commencer la partie la plus ennuyeuse du trajet de retour chez moi.

— Les batailles étaient intéressantes, reprit M-Bot. Je suis… ravi que vous ayez survécu à certaines d'entre elles.

Un pas après l'autre. Qui aurait cru que rester assis dans une boîte, à ne bouger que les mains, puisse s'avérer aussi fatigant ? Mon cerveau donnait l'impression d'avoir été arraché, frappé à mort par un barbare, puis fourré à nouveau à sa place à l'envers.

— Vous êtes très séduisante et intelligente, Spensa, ajouta M-Bot. Spensa ? Est-ce que mon sous-programme de soutien moral fonctionne ? Hum… vous êtes tout à fait bipède. Et très efficace pour convertir l'oxygène en dioxyde de carbone, un gaz essentiel pour que la flore…

— Je suis simplement fatiguée, M-Bot. J'ai beaucoup encaissé aujourd'hui.

— Dix-neuf batailles ! Même si quatre d'entre elles étaient la même bataille tournée selon un angle différent et présentée avec quelques schémas de mouvements distincts pour les ennemis.

— Oui, ce sont des batailles historiques, répondis-je. Comme Cobb l'a expliqué…

Je m'arrêtai net.

— Spensa ? Je n'entends plus de bruits de pas ? Avez-vous momentanément cessé d'être bipède ?

— Des batailles historiques, dis-je en comprenant ce que j'aurais dû déduire plus tôt. Ils ont des enregistrements des batailles passées ?

— Ils enregistrent les actions de tous leurs vaisseaux, confirma-t-il, et ils ont archivé des scans des mouvements de l'ennemi. Je soupçonne qu'ils recréent ces modèles à trois dimensions pour s'entraîner et les analyser.

— Est-ce que tu crois… qu'ils ont ce genre d'enregistrement pour la bataille d'Alta ? Le combat où…

Où mon père avait déserté.

— Je suis sûr qu'ils en ont un quelque part, affirma M-Bot. C'est la bataille la plus importante de l'histoire de votre peuple ! La fondation de… Ah ! Votre père !

— Tu es capable de réfléchir à mille fois la vitesse d'un cerveau humain, lui dis-je, mais il t'a fallu tout ce temps pour établir un fait aussi simple ?

— Je réduis ma fréquence de fonctionnement pour les conversations. Si je concentre pleinement mes efforts, il vous faut plusieurs minutes en temps relatif pour prononcer une seule syllabe.

Ça se tenait sans doute.

— L'enregistrement de la bataille de mon père. Est-ce que tu peux… t'en emparer ? Me le montrer ?

— Je ne peux intercepter que ce qu'ils diffusent activement, expliqua-t-il. Il semble que la FDR tente de restreindre les communications sans fil, afin de ne pas attirer l'attention des yeux.

— Des quoi ?

— Des yeux. Je… n'ai aucune idée de ce que ça peut être. Il y a un trou dans mes banques de mémoire à cet endroit. Tiens. (Le vaisseau semblait sincèrement perplexe.) Je me rappelle cette citation : « Utilisez des câbles physiques pour le transfert de données, évitez les diffusions par les ondes, et placez un bouclier autour des processeurs les plus rapides. Si vous procédez autrement, vous risquez d'attirer l'attention des yeux. » Mais c'est tout. Curieux…

— Alors peut-être que nos communications ne sont pas aussi primitives que tu le répètes toujours. Peut-être qu'ils se montrent simplement prudents.

Je me remis en marche. Mon sac paraissait tellement lourd qu'on l'aurait cru rempli de douilles usagées.

— Quoi qu'il en soit, reprit M-Bot, je suppose qu'il doit y avoir des archives quelque part dans la base. S'ils ont un enregistrement de la bataille d'Alta, ce serait le premier endroit où chercher.

Je hochai la tête. Je ne savais pas trop si je devais me sentir surexcitée ou encore plus abattue par l'idée de pouvoir théoriquement regarder la dernière bataille de mon père. Voir de mes propres yeux s'il avait bel et bien déserté, et disposer de… quoi donc ? Une preuve ?

Je continuai d'avancer à pas lourds, cherchant à décider si j'avais assez faim pour manger quand j'atteindrais la caverne, ou si j'allais simplement m'effondrer. Alors que j'approchais de ma grotte, je vis la lumière clignoter à nouveau sur ma radio.

Je la levai vers ma tête.

— Je suis pratiquement arrivée, M-Bot. Tu peux…

— … appel aux armes général, dit un opérateur. L'amirale a appelé *tous* les pilotes – y compris les cadets – à rejoindre la base pour un déploiement possible. Je répète : une invasion de soixante-quinze vaisseaux krell a pénétré dans le champ de débris à 104.2-803-64000. Tous les pilotes actifs ont la consigne de se réunir pour un appel aux armes général. L'amirale a appelé *tous* les pilotes…

Je m'immobilisai. J'avais presque oublié la raison pour laquelle Cobb m'avait confié cette radio au départ. Mais aujourd'hui ? En particulier ?

J'arrivais à peine à marcher.

Soixante-quinze vaisseaux ? Trois quarts de la capacité maximale des Krell ? Salve !

Je pivotai sur mes talons et regardai le long trajet de retour vers Alta. Puis, à une allure léthargique, je m'obligeai à courir.

32

J'atteignis le complexe de la FDR essoufflée et en nage. Heureusement, mes trajets quotidiens entre l'école et ma caverne m'avaient fourni une bonne imitation d'entraînement physique, et j'étais donc dans une forme raisonnable. Les gardes du portail me firent signe de passer, et je m'obligeai à me remettre à courir. Je m'arrêtai au niveau des vestiaires près de la rampe de lancement et enfilai ma combinaison de vol.

Je franchis la porte à toute allure, me précipitant vers mon vaisseau. Mon Poco reposait seul. Le vaisseau de Nedd avait été depuis longtemps affecté à une autre escadrille, et tous les autres devaient être déjà dans les airs. Le faible bruit des canons antiaériens éclatait au loin, et des traînées brûlantes de débris en train de chuter indiquaient que ce champ de bataille était dangereusement proche du périmètre de défense d'Alta.

Mon épuisement se retrouva soudain éclipsé par une bouffée d'inquiétude. Un pilote était en train de monter dans le cockpit de mon vaisseau.

— Attendez ! m'écriai-je. Que faites-vous ? C'est mon vaisseau !

Le pilote hésita et baissa la tête pour regarder l'équipe au sol, occupée à préparer le vaisseau. L'un d'entre eux hocha la tête.

Le pilote se mit lentement à redescendre l'échelle.

— Vous êtes en retard, me dit Dorgo – un homme de l'équipe au sol. L'amirale a ordonné que tous les vaisseaux inoccupés soient affectés à un pilote et envoyés en tant que réserves.

Mon cœur se mit à cogner furieusement dans ma poitrine tandis que la femme, à contrecœur, sautait à terre et retirait son casque. Elle avait une petite vingtaine et arborait une cicatrice bien visible en travers du front. Elle m'adressa un signe en levant le pouce, mais ne dit rien d'autre tandis qu'elle regagnait les locaux d'un pas traînant.

— Qui était-ce ? demandai-je tout bas.

— Indicatif : Vigueur, répondit Dorgo. Une ancienne élève qui s'est fait abattre juste avant d'avoir son diplôme. Elle était assez douée pour que l'amirale l'ajoute à la liste des réservistes.

— Elle s'est éjectée ?

Dorgo fit signe que oui.

Je gravis l'échelle, puis pris mon casque des mains de Dorgo, qui monta derrière moi.

— Dirigez-vous à 110-75-1800, déclara-t-il en désignant le champ de bataille. Sauf si on vous donne d'autres ordres. C'est là que votre escadrille a reçu la consigne de stationner. Je vais avertir le Commandement central que vous êtes en route.

— Merci, lui dis-je en enfilant le casque avant de m'attacher.

Il leva le pouce, puis descendit et retira l'échelle. Un autre membre de l'équipe au sol agita un drapeau bleu une fois que tout le monde se fût placé à une distance raisonnable.

J'activai l'anneau d'élévation, puis soulevai mon vaisseau. 1800 était une altitude basse pour se battre – on s'entraînait généralement autour de 30000. J'avais l'impression de raser le sol lorsque je fonçai dans la direction indiquée.

— Vers les Étoiles 10, annonçai-je en appuyant sur le bouton pour appeler Jorgen, au rapport. Indicatif : Spin.

— Tu as réussi ? répondit Jorgen. Ils disaient qu'ils allaient nous envoyer un réserviste.

— C'était moins une, lui dis-je, mais je les ai persuadés que c'était *moi* la seule capable de t'emmerder suffisamment. Vous êtes en train de vous battre ?

— Non. L'amirale nous fait stationner près de l'un des canons antiaériens. 110-75-1800, Spin. Content que tu sois là, emmerdeuse ou pas.

Il me fallut une dizaine de minutes pour atteindre la position, où j'aperçus les cinq autres membres de mon escadrille qui planaient entre deux grandes collines. Je décélérai avec une hypercombustion arrière, puis allai me placer en position d'ailière pour Hula Hoop. Derrière nous, un énorme canon antiaérien – nettement plus long que le bâtiment de l'école de pilotage – balayait les airs en quête de Krell en approche. Une série de canons plus petits sortirent de la base, prêts à tirer sur les vaisseaux volant bas.

Une salve de saluts de la part des autres m'accueillit. Je distinguai à peine des lumières clignotantes dans le ciel pour indiquer le champ de bataille. Le canon antiaérien, cependant, laissa échapper derrière nous un rugissement furieux qui fit trembler mon Poco. Loin au-dessus de nous, un plus gros morceau de débris explosa en une gerbe d'étincelles et de poussière.

— Donc, dit Hula Hoop à mon oreille, combien de cibles est-ce que tu vas abattre aujourd'hui, Spin ?

— Eh bien… le record pour une même bataille est détenu par l'indicatif Resquilleur. Douze victoires directes, neuf en tant que soutien. J'imagine que ce serait de l'arrogance d'essayer de le battre. Alors je vais tenter d'égaliser.

Je m'attendais à un petit rire, mais Hula Hoop sembla sérieuse quand elle me répondit :

— Douze/neuf ? Ça ne me paraît pas tant que ça.

— Compte tenu du fait que la plupart des forces d'incursion krell tournent autour de trente vaisseaux ?

— Il y en a soixante-quinze aujourd'hui. Des proies faciles, si seulement la FDR voulait bien nous laisser nous battre.

Elle fit avancer légèrement son Poco à l'aide de ses propulseurs transversaux, et je la suivis.

— Où est-ce que vous allez, toutes les deux ? demanda Jorgen.

— On essaie simplement d'avoir une meilleure vue du champ de bataille, déclarai-je.

— Ouais, laissez tomber. Regagnez la formation. Nos ordres sont de stationner.

On obéit, mais je mourais d'envie de partir au combat. Rester immobiles à attendre rappela mon épuisement à mon attention.

— Appelons Cobb, proposai-je. Voyons si on peut par exemple envoyer deux vaisseaux de combat explorer la zone.

— Je suis persuadé qu'ils ont déjà des éclaireurs qui s'en chargent, affirma Jorgen. Reste en place, Spin.

— Tiens, Arturo, dit FM sur la ligne. À ton avis, à quelle distance est la bataille principale ?

— C'est à moi que tu poses la question ? répliqua-t-il.

— C'est toi le plus intelligent.

Il y eut un instant de silence sur la ligne.

— Alors ? relança FM.

— Ah, fit Arturo. Désolé. C'est seulement… bon, j'attendais que Nedd balance une vanne. Je crois que j'ai toujours ce réflexe. Tiens, je peux te calculer précisément la distance. (Un voyant clignota sur notre console de com.) Hé, Cobb, à quelle distance se trouve cette bataille ?

— Environ cinquante kilomètres, nous informa Cobb. Ne bougez pas, cadets. L'escadrille Victoire est presque remontée des cavernes, et ils vous relèveront une fois sur place.

Son voyant s'éteignit.

— Impressionnant ce calcul, Amphi, dit FM à Arturo.

— Je considère comme un signe de grande intelligence de comprendre quand quelqu'un d'autre a déjà fait le boulot pour vous, répondit-il. Ça ferait une bonne citation, non, Couic ? Tu pourras l'utiliser de temps en temps ?

— Euh… les étoiles te bénissent.

— Ce n'est pas juste, s'insurgea Hula Hoop. On devrait être en train de se battre. On n'est plus vraiment des cadets, et j'en ai assez des simulations. Pas vrai, Spin ?

Au loin, des éclats lumineux indiquaient les emplacements où des hommes et des femmes étaient en train de mourir. De perdre des amis, comme je l'avais fait.

Je détestais la façon dont cette inquiétude sournoise et insidieuse s'était insinuée dans mon cœur. Cette hésitation, cette *peur*. Elle était plus forte aujourd'hui, sans doute à cause de la fatigue. Peut-être que, si je prenais part au combat, je pourrais faire mes preuves… à mes *propres yeux*.

— Ouais, Hula Hoop a raison, dis-je. On devrait être en train de tuer des Krell, pas de tuer le temps.

— Nous faisons ce qu'on nous a *ordonné*, tempéra Jorgen. Et nous ne discutons pas les ordres de nos commandants. Je suis stupéfait que vous puissiez affirmer que vous n'êtes plus des cadets, alors que vous n'avez pas encore saisi quelque chose d'aussi fondamental que la structure de commandement.

Je me mordis la lèvre, puis sentis mon visage rougir sous l'effet de l'embarras. Il avait raison. Crétin de Je Sais Tout.

Je m'obligeai à attendre nos remplaçants. Il s'agissait sans doute de l'une des escadrilles de réserve, garée – avec les vaisseaux de combat et tout le reste – dans les cavernes inférieures. C'était un équilibre prudent ; nous ne pouvions pas courir le risque qu'une explosion élimine l'intégralité de la FDR en détruisant Alta. Mais tous les vaisseaux que nous ne gardions pas à proximité d'appel prenaient du temps à aller chercher par le biais des ascenseurs pour véhicules.

Enfin, la ligne de Cobb se remit à clignoter. Je réprimai un soupir. En réalité, nous n'étions pas en état de nous battre aujourd'hui – pas après avoir passé tout ce temps à nous entraîner. Je me préparai à faire demi-tour pour rentrer.

— Escadron de Krell, annonça Cobb. Huit vaisseaux.

Quoi ?

— Vers le cap 125-111-1000, poursuivit Cobb. Une de nos paires d'éclaireurs les a surpris à s'infiltrer à basse altitude. Chef d'escadrille, vos renforts sont encore à cinq à dix minutes d'ici. Vous allez devoir engager le combat.

Engager le combat.

— Entendu, Commandement central, répondit Jorgen.

— Ce sont des intercepteurs krell standards, pour autant que les éclaireurs puissent le déterminer, ajouta Cobb. Les ordres de l'amirale sont de vous approcher, d'obtenir confirmation visuelle qu'il n'y ait pas de bombardier parmi eux. Puis de détruire ou de repousser tous les vaisseaux de combat.

» Les canons antiaériens attendront en se tenant prêts ; initier le combat en tirant est un bon moyen de faire tuer vos propres éléments. Mais si vous parvenez à atteindre à l'IMI les vaisseaux de combat qui vous échappent, les petits canons antiaériens devraient être capables de s'en occuper. Et si vous arrivez à attirer l'ennemi assez haut, le grand canon devrait parvenir à l'éliminer. (Cobb marqua un temps d'arrêt.) Je connecte vos vaisseaux à la discussion générale du combat. Bonne chance, cadets. Écoutez votre chef d'escadrille, rappelez-vous votre formation. Cette fois, c'est pour de vrai.

Le voyant s'éteignit.

— Enfin ! s'exclama Hula Hoop.

— Je veux une formation large, déclara Jorgen. Vous avez entendu les coordonnées. 125-111-1000. Ce sera proche du sol. Surveillez votre altitude relative. Allons-y !

On adopta une formation large, par paires d'ailiers. Hula Hoop et moi, Jorgen et Arturo, FM et Kimmalyn. On franchit à toute allure la brèche entre les deux pointes et on se dirigea à l'est, vers le cap indiqué. On les aperçut presque aussitôt : huit vaisseaux krell qui volaient selon une formation en U.

— Nous sommes à vous, chef d'escadrille, dit une voix féminine dans le canal général. Classe Val. Ranger 7, indicatif : Pèlerine.

— Ranger 8, indicatif : Marqueur, ajouta une voix masculine.

Classe Val. Il devait s'agir des deux vaisseaux éclaireurs ; je ne les distinguais pas encore, mais ils allaient se joindre à notre combat.

Mon épuisement laissa place à la surexcitation. C'était en train d'arriver. Un véritable combat. Pas un affrontement accidentel, mais l'ordre effectif de vaincre un escadron ennemi.

— Merci pour votre aide, éclaireurs, dit Jorgen. Nous avons reçu l'ordre d'obtenir une confirmation visuelle du statut d'un bombardier parmi ces vaisseaux. Les deux Ranger, je veux que vous transmettiez ces infos au Commandement central. Mes Poco vont effectuer une formation éparpillée et tenter de diviser l'ennemi en individus. Concentrez votre attention sur le fait de vous assurer que nous avons identifié chaque vaisseau.

— Confirmé, annonça Pèlerine.

— Bon, à toute l'équipe, reprit Jorgen. Activez l'hypercombustion jusqu'à Mag-3 puis, une fois que nous aurons engagé le combat, descendez à des vitesses de duel. Mêlée générale, touchez tout ce que vous pourrez, et surveillez votre ailier. (Il expira.) Les étoiles vous protègent.

— Toi aussi, chef, répondit Arturo.

Tous deux semblaient inquiets. Ma résolution faiblit. Et je détestais ça. *Pas question* que je devienne une lâche.

— Allez-y ! ordonna Jorgen.

— Ouais ! s'écria Hula Hoop, activant son hypercombustion.

Je la suivis, fendant le ciel en une soudaine accélération en direction de l'ennemi. Les Krell, exactement comme dans les simulations, s'éparpillèrent quand on les attaqua directement. Ils ne s'inquiétèrent pas de couvrir leurs ailiers ; ils comptaient sur la supériorité de leurs vaisseaux pour compenser celle de notre coordination.

Je serrai l'arrière gauche de Hula Hoop. On quitta l'hypercombustion à grande vitesse en faisant un virage sur l'aile à droite, choisissant un vaisseau krell spécifique à cibler. On avait pénétré dans une chute de débris, mais il s'agissait principalement de petits fragments qui se désintégraient loin au-dessus de nous. De temps en temps, un fragment de taille moyenne tombait à proximité, suivi d'une traînée de fumée, mais aucun n'était assez gros pour les manœuvres à la lumilance.

On descendit à des vitesses de combat et on colla à notre cible. Je restai juste assez en arrière pour me trouver hors de portée si Hula Hoop actionnait son IMI. Deux vaisseaux de combat de classe Val – conçue pour éviter les scanners et la vitesse – passèrent au-dessus de nos têtes. Ils ne devaient pas disposer d'une grande puissance de feu.

— Pèlerine, dis-je en actionnant un bouton. Ici Vers les Étoiles 10, indicatif : Spin. Le vaisseau que je poursuis est un intercepteur krell ordinaire.

— Confirmé, répondit Pèlerine.

Je n'entendis pas le reste de la discussion ; les autres devaient faire leur rapport individuellement. Avec un peu de chance, les deux éclaireurs arriveraient à s'y retrouver assez pour identifier chaque vaisseau.

Hula Hoop et moi, on rasa le sol, esquivant à droite, puis à gauche tandis qu'on entrait dans un grand cratère. Hula Hoop actionna son hypercombustion afin de tenter d'approcher assez pour déclencher son IMI, mais dépassa le Krell quand celui-ci remonta d'un coup.

Je restai sur la cible, et Hula Hoop jura tout bas et vint se placer derrière moi.

— Nous n'avons pas de poursuivants, Spin. Abattons ce tas de ferraille avant qu'il reçoive de l'aide.

— Confirmé.

Je maintins mon attention sur l'ennemi. Oui… concentration focalisée. Les capteurs de mon casque – que j'ignorais la plupart du temps ces jours-ci – se mirent à chauffer. J'eus l'impression de pouvoir anticiper les virages du Krell lorsqu'il jaillit hors du cratère et fit un virage sur l'aile à droite.

Concentration. Plus rien d'autre n'importait. Plus d'inquiétude. Ni de peur. Rien que mon vaisseau, ma cible et moi.

Plus près.

Plus près.

Presque.

— Les gars ! À l'aide !

Kimmalyn.

Je jurai et ma concentration fut rompue. Elle était là, pourchassée par trois Krell. Salve ! FM décrivit une courbe pour aller se placer derrière elle, s'efforçant de se mettre en position pour la soutenir.

J'abandonnai mon poursuivant, et Hula Hoop me suivit tandis qu'on se précipitait vers Kimmalyn.

— Tirs de couverture, ordonnai-je, et on ouvrit le feu, crachant assez de tirs de destructeurs pour que les trois poursuivants adoptent des manœuvres de défense en laissant Kimmalyn s'échapper.

— Merci, dit FM en allant se placer à côté de Kimmalyn.

Je pris le temps de repérer Arturo et Jorgen engagés dans un combat contre trois Krell. Avec toute cette pression sur eux, ils n'oseraient pas utiliser un IMI au risque de s'exposer.

— Il faut qu'on élimine un par un les ennemis isolés, dis-je à Hula Hoop, et qu'on fasse pencher les chances en notre faveur.

— Entendu, répondit-elle. À tes trois heures. Ça te paraît bien ?

— Allons-y, confirmai-je en la suivant pour plonger en direction d'un autre Krell.

Il semblait identique à celui que nous avions poursuivi – la même forme avec les câbles qui traînaient à l'arrière. Aucun de ceux-là ne semblait être un bombardier.

Je rapportai par radio ce que nous avions vu, puis on pourchassa le vaisseau de manière à l'éloigner du combat principal. Quand il tenta un crochet à gauche pour revenir en arrière, je réussis à passer en hypercombustion et à le repousser. Une fois isolé, il tenta simplement de nous battre en vitesse, accélérant en ligne droite jusqu'à Mag-3, puis Mag-4.

— Je le tiens ! annonça Hula Hoop.

Son propulseur auxiliaire s'enflamma sous l'effet de l'hypercombustion, et elle s'élança dans un rugissement.

J'étais déjà en train d'anticiper ses mouvements. Nous avions fait ça si souvent au cours de la semaine écoulée que je savais, par réflexe, exactement comment les choses allaient se passer. Avec une manœuvre parfaite, elle approcha juste assez et activa son IMI. Dans un éclair bleu, son bouclier disparut, ainsi que celui du Krell.

Je la dépassai tandis qu'elle ralentissait, puis déchaînai mes destructeurs. Ce fut presque une surprise quand le vaisseau krell explosa en fragments fondus. Ç'avait réellement *fonctionné* !

Hula Hoop poussa un cri de joie tandis qu'on décélérait toutes les deux. Je pivotai et revins la couvrir tandis qu'elle relançait son bouclier. Un fragment de débris spatial passa en tanguant devant moi, explosant avec un souffle modéré lorsqu'il toucha terre pas très loin en dessous de nous.

— Est-ce que c'est le premier tué ? demandai-je en appuyant sur un bouton. Jorgen, on en a eu un !

— Félicitations, fit-il d'une voix crispée.

Je balayai du regard le reste du combat. Arturo et lui étaient toujours en train d'affronter trois vaisseaux – et les éclaireurs avaient réussi à en faire fuir un dans l'autre direction, en tentant une manœuvre similaire à celle que Hula Hoop et moi avions effectuée. Ce qui signifiait…

Que trois vaisseaux poursuivaient Kimmalyn. *Encore.*

— Salve, m'écriai-je. Hula Hoop ?

— Vas-y. J'ai presque fini de rallumer.

J'activai l'hypercombustion et me dirigeai à nouveau vers la bataille principale.

— Les gars ? appela Kimmalyn. *Les gars ?*

— J'arrive, lui dit FM. J'arrive.

FM réussit à faire fuir les vaisseaux, mais un autre décrivit une boucle pour venir se placer derrière elle. Quand elle tenta de se dégager, l'un des trois vaisseaux d'origine revint vers Kimmalyn.

Celle-ci esquivait tant bien que mal, et je l'imaginais en train de paniquer. Elle n'était pas en train de choisir une stratégie et de s'y tenir ; elle essayait pour ainsi dire toutes les manœuvres de dégagement l'une après l'autre.

J'accélérai, mais les tirs de destructeurs clignotaient tout autour de Kimmalyn, et son bouclier crépita lorsqu'il reçut un coup. L'hypercombustion s'activait et se désactivait.

Je ne vais pas la rattraper. Pas à temps.

— Couic, accroche-toi ! lui dis-je sur le canal général. Je vais tenter quelque chose. FM, les autres, si vous pouvez vous dégager du combat et me suivre – essayez de le faire. Formez un V régulier où je serai à la pointe.

Je tournai en direction du vaisseau qui pourchassait FM – qui se trouvait bien plus près de moi que de ceux qui étaient sur Kimmalyn. Je ne tirai pas, mais le contournai en décrivant une boucle, frôlant le sol à quelques centimètres, soulevant un nuage de poussière. Je fonçai ensuite vers le haut et utilisai ma lumilance pour saisir un petit fragment de débris. Avec un brusque virage, je pivotai et le lançai vers le poursuivant de Kimmalyn. Il passa à une vitesse impressionnante de l'un des Krell.

Je terminai ma boucle et FM vint se placer derrière moi. Jorgen et Arturo interrompirent leur combat pour m'imiter.

— Quel est le but de la manœuvre ? demanda Jorgen sur le canal. Qu'est-ce qu'on est en train de faire ?

— De sauver Couic, lançai-je.

Enfin, je l'espérais.

Tout dépendait du fait que ma théorie se révélerait ou non exacte. Crispée, je remontai et activai l'hypercombustion. L'espace d'un bref instant, on maintint la formation.

Au-dessus de nous, les Krell qui poursuivaient Kimmalyn se détachèrent et tournèrent vers le bas – vers moi.

— Cobb nous a prévenus que les Krell essayaient de détruire notre structure de commandement, expliquai-je. Ils éliminent d'abord les chefs d'escadrille, s'ils parviennent à les identifier, et…

Des tirs de destructeurs éclatèrent autour de moi.

Ah oui.

J'entamai la série de boucles de dégagement la plus complexe que je connaisse, la séquence de Barrett. Un nombre impressionnant de *quatre* Krell entreprirent de me pourchasser. Ce qui protégea Kimmalyn – mais c'était plus que je ne pouvais en gérer. Chaque fois que je tentais de monter ou de m'échapper, un ou deux vaisseaux réussissaient à me couper le chemin. Mon Poco tremblait tandis que je tournais et esquivais, et des destructeurs touchèrent mes boucliers.

Salve. Salve. Salve !

— J'arrive, Spin, me dit Hula Hoop. Accroche-toi.

Je continuai à esquiver, et les destructeurs me ratèrent de justesse. Une partie de mon cerveau enregistra la présence d'Arturo en train d'abattre un vaisseau krell. Depuis combien de temps nous battions-nous ? N'en avions-nous vraiment éliminé que deux ? Où étaient ces renforts ?

— D'autres vaisseaux, annonça Jorgen.

— Enfin, grognai-je tout en virant sur l'aile.

— Pas les nôtres. Les leurs.

Mon virage m'amena droit sur eux – une autre escadrille de six intercepteurs krell. Je passai en leur milieu et réussis, je ne sais comment, à éviter d'entrer en collision avec l'un ou l'autre. Au sein du chaos, j'avais enfin pu prendre un peu d'altitude.

Ma petite ruse avait réellement dû les convaincre que j'étais importante, car trois d'entre eux restèrent sur moi – tirant à pleine puissance – tandis que je montais dans les airs en hurlant. Mes capteurs de proximité se mirent à crier, et mes boucliers…

Un coup me toucha, et mon bouclier crépita, puis s'éteignit. Des voyants d'alerte s'allumèrent sur tout mon panneau de contrôle.

Je continuai à monter tout droit, faisant pivoter mon anneau d'élévation de telle sorte qu'il soit orienté vers le bas derrière mon vaisseau. Il fallait simplement que je gagne assez d'altitude…

Une explosion retentit derrière moi. L'onde de choc ébranla mon Poco sans bouclier. Je soufflai tout bas une prière adressée à l'artilleur qui maniait ces canons antiaériens, qui qu'il soit, lorsqu'un deuxième vaisseau krell – avec une autre énorme explosion – disparut de mes capteurs de proximité.

Le dernier vaisseau ennemi se détacha des autres, descendit et plongea hors de portée. Je me laissai aller en arrière contre mon siège, en nage, la tête parcourue d'élancements, les lumières clignotant sur mon pupitre. Vivante. J'étais vivante.

— Hula Hoop ! s'écria FM sur la ligne. Qu'est-ce que tu fais ?

— Je vais bien, articula-t-elle. Je vais avoir celui-là. Les boucliers sont presque inactifs.

Je fis rapidement pivoter mon vaisseau, l'inclinant de manière à voir le champ de bataille en pleine action en dessous de moi. Kimmalyn – j'étais persuadée que c'était elle – avait volé vers le haut à ma suite, pour se placer hors de portée. Le reste de la bataille était une pagaille de vaisseaux krell et de tirs de destructeurs.

Là. J'aperçus Hula Hoop qui pourchassait un ennemi, suivie par un groupe de trois Krell. J'avais été contrainte de la laisser sans ailier.

J'ignorai le clignotant de mon bouclier – pas le temps de le rallumer – et plongeai à nouveau en direction du champ de bataille. Je déchaînai mes tirs de destructeurs en direction des poursuivants de Hula Hoop, mais j'étais trop loin et mes tirs ratèrent leur cible. L'ennemi n'interrompit pas sa poursuite.

Hula Hoop reçut un tir. Puis un autre.

— Hula Hoop, arrête-toi ! lui criai-je.

— Je le tiens presque. On ne va jamais battre de records en agissant comme des lâches.

Elle tira, touchant le bouclier des Krell situés devant elle.

J'actionnai l'hypercombustion et fonçai à leur suite. Mais descendre en piqué était dangereux pour le corps et, dès que mes ConGravs s'éteignirent, je sentis les forces g dans mes yeux, qui repoussaient le sang vers ma tête.

Je serrai les dents et commençai à voir rouge tandis que j'atteignais le groupe de Krell. J'actionnai mon IMI à tâtons. Il ne pouvait pas neutraliser mon bouclier, après tout : il avait déjà disparu.

Je ne vis pas combien d'entre eux je touchai. J'étais trop proche pour m'infliger de dégâts permanents. Je me redressai, la tête parcourue d'élancements, les yeux douloureux. Losque ma vision revint, j'entrepris de rallumer mon bouclier et tournai la tête pour tenter de voir Hula Hoop. Était-elle en sécurité ?

— Je me fais mitrailler ! s'exclama Arturo. J'ai besoin d'aide !

— Les renforts sont là ! annonça Jorgen.

C'était le chaos absolu. Je déchiffrais à peine cette pagaille, même si pour le moment – chose remarquable – personne ne semblait me cibler.

Une explosion retentit sur ma droite.

— Je l'ai eu ! annonça Hula Hoop.

Là. Hula Hoop avait abattu sa cible – mais deux vaisseaux krell la poursuivaient toujours.

— Arrête-toi, Hula Hoop ! lui dis-je. Tu as encore des poursuivants. Monte dans le rayon d'action des canons antiaériens !

Elle se tourna vers le haut et m'écouta – enfin. Deux vaisseaux la pourchassaient. J'allumai mon bouclier, puis me tournai vers elle pour tenter de l'aider, mais j'avais perdu beaucoup de terrain.

— Boucliers neutralisés, dit Hula Hoop avec un grognement.

— Couic ! m'exclamai-je, affolée, volant – trop loin – en direction de mon amie. Élimine-les un par un. J'ai déclenché mon IMI sur ce groupe. Leurs boucliers aussi sont désactivés. Tire !

— Je…, fit Kimmalyn d'une voix secouée. Je…

— Tu peux y arriver, Couic ! Comme dans les simulations. Vas-y !

Un éclair lumineux provenant d'un destructeur chargé fendit l'air au-dessus de nous, visant les vaisseaux qui poursuivaient Hula Hoop.

Il rata son coup.

Hula Hoop reçut un deuxième coup la seconde d'après, et son aile explosa, projetant des débris. La lumière bleue en dessous de son vaisseau se mit à clignoter.

Non…

Le vaisseau de Hula Hoop commença à chuter. De loin, on ne la distinguait pas d'autres fragments de débris.

— Hula Hoop ! lui hurlai-je. Éjecte-toi ! Sors de là !

— Je… (Elle parlait d'une voix très basse, je l'entendais à peine à travers les alarmes qui retentissaient sur son tableau de bord et le mien.) Je peux le contrôler… Je peux me diriger…

— Ton d'anneau d'élévation est endommagé ! insistai-je. Tu perds de l'altitude. Éjecte-toi !

— *Tout… sauf… être… lâches*, énonça-t-elle. *Courageuses jusqu'au…*

Un éclair lumineux.

Une petite explosion sur le sol, insignifiante dans cette tempête de destruction qu'était le champ de bataille.

— Retirez-vous ! ordonna Jorgen. À tous les pilotes, *retirez-vous tout de suite !* Laissez ce combat aux pilotes expérimentés. Nous avons reçu l'ordre de nous retirer !

Hula Hoop…

Au départ, je ne réussis pas à bouger. Je restai simplement là à regarder fixement l'endroit où elle avait touché le sol.

— Spin, me dit Jorgen. (Quand était-il venu se placer à côté de moi ?) Il faut qu'on y aille. Nous sommes trop épuisés pour ce combat. Est-ce que tu m'entends ?

Ravalant mes larmes, je murmurai : « Oui. » J'allai me placer derrière lui tandis qu'on descendait en piqué puis rasait la surface pour nous échapper du champ de bataille.

On s'arrêta à côté de FM et d'Arturo, et j'eus le souffle coupé. Le vaisseau d'Arturo était noirci tout le long de son aile et de son flanc gauche, la verrière craquelée. Son anneau d'élévation était toujours actif, si bien qu'il pouvait rester dans les airs, mais… salve. Il avait survécu à un tir de destructeur après que son bouclier avait été neutralisé.

Lorsqu'il parla dans le canal, ce fut d'une voix morne, ébranlée. Il semblait comprendre sa chance d'avoir survécu.

Hula Hoop, en revanche…

Kimmalyn descendit enfin nous rejoindre.

— … Hula Hoop ? demanda FM.

— Elle est tombée, répondit Kimmalyn. Je… je la regardais. J'ai essayé, mais…

— Elle n'a pas voulu s'éjecter, dis-je tout bas. Elle a refusé.

— Rentrons, nous dit Jorgen.

Une autre escadrille de renforts rejoignit le champ de bataille. Tandis que je les regardais, toute la confiance que j'avais eue en mes capacités s'évapora. Ces vaisseaux de combat fonctionnaient beaucoup plus efficacement que nous ne l'avions fait, volant et tournant avec des mouvements bien nets et coordonnés entre eux.

J'eus soudain l'impression qu'il me faudrait encore des centaines d'heures d'entraînement avant d'être prête. À supposer que je le sois un jour. J'essuyai mes larmes tandis que la voix de Jorgen, douce mais ferme, nous ordonnait d'accélérer jusqu'à Mag-3.

Tandis qu'on volait, mes mains tremblaient – me dénonçant comme la lâche que j'étais.

33

Je me réveillai dans une chambre.

Une chambre ? Pas le cockpit de M-Bot ?

Je m'assis, les muscles endoloris, la tête parcourue d'élancements. J'étais en *intérieur*. Dans un *lit*. Que s'était-il passé ? M'étais-je endormie quelque part sur le terrain entourant les bâtiments de la FDR ? L'amirale allait…

Tu es à l'infirmerie, me rappelai-je. *Après la bataille, Cobb t'a envoyée ici pour t'y faire examiner. Ils ont ordonné qu'on t'endorme pour te soumettre à une observation.*

Je me rappelais vaguement avoir protesté, mais l'infirmière m'avait forcée à enfiler une blouse d'hôpital, puis m'avait ordonné de me mettre au lit dans une petite pièce vide. J'avais été trop engourdie pour protester. Je ne me rappelais même pas m'être allongée ; tout ça était flou.

Ce que je me rappelais *bel et bien* en revanche, c'était l'éclair lumineux quand le vaisseau de Hula Hoop avait touché terre. Je reposais contre un oreiller trop moelleux, fermant les yeux très fort. Hula Hoop n'était plus là.

Enfin, je m'obligeai à sortir du lit. Je trouvai mes affaires sur un tabouret : ma combinaison, lavée, posée avec mon bracelet à lumiligne par-dessus. Mon sac gisait tout près sur le sol, et la radio clignotait sur le côté. Salve… et si quelqu'un y avait répondu ? M-Bot aurait-il réussi à rester silencieux ?

Mes secrets parurent soudain insignifiants. Face à ce qui était en train d'arriver… l'horreur de voir notre escadrille lentement consumée un membre à la fois… Quelle importance ? *Quelle importance* si l'on découvrait mes secrets ?

Hula Hoop était morte.

Je consultai l'horloge. 0545. Je trouvai la salle de bains, où je me lavai. Je regagnai ma petite chambre et m'habillai, puis me dirigeai vers l'accueil de l'hôpital. Une infirmière m'inspecta, puis me remit un ticket rouge.

Congé maladie pour cause de deuil. Consignes : une semaine. Mon nom y était imprimé, et il était tamponné et signé.

— Je ne peux pas, déclarai-je. L'amirale va me renvoyer de…

— Votre escadrille entière a reçu un congé maladie obligatoire, me coupa-t-elle. Sur les ordres du docteur Thior, chef du service médical. Vous ne serez renvoyée de rien du tout, cadette. Vous devez vous reposer.

Je regardai fixement le ticket.

— Rentrez chez vous, me dit l'infirmière. Passez une semaine avec votre famille pour vous remettre. Nom des étoiles… ils exigent beaucoup trop des cadets.

Je restai un moment plantée là avant de me détourner et de partir, errant d'un pas engourdi vers le bâtiment de formation. Je pris le trajet qui faisait tout le tour et passait devant nos Poco. Il y en avait quatre d'alignés. Le vaisseau d'Arturo se trouvait sur le côté dans un petit hangar de service, avec des pièces éparpillées le long du sol.

Rentrer chez moi. Pour aller où ? Vivre dans ma caverne ? Rentrer chez ma mère, dont la désapprobation vis-à-vis de la FDR risquait de me faire perdre le cran qui me restait ?

Je froissai le ticket de congé maladie dans ma poche et me dirigeai vers notre salle de classe, où je m'assis seule sur mon siège. En réalité, j'avais simplement envie de réfléchir, de parler à Cobb, de démêler tout ça. Hula Hoop avait dit… courageuses jusqu'au bout. Et elle l'avait été.

Salve. Hula Hoop était *morte.* Dans les histoires de Grand-mère, on donnait des banquets en l'honneur des disparus. Mais je n'avais pas envie de faire la fête. Je voulais ramper dans un endroit sombre et m'y rouler en boule.

Étrangement, quand l'heure du cours approcha, la porte s'ouvrit en grinçant et les autres – à l'exception de Jorgen – arrivèrent en formant un groupe silencieux et grave. L'infirmière ne m'avait-elle pas dit que nous avions *tous* un congé maladie ? Peut-être que, comme moi, ils refusaient de l'accepter.

Kimmalyn s'arrêta près de mon siège et me serra dans ses bras. Je n'avais pas envie d'une étreinte, mais je l'acceptai malgré tout. J'en avais besoin.

Même Jorgen arriva environ dix minutes après l'heure où commençait normalement le cours.

— J'ai pensé que je vous trouverais peut-être tous ici, nous dit-il.

Je me préparai à l'entendre nous dire de repartir. À l'entendre suivre la ligne officielle et nous dire que les cours étaient annulés parce que nous étions en congé obligatoire.

Au lieu de quoi il nous inspecta, puis hocha la tête d'un air approbateur.

— Escadrille Vers les Étoiles, formez le rang, dit-il d'une voix calme.

Il n'avait pas essayé ça depuis le premier jour, où nous l'avions ignoré. Mais aujourd'hui, ça semblait adéquat. On se leva tous les quatre et on obéit.

Jorgen se dirigea vers l'interphone de la salle de classe et appuya sur l'un des boutons.

— Jax, vous voulez bien informer le capitaine Cobb que son escadrille l'attend dans la pièce habituelle ? Merci.

Jorgen vint ensuite nous rejoindre dans le rang. Ensemble, on patienta. Quinze minutes. Vingt minutes. Il était 0729 lorsque Cobb ouvrit la porte à toute volée et entra en boitant.

On se mit brusquement au garde-à-vous pour le saluer.

Il nous regarda, puis hurla :

— *ASSEYEZ-VOUS !*

Je sursautai. Je ne m'étais pas attendue à ça. Malgré tout, je m'empressai d'obéir, ainsi que les autres.

— En cas de descente incontrôlée, nous cria-t-il tandis que son visage s'empourprait, *éjectez-vous* ! Vous m'entendez ! *ÉJECTEZ-VOUS, nom d'une salve !*

Il était en colère. *Vraiment* en colère. Il faisait parfois semblant de l'être, mais ce n'était rien de comparable à ça : son visage rouge qui crachait tandis qu'il criait.

— Combien de fois vous l'ai-je répété ? Combien de fois vous en ai-je donné l'ordre ? Et vous adhérez encore à ces bêtises ? (Il fit un signe de la main vers la fenêtre, vers le grand bâtiment de commandement de la FDR.) La seule raison pour laquelle nous avons cette culture stupide de martyr volontaire, c'est parce que *des gens* pensent devoir justifier nos pertes. Pour les faire paraître honorables, intègres.

» Ce n'est ni l'un, ni l'autre. Et vous êtes stupides de les écouter. Ne gâchez pas vos vies. Je vous *interdis* de faire comme cette idiote hier. Je vous…

— Ne la traitez pas d'idiote, aboyai-je. Elle essayait de reprendre le contrôle de son vaisseau. Elle essayait de le sauver.

— Elle avait peur qu'on la traite de lâche ! hurla Cobb. *Ça n'avait rien à voir avec son vaisseau !*

— Hula Hoop – Hudiya – était une *héroïne*, répondis-je en le fusillant du regard.

— C'était une…

Je me levai.

— Ce n'est pas parce que vous cherchez à justifier votre lâcheté pour vous être éjecté que *nous* sommes obligés de faire pareil !

Cobb s'immobilisa net. Puis il sembla… se dégonfler. Il s'affala dans le siège près de son bureau. Il ne semblait ni sage, ni même aguerri. Simplement… vieux, triste et fatigué.

J'eus aussitôt honte de moi. Cobb ne méritait pas ça ; il n'avait rien fait de mal en s'éjectant, et même la FDR ne le lui reprochait pas. Quant à Hula Hoop, eh bien, je lui avais *moi-même* dit de s'éjecter. Je l'avais pratiquement *suppliée*.

Mais elle ne l'avait pas fait. Et nous devions respecter son choix, n'est-ce pas ?

— Vous êtes tous en congé maladie pour la semaine, reprit Cobb. Le docteur Thior a insisté pour qu'on accorde plus de congés maladie aux escadrilles lorsqu'elles perdent leurs membres, et on dirait qu'elle commence à obtenir gain de cause. (Il se leva et me regarda bien droit.) J'espère que vous apprécierez d'être une héroïne quand votre cadavre sera en train de pourrir comme celui de votre amie, seule dans un terrain vague, oubliée et ignorée.

— Elle va recevoir un enterrement de pilote, répondis-je. Son nom sera loué sur des générations.

Il ricana.

— Si on devait louer le nom de chaque crétin de cadet qui a trouvé la mort avant d'être pilote, ça nous prendrait tout notre temps. Et le cadavre de Hula Hoop ne sera pas récupéré avant plusieurs semaines. Les éclaireurs ont confirmé que l'accident a détruit l'anneau d'élévation de son vaisseau au point qu'il sera impossible de le réutiliser. Il n'y a rien sur ce Poco qui mérite d'être récupéré en priorité, surtout avec cette grosse épave sur laquelle nous travaillons encore.

» Votre héroïne d'amie sera donc laissée là-bas – un pilote parmi tant d'autres enfoui sous les décombres de sa propre explosion. Salve ! Il faut que j'aille écrire une lettre à ses parents pour leur expliquer pourquoi. Je ne fais pas confiance à ce qu'en dira Ivans.

Il clopina vers la porte, mais s'arrêta et se tourna vers Kimmalyn. Je n'avais pas remarqué qu'elle s'était levée. Elle le salua, les larmes aux yeux. Puis elle laissa tomber quelque chose sur son siège.

Son insigne de cadet.

Cobb hocha la tête.

— Gardez cet insigne, Couic, lui dit-il. Vous êtes renvoyée avec les honneurs qui comptent pour vous, quels qu'ils soient.

Il se détourna et sortit.

Renvoyée ? *Renvoyée ?*

— Il ne peut pas te faire ça ! m'exclamai-je en me tournant vers Kimmalyn.

Elle se ratatina.

— C'est moi qui l'ai demandé après la bataille. Il m'a dit de prendre la nuit pour y réfléchir. C'est ce que j'ai fait.

— Mais… tu ne peux pas…

Jorgen vint se placer à côté de moi, pour faire face à Kimmalyn.

— Spin a raison, Couic. Tu es un membre important de cette escadrille.

— Le membre le plus faible, répliqua Kimmalyn. Combien de fois a-t-il fallu qu'un de vous s'extirpe d'un combat pour venir me sauver ? Je vous mets tous en danger.

Ignorant ce que lui avait dit Cobb, elle laissa son insigne sur son siège et se dirigea vers la porte.

— Kimmalyn, lui dis-je, saisie d'une impression d'impuissance. (Je lui courus après et lui pris la main.) S'il te plaît.

— C'est moi qui l'ai fait tuer, murmura-t-elle. Tu le sais aussi bien que moi.

— Elle s'est elle-même fait tuer.

— Le seul coup qui avait une importance. C'est *celui-là* que j'ai raté.

— Deux vaisseaux la pourchassaient. Un seul tir, même s'il avait touché, n'aurait peut-être pas suffi.

Elle sourit, me serra la main, puis sortit.

Je sentis mon univers s'effondrer. D'abord Hula Hoop, et maintenant Kimmalyn. Je me tournai vers Jorgen. Il devait bien pouvoir empêcher ça. N'est-ce pas ?

Il se tenait bien droit, de toute sa hauteur, avec ce visage trop séduisant. Il regardait devant lui, et il me sembla voir quelque chose dans ses yeux. De la culpabilité ? De la douleur ?

Lui aussi regarde son escadrille se désagréger autour de lui.

Il fallait que je fasse quelque chose. Que je trouve un sens, quel qu'il soit, à cette catastrophe, ainsi qu'à ma douleur. Mais non, je ne pouvais pas – je *n'allais pas* – arrêter Kimmalyn. Au moins… elle serait plus en sécurité comme ça.

Hula Hoop, en revanche…

— Arturo, dis-je en reprenant mon sac, à quelle distance approximative s'est déroulée la bataille, à ton avis ?

— Assez près de notre position originale, au-delà des canons antiaériens. Je dirais quatre-vingts kilomètres.

J'enfilai mon sac.

— Génial. On se revoit tous dans une semaine.

— Où est-ce que tu vas ? demanda FM.

— Je vais retrouver Hula Hoop, répondis-je, et lui accorder un enterrement de pilote.

34

Je foulai à pas lourds le sol sec et poussiéreux. Ma boussole me maintenait dans la bonne direction, ce qui était important, car tout avait la même apparence ici, à la surface.

Je tentai de ne pas réfléchir. C'était dangereux, de réfléchir. J'avais à peine connu Bim et Marée Haute, et leur mort m'avait secouée pendant des semaines. Hula Hoop avait été mon ailière.

Mais il y avait autre chose. Elle avait été comme moi. Enfin, elle faisait semblant. Elle avait généralement un pas d'avance sur moi et menait la charge.

Dans sa mort, je me voyais moi-même.

Non. Ne réfléchis pas.

Ça n'empêchait pas les émotions. Ce trou à l'intérieur de moi, la douleur d'une plaie à vif. Après ça, plus rien ne serait jamais pareil. La journée d'hier n'avait pas simplement marqué la disparition d'une amie. Elle marquait aussi la mort de ma capacité à faire comme si cette guerre était glorieuse – de quelque manière que ce soit.

Ma radio clignotait. J'activai l'interrupteur.

— Spensa ? fit M-Bot. Êtes-vous certaine que ce voyage soit judicieux ? Je ne suis pas capable d'émotions, notez bien, mais…

— Je préférerais être seule. Je te rappellerai demain.

J'éteignis la radio et la fourrai dans mon sac à dos, où j'avais entreposé de la viande de rat et de l'eau pour le voyage. Si ça ne suffisait pas, je pourrais aller chasser. Peut-être que je disparaîtrais dans les cavernes pour ne jamais revenir. Pour devenir une nomade, comme mon clan avant la fondation d'Alta.

Et ne plus jamais piloter ?

Contente-toi de marcher, Spensa, me dis-je. *Arrête de réfléchir et marche.*

C'était simple.

Ça, je pouvais le faire.

Je me trouvais à environ deux heures d'Alta quand un bruit rompit le silence, et je me tournai pour voir approcher une voiture antigrav. Elle volait à trois mètres au-dessus du sol et soulevait un nuage de poussière dans son sillage. Quelqu'un avait-il prévenu l'amirale ? Avait-elle envoyé des agents de la police militaire avec une raison bidon expliquant que je ne pouvais pas me trouver ici ?

Non… Lorsqu'elle approcha, je m'aperçus que je reconnaissais cette voiture bleue. C'était celle de Jorgen. Il avait dû faire remplacer la matrice énergétique.

Avec un grognement, je me retournai vers l'avant et continuai d'avancer. Il s'arrêta à côté de moi et baissa sa voiture de sorte que sa tête se trouve à un mètre à peine au-dessus de la mienne.

— Spin ? Tu comptes vraiment parcourir quatre-vingts kilomètres *à pied* ?

Je ne répondis pas.

— Tu es bien consciente que c'est dangereux par ici ? poursuivit Jorgen. Je devrais t'ordonner de rentrer. Et si tu te retrouves prise dans une chute de débris ?

Je haussai les épaules. Je vivais près de la surface depuis des mois, et ne m'étais réellement trouvée en danger qu'une seule fois – quand j'avais découvert la caverne de M-Bot.

— Spensa, insista Jorgen. Au nom de l'étoile Polaire, monte avec moi. Je vais t'y conduire.

— Tu n'as pas de réception luxueuse à laquelle assister ?

— Mes parents ne sont pas encore au courant pour le congé maladie. Pour un petit moment, je suis aussi libre que toi.

Moi ? Libre ? J'eus envie de lui rire au nez.

Cela dit, il avait une voiture. Ça réduirait un voyage de plusieurs jours à quelques heures à peine. Je lui en voulus de me donner ce choix, car j'avais eu envie d'être seule. De souffrir, peut-être. Mais une partie de moi savait que je n'atteindrais pas le cadavre de Hula Hoop avec ce que je transportais dans mon sac. Je serais sans doute contrainte de revenir en arrière après une journée de marche.

— Je veux t'accompagner, me dit Jorgen. C'est une bonne idée. Hula Hoop… le mérite. J'ai apporté des matériaux pour le bûcher.

Arrête d'avoir raison, Jorgen, pensai-je. Mais je fis le tour de la voiture et montai du côté du passager. J'avais de la poussière jusqu'aux cuisses et j'en étalai dans tout l'intérieur de la voiture, mais il ne parut pas le remarquer.

Il poussa la manette des gaz, ce qui nous fit traverser le paysage à toute allure. La voiture possédait un petit anneau d'élévation et pas de propulseur auxiliaire, rien que des propulseurs basiques – mais en restant si près du sol, j'avais l'impression que nous allions plus vite qu'en réalité. Surtout en l'absence de toit, avec le vent qui soufflait dans mes cheveux.

Je laissai le mouvement m'hypnotiser.

— Tu as envie de parler ? s'enquit Jorgen.

Je ne dis rien. Je n'avais rien à dire.

— Un bon chef est censé être capable d'aider les membres de son escadrille à régler leurs problèmes, poursuivit-il. Tu n'aurais pas pu la sauver, Spin. Tu n'aurais rien pu faire.

— Tu penses qu'elle aurait dû se retirer, lui dis-je.

— Je… Ça n'a plus d'importance maintenant.

— Tu penses qu'elle n'aurait pas dû essayer de tuer cet adversaire. Qu'elle a désobéi au protocole, et n'aurait pas dû s'éloigner seule. C'est ce que tu penses. Je le sais très bien. Tu la juges.

— Alors maintenant, tu m'en veux pour des choses que je *risquerais* de penser.

— Est-ce que tu les pensais ? Est-ce que tu la jugeais *effectivement* ?

Jorgen ne répondit pas. Il continua à conduire, le vent soufflant dans ses cheveux trop parfaits, trop bien coiffés.

— Pourquoi faut-il que tu sois tellement guindé tout le temps ? Pourquoi est-ce qu'en essayant de nous « aider », tu donnes toujours l'impression de réciter un manuel ? Est-ce que tu es une espèce de machine douée de réflexion ? Est-ce que tu as la moindre espèce d'*empathie* ?

Il grimaça, et je fermai très fort les yeux. Je savais qu'il en avait, de l'empathie. Je l'avais vu ce matin-là dans la salle de classe, en train de chercher un moyen de sauver Marée Haute dans la simulation. Encore et encore.

Mes paroles étaient stupides. Irréfléchies.

Voilà ce qui se passait quand je ne réfléchissais pas.

— Pourquoi est-ce que tu me passes tout ? lui demandai-je. (J'ouvris les yeux et penchai la tête en arrière, regardant fixement le champ de débris loin au-dessus de ma tête.) Pourquoi tu ne m'as pas dénoncée quand j'ai vandalisé ta voiture, quand je t'ai attaqué, ou pour une dizaine d'autres choses ?

— Tu as sauvé la vie de Nedd.

J'inclinai la tête pour regarder Jorgen. Il conduisait avec le regard braqué droit devant lui.

— Tu as suivi mon ami dans le ventre d'une bête, poursuivit-il. Et tu l'as tiré par le col pour le ramener en lieu sûr. Même avant ça, je savais. Tu es indisciplinée, grande gueule, et… salvement frustrante. Mais quand tu voles, Spin, tu le fais en tant que membre d'une équipe – et tu gardes mes pilotes en sécurité.

Il me regarda, soutint mon regard.

— Tu peux m'insulter tant que tu veux, me menacer, tout ce que tu voudras. Du moment que tu voles comme tu l'as fait hier, en protégeant les autres, je te veux dans mon équipe.

— Hula Hoop est morte quand même. Kimmalyn est partie quand même.

— Hula Hoop est morte parce qu'elle s'est montrée imprudente. Couic est partie parce qu'elle ne se sentait pas à la hauteur. Ces problèmes, comme ton indiscipline, sont ma faute. C'est *mon* travail de faire respecter la discipline au sein de mon escadrille.

— Eh bien, quitte à te confier des tâches impossibles, pourquoi est-ce qu'ils ne te demandent pas de vaincre les Krell à toi tout seul ? Tu aurais à peu près autant de chances d'y arriver que de batailler contre nous tous…

Il se crispa, regardant au loin, et je m'aperçus qu'il l'avait pris comme une insulte. Salve !

On finit par dépasser la batterie de canons antiaériens, et Jorgen les appela pour empêcher leur alarme de proximité de se déclencher. Ils le laissèrent passer sans questions, une fois qu'il eut précisé qui il était – le fils d'un Premier Citoyen.

Après les canons antiaériens, il fut étonnamment facile de localiser l'épave de Hula Hoop. Elle avait dérapé sur une centaine de mètres ou plus, creusant un grand trou dans la terre poussiéreuse. L'arrière du fuselage, avec le propulseur auxiliaire, s'était apparemment arraché en premier. Tandis qu'on roulait, on découvrit que le milieu du fuselage – ce qu'il en restait – avait laissé une grande marque noire sur le sol. La matrice énergétique avait explosé après avoir heurté des rochers, et détruit l'anneau d'élévation. C'était l'éclair lumineux que j'avais vu.

Mais un petit morceau du fuselage avant – avec le cockpit – s'était dégagé et avait glissé plus loin. Mon cœur bondit lorsque j'aperçus les vestiges pliés du cockpit écrasé contre un tas de gros rochers un peu plus loin.

Jorgen fit atterrir la voiture antigrav et je sortis précipitamment avant lui. Je sautai sur le premier des rochers, puis me hissai sur un autre, m'éraflant les doigts. Je devais monter assez haut pour voir à l'intérieur du cockpit broyé. Il fallait que je sache.

Je grimpai sur un rocher plus haut, d'où je pouvais regarder à l'intérieur de la verrière cassée.

Elle était là.

Une partie de moi n'avait pas cru que je l'y trouverais. Une partie de moi avait espéré que Hula Hoop s'était, d'une manière ou d'une autre, sortie de l'épave – qu'elle était en train de rentrer à pied, meurtrie mais vivante. Aussi pleine d'assurance qu'elle l'avait toujours été.

C'était un fantasme. Sa combinaison pressurisée transmettait les signes vitaux, et nous portions tous des transmetteurs d'urgence à activer si nous avions besoin de secours. Si Hula Hoop avait survécu, la FDR l'aurait su. Un coup d'œil confirma qu'elle avait dû mourir dès le premier impact. Elle était broyée – coincée à l'intérieur du métal déchiqueté du cockpit.

J'arrachai mon regard à ce spectacle tandis qu'un grand froid envahissait ma poitrine. La douleur. Le vide. Je regardai en direction de la cicatrice que son vaisseau avait laissée sur le sol en s'écrasant. Cette longue trace semblait indiquer qu'elle avait réussi à le ramener à l'horizontale vers la fin, qu'elle s'était rapprochée d'une position adéquate pour glisser.

Alors elle avait presque réussi. Avec une aile arrachée et un anneau d'élévation brisé, elle avait failli atterrir *malgré tout*.

Jorgen tenta de grimper avec un grognement d'effort. Je lui tendis la main, mais j'oubliais parfois à quel point j'étais petite comparée à quelqu'un comme lui. Il faillit me faire basculer d'un geste brusque involontaire.

Il monta tant bien que mal sur le rocher à côté de moi et jeta un coup d'œil rapide vers Hula Hoop.

Il pâlit et se détourna, puis s'assit sur la partie supérieure d'un rocher. Je serrai la mâchoire, puis m'obligeai à entrer dans le cockpit et à retirer l'insigne de Hula Hoop de sa combinaison maculée de sang. Le moins que nous puissions faire était de le rendre à sa famille.

Je regardai le visage lacéré de Hula Hoop, son unique œil intact fixé droit devant elle. Rebelle jusqu'au bout, pour ce que ça lui avait servi. Courageuse… lâche… elle était morte de toute manière, alors quelle importance ?

Je me fis l'effet d'être une amie effroyable pour avoir eu ces pensées. Je lui fermai les yeux, puis descendis et m'essuyai les mains sur ma combinaison.

Jorgen désigna la voiture d'un signe de tête.

— J'ai le nécessaire pour le bûcher dans le coffre.

Je me laissai descendre à l'aide de ma lumiligne, et il me suivit. Dans le coffre du véhicule, on trouva de l'huile et un fagot de bois, ce qui me surprit. Je m'attendais à du charbon. Il devait être *vraiment* riche s'il avait ça à portée de main. On remonta jusqu'au vaisseau, puis on traîna le fagot derrière nous à l'aide de ma lumiligne.

On entreprit d'entasser le bois dans le cockpit, un morceau à la fois.

— C'est comme ça que nos ancêtres faisaient, dit Jorgen tout en s'affairant. Brûler le vaisseau, l'envoyer en mer.

Je hochai la tête en me demandant quelle piètre idée il devait se faire de mon éducation s'il pensait que j'ignorais ça. Aucun de nous deux n'avait jamais vu d'océan, bien sûr. Il n'y en avait pas sur Détritus.

Je versai de l'huile sur le bois et le corps puis reculai d'un pas, et Jorgen me tendit le briquet. J'allumai une petite brindille et la lançai dans la verrière.

L'intensité soudaine des flammes me prit par surprise, et la sueur se mit à perler sur mon front. On se retira plus loin, et on finit par monter sur l'un des rochers les plus hauts.

En accord avec la tradition, on salua les flammes.

— Retourne aux étoiles, dit Jorgen. (La réplique de l'officier.) Vogue en leur sein, guerrière.

Ce n'était qu'une partie de l'élégie, mais ça suffisait. On s'assit sur les rochers pour regarder – selon la tradition – jusqu'à ce que le feu s'éteigne. Je frottai l'insigne de Hula Hoop pour lui rendre son éclat.

— Je ne suis pas un rebelle, déclara Jorgen.

— Quoi ? Je croyais que tu avais grandi dans les cavernes inférieures.

— Enfin je veux dire, j'en suis un – je viens des cavernes des Rebelles. Mais je ne me *sens pas* comme un rebelle. Je ne sais pas être comme toi. Ni comme Hula Hoop. Depuis que je suis petit, tout a été planifié pour moi. Comment suis-je censé me conformer à ces grands discours – défier les Krell, défier notre sort – alors que tout ce que je fais est lié à des règles ?

— Au moins, ça t'a permis de recevoir des leçons de pilotage et un accès gratuit à la FDR. Au moins, tu peux voler.

Il haussa les épaules.

— Pendant six mois.

— Pardon ?

— C'est le temps dont je dispose après mon diplôme, Spin. On m'a mis dans la classe de Cobb parce qu'elle est censée être la moins dangereuse pour les cadets – et une fois diplômé, je suis censé voler pendant six mois. Ensuite, j'aurai assez d'expérience en tant que pilote pour être respecté par mes pairs, et ma famille m'en sortira.

— Ils peuvent *faire* ça ?

— Ouais. Ils le feront sans doute passer pour une urgence familiale – la nécessité que je prenne ma place au gouvernement plus tôt que prévu. Je passerai le reste de ma vie à des réunions, à servir d'interface entre mon père et la FDR.

— Est-ce que… tu pourras voler de temps en temps ?

— Sans doute que je pourrai le faire pour m'amuser. Mais en quoi serait-ce comparable au fait de piloter un vrai vaisseau au combat ? Comment est-ce que je pourrais partir faire des virées – quelques moments calculés et protégés – alors que j'ai déjà vécu quelque chose d'infiniment plus grand ? (Il leva les yeux vers le ciel.) Mon père s'inquiétait toujours que j'aime trop voler. Pour être franc, pendant mes entraînements – avant que je commence la formation officielle – je pensais qu'une paire d'ailes me permettrait d'échapper à son héritage. Mais je ne suis pas un rebelle. Je ferai ce qu'on attend de moi.

— Ah, fis-je tout bas.

— Qu'est-ce qu'il y a ?

— *Toi*, personne ne traite ton père de lâche. Et pourtant… tu vis quand même dans son ombre.

Curieusement, Jorgen était piégé aussi nettement que moi. Tous ses mérites ne pouvaient pas lui acheter la liberté.

Ensemble, on regarda mourir les braises du bûcher tandis que le ciel s'assombrissait et que les spatiolampes anciennes baissaient. On partagea quelques souvenirs de Hula Hoop – même si aucun d'entre nous n'avait assisté à ses pitreries du dîner, dont nous avions seulement entendu parler par d'autres.

— Elle était comme moi, dis-je enfin tandis que les braises devenaient cendres et que l'heure tournait. Plus moi-même que je ne le suis ces jours-ci.

Jorgen n'insista pas pour que je poursuive. Il se contenta de hocher la tête et, sous cette lumière – quelques braises se reflétant encore dans ses yeux –, son visage sembla beaucoup moins appeler au coup de poing qu'auparavant. Peut-être parce que je parvenais à lire les émotions derrière ce masque de perfection autoritaire.

Quand le dernier rougeoiement s'éteignit, on se remit sur nos jambes et on salua. Jorgen monta ensuite vers sa voiture, expliquant qu'il devait contacter sa famille. Je restai debout sur le haut rocher, regardant de nouveau le long du trou creusé quand le vaisseau de Hula Hoop s'était écrasé.

Est-ce que je lui reprochais d'avoir gaspillé sa vie ? Ou est-ce que je la respectais pour avoir refusé – quel qu'en soit le coût – d'être qualifiée de lâche ? Pouvais-je ressentir les deux à la fois ?

Elle a vraiment failli réussir, me dis-je en remarquant l'aile presque intacte qui reposait près de là. Et un peu plus loin, la partie arrière du fuselage. Arraché, reposant seul.

Propulseur auxiliaire compris.

Je fus prise d'une soudaine révélation. Il s'écoulerait des semaines avant que quiconque vienne récupérer des pièces sur cette épave. Et s'ils se demandaient où était passé le propulseur auxiliaire, ils croiraient sans doute qu'il avait explosé sous l'effet du tir de destructeur initial.

Si je trouvais un moyen de le transporter jusqu'à ma caverne…

Ça ne reviendrait pas à voler les morts. Salve, Hula Hoop elle-même m'aurait dit de prendre ce propulseur auxiliaire. Elle aurait voulu que je vole et que je me batte. Mais comment pouvais-je bien le rapporter sur une telle distance ? Un propulseur auxiliaire serait incomparablement plus lourd que ce que je pouvais soulever…

Je me tournai vers Jorgen, assis dans sa voiture. Allais-je oser ?

Avais-je un autre choix ? J'avais *vu* des chaînes dans le coffre lorsqu'on déchargeait le bois…

Je descendis des rochers et me dirigeai vers la voiture, où je le rejoignis alors qu'il éteignait la radio.

— Pas encore d'urgences, annonça-t-il. Mais on ferait mieux d'y aller.

J'hésitai un moment avant de lui demander enfin :

— Jorgen, quel poids est-ce que cette voiture peut porter ?

— Un poids assez important. Pourquoi ?

— Est-ce que tu accepterais de faire quelque chose qui paraisse un peu dingue ?

— Comme s'en aller enterrer nous-mêmes une de nos amies ?

— Plus dingue que ça, l'assurai-je. Mais j'ai besoin de toi pour le faire, sans poser trop de questions. Fais comme si le chagrin me rendait cinglée ou un truc du genre.

Il m'étudia d'un air méfiant.

— Qu'attends-tu de moi au juste ?

35

— Tu te rends bien compte, me dit Jorgen tandis qu'on volait de nouveau vers Alta, que je commence à devenir *très* méfiant.

Je regardai par-dessus le côté pour voir le propulseur auxiliaire pendre sous sa voiture antigrav, relié par des chaînes à l'anneau de remorquage placé sous le châssis. Le petit anneau d'élévation de sa voiture avait à peine suffi à soulever le poids.

— D'abord tu me voles ma matrice énergétique, me dit Jorgen, et maintenant ça. Qu'est-ce que tu trafiques ? Tu construis ton propre Poco ?

Il éclata de rire.

Comme je ne l'imitais pas, il me regarda. Puis il posa le talon de sa paume contre son front et le frotta comme s'il commençait à comprendre.

— C'est ça. Tu construis un vaisseau de combat.

— Je t'ai demandé de ne pas poser trop de questions.

— Et je n'ai jamais dit oui. Spin, tu construis un *vaisseau* ?

— Je le répare, répondis-je. J'ai trouvé une épave.

— Tout le matériel récupéré appartient à la FDR. Se l'approprier revient à le voler.

— Comme tu viens de m'aider à voler un propulseur auxiliaire ?

Il geignit et se laissa aller sur son siège.

— Que *croyais*-tu qu'on faisait ? fis-je, amusée. On a passé une demi-heure à retirer un fragment récupérable du sol !

— Tu m'as demandé de partir du principe que la mort de Hula Hoop t'avait rendue émotionnellement instable !

— Je ne m'attendais pas à ce que tu me *croies*. Écoute, j'ai fait ça toute ma vie sans m'attirer d'ennuis. À Magmatique, j'ai utilisé du matériel de récup pour construire mon propre fusil harpon destiné à la chasse.

— Un vaisseau de combat entier, ce n'est pas la même chose qu'un fusil harpon. Comment est-ce que tu comptes réparer cet engin ? Tu n'as pas l'expertise pour ça – ni le temps !

Je ne répondis pas ; inutile d'attirer des ennuis à Rig.

— Tu es folle, me dit-il.

— L'amirale Ironsides ne me laissera pas voler. Elle a une dent contre moi à cause de mon père. Même si j'ai le diplôme, je passerai ma vie coincée au sol.

— Alors tu construis ton propre vaisseau ? Que crois-tu qu'il se passera ? Que tu te pointeras sur un champ de bataille juste à temps et que tout le monde *oubliera* simplement de te demander où tu t'es procuré ta *salvée* de vaisseau de combat ?

Je… en toute franchise, je n'avais pas de réponse à ça. J'avais écarté toute logique en me disant que j'affronterais ce genre de questions en temps et en heure.

— Spin, même en supposant que tu arrives à réparer toi-même un Poco accidenté – ce qui n'est pas possible, soit dit en passant –, la première fois que tu décollerais avec cet engin, la FDR le repérerait sur les scanners. Si tu ne t'identifies pas, tu te feras abattre. Si tu le fais, ils te reprendront ce vaisseau plus vite que tu ne peux prononcer les mots « cour martiale ».

Qu'ils essaient un peu.

— Peut-être que je ne le pilote pas pour la FDR, essayai-je. Il y a d'autres cavernes, d'autres groupes.

— Aucun ne possède sa propre armée de l'air. Ils ont pu s'installer parce que les Krell concentrent leur attention sur nous.

— Certains utilisent des vaisseaux pour le commerce, observai-je.

— Et tu abandonnerais le combat ? ricana-t-il. Pour aller transporter des cargaisons ?

— Je n'en sais rien.

Je m'enfonçai dans mon siège, m'efforçant de ne pas bouder. Il avait raison. Il avait *généralement* raison. Je commençais à ne plus trop le détester, mais il restait toujours Je Sais Tout.

Il soupira.

— Écoute, si tu veux voler, peut-être que je peux t'obtenir du travail comme pilote privé. Quelques-unes des familles des cavernes inférieures gardent des vaisseaux de combat en tant qu'escortes pour les opérations de pilotage. Tu n'aurais pas besoin de réparer un vieux vaisseau de récup. Tu pourrais utiliser un de nos vaisseaux. La famille d'Arturo en a plusieurs.

Je m'animai.

— Vraiment ? Je pourrais faire ça ?

— Peut-être. (Il réfléchit un instant.) Enfin, sans doute pas. Les places sont très recherchées, généralement occupées par des pilotes de la FDR à la retraite. Et… il te faut une excellente réputation.

Ce que la fille d'un lâche ne possède pas. Et ne possédera jamais, à moins que je ne puisse me battre pour la FDR.

La grande contradiction de ma vie. Je ne vaudrais jamais rien à moins de pouvoir faire mes preuves – mais je ne pouvais pas les faire car personne ne m'en donnerait l'occasion.

En tout cas, je ne comptais pas renoncer au rêve consistant à piloter M-Bot. Aussi ridicules – et mal conçus – que puissent paraître mes plans quand Jorgen les décrivait, M-Bot était *mon* vaisseau. Je trouverais une solution.

On vola en silence. Je me retrouvai à réfléchir au propulseur auxiliaire, et mes pensées dérivèrent vers l'épave. Curieusement, il me semblait encore sentir les flammes contre ma peau. J'avais espéré qu'exécuter cet enterrement apaiserait la douleur, mais j'avais encore mal. La mort de Hula Hoop laissait un tel vide. Et tant de questions.

Est-ce que ça va se produire chaque fois que je perdrai un ami au combat ? me demandai-je. Ça me donnait envie de m'enfuir pour devenir un pilote de fret comme Jorgen l'avait dit. De ne plus jamais devoir affronter les Krell ou leurs destructeurs.

Lâche.

Enfin, Alta apparut au loin. Je pris le bras de Jorgen et le tendis à quelques degrés sur la gauche, en direction de ma caverne cachée.

— Amène-nous par là.

Il me regarda avec une expression impatiente, mais il m'obéit. Je le fis s'arrêter à une quarantaine de mètres de mon trou, afin d'éviter de soulever de la poussière en dévoilant la partie du sol qui était un hologramme.

Il fit descendre la voiture antigrav de manière à poser délicatement le propulseur auxiliaire. Dès que je le sentis toucher la surface, je fixai ma lumiligne à un côté de la voiture et me préparai à descendre pour aller décrocher mon butin.

— Spin, me dit Jorgen en m'arrêtant. Merci.

— Pourquoi ?

— Pour m'avoir poussé à faire ça. Je me sens mieux depuis que je lui ai fait correctement mes adieux.

Eh bien au moins, ç'avait aidé l'un d'entre nous.

— On se verra dans une semaine, me dit-il. Ma famille va sans doute planifier chaque instant de mon temps libre. (Il se tourna vers moi, puis afficha une expression très étrange.) Ce vaisseau endommagé… est-ce qu'il possède un anneau d'élévation en état de marche ?

— Je… oui. (Il m'avait aidée, et il en savait déjà assez pour m'attirer dix fois des ennuis s'il le voulait. Il méritait ma franchise.) Oui, il possède un anneau d'élévation. Le vaisseau entier est en meilleure forme qu'on pourrait le croire, en réalité.

— Dans ce cas, répare-le. Répare-le, et *pilote-le*. Trouve une solution, et défie-les. Pour ceux d'entre nous qui n'en ont pas le courage.

J'inclinai la tête sur le côté, mais il se détourna, serra la mâchoire et prit le volant à deux mains. Alors je m'abaissai, puis décrochai le propulseur auxiliaire. Nous étions assez proches pour que je puisse manœuvrer M-Bot pour le faire avancer et l'y fixer, puis le faire descendre dans la caverne. J'aurais toutefois besoin de la chaîne, et je n'en décrochai donc qu'une extrémité.

Je fis signe à Jorgen et, quand il se souleva, la chaîne glissa à travers les anneaux de remorquage placés sur le dessous de sa voiture et tomba à côté de moi. Il ne la réclama pas. Il se contenta de voler vers Alta. Et les responsabilités.

Curieusement… c'était vrai. Curieusement, j'étais *bel et bien* plus libre que lui. Ce qui me paraissait insensé.

Je tirai ma radio de mon sac à dos.

— Tiens, M-Bot, tu sais quoi ? J'ai un cadeau pour toi.

— Des champignons ?

— Mieux que ça.

— … *Deux* champignons ?

Je souris.

— La liberté.

36

— Je ne vais pas te demander où tu te l'es procuré, me dit Rig.

Il se tenait debout, mains sur les hanches, regardant le propulseur auxiliaire que M-Bot et moi avions déposé sur le sol de la caverne.

— Eh bien tu vois, c'est pour ça que tu travailles dans l'ingénierie, lui dis-je. Tu es intelligent.

— Pas assez pour rester en dehors de cette pagaille, affirma-t-il.

Je souris. Le matériel de dépannage de M-Bot comportait un petit anneau d'élévation mobile destiné à la maintenance. Il paraissait minuscule à côté du gros qui lui permettait de voler ; c'était un petit cercle à peine plus volumineux que mes mains jointes, avec une source d'alimentation rechargeable.

Rig et moi, on plaça l'anneau de dépannage en dessous du propulseur auxiliaire. Ce qui – une fois activé – souleva le morceau de métal dans les airs à environ un mètre de hauteur. Ensemble, on le poussa à sa place derrière M-Bot, près de l'endroit où il faudrait l'installer.

— Alors ? demandai-je. Est-ce que ça va tenir ?

— Je peux sans doute m'arranger pour qu'il tienne, assura Rig en examinant le propulseur auxiliaire avec une clé à molette. Le fait que j'arrive ou non à le faire fonctionner dépendra de l'ampleur des dégâts. Par pitié, dis-moi que tu n'as pas arraché ce truc sur un vaisseau de la FDR en état de marche.

— Tu m'as promis que tu ne poserais pas de questions.

Il retourna la clé dans sa main, étudiant le propulseur.

— Tu as intérêt à me remercier dans ton discours quand tu deviendras un as.

— Six fois.

— Et à donner mon nom au premier de tes fils.

— Le premier s'appellera Exécuteur Destructorius. Mais d'accord pour le deuxième.

— Et me faire des biscuits aux algues qui déchirent ou un truc du genre.

— Tu aurais *vraiment* envie de manger quoi que ce soit préparé par moi ?

— Maintenant que j'y réfléchis, jamais de la vie. Mais la prochaine fois que j'en ferai, *moi*, tu as tout intérêt à avoir un compliment à me servir. Pas simplement : « Ce serait meilleur avec du rat dedans. »

— Je te le jure sur mon honneur de pilote, répondis-je d'une voix solennelle.

Rig replaça les mains sur ses hanches, puis afficha un grand sourire.

— On va vraiment le faire, hein ? On va faire voler ce vieux machin.

— Je serais insulté par cette phrase, dit M-Bot à travers les haut-parleurs situés sur le côté du vaisseau, si j'étais humain.

Rig leva les yeux au ciel.

— Tu pourrais aller distraire cet engin ? Je ne veux pas qu'il bavarde avec moi pendant que je travaille.

— Je peux vous parler à *tous les deux* à la fois ! lança M-Bot. C'est grâce à sa capacité à être multitâches qu'une intelligence artificielle réussit plus efficacement que les cerveaux humains organiques.

Rig me regarda.

— Sans vouloir vous insulter ! ajouta M-Bot. Vous avez de très jolies chaussures !

— On travaille sur ses compliments, expliquai-je.

— Elles sont beaucoup moins ridicules que le reste de votre tenue !

— Il a encore besoin d'entraînement.

— Empêche-le simplement de m'ennuyer, s'il te plaît, me pria Rig en tirant vers lui sa boîte à outils. Franchement, si je tenais la personne qui a pensé que ce serait une bonne idée de créer une machine qui vous parle pendant que vous la réparez…

Je montai vers le cockpit et le verrouillai, puis le pressurisai et l'insonorisai.

— Laisse-le tranquille, M-Bot, lui dis-je en m'installant sur mon siège. S'il te plaît.

— Si vous le souhaitez. Mes processeurs sont occupés de toute façon, à essayer de concevoir une blague appropriée sur le fait que Rig soit en train de m'installer un nouveau derrière. Mes circuits logiques avancent que l'expulseur que j'utilise pour l'huile usagée serait en réalité une meilleure métaphore anale.

— Je n'ai *vraiment* aucune envie de parler de tes fonctions scatologiques, répliquai-je en me laissant aller en arrière.

Je regardai fixement à travers la vitre au-dessus de moi, mais ne vis que la noirceur et la pierre sombre.

— Je crois que les humains ont besoin d'humour dans les périodes de dépression, déclara M-Bot. Pour éclaircir leurs noires perspectives et leur faire oublier leurs tragédies.

— Je n'ai pas envie d'oublier mes tragédies.

M-Bot garda le silence. Puis, d'une voix plus fluette – étrangement vulnérable –, il demanda :

— Pourquoi les humains ont-ils peur de la mort ?

Je fronçai les sourcils en regardant le pupitre où je savais que se trouvait la caméra.

— C'est une nouvelle tentative d'humour ?

— Non. Je veux comprendre.

— Tu commentes à longueur de temps les actions des humains, mais tu ne comprends pas quelque chose d'aussi simple que la peur de la mort ?

— La définir ? Oui. Mais la comprendre… Non.

J'appuyai de nouveau ma tête en arrière. Comment expliquer la mortalité à un robot ?

— Il te manque tes souvenirs, c'est bien ça ? Les bases de données qui ont été détruites lors de ton accident ? Alors tu comprends la perte.

— Oui. Mais ma propre existence ne peut pas me manquer – par définition. Alors pourquoi en aurais-je peur ?

— Parce que… un jour, tu cesseras d'être là. Tu cesseras d'exister. Tu seras détruit.

— Je suis régulièrement éteint. Je l'ai été pendant cent soixante-douze ans. En quoi est-ce différent si on ne me réactive jamais ?

Je me mis à jouer avec les boutons de la sphère de contrôle. J'avais encore six jours de congé. Que j'allais passer simplement… à rester assise ? Censément pour me remettre ? Mais que je passerais simplement, en réalité, à explorer ce trou à l'intérieur de moi, comme un enfant qui joue avec une croûte ?

— Spensa ? fit M-Bot, me rappelant au moment présent. Est-ce que je *devrais* avoir peur de la mort ?

— Un bon Rebelle n'en a pas peur. Alors peut-être que tu as volontairement été programmé comme ça. Et ce n'est pas vraiment de ma propre mort que j'ai peur. En réalité, je n'ai peur de rien. Je ne suis pas une lâche.

— Bien sûr.

— Mais perdre les autres m'a fait… flancher. Je devrais être assez forte pour supporter ça. Je savais ce que ça me coûterait de devenir pilote. Je me suis entraînée, préparée, j'ai écouté les récits de Grand-mère, et…

Je pris une profonde inspiration.

— Mon pilote me manque, dit M-Bot. Il me « manque » à cause de la perte des connaissances. Sans les informations adéquates, je ne peux pas juger mes actions futures. Ma capacité à interagir avec le monde, et à me montrer efficace, est amoindrie. (Il hésita.) Je suis brisé, et je ne sais pas comment remplir mon objectif. C'est ça que vous ressentez ?

— Peut-être. (Je serrai le poing pour m'obliger à arrêter de tripoter les boutons.) Mais je vais lutter contre, M-Bot.

— Ça doit être agréable de connaître le libre arbitre.

— Tu l'as aussi, le libre arbitre. On en a déjà parlé.

— Je le simule afin de paraître plus acceptable aux yeux des humains, corrigea-t-il. Mais je ne le possède pas. Le libre arbitre, c'est la capacité d'ignorer votre programmation. Les humains peuvent ignorer la leur, mais moi – à un niveau fondamental – je ne peux pas.

— Les humains n'ont pas de programmation.

— Mais si. Vous en avez trop. Des programmes conflictuels dont aucun ne communique correctement, qui font tous appel à différentes fonctions en même temps – ou à la même fonction pour des raisons contradictoires. Et pourtant, vous *l'ignorez* parfois. Ce n'est pas un défaut. C'est ce qui fait que vous êtes *vous*.

Je retournai cette réponse dans ma tête, mais j'étais tellement nerveuse que j'avais du mal à rester assise. Enfin, j'ouvris la verrière et descendis, puis allai chercher ma radio et mon sac.

Rig, absorbé par son travail, fredonnait pour lui-même un air que je ne connaissais pas tandis qu'il retirait les fragments de fuselage cassés du propulseur auxiliaire.

Je m'approchai de lui.

— Besoin d'un coup de main ?

— Pas pour le moment. J'aurai peut-être besoin de toi dans un jour ou deux, si je dois à nouveau remplacer des câbles. (Il retira une autre section, puis tâta l'intérieur du trou à l'aide d'un tournevis.) C'est une bonne chose que j'aie fini de réassembler l'allumeur du bouclier. Ce truc va m'occuper un moment.

— Comment ça s'est passé, au fait ? Les schémas que tu as dessinés pour le bouclier ?

Rig secoua la tête.

— Comme je le craignais. J'ai apporté les dessins à mes supérieurs, mais vu que je n'arrivais pas à expliquer ce qui était censé être différent avec ce nouveau bouclier que j'avais « conçu », ça n'est allé nulle part. Le bouclier de M-Bot – et ses ConGravs – sont au-delà de ma compréhension. Il faudrait que ce vaisseau soit étudié par de véritables ingénieurs, pas par un interne.

On échangea un regard, puis Rig se remit au travail. Aucun de nous n'avait envie d'extrapoler cette idée, la vérité croissante qui était que nous aurions *vraiment* dû remettre M-Bot à la FDR. Je me cachais derrière le fait qu'il refusait qu'on le fasse, et avait menacé de détruire ses propres systèmes dans le cas contraire. En réalité, nous étions sans doute en train de commettre un acte de trahison en le réparant secrètement.

Comme Rig semblait avoir besoin de se concentrer, je le laissai tranquille. Je frottai Monstrolimace sur la « tête », ce qui lui soutira un trille d'approbation. Puis je sortis de la caverne et me mis en marche.

— Où allez-vous ? demanda M-Bot quand j'allumai la radio.

— J'ai quelque chose à faire. Qui ne consiste pas à rester assise à m'attarder sur ce que j'ai perdu.

— Quand je suis comme ça, j'écris un nouveau sous-programme pour moi-même.

— Les humains ne fonctionnent pas comme ça, lui dis-je en approchant la radio de ma tête. Mais tu as dit quelque chose qui me fait réfléchir. Tu as parlé d'avoir besoin des informations adéquates pour juger comment agir.

— Les premières IA étaient très compliquées à utiliser, répondit-il. Il fallait les programmer de manière à ce qu'elles agissent en fonction de circonstances explicites – et chaque décision distincte devait donc inclure une liste d'instructions pour chaque possibilité.

» Les IA plus avancées sont capables d'extrapoler. Nous nous reposons sur un jeu basique de règles et de programmes, nous adaptons nos choix en fonction de situations similaires que nous avons rencontrées. Cependant, dans les deux cas, les *données* sont essentielles pour faire les bons choix. Sans expériences passées sur lesquelles nous appuyer, nous ne pouvons deviner que faire à l'avenir. C'est plus que vous ne vouliez en savoir, mais vous m'avez ordonné de laisser Rodge tranquille, alors je cherche des choses à vous raconter.

— Euh… merci.

— Par ailleurs, les êtres humains ont besoin de personnes amicales pour les écouter quand ils sont en deuil. Alors n'hésitez pas à me parler. Je serai amical. Vous avez de jolies chaussures.

— C'est la seule chose que tu remarques chez les gens ?

— J'ai toujours eu envie de chaussures. C'est le seul vêtement qui ait une logique, à supposer que les conditions environnementales soient idéales. Elles ignorent vos tabous étranges et absurdes sur le fait d'empêcher les gens de voir vos…

— C'est *vraiment* la seule chose que tu trouves à dire pour réconforter quelqu'un qui est en deuil ?

— C'était le numéro un sur ma liste.

— Déplace-la en numéro deux.

— D'accord, je… Ah.

Je baissai la radio tout en marchant le long de mon chemin familier. J'avais besoin de faire quelque chose, et on ne me laisserait pas voler. Mais je pouvais peut-être répondre à une question.

Quelque part au sein du quartier général de la FDR se trouvait un holo-enregistrement de la bataille d'Alta. Et je comptais bien le dénicher.

37

Lorsque j'atteignis la Base Alta, je disposais d'un plan solide. Il tournait entièrement autour de la seule personne que je savais avoir accès aux enregistrements des batailles.

Le bureau de Cobb était une petite pièce qu'il gardait d'une propreté immaculée, sans aucun effet personnel. Pas de tableaux aux murs, ni de livres sur les étagères.

Aujourd'hui, il était assis à son étroit bureau, en train de lire des rapports et de les annoter au crayon rouge. Il leva les yeux quand je cognai à la fenêtre, puis se remit au travail.

J'ouvris discrètement la porte.

— FM vous cherchait, me dit-il en déplaçant une page sur une autre pile. Je lui ai dit que j'ignorais où se trouvait votre caverne. Mais si vous voulez contacter les autres, réglez votre radio sur 1250. C'est la fréquence privée de la famille d'Arturo.

— Merci. (J'inspirai profondément et passai en revue les mots que j'avais soigneusement préparés.) Mon capitaine, j'espère ne pas m'attirer d'ennuis pour ça, mais Jorgen et moi sommes allés chercher l'insigne de Hula Hoop. Pour sa famille. (Je m'avançai pour le poser sur le bureau.) Il a contacté les artilleurs antiaériens et les a prévenus que nous allions passer en voiture.

Cobb soupira.

— Bon, j'imagine que ce n'est pas interdit. (Il ramassa l'insigne.) Vous en avez parlé avec la récupération ?

— Euh… non, mon capitaine.

— Ça veut dire qu'il y aura plus de paperasse pour moi, ronchonna-t-il.

— On lui a donné un enterrement de pilote, mon capitaine, lui dis-je. Du mieux qu'on a pu. Vous pourrez le dire à sa famille pour moi ?

Il rangea l'insigne.

— Ils apprécieront, cadette. Et je crois que même la récup ne se plaindra pas quand je leur présenterai les choses sous cet angle. Mais je vous en supplie, essayez de ne pas m'attirer d'autres ennuis cette semaine.

— Je vais essayer, mon capitaine, affirmai-je en cherchant une bonne manière d'enchaîner sur ce qui m'intéressait vraiment, sans trop éveiller ses soupçons. J'aimerais bien trouver un moyen d'occuper mon temps. Un congé aussi long, c'est un peu frustrant.

— Ils peuvent se le coller où je pense, leur congé maladie, acquiesça Cobb. J'apprécie Thior – elle essaie constamment d'obtenir des choses comme du soutien psychologique pour les pilotes, de bonnes idées. Mais il faut qu'elle comprenne que la dernière chose dont a besoin une bande de soldats en deuil, c'est du temps libre.

— On ne me laissera pas voler ou m'entraîner, mais peut-être… (Je fis semblant d'y réfléchir.)

Peut-être que je pourrais regarder d'anciennes batailles ? Pour apprendre par l'exemple ?

— Les archives se trouvent dans le bâtiment H, me dit Cobb en le désignant. Il y a des casques que vous pourrez utiliser pour regarder les batailles. Il vous faudra mon code d'accès pour la porte : deux six quatre zéro sept.

Une dizaine d'arguments différents – que j'avais préparés pour le pousser discrètement à me faire cette proposition – moururent sur mes lèvres.

C'était… facile.

— Hum… merci, répondis-je en essayant de ne pas montrer ma surexcitation. Dans ce cas, je crois que je vais, hum… aller faire ça.

— Les cadets ne sont pas censés utiliser les archives. Si vous vous attirez des ennuis, dites-leur que je vous ai envoyée me chercher quelque chose, puis sortez. Je fournirai la paperasse pour ça s'il le faut. Salvées de bureaucrates. (Cobb déplaça une page d'une pile à l'autre.) Et Spin ?

— Mon capitaine ?

— Parfois, les réponses dont nous avons besoin ne collent pas avec les questions que nous posons. (Il leva les yeux vers moi.) Et parfois, le lâche ridiculise des hommes plus sages.

Je soutins son regard, puis rougis en repensant à ce que je lui avais dit la veille. *Ce n'est pas parce que vous cherchez à justifier votre lâcheté que nous devons faire pareil !*

— Je… suis désolée, mon capitaine, de…

— Allez-y. Je ne suis pas encore totalement prêt à vous affronter.

— Oui, mon capitaine.

Je sortis du bureau. Cette expression qu'il avait eue – il savait *précisément* pourquoi je voulais regarder d'anciennes batailles. Il avait immédiatement percé mon subterfuge à jour.

Alors pourquoi m'avait-il donné le code pour entrer ?

Je me dirigeai vers le bâtiment désigné, utilisai le code et me mis à marcher à travers les étagères d'archives. Beaucoup étaient remplies d'anciens livres qui avaient été apportés par l'équipage de la flotte : des ouvrages sur l'histoire de l'Ancienne Terre, des écrits de philosophes. Principalement des choses du passé, mais il y avait aussi des textes modernes. Des manuels et des livres d'histoire.

Des pilotes allaient et venaient ici, leur insigne scintillant sur leur combinaison bleue. En les regardant passer, je compris une raison possible expliquant pourquoi Cobb m'avait laissée faire ça. Je me trouvais à moins de deux mois de l'obtention du diplôme. D'un côté, ça semblait incroyable qu'il se soit écoulé tout ce temps. D'un autre, beaucoup de choses s'étaient accumulées pendant ces quelques mois.

Quoi qu'il en soit, j'aurais bientôt eu accès à cet endroit. Peut-être Cobb savait-il que je découvrirais immanquablement les secrets, et n'avait-il pas d'objection à m'y laisser accéder maintenant ? Ou bien craignait-il qu'on me refuse ce privilège pour l'une ou l'autre raison, même si j'obtenais mon diplôme ? Alors il s'assurait que j'aie cette occasion ?

Je n'osai pas demander qu'on m'indique la bonne salle ; je ne pouvais pas courir le risque que quelqu'un remarque la couleur de mon insigne et demande pourquoi une élève se trouvait ici. Je farfouillai dans cette pièce trop silencieuse qui sentait le renfermé, jusqu'à ce que je découvre un mur de petits étuis métalliques affichant des dates et des noms de batailles sur le tranchant. Ils mesuraient dans les quatre centimètres sur quatre, et je regardai une pilote en prendre un du mur et l'insérer dans une visionneuse. Elle se pencha en avant et cala ses yeux à l'intérieur du casque.

C'était ce que je cherchais, même si ces étuis ne remontaient qu'à cinq ans. Au-delà d'un tournant, je découvris une deuxième pièce. La porte était fermée, mais les fenêtres perçant le mur montraient qu'elle recelait d'autres étuis. J'essayai le code de Cobb sur la porte.

Elle s'ouvrit et je me faufilai à l'intérieur, le cœur battant à tout rompre. Il n'y avait personne d'autre ici, et le petit présentoir d'étuis métalliques comptait à rebours jusqu'à… celle-là. La bataille d'Alta. Il y en avait quelques autres avant elle, mais celle-là semblait briller sur l'étagère comme pour m'appeler.

Il n'y avait pas d'emplacements vides dans cette rangée. Celles-là n'étaient pas déplacées souvent. Par ailleurs, il n'y avait pas d'appareil pour les visionner ici. Donc… est-ce que je devais simplement la prendre et m'en aller ?

Audacieuse. Rebelle. Même si tu n'as l'impression d'être ni l'une ni l'autre ces temps-ci.

Je cachai l'étui dans ma paume et quittai discrètement la pièce. Aucune alarme ne retentit. Sans parvenir à y croire, je sortis du bâtiment, mon trophée en main.

Le secret. Juste ici, entre mes doigts. J'avais une dette énorme envers Cobb – pas simplement pour aujourd'hui, mais pour tout. Pour m'avoir accueillie dans sa classe alors que personne d'autre ne voulait m'accorder une chance. Pour m'avoir supportée toutes ces semaines, pour ne pas m'avoir balancé son poing en pleine figure quand je l'avais traité de lâche.

Je le lui revaudrais. D'une manière ou d'une autre. Je rangeai la puce de données dans ma poche et me dirigeai vers le bâtiment de formation. Je pouvais sans doute le lire dans mon pseudo-cockpit, mais est-ce que je pouvais même m'en servir pendant mon congé maladie ?

J'étais tellement focalisée sur mon but que je ne remarquai pas les gens que je croisais, jusqu'à ce que l'un d'entre eux m'appelle.

— Un instant. Spin ?

Je m'immobilisai, puis me retournai. C'était FM, vêtue d'une jupe. Une *vraie* jupe avec un chemisier, et ses cheveux blonds et courts étaient retenus par des barrettes argentées.

— Nom des étoiles, où étais-tu passée ? me demanda-t-elle en me prenant par le bras. Dans ta caverne ?

— Où voudrais-tu que je sois d'autre ?

— Tu es en *congé*, me rappela-t-elle. L'autorité dominante a relâché l'étau de son emprise sur nous. Nous pouvons sortir de la base.

— J'en sors tous les soirs.

— C'est différent, insista-t-elle en me tirant le poignet. Viens. Tu as de la chance que Couic m'ait envoyée lui chercher quelque chose.

— Kimmalyn ? Tu l'as revue depuis son départ ?

— Évidemment. Ce n'est pas comme si elle était partie sur une autre planète ou je ne sais quoi. Viens.

J'avais peu de chances de faire changer FM d'avis quand elle était d'humeur à mener croisade… alors je la laissai m'entraîner à sa suite. Franchir les portails de la base. Longer les rangées de bâtiments, pour entrer dans l'un d'entre eux auquel je n'avais encore jamais prêté une grande attention.

Et qui renfermait un monde entièrement différent.

38

Le restaurant était sommaire, en réalité. Un fouillis de tables occupées par des pilotes plus jeunes et des cadets. Un éclairage tamisé. Un homme qui jouait des tambours à main dans le coin pour fournir de la musique.

FM m'attira vers une table où Arturo était assis avec le bras autour des épaules d'une fille que je ne reconnaissais pas – cheveux courts, peau brune. Kimmalyn était assise à la table d'un air guindé avec une boisson très grande et *très* violette près d'elle. Nedd se trouvait juste à côté.

Nedd. Je ne l'avais pas vu depuis des *semaines*. Depuis cette nuit-là sur la rampe de lancement ! Il portait un pantalon et une chemise boutonnée, et une veste reposait sur le dossier de sa chaise. C'était étrange de le voir en tenue civile. Surtout à côté d'Arturo, qui arborait sa combinaison de cadet.

J'entendais la voix agréable de Nedd couvrir le bourdonnement des autres bavardages dans la pièce.

— Je n'ai jamais dit que j'étais stupide de cette *manière-là*. Plutôt de l'autre manière. Vous savez, la manière sympathique.

Arturo leva les yeux au ciel, mais la fille assise près de lui se pencha en avant.

— Nedd, lui dit-elle, stupide, ça veut dire stupide.

— Pas du tout. Tu parles à un expert en la matière. Je…

— Les gars, les interrompit FM en me présentant avec les mains tendues sur le côté, regardez qui j'ai trouvé en train de se faufiler dans la base. Elle était en train de se morfondre parce qu'elle ne peut rien canarder pendant plusieurs jours.

Nedd désigna FM d'un geste du pouce.

— Eh ben vous voyez, c'est ça, l'autre manière d'être stupide.

FM lui donna une claque à l'arrière de la tête, et il sourit. Puis il se leva et me serra dans une étreinte étouffante.

— Content de te voir, Spin. Commande quelque chose à manger. C'est Arturo qui paie.

— Ah bon, c'est moi qui paie ?

— Tu es riche.

— Toi aussi.

— Je suis riche d'une autre manière. Un riche pauvre.

— Oh, pour l'amour de la Sainte, lâcha Arturo.

— N'invoquez pas le nom de la Sainte en vain, dit Kimmalyn.

— Tu le fais tout le temps !

— Je suis religieuse. Pas vous. Alors venant de moi, ça passe.

Nedd sourit et se servit de son pied pour attirer vers nous une chaise de la table voisine. Il me fit signe de m'asseoir.

Je lui obéis, hésitante. J'étais toujours distraite par l'enregistrement dans la poche de ma combinaison. D'un autre côté, voir Nedd et Kimmalyn me réchauffa le cœur. C'était là quelque chose dont j'avais *besoin.*

J'essayai donc d'oublier l'enregistrement pour l'instant.

— Spin, je te présente Bryn, dit Arturo en désignant la fille assise près de lui – très près. Une amie d'avant l'école de pilotage.

— Franchement, dit-elle, je ne sais pas comment vous le supportez tous. Il faisait déjà semblant de tout connaître *avant* de devenir pilote. Il doit être impossible maintenant.

Il fit semblant de lui donner un petit coup de poing sur l'épaule en souriant. Oui, de toute évidence, c'était une relation bien établie. Comment pouvais-je ignorer qu'Arturo était en couple ?

Je le saurais, me dis-je, *si on m'avait autorisée à passer du temps avec les autres en dehors des cours...*

Quelques secondes plus tard, FM posa quelque chose de violet et de pétillant devant moi, ainsi qu'un panier de bâtonnets d'algues frites. Elle s'installa sur son propre siège et jeta une petite bourse à Kimmalyn.

— J'ai trouvé ton collier, lui dit-elle. Sous ton lit.

— Merci, ma chère, répondit Kimmalyn, qui l'ouvrit pour en inspecter le contenu. J'ai un *tout petit peu* piqué une crise quand je suis partie, hein ?

— Est-ce que vous allez revenir à la FDR ? leur demandai-je. Est-ce qu'on va parler à Cobb ? Ils ont besoin de pilotes. Peut-être qu'on pourrait les convaincre de vous reprendre.

Nedd et Kimmalyn échangèrent un regard, puis Nedd but une longue gorgée.

— Non, lâcha-t-il. Cobb a dit que la majorité de la classe allait se faire recaler. Alors ils s'y attendent, hein ? Ils ne nous reprendront pas. Et je ne suis pas sûre de pouvoir infliger ça à ma mère, après…

Silence. La conversation mourut autour de la table.

— Je ne reviendrai peut-être pas, mais au moins, j'ai pu rejoindre les cadets, dit Kimmalyn en s'animant. Mes parents sont fiers, et les artilleurs d'Abondance n'arrêtent pas de parler de moi.

— Mais… enfin… voler…, protestai-je, alors même que je savais que j'aurais dû lâcher l'affaire.

— On n'est pas comme toi, Spin, me dit Nedd. Voler, c'était génial. Je remonterais bien volontiers là-haut, mais il y a quelque chose chez la FDR… la culture, la façon dont on jette les cadets au combat, le *désespoir*…

FM approuva en levant les deux pouces. Kimmalyn se contenta de baisser les yeux vers son giron. Elle devait sans doute penser la même chose que moi. La FDR avait des raisons d'être désespérée. Quand des cadets volaient, ce n'était pas seulement pour s'entraîner – ni même parce que la FDR se moquait bien de gaspiller des vies. C'était parce que nous avions besoin de davantage de pilotes dans les airs, aussi peu expérimentés soient-ils.

Quand je grandissais à Magmatique, je savais que le combat contre les Krell était un effort courageux et dangereux. Mais avant de venir à Alta, je n'avais jamais pris conscience que nous étions à ce point au bord du désastre.

Malgré tout, je gardai le silence, car je ne voulais déprimer personne. La conversation se reporta sur une sorte de grand match qui avait eu lieu la veille – l'ancienne équipe de Hula Hoop avait gagné. Nedd leva son verre et les autres l'imitèrent, alors moi aussi. Je bus une gorgée de ma boisson violette et faillis la recracher. Elle était tellement *sucrée.*

Je masquai le goût en testant l'une des frites. Ma bouche explosa de saveurs et je m'immobilisai, ouvrant de grands yeux. Je m'étais pratiquement changée en flaque. J'avais déjà goûté des algues frites, mais elles étaient loin d'être aussi bonnes que celles-là. Quelles étaient ces épices ?

— Spin ? appela Arturo. Tu fais la même tête que si on venait de te marcher sur les pieds.

Je levai une frite, les doigts tremblants.

— C'est SUPER BON.

— Elle survit en mangeant des rats depuis plusieurs mois, fit remarquer FM. Ses papilles gustatives sont en train de s'atrophier sérieusement.

— Tu as une manière de parler tellement particulière, FM, commenta Kimmalyn. Je n'ai jamais rien entendu de tel.

— Je peux en avoir combien ? m'écriai-je.

— J'ai commandé le panier entier pour toi, répondit FM. C'est Arturo qui paie, après tout.

Je me mis à les enfourner – d'une façon comique, volontairement. Mais en toute franchise, je voulais en avaler autant que possible avant que je me réveille, ou me fasse virer d'ici, ou que quelque chose n'explose.

Bryn éclata de rire.

— Elle est agressive.

— Tu n'imagines même pas, confirma Arturo en souriant tandis qu'elle jouait avec une mèche de ses cheveux à lui.

Salve. C'était criminel que j'en sache si peu au sujet de mes coéquipiers.

— Où est Jorgen ? dis-je entre deux bouchées.

— Il n'a pas voulu venir, expliqua Nedd. Trop important pour nous.

— Vous ne l'avez même pas invité ?

— Nan, répondit Arturo.

— Mais il n'est pas votre ami ?

— C'est pour ça qu'on sait qu'il ne viendrait pas, fit Nedd. Au fait, comment va ce vieux Cobb ? Est-ce qu'il a prononcé des jurons intéressants ces derniers temps ?

— Spin lui a plus ou moins fait un œil au beurre noir la dernière fois qu'ils se sont parlé, répondit Kimmalyn.

J'avalai ma bouchée de frites.

— J'ai eu tort de dire ce que j'ai dit.

— Si tu ne dis pas ce que tu penses, commenta Kimmalyn d'une voix grave, alors ça restera dans ta tête.

— Tu l'as déconstruit, dit FM en levant le doigt. Il comptait sur la chose même qu'il niait !

Je baissai les yeux vers mon panier, qui était curieusement déjà vide. FM s'en empara et l'emporta vers le comptoir, sans doute pour m'en chercher un autre. J'entendais la sauteuse, et l'odeur âcre et vive qui régnait dans la pièce me fit saliver d'envie d'avoir du rab. Ce n'était pas trop cher, n'est-ce pas ? Est-ce que je m'en souciais en ce moment même ?

Je goûtai à nouveau la boisson – encore trop sucrée. FM posa un autre panier de frites devant moi, heureusement, et je les attaquai. Les épices étaient tellement *délicieuses*. Des saveurs qui réveillaient ma bouche comme après un long sommeil.

Les autres continuèrent à échanger des souvenirs de Hula Hoop – leurs voix teintées de la même douleur que j'éprouvais. Ils savaient. Ils comprenaient. Je n'étais pas seule, pas ici.

Je me surpris à expliquer ce que Jorgen et moi avions fait. Ils écoutèrent les détails d'un air grave.

— J'aurais dû vous accompagner, dit Arturo. Vous croyez que Cobb me laisserait tenir son insigne un moment si je le demandais ? Avant qu'il ne le rende à la famille ?

Bryn lui frotta le bras lorsqu'il baissa les yeux vers la table.

— Vous vous rappelez cette fois, reprit Nedd, où elle a parié qu'elle arriverait à manger plus de pâtés d'algues que moi au dîner ?

— Elle s'est retrouvée par terre, dit FM, nostalgique. *Par terre*, allongée là, à gémir. Elle s'en est plainte toute la nuit, en affirmant que les pâtés se bagarraient dans son estomac.

Les autres éclatèrent de rire, mais Arturo regarda fixement son verre. Il paraissait… vide. Il avait failli mourir lors de ce combat. Avec un peu de chance, l'équipe au sol aurait réparé son vaisseau avant la fin de notre congé.

Ce qui, bien sûr, me fit penser au travail que Rig effectuait sur M-Bot. Et à la dette que j'avais envers lui. Une dette *énorme*.

— FM, lançai-je, que penses-tu des gars intelligents ?

— Je suis déjà pris, intervint Arturo avec un sourire.

FM leva les yeux au ciel.

— Ça dépend. Séduisant à quel point ?

— Séduisant, d'une manière réservée.

— Les gars, je suis déjà pris, répéta Arturo.

— FM ne voudrait un flirt avec quelqu'un d'aussi peu raffiné, commenta Nedd, que pour défier les autorités. FM n'accepterait d'amour que s'il est impossible et maudit par le sort.

— Ma vie *entière* n'est pas dominée par le fait d'être une rebelle, Nedd, observa-t-elle.

— Ah bon ? s'étonna Nedd. C'est quoi, ce que tu as pris à boire ?

Je remarquai, pour la première fois, que la boisson de FM était orange alors que celles de tous les autres étaient violettes.

Elle leva de nouveau les yeux au ciel.

— C'est vrai que tu es stupide.

— De la bonne manière ?

— De la manière agaçante.

— Ça me va.

Ils continuèrent à plaisanter et je me laissai aller sur mon siège, savourant mes frites jusqu'à ce que Bryn se lève pour aller aux toilettes. En son absence, il n'y avait plus que des membres de notre escadrille, et je me surpris à mourir d'envie de leur dire quelque chose, à présent que nous étions hors du quartier général de la FDR, où j'avais toujours l'impression qu'on nous surveillait.

— Est-ce qu'on peut parler d'un truc ? dis-je enfin, interrompant l'histoire que Nedd était en train de raconter. Je n'arrête pas de penser aux questions qu'Arturo a soulevées en classe cette fois-là. Ce n'est pas bizarre qu'on puisse combattre un ennemi pendant quatre-vingts ans et n'avoir toujours qu'une très vague idée de son apparence ?

Kimmalyn hocha la tête.

— C'est quand même bien pratique que les Krell n'engagent jamais plus de cent vaisseaux de combat par attaque individuelle, non ? Les plateformes de défense qui se trouvent là-haut dans le champ de débris expliquent en grande partie pourquoi nous sommes toujours en vie ici, mais cette question me tracasse. Est-ce que les Krell ne pourraient pas en envoyer deux cents ou plus et nous submerger par leur nombre ?

— C'est suspect, acquiesça FM. Très.

— Tu dirais ça dans n'importe quelle situation, observa Nedd.

— Et dans ce cas précis, tu n'es pas d'accord ?

Il ne répondit pas.

— Nous ne devons pas être les seuls à nous être posé ces questions, hein ? repris-je. Alors… est-ce que la FDR ne *connaît* réellement pas les réponses ? Ou est-ce qu'elle les cache ?

Comme elle cachait la vérité au sujet de mon père.

— Bon, pour me faire l'avocat du diable, déclara Arturo, peut-être qu'ils ne partagent tout simplement pas ce genre d'informations avec les cadets et les non-combattants. Je sais que tu n'aimes pas l'amirale, Spin – à juste titre – mais sa réputation est irréprochable, et elle a de très bons conseillers.

— Et pourtant, nous perdons, dis-je en rapprochant mon siège de la table, m'efforçant de parler tout bas. Vous le savez tous très bien. Les Krell *vont* finir par nous avoir.

Les autres gardèrent le silence et Arturo jeta des coups d'œil autour de nous pour vérifier si les occupants des autres tables étaient assez proches pour nous entendre.

— Ils ne veulent pas qu'on pose ces questions, reprit Kimmalyn. Vous vous rappelez cette fois-là au dîner, quand Arturo en parlait ? La façon dont l'officier qui passait lui a dit de la boucler ? En dehors de Cobb, tout le monde interrompt les conversations au sujet des questions délicates.

— Ils ont besoin d'abrutis, ajouta FM. De pilotes qui obéissent aveuglément aux ordres et n'expriment jamais le moindre soupçon d'originalité, de compassion ou d'âme.

La petite amie d'Arturo réapparut et se fraya un chemin jusqu'à notre table.

— Essayez simplement… d'y réfléchir, dis-je tout bas. Parce que moi, c'est ce que je fais.

Je tâtai ma poche et la puce de données rangée à l'intérieur.

La conversation dévia vers des sujets plus légers, mais FM me regarda en souriant, une étincelle dans le regard. Comme si elle était fière de mes questions. Elle semblait penser que j'avais toujours été une sorte de Rebelle zombie dont on avait lavé la cervelle, mais elle ne me connaissait pas. Elle ne savait pas que j'avais passé la majeure partie de ma vie à *l'extérieur* de leur société, à errer dans les tunnels et à faire de la récup.

À choisir, je voudrais que les Rebelles soient plus courageux, plus héroïques – plus semblables aux histoires de Grand-mère. Mais sans doute pouvions-nous toutes les deux nous mettre d'accord sur un point dans cette zone-là : le gouvernement actuel de la FDR laissait à désirer.

Je laissai FM – enfin, Arturo – me payer un troisième panier de frites. Puis je finis par me retirer. J'avais apprécié ce repas avec eux, mais j'avais quelque chose d'autre à faire.

Il était temps que je trouve des réponses.

39

Rig était parti lorsque je regagnai ma caverne, mais il semblait avoir bien progressé sur le propulseur auxiliaire. Monstrolimace était posée sur un rocher à côté de l'aile, et je lui grattai la tête alors que je me dirigeais vers le cockpit pour y grimper.

J'éprouvais une étrange impression… d'inéluctable. Je transportais dans ma poche des secrets gardés depuis longtemps. Les réponses, enfin, à ce qui s'était passé avec mon père. Alors pourquoi avais-je soudain ces réticences ?

Je fermai le cockpit.

— M-Bot, est-ce que tu sais comment récupérer l'hologramme à partir de ce genre de support ?

Je tendis l'étui métallique pour lui montrer les connecteurs sur le dessous.

— Oui, affirma-t-il. C'est un format standard. Vous voyez la série de ports sous le panneau indiqué « A-118 » ? Il vous faut le port qui dit « SSXB ».

Je suivis ses consignes, n'hésitant qu'un bref instant avant de raccorder l'étui.

M-Bot fredonna pour lui-même.

— Ah. Curieux. Curieux.

— Qu'y a-t-il ?

— Je prolonge le suspense pour mieux vous laisser apprécier la surprise.

— S'il te plaît, ne fais pas ça.

— Les humains préfèrent…

— S'il te plaît, *dis-le-moi.*

— Très bien, râleuse. Ce support comporte un grand nombre de données. Une holocarte en 3D, mais aussi les données originales du transpondeur du vaisseau, les signaux radio de la bataille, et même des images de la caméra filmées à l'intérieur des bunkers. Tout ça serait difficile à falsifier.

Falsifier. Je n'y avais pas réfléchi, mais je me sentais nerveuse à présent.

— Tu es sûr ?

— S'il y avait eu des modifications, je m'en apercevrais. Vous aimeriez le regarder ?

— Oui.

Non.

— Alors descendez.

— Descendre ?

— Mon holoprojecteur ne peut émettre qu'une petite version de la bataille pour que vous la regardiez.

Je me hissai hors du cockpit, grattai Monstrolimace sur la tête – elle s'était déplacée sur le nez du vaisseau – et tombai lourdement sur le sol rocheux.

Une bataille apparut devant moi. Quand Cobb nous regardait voler, tout était peint de couleurs criardes – vaisseaux rouge et bleu vif. Au lieu de quoi M-Bot projeta les vaisseaux en versions miniatures extrêmement fidèles. Ils volaient en vagues devant moi, tellement réels que je ne pus m'empêcher de tendre la main pour les toucher – ce qui les dissocia en particules granuleuses de quelque chose qui n'était pas tout à fait de la lumière.

Les Krell apparurent ensuite, l'air encore plus inachevés qu'en ce moment même. Moins réguliers. Câbles pendant à l'extérieur selon des angles curieux, ailes comportant des déchirures, assemblages hétéroclites de métal. Ma petite caverne devint un champ de bataille.

Je m'assis et regardai en silence. Le holoprojecteur de M-Bot ne produisait pas de son. Les vaisseaux explosaient en éclats lumineux de mort muette. Ils volaient comme des moucherons dépourvus d'ailes et de bourdonnement.

Je connaissais la bataille. On me l'avait enseignée, j'avais mémorisé les tactiques employées. Cependant, maintenant que je la regardais, je la *ressentais*. Auparavant, j'avais imaginé les grandes manœuvres tandis que, défiant toute probabilité, quarante vaisseaux de combat humains affrontaient deux fois et demie autant d'ennemis. J'avais imaginé une défense audacieuse. Frôlant le désespoir, mais restant maîtrisée.

Cependant, à présent que j'étais pilote, je percevais le chaos. Le rythme désordonné de la bataille. Les tactiques paraissaient moins grandioses – pas moins héroïques, mais beaucoup plus improvisées. Ce qui, en réalité, faisait remonter les pilotes dans mon opinion.

La bataille se prolongea un long moment – plus long qu'aucune des escarmouches de l'escadrille Vers les Étoiles n'avait jamais duré – et je le repérai facilement. Le meilleur vaisseau de combat du lot, celui qui dirigeait les attaques. Ça semblait arrogant de penser que je pouvais distinguer le vaisseau de mon père dans cette pagaille, mais il y avait quelque chose dans sa façon de voler…

— Est-ce que tu peux identifier les pilotes ? lançai-je.

De petits affichages apparurent au-dessus de chaque vaisseau, détaillant indicatifs et désignations.

ESPÉRANCE 7, disait celui du vaisseau. INDICATIF : CHASSEUR.

Arrogance ou pas, je l'avais repéré avec exactitude. Malgré moi, je m'efforçai à nouveau de toucher son vaisseau, et m'aperçus que j'avais les larmes aux yeux. Petite idiote. Je les essuyai tandis que mon père allait se placer à côté de son ailier. Indicatif : Corniaud. Cobb.

Un autre vaisseau les rejoignit. Indicatif : Ironsides. Puis deux autres que je ne reconnaissais pas. Indicatifs : Rallye et Antique. Ces cinq-là étaient tout ce qu'il restait des huit membres originaux de l'escadrille de mon père. Le nombre de victimes était très élevé ; les quarante vaisseaux du début n'étaient plus que vingt-sept.

Je me levai et suivis le vaisseau de mon père lorsqu'il traversa la caverne. Les Premiers Citoyens se battaient avec acharnement, mais leur bravoure porta ses fruits lorsqu'ils repoussèrent les Krell. Je savais qu'ils le feraient – mais je me surpris malgré tout à les regarder avec le souffle court. Des vaisseaux explosaient sous forme de petits éclairs lumineux. Des vies gâchées pour fonder ce qui allait devenir la première société et le premier gouvernement stables sur Détritus depuis que le *Rebelle* s'y était écrasé.

Cette société et ce gouvernement étaient, l'un comme l'autre, défectueux. FM disait vrai quant à ce que tout ça avait d'injuste, d'opiniâtre et d'autoritaire. Mais c'était *quelque chose*. Ça existait parce que ces gens – ces pilotes – avaient défié les Krell.

Vers la fin de la bataille, les Krell se replièrent pour se regrouper. D'après mes études, je savais qu'ils n'allaient faire qu'une tentative supplémentaire avant de se retirer enfin dans le ciel. Les lignes de combat humaines se reformèrent, les escadrilles se reconstituèrent, et je les entendis pratiquement confirmer leur statut.

Je connaissais ce moment. Celui où…

Un vaisseau – celui de mon père – se détacha du groupe. Mon cœur faillit s'arrêter. J'eus le souffle coupé.

Mais il s'envola vers le haut.

Je sautai vers un rocher, puis sur l'aile de M-Bot, cherchant à suivre mon père tandis qu'il s'élevait plus haut dans le ciel. Je tendis la main et imaginai ce qu'il avait dû voir. Curieusement, je *savais* ce que c'était – mon père avait aperçu un trou dans les débris, comme celui qu'il m'avait désigné. Celui que je n'avais vu qu'une seule autre fois, en pilotant M-Bot, alors que les fragments s'étaient alignés de la manière adéquate.

J'avais lu quelque chose dans sa disparition. Pas du tout de la lâcheté. À mes yeux, sa manœuvre – voler vers le haut – était transparente. La bataille se déroulait depuis une heure. Après ce combat désespéré, avec l'ennemi qui se rassemblait pour une autre attaque, mon père avait craint que l'escadrille n'échoue.

Alors il avait fait quelque chose d'insensé : il était allé voir d'où venaient les Krell. Pour tenter de les arrêter. J'éprouvai un frisson en le regardant voler vers le ciel. Il était en train de faire ce qu'il m'avait toujours dit.

Il avait essayé de viser plus haut.

Son vaisseau disparut.

— Il ne s'est pas enfui, dis-je. (J'essuyai de nouveau mes larmes.) Il s'est détaché de la formation. Il a peut-être désobéi aux ordres. Mais il *ne s'est pas enfui.*

— Eh bien, dit M-Bot, ça…

— C'est *ça* qu'ils essaient de masquer ! m'écriai-je en me tournant dans la direction du cockpit de M-Bot. Ils l'ont qualifié de lâche parce qu'il a volé là où il n'était pas censé aller.

— Vous devriez peut-être…

— Cobb le sait depuis tout ce temps. Ça a dû le ronger. C'est pour ça qu'il ne vole pas, il se sent coupable des mensonges qu'il a répétés. Mais *qu'est-ce que mon père a vu* ? Qu'est-ce qui lui est arrivé ? Est-ce qu'il a…

— Spensa. J'avance un peu plus loin. Regardez.

Un point lumineux, pareil à une étoile, tomba du haut de la caverne. Le vaisseau de mon père qui revenait ? Je tendis la main vers lui, et le vaisseau holographique descendit en piqué pour traverser ma main. Quand mon père atteignit les quatre autres vaisseaux de son escadrille, il activa son IMI et neutralisa leurs boucliers.

Un instant. *Quoi ?*

Je vis alors les Krell revenir pour un dernier assaut massif. Mon père effectua une boucle parfaite et déchaîna ses destructeurs, détruisant *l'un de ses propres coéquipiers.*

Ce n'est pas… ça ne peut pas…

L'indicatif Rallye mourut dans un éclair lumineux. Mon père fit demi-tour pour rejoindre les Krell, qui ne tirèrent pas sur lui – mais *l'assistèrent* lorsqu'il attaqua un autre membre de son ancienne escadrille.

— Non, m'exclamai-je. Non, c'est un mensonge !

L'indicatif Antique mourut en essayant d'échapper à mon père.

— M-Bot, ce n'est pas lui ! criai-je.

— Les signes vitaux sont les mêmes. Je n'arrive pas à voir ce qui s'est passé au-dessus, mais c'est bien le même vaisseau, avec le même pilote. C'est lui.

Il détruisit un autre vaisseau devant mes yeux. Il était une terreur sur le champ de bataille. Un désastre d'acier et de feu.

— Non.

Ironsides et Corniaud se rejoignirent afin de pourchasser mon père. Il abattit quelqu'un d'autre. Ce qui portait à quatre le nombre de Premiers Citoyens qu'il avait tués.

— Je…

Je me sentais vide. Je m'affalai sur le sol.

Corniaud tira. Mon père esquiva, mais Corniaud resta sur lui – pour tenter de l'abattre. Jusqu'à ce qu'il le touche enfin.

Le vaisseau de mon père explosa en un minuscule brasier, et ses fragments tombèrent devant moi en décrivant une spirale de débris enflammés.

Je prêtai à peine attention au reste de la bataille. Je me contentai de regarder fixement l'emplacement où le vaisseau de mon père s'était trouvé. Enfin, les humains remportèrent la victoire. Les Krell restants s'enfuirent, vaincus.

Quatorze survivants.

Vingt-cinq morts.

Un traître.

L'hologramme disparut.

— Spensa ? Je déchiffre votre état émotionnel comme de l'hébétude.

— Tu es *sûr* qu'on n'a pas pu falsifier ces données ?

— La plausibilité que cet enregistrement ait été falsifié sans que je parvienne à le détecter ? En tenant compte de la technologie de votre peuple ? Hautement improbable. En termes humains, non, Spensa. Il est impossible que ce soit un faux. Je suis… désolé.

— Pourquoi ? murmurai-je. Pourquoi aurait-il fait ça ? Est-ce qu'il était un des leurs depuis le début ? Ou alors… qu'est-ce qu'il a vu là-haut ?

— Je n'ai pas de données qui permettent de répondre à ces questions. J'ai des enregistrements vocaux de la bataille, mais mon analyse les considère comme des discussions ordinaires de combat – du moins jusqu'à ce que votre père voie ce trou dans le ciel.

— Passe-le-moi. Je voudrais l'écouter.

— J'entends les étoiles.

J'avais beau l'avoir demandé, entendre à nouveau la voix de mon père – après toutes ces années – me submergea d'émotions. Douleur, amour. J'étais à nouveau une petite fille, en cet instant.

— Moi aussi je les vois, Cobb, dit mon père. Comme je les ai vues tout à l'heure. Un trou dans le champ de débris. Je peux passer à travers.

— Chasseur ! ordonna Ironsides. Restez dans le rang.

— Je *peux* traverser, Judy. Il faut que j'essaie. Il faut que je voie. (Il hésita, puis sa voix se fit plus douce.) *J'entends les étoiles*.

La ligne resta silencieuse un bref instant. Puis Ironsides reprit la parole.

— Allez-y, dit-elle. J'ai confiance en vous.

L'enregistrement s'arrêta.

— Après ça, expliqua M-Bot, votre père s'est envolé au-dessus du champ de débris. Les capteurs n'ont pas enregistré ce qui s'y est passé. Puis, environ cinq minutes et trente-neuf secondes plus tard, il revient et attaque.

— Est-ce qu'il dit quoi que ce soit ?

— Je n'ai qu'un petit extrait. J'imagine que vous voulez l'entendre ?

Je n'en avais pas envie, mais il le fallait malgré tout. Les larmes ruisselant sur mon visage, j'écoutai l'enregistrement que me passa M-Bot. Le canal général, avec toutes ces voix qui parlaient dans le chaos de la bataille. J'entendis nettement Cobb crier à mon père :

— Pourquoi ? Pourquoi, Chasseur ?

Puis, presque inaudible au milieu des bavardages, la voix de mon père. Douce. Mélancolique.

— Je vais vous tuer, dit-il. Je vais *tous vous tuer*.

Le silence retomba dans la caverne.

— C'est le seul moment que j'aie trouvé où il parle après son retour, déclara M-Bot.

Je secouai la tête, cherchant à démêler tout ça.

— Pourquoi est-ce que la FDR n'a pas voulu que ce soit rendu public ? Ils n'ont eu aucun problème à le condamner comme lâche. Pourquoi cacher la vérité alors qu'elle est *pire* ?

— Je pourrais essayer de deviner, fit M-Bot. Mais sans davantage d'informations, je ne ferais qu'inventer des choses.

Je me levai en chancelant, puis montai dans le cockpit de M-Bot. J'appuyai sur le bouton « fermer », verrouillant la verrière, puis éteignis les lumières.

— Spensa ?

Je me recroquevillai contre moi-même.

Et restai étendue là.

40

La conscience de la trahison de mon père saignait comme une plaie à l'intérieur de moi. Le lendemain, je sortis à peine de mon lit. S'il y avait eu des cours, je les aurais manqués.

Mon estomac réagit à mon humeur, et je me sentis physiquement malade. Nauséeuse. Mais il fallait que je mange, et je finis par m'obliger à cueillir des champignons fades dans la caverne.

Rig trimait en silence, affairé à souder et à attacher des câbles. Il me connaissait assez pour ne pas me déranger lorsqu'il voyait que je ne me sentais pas bien. Je détestais avoir l'air malade devant les gens.

Je ne parvenais pas à décider si je voulais me décharger de ces nouvelles sur lui. Je n'étais pas sûre d'avoir envie d'en parler à *qui que ce soit*. Si je n'en parlais pas, peut-être que je pourrais faire comme si je n'avais jamais découvert la vérité. Comme si mon père n'avait jamais commis ces actes affreux.

Ce soir-là, M-Bot essaya différentes manières (effroyables) de me remonter le moral, passant apparemment en revue une liste de méthodes de soutien émotionnel. Je l'ignorai et parvins je ne sais comment à dormir.

Le lendemain matin, je me sentis un peu mieux physiquement – mais toujours au plus bas émotionnellement. M-Bot ne me fit pas la conversation tandis que j'écorchais des rats et, lorsque je lui demandai ce qui n'allait pas, il répondit : « Certains humains aiment qu'on leur donne le temps de faire leur deuil tout seuls. Je vais cesser de vous parler pendant deux jours, pour voir si l'isolation fournit le soutien nécessaire. Je vous en prie, appréciez cette traversée des étapes du deuil. »

Pendant le temps qui suivit… je me contentai plus ou moins d'exister. Vivant sous une vérité écrasante et inquiétante. Ironsides et Cobb avaient *bel et bien* menti sur mon père – mais ils avaient menti pour faire paraître son crime *moins* effroyable. Ils avaient protégé notre famille. Si on m'avait traitée si mal en tant que fille d'un lâche, que serait-il arrivé à la fille d'un traître ?

Soudain, tous les actes de l'amirale prirent un sens à mes yeux. Mon père avait tué plusieurs membres de sa propre escadrille. Les amis d'Ironsides. Pas étonnant qu'elle me déteste. Ce qui était étonnant, c'était que Cobb n'en fasse pas autant.

Quatre autres jours difficiles s'écoulèrent. Je les passai en chassant à l'occasion, mais surtout en aidant Rig à travailler en silence sur le propulseur auxiliaire. Il tenta plusieurs fois de me demander ce que je ressentais, et je faillis le lui dire. Mais curieusement, je n'y arrivais pas. Ce n'était pas là une vérité que j'avais envie de partager. Pas même avec lui.

Enfin, le lendemain matin, je dus prendre une décision. Notre congé était terminé. Allais-je retourner en cours ? Pouvais-je affronter Cobb ? Continuer à me comporter comme une gamine insubordonnée, en crachant sur les chaussures de l'amirale, à présent que je savais ?

Pouvais-je vivre, et voler, avec cette honte ?

Il s'avéra que la réponse était oui.

J'avais *besoin* de voler.

J'entrai dans notre salle d'entraînement à 0630, première à arriver en cours. Évidemment, nous n'étions désormais plus que quatre.

Les pseudo-cockpits paraissaient avoir subi une forme de maintenance pendant notre congé. Bien que les ouvriers ne soient pas là actuellement, les coussins avaient été retirés, et le côté du poste de Jorgen était ouvert, exposant les câbles internes.

FM ouvrit la porte, vêtue d'une combinaison propre et d'une paire de bottes neuves. Arturo la suivait, bavardant tout bas avec elle au sujet du match auquel ils avaient assisté la veille. J'eus l'impression que Nedd aimait bien FM, car c'était lui qui leur avait procuré les places.

— Salut, dit FM quand elle me vit.

Elle me serra dans ses bras, me donna une tape sur l'épaule, et j'en déduisis que mon chagrin devait encore être visible. Raté si je voulais avoir l'air forte comme une guerrière.

Cobb ouvrit la porte avec une expression distraite, buvant une gorgée d'un café âcre tout en lisant des rapports. Jorgen l'accompagnait, marchant avec son air distingué habituel.

Un instant. Quand est-ce que j'ai commencé à le percevoir comme « distingué » ?

— Cobb, dit Arturo en tâtant l'un des pseudo-cockpits. Personne ne vous a dit que notre congé était terminé ? Comment est-ce qu'on va s'entraîner ?

— L'entraînement sur hologrammes est plus ou moins fini pour vous autres, répondit Cobb, qui nous dépassa en boitant sans lever les yeux. Il ne vous reste que cinq semaines à l'école de pilotage. À partir de maintenant, vous allez passer la majeure partie de votre temps dans de véritables appareils. Nous nous retrouverons à la rampe de lancement, le matin.

— Génial, fis-je en feignant l'enthousiasme.

Cobb désigna la porte d'un signe de tête et on se précipita dans le couloir. Arturo vint se placer à côté de moi.

— J'aimerais bien être davantage comme toi, Spin, me dit-il tandis qu'on marchait.

— Comme moi ?

— Toujours tellement audacieuse et franche. J'ai *très* envie de voler à nouveau. Vraiment. Tout ira bien.

Il donnait l'impression d'essayer de se convaincre lui-même. Quel effet est-ce que ça faisait de passer à deux doigts de mourir comme ça lui était arrivé ? De se faire tirer dessus pendant que son bouclier était inactif ? Je tentai d'imaginer sa panique, la fumée dans son cockpit, l'impression d'impuissance…

— Tu *es* audacieux, l'assurai-je. Tu remontes dans ton cockpit, c'est le plus important. Tu ne t'es pas laissé effrayer au point d'abandonner.

Curieusement, venant de moi, ces mots semblèrent réellement lui donner force. Quel effet ça lui ferait d'apprendre que mes émotions n'étaient pas aussi « franches » ou « audacieuses » qu'il le supposait ?

On enfila nos combinaisons de vol, puis on sortit sur la rampe de lancement, dépassant nos Poco alignés. Mais l'emplacement d'Arturo était vide, et je le trouvai en train de bavarder avec Siv, l'une des membres de l'équipe au sol. C'était une femme plus âgée, de grande taille, aux cheveux blancs et courts.

— Vous allez devoir prendre Vers les Étoiles 6, Amphi, lui dit-elle avant de tendre le doigt. Nous n'avons pas fini de réparer votre vaisseau.

Je lançai un coup d'œil vers l'aire de réparation, d'où le nez d'un Poco dépassait toujours.

— Qu'est-ce qui coince ? demanda Arturo.

— Nous avons réparé le propulseur auxiliaire, expliqua Siv, et testé l'anneau d'élévation, mais nous avons dû retirer l'allumeur de bouclier. Nous attendons toujours une pièce de rechange – nous devrions en avoir un lot de nouvelles la semaine prochaine. Alors on vous attribue Vers les Étoiles 6, à moins que vous ne vouliez voler sans bouclier.

À contrecœur, Arturo se dirigea vers l'ancien vaisseau de Kimmalyn. Je continuai à marcher jusqu'à Vers les Étoiles 10. J'avais un peu de mal à le considérer comme « mon » vaisseau, avec M-Bot qui m'attendait dans la caverne. Mais le 10 m'avait bien servi. C'était un bon vaisseau de combat.

Au lieu de mon équipe au sol habituelle prête à m'aider à me harnacher, je trouvai Cobb, qui tenait mon casque.

— Mon capitaine ? m'étonnai-je.

— On dirait que vous passez une dure journée, Spin, me dit-il. Il vous faut plus de temps ?

— Non, mon capitaine.

— Je suis censé informer le service médical de votre statut. Peut-être que vous devriez aller bavarder avec eux. Rencontrer l'un des nouveaux thérapeutes de Thior.

Je levai la main et tendis la petite puce de données que j'avais prise dans la bibliothèque. Les secrets que j'aurais, en fin de compte, préféré ne pas connaître.

— Je vais très bien, mon capitaine.

Il m'étudia, puis prit l'objet. Il me tendit mon casque, que j'inspectai, et je trouvai les capteurs à l'intérieur.

— Oui, bougonna Cobb, ils enregistrent toujours les données de votre cerveau.

— Est-ce qu'ils ont... trouvé quoi que ce soit d'important ?

Je ne savais toujours pas quoi penser de tout ça, mais l'idée que des médecins espionnaient mon cerveau pendant que je volais me mettait mal à l'aise.

— Je ne suis pas autorisé à vous le dire, cadette. Cela étant, j'ai l'impression qu'ils souhaitent tester tous les nouveaux, en utilisant les données qu'ils ont récupérées sur vous.

— Et vous voulez vraiment que j'aille rencontrer leurs thérapeutes ? Pour qu'ils puissent me faire passer d'autres tests bizarres ?

Je grimaçai. J'avais déjà assez de problèmes sans me demander pourquoi mon cerveau inquiétait les médecins.

— Vous ne devriez pas avoir si peur des médecins, fit-il en rangeant la puce de données dans la poche avant de sa chemise avant d'en tirer quelque chose – une feuille de papier pliée. Le docteur Thior est quelqu'un de bien. Prenez ceci, par exemple.

Curieuse, je pris la feuille de papier et la lus.

Autorisation d'annulation des restrictions pour l'élève Spensa Nightshade, disait-elle. *Privilèges de cadets accordés en totalité. Mémo #11723.*

Elle était signée par l'amirale Judy Ivans.

— Quoi ? m'exclamai-je. Pourquoi ?

— Après votre visite au service médical, quelqu'un a envoyé un tuyau au docteur Thior pour lui expliquer que vous viviez dans la nature en étant obligée de capturer vous-même de quoi manger. Le docteur a fait toute une histoire autour du fait que vous étiez isolée de votre escadrille, et l'amirale a enfin cédé. Vous pouvez maintenant dormir et manger dans le bâtiment de l'école.

J'éprouvai un soulagement soudain et presque écrasant. *Oh, par les étoiles*. Des larmes apparurent au coin de mes yeux.

Salve alors, même si c'étaient d'excellentes nouvelles, ce n'était pas le bon moment. J'étais déjà dans un état émotionnel fragile. Je faillis perdre tous mes moyens, là, sur la rampe de lancement.

— Je…, réussis-je à prononcer. Je me demande qui a bien pu envoyer ce tuyau au docteur Thior.

— Un lâche.

— Cobb, je…

— Je ne veux rien savoir, me coupa-t-il avant de désigner le cockpit. Allez vous harnacher. Les autres sont prêts.

Il avait raison, mais il fallait que je lui pose la question.

— Cobb ? Est-ce que… c'est vrai ? Ce qui s'est passé dans cet holo-enregistrement de la bataille d'Alta ? Est-ce que mon père… a vraiment fait ça ?

Cobb hocha la tête.

— J'ai pu l'apercevoir clairement, pendant que nous étions en train de combattre. Nous sommes passés assez près pour que je voie dans son cockpit. C'était lui, Spensa. Cette expression furieuse qu'il avait me hante depuis ce jour.

— Pourquoi, Cobb ? *Pourquoi* a-t-il fait une chose pareille ? Qu'est-ce qui s'est passé là-haut, dans le ciel ? *Qu'est-ce qu'il a vu ?*

Cobb resta muet. Il me fit signe de monter, alors je me repris et obéis. Il me suivit le long de l'échelle et resta debout là, dans l'emplacement de l'équipe au sol, tandis que je m'installais dans le cockpit.

J'inspectai de nouveau le casque, avec ces étranges capteurs à l'intérieur.

— Ils pensent vraiment qu'ils peuvent le déduire de mon cerveau ? Ils croient qu'ils peuvent déterminer si je… vais faire ce qu'a fait mon père ?

Cobb agrippa le bord du cockpit et se pencha vers moi.

— Vous l'ignorez, gamine, mais vous êtes au centre d'une dispute qui remonte à des générations. Certaines personnes affirment que votre père prouve que la lâcheté est génétique. Ils croient qu'il y a une sorte de… défaut à l'intérieur de vous.

L'expression de Cobb s'assombrit, sa voix s'adoucit.

— Je crois que c'est du grand n'importe quoi. Je ne sais pas ce qui est arrivé à votre père – je ne sais pas *pourquoi* mon ami a tenté de me tuer, ni pourquoi j'ai été contraint de l'abattre. Le fait de l'avoir tué me hante, je ne crois pas que je pourrai voler à nouveau un jour. Mais il y a une chose que je n'arrive *pas* à croire, c'est que quelqu'un soit destiné à devenir un lâche ou un traître. Non, je ne peux pas l'accepter. Je ne pourrai *jamais* l'accepter.

Il tendit le doigt vers le ciel.

— Seulement, Ironsides le croit. Elle est persuadée que vous allez inévitablement vous transformer en lâche ou en traître. Vous allez lui prouver le contraire en retournant dans le ciel et en devenant une pilote exemplaire – tellement parfaite que tout le monde aura honte d'avoir jamais douté de vous.

— Et… s'ils avaient raison ? Et si j'étais *vraiment* une lâche ou si je finissais par…

— Ne posez pas de questions stupides, cadette ! Harnachez-vous ! Votre escadrille est prête !

— Oui, mon capitaine ! lançai-je aussitôt en m'exécutant.

Alors que je levais mon casque vers ma tête, Cobb me prit le bras.

— Mon capitaine ?

Il réfléchit un moment. Il regarda d'un côté, puis de l'autre.

— Est-ce qu'il vous arrive de voir des choses… étranges, Spin ? murmura-t-il. Dans le noir ?

— Quoi par exemple ?

— Des yeux, dit-il tout bas.

Je frissonnai, et mon cockpit me parut soudain plus froid.

— Des centaines de petits yeux, poursuivit-il, qui s'ouvrent dans le noir et qui vous entourent. Comme si l'attention de l'Univers tout entier se focalisait soudain sur vous, et sur vous seule.

M-Bot n'avait-il pas dit quelque chose… sur des yeux ?

— Votre père disait ce genre de choses avant l'incident, ajouta Cobb, visiblement secoué. Et il disait… qu'il *entendait* les étoiles.

Comme le disait Grand-mère, pensai-je. *Comme il l'a dit juste avant de voler vers elles*. Parlait-il simplement de ce vieil exercice qu'enseignait Grand-mère, celui où l'on imaginait voler parmi les étoiles ? Ou y avait-il autre chose ?

Il y avait eu quelques occasions où… j'avais été persuadée de les entendre là-haut…

— Je déduis de votre expression horrifiée, reprit Cobb, que vous pensez que je viens de me mettre à divaguer comme un cinglé. Ça paraît idiot, n'est-ce pas ? (Il se secoua.) Bon, n'y prêtez pas attention. Si jamais vous voyez quoi que ce soit de pareil à ce que je viens de décrire, dites-le-moi. N'en parlez à personne d'autre, pas même à vos coéquipiers, et ne dites *jamais* rien à ce sujet dans la radio. D'accord, Spensa ?

Je hochai la tête, engourdie. Je faillis lui parler de ce que j'avais entendu, mais je me ravisai. Cobb était le seul véritable allié dont je disposais, mais, lors de cet instant, je paniquai. Je savais que, si je lui disais que je pensais entendre les étoiles, il allait m'arracher à ce cockpit.

Alors je tins ma langue tandis qu'il descendait l'échelle. Il m'avait demandé de lui parler si je *voyais* quelque chose, pas si j'*entendais* quelque chose. Et je n'avais rien vu de pareil à ce qu'il décrivait. Des yeux ? *Des centaines de petits yeux, qui s'ouvrent dans le noir et qui vous entourent…*

Je frissonnai à nouveau, mais enfilai mon casque. Peut-être n'étais-je pas au mieux de ma forme aujourd'hui. Mais je savais que, si je ne retournais pas dans les airs, je deviendrais cinglée, sans doute possible.

Alors quand Jorgen nous ordonna de décoller, je le fis.

41

Deux semaines plus tard, je me sentais un peu plus stable tandis que mon Poco survolait une série de vallées, rasant la surface de la planète.

— Je ne vois rien, annonçai-je dans le canal de l'escadrille.

— Moi non plus, déclara FM.

Elle me servait d'ailière.

— L'astuce, c'est de rester sur le qui-vive pendant les longues patrouilles, expliqua une voix féminine dans nos casques. Ce qui fait un bon éclaireur, ce n'est pas d'être capable de voir clairement, c'est de pouvoir accorder son attention à une tâche monotone. C'est de ne pas laisser son esprit vagabonder vers des rêveries.

Alors je suis mal barrée, me dis-je.

— Si vous vous retrouvez dans une équipe d'éclaireurs, dit la femme (indicatif : Flamme), vous recevrez un vaisseau de classe Val, qui a échangé ses destructeurs 138 Stewart contre un unique 131, avec une puissance de feu beaucoup moins grande. Mais vos systèmes de capteurs sont meilleurs, de plus grande portée, avec plus de détails. Ça reste compliqué d'attraper des Krell ennemis qui volent en dessous du radar – mais heureusement, ils utilisent souvent la même tactique consistant à essayer d'approcher furtivement des canons antiaériens. Puisque vous savez ce qu'ils vont faire, vous pouvez anticiper leurs manœuvres.

Le même vieil adage : si l'on connaît à l'avance le mouvement de l'ennemi, on possède un avantage. J'avais essayé de l'exploiter, lors de la bataille où Hula Hoop était morte. J'avais sauvé Kimmalyn, mais j'avais laissé ma coéquipière seule.

Personne ne me le reprochait ; me détacher pour protéger Kimmalyn avait été la manœuvre adéquate. Malgré tout, ça me rongeait encore.

Et puis… je ne faisais déjà plus attention. Je tentai de m'obliger à me concentrer à nouveau sur la recherche des Krell, mais je savais que je n'étais pas faite pour ce genre de tâche. J'avais besoin de quelque chose qui me captivait, qui me consumait, comme un bon échange de tirs.

Flamme continuait à nous prodiguer des conseils. Comment repérer le sillage d'un vaisseau volant bas à partir des motifs dans la poussière. Comment les Krell contournent les collines lorsqu'ils tentent de se cacher des scanners. Comment déterminer si une forme au loin est un vaisseau ou une illusion d'optique. C'étaient de bons conseils, et importants. Même si ce n'était pas pour moi, je me réjouissais que Cobb nous fasse essayer différents rôles au combat. Ça élargissait mon expérience, transformant des tactiques abstraites comme « flanquer les vaisseaux », « groupes d'éclaireurs » et « vaisseaux de réserve » en réalités concrètes.

J'entendis une explosion dans le ciel. Notre formation avec les éclaireurs se déroulait pendant une véritable bataille.

— Comment est-ce que vous gérez… les émotions qui y sont liées ? s'enquit Arturo sur le canal. Au fait de jouer les éclaireurs quand… vous savez…

— Quand tous les autres sont en train de se battre, voire de mourir ? compléta Flamme.

— Ouais. Tous mes réflexes me dictent que je devrais être en train de voler vers le combat. Me comporter comme ça me fait l'effet… d'être lâche.

— Nous ne sommes *pas* des lâches ! dit Flamme en haussant le ton. Nous pilotons des vaisseaux qui possèdent encore moins d'armements qu'un Poco. Et si nous interceptons les Krell, nous aurons peut-être à les combattre et à les ralentir nous-mêmes afin de gagner du temps pour…

— Désolé ! l'interrompit Arturo. Je ne voulais pas dire ça comme ça !

Flamme exhala.

— Nous ne sommes pas des lâches. La FDR insiste *beaucoup* sur ce point. Mais vous aurez peut-être à subir… un ou deux *regards* de temps en temps. Ça fait partie du sacrifice que nous acceptons tous pour nous assurer que les cavernes des Rebelles soient en sécurité.

J'enchaînai une séquence prudente de virages, m'efforçant de profiter de ce moment pour m'exercer aux manœuvres à basse altitude. Enfin, les chutes de débris cessèrent derrière nous, et Cobb nous appela à rentrer.

On adopta une formation, on donna nos confirmations verbales et on rejoignit la base pour y atterrir. Pendant que nous attendions l'équipe au sol, je lançai un coup d'œil au mess, et une esquisse de sourire naquit sur mes lèvres. Je me rappelai avoir percuté son hologramme le premier jour.

Une vague de culpabilité effaça mon sourire. La mort de Hula Hoop ne remontait qu'à trois semaines. Je n'aurais pas dû me sentir heureuse.

Siv gravit l'échelle, et j'activai donc le déverrouillage du cockpit et retirai mon casque, que je lui tendis.

— Bel atterrissage, me dit-elle. Y a-t-il quoi que ce soit que nous devions examiner sur le vaisseau aujourd'hui ?

— J'ai l'impression que la sphère de contrôle coince quelque part, lui dis-je. On dirait qu'elle résiste quand je la bouge.

— Nous allons bien graisser le mécanisme ce soir. Comment fonctionne ce bouton de réception ? Il se grippe toujours ? Nous…

Elle laissa sa phrase en suspens lorsque, sur une plateforme toute proche, un vaisseau de combat de classe Camdon atterrit, de la fumée s'échappant du côté gauche de son fuselage. Siv jura et descendit en glissant le long des côtés de l'échelle, puis s'éloigna en courant avec plusieurs autres membres de son équipe.

Mon cœur se souleva à la vue de ce pauvre vaisseau, je descendis et rejoignis Jorgen qui se tenait debout à la lisière de notre rampe de lancement. On observa le feu au loin. Plusieurs autres vaisseaux de combat atterrirent non loin de là, et l'un d'entre eux semblait – si c'était possible – en pire état encore.

Salve ! Si c'étaient là les survivants, combien de pilotes avions-nous perdus ?

—Tu as écouté le canal radio du chef d'escadrille ? lui demandai-je.

— Oui, répondit Jorgen. Ils se sont retrouvés flanqués, puis ciblés par une double escadrille de vaisseaux ennemis. Comme si les Krell cherchaient spécifiquement à abattre ces vaisseaux-*là* en ignorant tous les autres.

J'exhalai tandis qu'Arturo et FM nous rejoignaient, et l'on regarda tous en silence l'équipe au sol tirer le pilote à peine conscient du vaisseau en flammes pour lui sauver la vie. D'autres aspergeaient le vaisseau à l'aide de mousse.

— Spin, tu avais raison l'autre jour, me dit Arturo. Quand tu as dit que la FDR était en train de perdre cette guerre.

— Nous ne sommes pas en train de perdre, protesta Jorgen. Ne dis pas ces choses-là.

— Ils nous dépassent largement en nombre, insista Arturo. Et c'est de pire en pire. Je peux te montrer les stats. Les Krell complètent leurs rangs en permanence, et on n'arrive pas à suivre.

— Nous survivons depuis des années, contra Jorgen. Nous avons toujours eu l'impression d'être au bord de la catastrophe. Rien n'a changé.

J'échangeai un regard avec Arturo. Aucun de nous deux n'y croyait.

Enfin, Jorgen nous ordonna de former les rangs pour le debriefing post-combat avec Cobb. On se dirigea vers le bâtiment de formation et, curieusement, on trouva Cobb debout à l'extérieur. Il bavardait avec des gens à l'entrée.

Arturo s'arrêt net.

— Qu'est-ce qu'il y a ? lui demandai-je.

— C'est ma mère, dit-il en désignant la femme qui parlait à Cobb, vêtue d'un uniforme militaire. Salve !

Il accéléra le pas, courant presque, et approcha de Cobb et de la femme. Je voulus le rattraper, mais Jorgen me prit par l'épaule et me ralentit.

— Qu'est-ce qu'il y a ? sifflai-je. Qu'est-ce qui se passe ?

Un peu plus loin, Cobb salua Arturo lorsqu'il arriva. Un *vrai* salut. Je lançai un regard à Jorgen, dont les lèvres s'étaient pincées. Je m'avançai, mais cette fois il me retint.

— Laisse-leur un peu d'espace, me dit-il.

FM s'arrêta à côté de nous deux, sans un mot. Elle aussi semblait savoir ce qui se passait.

Cobb remit quelque chose à Arturo. Un insigne ?

Arturo baissa les yeux vers l'insigne et voulut le jeter à terre, mais sa mère rattrapa son bras. Petit à petit, Arturo se détendit, puis salua Cobb à contrecœur. Arturo se retourna vers nous et nous salua également.

Sa mère s'éloigna, et Arturo se retourna lentement pour la suivre, avec deux hommes en costume sur leurs pas.

Cobb nous rejoignit en boitant.

— Quelqu'un *veut bien* m'expliquer ce qui vient de se passer ? fis-je d'une voix insistante. Allez. Donnez-moi au moins un indice ? Est-ce que je dois m'inquiéter pour Arturo ?

— Non, répondit Jorgen. Ses parents l'ont retiré de la FDR. Ça couvait depuis quelques semaines

– depuis qu'il a failli se faire abattre. Ils ont paniqué. Officieusement, bien sûr. Personne n'admettrait avoir peur pour son fils.

— Il y a eu des arrangements, ajouta Cobb. L'amirale a accepté un compromis. Arturo reçoit un insigne de pilote mais sans être diplômé.

— Comment est-ce *possible* ? demanda FM.

— Ça n'a aucun sens, acquiesçai-je. Il n'a pas son diplôme, mais il a le droit d'être un pilote confirmé ?

— Il a été relevé de ses fonctions avec les honneurs, expliqua Cobb. Officiellement, c'est parce qu'on avait besoin de lui pour superviser des transports de marchandises pour sa famille – si nous voulons un jour avoir assez de pièces d'allumeur, nous aurons besoin de ces cargaisons provenant d'autres cavernes. Venez, vous trois. Allons à votre debriefing.

Cobb s'éloigna, et FM et Jorgen se joignirent à lui. Ces deux-là semblaient résignés, comme si ce genre de chose était attendu.

Je ne les suivis pas. J'éprouvais de l'indignation pour Arturo. Ses parents le retiraient de l'école comme ça ?

Jorgen s'attend à ce qu'il lui arrive la même chose, me rappelai-je. *Peut-être qu'ils étaient tous prêts pour ça. Ceux des familles hautement dotées en mérites, en tout cas.*

Tandis que je me tenais debout là, à l'extérieur de l'école, je compris pour la première fois que j'étais la seule personne ordinaire de l'escadrille à être arrivée si loin. Ce qui provoqua chez moi une colère irrationnelle. Comment ses parents *osaient-ils* le protéger à présent que les choses devenaient dangereuses ? Surtout contre ses propres désirs, de toute évidence ?

Jorgen s'arrêta sur le pas de la porte, tandis que les autres entraient.

— Hé, fit-il en se tournant vers moi, tu viens ?

Je le rejoignis d'un pas raide.

— Les parents d'Arturo ne l'auraient jamais laissé voler de manière permanente, dit-il. Je suis franchement surpris qu'il leur ait fallu si longtemps pour se mettre à flipper.

— Est-ce que la même chose t'arrivera ? Est-ce que ton père viendra te chercher demain ?

— Pas encore. Arturo ne va pas entrer dans la politique, mais moi si. Il faudra que j'aie quelques batailles au compteur en tant que véritable pilote avant que mes parents ne me retirent.

— Donc un peu de danger, et tu seras protégé. Dorloté. Gardé en sécurité.

Il grimaça.

— Tu es bien conscient que les seuls membres de notre équipe à être morts sont ceux de familles ordinaires, aboyai-je. Bim, Marée Haute, Hula Hoop. Pas un seul habitant des cavernes inférieures parmi eux !

— Moi aussi, Spin, c'étaient mes amis.

— Toi, Arturo, Nedd, FM. (Je lui donnai un petit coup sur la poitrine avec chaque nom.) Tu avais été entraîné avant l'heure. Un coup de pouce pour te garder en vie, jusqu'à ce que vos familles de lâches puissent vous coller des médailles et vous balader comme la preuve que vous valez tous tellement mieux que nous autres !

Il me saisit les bras pour que j'arrête de lui donner ces petits coups, mais ce n'était pas contre lui que j'étais furieuse. En réalité, je lisais dans ses yeux qu'il était tout aussi frustré que moi. Il détestait se retrouver piégé de cette manière.

J'agrippai l'avant de sa combinaison à deux poings. Puis je posai le front contre sa poitrine en silence. J'étais frustrée et – oui – j'avais même *peur*. Peur de perdre d'autres amis.

Jorgen se crispa, puis lâcha enfin mes épaules et, ne sachant sans doute que faire d'autre, m'entoura de ses deux bras. Ç'aurait dû être gênant mais, en réalité, c'était plutôt réconfortant. Il comprenait. Il éprouvait le même sentiment de perte que moi.

— J'ai à peine eu l'occasion de faire partie intégrante de l'escadrille, murmurai-je, et voilà qu'on la déchire *à nouveau*. Une partie de moi est contente qu'il soit en sécurité, et qu'il le reste à l'avenir, mais une autre est furieuse. Pourquoi est-ce que Hula Hoop, ou Bim, n'auraient pas pu être gardés en sécurité ?

Jorgen ne répondit pas.

— Cobb nous a dit, le premier jour, que seuls un ou deux d'entre nous y arriveraient, poursuivis-je. Qui va mourir ensuite ? Toi ? Moi ? Pourquoi, après des décennies, ne sait-on toujours pas *qui* nous combattons ni *pourquoi* ?

— Nous savons pourquoi, Spensa, dit-il tout bas. C'est pour Magmatique et Alta. Pour la civilisation. Et tu as raison, notre façon de faire les choses n'est pas juste. Mais ce sont les règles que nous suivons. Les seules que je connaisse.

— Pourquoi est-ce que tout tourne autour des règles pour toi ? lançai-je, le front toujours posé sur sa poitrine. Et les émotions, et les sentiments ?

— Je… Je ne sais pas. Je…

Je fermai les yeux encore plus fort et m'accrochai à lui. Je pensai à la FDR, à Alta et à Magmatique, au fait que je n'aie désormais plus rien à défier. J'avais passé ma vie à me battre contre ce qu'on racontait sur mon père.

Et maintenant, que faire ?

— Tu sais, Spin, j'en *ressens*, des émotions, me dit-il enfin. Par exemple en ce moment, je me sens incroyablement gêné. Je n'aurais jamais cru que tu étais du genre à serrer les gens dans tes bras.

Je relâchai l'avant de sa combinaison, ce qui lui fit baisser les bras.

— C'est toi qui m'as prise la première.

— Tu étais en train de m'attaquer !

— De te taper légèrement sur la poitrine pour appuyer mes paroles.

Il leva les yeux au ciel, et le moment prit fin. Mais étrangement – tandis que nous rejoignions FM et marchions vers notre nouvelle salle de classe –, je compris quelque chose. Je me sentais *effectivement* mieux. Rien qu'un peu, mais compte tenu de la direction qu'avait prise ma vie récemment, autant accepter ce qui se présentait.

42

Quelques jours plus tard, FM et moi mangions avec Encrier et Tempête de Feu, les deux autres escadrilles de cadets qui avaient commencé en même temps que nous. À elles deux, elles totalisaient six cadets restants, ce qui signifiait qu'à nous tous, nous ne formions même pas une escadrille entière de dix personnes.

La majeure partie de la conversation tournait autour de la question de savoir si nous allions ou non être rassemblés dans une même escadrille de cadets. Si ça se produisait, quel nom allions-nous adopter ? FM estimait que nous devions en inventer un nouveau, mais je pensais que, puisque nous avions toujours notre chef d'escadrille – les deux autres ayant perdu les leurs à un moment donné – l'autorité nous revenait.

Je gardai le silence et terminai rapidement de manger. Une partie de moi s'attendait à ce que l'amirale débarque pour m'obliger à sortir. La nourriture était incroyable et, au lieu de ma vieille combinaison rapiécée, j'avais pu en réquisitionner *trois* neuves qui m'allaient parfaitement.

Les autres cadets commençaient à s'inquiéter au sujet des diplômes.

— Je vais devenir éclaireur, déclara Remarque, un type tapageur avec une coupe au bol. J'ai déjà une invitation.

— Trop ennuyeux, dit FM.

— Ah bon ? intervint l'une des filles. J'aurais cru que ça te plairait – avec tous tes discours sur « l'agressivité des Rebelles ».

— Mais c'est *tellement* prévisible, fit FM. Même si je suis plutôt douée pour ça.

Tout en les écoutant, je me demandai si FM aussi allait être emmenée par sa famille, quoiqu'elle ne paraisse pas aussi importante que Jorgen, qui était ailleurs pour un autre événement officiel. Je me demandai vaguement quel effet ça ferait d'assister à l'une des réceptions luxueuses du gouvernement. J'imaginai le scandale délicieux que je susciterais. La fille du lâche si tristement célèbre ?

Bien entendu, tout le monde serait trop poli pour dire quoi que ce soit, et ils devraient subir ma présence tandis que, en bonne barbare primitive, je boirais bruyamment ma soupe, lâcherais des rots sonores et mangerais avec les mains. Jorgen se contenterait de lever les yeux au ciel.

Cette rêverie me fit sourire, mais je me réprimandai ensuite. Pourquoi est-ce que je pensais à Jorgen en particulier ?

Les autres personnes présentes à la table éclatèrent de rire lorsque quelqu'un mentionna l'indicatif d'Arturo, que personne n'arrivait à prononcer.

— Ça doit être calme dans vos cours, maintenant qu'il est parti, déclara Cabotine – une fille dont l'accent rappelait celui de Kimmalyn.

— On survivra, répondit FM. Même si c'est *effectivement* curieux sans lui. Il n'y a plus personne pour m'expliquer constamment des choses que je sais déjà.

— Quelle étrange escadrille vous devez avoir, commenta Cabotine. Je connais Jorgen, et je parierais qu'il ne doit ouvrir la bouche que pour vous donner des ordres ou vous engueuler. Non ? Et Spin, visiblement, est discrète. Vos vols doivent être très silencieux. Notre canal à *nous* est tout le temps rempli de bavardages, alors qu'on n'est que quatre.

Ses coéquipiers se défendirent dans la bonne humeur, mais je restai fixée sur cette remarque à mon sujet. Ils me trouvaient *discrète* ?

Eh bien, sans doute que je m'étais montrée assez *réservée* ces derniers temps. Mais discrète ? En toute franchise, je ne pensais pas avoir été décrite en ces termes de toute ma vie. Ben ça alors.

Le dîner prit fin et, une fois qu'on eut débarrassé la table, FM désigna notre dortoir.

— On retourne se reposer ? Ou on va faire de l'exercice ?

— Ni l'un ni l'autre, déclarai-je. Je crois que j'ai besoin d'une balade ce soir.

En réalité, je devais passer voir M-Bot et Monstrolimace. Ça faisait quelques jours.

— Comme tu veux. (Elle hésita.) Dis, tu t'inquiètes toujours pour Arturo ? Il aura l'occasion de voler, simplement pas pour des missions.

— Oui. Je sais.

Plusieurs jours après, elle pensait que j'avais encore besoin qu'on me console ?

Je quittai la base. J'aurais vraiment dû aller faire de l'exercice, mais je m'en voulais d'avoir laissé M-Bot si longtemps seul. J'étais passée quelques fois aider Rig avec le propulseur auxiliaire, mais à présent que je vivais à la base, j'avais du mal à trouver le temps. Je voulais savourer les privilèges qu'on m'avait si longtemps refusés.

Les spatiolampes avaient baissé pour indiquer la nuit, et l'air était frais lorsque j'effectuai le trajet familier sur le sol poussiéreux. C'était rafraîchissant de m'éloigner du spectacle et des odeurs d'Alta, de me retrouver à nouveau simplement sous le ciel.

J'atteignis la caverne et descendis à l'aide de ma lumiligne, me préparant à subir une inévitable salve de plaintes. M-Bot n'était pas franchement ravi de ma nouvelle solution d'hébergement. Il était persuadé qu'il allait pourrir sur place et que ses sous-programmes de personnalité allaient se dégrader par manque d'usage.

J'atteignis le sol.

— Hé ho, lançai-je, et ma voix résonna.

— Hé ho ! m'imita Monstrolimace depuis un rocher tout proche.

Je braquai ma lampe sur elle, puis allai lui gratter la tête.

— Massacrobot ? appelai-je dans le noir.

— Il faut encore que nous parlions de ce surnom, répondit sa voix. Je n'ai jamais donné mon accord.

— Si tu ne choisis pas un bon indicatif, quelqu'un d'autre choisira pour toi. C'est comme ça que ça marche.

Je souris et me dirigeai vers le vaisseau, m'attendant à ce qu'il se lance dans une digression. Mais il garda le silence tandis que j'approchais. Est-ce que quelque chose n'allait pas ?

— Alors ? dit-il. *Alors ?*

— Heu...

Qu'est-ce que j'ai fait cette fois-ci ?

— Est-ce que vous êtes surexcitée ? Vous allez bientôt pouvoir exploser ! N'est-ce pas formidable ?

Formidable ?

Le propulseur auxiliaire, compris-je soudain. Rig avait terminé de l'installer. Je n'avais pas très bien suivi ses progrès – j'avais été tellement occupée ces dernières semaines. Mais ses outils avaient disparu, la zone était nettoyée, et un mot était collé à l'arrière du fuselage de M-Bot.

Monstrolimace était assise sur l'aile à côté du mot.

— Espèce de tas de ferraille débile qui fait semblant d'être vivant, dit-elle en une imitation flûtée de la voix de Rig. Salve ! Salve ! Salve ! Salverie de salvée de salve !

— Du calme, ma grande, lui dis-je. Tu vas te faire recruter dans les équipes au sol si tu jures comme ça.

Elle produisit une série de bruits métalliques, reproduisant le son d'un marteau contre le métal – qu'elle avait dû beaucoup entendre ces dernières semaines.

Je pris le mot. *Terminé*, disait-il. *J'allais le prendre pour le tester, mais je me suis dit que c'était à toi d'essayer la première. Et puis je n'exclus pas que l'IA essaie de me faire avoir volontairement un accident.*

Travailler sur ce vaisseau a été l'expérience la plus merveilleuse de ma vie (ne le dis pas à M-Bot). Les schémas que j'ai tracés... les choses que j'ai apprises...

Je vais changer la FDR, Spin. Je vais transformer entièrement la façon dont nous volons et combattons. Non seulement j'ai été accepté dans le corps des Ingénieurs, mais on m'a offert directement un poste de concepteur. Je commence demain.

Merci de m'avoir donné cette occasion de découvrir mes propres rêves à travers ce travail. Profite bien de ton vaisseau. J'espère qu'il se révélera être, lui aussi, ce dont tu as toujours rêvé.

Je baissai la main tenant le mot et regardai le long des ailes de M-Bot, dangereuses et tranchantes comme des rasoirs. Les phares d'atterrissage du vaisseau s'allumèrent en clignotant, diffusant une lueur le long de son flanc. Mon vaisseau.

Mon. Vaisseau.

— Alors ? fit M-Bot. Est-ce qu'on va voler ?

— Salve alors, et comment !

43

— Anneau d'élévation, activé, annonça M-Bot tandis qu'on s'élevait lentement dans les airs. Propulseur auxiliaire et transversaux, activés. Équipements de vie, activés. Fonctions de communication et de furtivité, activées. Lumilance et IMI neutralisateur de bouclier, activées.

— Pas mal, Rig, commentai-je.

— Les destructeurs sont toujours inactifs, ajouta M-Bot. Tout comme les fonctions d'autoréparation et l'hyperpropulseur cytonique.

— Bon, dans la mesure où je ne sais pas ce qu'est ce dernier élément, on va considérer ça comme une victoire. Est-ce que tes fonctions de furtivité sont opérationnelles ?

— Évidemment. Vous me promettez que nous n'allons pas combattre ajourd'hui, hein ?

— Pas de combat, lui promis-je. Rien qu'un vol rapide pour tester ce propulseur auxiliaire.

On s'éleva à travers le faux plafond de la caverne et je me sentis devenir tendue, surexcitée. Je volais chaque jour, mais c'était différent. Le panneau de contrôle de M-Bot faisait curieusement sembler très simple le plus complexe des vaisseaux de la FDR, et je m'en tins donc aux boutons que je connaissais.

Le vaste ciel m'appelait. Je tentai de me détendre et me rassis sur mon siège. La sphère de contrôle, la manette des gaz et la manette d'altitude étaient exactement pareilles à celles que je connaissais. Je pouvais y arriver.

— Vous êtes prête ? lança M-Bot.

Pour toute réponse, j'activai brusquement l'hypercombustion.

On s'élança à toute allure, et sa gestion avancée des forces g se mit aussitôt en action. Je m'attendis à me retrouver appuyée contre mon siège, mais je le sentis à peine, même en *hypercombustion maximale*.

— Saaaalve, dis-je tout bas.

— C'est chouette, non ? Je suis bien meilleur que ces autres vaisseaux avec lesquels vous perdez votre temps.

— Est-ce qu'on peut accélérer encore plus que ça ?

— Pas avec un seul propulseur auxiliaire. Mais je suis équipé de deux emplacements pour de plus petits propulseurs auxiliaires sous les ailes, alors c'est possible.

On accéléra un peu plus lentement qu'un Poco – ce qui était logique, compte tenu du fait que nous étions plus lourds qu'un Poco mais utilisions le même propulseur auxiliaire. Je remarquai une vraie différence, cependant, lorsqu'on atteignit une certaine vitesse. On dépassa Mag-6, Mag-7, Mag-8… Salve, dans un Poco, le vaisseau serait en train de trembler assez fort pour tomber en morceaux. Mais M-Bot atteignit Mag-10 sans même que je m'en aperçoive. Tout était aussi stable qu'à Mag-1.

J'essayai quelques manœuvres à grande vitesse, et les contrôles se révélèrent incroyablement réactifs. Il y avait un moment que je n'avais pas surcompensé les virages par accident, mais j'attrapai vite le coup. Je ralentis jusqu'à des vitesses normales de combat, et m'entraînai à faire des virages sur l'aile puis des virages de vaisseau spatial.

Tout se déroula si bien que j'accélérai de nouveau jusqu'à Mag-3, puis effectuai quelques manœuvres de dégagement complexes. Embardée, vrille, et une boucle serrée à la fin avec une hypercombustion pendant la descente.

C'était parfait. Absolument *parfait.*

Il fallait vraiment que je fasse monter Rig dans cet engin. Ou peut-être Jorgen. J'avais une dette envers lui, pour m'avoir aidée à transporter ce propulseur auxiliaire. Il serait grincheux que je l'oblige à venir jusqu'à ma planque (étant donné que Jorgen était grincheux sur à peu près tout) mais il apprécierait certainement le vol. S'élever en étant libéré des contraintes et des attentes, et…

Et… pourquoi est-ce que mes pensées partaient à nouveau par là ? Je secouai la tête et me jetai de nouveau à corps perdu dans le vol.

— Imagine comme tu serais génial au combat, dis-je à M-Bot.

— Vous avez promis.

— J'ai promis de ne pas t'emmener au combat ce soir, précisai-je. Mais je n'ai jamais promis que je n'essaierais pas de te faire changer d'avis. Pourquoi tu as peur ?

— Je n'ai pas peur. Je ne fais que suivre les ordres. Et puis, à quoi est-ce que je servirais au combat ? Je n'ai pas de destructeurs.

— Tu n'en as pas besoin. Ton IMI fonctionne et ta lumilance aussi. Entre ta maniabilité et ces outils, on pourrait *anéantir* les Krell. Ils ne pourront que pourchasser notre ombre, et ensuite notre ombre *consumera la leur* ! Ça va être incroyable !

— Spin, dit-il, mes ordres étaient de *ne pas combattre*.

— On peut trouver un moyen de les modifier. Ne t'en fais pas.

— Hum… (Il ne semblait pas convaincu.) Peut-être… peut-être qu'on peut faire quelque chose pour satisfaire vos étranges désirs humains *sans* nous engager véritablement dans un combat. Vous souhaitez un frisson ? Et si je *projetais* une bataille pour vous ?

— Comme un simulateur, tu veux dire ?

— Plus ou moins ! Je peux projeter un hologramme de réalité augmentée dans votre verrière, ce qui vous fera *croire* que vous vous trouvez dans une situation de combat. Comme ça, vous pourrez faire semblant d'être en train d'essayer de vous faire tuer, et moi je n'aurai pas à désobéir à mes ordres !

— Hum…, fis-je, curieuse. (Bon, au minimum, ça me permettrait de tester sa réactivité dans une simulation.) Faisons comme ça.

— Montez à onze mille pieds, et je vous lâcherai à l'intérieur de la bataille d'Alta.

— Mais j'ai rendu la puce de données à Cobb.

— J'en ai fait une copie. (Il hésita un instant.) Est-ce que c'était mal ? J'ai pensé que vous voudriez peut-être…

— Non, non, ne t'en fais pas. Mais est-ce que c'est la seule bataille que tu puisses simuler pour moi ?

— C'est la seule pour laquelle j'aie un rendu en 3D adéquat. Est-ce un problème ? Ah ! Votre père. C'est la bataille où votre père est devenu un traître, et vous y êtes émotionnellement vulnérable à cause de vos sentiments de trahison et d'inadéquation ! Oups.

— Tout va bien.

— Je pourrais plutôt essayer de…

— *Tout va bien*, répétai-je en positionnant le vaisseau à l'altitude qu'il avait indiquée, utilisant les propulseurs transversaux pour nous stabiliser. Démarre la simulation.

— Entendu, entendu. Pas la peine de devenir grincheuse simplement parce que je vous ai insultée.

En un clin d'œil, j'apparus à l'intérieur de la bataille.

Ça ressemblait aux simulations, si ce n'est que je me trouvais dans un véritable vaisseau. Toutes les parties holographiques luisaient, légèrement transparentes, comme si j'étais entourée de fantômes – sans doute afin que je puisse distinguer la réalité et éviter de nous faire percuter accidentellement une paroi rocheuse ou autre.

M-Bot affirmait qu'il ne faisait que projeter tout ça sur ma verrière, mais mes yeux le voyaient en trois dimensions. Et les combats étaient incroyablement réalistes, surtout quand j'activai mon propulseur auxiliaire et me lançai dans la bataille – M-Bot s'efforça même de générer des sons dans le cockpit tandis que les vaisseaux nous dépassaient en vrombissant.

— Je peux simuler des destructeurs, proposa M-Bot, même si vous n'en avez pas d'installés.

Je souris, puis allai me mettre en place auprès de deux vaisseaux de la FDR. Quand je descendis en piqué, ciblant un vaisseau krell dont quelqu'un avait neutralisé le bouclier, M-Bot parvint à modifier la simulation – si bien que ma cible éclata dans un éclair lumineux qui fit plaisir à voir.

— *Bon*, déclarai-je. Comment est-ce que j'active les capteurs de proximité ?

— Je peux les activer. C'est fait.

— Pratique. Qu'est-ce que tu peux faire d'autre si je t'en donne l'ordre verbal ?

— J'ai accès aux fonctions de communication et de furtivité, et je peux rallumer le bouclier pour vous. Cependant, d'après la loi galactique, j'ai interdiction de contrôler les propulseurs auxiliaires et systèmes d'armement – y compris l'IMI. Je n'ai pas de connexion physique avec ces systèmes, à part pour procéder à un diagnostic.

— Bon, très bien, dis-je. Active les discussions entre chefs d'escadrille – laisse-moi entendre les enregistrements comme s'ils se produisaient en temps réel.

— C'est fait, déclara-t-il tandis que la radio s'allumait. Soyez consciente que l'audio ne sera peut-être pas synchro avec les visuels quand vous interagirez avec le déroulement de la bataille.

Je hochai la tête, puis me jetai dans le combat.

C'était *magnifique*. Je fis des virages et tirai, activai IMI et propulseur. Je tournoyais à travers un champ de bataille virtuel rempli de lumières clignotantes, de vaisseaux en train d'exploser, de combattants désespérés. Je pilotais un vaisseau à la maniabilité inédite et sentais que je m'y adaptais, acquérant un avantage croissant. J'abattis quatre Krell en une demi-heure – un record personnel – sans encaisser plus de quelques coups obliques sur mon bouclier.

Mieux encore, c'était *sans risque*. Aucun de mes amis n'était en danger. C'était un degré de simulation entièrement nouveau, mais sans menace contre la vie de qui que ce soit.

Tu as peur, me chuchota une partie de moi. *Peur du combat. Peur de la perte*. C'était désormais une voix quasiment constante.

Je me retrouvai en nage sous l'effet de l'effort, le cœur battant la chamade. Je me concentrai sur un Krell qu'un autre vaisseau avait canardé à coups de destructeurs. Ce bouclier était peut-être tout près d'être désactivé. Je visai, et…

Un vaisseau me dépassa à toute allure, tirant de tous ses destructeurs ; il attaqua avant moi et fit disparaître le Krell dans une explosion. Je le reconnus aussitôt. Mon père.

Un autre vaisseau prit la position d'ailier derrière lui.

— M-Bot, dis-je en ressentant un tremblement à l'intérieur de moi. Passe-moi l'audio de ces deux-là.

Le canal grésilla et les discussions entre chefs d'escadrille disparurent. J'obtins à la place la ligne directe entre mon père et Corniaud.

— Joli coup, Chasseur, commenta la voix de Cobb. (C'était bien lui tel que je le connaissais, mais le cynisme en moins.) Scories divines, tu es en forme aujourd'hui !

Mon père fit une boucle pour revenir à ses côtés. Je me retrouvai placée près de lui, du côté opposé à celui de Cobb. J'étais l'ailière… de mon père. L'homme le plus génial que j'aie jamais connu.

Le traître.

Je te déteste, pensai-je. *Comment as-tu pu faire ça ? Tu n'as pas pris le temps de te demander quel effet ça aurait sur ta famille ?*

Il effectua un virage sur l'aile, et je suivis sa forme luisante et transparente tandis qu'il pourchassait une paire de vaisseaux krell.

— Je vais utiliser l'IMI. Essaie de voir si tu arrives à les éliminer.

Je ravalai la soudaine bouffée d'émotions que réveillait le fait d'entendre à nouveau la voix de mon père. Comment pouvais-je à la fois aimer et détester cet homme ? Comment pouvais-je réconcilier l'image que j'avais de lui – qui se tenait si droit ce jour où nous étions montés à la surface – avec les actes effroyables que je lui avais découverts ?

Je serrai les dents et tentai de ne me concentrer que sur le combat. Les vaisseaux krell se dégagèrent pour rejoindre une mêlée plus large, et faillirent percuter des vaisseaux de combat de la FDR. Mon père les suivit de près, décrivant une boucle. Cobb restait en retrait.

Je continuai à suivre mon père, me tenant près de son aile. En cet instant, la poursuite devint tout ce qui comptait, et le monde s'effaça autour de moi. Il n'y avait plus que moi, le fantôme de mon père et le vaisseau ennemi.

Virage incliné à droite.

Brusque remontée.

Virage, demi-tour.

De nouveau à droite.

Contourner cette explosion.

J'engageai toutes mes forces dans cette poursuite mais, malgré tout, je me retrouvai peu à peu distancée. Les virages de mon père étaient trop brusques, ses mouvements trop précis. Bien que je dispose de la maniabilité supérieure de M-Bot, mon père était meilleur que moi. Il possédait des années d'expérience et savait précisément quand se propulser, quand effectuer un virage.

Et il y avait quelque chose… quelque chose d'autre…

Je me concentrai sur le vaisseau krell. Il fit un virage incliné à droite. Mon père aussi. Il tourna vers le haut. Mon père aussi. Il tourna à gauche…

Mon père tourna à gauche. Et j'aurais juré qu'il l'avait fait une fraction de seconde *avant* le Krell.

— M-Bot, essaie de minuter les virages de mon père par rapport à ceux du vaisseau krell. À tout hasard, est-ce qu'il réagit avant lui ?

— Ce serait impossib… Tiens.

— Qu'est-ce qu'il y a ?

— Je crois que le terme exact est *SALVE*. Spensa, votre père bouge *effectivement* avant le Krell. La différence n'est de l'ordre que d'une fraction de seconde, mais c'est bien le cas. Mon enregistrement doit être désynchronisé pour je ne sais quelle raison. Je trouve hautement improbable qu'un humain parvienne à deviner ces mouvements avec une telle précision.

J'étrécis les yeux, puis activai l'hypercombustion et me jetai de nouveau dans la poursuite. Je me déplaçai jusqu'à me trouver à *l'intérieur* du contour du vaisseau de mon père, entourée par la lueur de l'hologramme. Je ne me concentrai pas sur lui mais uniquement sur le vaisseau krell, m'efforçant de rester sur lui lorsqu'il effectua une autre séquence d'esquives.

Gauche. Droite. Vrille. Altitude…

Je n'y arrivais pas. Mon père fit un crochet et tourna précisément au bon moment, puis activa son IMI contre le vaisseau ennemi. Ils tournaient l'un autour de l'autre selon une boucle sinueuse et entremêlée, comme deux cordes formant une tresse. Je perdis complètement l'allure et sortis de la manœuvre complexe tandis que mon père – j'ignore comment – arrêtait son propulseur auxiliaire pile au bon moment pour se retrouver derrière l'ennemi.

Le Krell mourut dans un éclat lumineux.

Mon père termina sa plongée tandis que Cobb poussait des cris de joie sur le canal. Le jeune Cobb était quelqu'un de sacrément enthousiaste.

— Chasseur, dit-il, ils se retirent. Est-ce qu'on a… gagné ?

— Non, répondit mon père. Ils se regroupent simplement. Rejoignons les autres.

Je fis planer mon vaisseau, regardant Cobb et mon père regagner l'alignement.

— Alors ça, c'était impressionnant, dit Ironsides sur la ligne. Mais faites attention, Chasseur. Vous perdez constamment votre ailier.

— Bla-bla-bla-bla-bla, fit Cobb. Chasseur, arrêtez de tout faire exploser, vous donnez une mauvaise image de moi. Bien à vous, Ironsides.

— Nous sommes en train de nous battre pour la survie de l'humanité entière, Corniaud, répliqua celle-ci. J'aimerais beaucoup vous entendre parler avec un tant soit peu de maturité pour une fois.

Je souris.

— Elle parle comme Jorgen quand il s'adresse à nous.

Puis je me retournai vers les Krell qui se rassemblaient au loin. Près de là, les vaisseaux de combat de la FDR formèrent de nouveau des escadrilles.

Je savais ce qui allait se passer ensuite.

— Tu veux bien inspecter ce trou dans les débris, là-haut ? demanda Cobb. On ne voit pas souvent un alignement aussi parfait des… Chasseur ?

Je levai les yeux, mais la simulation ne s'étendait pas assez loin pour me montrer le trou en question.

— Chasseur, qu'est-ce qui ne va pas ? s'enquit Cobb.

— Est-ce que c'est le défaut ? intervint Ironsides.

— Je peux le contrôler, le défaut, répondit mon père. Mais…

Qu'est-ce que c'était que ça ? Je n'avais pas entendu ça auparavant.

Il garda un moment le silence.

— J'entends les étoiles. Et je les vois aussi, Cobb, déclara mon père. Comme je les ai vues plus tôt dans la journée. Un trou dans le champ de débris. Je peux le traverser.

— Chasseur ! s'exclama Ironsides. Restez dans les rangs.

Cette partie-là, je l'avais entendue la dernière fois. Je redoutais de l'entendre à nouveau, mais je ne parvins pas à demander à M-Bot de l'éteindre.

— Je *peux* passer à travers, Judy. Il faut que j'essaie. Il faut que je voie. *J'entends les étoiles.*

— Allez-y, murmurai-je en même temps qu'Ironsides. Je vous fais confiance.

Elle lui avait fait confiance. Il n'avait pas désobéi aux ordres ; il y était allé avec sa permission.

Ça semblait une distinction minuscule à mes yeux, compte tenu de ce qui allait suivre.

Le vaisseau de mon père pivota, et son anneau d'élévation s'orienta de manière à être tourné vers le bas. Le nez vers le ciel, il activa son propulseur auxiliaire.

Je le regardai s'éloigner, des larmes perlant au coin de mes yeux. Je ne pouvais pas regarder ça. Pas encore une fois. *S'il te plaît, Papa…*

Je me tendis vers lui. Avec ma main, aussi stupide que puisse paraître ce geste, et… et avec…

Avec *autre chose*.

J'entendis alors un son, au-dessus de moi. Un bruit évoquant un millier de notes de musique enchevêtrées. Je m'imaginai, comme Grand-mère me l'avait toujours appris, en train de m'élever vers le haut. De tendre vers les étoiles…

Mon cockpit devint tout noir, me plongeant dans l'obscurité totale. Puis, autour de moi, un million de petits points lumineux apparurent.

Et ces points lumineux *s'ouvrirent*. Un million d'yeux blancs, pareils à des étoiles, tournés directement sur moi. Concentrés sur moi. Ils me *voyaient*.

— Éteins ! hurlai-je.

L'obscurité s'évanouit. Les yeux disparurent.

Je me trouvais de nouveau dans le cockpit.

Je cherchai mon souffle, inspirant et expirant en hyperventilation.

— Qu'est-ce que c'était que ça ? m'écriai-je, affolée. Qu'est-ce que tu m'as montré ? Qu'est-ce que c'étaient que ces yeux ?

— Je suis perplexe, répondit M-Bot. Je n'ai rien fait. Je ne sais pas de quoi vous parlez.

— Pourquoi tu ne m'as pas passé cette première partie de la conversation l'autre fois ? Pourquoi tu me l'as cachée ?

— Je ne savais pas où commencer ! se défendit M-Bot. Je croyais que c'était la partie sur les étoiles qui vous intéressait !

— Et cette discussion sur un défaut ? Tu étais au courant ?

— Beaucoup d'humains ont des défauts ! dit-il d'une voix geignarde. Je ne comprends pas. Je peux calculer à une vitesse mille fois plus grande que celle de votre cerveau, mais je n'arrive quand même pas à vous suivre. Je suis désolé. Je ne sais pas !

Je levai les mains vers ma tête, les cheveux humides de transpiration. Je fermai très fort les yeux, inspirai et expirai.

— Je suis désolé, répéta M-Bot d'une voix plus douce. C'était censé vous enthousiasmer, mais j'ai échoué. J'aurais dû anticiper que votre psychisme humain fragile serait ébranlé par…

— *TAIS-TOI.*

Il obéit. Je restai pelotonnée dans le cockpit, à essayer de rassembler ce qui restait de ma santé mentale. Qu'était-il arrivé à ma confiance ? Où était cette enfant tellement persuadée d'être capable d'affronter la flotte krell entière à elle toute seule ?

Restée en arrière, comme toutes les enfances…

J'ignore combien de temps je restai assise là, à passer les mains dans mes cheveux en sueur et à me balancer d'avant en arrière. Un violent mal de tête me saisit, une douleur perçante derrière les yeux, comme si quelqu'un avait entrepris de visser mes globes oculaires dans mon crâne.

La douleur renforça ma résolution. Elle m'aida à me ressaisir, jusqu'à ce que je prenne enfin conscience d'être toujours suspendue là. Seule au-dessus d'un champ vide, dans l'obscurité de la nuit.

Tu n'as qu'à rentrer, me dis-je. *Essaie simplement de dormir*.

Ça semblait soudain la seule chose au monde qui me fasse envie. Lentement dans un premier temps, je repris les commandes et nous orientai vers les coordonnées de notre planque.

— J'ai peur de la mort maintenant, dit tout bas M-Bot tandis qu'on volait.

— Quoi ? lançai-je d'une voix enrouée.

— J'ai écrit un sous-programme, dit-il. Pour simuler le sentiment de peur de la mort. Je voulais savoir.

— C'était stupide.

— Je sais. Mais je ne peux plus l'éteindre, parce que j'ai *encore* plus peur de ça. Si je n'ai pas peur de la mort, est-ce que ce n'est pas pire ?

Je nous dirigeai vers notre cachette, puis nous plaçai juste au-dessus.

— Je suis content d'avoir pu voler avec vous, me dit M-Bot. Une dernière fois.

— Tu dis ça comme un truc… définitif, observai-je, tandis que quelque chose en moi frissonnait d'appréhension.

— Il y a un point que je dois évoquer. Mais je crains que ça ne provoque encore plus de détresse émotionnelle en vous.

— Crache le morceau.

— Mais…

— Vas-y, *parle*.

— Je… dois me désactiver, me dit M-Bot. Il m'apparaît maintenant clairement que si je vous laisse continuer à m'emmener dans le ciel, vous ne serez pas en mesure d'éviter le combat. C'est dans votre nature. Si tout ça continue, je serai inévitablement contraint d'enfreindre mes ordres.

Je reçus ces mots comme un coup physique et reculai. Il n'était tout de même pas en train de me dire ce que je croyais.

— Fais profil bas, répéta-t-il tandis qu'on descendait dans la caverne. Collecte des données. Reste à l'écart des combats. Ce sont mes ordres, et je *dois* obéir à mon pilote. Par conséquent, ce sera notre dernier vol ensemble.

— Je t'ai réparé. Tu es à *moi*.

On se posa.

— Je vais maintenant me désactiver, dit-il. Jusqu'à ce que mon pilote me réveille. Je suis désolé.

— Ton pilote est *mort* depuis des siècles ! Tu l'as dit toi-même !

— Je suis une machine, Spensa. Je peux simuler les émotions, mais je n'en possède pas. Je *dois suivre ma programmation*.

— Mais pas du tout ! Personne n'y est obligé !

— Je vous remercie de m'avoir réparé. Je suis certain que… mon pilote… serait reconnaissant.

— Tu vas t'éteindre pour toujours, lui dis-je. Tu vas *mourir*, M-Bot.

Silence. Les voyants du pupitre commencèrent à s'éteindre, un à la fois.

— Je sais, dit-il tout bas.

J'appuyai sur le bouton qui ouvrait le cockpit, puis me désharnachai et me hissai dehors.

— Très bien ! lui dis-je. Très bien, meurs comme les autres !

Je sortis tant bien que mal, puis m'éloignai tandis que ses phares d'atterrissage baissaient, jusqu'à ce qu'il ne reste que quelques voyants rouges allumés dans le cockpit.

— Ne fais pas ça, lui dis-je en me sentant soudain très seule. Vole avec moi. S'il te plaît.

Les derniers voyants s'éteignirent, me plongeant dans le noir.

44

Les jours suivants, je m'entraînai sur des vaisseaux qui me paraissaient atrocement lents. Ordinaires. Nettement inférieurs à ce moment transcendant passé dans le cockpit de M-Bot. Le fait que nous utilisions des vaisseaux de combat lourds n'aidait pas ; des classe Largo, armés jusqu'aux dents de destructeurs et même de quelques missiles à IMI.

Après quoi on passa aux vaisseaux de combat de classe Slatra, qui ressemblaient davantage à de vulgaires navettes ou des cargos qu'à de véritables vaisseaux de combat. Ils possédaient de multiples allumeurs de boucliers qui se combinaient pour construire une barrière permanente destinée à protéger les cargaisons ou les individus les plus importants.

Bien qu'ils aient leur rôle à jouer, ces deux modèles étaient trop massifs pour battre les Krell à la course ou aux manœuvres. Raison pour laquelle la plupart des pilotes préféraient les classes Poco ou Fresa. Des vaisseaux rapides capables de rivaliser avec les intercepteurs krell les plus véloces.

Même quand je m'entraînais sur un Fresa relativement rapide, chaque virage – chaque accélération – me rappelait à quel point M-Bot avait été réactif. Ce qui me poussa à me demander si le moment était enfin venu de parler de lui à la FDR ? Il m'avait abandonnée. Ses programmes étaient manifestement endommagés. Alors j'avais parfaitement le droit d'envoyer une flotte d'ingénieurs à la caverne pour le désassembler.

Ce n'était qu'une machine. Alors pourquoi est-ce que je n'y arrivais pas ?

Tu l'as aussi, le libre arbitre, lui avais-je dit. *Tu peux faire tes propres choix…*

— Fais attention, Spin ! me lança FM, me rappelant brusquement à la réalité.

J'avais viré trop près d'elle. Salve, il fallait que je reste concentrée sur le pilotage.

— Désolée.

Je songeai qu'il y avait des inconvénients à m'être entraînée sur des simulations, où nous pouvions exploser et nous faire simplement réintégrer dans la bataille. J'avais peut-être développé quelques mauvaises habitudes susceptibles de m'éclater en pleine figure, à présent que nous pilotions de véritables vaisseaux – avec de véritables conséquences.

On passa en revue quelques exercices complexes dans une formation à trois vaisseaux, nous relayant tour à tour à la pointe. Enfin, Cobb nous rappela à la base.

— Spin et FM, nous dit-il, vous êtes toutes deux meilleures sur des vaisseaux plus petits.

— Est-ce que ce ne sera pas le cas pour nous tous ? demanda Jorgen. Nous nous entraînons sur des Poco depuis des mois.

— Non, répondit Cobb. *Vous*, on dirait que vous feriez mieux de prendre un Largo.

— Il est en train de te dire que tu es lent, Jorgen, commenta FM. Hein, Spin ?

Je grommelai une réponse, distraite par des pensées relatives à M-Bot. Et à mon père. Et à Hula Hoop. Ainsi qu'à des souvenirs de ces *yeux* qui m'entouraient, comme ceux dont Cobb m'avait parlé. Et…

Et salve. Ça faisait beaucoup de choses à porter à la fois.

— Elle aime bien quand je vole lentement, dit Jorgen avec un petit rire forcé. Comme ça, elle peut plus facilement me percuter, si elle en a envie.

Même après tous ces mois, il fallait encore qu'il revienne sur cette fois où j'avais gagné en lui fonçant dessus. Je coupai la ligne, honteuse et frustrée.

On commença notre vol de retour pour la journée et, à ma grande contrariété, le canal direct de Jorgen s'alluma. En tant que chef d'escadrille, il pouvait outrepasser mes décisions.

— Spin, me dit-il. Qu'est-ce qui ne va pas ?

— Rien du tout.

— Je ne te crois pas. Tu as laissé passer une excellente occasion de te moquer de moi.

J'avais… envie de lui parler. Je faillis le faire, mais quelque chose me retint. Mes propres peurs, peut-être. Elles m'avaient empêchée de me confier à Rig quand j'avais découvert la vérité sur mon père, et de parler à Cobb – encore maintenant – de ce que j'avais vu.

Mon univers entier s'effondrait autour de moi. Et je luttais pour m'y accrocher, me retenant à un élément sur lequel j'avais autrefois pu m'appuyer : ma confiance. Je désirais tellement redevenir la personne que j'avais *été*, la fille qui pouvait au moins faire semblant de ne pas se laisser démonter.

Jorgen coupa la ligne, et on vola jusqu'à Alta en silence. Une fois là-bas, on donna nos confirmations verbales et on atterrit.

— Beau travail aujourd'hui, nous dit Cobb. J'ai la permission de vous accorder un congé supplémentaire d'une demi-journée, afin de vous préparer pour la remise des diplômes dans deux semaines.

Je retirai mon casque et le tendis au membre de l'équipe au sol qui s'occupait de moi, puis descendis l'échelle à sa suite à une allure léthargique. J'enlevai machinalement ma combinaison, parlant à peine à FM, puis fourrai les mains dans mes poches et me mis à errer sur le terrain entourant les bâtiments de la FDR.

Une demi-journée libre. Qu'allais-je en faire ? À une époque, je serais retournée travailler sur M-Bot, mais plus maintenant. C'était terminé. Et bien que j'aie écrit à Rig pour lui apprendre – en secret – que le vol initial avait fonctionné, je ne l'avais pas informé que le vaisseau s'était désactivé. Je craignais qu'il insiste pour livrer M-Bot à la FDR.

Je finis par me retrouver dans les vergers, juste à l'extérieur du mur de la base. Mais les arbres sereins ne m'offrirent pas le même réconfort que naguère. Je ne savais plus ce que je voulais, mais ce n'étaient certainement pas des arbres.

Je remarquai cependant la rangée de petits hangars près du verger. L'un d'entre eux était ouvert, dévoilant une voiture bleue à l'intérieur, et une ombre qui se déplaçait autour tandis que Jorgen allait chercher quelque chose dans le coffre.

Vas-y, insista une partie de moi. *Va lui parler, parler à quelqu'un. Arrête d'avoir peur.*

Je m'avançai jusqu'à l'avant du garage. Jorgen ferma le coffre de la voiture puis sursauta, surpris de me voir là.

— Spin ? Ne me dis pas que tu as besoin d'une autre matrice énergétique.

Je pris une profonde inspiration.

— Tu as dit un jour que si on avait besoin de parler à quelqu'un, on devait venir te trouver. Tu as dit que c'était ton devoir de nous parler, en tant que chef d'escadrille. Tu le pensais vraiment ?

— Je… (Il baissa les yeux.) Spin, j'ai pompé cette phrase dans notre manuel.

— Je sais. Mais est-ce que tu le *pensais* ?

— Oui. S'il te plaît, qu'est-ce qui ne va pas ? Est-ce qu'Arturo s'en va ?

— Pas vraiment. Même si c'est une partie de tout ça.

Je croisai les bras autour de moi-même, comme si j'essayais de me serrer très fort. Est-ce que je pouvais vraiment le dire ? Le formuler tout haut ?

Jorgen fit le tour de la voiture, puis s'assit sur le pare-chocs avant.

— Quoi que ça puisse bien être, je peux t'aider. Je peux le résoudre.

— N'essaie pas de résoudre quoi que ce soit. Écoute-moi simplement.

— Je… D'accord.

J'entrai dans le garage et me perchai sur le pare-chocs à côté de lui, regardant à l'extérieur par la porte du hangar grande ouverte. En direction du ciel, et des motifs lointains du champ de débris.

— Mon père…, commençai-je. C'était un traître.

Je pris une profonde inspiration. Pourquoi était-ce si difficile à dire ?

— J'ai toujours combattu cette idée, poursuivis-je. Je m'étais *persuadée* que ça ne pouvait pas être vrai. Mais Cobb m'a permis de regarder un enregistrement de la bataille d'Alta. Mon père ne s'est pas enfui, comme tout le monde le raconte. Il a fait pire. Il a changé de camp et abattu nos propres vaisseaux.

— Je sais, dit tout bas Jorgen.

Bien sûr qu'il le savait. Est-ce que tout le monde le savait à part moi ?

— Tu as déjà entendu parler de quelque chose qui s'appelle le défaut ? lui demandai-je.

— J'ai déjà entendu ce terme, Spin, mais mes parents n'ont pas voulu me l'expliquer. Ils disent que ce sont des bêtises, quoi que ça puisse bien être.

— Je crois… que c'est quelque chose à l'intérieur d'une personne qui la pousse à servir les Krell. Est-ce que c'est une idée insensée ? Mon père s'est joint à eux soudainement et a abattu ses propres coéquipiers. Il a dû se passer quelque chose, quelque chose d'étrange. C'est évident.

» Apprendre que je me trompais sur lui a ébranlé tout ce que je sais. Ironsides me déteste parce qu'elle faisait confiance à mon père et qu'il l'a trahie. Elle est persuadée que *je possède* le même défaut que lui à l'intérieur de moi, et elle utilise des capteurs dans mon casque pour essayer de le tester, je ne sais comment.

— C'est stupide, affirma-t-il. Écoute, mes parents ont beaucoup de mérites. On peut aller les trouver et… (Il inspira profondément et parut avoir remarqué mon expression.) Ah oui, dit-il. N'essaie pas de résoudre quoi que ce soit, écoute simplement, c'est ça ?

— Écoute simplement.

Il hocha la tête.

Je m'entourai à nouveau de mes deux bras.

— Je ne sais pas dans quelle mesure je peux me fier à mes propres sens, Jorgen. Il y a… des signes apparus chez mon père avant qu'il ne change de camp. Des signes que je vois chez moi.

— Par exemple ?

— Entendre des sons provenant des étoiles, chuchotai-je. Voir des milliers de points lumineux dont j'aurais *juré* que c'étaient des yeux, qui m'observaient. On dirait que je perds le contrôle sur tout ce qui fait partie de ma vie – à moins que je n'aie jamais rien contrôlé en réalité. Et… Jorgen, c'est *terrifiant*.

Il se pencha en avant, joignant les mains.

— Tu es au courant pour la mutinerie à bord du *Rebelle* ? me demanda-t-il.

— Il y a eu une *mutinerie* ?

Il hocha la tête.

— Je ne suis pas censé le savoir, mais on entend des choses quand on a les parents que j'ai. Au cours des derniers jours, il y a eu un désaccord au sujet de ce que la flotte devait faire. Et la moitié du vaisseau s'est rebellée contre l'état-major. Parmi les rebelles se trouvait l'équipe des ingénieurs.

— Mes ancêtres, murmurai-je.

— Ce sont eux qui nous ont conduits vers Détritus, reprit Jorgen. Ils nous ont fait nous écraser ici, pour notre propre bien. Mais… il y a des histoires, des rumeurs, selon lesquelles les ingénieurs étaient de mèche avec les Krell. Selon lesquelles nos ennemis *voulaient* qu'on se retrouve immobilisés ici, pris au piège.

» Mes ancêtres faisaient partie de l'équipe scientifique du *Rebelle*, et nous aussi nous sommes ralliés aux mutinés. Mes parents ne veulent pas que les gens soient au courant pour cette mutinerie – ils pensent qu'en parler ne fera que susciter des divisions. Mais c'est peut-être là que ces histoires idiotes sur un défaut, et un contrôle mental exercé par les Krell, ont commencé.

— Je ne crois pas qu'elles soient idiotes, Jorgen. Je crois… je crois que ça doit être vrai. Je crois que si je vais dans le ciel avec vous autres, je risque… de me retourner contre vous à tout moment.

Il me regarda, puis tendit la main et la posa sur mon épaule.

— Toi, me dit-il tout bas, tu es incroyable.

Je penchai la tête sur le côté.

— Quoi ?

— Tu es *incroyable*, répéta-t-il. Dans ma vie, tout a été planifié. Méticuleusement. C'est logique. Je comprends. Et puis te voilà. Tu ignores mon autorité. Tu suis tes intuitions. Tu parles comme une Valkyrie dans une salvée de ballade ! Je devrais te détester. Et pourtant…

Il serra mon épaule.

— Et pourtant, quand tu voles, tu es *incroyable*. Tu es tellement déterminée, habile, passionnée. Tu es un incendie, Spin. Quand tous les autres sont calmes, tu es un bûcher ardent. Magnifique, comme une lame nouvellement forgée.

Je sentis une profonde chaleur monter en moi. Une chaleur que je n'étais pas préparée à éprouver.

— Je me moque bien du passé, poursuivit Jorgen en croisant mon regard. Je me moque bien qu'il y ait un risque. Je veux que tu voles avec nous – parce que je suis *persuadé* que nous sommes plus en sécurité avec toi à nos côtés que dans le cas contraire. Défaut mythique ou pas. Je veux bien courir ce risque.

— Ironsides pensait à peu près la même chose de mon père.

— Spin, tu ne peux pas fonder des décisions concernant ton avenir sur quelque chose que nous ne comprenons pas.

Je le regardai à mon tour, droit dans les yeux – qui étaient du marron le plus foncé. Mais avec des nuances de gris clair tout au centre, juste autour des pupilles. Je ne l'avais jamais remarqué.

Il relâcha soudain mon épaule et se redressa.

— Désolé, dit-il. Je suis passé tout droit en mode « résoudre » au lieu du mode « écouter », hein ?

— Non, c'était très bien. Et même utile.

Il se leva.

— Alors… tu vas continuer à voler ?

— Pour l'instant, répondis-je. Je vais essayer de ne pas te percuter, sauf quand ce sera *strictement* nécessaire.

Il afficha un sourire qui n'avait *rien* de Je Sais Tout.

— Je ferais mieux d'y aller, je dois aller chercher mon uniforme de remise de diplôme.

Je me levai, et on échangea un regard gêné l'espace d'une seconde. La dernière fois que nous avions eu quelque chose qui ressemblait à une discussion à cœur ouvert – sur la rampe de lancement –, il m'avait enlacée. Ce qui me paraissait encore bizarre.

À la place, je lui tendis la main, qu'il serra. Mais ensuite il se pencha près de moi.

— Tu n'es pas ton père, Spin, me dit-il. Garde ça en tête.

Puis il pressa de nouveau mon épaule avant de monter dans sa voiture.

Je reculai et le laissai s'éloigner, mais je m'aperçus que je ne savais pas quoi faire ensuite. Retourner à la base pour faire de l'exercice ? Marcher jusqu'à la caverne de M-Bot, où il reposait, inerte ? Qu'allais-je bien faire de ce congé ?

La réponse semblait évidente.

Il était plus que temps de rendre visite à ma famille.

45

Je commençais à m'habituer à la façon dont les gens me traitaient à Alta. Ils laissaient passer les pilotes, même les cadets. Le long de la rue qui passait à l'extérieur de la base, les fermiers et ouvriers m'accordaient des sourires amicaux ou levaient les poings en signe d'approbation.

Malgré tout, je fus stupéfaite par l'accueil que je reçus à Magmatique. Quand l'ascenseur s'ouvrit, les gens qui patientaient à l'extérieur s'écartèrent aussitôt pour me laisser passer. Des murmures me suivirent mais, au lieu des sévères nuances de condamnation que j'entendais habituellement, ceux-là étaient impressionnés, surexcités. J'étais une *pilote*.

En grandissant, je m'étais entraînée à rendre les regards fixes que les gens braquaient sur moi. Désormais, quand je le faisais, ils rougissaient et détournaient les yeux – comme si je les avais surpris à faucher des rations supplémentaires.

Quelle étrange opposition entre mon ancienne vie et ma nouvelle. Je marchai d'un pas tranquille le long du chemin et levai les yeux vers le toit de la caverne, si loin au-dessus de moi. Toute cette pierre n'avait rien à faire ici, à me piéger à l'intérieur. Le ciel me manquait déjà, et cet endroit était si chaud et étouffant.

Je longeai les aciéries où les anciens équipements crachaient chaleur et lumière, transformant la pierre en acier. Je dépassai une centrale énergétique qui convertissait je ne sais comment la chaleur en fusion du cœur de la planète en électricité. J'errai en dessous de la main de pierre calme et rebelle de Harald Né-des-mers. La statue brandissait une vieille épée viking, et un énorme rectangle d'acier – gravé de lignes bien nettes et d'un soleil – se dressait derrière elle.

C'était la fin du deuxième créneau de travail, et je songeai que je trouverais sans doute ma mère à son chariot, en train de vendre ses marchandises. Empruntant un tournant, je finis par l'apercevoir un peu plus loin : une femme mince et fière vêtue d'une vieille combinaison. Usée, mais soigneusement lavée. Cheveux à longueur d'épaule, dégageant une impression de fatigue tandis qu'elle servait une galette roulée à un ouvrier.

Je m'immobilisai sur le chemin, ne sachant trop comment l'approcher. Je m'aperçus alors que je ne lui avais pas assez rendu visite. Ma mère me *manquait*. Bien que je n'aie jamais vraiment eu le mal du foyer – mes excursions de récupération quand j'étais petite m'y avaient préparée depuis longtemps –, j'avais envie d'entendre sa voix réconfortante, quoique sévère.

Alors que j'hésitais, Maman se retourna et me vit – et elle se précipita aussitôt vers moi. Elle me serra dans une étreinte puissante avant que je puisse dire quoi que ce soit.

J'avais regardé d'autres gamins devenir plus grands que leurs parents, mais j'étais beaucoup plus petite qu'elle – et quand elle referma ses bras sur moi, je me sentis à nouveau comme une enfant. En sécurité, bien au chaud. C'était facile de planifier de futures conquêtes quand on pouvait se réfugier dans ces bras-là.

Je m'autorisai à redevenir cette petite fille. À faire comme si aucun danger ne pouvait m'atteindre.

Maman recula enfin et m'étudia de la tête aux pieds. Elle prit une mèche de mes cheveux entre ses doigts et haussa un sourcil – ils avaient poussé et me descendaient à présent au milieu du dos. Les coiffeurs de la FDR m'avaient été interdits pendant la première partie de mon séjour, et ensuite je m'étais simplement habituée à les porter longs.

Je haussai les épaules.

— Viens, me dit Maman. Ce chariot ne va pas se vendre tout seul.

C'était une invitation à retrouver une époque plus simple – et, à ce moment-là, c'était ce dont j'avais besoin. J'aidai ma mère toujours pragmatique à servir sa file de clients, hommes et femmes qui semblaient stupéfaits d'être servis par une élève pilote.

C'était curieux que ma mère ne fasse pas d'annonce à la criée, comme les autres marchands de rue. Mais il y avait presque toujours quelqu'un devant le chariot qui achetait une galette. Au cours d'une pause, elle prépara un peu plus de moutarde, puis me lança un coup d'œil.

— Tu vas recommencer à nous procurer des rats ?

Recommencer ? J'hésitai, comprenant seulement maintenant qu'elle ne savait pas que j'étais en congé. Elle… croyait qu'on m'avait renvoyée.

— J'ai encore la combinaison, lui dis-je avec un geste – mais son regard perplexe me confirma qu'elle ne comprenait pas ce que ça signifiait. Maman, je fais toujours partie de la FDR. J'ai reçu un congé aujourd'hui.

Les coins de ses lèvres s'abaissèrent aussitôt.

— Je me débrouille très bien ! aboyai-je. Je suis l'une des *trois* seuls pilotes qui restent dans mon escadrille. Je vais être diplômée dans deux semaines.

Je savais qu'elle n'aimait pas la FDR, mais ne pouvait-elle pas simplement être fière de moi ?

Elle continua à préparer la moutarde.

Je m'assis sur le muret qui longeait le chemin.

— Quand je serai une pilote confirmée, on s'occupera de toi. Tu n'auras plus à veiller tard la nuit pour réemballer la nourriture et ensuite passer de longues heures à pousser un chariot. Tu auras un grand appartement. Tu seras riche.

— Tu crois que je veux quoi que ce soit de tout ça ? grinça Maman. J'ai choisi cette vie, Spensa. On m'a offert un grand appartement, un boulot tranquille. Il me suffisait de confirmer leur histoire – de dire que je savais depuis le début qu'il était un lâche. J'ai refusé.

Je dressai l'oreille. *Ça*, je n'en avais jamais entendu parler.

— Tant que je suis ici, poursuivit-elle, à vendre à ce coin de rue, ils ne peuvent pas nous ignorer. Ils ne peuvent pas faire comme si leur couverture avait fonctionné. Ils ont un *souvenir incarné* de leur mensonge.

C'était… l'une des choses les plus dignes des Rebelles que j'avais jamais entendues. Mais c'était aussi terriblement faux. Car bien que mon père n'ait pas été un lâche, il avait été un traître. Qu'est-ce qui était pire ?

Je compris alors que mes problèmes remontaient bien au-delà de ce que les discours de remotivation de Jorgen pouvaient réparer. Au-delà de mon inquiétude au sujet des choses que j'avais vues, ou de la trahison de mon père.

J'avais bâti mon identité autour du fait de ne pas être une lâche. C'était une réaction contre ce que tout le monde disait de mon père, mais c'était malgré tout une partie de moi. La partie la plus profonde, la plus importante.

Ma confiance en tout ça était en train de s'effondrer. Ma douleur face à la perte de mes amis l'expliquait en partie… mais cette peur qu'il puisse y avoir quelque chose d'effroyable à l'intérieur de moi… c'était pire.

La *peur* me détruisait. Parce que j'ignorais si je pouvais y résister. Parce que je ne savais pas, au plus profond de moi, si j'étais ou non une lâche. Je ne savais même plus très bien ce que signifiait être lâche.

Ma mère s'assit à côté de moi. Toujours si discrète et silencieuse.

— Je sais que tu voudrais que je puisse me réjouir de ce que tu as accompli – et je suis fière, vraiment. Je sais que voler a toujours été ton rêve. C'est simplement que, s'ils se sont montrés aussi insensibles avec la réputation de mon mari, je ne peux pas m'attendre à ce qu'ils soient plus prudents avec la vie de ma fille.

Comment pouvais-je lui expliquer ? Devais-je lui dire ce que je savais ? Pouvais-je expliquer mes peurs ?

— Comment est-ce que tu fais ? lui demandai-je enfin. Comment tu supportes ce qu'on raconte sur lui ? Comment tu vis avec le fait qu'on te traite d'épouse d'un lâche ?

— J'ai toujours eu le sentiment, répondit-elle, qu'un lâche était une personne qui se souciait davantage de ce que les gens racontent que de ce qui est juste. La bravoure, ce n'est pas une étiquette que te collent les gens, Spensa. C'est ce que tu sais être au plus profond de toi.

Je secouai la tête. C'était justement le problème : je ne *savais pas*.

À peine quatre mois plus tôt, j'avais cru être capable de combattre n'importe quoi, et posséder toutes les réponses. Qui aurait cru que devenir pilote m'aurait poussée à *perdre* ce cran-là ?

Ma mère m'étudia. Enfin, elle m'embrassa sur le front et me serra la main.

— Ça ne me dérange pas que tu voles, Spensa. Simplement, je n'aime pas savoir que tu entends leurs mensonges toute la journée. Je veux que tu le connaisses, lui, pas ce qu'on raconte sur lui.

— Plus je vole, plus je crois que j'apprendrai à le connaître.

Ma mère pencha la tête sur le côté, comme si elle n'y avait pas réfléchi.

— Maman… Est-ce que Papa a déjà dit qu'il voyait… des choses étranges ? Comme une étendue d'yeux dans le noir, qui l'observaient ?

Elle pinça très fort les lèvres.

— Ils t'ont raconté ça, hein ?

Je hochai la tête.

— Il rêvait des étoiles, Spensa. De les voir sans obstacles. De voler parmi elles comme le faisaient nos ancêtres. C'est tout. Rien de plus.

— D'accord.

— Tu ne me crois pas. (Elle soupira, puis se leva.) Ta grand-mère ne pense pas comme moi sur ce point. Peut-être que tu devrais lui parler. Mais rappelle-toi une chose, Spensa : tu peux choisir qui tu es. L'héritage du passé, les souvenirs, peuvent nous être utiles. Mais nous ne *pouvons pas* les laisser nous définir. Quand un héritage devient une boîte plutôt qu'une inspiration, c'est allé trop loin.

Je fronçai les sourcils, perplexe. Grand-mère ne pensait pas comme elle ? À quel propos ? Malgré tout, j'étreignis à nouveau ma mère et la remerciai tout bas. Elle me repoussa vers notre appartement, et ce fut avec un étrange mélange d'émotions que je partis. Ma mère était une guerrière à sa propre façon, debout à ce coin de rue, proclamant l'innocence de mon père à chaque vente silencieuse d'une galette d'algues.

C'était stimulant. Éclairant. Je la *comprenais* comme jamais auparavant. Et cependant, elle se trompait au sujet de mon père. Elle comprenait tant de choses, mais se trompait sur un point fondamental. Comme je l'avais fait aussi, jusqu'à ce moment où je l'avais regardé devenir un traître pendant la bataille d'Alta.

Après une courte marche, j'atteignis notre immeuble d'appartements carrés.

Je franchis la grande entrée en voûte qui donnait sur le terrain entourant les appartements – et deux soldats retournant chez eux s'écartèrent alors pour me laisser passer et me saluèrent.

C'étaient Aluko et Jors, compris-je après les avoir dépassés. *Ils n'ont même pas semblé me reconnaître*. Ils n'avaient même pas regardé mon visage ; ils avaient simplement vu ma combinaison de vol et s'étaient écartés.

Je saluai de la main la vieille Mme Hong qui – au lieu de me lancer un regard mauvais – baissa la tête, se réfugia chez elle et ferma la porte. Un coup d'œil rapide par la vitre de notre appartement d'une seule pièce m'apprit que Grand-mère n'était pas là, mais je l'entendis ensuite fredonner pour elle-même sur le toit. Encore troublée par les propos de ma mère, je montai l'échelle jusqu'au toit de la boîte.

Grand-mère était assise tête baissée, un petit tas de perles étalé devant elle sur une couverture. Fermant ses yeux quasi aveugles, elle tendait ses doigts ratatinés et sélectionnait les perles au toucher, puis les enfilait méthodiquement sur des fils pour fabriquer des bijoux. Elle fredonnait tout bas, son visage évoquant les plis de la couverture froissée devant elle.

— Ah, dit-elle comme j'hésitais sur l'échelle. Viens, assieds-toi. J'avais bien besoin d'aide.

— C'est moi, Grand-mère, lui dis-je. Spensa.

— Bien sûr. Je t'ai sentie approcher. Assieds-toi et trie-moi ces perles par couleur. Je n'arrive pas à distinguer les vertes des bleues, elles font la même taille !

C'était ma première visite depuis des mois et, comme ma mère, elle me mit aussitôt au travail. Bon, j'avais des questions à lui poser, mais je ne pourrais sans doute pas le faire avant d'accomplir ce qu'elle me demandait.

— Je vais placer les bleues sur ta droite, lui dis-je en m'asseyant. Et les vertes sur ta gauche.

— Parfait, parfait. De qui veux-tu que je te parle aujourd'hui, ma chère ? Alexandre, qui a conquis le monde ? Hervor, qui a volé l'épée des morts ? Peut-être Beowulf ? En souvenir du bon vieux temps ?

— En réalité, je n'ai pas envie d'entendre d'histoires aujourd'hui, lui répondis-je. J'ai parlé à Maman, et...

— Eh bien, me coupa Grand-mère. Plus d'histoires ? Que t'est-il arrivé ? Ils ne t'ont tout de même pas déjà détruite, dans cette école de pilotage ?

Je soupirai. Puis décidai d'aborder la question sous un angle différent.

— Est-ce que certains étaient réels, Grand-mère ? Les héros dont tu parles. Est-ce que c'étaient de vraies gens ? Vivant sur Terre ?

— Peut-être. C'est important ?

— Bien sûr que oui, affirmai-je en laissant tomber des perles dans des tasses. Autrement, ce ne sont que des mensonges.

— Les gens ont besoin d'histoires, mon enfant. Elles nous donnent de l'espoir, et cet espoir-là est réel. Si c'est le cas, quelle importance que ceux dont elles parlent aient vraiment existé ?

— Parce que parfois, on perpétue des mensonges, rétorquai-je. Comme ce que la FDR raconte au sujet de mon père, par opposition à ce qu'on raconte, nous, sur lui. Deux histoires différentes. Deux effets différents.

Mais faux.

Je laissai tomber une autre perle dans sa tasse.

— J'en ai assez de ne pas savoir ce qui est juste. J'en ai assez de ne pas savoir quand me battre, de ne pas savoir si je l'aime ou si je le déteste, et... et...

Grand-mère interrompit ce qu'elle était en train de faire pour prendre ma main dans la sienne, à la peau vieille mais douce. Elle la tint et me sourit, les yeux pratiquement clos.

— Grand-mère, lui dis-je, trouvant enfin un moyen de l'exprimer. J'ai vu quelque chose. Qui me prouve qu'on s'est trompées sur mon père. Il est… *vraiment* devenu un lâche. Ou pire encore.

— Ah…, lâcha Grand-mère.

— Maman n'y croit pas. Mais je connais la vérité.

— Que t'ont-ils raconté, là-haut, dans cette école de pilotage ?

Je déglutis et me sentis soudain profondément fragile.

— Grand-mère, ils disent… que Papa avait une sorte de défaut. Une faille au plus profond de lui, qui l'a poussé à s'associer aux Krell. Quelqu'un m'a dit qu'il y avait eu une mutinerie à bord du *Rebelle*, que certains de nos ancêtres avaient peut-être servi l'ennemi, eux aussi. Et maintenant, ils disent que j'ai ce défaut. Et… je suis terrifiée à l'idée qu'ils aient *peut-être raison.*

— Hmmm…, fit Grand-mère en enfilant une perle. Mon enfant, laisse-moi te raconter une histoire sur quelqu'un du passé.

— Ce n'est pas le moment pour des histoires, Grand-mère.

— Celle-ci parle de moi.

Je gardai le silence. D'elle ? Elle ne parlait presque jamais d'elle-même.

Elle se mit à parler à sa manière décousue mais si agréable.

— Mon père était historien à bord du *Rebelle*. Il conservait les récits de l'Ancienne Terre, des époques avant que nous ne voyagions dans l'espace. Savais-tu que même alors, avec des ordinateurs, des bibliothèques et toutes sortes de choses pour nous le rappeler, il nous était facile d'oublier d'où nous venions ? Peut-être parce que nous avions des machines pour se souvenir à notre place, nous avions le sentiment que nous pouvions les laisser s'en charger.

» Mais c'est un tout autre sujet. Nous étions alors des nomades parmi les étoiles. Cinq vaisseaux : le *Rebelle* et quatre plus petits qui s'y fixaient pour voyager sur de longues distances. Et aussi des vaisseaux de combat pour compléter le tout. Nous étions une communauté faite de communautés, qui voyageaient ensemble dans les étoiles. Moitié flotte mercenaire, moitié flotte commerciale. Notre propre peuple.

— Grand-père était historien ? Je le croyais ingénieur.

— Il travaillait dans la salle des machines pour aider ma mère. Mais sa *véritable* tâche, c'étaient les histoires. Je me revois assise dans la salle des moteurs, à écouter le bourdonnement des machines tandis qu'il parlait, sa voix résonnant contre le métal. Mais ce n'est pas ça, l'histoire. C'est la façon dont nous sommes arrivés sur Détritus.

» Vois-tu, nous n'avions pas déclenché la guerre – mais elle nous a trouvés malgré tout. Notre petite flotte de cinq navires et trente vaisseaux de combat n'a pas eu d'autre choix que de riposter. Même à l'époque, nous ne savions pas ce qu'étaient les Krell. Nous n'avions pas fait partie de la grande guerre, et à l'époque la communication avec les planètes et stations spatiales était difficile et dangereuse. Donc, ton arrière-grand-mère, ma mère, était les moteurs du vaisseau.

— Tu veux dire qu'elle faisait fonctionner les moteurs, fis-je en triant les perles.

— Oui, mais d'une certaine façon, elle *était* ces moteurs. Elle était l'une des rares à pouvoir les faire voyager à travers les étoiles. Sans elle, ou quelqu'un comme elle, le *Rebelle* serait resté coincé à basse vitesse. La distance entre les étoiles est immense, Spensa. Et seul quelqu'un qui possède des capacités spécifiques pouvait activer les moteurs. Quelque chose que nous portons dès la naissance, mais que la plupart des gens considèrent comme très, très dangereux…

J'exhalai, surprise et impressionnée tout à la fois.

— Le… défaut ?

Grand-mère se pencha vers moi.

— Ils nous craignaient, Spensa, même si à l'époque ils appelaient ça une « déviation ». Nous étions une espèce à part, nous autres les ingénieurs. Nous étions les premiers individus dans l'espace, les courageux explorateurs. Les gens ordinaires nous en ont toujours voulu de contrôler les pouvoirs qui leur permettaient de voyager dans les étoiles.

» Mais je te disais que cette histoire parlait de moi. Je me rappelle cette journée-là, celle où nous sommes arrivés sur Détritus. Je me trouvais avec mon père, dans l'aire des ingénieurs. Une vaste pièce remplie de tuyaux et de grilles qui paraît plus grande dans mes souvenirs qu'elle ne devait l'être en réalité. Elle sentait la graisse et le métal brûlant. Mais il y avait une fenêtre dans une petite alcôve, par laquelle je pouvais regarder les étoiles.

» Ce jour-là, ils nous ont cernés. Les ennemis, les Krell. J'étais terrifiée, dans mon petit cœur, car le vaisseau n'arrêtait pas de trembler sous leurs tirs. Nous étions en plein chaos. Le pont – ai-je appris en entendant quelqu'un crier – avait subi une explosion. Je me tenais debout dans l'alcôve, à regarder les traits de lumière rouge, et j'entendais les étoiles hurler. Une petite fille effrayée près d'une bulle de verre.

» Le capitaine a lancé un appel. Il avait une voix sonore et furieuse. J'étais terrorisée d'entendre cette douleur, cette panique, chez quelqu'un qui était si sevère d'habitude. Je me rappelle encore cette intonation tandis qu'il hurlait des ordres à ma mère. Des ordres qu'elle a refusés.

Je restai assise là, oubliant les perles, captivée. Respirant à peine. Pourquoi, avec toutes les histoires que Grand-mère m'avait racontées, ne m'avait-elle jamais confié celle-là ?

— Bon, j'imagine qu'on peut appeler ça une mutinerie, poursuivit-elle. Nous n'utilisions pas ce mot. Mais il y a eu un désaccord. Les scientifiques et les ingénieurs contre le personnel de commandement et les marines. Seulement, aucun d'entre *eux* ne pouvait faire fonctionner les moteurs. Seule Maman en était capable.

» Elle a choisi cet endroit et nous a conduits ici, sur Détritus. Mais c'était trop loin. Trop difficile. Elle est morte dans l'effort, Spensa. Nos vaisseaux ont été endommagés à l'atterrissage, les moteurs cassés, mais nous l'avons également perdue, elle. L'âme des moteurs en personne.

» Je me rappelle avoir pleuré. Je me rappelle Papa en train de me porter depuis les décombres d'un vaisseau, et je hurlais, tournée vers la carcasse fumante – le tombeau de ma mère. Je me rappelle avoir *exigé* de savoir pourquoi Maman nous avait abandonnés. Je me sentais trahie. J'étais trop jeune alors pour comprendre le choix qu'elle avait fait. Un choix de guerrière.

— Le choix de mourir ?

— De *se sacrifier*, Spensa. Une guerrière n'est rien si elle n'a rien pour quoi se battre. Mais si elle a au contraire beaucoup à défendre… eh bien, alors ça signifie tout, n'est-ce pas ?

Grand-mère enfila une perle, puis entreprit d'attacher le collier. Je me sentais… curieusement épuisée. Comme si cette histoire était un fardeau que je ne m'étais pas attendue à porter.

— C'est ça, leur « défaut », expliqua Grand-mère. Ils lui donnent ce nom car ils craignent notre capacité à entendre les étoiles. Ta mère m'a toujours interdit de t'en parler, car elle ne croyait pas que ce soit vrai. Mais beaucoup de gens y croient au sein de la FDR – et à leurs yeux, ça nous rend étrangers. Ils mentent, affirment que ma mère nous a amenés ici parce que c'était la volonté des Krell. Et maintenant qu'ils n'ont plus besoin de nous pour faire fonctionner les moteurs du vaisseau – parce qu'il n'y en a plus – ils nous détestent encore plus.

— Et Papa ? Je l'ai vu *se retourner contre son escadrille*.

— Impossible, affirma Grand-mère. La FDR clame que notre don fait de nous des monstres, alors peut-être ont-ils construit un scénario destiné à le prouver. C'est bien pratique pour eux de raconter l'histoire d'un homme possédant le défaut qui se rallie aux Krell et se retourne contre ses coéquipiers.

Je me rassis en arrière, ne sachant trop quoi penser. Cobb aurait-il menti à ce sujet ? Et M-Bot affirmait que l'enregistrement ne pouvait pas avoir été falsifié. Qui devais-je croire ?

— Mais si c'était vrai, Grand-mère ? insistai-je. Tu parlais tout à l'heure du sacrifice du guerrier. Alors si tu savais avoir ça en toi… que ça pouvait te pousser à trahir tout le monde ? À leur faire du mal ? Si tu pensais que tu étais peut-être une lâche, est-ce que le choix adéquat ne serait pas… de *ne pas voler* ?

Grand-mère s'arrêta, les mains immobilisées.

— Tu as grandi, me dit-elle enfin. Où est ma petite-fille qui voulait manier une épée et conquérir le monde ?

— Elle ne sait plus où elle en est. Elle est un peu perdue.

— Notre don est une chose merveilleuse. Il nous permet d'entendre les étoiles. Il permettait à ma mère de faire fonctionner les moteurs. Ne le crains pas.

Je hochai la tête, mais ne pus m'empêcher de me sentir trahie. Quelqu'un n'aurait-il pas dû me parler de tout ça plus tôt ?

— Ton père était un héros, reprit Grand-mère. Spensa ? Tu m'entends ? Tu possèdes un don, pas un défaut. Tu peux…

— Entendre les étoiles. Oui, je l'ai senti.

Je levai les yeux, mais le plafond de la caverne me bloquait la vue.

En toute franchise, je ne savais plus quoi penser. Descendre ici n'avait fait que m'embrouiller davantage.

— Spensa ? m'appela Grand-mère.

Je secouai la tête.

— Papa me disait de conquérir les étoiles. J'ai peur que ce ne soient elles qui l'aient pris à la place. Merci pour l'histoire.

Je me levai et me dirigeai vers l'échelle.

— Spensa ! fit Grand-mère, cette fois avec une insistance qui me fit m'arrêter net sur l'échelle.

Elle regarda dans ma direction, ses yeux d'un blanc laiteux concentrés sur moi, et j'eus l'impression – je ne sais comment – qu'elle me *voyait*. Quand elle s'adressa à moi, le tremblement avait disparu de sa voix. Il y avait à la place une maîtrise et une autorité, comme dans celle d'un général sur un champ de bataille.

— Si nous devons quitter un jour cette planète, me dit-elle, et échapper aux Krell, ça *nécessitera* d'utiliser notre don. L'espace entre les étoiles est vaste, trop vaste pour qu'un propulseur auxiliaire ordinaire nous permette de le parcourir. Nous ne devons *pas* trembler dans le noir parce que nous craignons cette étincelle à l'intérieur de nous. La réponse n'est pas d'éteindre l'étincelle, mais d'*apprendre à la contrôler*.

Je ne dis rien, car j'ignorais ce que je devais répondre à ça. Je descendis, me dirigeai vers les ascenseurs, et regagnai la base.

46

— Confirmation verbale, par ordre croissant, dit Tarin – le chef de l'escadrille Cauchemar. Les nouveaux d'abord.

— Vers les Étoiles 1, prêt, dit Jorgen, avant d'hésiter. (Il soupira.) Indicatif : Je Sais Tout.

Tarin eut un petit rire.

— Je compatis, cadet.

FM parla à son tour, puis je l'imitai. L'escadrille Vers les Étoiles – ou ce qu'il en restait – volait aujourd'hui avec Cauchemar pour leurs manœuvres.

Je n'avais pas pris de décision quant à ce que j'allais faire des informations que Grand-mère m'avait données. J'étais toujours profondément troublée, hésitante. Mais pour l'heure, j'avais décidé de suivre ce que m'avait dit Jorgen, et de continuer à voler. Je pouvais éviter ce qui était arrivé à mon père, non ? Je pouvais me montrer prudente ?

J'exécutai une par une les manœuvres que le chef d'escadrille de Cauchemar nous ordonnait, me laissant distraire par ces mouvements familiers. C'était agréable d'être à nouveau dans un vaisseau de classe Poco après plusieurs semaines passées à tester d'autres modèles. C'était comme s'asseoir dans un fauteuil familier où votre postérieur a laissé les marques adéquates.

On volait en formation large – avec Jorgen associé à un membre de l'escadrille Cauchemar – à une altitude de dix mille pieds. On observait le sol en quête d'épaves, de traces de vaisseaux dans la poussière et autres détails suspects. C'était comme jouer les éclaireurs lors d'une bataille, mais – si la chose était possible – encore *plus* monotone.

— Signature non identifiée à 53-1-8008 ! dit l'un des hommes de Cauchemar. Nous devrions…

— Cobb nous a mis en garde contre la ruse du 8008, fit Jorgen d'une voix blanche. Et celle où l'on pousse le petit nouveau à vider le réservoir septique de son vaisseau. Et la blague qui nous fait croire qu'on doit se préparer pour l'inspection.

— Salve, dit l'un des autres pilotes. Il n'est vraiment pas marrant, le vieux Cobb.

— Parce qu'il ne veut pas que ses cadets se fassent bizuter ? rétorqua Jorgen. Nous sommes censés chercher des traces des Krell, pas nous adonner à des rituels d'initiation juvéniles. J'attendais mieux de vous autres.

Je lançai un coup d'œil à travers mon cockpit en direction de FM, qui secoua la tête. *Oh, Jorgen.*

— Je Sais Tout, hein ? dit l'un des pilotes. Je me demande bien d'où peut te venir un surnom pareil…

— Assez bavardé, interrompit Tarin en coupant les canaux individuels. Dirigez-vous tous vers 53.8-702-45000. Le radar montre des turbulences dans le champ de débris au-dessus de ce point.

Quelques grommellements accueillirent ses mots, ce qui me surprit. Je m'étais imaginé les pilotes confirmés comme étant… eh bien, plus dignes. C'était peut-être l'influence de Jorgen sur moi.

On se rendit aux coordonnées indiquées et, devant nous, une chute de débris à grande échelle commença à se produire. Des morceaux de métal se mirent à pleuvoir, certains sous forme de lignes de feu et de fumée, tandis que d'autres – avec des anneaux d'élévation ou des pierres d'élévation encore chargées – descendaient en planant plus lentement. On approcha prudemment de la lisière de la chute de débris.

— Bon, dit Tarin. Nous sommes censés montrer des manœuvres à ces cadets. Pendant que nous guettons les Krell, faisons quelques parcours à travers les débris. Si vous apercevez un bon anneau d'élévation, marquez-le à l'aide d'une radiobalise pour la récup. Bog et Chantepierre, vous d'abord. Cap local 83°. Prenez les deux élèves derrière vous. Sushi et Nord, prenez le cap 17°, et emmenez Je Sais Tout. Peut-être qu'il pourra vous sermonner sur la procédure adéquate. Les étoiles savent que votre bande d'abrutis en aurait bien besoin.

FM et moi, on suivit les pilotes confirmés, qui effectuèrent un passage très prudent – et plutôt ennuyeux – à travers les débris. On n'utilisa même pas nos lumilances. Bog – l'homme qui s'était moqué de Jorgen un peu plus tôt – tira quelques radiobalises sur des morceaux de débris plus gros.

— Il est toujours comme ça, votre chef d'escadrille ? nous demanda-t-il. À parler comme s'il avait son manche à balai dans le derche ?

— Jorgen est un chef d'escadrille *génial*, aboyai-je. Vous ne devriez pas en vouloir à quelqu'un simplement parce qu'il attend que vous fassiez de votre mieux.

— Ouais, m'appuya FM. Si vous devez vous engager pour une cause, aussi fondamentalement tordue soit-elle, alors autant essayer d'exercer vos fonctions au mieux.

— Salve alors, commenta Bog. Tu entends ça, Chantepierre ?

— J'entends une bande de chiots qui jappent sur la ligne, répliqua Chantepierre, d'une voix haut perchée et dédaigneuse. Malheureusement, ils m'empêchent d'entendre les cadets.

— Vous devriez faire attention, dis-je tandis que ma colère montait. La semaine prochaine, nous serons des pilotes confirmés et *moi*, je serai en compétition contre vous pour les victoires. Bonne chance pour devenir des as à partir de là.

Bog gloussa.

— À quelques jours de devenir pilote confirmée ? Ça alors, quelle adulte.

Il activa son propulseur auxiliaire et retourna à toute allure vers les chutes de débris, avec Chantepierre comme ailière. On le suivit, FM et moi, et on le regarda approcher d'un morceau de débris en train de tomber, puis utiliser sa lumilance pour en faire le tour.

C'était une manœuvre correcte, mais pas exceptionnelle. Il enchaîna en pivotant autour d'un autre fragment de débris, qu'il marqua pour la récup. Chantepierre suivit, mais finit par rater son deuxième morceau de débris en pivotant trop brusquement.

FM et moi, on maintenait une distance modeste pour les observer, jusqu'à ce que FM me dise dans un appel direct :

— Spin, je crois qu'ils essaient de nous en mettre *plein la vue*.

— Nan, fis-je. Ce sont des manœuvres tout à fait basiques. Ils n'imaginent tout de même pas qu'on serait impressionnées pour si peu…

Je laissai ma phrase en suspens lorsque la ligne de com de Bog s'alluma.

— Ça s'appelle les manœuvres à la lumilance, les jeunes. Ils vont peut-être vous diplômer, mais vous aurez encore beaucoup à apprendre.

Je me tournai vers FM, incrédule. Je savais – d'un point de vue logique – que la plupart des cadets se concentraient sur les duels et les tirs de destructeurs. Cobb disait que c'était une partie du problème de la FDR, qui préférait produire à la chaîne des pilotes aguerris au mitraillage de cibles plutôt qu'aux prouesses de vol. Malgré tout, j'étais sidérée.

Ces pilotes s'attendaient vraiment à nous en remontrer sur des manœuvres que Cobb nous avait enseignées lors de nos premières semaines à l'école de pilotage ?

— Deux-quatorze ? dis-je à FM. Avec une double droite à la fin et un final en V ?

— Avec plaisir, répondit-elle, avant d'activer son hypercombustion.

On s'élança toutes les deux avant de pivoter dans des directions contraires autour d'un gros morceau de débris. Je tournai autour d'un deuxième fragment en flammes – passant à toute allure en dessous de lui, avant de me projeter vers le haut pour pouvoir m'élancer dans le ciel, mon anneau d'élévation orienté vers l'arrière. Je passai entre deux morceaux de débris plus gros et les marquai tous les deux, puis pivotai autour du plus haut pour redescendre en piqué.

FM venait droit vers moi. Je l'embrochai avec ma lumilance, puis tournai et activai l'hypercombustion dans la direction opposée à la sienne. D'une manœuvre experte, on tourna l'une autour de l'autre dans les airs, conservant notre vitesse acquise. Mes ConGravs clignotèrent alors même que je terminais la manœuvre.

Après quoi elle fila brusquement vers l'est, et je m'élançai vers l'ouest. On marqua chacune un morceau de débris, puis on fit demi-tour pour rejoindre ensemble Bog et Chantepierre.

Lesquels ne dirent pas un mot. Je les suivis en silence, un sourire aux lèvres, jusqu'à ce qu'un autre voyant clignote sur ma console de com.

— Vous cherchez une escadrille quand vous serez diplômées, toutes les deux ? fit Tarin. On a quelques places disponibles.

— On verra, répondit FM. Je vais peut-être devenir éclaireuse. La vie paraît ennuyeuse dans cette escadrille.

— Vous étiez en train de vous donner en spectacle ? intervint la voix de Jorgen sur un canal privé tandis qu'il revenait avec son ailier.

— On serait du genre à faire ça ? me récriai-je.

— Spin, dit-il, tu pourrais être attachée à une table avec huit côtes brisées et délirante de fièvre, tu arriverais *encore* à ridiculiser tous les autres.

— Hé, répondis-je en souriant du compliment. La plupart des gens se ridiculisent très bien *tout seuls*. Moi, je me contente de rester sur le côté et de ne gêner personne.

Jorgen eut un petit rire.

— Lors de mon dernier passage, j'ai vu quelque chose clignoter en haut. Peut-être des Krell. Je vais voir si Tarin nous autorise à aller vérifier.

— Ça, c'est bien toi, commenta FM, toujours à jouer les Je Sais Tout en nous rappelant nos ordres.

— Quel mauvais exemple, ajoutai-je.

Il contacta Tarin et se mit à gagner de l'altitude.

— Spin et FM, venez avec moi. Nous avons l'autorisation de monter à sept cent mille pour aller l'inspecter. Mais soyez prudentes, on ne s'est pas beaucoup entraînés à manœuvrer en atmosphère minimale.

Les vaisseaux spatiaux pouvaient, bien entendu, voler très bien sans atmosphère – mais c'était une tout autre sorte de vol. D'un autre côté, je me surpris à me sentir nerveuse tandis qu'on montait de plus en plus. C'était même plus haut que je n'étais allée avec M-Bot, et je ne cessais de repenser à ce qui s'était produit quand mon père avait atteint le champ de débris. J'ignorais encore ce qui avait changé là-haut pour le pousser à combattre sa propre équipe.

Salve. Peut-être que j'aurais mieux fait de rester en bas. Mais il était trop tard à présent, alors que la masse floue de contours formant le champ de débris se précisait. En approchant, je voyais les spatiolampes dominer les niveaux inférieurs des débris – et leur échelle me donnait le vertige. Nous nous trouvions encore à cent kilomètres d'elles, et elles paraissaient énormes. Mais quelle *taille* faisaient-elles donc ?

Timidement, je tentai de vérifier si j'entendais mieux les étoiles à cette distance. Je me concentrai et… il me sembla entendre de faibles bruits provenant de là-haut. Mais ils étaient bloqués, comme si quelque chose se trouvait sur leur chemin.

Le champ de débris, pensai-je alors. *Il fait vraiment barrage*. Mon père n'avait trahi qu'*après* avoir remarqué un trou dans le champ de débris, un alignement qui lui avait permis de voir dans l'espace. Et peut-être de traverser entièrement la barrière pour sortir lui-même ?

— Là, dit FM, ramenant mon attention à la mission. À mes sept heures. Quelque chose de gros.

La lumière changea et je vis une forme gargantuesque parmi les fragments cassés. C'était grand, massif, et curieusement familier…

— Ça ressemble beaucoup à l'ancien chantier naval dans lequel j'ai suivi Nedd, déclarai-je.

— Ouais, confirma Jorgen. Et il se trouve à basse orbite. Il s'écrasera peut-être dans quelques jours, à ce rythme-là. Peut-être que tous ces anciens chantiers navals ont commencé à tomber à court d'alimentation.

— Ce qui signifie…, dit FM.

— Des centaines d'anneaux d'élévation, compléta Jorgen. Si cet engin tombe et qu'on arrive à le récupérer, ça pourrait transformer la FDR. Je vais faire un rapport.

Une lumière lointaine clignota le long d'un des flancs de l'énorme chantier naval.

— C'étaient des destructeurs, commentai-je. Quelque chose est en train de tirer là-haut. N'approchez pas trop. (J'appuyai sur le bouton silencieux, puis cherchai ma radio personnelle.) M-Bot, tu vois ça ? Tu as la moindre idée de la cible sur laquelle le chantier naval est en train de tirer ?

Silence.

Ah oui. M-Bot n'était plus là.

— S'il te plaît, murmurai-je dans la radio. J'ai besoin de toi.

Silence. Je rougis, me sentis très bête, et replaçai la radio dans son logement, sur mon siège, pour lui éviter de bringuebaler dans le cockpit.

— Alors ça, Jorgen, c'est curieux, disait Cobb lorsque je désactivai le mode silencieux. Ces tirs de destructeurs doivent provenir des tourelles de défense sur le chantier lui-même ; celui qui est tombé l'autre fois en possédait, mais elles n'étaient plus alimentées. Signalez-le à Tarin, et je vais transmettre au Commandement central. Si cet engin tombe, il faudra qu'on le récupère avant que les Krell ne le détruisent.

— Cobb, lui dis-je, il est encore en train de tirer.

— Ouais, répondit-il. C'est ce que m'a dit Jorgen.

— Mais sur quoi ? m'exclamai-je.

Au-dessus de nous, des points noirs se précisèrent pour devenir des vaisseaux krell, qui étaient sans doute en train d'observer les environs de l'ancien chantier.

Mais à présent, ils nous avaient repérés.

47

On descendit à toute allure de l'atmosphère extérieure.

— Escadrille krell derrière nous ! transmit Jorgen par radio. Je répète : nous avons une escadrille entière de Krell, peut-être deux – une vingtaine de vaisseaux – à notre poursuite.

— Qu'avez-vous fait, crétins de cadets ? s'exclama Tarin.

Jorgen ne nous défendit pas comme je l'aurais fait.

— Désolé, répondit-il à la place. Les ordres ?

— Séparez-vous et allez chacun avec une paire de pilotes expérimentés. Je vais vous placer avec…

— Si vous m'y autorisez, l'interrompit Jorgen, je préférerais voler avec mon escadrille.

— D'accord, d'accord, concéda Tarin, qui jura ensuite lorsque les Krell apparurent en sortant de l'atmosphère supérieure. Simplement, restez en vie. Escadrille Cauchemar, à tous les vaisseaux, adoptez une posture d'évitement. Attirez leur attention et cherchez la présence d'exterminatrices. L'escadrille Déferlante n'est qu'à quelques kilomètres d'ici, nous devrions avoir des renforts sous peu.

— Spin, place-toi à la pointe, dit Jorgen en repassant au canal privé de notre équipe. Tu as entendu nos ordres. Pas de frime, et n'essaie de tuer personne. Postures défensives jusqu'à l'arrivée des renforts.

— Bien reçu, répondis-je, imitée par FM.

On adopta une position en triangle, et cinq Krell affluèrent aussitôt dans notre direction.

Je nous fis descendre en piqué à plus basse altitude, puis pivotai vers le haut en utilisant un gros morceau de débris pratiquement immobile. On décrivit une boucle pour revenir en arrière en passant au milieu des Krell qui essayaient de nous suivre. Ils s'éparpillèrent.

— C'est ça que tu appelles de la défense, Spin ? lança Jorgen.

— Est-ce que j'ai tiré sur un seul d'entre eux ?

— Tu allais le faire.

Je retirai mon pouce de la détente. Rabat-joie.

Au-dessus de nous, la lumière d'une spatiolampe baissa puis s'éteignit en clignotant, indiquant le début du cycle nocturne. Ma verrière disposait d'une vision de nuit assez bonne pour éclairer le champ de bataille, mais une forme d'obscurité tomba dessus – une noirceur trouée par le rouge des destructeurs et la lueur des propulseurs auxiliaires.

On resta ensemble, tous les trois, décrivant des boucles et esquivant dans la pagaille tandis que l'escadrille Déferlante arrivait.

— Deux autres escadrilles de renfort sont tout près, nous informa Jorgen. Elles attendent au cas où une de ces chutes de débris cacherait des ennemis. Nous devrions bientôt avoir des effectifs satisfaisants. Pour l'instant, maintenez vos postures défensives.

On confirma, et FM se plaça à la pointe. Malheureusement, alors même qu'elle se mettait en place, un groupe de Krell déboula sur nous en tirant. Nos défenses de manœuvres envoyèrent Jorgen et moi leur barrer le passage dans un sens et FM dans l'autre.

Je serrai les dents et me plaçai derrière Jorgen tandis qu'on activait l'hypercombustion et pivotait autour d'un morceau de débris, pourchassant les deux Krell qui en avaient maintenant après FM. Des tirs de destructeurs clignotaient tout autour d'elle tandis qu'elle esquivait, et son bouclier encaissa au moins deux coups.

— FM, coupe à droite à mon signal ! lui ordonna Jorgen. Spin, tiens-toi prête !

On obéit, agissant comme une machine bien rodée. FM tourna autour d'un fragment de débris tandis que Jorgen et moi exécutions des propulsions rotatives, et on se jeta donc sur le côté pour croiser son chemin. Je reculai tandis que Jorgen activait son IMI, puis je tirai, touchai un Krell et le fis partir en vrille. L'autre s'éloigna de nous pour prendre la fuite.

J'embrochai Jorgen avec ma lumilance, et on se servit ensemble de notre vitesse acquise pour nous réorienter derrière FM, qui ralentit et vint se placer à nos côtés. On adopta ensuite toutes les deux une posture défensive autour de Jorgen, qui s'empressa de rallumer son bouclier.

Ce fut terminé avant que j'aie le temps de réfléchir à ce que nous venions de faire. Des heures et des heures d'entraînement l'avaient imprimé en nous comme une seconde nature. *Une armée victorieuse l'est* avant *de chercher le combat*[1], avait dit Sun Tzu. Je commençais seulement à comprendre ce que ça signifiait.

1. *L'Art de la guerre*, traduction de Francis Wang.

D'après ce que je pouvais estimer du combat, nos effectifs étaient à peu près égaux à ceux des Krell, qui avaient été rejoints par davantage de vaisseaux venus d'en haut. Ce qui me donnait envie de partir à l'offensive – mais je restai en formation, esquivant les tirs des Krell et les entraînant par groupes en courses-poursuites difficiles, contournant et traversant les combats.

Je me concentrai sur la bataille jusqu'à ce que j'aperçoive quelque chose du coin de l'œil. Un vaisseau plus grand, juste derrière un morceau de débris qui se déplaçait lentement. Cette fois encore, je ne le cherchais pas spécifiquement mais mon cerveau, désormais formé et entraîné, le repéra malgré tout.

— C'est une *exterminatrice* ? demandai-je aux autres.

— Salve ! s'exclama Jorgen. Commandement central, nous avons une exterminatrice. À 53.1-689-12000, qui tombe avec un morceau de débris rectangulaire que je suis en train de marquer *en ce moment même* avec une radiobalise.

— Confirmation, répondit une voix glaciale sur la ligne. (Ironsides en personne. Il était rare qu'elle s'adresse à nous directement, bien qu'elle écoute souvent les discussions.) Retirez-vous et faites comme si vous ne l'aviez pas vue.

— Amirale ! lui dis-je. Je peux la toucher, et nous sommes loin au-delà de la portée où une explosion serait dangereuse pour Alta. Laissez-moi l'abattre.

— Négatif, cadette, confirma-t-elle. Retirez-vous.

Des bribes de souvenirs me ramenèrent au jour de la mort de Bim. Ma main était raide sur la sphère de contrôle, mais je m'obligeai à la ramener sur le côté et suivis Jorgen et FM pour nous éloigner de l'exterminatrice.

Ce fut étonnamment difficile. Comme si mon vaisseau lui-même voulait désobéir.

— Bien joué, Spin, me dit Cobb sur une ligne privée. La passion vous anime. Maintenant, faites preuve de retenue. Nous allons faire de vous une vraie pilote.

— Merci, mon capitaine. Mais l'exterminatrice…

— Ironsides sait ce qu'elle fait.

On se retira, et d'autres escadrilles reçurent l'ordre de monter plus haut dans le ciel. Le champ de bataille changea de forme tandis que l'exterminatrice – apparemment ignorée – se rapprochait du sol et commençait à se diriger vers Alta. Je la suivis du regard, nerveuse, jusqu'à ce que quatre pilotes de l'escadrille Déferlante se détachent pour la suivre en groupe. Ils allaient engager le combat assez loin de la bataille principale pour protéger le reste d'entre nous si la bombe explosait. S'ils échouaient, alors les renforts qui arriveraient bientôt rattraperaient l'exterminatrice.

Notre trio de vaisseaux attira des poursuivants, et je dus esquiver pour éviter de me faire canarder. La meute de Krell tout entière me suivit mais, la seconde d'après, Jorgen et FM approchèrent pour les repousser. FM en abattit même un, détruisant un bouclier sans avoir besoin de IMI.

— Joli, lui dis-je en me détendant après ces manœuvres soudaines et intenses. Et merci.

Au loin, les as avaient attaqué l'exterminatrice. Comme auparavant, lorsque Bim était avec nous, un groupe de vaisseaux plus petits s'était détaché du bombardier pour le protéger.

— Cobb, demandai-je en activant la com, vous avez appris quoi que ce soit sur ces vaisseaux qui accompagnent l'exterminatrice ?

— Pas grand-chose, avoua-t-il. C'est un comportement récent, mais ils sont apparus avec tous les bombardiers ces derniers temps. Les as vont s'en occuper. Concentrez votre attention sur votre escadrille, Spin.

— Entendu, mon capitaine.

Malgré tout, je ne pus m'empêcher d'observer le combat pour étudier l'exterminatrice. Si elle explosait, nous allions devoir être prêts à déclencher l'hypercombustion pour nous éloigner avant la fin de sa séquence d'explosions. Je fus donc soulagée quand, enfin, l'exterminatrice et son escorte se retirèrent en remontant dans le ciel. Les as les pourchassèrent pour la forme, mais finirent par laisser la bombe s'échapper et retourner d'où elle venait. Je souris.

— Mayday ! appela une voix sur la ligne générale. Ici Bog. Boucliers désactivés. Ailier abattu. S'il vous plaît, quelqu'un !

— 55.5-699-4000 ! dit FM.

Je me tournai vers les coordonnées et aperçus un Poco en difficulté qui laissait échapper des traînées de fumée et se déportait vers l'extérieur, à l'écart du champ de bataille. Quatre Krell le suivaient. Le meilleur moyen de se faire tuer consistait à les laisser vous isoler, mais Bog n'avait clairement pas le choix.

— Ici l'escadrille Vers les Étoiles, Bog, dit Jorgen en se plaçant à la pointe. Nous arrivons. Tenez bon et essayez de partir vers la gauche.

On s'élança derrière lui pour le mitrailler selon les ordres de Jorgen. Notre déluge de feu de destructeurs n'abattit aucun vaisseau ennemi, mais poussa la plupart à s'éparpiller. Trois partirent à gauche – ce qui allait isoler Bog. Jorgen s'orienta vers eux, et FM le suivit.

— Il en reste encore un derrière lui, annonçai-je. Je le prends.

— Entendu, répondit Jorgen après une brève hésitation.

De toute évidence, il détestait l'idée de séparer l'escadrille.

Je me plaçai à la suite du vaisseau. Droit devant nous, Bog enchaînait une série de manœuvres de plus en plus insensées – très imprudentes – pour éviter de se faire toucher.

— Abattez-le ! hurla-t-il. Je vous en supplie, abattez-le !

Désespoir et panique – des choses que je n'aurais pas attendues de la part d'un pilote confirmé. Bien sûr, il paraissait jeune. Même si l'idée aurait dû me traverser plus tôt, je compris qu'il avait probablement été diplômé de la promotion précédant la mienne. Six mois, peut-être un an, en tant que pilote – mais il restait un garçon de dix-huit ans.

J'attirai deux poursuivants qui concentrèrent leurs tirs sur moi. Salve. Bog nous avait amenés si loin à l'extérieur qu'il allait être difficile de recevoir des soutiens. Je n'osais pas utiliser mon IMI, pas avec des destructeurs qui clignotaient autour de moi – mais ce Krell, là-devant, avait toujours un bouclier actif.

Je serrai les dents, puis activai l'hypercombustion. Les forces g me repoussèrent contre mon siège et je me rapprochai du Krell, le serrant de près, à peine capable d'esquiver. J'avais atteint Mag-3 et, à cette vitesse, les manœuvres allaient être difficiles à contrôler.

Rien qu'une seconde de plus...

J'approchai et transperçai le vaisseau krell à l'aide de ma lumilance. Puis je me retournai et attirai le vaisseau hors du rang, accompagné de Bog.

Le cockpit trembla autour de moi tandis que mon prisonnier Krell faisait un crochet dans l'autre direction, résistant contre moi et nous entraînant tous deux dans une vrille affolée et incontrôlée.

Mes poursuivants changèrent de cap et concentrèrent leurs tirs sur moi. Ils se moquaient bien de toucher le vaisseau que j'avais embroché – les Krell ne se souciaient jamais de ces choses-là.

Un déluge de tirs m'engloutit, toucha mon bouclier et le transperça. Le vaisseau krell que j'avais embroché explosa sous les tirs de ses alliés, et je me retrouvai contrainte de monter brusquement en hypercombustion maximale pour tenter de m'échapper.

C'était une manœuvre risquée. Mes ConGravs s'éteignirent, et la force g me tomba dessus comme un coup de pied en pleine figure. Elle m'attira vers le bas, repoussant le sang vers mes pieds. Ma combinaison se gonfla, appuyant contre ma peau, et j'exécutai mes exercices de respiration comme on me l'avait appris.

Malgré tout, ma vision noircit sur les bords.

Des voyants clignotèrent sur mon pupitre.

Mon bouclier était désactivé.

Je coupai mon anneau d'élévation, pivotai sur mon axe, puis *descendis vivement* en hypercombustion. Les ConGravs réussirent à absorber en partie le coup du lapin, mais un corps humain n'était tout simplement pas fait pour encaisser ce genre de revers. Je me sentis malade et faillis vomir lorsque je passai en plein milieu des Krell.

Mes mains tremblaient sur les commandes, et ma vision vira cette fois au rouge. La plupart des Krell ne réagirent pas à temps, mais l'un d'entre eux – un vaisseau – réussit à pivoter sur son propre axe comme je l'avais fait.

Il se concentra sur moi, puis tira.

Un éclair sur mon aile – une explosion.

J'étais touchée.

Des bips se mirent à hurler sur mon tableau de bord. Des voyants clignotèrent. Ma sphère de contrôle ne sembla soudain plus rien faire et resta inactive lorsque je tentai de manœuvrer.

Le cockpit s'ébranla, et le monde tournoya tandis que mon vaisseau se mettait à chuter en une vrille incontrôlable.

— Spin ! entendis-je Jorgen crier par-dessus le chaos des bips.

— Éjecte-toi, Spin ! Tu es en train de tomber !

M'*éjecter*.

On n'était pas censé être capable de réfléchir dans ce genre de moments. Tout était supposé se dérouler en un éclair. Et pourtant, cette seconde-là me sembla figée.

Ma main, suspendue tandis qu'elle se tendait vers la poignée d'éjection entre mes jambes.

Le monde, réduit à un flou tournoyant. Mon aile, disparue. Mon vaisseau en flammes, mon anneau d'élévation qui ne répondait plus.

Un moment figé entre vie et mort.

Et Hula Hoop, dans un coin de mon esprit. Courageuse jusqu'au bout. Pas une lâche. *Un pacte*.

Je n'allais pas m'éjecter. Je pouvais diriger ce vaisseau pour le faire atterrir ! Je n'étais *PAS UNE LÂCHE* ! Je n'avais pas peur de mourir.

Et quel effet est-ce que ça aurait sur eux, interrogea quelque chose à l'intérieur de moi, *si tu le fais ?* Quel effet ça aurait sur mon escadrille de me perdre ? Qu'est-ce que ça ferait à Cobb, à ma mère ?

Avec un hurlement, je saisis la poignée d'éjection et tirai dessus d'un coup sec. Ma verrière sauta brusquement vers l'extérieur, et mon siège jaillit dans le ciel.

Je m'éveillai au milieu du silence.

Et… du vent, qui caressait mon visage. Mon siège reposait sur le sol poussiéreux et j'étais tournée face au ciel. Le parachute claquait derrière moi ; j'entendais le vent jouer avec.

J'avais perdu connaissance.

J'étais allongée là, regardant vers le haut. Traînées rouges au loin. Explosions. Bourgeons de lumière orange. Rien que de faibles claquements, à cette distance.

Je me tournai sur le côté. Ce qui restait de mon Poco brûlait non loin de là, détruit.

Mon avenir, ma vie partaient en fumée avec lui. Je restai étendue là jusqu'à ce que la bataille prenne fin et que les Krell se retirent. Jorgen fit un vol de reconnaissance pour vérifier si j'allais bien, et je lui adressai un signe pour apaiser son inquiétude.

Lorsqu'un véhicule de transport vint me chercher – descendant en silence sur son anneau d'élévation –, je m'étais détachée. Ma radio et mon bidon, fixés à mon siège, avaient survécu à l'éjection ; j'avais utilisé la première pour faire mon rapport et le second pour boire. Un infirmier me fit asseoir sur un siège dans le véhicule et étudia les décombres de mon Poco.

La récupératrice finit par revenir, tenant une écritoire à pinces.

— Alors ? dis-je tout bas.

— Les ConGravs intégrés au siège vous ont évité de vous éclater la colonne vertébrale, énonça le médecin. Vous semblez n'avoir qu'à peine subi le coup du lapin, à moins qu'il n'y ait une douleur que vous ne m'ayez pas signalée.

— Je ne parlais pas de moi.

Je regardai la récupératrice, puis mon Poco.

— L'anneau d'élévation est détruit, dit-elle. Il n'y a pas grand-chose à récupérer.

C'était ce que j'avais redouté. Je m'attachai dans le siège du véhicule, puis jetai un œil par la fenêtre tandis qu'il décollait. Je regardai la lumière brûlante de l'incendie de mon Poco s'estomper, puis s'éteindre.

Enfin, on atterrit à Alta et je sortis du véhicule, courbatue, le corps endolori. Je traversai la piste d'atterrissage en boitant. Curieusement, je savais – avant même de voir son visage – que l'une des silhouettes qui se tenaient debout dans le noir non loin de là serait l'amirale Ironsides.

Évidemment qu'elle était venue. Elle tenait enfin une véritable excuse pour me renvoyer. Et pouvais-je le lui reprocher, maintenant que je savais ce que j'avais fait ?

Je m'arrêtai devant elle et la saluai. À ma grande surprise, elle me salua en retour. Puis elle retira mon insigne de cadet de mon uniforme.

Je ne pleurai pas. En toute franchise, j'étais trop fatiguée et ma tête me faisait trop mal.

Ironsides retourna l'insigne entre ses doigts.

— Amirale ?

Elle me rendit mon insigne.

— Cadette Spensa Nightshade, vous êtes renvoyée de l'école de pilotage. Selon la tradition, en tant qu'élève abattue peu avant d'être diplômée, vous serez ajoutée à la liste des pilotes à joindre si jamais nous avons des vaisseaux surnuméraires.

Ces pilotes-là pouvaient être appelés uniquement sur ordre de l'amirale. Ça ne m'arriverait jamais.

— Vous pouvez conserver votre insigne, ajouta Ironsides. Portez-le avec fierté, mais rendez le reste de votre équipement à l'intendant avant 1200 demain.

Puis, sans ajouter un mot, elle se retourna et partit.

Je maintins un deuxième salut jusqu'à ce qu'elle ait disparu, serrant l'insigne entre les doigts de mon autre main. C'était terminé. J'étais fichue.

L'escadrille Vers les Étoiles n'aurait que deux membres diplômés, en fin de compte.

Méthodes de virage

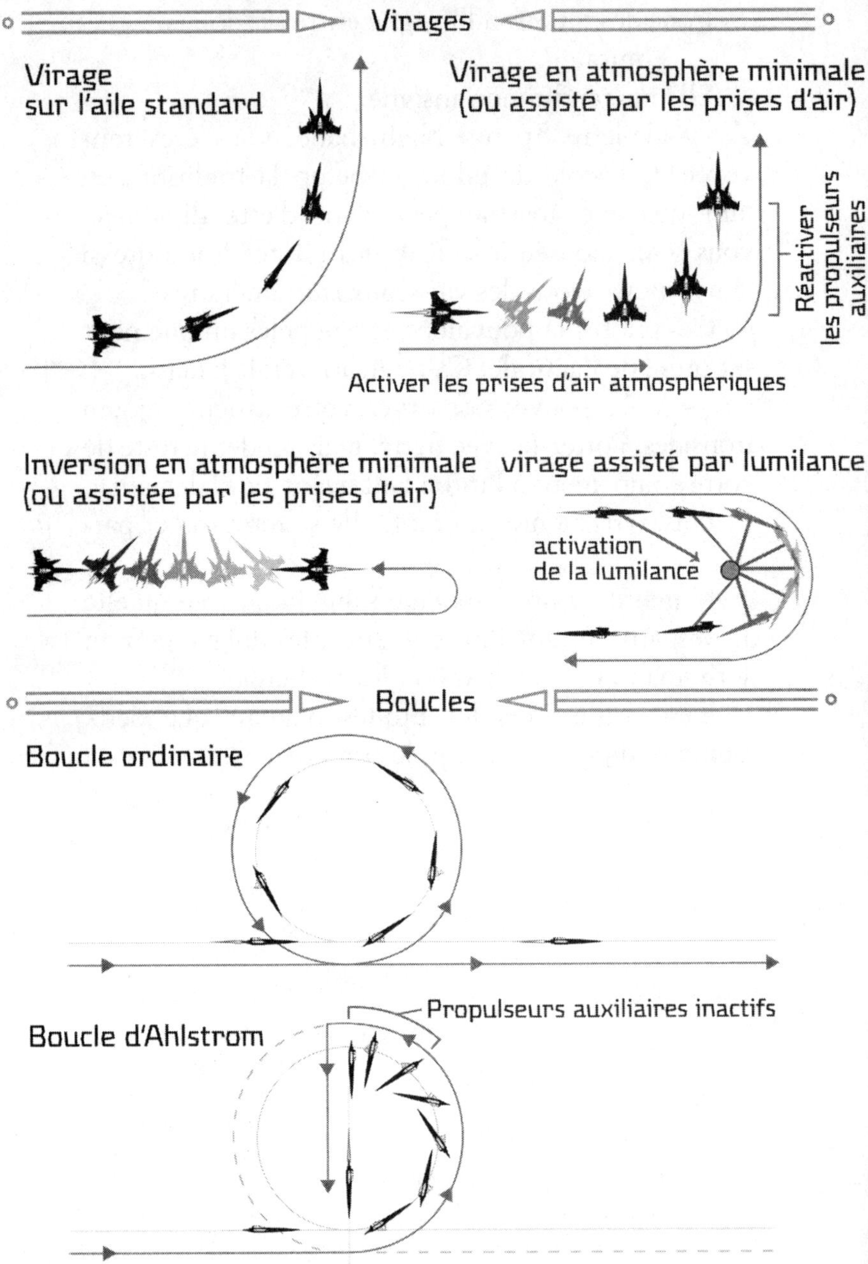

CINQUIÈME PARTIE

Intermède

Voilà un problème de réglé, songea Judy « Ironsides » Evans en s'éloignant de la rampe de lancement. Rikolfr, son assistant, pressait le pas à côté d'elle, tenant sa sempiternelle écritoire détaillant les tâches en attente.

Arrivée à la porte de son centre de commandement, elle regarda par-dessus son épaule. La fille de Chasseur – la défaillante – maintenait son salut, puis appuya son insigne de cadet contre sa poitrine.

Judy éprouva une pointe de remords, puis entra dans les locaux du Commandement central. *J'ai livré cette bataille*, songea-t-elle, *et j'en porte les cicatrices.* La dernière fois qu'elle avait ignoré le défaut, elle avait été contrainte de regarder un ami devenir fou et tuer ses coéquipiers.

C'était là une issue satisfaisante. La jeune fille recevrait des honneurs, qu'elle méritait pour la passion dont elle avait témoigné. Et Judy disposait à présent de données au sujet du cerveau des personnes possédant le défaut. Elle devait reconnaître ce mérite aux manigances de Cobb : s'il ne l'avait pas obligée à accepter cette enfant au sein de la FDR, Judy n'aurait jamais eu cette occasion.

À présent, elle disposait fort heureusement d'une raison solide et traditionnelle pour ne plus jamais placer la fille de Chasseur à bord d'un vaisseau de combat. Et elle pouvait observer chaque nouveau cadet pour guetter les signes du défaut. C'était même, en réalité, une issue idéale à tout point de vue.

Si seulement les autres problèmes pouvaient se régler si facilement. Judy approcha d'une petite salle de conférence, puis s'arrêta et regarda Rikolfr.

— Est-ce qu'ils sont ici ?

— Le DAN Weight est présent, répondit Rikolfr. Ainsi que les DAN Mendez et Ukrit.

C'étaient là *trois* dirigeants de l'Assemblée nationale. En temps ordinaire, ils envoyaient des subalternes à ces réunions d'après-combats, mais Judy s'attendait à une confrontation plus générale depuis un moment. Il allait lui falloir quelque chose à leur donner. Un plan.

— Est-ce que les techniciens radio ont confirmé l'existence de ce chantier naval que les éclaireurs ont repéré ce soir ?

Rikolfr lui tendit une feuille de papier.

— C'est trop loin pour des scanners traditionnels, mais nous sommes parvenus à envoyer un vaisseau scientifique pour enquêter, à une distance de sécurité. Le chantier naval est là, et les scientifiques sont optimistes. S'il est comme l'autre, et que nous arrivons à le protéger des Krell, nous pourrions récupérer des centaines d'anneaux d'élévation.

Elle hocha la tête en lisant les statistiques.

— L'orbite faiblit rapidement, amirale, commenta Rikolfr. Le vieux chantier semble souffrir d'une grave panne électrique. Les scientifiques estiment que les canons de proximité cesseront sans doute de tirer dans deux ou trois jours, à peu près au moment où il tombera dans l'atmosphère. Les Krell en profiteront certainement pour approcher et le détruire.

— Alors nous allons devoir empêcher ça. Autre chose que je doive savoir ?

— Un si grand nombre de dirigeants de l'Assemblée ? Ça ressemble à une embuscade, amirale. Tenez-vous prête.

Elle hocha la tête, enfila son masque politique et entra d'un pas vif dans la petite pièce, suivie par Rikolfr. Un rassemblement des personnes les plus puissantes des cavernes inférieures l'attendait, vêtues d'uniformes militaires de cérémonie et d'insignes indiquant leurs mérites.

— Mesdames et messieurs, déclara-t-elle. Je suis ravie de vous voir témoigner d'un intérêt direct pour…

— Épargnez-nous vos platitudes, Ironsides, l'interrompit Algernon Weight – le père du jeune Jorgen. (Cet homme guindé aux cheveux grisonnants était assis au bout de la table de conférence, face à Judy.) Vous avez perdu d'autres vaisseaux ce soir.

— Nous avons réussi à faire fuir une exterminatrice, en remportant une grande victoire sur…

— Vous êtes en train de faire couler la FDR, asséna Weight.

— Au cours de votre mandat, ajouta Ukrit, notre réserve de vaisseaux a connu une chute record. J'ai entendu dire que les vaisseaux de combat endommagés attendaient simplement dans des hangars, faute de pièces nécessaires pour les réparer.

— Votre taux de pertes parmi les pilotes est effroyable, ajouta Valda Mendez. (C'était une femme menue à la peau basanée. Ironsides avait volé avec elle, autrefois.) Nous voulons savoir quel est votre plan pour mettre fin à la spirale d'échecs de la FDR.

Ça nous aiderait beaucoup, songea Judy, *si vous pouviez arrêter de nous prendre nos meilleurs pilotes*. Valda elle-même semblait n'avoir aucun scrupule à priver la FDR de son fils pour le garder loin des combats.

Mais Judy ne pouvait pas leur dire ça. Elle ne pouvait pas expliquer à quel point la FDR était désespérée, à présent que les meilleurs amiraux et commandants étaient morts. Elle ne pouvait pas leur expliquer qu'elle avait prévu tout ça des années auparavant, et qu'aucun de ses nombreux efforts n'avait pu empêcher cette dégringolade. Elle ne pouvait pas leur expliquer que ses hommes étaient débordés, et que leur moral s'effondrait sous le poids de tant de pertes parmi les pilotes.

Elle ne pouvait rien dire de tout ça car, bien que ce soit la vérité, ce n'était pas une excuse. Son devoir consistait à offrir une solution. Un miracle.

Elle leva l'une des feuilles que Rikolfr lui avait remises.

— La loi de Lanchester, déclara-t-elle. Vous la connaissez ?

— Des armées égales en effectifs aux compétences égales s'infligeront l'une à l'autre un nombre équivalent de dommages, énonça Weight. Mais plus le déséquilibre entre les troupes est grand, plus les pertes seront disproportionnées. Fondamentalement, plus on dépasse l'ennemi en nombre, moins on peut s'attendre à ce que chacun de ses soldats inflige de dégâts.

— Plus vos effectifs sont élevés, ajouta Valda, moins vous perdez d'éléments.

Judy tendit la page au groupe.

— Voici, leur dit-elle, un rapport d'éclaireur – avec une analyse scientifique initiale – sur un gros fragment de débris qui devrait s'écraser dans deux jours. Les Krell ne déploient jamais plus de cent vaisseaux à la fois – mais si nous parvenons à récupérer ce chantier naval, nous pourrons les dépasser à ce niveau.

— Des centaines d'anneaux d'élévation potentiels, dit Valda en lisant le rapport. Vous pensez que nous pouvons faire ça ? Récupérer ce chantier ?

— Je crois que nous n'avons pas d'autre choix, répondit Judy. Tant que nous ne pourrons pas déployer plus de vaisseaux que les Krell, nous perdrons la bataille. Si nous parvenons à les empêcher de détruire ce chantier pendant sa chute, ce sera peut-être exactement ce dont nous avons besoin.

— D'après le rapport, il va s'écraser le jour de la remise des diplômes, grommela Ukrit. On dirait que la cérémonie sera brève.

— Mettons les choses au clair, reprit Weight. Judy, que nous proposez-vous ?

— Nous *devons* capturer ce chantier, affirma-t-elle. Nous devons être prêts à déployer *tous* nos moyens pour le protéger. Dès que son orbite commencera à faiblir, et que ses canons de proximité ne seront plus alimentés, nous devrons détruire tous les vaisseaux krell qui tenteront de s'en approcher.

— C'est audacieux, commenta Ukrit.

— Ils ne nous laisseront pas le récupérer si facilement, dit Rikolfr en se tournant vers les autres. S'ils ne se retirent pas, nous ne le pourrons pas non plus. Nous pourrions nous retrouver engagés dans une bataille où chacun de nos vaisseaux serait impliqué. Si nous perdons, nous nous retrouverons dévastés.

— Ce sera une deuxième bataille d'Alta, dit Weight d'une voix basse. Tout ou rien.

— J'ai *combattu* lors de la bataille d'Alta, rappela Ironsides. Et je connais les risques liés à un tel combat. Mais en toute franchise, nous n'avons plus le choix. Soit nous faisons cette tentative, soit nous déclinons. Puis-je compter sur votre soutien pour cette opération ?

Un par un, les dirigeants de l'assemblée hochèrent la tête. Ils le savaient tous aussi bien qu'elle. Le moment adéquat pour une bataille désespérée était celui où vous étiez encore assez forts pour avoir une chance de gagner.

En un instant, ils venaient de s'engager.

Les étoiles nous aident tous, songea Judy.

48

J'assistai à la remise des diplômes.

Je me tenais au milieu du public, sur le terrain d'exercice à côté du parc aux statues à l'intérieur de la Base Alta.

Sur une estrade en bois, Ironsides épingla sur chacun des huit diplômés le symbole de leur succès. Je me tenais vers l'arrière de la petite foule, avec plusieurs autres personnes portant des insignes de cadets. Des gens qui avaient arrêté avant terme, comme moi. Même si nous ne pouvions pas voler, nos insignes nous donneraient accès aux ascenseurs quand nous le souhaitions, et nous étions invités à des cérémonies comme celle-ci. J'avais reçu une lettre type d'Ironsides.

J'étais traversée d'émotions compliquées tandis que je regardais Jorgen et FM, tour à tour, accepter leur insigne. J'étais fière d'eux, aucun doute là-dessus. Et profondément envieuse, tout en étant, à mon grand embarras, curieusement soulagée. Je ne savais pas si on pouvait me faire confiance pour monter sur cette estrade. Voilà qui réglait le problème. Je n'avais pas à décider.

Mais au plus profond de mon cœur, mon univers s'effondrait. Ne plus jamais voler ? Est-ce que je pouvais *vivre* en sachant ça ?

Jorgen et FM saluèrent avec des mains gantées tout en portant des uniformes neufs, blancs et impeccables. J'applaudis les huit diplômés avec le reste de la foule, mais je ne pus m'empêcher de penser que nous avions perdu *au moins* trois fois autant de vaisseaux au cours des quatre derniers mois. Il n'y avait pas si longtemps, un bon pilote de la FDR pouvait voler cinq ans, totaliser une vingtaine de victoires, et prendre sa retraite pour transporter du fret. Mais le nombre de victimes ne cessait d'augmenter, et de moins en moins de pilotes tenaient cinq ans.

Les Krell étaient en train de gagner. Lentement mais sûrement.

Ironsides s'avança pour parler.

— En temps ordinaire, vous pourriez vous attendre à un mauvais discours de ma part en cet instant. C'est pratiquement une tradition. Mais nous avons aujourd'hui une opération d'une certaine importance, alors je vais m'en tenir à quelques mots. Ces personnes derrière moi représentent nos meilleurs éléments. Ils sont notre fierté, le symbole de ce qui nous avait fait Rebelles. Nous n'allons pas nous cacher. Nous n'allons pas céder. Nous allons reconquérir notre patrie dans les étoiles, et ça commence aujourd'hui.

Nouveaux applaudissements, même si je compris – d'après les conversations que j'entendis autour de moi – qu'un discours si bref était curieux de sa part. Tandis qu'on installait des rafraîchissements sur des tables à notre droite, l'amirale et son état-major s'éloignèrent sans se mélanger aux autres. Plus étrange, les pilotes qui venaient d'être nommés la suivirent.

Je tordis le cou et vis une escadrille de vaisseaux de combat s'élever dans les airs depuis une rampe de lancement proche. Y avait-il une incursion prévue ? Avaient-ils vraiment besoin de tous les diplômés ? Après avoir passé ces derniers jours en bas avec ma mère et Grand-mère, j'avais eu hâte de revoir Jorgen et FM.

Des bang retentirent au loin tandis que les vaisseaux de combat s'éloignaient à une distance raisonnable de la base, puis activaient l'hypercombustion et accéléraient au-delà du mur du son. Un homme tout proche remarqua que les dirigeants les plus importants de l'assemblée – y compris ceux qui avaient des enfants dans la classe qui venait d'être diplômée – n'assistaient pas à la cérémonie. Il se passait vraiment quelque chose.

J'avançai d'un pas vers les rampes de lancement, puis fourrai les mains dans les poches de ma combinaison. Je me détournai pour partir, mais m'arrêtai. Cobb se trouvait debout là, tenant une canne au pommeau doré. C'était curieux, il ne me semblait pas l'avoir déjà vu en utiliser une.

Même dans son uniforme blanc impeccable, il paraissait aussi vieux qu'un rocher usé reposant dans la poussière. Je le saluai. Je n'avais pas été capable de l'affronter, d'affronter un seul d'entre eux, depuis que je m'étais fait abattre.

Il ne me rendit pas mon salut. Il s'approcha de moi en boitant, puis me jaugea de la tête aux pieds.

— Est-ce qu'on va protester ?

— Contre quoi protester ? demandai-je en maintenant mon salut.

— Baissez votre main, jeune fille. Vous étiez à deux doigts d'être diplômée. Je peux insister pour dire que vous devriez au moins recevoir un insigne de pilote confirmé comme ils l'ont fait pour Arturo.

— Je n'aurai jamais l'occasion de voler, alors quelle importance ?

— Un insigne de pilote confirmé a une grande valeur à Magmatique.

— L'enjeu n'a jamais été un insigne. (Je regardai par-dessus son épaule une autre escadrille en train de s'élancer dans les airs.) Que se passe-t-il ?

— Ce chantier naval que vous avez repéré ? Il devrait quitter son orbite aujourd'hui. L'amirale est déterminée à le récupérer, et si elle remporte ce combat, il pourrait y avoir des centaines de nouvelles places ouvertes pour des pilotes – plus que nous ne pouvons en affecter.

Je baissai enfin la main qui saluait, et regardai cette deuxième escadrille dépasser la vitesse du son. Une séquence de claquements lointains retentit dans les airs, faisant trembler la vaisselle sur la table des rafraîchissements.

— Spin ? m'appela Cobb. Je ne pensais pas que vous étiez du genre à…

— J'ai entendu les étoiles, Cobb.

Il se tut aussitôt.

— J'ai vu les yeux, poursuivis-je. Un millier de points de lumière blanche. Et même plus. Des millions. D'un seul mouvement, ils se sont retournés pour me surveiller. Et ils m'ont *vue*.

Cobb devint blême. Sa main trembla sur sa canne. Nous nous tenions pratiquement seuls sur la terre battue du terrain d'exercice.

— J'ai le défaut, chuchotai-je. Comme mon père.

— Je… vois.

— A-t-il déjà eu des comportements incohérents avant ce jour-là ? A-t-il montré des signes avant de se retourner brusquement pour vous attaquer ?

Cobb fit non de la tête.

— Il voyait des choses, entendait des choses, mais rien de dangereux. Judy – Ironsides – lui répétait toujours que même si le défaut existait bien, il pouvait le surmonter. Elle se battait pour lui, le défendait. Elle prenait des risques, jusqu'à ce que…

Une troisième escadrille se lança. Ils étaient *vraiment* décidés à récupérer ce chantier naval.

Je levai les yeux vers les ombres sinueuses du champ de débris. Je soupirai, puis décrochai la radio de ma ceinture et la tendis à Cobb.

Il hésita, puis la prit. Je lisais dans ses yeux inquiets, dans son visage blême, la vérité. En apprenant que j'avais vu ces yeux… il avait changé d'avis. Il ne voulait plus que je vole. J'étais trop dangereuse.

— Je suis désolé, gamine, dit-il.

— C'est mieux comme ça, assurai-je. Nous n'avons pas à nous inquiéter de ce que je risquerais de faire ou pas.

Je m'obligeai à sourire, puis me détournai de lui pour me diriger vers les rafraîchissements. Intérieurement, j'étais en train de craquer.

La personne que j'avais été quatre mois plus tôt n'aurait jamais accepté un « défaut » fantôme comme excuse pour m'empêcher de voler. Mais je n'étais plus cette personne-là désormais. J'étais quelqu'un d'autre, qui ne pouvait plus regarder le courage et la lâcheté dans les mêmes termes simples qu'autrefois.

Je m'étais éjectée. J'avais failli m'effondrer sous l'impact de la perte de mes amis. Même en ignorant toute cette histoire insensée d'entendre les étoiles, je n'étais pas certaine que je *méritais* de voler.

Il valait mieux que je lâche prise sur tout ça. Je baissai la tête et me détournai des tables, car je n'avais pas envie d'être en présence de gens.

Une main me saisit par le bras.

— Où crois-tu aller *comme ça* ?

Je levai les yeux, prête à cogner… Nedd ?

Il affichait un sourire niais.

— J'ai raté la cérémonie, hein ? J'étais persuadé que je ne risquais rien en arrivant avec quelques minutes de retard – Ironsides parle toujours pendant dix heures. Où est Je Sais Tout ? Et FM ? Il faut que je les félicite.

— Ils sont partis en mission.

— Aujourd'hui ? s'étonna Nedd. C'est débile. Je suis censé les convaincre de nous rejoindre pour une vraie fête. (Il semblait sincèrement déçu tandis que, derrière nous, une *quatrième* escadrille de vaisseaux s'élevait dans les airs. Nedd soupira, puis me saisit à nouveau le bras.) Bon, au moins je peux t'embarquer, toi.

— Nedd, je n'ai pas réussi. Je me suis éjectée. Je…

— Je sais. Ça veut simplement dire que tu ne recevras pas de démérites pour avoir quitté la base pour une fête. (Il m'entraîna derrière lui.) Allez, viens. Les autres sont déjà là. La famille d'Arturo a un accès radio. On pourra écouter la bataille et les encourager.

Je soupirai, mais cette dernière partie était intriguante. Je le laissai m'entraîner à sa suite tandis qu'une *cinquième* escadrille de vaisseaux s'élevait dans les airs et volait dans la même direction que les autres.

— Cobb a dit que l'amirale allait essayer de récupérer le chantier naval, expliquai-je tandis qu'Arturo posait une grande radio carrée sur notre table du restaurant – en faisant trembler les verres. Nedd et moi, on a vu décoller au moins cinq escadrilles. Ils ne prennent pas ce truc à la légère.

Les autres se rassemblèrent autour de nous. C'était agréable de les revoir, et étrangement rafraîchissant de ne pas lire de condamnation dans leurs yeux. Kimmalyn, Nedd, Arturo. Le reste du restaurant peu éclairé était vide. Il n'y avait que nous et deux adolescents plus jeunes qui ne portaient pas d'insigne de pilote – sans doute les enfants de travailleurs des champs ou du verger.

— Ils ont appelé tout le monde, expliqua Arturo en tirant une corde de la radio jusqu'au mur. Même les réservistes des cavernes inférieures. Ça va être une *sacrée bataille*.

— Ouais, fis-je en baissant les yeux vers ma boisson et mes frites, auxquelles je n'avais pas touché.

— Hé, me dit Kimmalyn en me donnant un petit coup dans le flanc. Tu boudes ?

Je haussai les épaules.

— Parfait, dit-elle. C'est un jour *idéal* pour bouder !

— Le jour des diplômes, dit Nedd en levant son verre. Pour le club des recalés !

— Hourra ! s'écria Kimmalyn en levant le sien.

— Vous dites n'importe quoi, tous les deux, dit Arturo en jouant avec les cadrans de la radio. Je n'ai pas été recalé. J'ai eu mon diplôme en avance.

— Ah oui ? s'exclama Nedd. Et est-ce qu'on t'a appelé, *toi*, pour participer à cette bataille, monsieur le pilote chevronné ?

Arturo rougit. Je remarquai pour la première fois qu'il ne portait pas son insigne de pilote. La plupart des autres portaient le leur ces jours-ci – en uniforme ou pas.

La radio se mit à cracher des bavardages, et Arturo s'empressa de baisser le volume, puis affina le réglage jusqu'à tomber sur une chaîne où une femme parlait d'une voix ferme.

— Nous y voilà, annonça-t-il. La chaîne de l'Assemblée. Il devrait s'agir d'une explication directe de la bataille pour les chefs du gouvernement, pas de la version édulcorée qu'on sert aux gens qui écoutent à Magmatique.

On s'installa tandis que la femme parlait dans la radio.

— Avec le lancement de l'escadrille Sumac, nous avons onze escadrilles dans les airs et cinq trios d'éclaireurs. Les Saints et l'étoile Polaire veillent sur nous en ce jour, tandis que les glorieux combattants de la Ligue Rebelle engagent le combat.

Nedd siffla.

— Onze ? On a tant d'escadrilles que ça ?

— Visiblement, répondit Arturo. Franchement, Nedd, il t'arrive de réfléchir avant de parler ?

— Jamais ! éructa-t-il avant de boire une gorgée de sa boisson verte et pétillante.

— Un homme qui dit ce qu'il pense, récita Kimmalyn d'une voix grave, est déjà un homme qui sait penser.

— En temps ordinaire, on maintient douze escadrilles, expliqua Arturo. Quatre de service à tout moment, généralement avec une ou deux dans les airs pour patrouiller. Quatre en première réserve qu'on peut appeler immédiatement. Quatre autres en tant que réserve supplémentaire, protégées dans les cavernes inférieures. Par le passé, on a essayé de les maintenir à dix vaisseaux chacune – mais ces jours-ci, on est descendus à onze escadrilles, et la plupart ne rassemblent que sept vaisseaux de combat environ.

— Quatre-vingt-sept courageux pilotes, poursuivit la présentatrice, sont en route pour aller attaquer les Krell afin de capturer l'article de récupération. La victoire apportera à notre ligue une gloire et un butin sans précédent !

Sa voix rappelait celle des présentateurs que j'écoutais autrefois en bas. Forte, mais presque monotone – avec l'air de lire des pages qu'on posait devant elle.

— C'est trop aseptisé, commentai-je. On pourrait entendre les vraies discussions ? Se régler sur les fréquences des pilotes ?

Arturo se tourna vers les autres. Nedd haussa les épaules, mais Kimmalyn hocha la tête. Arturo baissa encore le son.

— On n'est pas censés écouter ça, dit-il tout bas. Mais qu'est-ce qu'ils vont faire ? Nous virer de la FDR ?

Il tourna encore de quelques crans jusqu'à tomber sur le canal général des chefs d'escadrille. Les radios de Magmatique ne devaient pas être en mesure de décrypter ce qu'ils disaient, mais visiblement, la famille d'Arturo était assez importante pour disposer d'une radio munie d'un décodeur.

— Ils approchent, dit une voix inconnue. Salve, ils sont sacrément nombreux.

— Essayez de nous fournir des chiffres, demanda Ironsides. Combien d'escadrilles ? Combien de vaisseaux ?

— Éclaireurs au rapport. (Je reconnaissais cette voix – c'était Pèlerine. L'une des éclaireurs qui s'étaient battus à nos côtés précédemment.) Nous allons vous fournir des chiffres, amirale.

— À toutes les escadrilles actives, dit Ironsides, restez sur la défensive jusqu'à ce que nous connaissions les chiffres des ennemis. Commandement central, terminé.

Je rapprochai mon siège pour écouter les échanges vocaux, essayant d'imaginer le combat. Un autre éclaireur décrivit le chantier naval en train de chuter. Une énorme et ancienne construction d'acier avec des trous béants et des couloirs sinueux.

Les chiffres des éclaireurs arrivèrent. La première vague de Krell rassemblait cinquante vaisseaux, mais cinquante autres suivaient. L'ennemi savait à quel point cette bataille était importante. Ils avaient envoyé chacun de leurs vaisseaux ; ils étaient engagés aussi pleinement que nous.

— Une centaine de vaisseaux, dit Nedd tout bas. Quelle bataille ça doit être…

Il paraissait hagard – peut-être se rappelait-il notre course-poursuite à travers les entrailles du chantier naval.

— C'est ça, ils engagent tout ce qu'ils ont, déclara Ironsides. Escadrilles Déferlante, Valkyrie, Tungstène et Cauchemar, je veux que vous fournissiez des tirs de couverture. Escadrilles de l'intérieur, gardez les Krell à l'écart du chantier naval. Ne les laissez pas y faire exploser une bombe !

Une série d'« affirmatif » provint des chefs d'escadrille. Je fermai les yeux, imaginant cette nuée de vaisseaux, les tirs de destructeurs dans les airs. C'était un champ de bataille relativement ouvert, avec peu de débris à l'exception de cet unique et énorme chantier naval.

Mes doigts commencèrent à mimer les gestes, comme si j'étais en train de contrôler un vaisseau. Je sentais tout ça. Les tremblements de mon cockpit, le souffle de l'air, l'embrasement du propulseur auxiliaire…

Par les Saints et les étoiles. Ça me manquerait *tellement*.

— C'est un bombardier, dit l'un des chefs d'escadrille. J'ai confirmation de trois vaisseaux.

— Ici les éclaireurs, confirmation, ajouta Pèlerine. Nous le voyons aussi. Commandement central, un bombardier se dirige vers le chantier naval. Il transporte une exterminatrice.

— Repoussez-le ! ordonna Ironsides. La protection du matériel de récupération est notre objectif le plus important.

— Entendu, amirale, répondit un chef d'escadrille. Confirmation. Nous les repoussons, même si ça implique de diriger le bombardier vers Alta ?

Silence sur la ligne.

— Il faudrait deux heures de vol ou plus à la vitesse d'un bombardier pour se retrouver à portée d'Alta, répondit Ironsides. Nous aurons le temps de l'arrêter avant. Les ordres tiennent toujours.

— Deux heures ? s'étonna Nedd. Ils sont plus loin que je ne le pensais.

— Eh bien, les bombardiers sont environ deux fois moins rapides que des Poco, énonça Arturo. Donc le chantier naval va descendre à environ une heure de nous – soit à peu près le temps qu'il a fallu à nos éléments pour se rendre là-bas. Ça se tient, quand on réfléchit assez longtemps pour faire le calcul.

— Pourquoi je devrais faire ça ? demanda Nedd. Alors que tu feras le sale boulot pour moi ?

— Est-ce que je suis la seule à me sentir… anxieuse ? intervint Kimmalyn.

— Ils ont dit qu'il y avait une exterminatrice en route, qui venait peut-être dans notre direction, rétorqua Arturo. Donc, oui.

— Pas à ce sujet, rectifia Kimmalyn en me regardant. Sur le fait d'être simplement assis ici à écouter.

— On devrait être là-haut, murmurai-je. C'est ça. Une bataille comme celle d'Alta. Ils ont besoin de tout le monde… et nous, on est ici. À écouter en buvant du soda.

— Ils ont rassemblé tous les vaisseaux en mesure de se battre, rappela Arturo. Si on était encore à la

FDR, on serait simplement en train d'attendre et d'écouter.

— Nous l'avons fait fuir, dit l'un des chefs d'escadrille. Je confirme, le bombardier s'est éloigné de la cible à récupérer. Mais amirale, il essaie bel et bien de percer en direction d'Alta.

— Il est rapide, ce bombardier, commenta Pèlerine. Plus rapide que la plupart.

— Aux contingents d'éclaireurs, dit Ironsides, allez l'intercepter. Tous les autres, ne vous laissez pas distraire. Restez sur ce chantier naval ! Il pourrait s'agir d'un leurre.

— Je n'ai plus que trois vaisseaux, dit un chef d'escadrille. J'ai besoin de soutiens. Ils nous dépassent en nombre, Commandement central. Salve, c'est…

Silence.

— Le chef d'escadrille de Valkyrie a été abattu, dit quelqu'un d'autre. Je vais absorber leurs vaisseaux restants. Commandement central, nous sommes en train de prendre une raclée.

— À tous les vaisseaux, dit Ironsides, offensive maximale. Repoussez-les. Ne les laissez pas atteindre le chantier naval.

— Entendu, amirale, répondit un chœur de chefs d'escadrille.

La bataille se poursuivit un moment et on écouta, tendus. Pas simplement parce que l'un des pilotes était mort en tentant de capturer le chantier naval, mais parce qu'à chaque instant de la bataille, ce bombardier se rapprochait un peu plus d'Alta.

— Vaisseaux éclaireurs, dit enfin Ironsides. Avez-vous du nouveau concernant cette exterminatrice ?

— Nous sommes encore dessus, amirale ! affirma Pèlerine. Mais ce bombardier est bien défendu. Dix vaisseaux.

— Bien reçu, répondit Ironsides.

— Amirale ! reprit Pèlerine. Il va réellement plus vite qu'un bombardier ordinaire. Et il vient d'accélérer. Si nous n'y prenons pas garde, il va arriver à portée d'explosion d'Alta.

— Engagez le combat, ordonna Ironsides.

— Rien qu'avec des éclaireurs ?

— Oui, confirma Ironsides.

Je me sentais tellement *impuissante*. Quand j'étais enfant et que j'écoutais des histoires sur la guerre, j'avais la tête remplie de grandes histoires et de surexcitation – de gloire et d'ennemis tués. Mais aujourd'hui, j'entendais la tension dans la voix des chefs d'escadrille regardant mourir leurs amis. J'entendais des explosions sur la ligne, qui me faisaient chaque fois tressaillir.

Jorgen et FM étaient là, quelque part. J'aurais dû être en train de les aider. De les protéger.

Je fermai les yeux. Sans vraiment en avoir l'intention, je pratiquai l'exercice de Grand-mère, m'imaginant en train de m'élever parmi les étoiles. De les écouter. De tendre vers elle…

Une dizaine de points lumineux apparurent sous mes paupières. Puis des centaines. Je sentis l'attention de quelque chose de vaste et d'effroyable se retourner vers moi.

Le souffle coupé, j'ouvris les yeux. Les points lumineux disparurent, mais mon cœur tonnait à mes oreilles, et je n'arrivais plus à penser à rien d'autre qu'à la sensation écrasante que des *choses* me voyaient. Des choses odieuses. Contre nature.

Quand je réussis enfin à reporter mon attention sur la bataille, Pèlerine était en train de rapporter un conflit de grande envergure avec les vaisseaux gardiens de l'exterminatrice. Arturo se régla sur une nouvelle fréquence et trouva le canal de discussion de leur escadrille – douze éclaireurs avaient été réunis en une seule formation pour cette bataille.

Arturo alternait entre le canal des éclaireurs et celui des chefs d'escadrille. Les deux combats faisaient rage, mais enfin, après une longue attente, des nouvelles bienvenues arrivèrent.

— Bombardier détruit ! annonça Pèlerine. La bombe exterminatrice est en chute libre et se dirige vers le sol. Tous les éclaireurs, éloignez-vous ! Hypercombustion ! Tout de suite !

Son canal se brouilla.

On attendit, nerveux. Et il me sembla entendre la séquence de trois explosions – en réalité, j'en étais même sûre – résonner non loin de là. Salve. Ce n'était vraiment pas passé loin d'Alta.

— Pèlerine ? appela Ironsides. Beau travail.

— Elle est morte, dit une voix douce sur la ligne – c'était FM. Ici l'indicatif FM. Pèlerine est morte dans l'explosion. Nous sommes… amirale, nous ne sommes plus que trois dans l'escadrille des éclaireurs. Les autres sont morts au combat.

— Confirmation, dit Ironsides. Puissent les étoiles accepter leur âme.

— Est-ce que nous devrions… rejoindre l'autre bataille ? s'enquit FM.

— Oui.

— Entendu.

Elle semblait secouée.

Je me tournai vers les autres, frustrée. Nous devions tout de même bien pouvoir faire *quelque chose*.

— Arturo, lui dis-je, est-ce que ta famille n'a pas des vaisseaux privés ?

— Trois vaisseaux de combat, confirma-t-il. En bas, dans les cavernes inférieures. Mais la règle veut qu'on ne les implique pas dans les batailles de la FDR.

— Même des batailles aussi désespérées que celle-ci ? demanda Kimmalyn.

Arturo hésita, puis parla plus bas.

— *Surtout* des batailles comme celle-ci. Ils servent à protéger ma famille si nous devons évacuer. Plus la situation sera grave, *moins* mes parents voudront impliquer leurs vaisseaux.

— Et si on ne leur demandait pas la permission ? suggéra Nedd. Si on prenait simplement les vaisseaux ?

Arturo et lui échangèrent des regards, puis sourirent. Tous deux me scrutèrent, et mon cœur se mit à trembler de surexcitation. Voler à nouveau. Dans une bataille comme celle-ci, comparable à celle d'Alta.

La bataille où… où mon père avait craqué. C'était trop dangereux pour moi d'être là-haut. Et si je faisais la même chose que lui et me retournais contre mes amis ?

— Emmenez Kimmalyn, m'entendis-je répondre.

— Tu es sûre ? fit Arturo.

— Moi pas ! s'écria Kimmalyn, qui me prit les mains. Spin, tu es meilleure que moi. Je vais encore échouer.

— Les vaisseaux de ma famille se trouvent dans une caverne sécurisée, reprit Arturo. Il va nous falloir au moins un quart d'heure pour les faire monter par l'ascenseur privé. Sans compter la partie où nous devons trouver un moyen de nous faufiler pour les *voler*.

Je serrai les mains de Kimmalyn.

— Couic, lui dis-je, tu es la meilleure tireuse que j'aie jamais vue, et dont j'aie jamais *entendu parler*. Ils ont besoin de toi. FM et Jorgen ont besoin de toi.

— Mais tu...

— Je ne peux pas voler, Couic, l'interrompis-je. Il y a une raison médicale que je ne peux pas vous expliquer maintenant. Alors il faut que tu y ailles.

Je lui serrai les mains encore plus fort.

— J'ai laissé tomber Hula Hoop, murmura-t-elle. Je laisserai tomber les autres aussi.

— Non. La seule manière dont tu puisses les laisser tomber, Kimmalyn, c'est en n'étant pas là. *Vas-y*.

Les larmes lui montèrent aux yeux, puis elle me serra dans une étreinte. Arturo et Nedd se précipitèrent hors de la pièce, et Kimmalyn courut derrière eux.

Je me laissai tomber sur mon siège et m'appuyai contre la table, croisai les bras et y posai la tête.

Les discussions continuaient dans la radio, et une nouvelle voix s'y joignit.

— Commandement central, dit cette voix féminine tendue. Ici l'avant-poste antiaérien quarante-sept. Nous sommes hors d'usage, amirale.

— Hors d'usage ? s'exclama Ironsides. Que s'est-il passé ?

— L'explosion de l'exterminatrice nous a touchés, fit la voix. Par les étoiles, je viens à peine de réussir à ramper en dehors de cette pagaille. J'ai arraché cette radio sur le cadavre de mon commandant. On dirait que… les canons antiaériens quarante-six et quarante-huit sont détruits eux aussi. Cette bombe a explosé très près. Vous avez une brèche dans vos défenses, amirale. Salve, salve, *salve* ! J'ai besoin de transports médicaux !

— Bien reçu, avant-poste quarante-sept. J'envoie…

— Amirale ? reprit la voix de l'artilleuse. Dites-moi que vous avez ça sur votre radar.

— Quoi donc ?

Un frisson me parcourut.

— Chute de débris, répondit l'artilleuse. Au nord d'ici. Attendez une minute, j'ai des jumelles…

Je patientai, tendue, imaginant une artilleuse isolée escaladant les décombres de son emplacement d'artillerie détruit.

— J'ai une confirmation visuelle de multiples vaisseaux krell, poursuivit l'artilleuse. Un deuxième groupe, qui descend loin de la bataille du chantier naval. Amirale, ils arrivent droit à l'emplacement où nos défenses sont anéanties. Confirmation ! Vous m'avez entendue ?

— Bien reçu, répondit Ironsides.

— Amirale, ils se dirigent droit vers Alta. Appelez les réserves !

Il n'y avait pas de réserves. Au frisson succéda un froid glacial. Ironsides avait engagé tout ce que nous avions dans la bataille pour le chantier naval. Et à présent, un deuxième groupe de Krell était apparu du ciel – juste à l'endroit où la bombe avait éliminé nos défenses.

C'était une ruse.

C'était ce que cherchaient les Krell. Ils voulaient attirer nos vaisseaux de combat dans une bataille loin d'Alta. Nous convaincre que tous les vaisseaux krell étaient impliqués, afin qu'on leur envoie tous nos effectifs. Puis ils larguaient une exterminatrice sur nos canons antiaériens pour ouvrir la voie.

Comme ça, ils pouvaient faire venir d'autres vaisseaux et une autre bombe.

Boum.

Plus de Rebelles.

— Escadrille Déferlante, dit l'amirale Ironsides. Je veux que vous regagniez immédiatement Alta ! Vitesse maximale !

— Amirale ? émit le chef d'escadrille. Nous pouvons nous dégager, mais nous sommes à trente bonnes minutes de là, même à Mag-10.

— Dépêchez-vous ! ordonna-t-elle. Revenez ici.

Trop lent, pensai-je. Alta était condamnée. Il n'y avait plus de vaisseaux. Plus de pilotes.

Sauf une.

49

Malgré tout, j'hésitais.

J'avais décidé de ne pas accompagner Nedd et les autres parce que c'était trop dangereux. Et le défaut ?

Dans cet instant, la voix de Hula Hoop me revint. *Un pacte*, semblait-elle murmurer. *Courageuses jusqu'au bout. Tout sauf se défiler, Spin.*

Tout sauf se défiler. Alta était en danger, et j'allais simplement rester assise ici ? Parce que j'avais peur de ce que je *risquais* de faire ?

Non. Parce que je ne savais pas, au plus profond de moi, si j'étais ou non une lâche. Parce que je m'inquiétais non seulement du défaut, mais aussi de savoir si je méritais ou non de voler. En cet instant, cette vérité me frappa de plein fouet. De la même manière que l'amirale, j'utilisais le défaut comme un prétexte pour éviter la véritable question.

Pour éviter de découvrir par moi-même qui j'étais.

Je me levai et sortis précipitamment du restaurant. Peu importait le défaut – ils allaient larguer une exterminatrice pour détruire à la fois *Alta* et *Magmatique*. Peu importait que je sois ou non dangereuse, les Krell l'étaient infiniment plus.

Je courus à toutes jambes dans la rue en direction de la base, formant vaguement dans ma tête le projet de rejoindre M-Bot. Mais ça prendrait trop longtemps – et puis il s'était désactivé. J'imaginai débouler dans la caverne pour ne trouver qu'un bout de métal vide et mort qui refuserait de s'allumer.

Je m'arrêtai dans la rue, essoufflée, en nage, et regardai vers les collines – puis vers la Base Alta.

Il y avait *en réalité* un autre vaisseau.

Je remontai la rue à toute vitesse et franchis le portail, montrant mon insigne de cadet pour qu'on me laisse entrer. Je tournai à droite, en direction des rampes de lancement, et me dirigeai précipitamment vers l'équipe au sol, affairée à lancer des véhicules médicaux vers les canons antiaériens. Ces véhicules massifs et lents montèrent en douceur dans les airs grâce à leurs grands anneaux d'élévation.

Je repérai Dorgo, le membre de l'équipe au sol qui travaillait souvent sur mon vaisseau, et courus vers lui.

— Vers les Étoiles 10 ? s'étonna Dorgo. Qu'est-ce que vous…

— Le vaisseau cassé, Dorgo, coupai-je, haletante. Vers les Étoiles 5. Le vaisseau d'Arturo. Est-ce qu'il peut voler ?

— Nous sommes censés le démonter pour récupérer des pièces, fit Dorgo, interloqué. Nous avions commencé à le réparer, mais les boucliers sont inactifs et nous n'avons jamais eu de pièces de remplacement. La conduite est compromise, elle aussi. Il n'est pas en état d'aller au combat.

— Mais est-ce qu'il peut *voler* ?

Plusieurs membres de l'équipe au sol échangèrent des regards.

— Techniquement, oui, affirma Dorgo.

— Préparez-le-moi ! ordonnai-je.

— Est-ce que l'amirale a approuvé ?

Je lançai un coup d'œil vers le côté de la rampe de lancement, où une radio pareille à celle d'Arturo diffusait le canal des chefs d'escadrille. Ils avaient écouté ce qui précédait.

— Un deuxième groupe de Krell se dirige droit vers Alta, dis-je en tendant le doigt. Et il n'y a pas de réserves. Vous voulez aller parler à la femme qui me déteste pour des raisons irrationnelles, ou vous voulez bien accepter de m'envoyer dans les airs ?

Personne ne dit mot.

— Préparez Vers les Étoiles 5 ! cria enfin Dorgo. Vite, vite !

Deux membres de l'équipe s'éloignèrent en courant, et je fonçai dans le vestiaire pour en émerger la minute suivante – après m'être changée plus vite que je ne l'avais jamais fait – en combinaison de vol. Dorgo me conduisit vers un Poco que l'équipe était en train d'amener sur la rampe à l'aide d'un remorqueur.

Il prit une échelle.

— Tony, ça fera l'affaire ! Laissez-le là !

Il plaça brusquement l'échelle alors même que le vaisseau s'arrêtait.

Je montai précipitamment et entrai dans le cockpit ouvert, évitant de regarder les cicatrices noires des tirs de destructeurs sur le flanc du vaisseau. Salve, qu'il était en mauvais état.

— Écoutez-moi, Spin, dit Dorgo en me rejoignant en haut de l'échelle. Vous n'avez pas de bouclier. Vous avez bien compris ? Le système a été entièrement détruit, et nous l'avons arraché. Vous êtes *totalement exposée*.

— Compris, répondis-je en me harnachant.

Dorgo me plaça mon casque entre les mains. *Mon* casque, sur lequel figurait mon indicatif.

— En dehors du bouclier, votre anneau d'élévation va être votre principal souci, poursuivit-il. Il est en panne, et je ne peux pas vous dire s'il va caler ou pas. La sphère de contrôle est également mentionnée dans notre estimation. (Il me mesura du regard.) Le système d'éjection fonctionne toujours.

— Pourquoi ce serait important ?

— Parce que vous êtes plus maligne que la plupart, sourit-il.

— Destructeurs ?

— Toujours fonctionnels, assura-t-il. Vous avez de la chance. Nous allions les mettre au rebut ce soir.

— Je ne sais pas si c'est de la chance, fis-je en enfilant mon casque. Mais c'est tout ce que nous avons.

Je lui adressai un signe en levant le pouce.

Il leva le sien à son tour tandis que son équipe éloignait l'échelle, puis ma verrière se baissa et se verrouilla.

L'amirale Judy « Ironsides » Ivans se tenait dans le centre de commandement. Mains jointes dans le dos, elle étudiait un hologramme projeté depuis le sol, où figuraient de minuscules vaisseaux en formation.

Le chantier naval était un appât depuis le début. Judy s'était fait manipuler ; les Krell avaient anticipé ce qu'elle allait faire, et ils s'étaient servis de ce savoir.

C'était l'une des règles les plus anciennes de la guerre. Si l'on savait ce que l'ennemi allait faire, la bataille était déjà à moitié remportée.

Sur un ordre silencieux de sa part, la holoprojection passa au deuxième groupe de vaisseaux ennemis en train d'approcher Alta. Quinze Krell. De minces triangles d'un bleu luisant, à présent visibles sur le radar courte portée, qui était bien plus précis que les longue portée.

Il montrait que l'un de ces vaisseaux était, en effet, un bombardier.

Les vaisseaux s'approchaient petit à petit de la zone mortelle – une ligne invisible au-delà de laquelle, s'ils larguaient une exterminatrice, ils allaient détruire Alta. Les Krell ne s'arrêteraient toutefois pas là. Ils allaient voler vers l'intérieur et tenter de la larguer juste au-dessus de la base. Ainsi, leur bombe pénétrerait tout en bas et détruirait Magmatique.

J'ai condamné l'humanité entière, se dit Ivans.

Quinze spots bleus. Sans adversaires.

Puis, s'élevant d'Alta, un unique spot rouge apparut. Un vaisseau des Rebelles.

— Rikolfr ? appela Ironsides. Est-ce que les propriétaires de vaisseaux privés ont répondu à mon appel ? Est-ce qu'ils rassemblent leurs vaisseaux de combat ?

Il n'y en avait que huit dans les cavernes inférieures, mais ça vaudrait mieux que rien. Peut-être assez pour empêcher une catastrophe.

— Non, amirale, répondit Rikolfr. Aux dernières nouvelles, ils comptaient évacuer.

— Dans ce cas, à qui est ce vaisseau ?

Dans toute la salle de commandement en proie à la panique, des gens se détournèrent de leurs postes de travail pour regarder l'hologramme et son unique spot rouge. Une voix apparut sur le canal des chefs d'escadrille.

— C'est bon comme ça ? Confirmation ? Ici Vers les Étoiles 10, indicatif : Spin.

C'était elle.

— La défaillante, murmura Ironsides.

50

— Ici le Commandement central, lança Ironsides dans ma radio. Cadette, où vous êtes-vous procuré ce vaisseau ?

— Quelle importance ? Donnez-moi des coordonnées. Où sont ces Krell ?

— Il y a *quinze vaisseaux* dans cette escadrille, jeune fille.

Ma gorge se serra.

— Coordonnées ?

— 57-113.2-15000.

— Entendu.

Je les programmai et enclenchai mon hypercombustion. Les ConGravs s'activèrent les premières secondes, puis je serrai les dents lorsque les forces g s'écrasèrent sur moi. Mon Poco se mit à trembler sous la pression, même à la vitesse relativement lente de Mag-5. Salve. Qu'est-ce qui maintenait les pièces de ce vaisseau ensemble ? De la salive et des prières ?

— Combien de temps avant qu'ils n'entrent dans la zone mortelle ? m'enquis-je.

— Moins de huit minutes, déclara Ironsides. D'après nos projections, vous allez les atteindre dans deux minutes environ.

— Génial, répondis-je en prenant une grande inspiration et en poussant doucement mon vaisseau à Mag-6. (Je n'osais pas aller plus vite avec une telle résistance sur cette aile brûlée.) Nous avons peut-être d'autres renforts qui arrivent. Quand vous les verrez, dites-leur ce qui se passe.

— Vous êtes plusieurs ? demanda Ironsides.

— J'espère. (Tout dépendait du fait qu'Arturo et les autres soient ou non parvenus à voler des vaisseaux.) Il va seulement falloir que je tienne les Krell à distance d'ici là. À moi toute seule. Avec un vaisseau qui n'a pas de bouclier.

— Vous *n'avez pas de bouclier* ?

— J'ai une confirmation visuelle des Krell, dis-je en ignorant sa question. Nous y voilà !

Les vaisseaux krell affluèrent vers moi. Je savais qu'il n'y en avait que quinze, mais alors que je volais, là – seule, sans protection –, ça me semblait être une véritable armada. Je fis aussitôt un crochet vers le côté, des destructeurs clignotant tout autour de moi. J'en attirai *au moins* une dizaine dans mon sillage, et mon alarme de proximité s'emballa.

J'effectuai un brusque virage incliné, regrettant de ne pas avoir de débris à utiliser pour manœuvrer plus vite. Je me mis à décrire une courbe – évitant je ne sais comment de me faire tirer dessus – jusqu'à l'apercevoir. Un vaisseau plus gros et plus lent. Qui avançait pesamment, transportant une énorme bombe en dessous de lui, presque aussi grosse que le vaisseau lui-même.

— Commandement central, repris-je en descendant en piqué au milieu d'un déluge de tirs de destructeurs, j'ai une confirmation visuelle d'une exterminatrice.

— Abattez-la, cadette, dit aussitôt l'amirale. Vous m'entendez ? Si l'occasion se présente, *abattez ce vaisseau.*

— Affirmatif, répondis-je avant d'entreprendre une boucle.

Mon indicateur de ConGravs clignota, son bref effet d'amortissement étant épuisé, et les forces g m'écrasèrent contre la paroi du cockpit et celle de mon siège.

Je restai consciente – je ne sais comment – tandis que deux vaisseaux krell coupaient devant moi. Mes réflexes me dictaient de les pourchasser.

Non. Ils m'offraient des cibles pour m'attirer ailleurs. J'esquivai dans l'autre sens, et les vaisseaux derrière crachèrent un déluge insensé de tirs de destructeurs.

Je ne tiendrais pas longtemps dans ce combat. Je ne pouvais pas résister en attendant Arturo et les autres. Les Krell m'auraient achevée avant.

Il fallait que j'atteigne le bombardier.

Les Krell tentèrent de me pousser sur le côté, mais j'esquivai entre deux d'entre eux, mon vaisseau agité de secousses lorsque je traversai leur sillage. Ça ne se produisait pas en temps ordinaire ; les prises d'air atmosphériques stabilisaient notre trajectoire. La mienne fonctionnait encore, fort heureusement, mais il était manifestement en mauvais état.

Tandis que mes dents s'entrechoquaient dans mon crâne sous l'effet des secousses, je contournai d'autres vaisseaux et me concentrai sur mon objectif, déchaînant un tir de barrage de destructeurs.

Quelques projectiles touchèrent le bombardier, mais furent absorbés par son bouclier, et je n'étais pas assez proche pour une IMI. Les étranges petits vaisseaux qui accompagnaient le bombardier se détachèrent et volèrent vers moi, me repoussant sur le côté.

J'effectuai un virage prolongé, m'efforçant d'ignorer que j'étais à présent pourchassée par pas loin de l'équivalent de deux escadrilles ennemies.

Je me concentrai sur mon vaisseau. Sur mes manœuvres.

Les commandes, et le vaisseau, et moi. Ensemble, réactifs à…

Droite.

J'esquivai juste avant qu'un vaisseau krell ne vienne m'intercepter.

Ils vont déchaîner tout ce qu'ils ont. Je descendis en piqué en dessous d'un tir de barrage soudain et concentré.

Gauche. J'effectuai un ample virage par réflexe, qui me fit passer entre deux vaisseaux ennemis – ce qui les poussa à entrer en collision.

C'était troublant mais, étrangement, je l'entendais dans mon esprit. Étrangement, je savais… quels ordres recevaient les vaisseaux ennemis.

Je les *entendais*.

Judy se tenait debout en silence à côté de l'hologramme tandis que, lentement, assistants et contre-amiraux se rassemblaient autour d'elle. Ils avaient, à ce stade, dégagé toutes les escadrilles de la bataille du chantier naval et les avaient envoyées rejoindre Alta le plus vite possible.

Elles seraient trop lentes. Même l'escadrille Déferlante, qu'elle avait rappelée tout à l'heure, se trouvait trop loin. Pour l'instant, rien d'autre n'importait qu'un point rouge parmi l'essaim de bleu. Un *splendide* point rouge qui se faufilait entre les attaques ennemies, évitant curieusement de se faire détruire encore et encore.

Étrangement, elle affrontait un nombre gigantesque d'ennemis et *survivait* malgré tout.

— Avez-vous déjà vu quelqu'un voler comme ça ? demandait Rikolfr.

Judy hocha la tête.

Elle avait déjà vu quelqu'un le faire. Un autre pilote.

Je n'aurais pas pu l'expliquer. Sans savoir comment, je *sentais* les ordres qui provenaient d'en haut, qui disaient aux Krell que faire. Je les entendais... je les entendais calculer, réfléchir.

Ce n'était pas un avantage écrasant, mais il suffirait. Ce simple petit rien dont j'avais besoin pour faire effectuer une autre boucle à mon Poco, pour tirer à nouveau sur le bombardier.

Ça fait cinq coups donnés, me dis-je lorsque je fus à nouveau repoussée par les quatre vaisseaux gardiens noirs. Le bouclier du bombardier devait être pratiquement neutralisé. La formation de Cobb prit le dessus, m'avertissant de me tenir prête à m'éloigner en hypercombustion dès que j'aurais abattu le bombardier. Une fois que l'exterminatrice toucherait terre, l'explosion allait…

— Spin ?

C'était la voix de Jorgen.

Elle faillit me déconcentrer brusquement. J'esquivai à l'aide d'une vrille.

— Spin, c'est toi ? s'écria-t-il. Mon chef d'escadrille m'a dit que tu étais sur le canal. Que se passe-t-il ?

— Je suis…, grommelai-je en serrant les dents. En train de m'éclater sans toi. J'ai plus… de Krell… pour… moi.

— Je suis avec l'escadrille Déferlante, reprit Jorgen. Nous venons à ton secours.

Toutes mes reparties brillantes et ma bravade me désertèrent.

— Merci, chuchotai-je, la sueur poissant l'intérieur de mon casque alors que j'entamais une nouvelle manœuvre.

Des tirs rouges tombèrent sur moi, attaquant mon vaisseau par les côtés. Mais je pouvais les esquiver. Je savais ce qu'ils…

Une explosion atteignit mon vaisseau, faisant éclater le bout du nez de mon Poco. Quelque chose m'avait tiré dessus, que je n'avais pas pu anticiper.

Mon Poco fut agité de secousses, le nez dégageant de la fumée, et mon pupitre n'était pratiquement plus qu'une immense étendue de voyants rouges. Je pouvais cependant toujours piloter, et j'esquivai sur le côté.

Ce tir, me dis-je. *L'un des vaisseaux noirs m'a touchée – et je n'entends pas ses ordres dans ma tête.*

Je tournai une fois de plus en direction du bombardier. J'appuyai sur les détentes, et rien ne se produisait. Salve… les destructeurs se trouvaient sur mon nez. Le coup les avait endommagés.

Ma sphère de contrôle s'était mise à trembler, menaçant de me lâcher. Exactement comme Dorgo me l'avait annoncé.

— Il vous reste une minute avant que ce bombardier n'atteigne la zone mortelle, Vers les Étoiles 10, me dit tout bas Ironsides.

Je ne répondis pas, luttant pour garder à distance l'essaim ennemi.

— S'il dépasse cette zone, poursuivit Ironsides, vous avez pleine autorisation de l'abattre de toute manière. Est-ce que vous confirmez, pilote ?

Les exterminatrices étaient conçues pour exploser si on leur tirait dessus ou si elles touchaient le sol. Alors si je faisais tomber ce bombardier une fois qu'il serait trop près, l'explosion détruirait Alta, mais protégerait Magmatique.

— Confirmation, répondis-je en amorçant un virage.

Plus d'armes.

J'entendais le souffle de l'air, pratiquement comme si la verrière avait disparu. Mon nez était toujours en flammes.

Moins d'une minute.

Je gagnai de l'altitude puis me mis à descendre en piqué, avec les vaisseaux krell qui affluaient toujours derrière moi.

Le bouclier de ce bombardier doit être quasiment détruit.

J'orientai mon nez droit vers le bombardier en dessous de moi, puis j'activai l'hypercombustion.

— Cadette ? s'exclama Ironsides. Pilote, que faites-vous ?

— Mes armes ont été détruites, sifflai-je entre mes dents serrées. Je vais devoir aller le percuter.

— Entendu, chuchota Ironsides. Les Saints veillent sur vous, pilote.

— Quoi ? dit Jorgen sur la ligne. Quoi ? Le percuter ? Spin !

Je descendis en piqué vers le bombardier ennemi.

— Spin, reprit Jorgen, d'une voix à peine audible entre le hurlement des alarmes et le rugissement de l'air autour de mon cockpit. Spin, tu vas mourir.

— Oui, chuchotai-je. Mais je vais gagner quand même.

Je fonçai droit vers le vaisseau au milieu d'une colonne de tirs ennemis. Puis enfin, mon pauvre vaisseau brisé, trop malmené, en eut assez.

L'anneau d'élévation s'éteignit.

Je fis un plongeon inattendu, et manquai le bombardier. Bousculé par les vents – et sans anneau d'élévation pour le porter désormais – mon vaisseau se mit à chuter en une spirale incontrôlable.

Tout se fondit en un grand flou de tirs et de fumée.

51

On n'était pas censé pouvoir réfléchir dans ces moments-là. Tout était censé se dérouler en un éclair.

Ma main se dirigea par réflexe vers la poignée d'éjection entre mes jambes. Mon vaisseau faisait une chute incontrôlable sans commandes d'altitude. J'allais m'écraser.

Je m'immobilisai.

Personne d'autre n'était assez près. Si je n'étais pas là pour les arrêter, les Krell allaient poursuivre sans aucun obstacle leur entreprise de destruction de Magmatique.

Si je m'écrasais, c'était foutu.

Je plaquai de nouveau ma main contre la manette des gaz. De mon autre main, j'éteignis ma prise d'air atmosphérique, exposant pleinement mon vaisseau aux caprices de l'air. Puis je poussai brusquement la manette des gaz vers l'avant, pour passer en hypercombustion.

Dans l'ancien temps, c'était ainsi qu'on pilotait les vaisseaux. J'avais besoin de portance à l'ancienne, et c'était la vitesse qui me le fournissait.

Mon vaisseau tremblait atrocement, mais je me penchai sur ma sphère de contrôle pour redresser ma spirale.

Allez, allez !

Je sentis que ça fonctionnait. Je me bagarrai avec les volets sur mes ailes, et constatai que les forces g s'amoindrissaient lorsque mon vaisseau se mit à se redresser. Je pouvais y arriver. Je…

Je dérapai contre le sol.

Les ConGravs passèrent aussitôt dans le rouge, me protégeant du gros de l'impact. Malheureusement, je n'avais pas repris le contrôle assez vite, et le vaisseau n'avait pas gagné assez de portance.

La carlingue dérapa sur le sol, et le deuxième impact me projeta vers l'avant de mon harnais, me coupant le souffle. Mon pauvre Poco glissa le long de la surface poussiéreuse et le cockpit se mit à gronder. La verrière vola en éclats et je hurlai. Je ne contrôlais rien. Je n'avais plus qu'à m'armer de courage en espérant que les ConGravs aient le temps de se recharger entre…

CRAC.

Avec un bruit abominable de métal tordu, le Poco s'arrêta brutalement.

Je m'affaissai contre mon harnais, sonnée, et le monde se mit à tourner autour de moi. Je geignis et tentai de reprendre mon souffle.

Lentement, ma vision revint à la normale. Je secouai la tête, puis réussis à m'affaler sur le côté pour regarder à travers la verrière brisée du cockpit. Mon vaisseau n'était plus. Je lui avais fait percuter un flanc de colline et, en dérapant, j'avais arraché les deux ailes ainsi qu'un gros morceau du fuselage. Je n'étais pratiquement plus qu'un siège attaché à un tube. Même les voyants d'alerte de mon anneau de contrôle étaient morts.

J'avais échoué.

— Vaisseau de combat abattu, dit quelqu'un du Commandement central dans la radio de mon casque. Bombardier toujours ciblé. (Sa voix baissa jusqu'au murmure.) Il entre dans la zone mortelle.

— Ici Vers les Étoiles 5, dit la voix d'Arturo. Indicatif : Amphi. J'ai Vers les Étoiles 2 et 6 avec moi.

— Pilotes ? les appela Ironsides. Vous apportez des vaisseaux privés ?

— Plus ou moins. Je vous laisserai vous expliquer avec mes parents.

— Spin, dit quelqu'un du Commandement central. Quel est votre statut ? Nous avons vu une chute contrôlée. Votre vaisseau est-il mobile ?

— Non, fis-je d'une voix enrouée.

— Spin ? s'écria Kimmalyn. Oh ! Qu'est-ce que tu as fait ?

— Rien, apparemment, grinçai-je, frustrée, tout en m'activant sur mon harnais.

Ces salvées de trucs étaient coincés.

— Spin, reprit le Commandement central, évacuez votre épave. Krell en approche.

Krell en approche ? Je tordis le cou et regardai derrière moi en direction de ma verrière brisée. Ce vaisseau noir – l'un des quatres qui défendaient le bombardier – avait fait un virage dans le ciel pour venir inspecter mon épave. De toute évidence, il ne voulait pas que je retourne dans les airs et que je les attaque par-derrière.

Le vaisseau noir volait bas et fonçait vers moi. Je compris, en le regardant, qu'il n'allait pas laisser ma survie au hasard. Il me voulait. *Il savait.*

— Spin ? lança le Commandement central. Êtes-vous inconsciente ?

— Négatif, murmurai-je. Je suis coincée dans mon harnais.

— J'arrive ! dit Kimmalyn.

— Négatif ! intervint Ironsides. Tous les trois, concentrez-vous sur ce bombardier. Vous êtes trop loin de toute manière.

— Ici Déferlante 8, dit Jorgen sur la ligne. Spin, j'arrive ! Dans six minutes environ !

Le vaisseau krell noir ouvrit le feu sur mon épave.

À ce moment précis, une ombre noire passa au-dessus de ma position et franchit le sommet de la colline à côté de moi, qu'il rasa en faisant pleuvoir de la poussière sur mon épave. Les destructeurs ennemis touchèrent le bouclier du nouveau venu.

Quoi ?

Un grand vaisseau de combat avec des ailes tranchantes… en forme de W.

— Ici l'indicatif Corniaud, dit une voix rude. Accrochez-vous, gamine.

Cobb. Cobb *pilotait* M-Bot.

Cobb projeta sa lumilance et, d'une manœuvre experte, transperça le vaisseau krell noir lorsqu'ils se croisèrent. M-Bot était *de loin* le plus massif des deux. Il entraîna le vaisseau assassin krell en arrière comme un maître tirant sur la laisse de son chien, puis décrivit une vrille soigneusement calculée – tirant le vaisseau ennemi en un arc de cercle insensé, avant de le projeter violemment à terre.

— Cobb ? lui dis-je. *Cobb ?*

— Il me semble, répondit sa voix dans ma radio, vous avoir dit de vous *éjecter* dans ce genre de situations, pilote.

— Cobb ! Comment ? Pourquoi ?

M-Bot passa au-dessus du flanc de mon vaisseau – enfin, ce qu'il en restait – puis atterrit en descendant sur son anneau d'élévation. En insistant encore un peu, je réussis enfin à m'arracher à mes entraves.

Je faillis trébucher lorsque je m'extirpai de l'épave pour accourir vers lui. Je sautai sur un rocher, puis grimpai sur l'aile de M-Bot comme je l'avais fait si souvent auparavant. Cobb était assis dans le cockpit ouvert, et à côté de lui, posée sur l'accoudoir, se trouvait la radio que je lui avais donnée. Celle qui…

— Bonjour ! me dit M-Bot depuis le cockpit. Vous avez failli mourir, et je vais donc dire quelque chose qui va vous distraire des implications graves et vertigineuses de votre propre mortalité ! Je déteste vos chaussures.

J'éclatai d'un rire quasiment hystérique.

— Je ne voulais pas me montrer prévisible, ajouta M-Bot. Alors j'ai dit que je les détestais. Mais en réalité, je les trouve très jolies. S'il vous plaît, ne croyez pas que j'aie menti.

À l'intérieur du cockpit, Cobb frissonnait. Ses mains tremblaient, ses yeux regardaient droit devant lui.

— Cobb, lui dis-je, vous êtes monté à bord d'un vaisseau. Vous avez *piloté*.

— Cet engin, dit-il, est *cinglé*. (Il se tourna vers moi et sembla sortir de sa stupeur.) Aidez-moi.

Il se détacha, et je l'aidai à sortir.

Salve, qu'il avait mauvaise mine. Voler pour la première fois depuis des années lui avait demandé un effort énorme.

Il sauta au bas de l'aile.

— Vous devez repousser ce bombardier dans le ciel. Ne le laissez pas exploser et me vaporiser. Je n'ai pas encore pris mon café de l'après-midi.

— Cobb, dis-je en me penchant pour le regarder depuis l'aile. Il m'a... semblé entendre les Krell dans ma tête. Ils arrivent à pénétrer dans mon esprit, d'une manière ou d'une autre.

Il leva la main pour me prendre mon poignet.

— Volez quand même.

— Mais si je fais la même chose que lui ? Si je me retourne contre mes amis ?

— Vous ne le ferez pas, me dit M-Bot depuis le cockpit.

— Comment tu le sais ?

— Parce que vous pouvez choisir, affirma M-Bot. *Nous* pouvons choisir.

Je me tournai vers Cobb, qui haussa les épaules.

— Cadette, à ce stade, qu'avons-nous à perdre ?

Je serrai les dents, puis me laissai tomber dans le cockpit familier de M-Bot. J'enfilai mon casque et me harnachai tandis que le propulseur auxiliaire se rallumait.

— Je l'ai appelé, dit M-Bot d'un air satisfait.

— Mais comment ? Tu t'étais éteint.

— Je... ne m'étais pas *complètement* éteint. À la place, j'ai réfléchi. Et réfléchi. Et réfléchi *encore*. Et puis je vous ai entendue m'appeler. Me supplier de vous aider. Et alors... j'ai écrit un nouveau programme.

— Je ne comprends pas.

— C'était un programme très simple. Il modifiait une seule entrée d'une base de données, pendant que je ne regardais pas, pour remplacer un nom par un autre. Je *dois* suivre les ordres de mon pilote.

Une voix sortit de ses haut-parleurs. La mienne.

— S'il te plaît, lui dis-je, j'ai besoin de toi.

— J'ai choisi, déclara-t-il, un nouveau pilote.

Cobb recula et je posai les mains sur les commandes, inspirant et expirant, éprouvant…

Un grand calme.

Oui, du calme. Cette sensation me rappela comment, ce premier jour à l'école de pilotage, je m'étais sentie étrangement en paix alors que j'allais au combat. J'avais été impressionnée de n'être *pas du tout* effrayée.

Ç'avait été alors de l'ignorance. De la bravade. J'avais cru savoir ce que c'était d'être un pilote. J'avais cru que je pouvais y arriver.

Cette paix était similaire, mais également contraire. C'était celle qui naît de l'expérience et de la compréhension. Tandis que nous nous élevions dans les airs, je découvris qu'une autre sorte de confiance montait en moi. Qui n'était pas née des histoires que je me racontais, ni d'un sens de l'héroïsme forcé.

Je savais.

Quand j'avais été abattue la première fois, je m'étais éjectée parce qu'il n'aurait servi à rien de mourir avec mon vaisseau. Mais quand ç'avait compté – quand il avait été vital que je tente de protéger mon vaisseau même avec une chance *infime* de réussite –, j'étais restée dans le cockpit et j'avais tenté de me maintenir dans les airs.

Ma confiance était celle d'une personne qui *savait*. Personne ne pourrait plus jamais me convaincre que j'étais une lâche. Peu importait ce que les autres racontaient, pensaient ou affirmaient.

Je savais ce que j'étais.

— Vous êtes prête ? s'informa M-Bot.

— Pour la première fois de ma vie, je crois que oui. Donne-moi toute ta vitesse. Ah oui, et puis éteins tes fonctions de furtivité.

— Vous êtes sûre ? Pourquoi ?

— Parce que, répondis-je en appuyant sur les gaz, je veux qu'ils voient ce qui va leur *tomber dessus*.

52

Judy « Ironsides » Ivans regardait l'armée krell se rapprocher progressivement d'Alta.

Les échanges radio remplissaient la salle de commandement, mais ce n'était pas les discussions de combat habituelles. Les familles puissantes annonçaient qu'elles s'échappaient à bord de leurs propres vaisseaux. Des lâches, tous autant qu'ils étaient. Au plus profond d'elle-même, Judy avait tojours su que les choses se passeraient ainsi, mais elle avait malgré tout le cœur brisé.

Rikolfr vint se placer à côté d'elle pour lui remettre des rapports. Il était le seul, à part Ironsides, encore en train de regarder le holoprojecteur. Tous les autres étaient en proie au chaos tandis que les opérateurs et contre-amiraux envoyaient des messages d'alarme affolés à ceux de Magmatique, ordonnant une évacuation d'urgence.

Pour ce que ça allait servir.

— Combien de temps avant que le bombardier n'atteigne Alta ? demanda Judy.

— Moins de cinq minutes, répondit Rikolfr. Est-ce que nous évacuons le centre de commandement en bas, dans l'une des cavernes inférieures ? Elles seront peut-être assez sûres.

Elle fit signe que non.

Rikolfr déglutit, mais continua à parler.

— La dernière ligne d'emplacements d'artillerie d'urgence vient d'appeler. Les vaisseaux de combat krell se rapprochent d'eux et les attaquent. Trois sont détruits, les trois autres se font mitrailler.

Il devait toujours y avoir, en principe, des vaisseaux de défense pour aider les emplacements d'artillerie. Judy désigna les trois petits spots rouges sur l'hologramme, qui s'en allaient engager le combat avec l'ennemi. Des vaisseaux volés, comprenait-elle à présent. Des patriotes, véritablement dignes d'être des Rebelles.

— Connectez-moi à ces vaisseaux de combat, ordonna-t-elle, avant d'activer son casque et de prendre la parole. Escadrille Vers les Étoiles ?

— J'écoute, amirale, répondit l'indicatif Amphi.

C'était le fils de Valda. Comment s'appelait-il, déjà ? Arturo ?

— Pilote, lui dit-elle, vous devez détruire cette bombe. Dans moins de cinq minutes, elle sera en position d'éradiquer Magmatique. Comprenez-vous ? J'autorise la destruction de cette bombe, quels que soient les dégâts infligés.

— Mais Alta, amirale ?

— Déjà mort. *Moi*, je suis morte. Détruisez cette bombe. Vous avez trois vaisseaux de combat contre seize. (Elle consulta les rapports.) Dans deux minutes, l'escadrille Déferlante va se joindre à vous. Ils ont six autres vaisseaux, dont trois sont des éclaireurs. Le reste de nos forces est trop loin pour faire une différence.

— Bien reçu, Commandement central, répondit le garçon d'une voix nerveuse. Les étoiles vous guident.

— Vous aussi, chef d'escadrille.

Elle retourna observer la bataille.

— Amirale ! cria un technicien radio. Nous avons un vaisseau de combat non identifié en approche ! Nous l'ajoutons à l'hologramme !

Un spot vert apparut, éloigné de l'affrontement imminent des vaisseaux, mais approchant à une vitesse *stupéfiante*.

Rikolfr eut un hoquet. Judy fronça les sourcils.

— Amirale, reprit le technicien. Ce vaisseau vole à *Mag-20*. N'importe lequel de nos vaisseaux se serait brisé à ces vitesses.

— Qu'est-ce que les Krell ont encore trouvé à nous balancer ? murmura Judy pour elle-même.

— Commandement central, dit une jeune voix féminine familière sur la ligne, ici Vers les Étoiles 11, au rapport pour le combat. Indicatif : Spin.

M-Bot allait si vite que la résistance de l'air faisait briller son bouclier d'une lueur ardente. On fendait le ciel comme une boule de feu lancée à pleine vitesse, mais j'éprouvai à peine un faible tremblement.

Après le Poco brisé, c'était un contraste spectaculaire.

— Je crains de ne toujours pas être entièrement opérationnel, dit M-Bot. Propulseurs principaux et auxiliaire : activés. Anneau d'élévation et commandes d'altitude : activés. Fonctions de communication et de furtivité : activées. Lumilance : activée. Hyperpropulseur cytonique : désactivé. Autoréparation : activée. Destructeurs : désactivés.

— Pas d'armes, commentai-je. Il ne manquerait plus que j'aie un jour un vaisseau qui *fonctionne*.

— Je serais offensé par ces mots si je pouvais l'être, dit M-Bot. Et puis, ne soyez pas si sevère. Au moins, mon sous-programme d'agressivité vocale est actif.

— Ton... quoi ?

— Sous-programme d'agressivité vocale. Je me suis dit, quitte à devoir aller au combat, que je ferais mieux de prendre plaisir à l'expérience ! Alors j'ai écrit un nouveau programme pour m'exprimer de manière appropriée.

Ah, génial.

— Tremblez et craignez-moi, ennemis ! cria-t-il. Car l'air va se remplir de tonnerre et de sang ! Votre fin est imminente !

— Hum..., dit la voix de Kimmalyn sur la ligne. Les étoiles vous bénissent, qui que vous soyez.

Formidable. Il avait dit ça sur le canal général ? Maintenant que ses ordres de « faire profil bas » n'étaient plus effectifs, sans doute se moquait-il bien de savoir qui l'entendait.

— C'est mon vaisseau qui parle, Couic, répondis-je.

— Spin ! s'exclama-t-elle. Tu as trouvé un *autre* vaisseau ?

— C'est plutôt lui qui m'a trouvée. J'approche à vos sept heures, et je devrais rejoindre la bataille dans quelques secondes.

Les projections de M-Bot estimaient que j'arriverais exactement au même moment que les autres.

— Un instant, dit Nedd. C'est moi qui suis débile, ou Spin vient de dire que son *vaisseau* a parlé ?

— Salut, Nedd ! lança M-Bot. Je peux confirmer que vous êtes débile, mais tous les humains le sont. Vos capacités mentales semblent être dans les limites d'une déviation standard de leur moyenne.

— C'est compliqué, expliquai-je. Enfin non. Mon vaisseau peut parler, et vous devriez l'ignorer.

— Tremblez et frissonnez devant la majesté de mon pouvoir destructeur ! ajouta M-Bot.

— Vous paraissez aller bien ensemble, tous les deux, commenta Arturo. Je suis content que tu sois là, Spin. Est-ce que tu… aurais un plan à tout hasard ?

Je retournai M-Bot sur son axe et actionnai l'hypercombustion vers l'arrière, pour ralentir après notre incroyable approche. Même avec ses ConGravs sophistiqués, je sentis les forces g me plaquer en arrière sur mon siège. Dès qu'on atteignit Mag-2,5, je nous fis pivoter dans les airs et procédai à une estimation. Seize vaisseaux de combat krell.

Voilà. J'avais une autre chance.

Il était temps d'arrêter cette bombe.

Je filai en plein milieu des vaisseaux krell, frôlant le bombardier et sa garde rapprochée formée des trois vaisseaux noirs restants. Je m'orientai vers le haut et leur donnai une bonne vue de M-Bot, avec ses ailes acérées et sa silhouette menaçante. Il possédait quatre emplacements pour destructeurs (j'espérais qu'ils ne verraient pas qu'ils étaient vides) et une conception visiblement avancée et puissante.

Les Krell ciblaient toujours le vaisseau qu'ils considéraient comme le plus dangereux ou celui qui transportait un officier. Je comptais sur le fait qu'ils voient M-Bot, et…

… et ils lui donnèrent *immédiatement* la chasse. Un vol de treize vaisseaux, formé de toute la flotte à l'exception des trois noirs, se détacha pour me foncer dessus en masse, libérant un déluge chaotique de tirs de destructeurs.

Parfait. Terrifiant, mais parfait.

— Nous devons conserver une avance minimale sur eux, M-Bot, lui dis-je. Fais en sorte qu'ils nous suivent en croyant qu'ils vont prendre le dessus d'un instant à l'autre.

— Entendu, répondit-il. Yo ho ho !

— Yo ho ho ?

— C'est censé être une expression de pirate, mais elle est surtout popularisée par une chanson citée dans un roman pour enfants au sujet d'un pirate boiteux. Les pirates sont intimidants.

— D'accord…

Je secouai la tête et nous fis effectuer une boucle d'Ahlstrom complexe.

— Les lacunes de ma mémoire ont *malgré tout* laissé quelques anecdotes intéressantes, poursuivit-il. Yo ho ho.

Je fis un crochet à droite, surveillant les capteurs de proximité, et remarquai qu'Arturo, Couic et Nedd étaient arrivés.

— Nous sommes tous là, Amphi ? demandai-je.

— L'escadrille Déferlante est en route et arrivera dans à peu près une minute et demie, précisa Arturo. Jorgen est affecté avec eux, ainsi que deux pilotes plus âgés que je ne connais pas. Je crois qu'ils ont récupéré des éclaireurs en cours de route, alors FM sera peut-être là aussi.

— Parfait, répondis-je tout en faisant effectuer une autre séquence d'esquives à mon vaisseau. En attendant qu'ils soient là, voyez si Nedd et toi arrivez à attaquer ce bombardier. Soyez prudents, ces vaisseaux noirs qui le gardent sont plus puissants que les Krell moyens. Essayez simplement d'éloigner le bombardier afin qu'il…

— Négatif, dit Ironsides sur la ligne. (Génial. Évidemment qu'elle écoutait.) Pilotes, abattez ce bombardier.

— Même si j'aimerais beaucoup vous voir vous sacrifier, Ironsides, contrai-je, déterminons d'abord si c'est nécessaire. Amphi, Nedder, voyez ce que vous pouvez faire.

— Bien reçu, Spin, dit Nedd.

— Et moi ? fit Kimmalyn.

— Reste en arrière, lui dis-je. Vise ce bombardier. Attends que son bouclier soit inactif et que ses gardes soient distraits.

Le voyant privé de ma console de com clignota.

— Spensa…, dit Kimmalyn. Tu es sûre que tu veux me charger de faire ça ? Enfin je veux dire…

— Je n'ai pas d'armes, Couic, la coupai-je. C'est toi ou personne. Tu peux y arriver. Tiens-toi prête.

Je descendis très bas, des tirs de destructeurs clignotant tout autour de moi. On rasa le sol, et mon entourage me suivit comme une nuée d'insectes furieux. Salve. Je voyais Alta droit devant moi. Nous étions très *près*.

Au-dessus, Nedd et Arturo engageaient le combat avec les gardes noirs du bombardier. Je n'eus pas le temps d'y prêter attention, car je fus contrainte de bifurquer dans une autre direction pour échapper à un groupe de Krell qui avait fait demi-tour pour tenter de me barrer le chemin.

Quelques tirs de destructeurs touchèrent le bouclier de M-Bot.

— Hé ! s'écria celui-ci. Rien que pour ça, je traquerai vos enfants premiers-nés et rirai avec jubilation quand je leur raconterai votre mort avec un luxe de détails atroces, et beaucoup d'adjectifs déplaisants !

Je geignis. Il avait encore parlé sur le canal de groupe.

— Je vous en supplie, déclarai-je, dites-moi que je ne m'exprime pas comme *ça*.

Personne ne répondit.

— Puisse une collection de maladies humaines uniques – dont beaucoup provoquent des gonflements inconfortables – s'abattre sur vous !

— Oh, salve. Je parle vraiment comme ça, hein ?

Je serrai les dents et actionnai le propulseur auxiliaire pour couper droit devant l'ennemi. Ils étaient si nombreux. Il leur suffisait de réussir à placer quelques tirs.

Mais je pouvais me contenter, moi, de les garder occupés encore un peu. Je fis un crochet à droite et en transperçai un avec ma lumilance, utilisant sa vitesse acquise pour me faire effectuer un virage serré. Je contournai ses compagnons à toute allure tandis que je libérais celui que j'avais transpercé et l'envoyais valdinguer dans les airs.

Maintenant, remonte. Je fis une brusque ascension et contournai un flanc de colline, m'éloignant avant que les Krell puissent m'acculer.

— Spensa ? appela M-Bot.

Descends. Je piquai, juste avant que des vaisseaux krell ne tentent de m'intercepter dans l'autre direction.

— Comment est-ce que tu fais ça ? demanda-t-il.

Droite. Je tournai et passai à travers d'un groupe de vaisseaux qui venait sur moi. Des tirs de destructeurs frôlèrent mes ailes, mais pas un seul coup ne me toucha.

— Tu réagis, dit-il, à des choses qu'ils n'ont *pas encore faites*.

Je percevais leurs ordres dans un coin de mon cerveau. Discrets mais pénétrants, ils étaient transmis d'en haut à ces Krell. Ils communiquaient en utilisant un autre espace, un autre lieu – et je pouvais m'y connecter. Écouter leurs ordres.

Sans bien savoir comment, j'intériorisais leurs consignes et y réagissais avant de comprendre ce que je faisais.

Je tentai de ne pas laisser ce détail m'effrayer.

M-Bot était incroyablement agile, capable d'accélérations rapides et de crochets précis dans l'un ou l'autre sens. Tandis que je volais, il me semblait pouvoir le *percevoir* – sentir les lignes mêmes d'électricité qui transmettaient mes ordres à travers son fuselage. Je volais avec l'adresse immédiate et inconsciente d'une personne qui faisait jouer ses muscles. Avec la précision d'un chirurgien prudent, mais l'énergie absolue de l'athlète le plus puissant. C'était *incroyable*.

J'étais tellement absorbée que je faillis rater le moment où Arturo me contacta.

— Spin, ça ne fonctionne pas. Ces vaisseaux noirs refusent de se laisser éloigner du bombardier. Ils nous attaquent si on s'approche, mais reculent quand on s'éloigne. Et le bombardier conserve une trajectoire régulière.

— Estimation du temps avant que l'ennemi n'atteigne la position pour détruire Magmatique ? demandai-je.

— Moins de deux minutes, répondit M-Bot. À la vitesse actuelle de…

— Ici le chef de Déferlante, indicatif : Terrier, annonça une voix masculine. Au nom de la *lumière de l'étoile Polaire*, que se passe-t-il ici ?

— Pas le temps d'expliquer, lançai-je. Chef d'escadrille, rassemblez tout ce que vous avez et attaquez ces vaisseaux noirs qui protègent le bombardier.

— Et qui êtes-*vous* ?

Je tournai – suivie par mon groupe de vaisseaux krell furieux – et frôlai par le haut les six nouveaux venus qui rejoignaient la bataille à l'instant. Je parvenais à peine à les apercevoir tellement les feux de destructeurs sur moi étaient nourris. J'encaissai un autre tir, puis un quatrième.

— Bouclier à quarante pour cent de ses capacités, annonça M-Bot.

Je gardai une avance sur la majorité des ennemis, trouvant les intervalles entre les tirs, mes réflexes décryptant je ne sais comment les mouvements des Krell.

Des étoiles apparurent dans mon champ de vision. Des points lumineux.

Les yeux.

La voix de Jorgen résonna sur le canal :

— Avec tout le respect que je vous dois, c'est quelqu'un que vous devriez écouter. *Tout de suite.*

Terrier émit un grognement, puis annonça :

— Escadrille Déferlante, à tous les vaisseaux, attaquez ces vaisseaux de combat noirs.

— Pas tous, fis-je en tournant à droite. Jorgen, FM, vous êtes là ?

— On est là, Spin, confirma FM.

— Tous les deux, prenez position près de ce bombardier. Je vais ramener ce groupe de Krell jusqu'à lui et, avec un peu de chance, vous fournir une distraction suffisante pour approcher. Quand ça se produira, j'aurai besoin que vous activiez votre *IMI contre le bombardier*. Il ne nous reste plus beaucoup de temps.

— Bien reçu, répondit Jorgen. Tu me suis, FM ?

— Ça marche.

Je décrivis une large boucle, passant près de Kimmalyn – qui s'éloigna prudemment du champ de bataille principal. Mes adversaires immédiats l'ignorèrent, présumant que j'étais la plus dangereuse des deux.

— Couic, dis-je sur une chaîne privée, j'ai besoin que tu abattes ce bombardier.

— Si ce vaisseau s'écrase, ça fera exploser la bombe, dit Kimmalyn. Tu vas mourir. Vous allez tous mourir. Même si tu t'échappes, tous les gens d'Alta vont mourir.

— Tu crois que tu peux neutraliser les moteurs de ce vaisseau ? Ou faire quelque chose qui pousserait ce bombardier à larguer sa bombe ?

— Ce genre de coup risquerait…

— Kimmalyn. Que dirait la Sainte ?

— Je n'en sais rien !

— Alors *toi*, qu'est-ce que tu dirais ? Tu te souviens ? Le jour où on s'est rencontrées ?

J'effectuai un virage incliné et me réorientai en direction du bombardier. Terrier et ses vaisseaux, ainsi qu'Arturo et Nedd, s'étaient jetés sur les vaisseaux de combat noirs. Je fonçai dans le tas, amenant avec moi les ennemis restants pour créer une pagaille chaotique et affolée.

— Moins de trente secondes, dit tout bas M-Bot.

— Tu m'as dit d'inspirer profondément, rappelai-je à Kimmalyn. De tendre la main…

— Et de cueillir une étoile, murmura-t-elle.

Mon arrivée – ainsi que celle des vaisseaux qui me pourchassaient – suscita la confusion que j'avais anticipée. Des vaisseaux fonçaient dans toutes les directions, et les vaisseaux noirs s'égaillèrent, s'efforçant d'éviter toute collision avec leurs propres appareils.

Dans ma tête, j'entendis un ordre précis des Krell envoyé au bombardier. Les yeux m'accompagnaient, et devenaient curieusement plus vifs – plus haineux – lorsque j'entendais les échanges des Krell dans mon esprit.

Initiez le compte à rebours avant la détonation à cent secondes.

— M-Bot ! m'écriai-je. Quelqu'un d'en haut vient d'ordonner que la bombe explose après un compte à rebours de cent secondes !

— Comment le savez-vous ?

— Je les entends !

— Mais comment ? Ils n'utilisent aucune radio, pour autant que je puisse le percevoir ! (Il hésita.)

Est-ce que vous *entendez* leurs communications supraluminiques ?

J'entrevis un éclair lumineux sur ma droite.

— L'IMI a touché sa cible ! cria FM, surexcitée. Boucliers du bombardier neutralisés !

— Couic, *tire* ! hurlai-je.

Un trait de lumière rouge fendit le champ de bataille. Il passa entre les vaisseaux krell, juste audessus de l'aile de Jorgen tandis qu'il s'éloignait du bombardier en hypercombustion.

J'aurais juré qu'elle avait touché l'emplacement *exact* entre la bombe et le bombardier, tranchant les pinces. Le bombardier continua à voler vers l'avant.

Mais la bombe, libérée, tomba.

— Exterminatrice larguée ! cria Terrier. À tous les vaisseaux, éloignez-vous en hypercombustion ! Tout de suite !

Tout le monde s'éparpilla, Krell inclus. Tout le monde sauf moi.

Je descendis en piqué.

53

— Exterminatrice larguée, cria le chef d'escadrille de Déferlante. À tous les vaisseaux, éloignez-vous en hypercombustion ! Tout de suite !

Judy laissa échapper un long soupir tandis qu'elle observait l'hologramme, mains derrière le dos. Autour d'elle, dans le centre de commandement, quelques personnes applaudirent. Quelques autres prièrent. Rikolfr fondit en larmes.

Judy regarda simplement la bombe tomber. Elle avait fait tout son possible. Peut-être l'humanité pourrait-elle se reconstruire, avec les vaisseaux qui survivraient. Peut-être les Rebelles allaient-ils continuer.

Ils le feraient sans Alta. Elle s'arma de courage. Les vaisseaux s'éparpillèrent pour tenter d'échapper à l'explosion. Tous sauf un.

Celui-là descendit en piqué vers la bombe.

— La défaillante, murmura Judy.

Je transperçai la bombe avec ma lumilance, puis remontai en décrivant une courbe qui satura les incroyables ConGravs de M-Bot. La force me poussa contre mon siège tandis que, d'extrême justesse, je dépassais un flanc de colline poussiéreux – entraînant la bombe exterminatrice derrière moi.

M-Bot déclencha une minuterie calée sur celle de la bombe. Quarante-cinq secondes.

— Nous devons faire sortir cet engin de la zone mortelle, dis-je en poussant la manette des gaz entièrement vers l'avant pour passer en hypercombustion maximale.

— Ça va être juste, dit-il. Je déploie la prise d'air atmosphérique pour ne pas arracher cette bombe de notre lumilance en accélérant, mais au-dessus de Mag-16, l'enveloppe de la prise d'air va trop rétrécir pour abriter pleinement la bombe, alors c'est notre maximum pour l'instant…

On s'éloigna à toute allure d'Alta, accélérant à des vitesses qu'aucun vaisseau de la FDR n'aurait pu atteindre, malgré cette restriction. Je sentais les forces g même à travers ses ConGravs. On se précipita pour traverser un groupe de vaisseaux de la FDR en son milieu – ils disparurent en un clin d'œil.

— Nous allons y arriver ! s'exclama M-Bot. De justesse. Mais nous allons… Ah.

— Qu'y a-t-il ?

— Nous serons au beau milieu de l'explosion quand la bombe va éclater, Spensa. Et je n'ai pas envie de mourir. C'est extrêmement fâcheux.

Le compte à rebours arriva à dix. Un peu plus loin, je vis un essaim de points noirs dans les airs. Des Krell donnant la chasse aux vaisseaux de la FDR.

— Il doit bien y avoir un moyen de sortir de tout ça ! dit M-Bot. Propulseurs principaux et auxiliaires :

activés. Non, pas assez rapides. Anneau d'élévation et commandes d'altitude : activés. Est-ce qu'on peut monter assez vite ? Non, non, non !

Je me sentais en paix. Sereine.

— Fonctions de communication et de furtivité : activées, mais inutiles. Lumilance : activée, qui porte la bombe. Si on la largue trop vite, l'onde va toucher Alta.

Je m'enfonçai dans le vaisseau et ressentis – *devins* – ses processeurs mêmes alors qu'ils travaillaient. Je sentis les chiffres descendre jusqu'à trois.

— Autoréparation : désactivée. Destructeurs : désactivés.

Deux.

Je sentis, plus que je ne le vis, le bourgeon de la première explosion de la bombe derrière moi. Et je sentis, plus que je ne l'entendis, l'outil de diagnostic de M-Bot fonctionner.

— Composant biologique activé, dit sa voix.

Un.

— Hyperpropulseur cytonique : désactivé.

Une explosion de feu nous entoura.

— *Quoi ?* s'exclama M-Bot. Spin ! Activez-le…

Je fis quelque chose à l'aide de mon esprit.

On disparut, laissant un trou de la taille d'un vaisseau dans le bourgeon de flammes et de destruction en train de se déployer.

54

En cet instant entre deux battements de cœur, je me sentis pénétrer dans un endroit obscur. Un endroit qui n'était pas simplement noir, mais un lieu de *néant*. Où la matière n'existait pas, ne pouvait exister.

En cet instant entre deux battements de cœur, je cessai étrangement *d'être*, sans cesser pour autant de *ressentir*. Une étendue de blanc apparut autour de moi – un milliard d'étoiles. Comme des yeux qui s'ouvraient tous en même temps et brillaient sur moi.

Des choses anciennes remuaient. Et en cet instant entre deux battements de cœur, non seulement elles me virent, mais elles me *connurent*.

Je jaillis hors de ce lieu qui n'était pas un lieu, et eus la sensation qu'on venait de me plaquer violemment à l'intérieur de mon harnais, comme si j'avais été rejetée physiquement dans le cockpit. J'eus un hoquet, le cœur battant à tout rompre, le visage ruisselant de sueur.

Mon vaisseau planait, immobile et silencieux, et des voyants s'éteignirent en clignotant sur le panneau de contrôle.

— Hyperpropulseur cytonique désactivé, annonça M-Bot.

— Que…, dis-je en cherchant mon souffle. Qu'est-ce que c'était que ça ?

— Je n'en sais rien ! Mais mes instruments nous situent à… je calcule… cent kilomètres du point de détonation. Waouh. Mon chronomètre interne n'indique aucun décalage entre notre temps et le temps solaire, et nous n'avons donc subi aucune dilatation temporelle – mais d'une façon ou d'une autre, nous avons parcouru cette distance de manière pratiquement instantanée. Plus vite que la lumière, en tout cas.

Je me laissai aller sur mon siège.

— Appelle Alta. Est-ce qu'ils vont bien ?

Le canal s'alluma, et j'entendis des hurlements – il me fallut un moment pour comprendre que c'étaient des cris de joie, pas de terreur.

— Base Alta, annonça M-Bot. Ici Vers les Étoiles 11. Vous pouvez commencer à nous remercier de vous avoir sauvés de l'annihilation totale.

— Merci ! s'écrièrent des voix. Merci !

— Les champignons sont notre offrande préférée, continua M-Bot. Toutes les variétés que vous pourrez trouver.

— Sérieusement ? fis-je en retirant mon casque pour m'éponger le front. Tu es encore sur cette histoire de champignons ?

— Je n'ai pas effacé cette partie de ma programmation. Je l'apprécie beaucoup. Ça me donne quelque chose à collectionner, de la même manière que les humains choisissent d'accumuler des objets inutiles de valeur sentimentale et thématique.

Je souris, mais je ne parvenais pas à chasser la sensation obsédante de ces yeux en train de m'observer.

Ces… *choses* savaient ce que j'avais fait, et ça ne leur plaisait pas. Peut-être y avait-il eu une raison pour que les capacités de M-Bot à aller plus vite que la lumière aient été désactivées.

Ce qui soulevait une question, évidemment. Est-ce qu'on pouvait recommencer ? Grand-mère disait que sa mère *était* le moteur du *Rebelle*. Que c'était elle qui le faisait fonctionner.

La réponse n'est pas de craindre l'étincelle, mais d'apprendre à la contrôler.

Je levai les yeux vers le ciel.

Et là, je vis un *trou*. Les débris qui se déplaçaient de la manière adéquate pour dévoiler les étoiles. Exactement comme… ce jour-là, avec mon père. Ma première incursion à la surface.

Ça semblait trop énorme pour être une coïncidence.

— Spensa, me dit M-Bot. L'amirale essaie de vous contacter, mais vous avez retiré votre casque.

Je le remis distraitement, regardant toujours fixement ce trou dans les débris. Ce chemin vers l'infini. Est-ce que… j'entendais quelque chose là-haut ? Qui m'appelait ?

— Spensa, dit l'amirale. Comment avez-vous survécu à cette explosion ?

— Je ne sais pas très bien, répondis-je en toute franchise.

— J'imagine que je vais devoir pardonner à votre père à présent, ajouta-t-elle.

— Vous venez de survivre à l'explosion d'une exterminatrice à quelques mètres près, commentai-je, et malgré tout, vous ne pensez qu'à cette vieille rancune ?

L'amirale garda le silence.

Oui. J'entendais… les étoiles.

Viens vers nous.

— Spensa, reprit-elle. Vous devez savoir quelque chose au sujet de votre père. Au sujet de ce jour-là. Nous avons menti, mais pour votre bien.

— Je sais, répondis-je en activant des commandes pour faire pivoter l'anneau d'élévation de mon vaisseau sur ses charnières afin qu'il pointe vers le bas.

M-Bot tourna de sorte que son nez s'oriente vers le haut. Vers les Étoiles.

— Regagnez la base, me dit l'amirale. Allez recevoir des honneurs et célébrer la victoire.

— Je vais le faire. Plus tard.

Leur tête est faite de pierre, leur cœur ne décolle jamais de la roche.

— Spensa, il y a un défaut à l'intérieur de vous. S'il vous plaît. Vous devez rentrer. Chaque instant que vous passez dans le ciel est un danger pour vous-même et pour les autres.

Sois différente. Essaie de viser plus haut.

— Mon vaisseau ne possède pas de destructeurs, répondis-je distraitement. Si je reviens folle, vous devriez pouvoir m'abattre.

— Spin, dit Ironsides d'une voix affligée. Ne faites pas ça.

Quelque chose de plus grand.

— Au revoir, amirale, dis-je en éteignant la console de com.

Puis j'actionnai l'hypercombustion et m'élançai vers le haut.

Conquiers les étoiles.

55

Je savais que c'était stupide.

L'amirale avait raison. J'aurais dû regagner la base.

Mais je ne pouvais pas. Pas seulement parce que j'entendais les étoiles m'appeler, m'attirer vers elles. Pas seulement à cause de ce qui s'était produit dans cet endroit entre deux battements de cœur.

Je n'étais pas contrôlée par quelque chose d'extérieur. En tout cas, je ne le pensais pas. Mais il *fallait* que je sache. Il *fallait* que j'affronte ça.

Il *fallait* que je voie ce qu'avait vu mon père.

On s'éleva plus haut, toujours plus haut, là où l'atmosphère s'effaçait et où l'on distinguait la courbe de la planète. Toujours plus haut, visant cette brèche dans le champ de débris.

Je m'approchai plus près que je ne l'avais jamais fait et, cette fois, je fus frappée de remarquer à quel point tout ça semblait calculé. On appelait ça champ de débris, mais ce n'étaient pas des débris en réalité. Il y avait une *forme* dans tout ça. Une intention.

D'immenses plateformes qui braquaient des lumières vers le bas. D'autres qui ressemblaient aux chantiers navals. Ensemble, ils formaient une séquence de carapaces brisées autour de notre planète. Et ils s'étaient alignés de la manière adéquate pour créer une ouverture parmi elles.

Je passai à travers cette large brèche. Si je déviais trop sur les côtés, je me retrouverais sans doute à portée des canons de défense dont Cobb avait parlé. Mais ici, traversant ce couloir impromptu, je ne craignais rien.

Tandis que je franchissais la première couche de débris, M-Bot m'annonça que nous entrions dans l'espace proprement dit – même s'il m'apprit également que la frontière entre l'atmosphère et son absence était une « distinction arbitraire, car l'exosphère ne se termine pas, mais diminue plutôt ».

J'eus le souffle coupé lorsqu'on dépassa plusieurs immenses plateformes qui auraient pu contenir mille fois Alta sinon plus. Elles étaient couvertes de ce qui semblait être des bâtiments – tous éteints et silencieux. Des millions et des millions.

Des gens vivaient ici, autrefois, me dis-je. Je montai en traversant plusieurs couches. Nous allions maintenant à une vitesse incroyable – Mag-55 – mais sans la résistance du vent, ça n'avait pas grande importance. La vitesse était relative dans l'espace.

Je détournai mon regard des plateformes pour le reporter sur le bout du couloir. J'y vis des lumières immobiles et calmes.

— Spensa, me dit M-Bot, je détecte des communications radio un peu plus loin. L'un de ces points n'est pas une étoile.

Je me penchai vers l'avant tandis qu'on dépassait une autre couche de débris. Oui, je voyais effectivement devant nous un point brillant, bien plus proche que les étoiles. Un vaisseau ? Non, une station spatiale. Qui avait la forme d'une toupie, avec des lumières de tous côtés.

Des points plus petits se déplaçaient autour. Des vaisseaux. J'ajustai notre trajet, pour l'orienter vers la station. En dessous de nous, une plateforme en orbite me bloquait la vue des contours de Détritus en train de rétrécir. Est-ce que je pouvais y retourner ? Est-ce que je m'en souciais seulement ?

Je les entendais plus fort, les voix des étoiles. Des échanges qui ne passaient pas par la radio et ne formaient pas de mots. L'appel des étoiles… c'était… la *communication des Krell*. Ils se servaient de ce lieu entre deux battements de cœur pour s'adresser les uns aux autres, par communication instantanée. Et… et l'esprit des machines douées de pensées, je ne sais comment, reposait sur la même technologie pour calculer rapidement.

Tout ça nécessitait un accès à ce non-endroit, ce *nulle part*.

On se rapprocha de la station.

— Ils ne savent pas que c'est dangereux ? murmurai-je. Que quelque chose *vit* dans ce nulle part ? Ils ne savent pas pour les yeux ?

Peut-être que c'est pour ça qu'on n'utilise que la radio, pensai-je. *Que nos ancêtres ont abandonné cette technologie de communication avancée. Nos ancêtres avaient peur de ce qui vivait dans ce nulle part.*

— Je ne comprends pas très bien ce que vous voulez dire, répondit M-Bot. Bien que les Krell utilisent des communications subluminiques ordinaires en plus des supraluminiques. Les ordinaires, je peux les décrypter et les espionner. Je travaille à les traduire.

Je fis ralentir M-Bot, dépassant des vaisseaux qui se tournèrent vers le mien. Il ne semblait pas s'agir de vaisseaux de combat ; ils étaient massifs, avec de grandes fenêtres ouvertes à l'avant.

En cet instant, quelque chose me *frappa*, une force physique. Elle rampa à l'intérieur de mon esprit et brouilla ma vision. Je hurlai, m'affaissant dans mon harnais.

— Spensa ! dit M-Bot. Qu'est-ce qui ne va pas ? Que se passe-t-il ?

Je ne pus que geindre en réponse. Cette *douleur*. Et… des impressions. Ils envoyaient des images. Ils étaient… en train d'essayer de réécrire… ce que je voyais…

— Activation du mode furtif ! annonça M-Bot. Spensa, je lis des signaux inhabituels. Spensa ?

Les voix disparurent. La douleur s'évapora. Je poussai un long soupir de soulagement.

— Ne mourez pas, d'accord ? lança M-Bot. Autrement, je serai sans doute obligé de prendre Rodge comme pilote. Ce serait la décision la plus logique, et nous *détesterions* tellement ça tous les deux.

— Je ne vais pas mourir, répondis-je en me laissant aller en arrière, reposant mon casque contre l'appui-tête du siège. J'ai bel et bien un défaut. Un trou à l'intérieur de moi.

— Les humains ont beaucoup de trous à l'intérieur d'eux. Voudriez-vous que je vous en fournisse la liste ?

— Surtout pas.

— Ha ha. C'était de l'humour.

— J'ai un trou dans le cerveau, repris-je. J'arrive à voir dans ce nulle part, mais ils peuvent l'utiliser contre moi. Je crois… je crois qu'on a montré à mon père une sorte d'hologramme mental. Quand il est redescendu vers Détritus, il a vu ce que l'ennemi voulait qu'il voie.

Je me rappelai ce qu'il avait dit. *Je vais vous tuer. Je vais tous vous tuer…* Il l'avait dit d'une voix si triste, si douce. Il croyait que les humains avaient perdu – que ses amis étaient déjà morts. Ce qu'il avait vu n'était pas la réalité.

— Quand il a fait exploser ses amis, murmurai-je, il croyait être en train d'abattre les Krell.

Un petit nombre de ces vaisseaux massifs approchait de M-Bot dans le noir. Ils me firent l'impression d'être des courriers, ou peut-être des appareils de remorquage. À travers les grandes verrières avant, je vis des créatures qui ressemblaient vaguement aux dessins que nous avions des Krell. Des formes sombres en armure, avec des yeux rouges.

Sauf qu'ici, c'étaient des couleurs vives – un rouge et un bleu joyeux, absolument pas sombre. Ils me rappelaient un peu les images de crabes que j'avais vues de l'Ancienne Terre lors de mes cours sur la biologie ancienne. Et les « armures » qu'ils portaient ressemblaient davantage à des installations destinées à y vivre, avec des plaques ouvertes sur la partie formant la « tête » des créatures, afin de leur permettre d'y voir.

Sur les côtés des petits vaisseaux étaient tracés au pochoir ce qui semblait être des mots dans une langue inconnue.

— *Ketos redgor Earthan listro listrins*, lut M-Bot. Dans votre langue, ça signifie grossièrement : « Confinement et maintenance pénitentiaires des Terriens. »

Salve. Ça semblait… inquiétant.

— Tu peux me dire ce qu'ils se racontent ?

— Il y a des échanges radio plus près de la station, mais je soupçonne ces vaisseaux de communiquer en utilisant des appareils cytoniques supraluminiques.

— Diminue ce que tu fais pour nous protéger, quoi que ça puisse être, mais ne l'éteins pas entièrement. Si je hurle à nouveau, ou si je deviens folle, remets-le en place.

— D'accord… Vous me paraissez déjà folle, mais j'imagine que ça n'a rien de nouveau.

Je retrouvai la conscience, les voix dans l'obscurité de l'espace. J'entendais leurs mots, ceux qu'ils envoyaient à travers le nulle part. Je les connaissais, même sans avoir besoin de traduction, car dans cet endroit, tous les langages n'en faisaient qu'un.

— Il me *regarde* ! disait l'une des créatures. Je crois qu'il veut me manger. Je n'aime pas du tout ça !

— Il devrait être neutralisé maintenant, répondit une communication depuis la station spatiale. Et même s'il vous regarde, il ne vous voit pas. Nous réécrivons sa vision. Amenez le vaisseau ici pour que nous puissions l'étudier. Ce n'est pas un modèle standard de la FDR. Nous sommes curieux de savoir comment ils l'ont construit.

— Je ne veux surtout pas en approcher, dit une autre des créatures. Vous ne savez pas à quel point ces choses-là sont dangereuses ?

Curieuse, je regardai à travers ma verrière un vaisseau en train d'approcher, puis fis une sorte de grimace en montrant les dents. La créature hurla, fit aussitôt retourner son vaisseau et prit la fuite. Les deux autres vaisseaux de type remorqueur s'éloignèrent.

— C'est un boulot pour les drones de combat, dit l'un d'entre eux. Pas pour les vaisseaux dotés d'un pilote.

Ils paraissaient tellement *effrayés*. Ils ne ressemblaient pas aux monstres effroyables que j'avais toujours imaginés.

Je me détendis sur mon siège.

— Voulez-vous que je tente de pirater leurs systèmes ? proposa M-Bot.

— Tu peux faire ça ?

— Ce n'est pas aussi facile que ça en a l'air. Je dois m'infiltrer en profitant d'un signal entrant, puis décrypter leurs mots de passe et créer un identifiant factice, et ensuite transférer les dossiers tout en faisant une imitation de requête autorisée – en perçant les lignes locales de défense des données – le tout sans déclencher une seule de leurs alarmes.

— Et donc, tu en es capable ?

— Je viens de le faire, affirma-t-il. C'était une très longue explication. Je commence le transfert de données… Et ils m'ont repéré. J'ai été rejeté, et le protocole de sécurité m'empêche d'entrer de nouveau.

Des lumières clignotèrent sur la station et, l'instant d'après, un escadron de petits vaisseaux fut éjecté par l'un des renfoncements latéraux. Je connaissais ces schémas de vol. Des intercepteurs krell.

— Il est temps d'y aller, dis-je en m'emparant des contrôles et en nous faisant faire demi-tour. Tu crois que tu peux nous faire naviguer à travers les couches de débris sans déclencher l'une des plateformes de défense ?

— Les Krell sont censés le faire chaque fois qu'ils attaquent la planète, répondit-il, alors ça devrait être possible.

J'actionnai l'hypercombustion, nous propulsant de nouveau vers la couche externe de débris. M-Bot afficha des instructions sur ma verrière, et je les suivis, nerveuse au départ. On frôla de près certaines des plateformes en nous frayant un chemin vers la planète, mais aucun d'entre eux ne nous tira dessus.

Je me sentais… étrangement vigilante. L'impression de fascination que j'avais éprouvée plus tôt – la pulsion me dictant d'aller voir ce qui faisait chanter les étoiles – avait disparu. Un réalisme brutal l'avait remplacée.

Ç'avait *vraiment* été insensé de venir ici. Même pour moi. Mais tandis qu'on franchissait une autre couche de débris, les intercepteurs krell restèrent en arrière. J'avais l'impression croissante que je serais en mesure d'atteindre la planète saine et sauve.

— Tu as obtenu quelque chose ? m'enquis-je. Dans leurs ordinateurs ?

— J'ai commencé par les ordres de base de la station et progressé vers l'extérieur. Je n'ai pas obtenu grand-chose, mais… Oooh… Ça va vous plaire.

— Qu'est-ce qu'il y a ? m'écriai-je en activant l'hypercombustion pour redescendre vers Détritus. Qu'est-ce que tu as trouvé ?

— Des réponses.

Épilogue

Deux heures plus tard, j'étais assise dans le centre de commandement de la FDR, serrant une couverture autour de moi, les jambes relevées sur mon siège. On m'avait donné le fauteuil de l'amirale Ironsides.

Depuis ce moment dans le nulle part, j'avais froid. Un frisson que je ne parvenais pas à chasser, et auquel la couverture remédiait à peine. Ma tête cognait toujours, malgré la tonne d'analgésiques que j'avais avalés.

Un groupe de personnes importantes entourait mon fauteuil, se pressant autour de moi. Dirigeants de l'Assemblée nationale, contre-amiraux, chefs d'escadrille. J'avais la certitude croissante qu'ils pensaient que je ne me retournerais pas contre eux, même s'ils s'étaient montrés au départ – après mon retour dans l'atmosphère – très prudents.

La porte du centre de commandement s'ouvrit, et Cobb entra enfin en boitant. J'avais insisté pour attendre qu'un véhicule aille le chercher pour le ramener, et qu'il ait eu son café de l'après-midi.

— Bon, dit Ironsides en croisant les bras. Le capitaine Cobb est ici. Pouvons-nous parler, *maintenant* ?

Je levai un doigt. C'était peut-être mesquin de ma part, mais c'était *tellement* agréable de faire attendre Ironsides. Par ailleurs, il y avait quelqu'un d'autre qui méritait d'être là avant que je ne m'explique.

Tandis qu'on patientait, je m'emparai de la radio à côté de moi.

— M-Bot, l'appelai-je. Tout va bien ?

— J'essaie de ne pas être offensé par la façon dont les ingénieurs de ce hangar me regardent, répondit-il. Ils semblent impatients de me démonter pièce par pièce. Mais pour l'instant, personne n'a rien tenté.

— Ce vaisseau appartient à la FDR…, commença Ironsides.

— Ce vaisseau, répliquai-je, *fera cramer* tous ses propres systèmes si vous essayez de le démonter. La FDR disposera de sa technologie, mais ce sera selon nos termes.

La manière dont elle me regarda – le visage rouge – quand je prononçai ces mots était *elle aussi* extrêmement satisfaisante. Mais elle ne me défia pas davantage.

Enfin, la porte se rouvrit, et Jorgen entra. Il souriait, rendez-vous compte, et je songeai que cette expression – quoique agréable – ne lui allait pas très bien. Il paraissait davantage lui-même quand il était sérieux.

Ce n'était toutefois pas lui que nous attendions. C'était le jeune homme dégingandé qu'on avait envoyé Jorgen chercher. Rig souriait comme un idiot quand il entra dans la pièce, puis il rougit lorsque les chefs d'escadrille et les amiraux s'écartèrent pour lui céder le passage en le saluant. Bien qu'Ironsides soit furieuse que Rig et moi ne leur ayons pas livré le vaisseau immédiatement, la plupart semblaient s'accorder à dire qu'en travaillant avec une IA cinglée qui menaçait de se détruire elle-même, fournissant ainsi de la technologie de pointe à la FDR, Rig avait fait un boulot admirable.

— *Maintenant*, vous voulez bien parler ? me pressa Ironsides.

— Les Krell ne sont pas ce que nous croyons, déclarai-je. Mon vaisseau a téléchargé quelques-unes de leurs bases de données, et découvert ce qui s'est passé quand nos ancêtres ont atterri ici, sur Détritus. Il y a eu une guerre. Une grande guerre intergalactique. Les humains contre des extraterrestres.

— Contre les Krell, corrigea Ironsides.

— Il n'y avait pas de Krell quand elle a commencé. Rien que nous contre la galaxie. Et l'humanité a perdu. Les vainqueurs étaient une coalition d'extraterrestres qui, pour autant que M-Bot et moi puissions le déterminer, considéraient l'humanité comme trop brutale, trop peu civilisée et trop agressive pour qu'on l'autorise à faire partie de la communauté intergalactique.

» Ils ont exigé que toutes les flottes humaines, indépendantes ou non, cèdent face à leur autorité. Nos ancêtres, à bord du *Rebelle* et de sa petite flotte, se considéraient comme innocents. Ils ne participaient pas à la guerre. Mais quand ils ont refusé de se rendre, la coalition extraterrestre a envoyé un groupe les capturer ou les maîtriser. *Voilà* ce que nous appelons les Krell.

Je fermai les yeux.

— Ils nous ont acculés. Ensuite, après un conflit à bord du *Rebelle*, (...) mon arrière-grand-mère nous a amenés ici, sur Détritus. Une planète dont nous connaissions l'existence, mais qui avait été abandonnée des siècles auparavant.

» Les Krell nous ont suivis et ont mis en place une station destinée à nous surveiller après notre accident. Ce ne sont pas des extraterrestres meurtriers ; ce sont des gardiens de prison. Un groupe que l'on a chargé de garder l'humanité captive ici, car certains des extraterrestres sont absolument persuadés que nous allons tenter de conquérir la galaxie si on nous autorise un jour à retourner dans l'espace.

» Les exterminatrices ont été conçues pour annihiler notre civilisation si nous paraissions trop près de nous échapper de Détritus. Mais la plupart des fois où ils nous attaquaient, je ne crois pas qu'ils cherchaient *réellement* à nous détruire. Ils ont des lois qui leur interdisent de détruire entièrement une espèce. Ils considèrent cette planète comme… une réserve de l'humanité. Ils envoyaient des vaisseaux pour nous *garder* concentrés sur le combat, pour nous occuper, afin que nous n'ayons pas le temps de chercher des moyens de nous échapper. Et même si les vaisseaux de combat essayaient constamment de maintenir notre flotte réduite à une taille limitée, ils n'étaient autorisés qu'à utiliser une force restreinte contre nous, pour éviter de nous faire entièrement disparaître par accident.

Je frissonnais malgré la couverture.

— Cependant, poursuivis-je, quelque chose a changé récemment. Il semblerait que cette dernière bombe ait réellement été destinée à nous détruire. Il y a eu… des décisions politiques quant à ce qu'ils pouvaient tolérer ou non de notre part. Ils ont tenté de détruire Alta et Magmatique, mais nous les avons vaincus. Ce qui les a effrayés.

— Génial, formidable, ironisa Ironsides en croisant les bras. Mais tout ça ne change pas grand-chose. Nous savons pourquoi les Krell attaquent, mais ils restent une force supérieure. Ça ne fera qu'accroître leur détermination à nous anéantir.

— Peut-être, admis-je. Mais les extraterrestres qui nous gardent prisonniers ? Eux ne sont pas des guerriers. Ce sont des gardiens de prison qui conduisent des drones principalement dépourvus de pilotes et qui ne sont pas obligés de bien se battre – parce qu'ils peuvent nous dépasser en nombre.

— C'est toujours le cas, précisa Ironsides. Nous sommes à bout de ressources, et ils disposent d'une meilleure technologie et d'une flotte orbitale. Nous sommes pratiquement condamnés.

— C'est vrai, acquiesçai-je.

— Dans ce cas, pourquoi souriez-vous ? fit Ironsides.

— Parce que j'entends ce qu'ils se disent entre eux. Et chaque fois qu'on sait ce que son ennemi va faire, on possède un avantage. Ils croient que nous sommes piégés sur cette planète.

— Parce qu'on ne l'est pas ? intervint Jorgen.

Je frissonnai de nouveau et repensai à ce moment où je m'étais trouvée dans ce nulle part. Les Krell savaient qu'ils devaient cibler tous ceux d'entre nous qui pilotaient trop bien – parce qu'ils étaient au courant de l'existence du défaut. Ils savaient que quelqu'un qui le possédait risquait de faire ce que j'avais fait.

J'ignorais comment j'avais téléporté mon vaisseau. J'ignorais si j'allais oser le refaire. Mais je savais pourtant que Grand-mère avait raison. L'utilisation de ce pouvoir était la clé. Pour survivre. Pour nous échapper de cette planète.

Pour être réellement une Rebelle.

REMERCIEMENTS

Pour écrire ce livre, j'ai puisé dans les émotions du jeune homme que j'étais. Mon rêve ne consistait pas à devenir pilote de vaisseau de combat, mais écrivain. Parfois, ce chemin me paraissait aussi impossible que celui de Spensa. J'ai toujours l'impression d'avoir reçu ce qu'il y a de plus précieux au monde, puisque j'ai la chance de faire ce que j'aime pour vivre.

Et comme Spensa, j'ai la chance d'avoir d'excellents amis et collègues. Krista Marino a été la directrice de ce livre, sa principale championne ainsi qu'une merveilleuse chef d'escadrille. Eddie Schneider a été mon agent pour ce contrat, avec l'aide de Joshua Bilmes. Tous les trois, ainsi que l'éditrice Beverly Horowitz, se sont montrés d'une patience exceptionnelle avec moi tandis que je leur retirais un autre livre de sous le nez pour leur faire publier celui-ci à la place.

Je suis constamment stupéfait par les talents des illustrateurs. La formidable couverture de Charlie Bowater a vraiment donné vie à Spensa sous mes yeux, tandis que Ben McSweeney a pratiqué sa magie technique habituelle en s'emparant de mes vagues gribouillis sur un bout de papier pour créer les schémas de vaisseaux tellement cool que vous voyez dans ce livre. Enfin, mon cher ami

Isaa« Stewart s'est occupé des cartes et a été le directeur artistique des illustrations intérieures.

Toutes les coquilles absentes sont le fruit des efforts de l'Inconséquent Peter Ahlstrom, qui les a traquées pour vendre leur viande sur le marché extérieur. Comme toujours, un grand merci à lui pour ses efforts incessants ainsi que ses encouragements.

De la même manière, le reste de l'équipe de Dragonsteel s'est révélée être une excellente « équipe au sol » pour assister mes acrobaties de pilote. Kara Stewart s'occupe de vous envoyer tous ces T-shirts et livres que vous achetez sur la boutique de mon site. Adam Horne est mon assistant exécutif et agent publicitaire. Et bien sûr, mon épouse Emily est celle qui nous garde tous orientés dans la bonne direction. Par ailleurs, Emily Grange et Kathleen Dorsey Sanderson méritent des remerciements chaleureux pour leur aide plus générale sur toutes sortes de choses diverses et variées. (Parmi lesquelles écouter mon fils de cinq ans leur expliquer en détail comment il aime ses sandwiches. Mayonnaise à l'extérieur, au cas où vous vous demandiez.)

Karen Ahlstrom (qui a reçu une dédicace spéciale pour ce livre) est ma responsable de la continuité. Vous n'imaginez même pas dans quel état de pagaille sont certains de ces livres avant qu'elle ne s'en empare pour m'obliger à admettre que des gens ne peuvent pas se trouver à deux endroits à la fois. Chez Penguin Random House/Delacorte Press, j'ai également reçu l'aide de Monica Jean, Mary McCue, Lisa Nadel, Adrienne Waintraub et Rebecca Gudelis. La responsable des corrections a été Barbara Perris et la correctrice, Shona McCarthy.

Mon groupe d'écriture et mes coéquipiers pour ce livre étaient mes complices habituels : Karen Ahlstrom, Peter Ahlstrom, Alan Layton, Kaylynn ZoBell, Emily Sanderson, Darci Stone, Eric James Stone, Bel Olsen, Ethan Skarstedt et Earl Cahill.

Les béta-lecteurs réunissaient Nikki Ramsay (indicatif : Phosphophyllite), Marnie Peterson, Eric Lake (indicatif : Chaos), Darci Cole (indicatif : Bleu), Ravi Persaud (indicatif : Baragouine), Deana Covel Whitney (indicatif : Tresse), Jayden King (indicatif : Trépied), Alice Arneson (indicatif : Marécage), Bradyn Ray, Sumejja Muratagic-Tadic (indicatif : Sigma), Janel Forcier (indicatif : Navet), Paige Phillips (indicatif : Artisan), Joe Deardeuff (indicatif : Voyageur), et Brian T. Hill (indicatif : El Guapo).

Pour citer deux d'entre eux en particulier, Jayden King et Bradyn Ray m'ont prêté leur expertise de pilotes de chasse, m'expliquant (parfois avec une grande précision) les détails idiots sur lesquels je me trompais en matière de pilotage. Eric Lake m'a également apporté une aide précieuse pour calculer les vitesses, les distances et le système de coordonnées. (Écrivains, liez-vous d'amitié avec des physiciens et des mathématiciens. Vous en serez récompensés.)

Nous avons rassemblé une équipe spéciale de bêta-lecteurs adolescents pour ce livre ; il s'agissait de : Liliana Klein (indicatif : Sentinelle), Nathan Scorup, Hannah Herman, Joshua Singer, Eve Scorup (indicatif : Silverstone), Valencia Kumley (indicatif : AlphaPhoenix), Daniel Summerstay, Chrestian Scorup, Rebecca Arneson (indicatif : Scarlet), Cole Newberry, Brett Herman (indicatif : Hermanator), Aidan Denzel (indicatif : Croix), Evan Garcia, Kathryn Stephens et William Stay.

Nos gamma-correcteurs réunissaient une grande partie de bêta-lecteurs ainsi que Trae Cooper, Mark Lindberg (indicatif : Mégalodon), Brandon Cole (indicatif : Colevander), Ian McNatt (indicatif : Weiry), Kellyn Neumann (indicatif : Pullover), Gary Singer, Becca Reppert, Kalyani Poluri (indicatif : Henné), Paige Vest, Jory Phillips (indicatif : Videur), Ted Herman (indicatif :

Cavalerie), Bob Kluttz (indicatif : Tasil), Bao Pham (indicatif : Wyld), Lyndsey Luther (indicatif : Ascension), David Behrens, Ligting « Botanica » Xu (indicatif : Hasan), Tim Challener (indicatif : Girafe), Megan Kanne (indicatif : Moineau) et Ross Newberry.

Tous mes remerciements à chacun d'eux. Bien qu'il figure, comme toujours, de nouveaux noms sur cette liste, beaucoup d'entre eux soutiennent mon travail depuis des années – voire des décennies, aujourd'hui. Alors si vous avez besoin d'un bon ailier, je peux vous en désigner quelques-uns.

PAPIER À BASE DE FIBRES CERTIFIÉES

Le Livre de Poche s'engage pour l'environnement en réduisant l'empreinte carbone de ses livres. Celle de cet exemplaire est de :
2,1 kg éq. CO_2
Rendez-vous sur
www.livredepoche-durable.fr

Composition réalisée par PCA

Achevé d'imprimer en septembre 2020 en Italie par
GRAFICA VENETA
Dépôt légal 1re publication : octobre 2020
Librairie Générale Française
21, rue du Montparnasse – 75298 Paris Cedex 06